Mère disparue

DU MÊME AUTEUR

AUX ÉDITIONS PHILIPPE REY
Délicieuses pourritures
La Foi d'un écrivain
Les Chutes (prix Femina étranger)
Viol, une histoire d'amour
Vous ne me connaissez pas
Les femelles

AUX ÉDITIONS STOCK
Amours profanes
Aile de corbeau
Haute Enfance
La Légende de Bloodsmoor
Marya
Le Jardin des délices
Mariages et Infidélités
Le Pays des merveilles
Une éducation sentimentale
Bellefleur
Eux
L'homme que les femmes adoraient
Les Mystères de Winterhurn
Souvenez-vous de ces années-là
Cette saveur amère de l'amour
Solstice
Le Rendez-vous
Le Goût de l'Amérique
Confessions d'un gang de filles
Corky
Zombi
Nous étions les Mulvaney
Man Crazy
Blonde
Mon cœur mis à nu
Johnny Blues
Infidèle
Hudson River
Je vous emmène
La Fille tatouée

AUX ÉDITIONS ACTES SUD
Premier Amour
En cas de meurtre

AUX ÉDITIONS DU FÉLIN
Au commencement était la vie
Un amour noir

Joyce Carol Oates

Mère disparue

roman

Traduit de l'anglais (États-Unis)
par Claude Seban

Philippe Rey

Titre original : *Missing Mom*

Published by arrangement with Ecco,
an imprint of HarperCollins Publishers, Inc.
New York

15, rue de la Banque - 75002 Paris

www.philippe-rey.fr

En souvenir de Carolina Oates (1916-2003)

Première partie

la dernière fois

La dernière fois que vous voyez quelqu'un sans savoir que ce sera la dernière fois. Et tout ce que vous savez maintenant, si seulement vous l'aviez su alors. Mais vous ne saviez pas, et maintenant il est trop tard. Et vous vous dites *Comment aurais-je pu savoir, je ne pouvais pas savoir.*

Vous vous dites.

Je raconte ici comment ma mère me manque. Un jour, d'une façon qui ne sera qu'à vous, ce sera aussi votre histoire.

fête des mères

9 mai 2004. Un de ces jours de printemps qui semblent garder leurs distances : très ensoleillé mais pas très chaud.

Des rafales de vent venues du lac Ontario, lançant de méchantes petites attaques, des raids éclairs. Un ciel dur comme un carrelage bleu. Une odeur d'herbe humide montant des pelouses rectangulaires bien nettes de Deer Creek Drive.

Des lilas fleurissaient d'un bout à l'autre de la rue. Violet éclatant, lavande, telles des coulées de peinture.

Au 43, Deer Creek, la maison de mes parents, où ma mère vivait seule depuis le décès de mon père, les voitures étaient beaucoup trop nombreuses dans l'allée et le long du trottoir. La Land Rover de mon beau-frère, la vieille Cadillac noir taille corbillard de tante Tabitha, c'était normal, mais il y en avait d'autres, dont une voiture de sport rouge vif, surbaissée, profilée comme un missile.

Qui parmi les connaissances de ma mère pouvait bien conduire une voiture pareille?

Je n'avais vraiment aucune envie de le rencontrer. (Ce ne pouvait être qu'un « il ».)

Ma mère s'obstinait à me présenter de « bons partis ». Depuis que j'avais une liaison avec un homme qui n'en était pas un.

Cela ressemblait à maman d'inviter des gens qui n'étaient pas de la famille pour la fête des Mères. Cela ressemblait à maman d'inviter chez elle de quasi-inconnus.

Je me garai en face de la maison. Je m'étais mise à siffloter. Cela avait un effet bénéfique sur mon taux d'adrénaline quand je courais le risque de m'énerver. Mon père avait beaucoup siffloté à la maison.

Fête des Mères : j'apportais à maman un cadeau si doux, si arachnéen, qu'il semblait sans poids et reposait sur mes bras tendus comme un animal endormi. J'avais passé une demi-heure frustrante à l'emballer dans un papier d'aluminium arc-en-ciel, à entrecroiser sur ce papier des fils de toutes les couleurs au lieu de rubans ; j'avais dans la tête l'apparence folle/drôle/branchée que je souhaitais donner à mon présent, et avais dû me satisfaire de ce compromis entre New Age et école maternelle. J'avais pris une demi-journée de congé pour trouver un cadeau susceptible de plaire à ma mère, qui posait un problème à ses filles adultes parce qu'elle semblait n'avoir besoin de rien.

Rien que nous puissions lui donner, en tout cas.

Nous avions voulu l'emmener au restaurant, naturellement. Ma sœur Clare et moi. Pourquoi pas, pour une fois, un repas de fête des Mères dans un cadre élégant, le Mount Ephraim Inn, par exemple. Inutile que maman prépare un de ses repas compliqués, qu'elle se mette dans tous ses états en invitant des gens au dernier moment comme un train accrochant des wagons supplémentaires, oscillant et tanguant sur les rails !

Inutile. Mais naturellement maman avait refusé. Si, de son vivant, papa avait insisté pour l'inviter au restaurant, elle aurait peut-être consenti, mais maintenant qu'il n'était plus là, il n'y avait plus que Clare et moi pour espérer persuader notre mère de se conduire raisonnablement.

Vous savez que j'adore cuisiner. Venir me voir et me laisser cuisiner pour vous, c'est le plus beau cadeau de fête des Mères que vous puissiez me faire.

Puis, avec véhémence, comme si elle protégeait ses filles innocentes/ignorantes contre une escroquerie *Payer des sommes pareilles pour* manger *? Alors que je peux nous préparer un repas pour bien moins cher, et bien meilleur ?*

La maison de ma mère avait trois entrées : porte principale, porte latérale, et par le garage. Je passais presque toujours par la porte latérale, qui donnait directement dans la cuisine.

Une porte au-dessus de laquelle maman avait fixé des clochettes qui tintaient gaiement, comme dans une boutique, lorsqu'on la poussait.

« Ohhh Nikki ! Qu'as-tu fait à tes cheveux ! »

Ce furent les premières paroles de maman. Avant même que j'aie franchi le seuil. Avant même de me serrer dans ses bras.

Je me rappellerais la façon dont elle avait prononcé le mot *cheveux* : le cri d'un oiseau abattu en plein vol.

Maman avait un visage rond, enfantin, où les émotions se lisaient comme dans une eau transparente. Sa peau flambait, brûlée par le vent, aurait-on dit, ses yeux ambre étaient écarquillés. Depuis la mort de papa, elle était devenue aussi menue et nerveuse qu'un colibri. Elle était si choquée par mon apparence que j'aurais juré l'avoir entendue dire *Qu'as-tu fait à mes cheveux ?*

D'un air innocent je répondis que je croyais l'avoir prévenue que je m'étais fait couper les cheveux.

« *Couper.* »

Traduction : le mot est faible !

J'avais trente et un ans. Maman en avait cinquante-six. Nous avions ce genre de conversation depuis près de trois décennies. On aurait pu penser que, depuis le temps, nous nous y étions habituées, mais ce n'était apparemment pas le cas. Je sentais les battements de son cœur aussi violemment que les miens.

Cette fois-ci, l'événement était plutôt insignifiant. Je n'avais pas fugué, comme je l'avais fait à l'adolescence, ni, pire encore, abandonné brutalement l'université en refusant d'expliquer pourquoi. Je n'avais pas annoncé que j'étais fiancée à un jeune homme que mes parents connaissaient à peine, ni même que j'avais rompu les fiançailles. (Deux fois. Deux jeunes hommes très différents.) Je n'avais pas quitté mon emploi du moment dans une succession d'emplois rasoirs. Je n'étais pas « partie » avec un homme pas-tout-à-fait divorcé, ni toute seule au volant d'une vieille camionnette Volkswagen déglinguée pour aller faire de la randonnée sac au dos dans la chaîne des Grand Tetons, Idaho. Je m'étais seulement fait couper et teindre les cheveux, une coupe punk et une teinture bordeaux foncé qui, sous certains éclairages, avait des reflets irisés. Pas une mèche ne dépassait les deux centimètres, et j'avais le crâne rasé sur les côtés et derrière. On pouvait considérer au choix que j'avais un look drogué chic un tantinet rétro, ou la tête de quelqu'un qui a enfoncé le doigt dans une prise électrique.

Maman sourit bravement. C'était la fête des Mères, après tout, et il y avait des invités dans la maison. D'ailleurs, à Mount Ephraim, ville de l'État de New York située dans la vallée du Chautauqua, à cent vingt kilomètres au sud du lac Ontario, Gwen Eaton n'était-elle pas connue pour ne jamais se plaindre ni s'apitoyer sur elle-même, pour avoir bon caractère, bon cœur et un optimisme à toute épreuve ?

Ne l'avait-on pas surnommée *Plume* au lycée ?

« Eh bien, Nikki ! De toute façon, tu serais belle même chauve. »

Et elle se hissa enfin sur la pointe des pieds pour me serrer dans ses bras. Un tout petit peu plus fort que d'ordinaire pour indiquer qu'elle m'aimait encore davantage de lui être un tracas permanent.

Chaque fois que ma mère m'étreignait ainsi, il me semblait qu'elle était un peu plus frêle, un peu plus petite. Depuis la mort de papa, son corps menu, qui avait paru avoir l'élasticité du caoutchouc, perdait sa définition. Mes mains rencontraient des poches de chair à sa taille et en haut de son dos, je remarquais la peau fripée de ses bras et de son cou. Depuis son cinquantième anniversaire, elle avait plus ou moins renoncé aux talons et portait généralement des chaussures à semelles de crêpe, si plates, si petites et si rondes du bout qu'on aurait dit des chaussures d'enfant. Nous avions eu la même taille un court moment (un mètre soixante, quand j'avais douze ans), mais elle mesurait maintenant une dizaine de centimètres de moins que moi.

J'en éprouvais un sentiment de perte, d'inquiétude. Je voulais penser qu'il y avait une erreur.

De mon ton plein d'entrain, je dis : « Tu as une mine superbe, maman. Bonne fête des Mères.

– C'est un jour idiot, je sais, répondit maman avec embarras. Mais puisque Clare et toi vouliez m'emmener au restaurant, c'est une sorte de compromis. Bonne fête des Mères à toi ! »

Pour l'occasion, elle portait un haut de velours vert pomme et un pantalon assorti, qu'elle s'était confectionnés. Des boucles d'oreilles roses en forme de coquillages qu'elle avait faites à l'un de ses cours de loisirs créatifs, et un collier de perles de verre que j'avais trouvé chez un brocanteur. Ses cheveux blonds grisonnants étaient joliment coupés, quoique sans fantaisie ; elle avait le teint vif, comme si elle avait appliqué un genre de cold cream qu'elle avait ensuite enlevé en se frottant les joues avec énergie. Papa racontant souvent pour la taquiner qu'elle était une vraie pin-up lorsqu'ils s'étaient connus, elle évitait tout maquillage visible et utilisait même le rouge à lèvres avec parcimonie. À en juger d'après de vieilles photos qui la montraient adolescente, dans les années 1960, elle n'avait pourtant rien eu d'une pin-up. On y voyait une pom-pom girl fadement « mignonne », ayant les traits de poupée et le sourire démesurément optimiste de milliers – millions ? – d'autres jeunes filles, instantanément reconnaissables pour des Américaines de la classe moyenne par tout non-Américain.

« Mon Dieu, Nikki ! Qu'est-ce que tu as fait ? »

Ma sœur Clare me regardait d'un air désapprobateur. Sa voix vibrait du même plaisir que lorsque, plus jeune, sa petite sœur têtue finissait par dépasser la mesure.

Je passai la main dans mes cheveux hérissés, raides de gel, et je ris. Clare n'avait plus barre sur moi, nous étions adultes. « Tu es jalouse, Clare, avoue ! Tu serais superbe avec des cheveux violets, mais ta famille ne l'accepterait pas.

– J'espère bien ! »

En fait, Rob, le mari de Clare (dans la salle de séjour, avec les autres invités de maman) aurait peut-être aimé voir sa femme se décontracter un peu. C'étaient ses enfants qui auraient été gênés.

Clare était une femme bien en chair de trente-cinq ans qui faisait exactement son âge. Elle avait peut-être eu elle aussi un côté fantasque dans sa jeunesse, mais c'était si lointain que cela comptait à peine. Elle était la mère de deux enfants qu'elle considérait comme une tâche prescrite. Elle était l'épouse d'un cadre assez aisé de Mount Ephraim (directeur commercial, Coldwell Electronics) qu'elle faisait son possible pour révérer, du moins en public. Au premier coup d'œil, Clare était *une belle femme sexy,* mais en regardant mieux, on remarquait les fines pattes d'oie, creusées par la désapprobation et le dédain. Son visage était une lune parfaite comme celui de maman, joli-irritable, apparemment sans os et tendant à s'empâter. Mais, alors que maman avait un regard ouvert et innocent, celui de Clare était sceptique. Elle paraissait s'attendre au pire de la part des gens et être rarement déçue.

Les cheveux de Clare avaient la couleur du sable mouillé, comme les miens à l'état naturel, et comme ceux de maman avant qu'ils ne grisonnent. Elle avait une de ces permanentes faciles d'entretien caractéristiques des petits salons de province, adaptables à toutes les tailles de crânes féminins comme les perruques extensibles vendues dans les Wal-Mart. La plus raisonnable des coupes pour une mère/femme au foyer débordée n'ayant pas de temps à perdre en « chichis ». Lorsque nous étions adolescentes, Clare me dépassait en tout : intelligente, populaire au lycée, sexy-mais-« bien sous tous rapports ». À présent, elle m'avait dépassée au point d'avoir pratiquement disparu à l'horizon. Je ne pouvais imaginer la vie de Mme Chisholm autrement que comme le contraire de la mienne. Car tout chez Clare était prévisible et raisonnable : pantalon de polyester lilas, tunique dissimulant sa taille et ses hanches épaissies, solides chaussures de cuir noir à petits talons classiques. Au lieu de mes nombreuses bagues branchées et clinquantes, des multiples clous qui clignotaient furieusement à mes oreilles, Clare portait comme un insigne sa bague de fiançailles en brillants et son alliance en or blanc au majeur de la main gauche, et la pierre de son mois de naissance (une perle toute bête, pour juin) à la main droite. Aux oreilles, elle avait de petites feuilles en or très convenables, que son mari lui avait probablement offertes à Noël.

Rob Chisholm. Il avait surgi de nulle part pour sauver Clare qui se morfondait (en se plaignant à tous ceux qui voulaient bien l'écouter) dans un emploi de professeur de sciences sociales au collège de Jericho. J'avais imaginé ma sœur jetant un coup d'œil à sa montre, se rendant compte qu'il se faisait tard et que l'heure était venue de se marier ! Tout ce qu'elle conservait de son autorité professorale était l'habitude de se tenir droite pour faire honte à ceux qui, comme moi, s'avachissaient ; et un air d'impatience à peine dissimulé pour les esprits lents qui l'entouraient.

Inutile pour Clare et moi de nous embrasser, nous nous étions vues peu de temps auparavant.

Maman tâchait d'arranger les choses : « Oh ! ça finira bien par repousser, Nikki. Tu te rappelles, quand tu étais en cinquième et que j'ai été élue présidente de l'association parents-enseignants de ton collège ? Je devais présider ma première réunion et j'étais morte de peur… *moi* ! vous vous rendez compte… m'élire, *moi* ! À quoi pensaient-ils ! Il y en avait parmi eux qui me connaissaient sous le nom de “ Plume ” Kovach ! Alors je suis allée de toute urgence me faire coiffer chez Doreen, à côté du magasin de réparation d'aspirateurs – c'est devenu le Village Salon, maintenant –, et j'ai dit à Doreen en la regardant dans les yeux, dans la glace, pour qu'il n'y ait pas de malentendu : "Coupez-les très peu, s'il vous plaît, juste deux, trois centimètres." Et je n'ai plus fait attention, je lisais un policier, Mary Higgins Clark, je crois – vous savez comme elle vous captive, on a beau savoir que ça va finir plutôt bêtement, on la lit d'une traite – et quand je me suis réveillée et que j'ai regardé dans la glace… je n'avais plus de cheveux ! Je ressemblais à un de ces pauvres animaux écorchés… les opossums ? les iguanes ?… et j'ai failli fondre en larmes. "Ohhh ! qu'est-ce que vous avez fait ! On dirait une de ces coupes à la garçonne, *j'ai trente-sept ans*", et Doreen m'a examinée d'un air myope comme si elle venait tout juste de se rendre compte qu'effectivement je n'étais pas une gamine, je me demande vraiment ce qui lui est passé par la tête, je n'étais pas une de ses clientes parce que je n'étais cliente dans aucun salon de coiffure, mais n'importe qui ayant deux yeux et deux sous de bon sens aurait vu que je n'avais vraiment pas l'âge pour une coupe de ce genre ! Et Doreen a dit, une pensée si profonde qu'elle en a arrêté de mâcher son chewing-gum : "Je regrette, madame, mais je peux pas les rallonger, hein ? Les cheveux, ça repousse, je vous assure." »

Nous rîmes. Nous riions toujours quand maman racontait l'histoire de la coupe chez Doreen.

Nous attendions la suite, parce qu'il y avait un épilogue – ce que papa avait dit lorsqu'il était rentré et qu'il l'avait vue – mais elle paraissait distraite, elle se détourna au moment même où le minuteur de la cuisinière se mettait à bourdonner comme une guêpe indignée.

Le Suprême de poulet à la hawaïenne, une nouvelle recette « savoureuse » que maman devait à l'une des seniors de la piscine YM-YWCA, où Gwen Eaton était une maître nageuse bénévole très appréciée.

Quand j'entrais dans la maison.

Je prenais une profonde inspiration, comme un plongeur. Mais l'inspiration même la plus profonde ne peut vous emmener que jusqu'à un certain point.

Papa avait beau avoir disparu depuis quatre ans, je devais encore réprimer le réflexe de le chercher. Car c'était toujours maman qui recevait les visiteurs, papa faisait son apparition plus tard, l'air surpris par l'intrusion quoique disposé à la prendre avec bonne humeur.

Au bout de quatre ans, je ne pleurais plus mon père. Je ne pense pas. Je m'étais faite à sa mort. (Même si cela avait été un choc sur le moment : il n'avait que cinquante-neuf ans.) Mais maman semblait si courageusement seule sans lui, dans cette maison. Comme une danseuse que son partenaire a laissée seule sur la piste, alors que la musique joue encore.

« Nikki ! Ouaouh ! »

Tel fut le salut de Rob Chisholm. Prononcé à mi-voix.

Robin regardait en souriant mes cheveux bordeaux hérissés. Et le minuscule haut en crêpe noir chiffonné qui me moulait le buste plus étroitement qu'un gant ; et mes pieds nus, d'une pâleur livide, dans des sandales à talons hauts, pailletées d'or. (Des articles trouvés dans des friperies !) Mes bagues et mes clous d'oreilles scintillants, le magenta hardi dont j'avais souligné mes lèvres boudeuses, retinrent également son attention.

Il y avait entre le mari de ma sœur et moi une contrainte qui, je l'espérais, passait inaperçue. Nous ne nous étreignions jamais, nous nous contentions d'une poignée de mains courte et vigoureuse.

Puis Rob lâchait ma main. Comme si ma peau lui brûlait les doigts.

Il se passait toujours tant de choses dans ces réunions familiales où il nous arrivait de nous rencontrer qu'il nous était épargné d'être face à face très longtemps.

« Oh ! tante Nikki... *cool* ! » Une petite exclamation haletante de ma nièce de treize ans, Lilja, qui regarda mes cheveux avec un grand sourire. Puis vint Foster, mon neveu de huit ans, un solide garçon blond qui avait des dents d'écureuil attendrissantes et une façon de marmonner *Bonjour tante Nikki* qui me faisait sentir à quel point il était vain d'essayer d'être la tante de quiconque.

Dans la cuisine, Lilja me tourna autour. Me posa ses questions habituelles. Les réunions de famille chez maman commençaient à lui peser autant qu'elles m'avaient pesé à son âge. Je savais que l'admiration qu'elle semblait avoir pour moi contrariait Clare : j'étais ce que l'on pouvait trouver de plus éloigné de Clare et des mères des amies de Lilja à Mount Ephraim, État de New York, vingt et un mille habitants. (En partie parce que je n'habitais plus à Mount Ephraim mais à Chautauqua Falls, une ville plus grande et plus prospère, située à une cinquantaine de kilomètres à l'ouest. J'y travaillais comme reporter et journaliste au *Chautauqua Valley Beacon* et menais une vie qui, aux yeux d'une fille de treize ans, et peut-être aussi à ceux de Clare, pouvait passer pour glamoureuse.)

« Lilja » était un prénom danois, choisi par Clare pour ses sonorités musicales/mystérieuses. Par chance, ma nièce était en train de devenir le genre d'adolescente précoce – très mince, très jolie – qu'un prénom exotique ne semblait pas démonter.

« Raconte-nous l'interview de Waylon Syp, tante Nikki.»

Waylon Syp était un garçon de Rochester qui avait réussi une petite carrière nationale de rappeur blanc sur le modèle grognon/grincheux d'Eminem, sauf qu'il était moins talentueux et, côté interview, carrément nul. Son manager avait répondu à la plupart des questions que lui avaient posées les journalistes locaux lors d'une conférence de presse à Rochester, et j'en avais fait un compte rendu, avec une verve professionnelle, pour un article paru en première page du *Beacon*. Je n'avais pas raconté à quel point Syp était ordinaire, insipide, ennuyeux et peu séduisant vu de près. Étant donné l'expression d'attente peinte sur le visage de Lilja, je n'en dirais rien non plus à ma nièce.

Je remarquai que Clare aussi était intéressée. Et même maman, qui ne devait pas savoir grand-chose sur le rap et qui aurait sans doute pris Eminem pour les bonbons du même nom.

« Aide grand-mère et moi à mettre la table, ma puce. Et je vais tout te raconter. »

Tante Nikki. Quelle bizarrerie !

J'avais toujours eu des sentiments ambivalents sur le statut de tante, mais j'aimais bien les enfants de ma sœur. Je crois.

Il m'arrivait de ne pas être très sûre d'aimer qui que ce soit. Des sentiments que j'aurais éprouvés pour ma propre mère si elle avait été une inconnue.

Cela dit, les enfants de ma sœur nous avait rapprochées, Clare et moi. Surtout lorsqu'ils étaient petits et que, pour une fois, Clare avait été vulnérable, en demande d'affection. Moins encline à me juger parce que occupée de façon obsessionnelle à se juger elle-même.

Clare m'aimait moins, à présent. Je n'étais pas sûre de mes sentiments à son égard.

Je savais une chose : je ne voulais pas d'enfant. Je ne voulais pas me marier. Peut-être parce que le mariage de mes parents avait été si heureux, que ma mère était une mère si merveilleuse, je savais que je ne pourrais jamais être à la hauteur.

Et je ne veux peut-être pas du bonheur. Pas de ce bonheur-là.

Onze invités chez maman pour le repas de fête des Mères !

La dernière fois que nous nous étions parlé au téléphone, maman avait promis que nous ne serions « que » sept ou huit. Au départ, des semaines plus tôt, maman nous avait assuré qu'il n'y aurait « que la famille ».

Du coin de la bouche, à l'oreille de Clare, tandis que nous souriions joyeusement à la dernière et ultime arrivante, une sorte de Cher vieillissante à la chevelure striée d'argent, portant des couches bruissantes de taffetas noir, des bas résille rouges et des talons hauts : « Pourquoi maman fait-elle des choses pareilles ? », et sans relâcher son sourire, Clare répondit dans un soupir : « Parce qu'elle est *maman.* »

Cette invitée exotique, la plus récente des amies de maman, rencontrée apparemment à l'église la semaine précédente, parlait anglais avec un accent prononcé et dut répéter son nom à plusieurs reprises : « Szyszko, Sonja. » Maman la présenta comme une « grande » ballerine qui s'était produite à Budapest, qui avait dû quitter la Hongrie pour des raisons politiques et qui habitait maintenant à Mount Ephraim, où elle était employée (de maison ?), couturière, chanteuse – une voix de soprano « parfaite » – et venait de rejoindre la chorale de l'église de la Christian Life Fellowship dont maman faisait elle aussi partie.

« Je suis si vraiment désolée, madame Aïten ! Je suis perdue dans ces rues avec les tournants et les impasses où on ne peut pas sortir. Je cherche "Deer Creek" dans tous les mauvais endroits. »

Sonja Szyszko frémissait, tel un drapeau au vent, agitée comme si elle avait des heures de retard et non une trentaine de minutes. Maman lui assura qu'elle n'était pas en retard, pas en retard du tout. Et qu'elle était magnifique, une « jeune danseuse rayonnante » ! (En fait, Sonja Szyszko était une robuste quadragénaire au visage outrageusement poudré de blanc, dont les sourcils étaient dessinés au crayon noir, et les cils si raides de rimmel qu'on aurait cru des pattes de faucheux. Elle avait la bouche d'un rouge brillant lubrique, et ses mains voletantes étaient si grandes et si grosses qu'on l'aurait presque prise pour un homme se faisant hardiment passer pour une femme.)

Pourquoi maman faisait-elle des choses pareilles ? J'eus une envie folle de m'enfuir, comme cela m'était déjà arrivé depuis la mort de papa, quand l'« hospitalité » de maman avait pris un tour frénétique.

Mais Clare me surveillait. *Pas question, Nikki !*

Je restai donc. À la façon dont je serrai la main imposante de Sonja Szyszko et l'écoutai me dire quelle « charmante dame » était ma mère, on aurait juré qu'il n'y avait nulle part au monde où j'aurais préféré être.

Les autres invités de maman étaient les suivants : tante Tabitha Spancic, une sœur aînée de mon père qui ne s'était jamais beaucoup intéressée à nous, une grand-mère sévère aux cheveux neigeux qui se montrait très peu grand-mère lorsqu'il s'agissait d'aider dans la cuisine, avant ou après un repas ; la plus vieille « amie » de maman – elles se connaissaient depuis l'école primaire –, une hypocondriaque frissonnante nommée Alyce Proxmire que papa n'avait jamais pu supporter, mais qui avait apparemment triomphé de lui dans la mort puisque je la trouvais au 43, Deer Creek Drive chaque fois que j'y venais ; le distingué Gilbert Wexley – « M. Wexley », comme maman tenait à l'appeler –, un pseudo-dignitaire local ayant une position influente au conseil municipal de Mount Ephraim, lequel aidait au financement du festival d'artisanat d'art dont maman s'occupait ; et « Sonny » Danto, propriétaire de l'horrible voiture de sport rouge, un quadragénaire exubérant, basané, avec favoris et banane huileuse à la Elvis Presley, que maman avait invité la veille quand il était venu chez elle accomplir une « mission de sauvetage d'urgence ».

Je demandai des précisions, et maman répondit, la main pressée contre son haut de velours vert pomme : « Des fourmis rouges ! Une invasion ! Vous vous souvenez, Nikki, Clare… ? L'armée de fourmis noires qui envahissait la maison tous les printemps… ? Ces bêtes agressives si grosses qu'on les sentait se casser en deux si on les écrasait… oh, c'était affreux ! Mais les fourmis rouges sont encore pires, elles sont plus nombreuses et elles sont *minuscules*. J'ai presque cru que c'était du piment, répandu sur le sol de la cuisine, sur le plan de travail, dans l'évier, quoique je n'aie pas de piment, juste du poivre noir… vous vous rappelez la manie qu'avait votre père de tout poivrer, même ses œufs? Mais je ne le savais pas, je n'y étais pas préparée, hier matin quand je suis entrée dans la cuisine, Fumée miaulait et donnait des coups de patte à ces colonnes de trucs rouges qui traversaient la pièce comme si elles étaient chez elles, ces effrontées, comme si elles nous défiaient, Fumée et moi. Elles sortaient de ce conduit d'aération, près du réfrigérateur, escaladaient les pieds de la table, elles grouillaient sur la table, sur le plan de travail, dans les tiroirs… c'était affolant. Ça n'aurait servi à rien d'utiliser la bombe comme votre père l'aurait fait, avec les fourmis noires c'était une sorte de rite printanier, je le soupçonne même de s'en être réjoui à l'avance, mais moi je déteste ces bombes, j'ai peur qu'elles n'explosent, c'est toujours marqué " conserver à l'écart de toute source de chaleur " et on se demande ce que ça veut dire au juste, et j'ai une peur terrible de m'empoisonner, ou d'empoisonner ce pauvre Fumée, et ces fourmis rouges étaient tellement plus nombreuses que les noires, elles arrivaient par vagues, et elles *piquent* ! Alors j'ai cherché de l'aide dans les pages jaunes et…

– Sonny Danto, dit l'homme à la banane huileuse, en me saisissant la main avec un geste théâtral, … "La Terreur des bestioles". »

Un exterminateur de nuisibles ! C'était une première.

Ces personnes mal assorties avaient été invitées chez Gwen Eaton pour la fête des Mères, le 9 mai 2004, pour des raisons tenant au fait, crus-je comprendre, qu'elles étaient mères – comme tante Tabitha, dont les enfants habitaient trop loin pour venir la voir – ou qu'elles n'étaient pas mères et risquaient de se sentir « seules et exclues », comme Alyce Proxmire et Sonja Szyszko ; ou qu'elles étaient des fils sans mère, comme M. Wexley dont la mère n'était plus, ou « Sonny » Danto dont la mère résidait dans un village de retraités de Floride, trop loin pour qu'il aille la voir.

Clare et Nikki avaient été invitées pour une raison qui, elle au moins, était sans mystère.

Chez maman, les repas étaient toujours plus compliqués qu'on ne s'y attendait. En plus des « plats » complexes qui exigeaient des périodes d'intense concentration dans la cuisine, dans le voisinage de la cuisinière (dont un brûleur sur quatre au moins avait tendance à mal fonctionner), il fallait que circulent régulièrement dans la salle de séjour des amuse-gueules, invariablement de « nouvelles recettes », sur lesquels étaient attendus commentaires et éloges. Ce jour-là, maman avait préparé des tiges de céleri accompagnées d'une sauce au fromage et au curry, des friands à la morue, des œufs à la diable généreusement saupoudrés de paprika, et de minuscules croquettes épicées. (Le succès des croquettes fut immédiat auprès des hommes, et notamment de Sonny Danto.) Tandis que la conversation avançait par embardées, faiblissait, vacillait, languissait, puis reprenait courageusement, maman tenait à ce que les plateaux circulent de façon ininterrompue.

Avec un air de maître de maison, contrariant pour moi qui ne pouvais m'empêcher de me demander quelles étaient ses relations exactes avec maman, le distingué M. Wexley se vanta d'avoir apporté un champagne new-yorkais « d'exception » pour l'occasion. Avec la suffisance d'un petit politicien de province, il se mit lourdement debout et leva son verre à la santé de ma mère embarrassée : « À Gwendolin Eaton ! En ce jour entre tous : la fête des Mères ! À notre concitoyenne, voisine, amie et… hum… mère bien-aimée ! Qui, me suis-je laissé dire… – il lui adressa un clin d'œil clownesque, pointa vers elle son long nez crochu –, au temps où elle était une très jo-lie pom-pom girl au lycée de Mount Ephraim, promotion 1966, était surnommée par ses camarades éperdus d'adoration… "Plume". »

Tout le monde leva son verre. Maman rougit. Sonja Szyszko souriait de toutes ses dents, l'air perplexe : « "Ploum" ? Comme un oiseau ? Ploum d'oiseau ? »

Pauvre maman. Elle avait les joues enflammées comme si on l'avait giflée. Il était impossible de savoir si elle était contente ou morte de honte ; si son rire était sincère ou forcé. Dans notre famille, on la taquinait sans cesse ; papa avait souvent été le premier à le faire, quoique avec gentillesse. Il avait eu le rôle du sceptique, tandis que maman avait celui de la femme naïve, crédule et toujours étonnée.

Alors que nous levions nos verres, je vis maman serrer le sien comme si elle ne savait pas ce que c'était. Je ne voulais pas penser que papa lui manquait.

Je lui effleurai le bras. « "Plume" ? Tu ne nous as jamais dit pourquoi, tu sais. »

Mais maman souriait sans m'entendre.

Ce fut ensuite à Rob Chisholm de proposer un toast. Il avait un sourire luisant, tout en gencives. Il avait bu une succession de bières dans la salle de séjour, dévoré quantité de minisaucisses, et sa voix râpeuse montait comme un ballon. « À Gwen, la plus fantastique des belles-mères qu'un homme puisse souhaiter s'il doit absolument avoir une belle-mère, si vous voyez ce que je veux dire ? Puissiez-vous avoir toujours le vent dans le dos… comme disent les Irlandais. Je vous salue, mère Eaton ! »

Il y avait ce soir-là chez Rob Chisholm un laisser-aller loufoque que je lui avais rarement vu et qui me fascinait. Une impression de remous de rivière autour de lui, comme s'il risquait d'être emporté au moindre faux pas. Clare éclata d'un rire sec, ne sachant pas si son mari se montrait spirituel et sociable, ou s'il se rendait ridicule.

« "Mère Eaton", oh là là ! dit maman, tâchant de faire de l'humour. C'est comme ça qu'on m'appelle derrière mon dos ? Comme… un genre de nonne ? C'est le nom qu'on donne aux religieuses en chef, non… ? »

Tante Tabitha intervint : « Les époux de mes enfants m'appellent "mère Spancic". C'est moi qui leur ai demandé de m'appeler ainsi. Je trouve qu'il faut marquer la différence entre les générations. Si vous êtes "mère", cela vous évite d'être un frère, une sœur, un copain qu'on appelle par son prénom, mais en même temps vous n'êtes pas n'importe quelle "mère"... traitée sans égards comme un vendeur ambulant ou quelqu'un qui a un stand aux puces. Sûrement pas ! Vous méritez le respect, je pense. Pour ce que vous avez enduré. » Ridée comme un pruneau, la vieille Tabitha parlait avec tant de passion que la plupart des invités rirent, sans comprendre.

Pour empêcher la Terreur des bestioles de porter à son tour un toast au champagne, je me hâtai d'intervenir. « À *toutes* les mères ! Sans mères, où serions-nous tous ? »

Quelques gorgées de champagne de l'État de New York, et Nikki avait l'air euphorique. Une boute-en-train.

Ce dîner de fête des Mères au 43, Deer Creek Drive avait quelque chose de si désespéré qu'il fallait choisir entre l'euphorie ou les larmes.

Tout le monde but aux mères, sauf maman qui, serrant toujours son verre, nous observait avec un sourire tendre et triste, comme si elle était à des kilomètres. Sauf Foster qui regardait un match de base-ball à la télé, et Lilja qui, élégamment appuyée contre la porte, nous étudiait avec un détachement d'anthropologue.

Elle se dit qu'elle n'aura jamais notre âge. Nos âges. Jamais !

Avec l'air bienveillant et impérieux d'un professeur mettant fin à un cours, Clare leva son verre avec agressivité, se plia en avant au niveau de la taille et dit, souriant si fort qu'on s'attendait à entendre grincer de petits os : « Où vous seriez sans mères, je vais vous le dire : vous cuisineriez, nettoieriez, ramasseriez vos affaires et trieriez vos chaussettes tout seuls, vous vous plaindriez, rumineriez, ronchonneriez tout seuls et... »

Prenant conscience de son ton et de notre étonnement, Clare s'interrompit, pour conclure avec un sourire éblouissant : « ... vous ne seriez adorables qu'à vos yeux. Personne ne serait là pour vous dire qu'il vous aime quoi qu'il arrive. »

Sonny Danto leva son verre. D'un ton jovial, il déclara : « Moi, je bois à ça, madame. On ne peut pas mieux dire. »

Puis maman reçut ses cadeaux de fête des Mères.

Naturellement, elle nous avait dit de ne rien lui apporter. Tous les ans, maman ne voulait pas de cadeaux, tous les ans nous lui en apportions, et tous les ans elle bégayait avec embarras, aussi sincèrement que si c'était la première fois : « Oh ! il ne fallait pas... »

Ses joues brûlaient de gêne, elle refoulait ses larmes. Regardant tour à tour ses invités, une main pressée contre son haut de velours, elle donnait l'impression de ne pas savoir où elle se trouvait.

Je lui tapotai gentiment le bras. « Allez, maman ! Ouvre tes cadeaux, nous mourons de curiosité. »

Je faisais de l'humour. J'étais la seule à lui avoir apporté un présent emballé dans un papier cadeau.

La sévère tante Tabitha était venue avec un pot de chrysanthèmes roses entouré de papier d'aluminium, qu'elle avait offert à maman comme si elle payait le prix de son admission – « De Walter, mon plus jeune fils. À Sausalito, en Californie. Cela ne le dérangera pas que tu les aies, Gwen.

– Oh ! Tabitha. Ils sont magnifiques ! Merci. »

Maman accepta le pot de chrysanthèmes comme si elle n'avait jamais rien vu d'aussi exotique. Elle se pencha pour respirer ses boutons et ses fleurs rachitiques, bien que sachant que les chrysanthèmes n'ont pas d'odeur. Tabitha se plaignait de ses trois enfants : « Tu croirais qu'ils prendraient au moins la peine de se concerter pour savoir quelles fleurs m'envoyer, hein ? Eh bien, tu te tromperais. Vendredi matin, le livreur de Curtis Flowers est arrivé avec un pot de chrysanthèmes envoyé par Wendy, de Toledo ; samedi matin, deuxième pot de chrysanthèmes, envoyé par Aaron de Scanton ; samedi après-midi, troisième pot, de Walter à Sausalito. Tu te rends compte ! Deux pots de chrysanthèmes roses, et un pot de chrysanthèmes lavande. Tous les trois exactement de la même taille – la moins chère pour ce genre d'envoi, je me suis renseignée –, accompagnés du même message

À MA MÈRE AVEC AMOUR, et livrés par le même livreur. J'étais morte de honte.

– Oh, mais les chrysanthèmes sont de très belles fleurs, dit ma mère. Tu devrais...

– Je "devrais", coupa Tabitha. Je "devrais" quoi, Gwen ? Baver de reconnaissance comme un chiot parce qu'ils ne m'ont pas entièrement oubliée ?

– Eh bien...

– Si encore c'étaient des enfants ! Mais Wendy a quarante-quatre ans, Aaron quarante et un, et Walter trente-huit. Et ils ont fait à peu près la même chose l'an dernier, sauf que c'étaient des azalées. » Tabitha vida son verre de champagne avec énergie.

Alyce Proxmire avait apporté, emballé dans du papier cellophane, un *kringle* aux cerises et aux noix de pécan, une pâtisserie danoise très riche ayant la forme d'un collier de cheval. Lorsqu'elle était invitée chez maman, Alyce apportait toujours des gâteaux qu'elle achetait dans une pâtisserie de la ville, retirait de leur carton et transvasait dans l'un de ses moules ; elle avait gardé un goût enfantin pour les pâtisseries, mais ne prenait pas la peine de les faire elle-même. C'était une femme noueuse au visage quelconque, à l'air irritable, toujours malade, convalescente ou en train de « couver » quelque chose. Ce jour-là, elle grelottait dans une robe de laine marron trop grande, sur laquelle elle avait boutonné un cardigan blanc trop grand, et les ongles de ses longs doigts osseux étaient d'un bleu violacé. Clare et moi nous rappelions l'air de légère répugnance avec lequel « la plus vieille amie » de notre mère nous regardait, petites, quand nous étions censées l'appeler « tatie Alyce », ce que nous n'avions jamais réussi à faire de façon convaincante. Alyce ne s'était jamais mariée, naturellement. Alyce avait eu une histoire d'amour « tragique », des années auparavant. Alyce avait été poussée à prendre une retraite anticipée parce que, bibliothécaire dans un établissement public, elle n'avait pas pu ou pas voulu se mettre à l'informatique, et que, en fin de carrière, une peur phobique l'avait empêchée de laisser certains élèves (porteurs de microbes ? destructeurs ?) emprunter des livres ou même les consulter dans la bibliothèque.

Maman disait, en se penchant pour serrer la main glacée de son amie : « Oh ! Alyce. Tu n'aurais pas dû ! Merci mille fois, ma chérie. J'avais prévu des pêches Melba pour le dessert, nous aurons du kringle en plus. »

Ma chérie ! Clare et moi échangeâmes un regard plein de ressentiment.

Lilja avait peint une carte à l'aquarelle – BONNE FÊTE DES MÈRES MAMIE EATON ! Elle y avait manifestement consacré du temps, et fut embarrassée par nos compliments. Le reste de la famille Chisholm offrit à maman une carte comique et un chèque-cadeau de cent cinquante dollars à utiliser dans le magasin de meubles Restoration Hardware. « Oh ! Clare ! Rob ! Merci ! » Tous les ans, Clare, la femme pratique, offrait un chèque-cadeau à notre mère et, tous les ans, maman semblait agréablement surprise.

Dans sa jeunesse, déjà modèle d'efficacité et de parcimonie pour qui les sentiments étaient secondaires, Clare avait résolu le problème des cadeaux en achetant des produits de consommation courante en grande quantité et agrémentés d'une note festive : boîtes de mouchoirs en papier aux couleurs gaies, dentifrices et bains de bouche aux saveurs inhabituelles, boîtes géantes des céréales préférées de papa, ou carton entier de crèmes de céleri Campbell's, les soupes les plus utilisées par maman ; sans ironie ni intention cruelle, Clare m'avait offert pour cadeaux d'anniversaire des colliers antipuces pour nos chats, des sacs de litière parfumée, du déodorant, une boîte « économique géante » de serviettes hygiéniques Miss Sani.

« Oh ! Nikki… »

Maman s'émerveillait de mon paquet arc-en-ciel qui pesait si peu. Avec une méticulosité comique, elle défit les fils que j'avais noués autour, soucieuse de conserver le papier pour une autre fois. « C'est si beau, Nikki ! Si imaginatif ! Ça te ressemble bien. »

Vraiment ? Je souhaitais le penser.

À l'intérieur, un boa vaporeux de plumes d'autruche blanches que j'avais trouvé dans une brocante de Rochester. Poussant une exclamation ravie d'enfant, maman l'enroula autour de son cou. Elle avait quelque chose de comique et de touchant, l'air d'une petite fille jouant à l'adulte. « Tout à fait ce qu'il me fallait, Nikki. Comment as-tu deviné ? »

Maman se pencha pour me serrer dans ses bras. Elle sentait le talc.

Après la mort de papa, qui avait été brutale et inattendue, maman s'était mise à se doucher souvent, à se laver compulsivement les mains au point de s'irriter la peau, à se brosser les dents jusqu'à faire saigner ses gencives. Elle se talquait de façon obsessionnelle avec le talc parfumé que lui avait offert papa, pieds compris, si bien que lorsque Clare et moi passions la voir, nous découvrions des empreintes de pied fantomatiques sur le sol, à la sortie la salle de bains.

Maman avait fini par revenir à la normale. Du moins le pensions-nous.

« J'ai trouvé un boa, un jour, en plumes d'autruche lui aussi, des plumes blanches et noires, dans le grenier de ma grand-mère. Je lui ai demandé si je pouvais jouer avec, j'étais toute petite, et vous savez ce que ma grand-mère m'a répondu ? "Non, il n'en est pas question." »

Tante Tabitha prononça ce petit discours d'un ton amusé, comme si c'était maintenant la grand-mère et non la petite fille depuis longtemps disparue qui avait son approbation. On pouvait en déduire qu'elle n'appréciait guère mon cadeau fantaisiste. Quant à Alyce Proxmire, elle secoua la tête comme au spectacle d'une camarade de classe se rendant ridicule. Ma grande sœur, elle, sourit avec indulgence, bien entendu : « Nikki nous offre toujours ce qui lui ferait plaisir. »

La remarque me blessa. Clare y allait un peu fort ! Ce n'était pas vrai.

Sonja Szyszko poussait de telles exclamations d'admiration devant le « beau », le « superbe » boa, que maman le posa sur ses robustes épaules. Je craignis un instant qu'elle ne le lui donne, comme elle le faisait souvent des choses qui « allaient mieux » aux autres qu'à elle-même.

La conversation roula alors sur les brocantes, un sujet dont j'étais la spécialiste. Devant les invités de maman, j'exhibai une montre que j'avais trouvée à Rochester dans la même boutique, un boîtier d'argent un peu terni mais encore très beau, avec un délicat cadran bleu nuit où les chiffres étaient remplacés par de petites étoiles lumineuses. Une inscription était gravée au dos : *À Elise avec amour*. Grisée par le champagne, par la façon dont les hommes me regardaient, je m'entendis jacasser comme une bêtasse du petit écran sur mon amour « insatiable » pour les brocantes. J'étais apparemment attirée par les vieilles choses, comme si le neuf, le brut, ce qui n'avait pas encore été essayé, « aimé », n'avait pas d'attrait pour moi ; j'éprouvais apparemment le besoin d'acquérir des objets ayant déjà appartenu à quelqu'un, comme si je ne me fiais pas à mon jugement et devais emboîter le pas aux autres : « Vêtements, bijoux, hommes. »

Mes jambes minces gainées de soie violette étaient croisées, mon pied gauche, nu et d'une pâleur cireuse (ongles magenta, assortis aux ongles de mes mains et à ma bouche), se balançait dans sa sandale pailletée. Je parlais d'un ton fantasque. J'avais l'art de dire des choses sérieuses avec une hardiesse innocente, de façon à provoquer les rires.

Mais Clare ne riait pas. Ni maman, toujours occupée à admirer le boa de plumes d'autruche jeté sur les épaules de Sonja Szyszko.

Le mari d'une autre femme ! Comment peux-tu, Nikki ? Comment peux-tu espérer qu'il t'épouse, s'il ne te respecte pas ? Parce que si cet homme te respectait, il divorcerait et t'épouserait. Si, il le ferait ! Je me moque qu'on soit au XXI*e* *siècle.*

Et s'il ne t'épouse pas, il ne te respecte pas.
Ne ris pas, Nikki ! Ton père se ferait du souci, lui aussi.
Je suis ta mère, chérie. Je souhaite juste que tu ne souffres pas.

Tout le monde s'extasia sur les plats de maman. Évidemment.

Pour le repas de fête des Mères, nous eûmes : le très attendu Suprême de poulet à la hawaïenne, un mélange gluant de poulet très tendre, de poivrons verts et d'oignons, de grosses tranches d'ananas, de sauce de soja, de riz blanc et d'amandes. Et aussi des asperges, un soufflé au maïs, une salade de betteraves assaisonnée de menthe hachée. Et le pain aux douze céréales, yaourt et raisins secs que maman faisait elle-même. Pour dessert, des pêches Melba et le kringle aux cerises et noix de pécan. Exception faite de Lilja qui ne mangea que des asperges et une cuillerée à café de soufflé, et qui exaspéra sa mère en demandant à quitter la table au bout de dix minutes, nous mangeâmes tous avec appétit. Même tante Tabitha, qui déclara stoïquement que le poulet hawaïen était « un peu trop sucré à son goût », et le riz « pas tout à fait assez cuit » ; même Alyce Proxmire, qui avait l'habitude de découper sa nourriture en minuscules morceaux qu'elle mangeait avec une lenteur insoutenable comme si elle craignait de tomber sur du verre brisé.

Un des canards boiteux de votre mère, disait papa d'Alyce Proxmire, en roulant les yeux d'un air perplexe.

Enfant, j'avais cru quelque temps qu'il existait vraiment quelque part des canards « boiteux » que maman avait sauvés. Elle se laissait si facilement attendrir par toutes les créatures perdues – des femmes surtout, qui téléphonaient à n'importe quelle heure ou passaient à la maison (« Je ne resterai qu'une minute, Gwen, je t'assure ») – qu'il aurait été parfaitement logique qu'elle prenne en pitié des canards boiteux.

Nous étions si nombreux qu'il avait fallu mettre des rallonges à la table de la salle à manger. Rob et moi nous en étions chargés, nos mains s'étaient frôlées. Peut-être est-il plus difficile de savoir se conduire avec un beau-frère quand on n'a pas eu de frère.

Il semblait y avoir trop de monde à table. On se serait cru à Noël ou à Thanksgiving, un repas familial où l'on parlait et riait fort. Où l'on tâchait d'avoir l'air gais. Des larmes me piquaient les yeux, et pourtant je riais. Je cherchais mon père parmi tous ces visages, et voir Rob Chisholm à sa place, à l'opposé de maman, me déroutait.

Plus contrariant encore, le distingué Gilbert Wexley était assis à la droite de maman, qui le regardait, souriante et anxieuse, s'adresser pompeusement à la tablée – « Le Président sera réélu par une majorité écrasante en novembre. Le peuple américain, patriotique, n'aura jamais d'indulgence pour le terrorisme ». Je ne supportais pas l'idée que ma mère puisse s'intéresser à un homme aussi imbu de lui-même.

Cinquante-six ans, c'était trop vieux pour « sortir ». Si maman ne le savait pas, il faudrait que Clare et moi la mettions au courant.

Sonny Danto était à côté de moi, comme je l'avais craint. Avant le repas, j'avais essayé d'intervertir les cartons et de me placer entre maman et Lilja, mais ma mère m'avait surprise et donné une petite tape sur la main. *Non Nikki !*

Ce que Danto avait de bien, c'est qu'il disputait la suprématie à Wexley. Bien que ne connaissant pour ainsi dire personne, il n'était pas timide le moins du monde. Il parlait, gesticulait, mangeait et buvait avec l'énergie d'une colonie de cafards. Même ses tentatives pour me parler étaient esbroufeuses, agressives : « Nicole Eaton… c'est votre nom ? Le petit journal local ? » Il souriait de ses grosses dents tachées, se penchait vers moi en ne m'épargnant la vue d'aucun de ses cheveux, d'aucun des follicules de sa banane à la Elvis. « Vous êtes ma journaliste préférée, je lis toujours vos articles.

– Ah bon. »

Maman avait dû lui dresser un portrait effrontément flatteur de ma personne. Apparemment il était venu bien préparé. Sans doute avait-il fait un petit tour à la bibliothèque locale pour jeter un coup d'œil aux vieux numéros du *Beacon*.

Danto me confia en baissant la voix qu'il avait l'intention d'écrire ses mémoires, un jour – « *La Terreur des bestioles : le témoignage vécu d'un Terminator de terrain.* Un titre géant, hein ? » Mais s'il trouvait le collaborateur idoine, il opterait peut-être pour la forme des « propos recueillis par ».

Il avait suivi l'exemple de son grand-père de Tonawanda, la « Terreur des bestioles » numéro 1. À ceci près que son grand-père avait eu les termites pour spécialité, alors que lui, c'étaient les fourmis charpentières. « La spécialité choisie est très révélatrice, dans le domaine de l'extermination des nuisibles. »

– Moi je crois que je me spécialiserais dans les mites, dis-je. Ces petits papillons impalpables. Plutôt jolis. Mais il faudrait que je les tue, je suppose ? Je crois que cela ne me plairait pas. »

Danto rit de façon extravagante. Il devait penser que je flirtais avec lui. Il se mit à faire une sorte de publireportage sur les mites, écouté bientôt avec intérêt par la plupart des convives, qui délaissèrent Wexley. « Ces mites prétendument "impalpables" peuvent être pire que les fourmis ! Un jour vous en voyez quelques-unes, le lendemain vous en voyez une dizaine, et puis d'un seul coup il y en a plein la maison, et vous savez pourquoi ? Parce qu'elles ne mangent pas que la laine. Oh non ! Elles pondent leurs œufs dans les céréales, les crackers, les pâtes, les croquettes pour chiens et chats, les graines pour les oiseaux et même le thé, tout ce qui n'est pas en boîte ou dans un emballage hermétique. Les gens ne le savent pas ! Regardez cette pauvre Mme Eaton, hier : sa maison a beau être plutôt propre, elle était envahie par les fourmis rouges et elle ne savait pas comment s'en défaire. C'est là que la Terreur des bestioles intervient ! On ne doit jamais sous-estimer la capacité des insectes à envahir une maison, il faut des professionnels pour les exterminer. » Je vis maman se forcer à sourire en entendant dire que sa *maison était plutôt propre* et échangeai un sourire ironique avec Clare. Comment notre mère avait-elle pu aller pêcher « Sonny » Danto dans les pages jaunes et nous l'infliger à cette table !

Et me l'infliger à moi, sa fille soi-disant bien-aimée.

Elle ne me connaît pas. Ne veut pas me connaître.

Comme à son habitude, maman était insensible à tout malaise qui ne crevait pas les yeux. Pourvu que ses invités aient l'air de s'amuser, mangent ses plats et acceptent d'être resservis, qu'importait le reste ? Gwen Eaton, l'incurable optimiste ! Il était impossible de lui en vouloir, elle avait de si bonnes intentions ! Elle désirait que sa Nikki soit aussi heureuse que sa Clare, ce qui signifiait mariage, enfants, foyer. *Famille.*

Inspiré par Danto dont l'assurance frimeuse devait le contrarier, Rob confia à la tablée que, enfant, il voulait devenir bactériologiste ou épidémiologiste : « Quelqu'un qui ne ferait pas que gagner de l'argent mais qui rendrait service à l'humanité. »

Tante Tabitha fronça le nez, comme s'il avait proféré une sorte d'obscénité. Alyce Proxmire frissonna et lui jeta un regard incrédule. Clare avait l'air aussi embarrassée que s'il avait révélé un secret intime, et Sonja Szyszko frappa dans ses grosses mains comme si elle avait mal compris.

« Mais tu rends service dans ton métier, Rob, protesta maman. L'"électronique". Les "ventes". Il faut qu'il y ait de l'électronique dans notre monde, non ? Sans commerce, sans argent, la science et le reste n'existeraient pas. On ne peut pas gagner sa vie rien qu'avec des choses minuscules qu'on ne voit qu'au microscope. Qui aurait inventé et fabriqué le microscope sans commerce et sans argent ? Les bactéries, c'est tellement petit, rien à voir avec les oiseaux ni même avec les insectes. » Maman parlait avec gaieté, ivresse. Elle était drôle sans savoir pourquoi, et semblait heureuse des sourires qu'elle suscitait.

Danto dit d'un ton belliqueux : « Les insectes ont leurs propres bactéries, vous pouvez me croire. Les tiques ? La maladie de

Lyme ? Ce ne sont pas les tiques qui causent la maladie, mais les bactéries.

– En fait, c'est un virus, intervint Rob d'un ton sec. La maladie de Lyme est due à un virus. »

La conversation roula alors sur la maladie de Lyme : tout le monde connaissait quelqu'un qui l'avait eue. Alyce Proxmire sembla s'animer pour la première fois de la soirée et raconta avec excitation que, deux ans plus tôt, dans cette même maison, elle avait commis l'erreur quasi fatale de prendre le chat gris de Gwen sur ses genoux, lequel avait dû lui transmettre une tique parce qu'elle s'était réveillée le lendemain matin de bonne heure avec de terribles élancements dans le cuir chevelu et avait réussi à voir dans la glace une vilaine irritation enflammée, de celles qui peuvent indiquer une infection et dégénérer en maladie de Lyme si on ne vous donne pas immédiatement des antibiotiques.

« Je pourrais être paralysée à l'heure qu'il est ! Je pourrais être dans un poumon d'acier ! Grâce à Gwen et à un de ses chats perdus. »

Alyce cherchait à plaisanter, tout en réprimandant sérieusement maman, mais sa voix tremblait d'appréhension.

Maman dit d'un ton d'excuse : « Oh ! Alyce, je m'en veux vraiment. J'ai tout de suite examiné Fumée, et je l'ai emmené chez le vétérinaire qui ne lui a pas trouvé une seule tique, parole d'honneur. Pas même une puce. "Fumée est un des animaux les plus propres de ma clientèle", c'est ce qu'il a dit, je t'assure ! Je te l'ai déjà expliqué. Tu as peut-être attrapé une tique chez moi, dans l'herbe, lorsque nous nous sommes promenées dans le jardin. Il y a souvent des cervidés qui traversent les propriétés dans ce quartier, et ce sont leurs tiques qui transmettent la maladie. Je suis sûre que Fumée n'y était pour rien. »

Alyce murmura avec humeur que Gwen prenait toujours la défense de son chat, comme de tous les animaux qu'elle recueillait. Tante Tabitha approuva avec un sourire sombre : impossible de dire combien des chats perdus de Gwen traînaient dans la maison, elle était certaine d'avoir senti quelque chose frôler sa cheville sous la table. De son ton de professeur, Clare intervint pour clore la discussion : « Maman a un faible pour les animaux perdus mais sa famille la surveille de près : elle n'en a plus qu'un seul.

– Belle-de-jour a disparu, dit maman avec un soupir. Il ne reste plus que Fumée.

– Mais il n'y a pas si longtemps, tu avais quatre chats, dit Clare. Tu sais ce qu'en pensait papa.

– Oh, mon Dieu, votre père ne... » Maman sourit, hésita. Le boa blanc, qu'elle avait gaiement enroulé autour de son cou avant le dîner, glissait sur ses épaules. « ... En fait il n'aimait pas les animaux. Pas beaucoup.

– Pas les animaux, maman. Les paumés ! »

Clare souriait avec entrain. Je savais que je devais lui venir en aide, elle avait fait une gaffe en mettant la conversation sur ce sujet. Il fallait que nous taquinions maman pour détourner son attention, pour la faire rire de plaisir et d'embarras. Nous parlâmes de son faible pour les gens perdus : la placeuse en produits de beauté qui avait fondu en larmes en plein boniment et confié à Gwen qu'elle se sentait très seule. Aussitôt invitée à dîner par Gwen, elle s'était « effondrée » et avait fini par passer la nuit à la maison. Au matin, c'était papa qui avait dû lui demander de bien vouloir partir. Pire encore : la « cousine Darlene », une vague parente de Gwen qui avait débarqué de Plattsburgh avec un enfant de six mois en racontant que son mari la maltraitait et la menaçait de mort. Naturellement, Gwen l'avait aussitôt recueillie et, au bout de quelques jours, Darlene multipliait les coups de téléphone longue distance, laissait son bébé coliqueux à maman une bonne partie de la journée, trouvait normal qu'elle fasse la cuisine et nettoie derrière elle, si bien que papa avait dû intervenir une fois encore en demandant à la famille de Darlene de bien vouloir venir la chercher. « La cousine Darlene ! dit Clare avec véhémence. Sans papa, elle serait encore en train de camper dans mon ancienne chambre. Elle avait volé de l'argent à sa propre famille. Elle n'était même pas mariée. Ce bébé n'avait pas de père.

– Ah ! mais la faute à qui ? protesta faiblement maman. Un bébé ne choisit pas…

– Et l'été dernier ? Je passe à la maison et j'y trouve un genre de péquenaud en tee-shirt sans manches et caleçon de bains, les bras couverts de tatouages, qui fait semblant de tondre la pelouse. Sauf que la tondeuse n'arrêtait pas de crachoter. Je demande à maman qui est cet individu, et elle me répond qu'il lui a été "conseillé" par le révérend Bewley. Un prisonnier de Red Bank, s'il vous plaît ! En libération conditionnelle.

– Oh ! mais il n'avait fait grand-chose, dit maman, en rougissant. Des faux chèques ou…

– Vol de véhicules, maman ! Cambriolage ! Dieu sait quoi d'autre encore ! Ton cher révérend est aussi naïf que toi ! La meilleure, conclut Clare d'un ton triomphant, c'est qu'il s'appelait Lynch !

– Mais on ne choisit pas son nom, Clare.

– C'était son prénom ! Il aurait certainement pu en changer. » Les yeux de Clare brillaient de fureur vertueuse, tous les convives l'écoutaient avec une attention intense. L'ambiance était fantasque et amusée. Face à ce genre de reproche, maman rougissait avec une sorte de plaisir embarrassé. Il me semblait voir la silhouette de mon père à l'arrière-plan : souvent, lorsque Clare et moi venions rendre visite à maman, que nous buvions un café ou une tisane dans la cuisine, je prenais soudain conscience de sa présence sur le seuil ; ne souhaitant apparemment ni se joindre à nous ni nous quitter, il nous écoutait sans éprouver le besoin de participer, satisfait de saisir l'essentiel de ce qui amusait "ses trois filles", comme il nous appelait tendrement. « … Donc je suis dans la cuisine avec maman et comme on n'entend plus la tondeuse, je sors enquêter, et je trouve ce "Lynch" devant le garage, près d'une flaque d'huile – de l'huile qu'il avait dû renverser lui-même sur le béton –, et que pensez-vous qu'il soit en train de faire ? Je n'en croyais pas mes yeux… il s'entraînait à glisser et à tomber. À tomber ! Un type de vingt-cinq, trente ans, maigre et musclé, avec une barbiche miteuse et un visage tanné, il posait la main par terre, se baissait, se préparait à tomber violemment. Apparemment, maman l'avait engagé dans le cadre d'un programme d'aide aux personnes défavorisées organisé par le révérend Bewley, et ce type ne trouvait rien de mieux à faire que de s'entraîner à avoir un "accident" ! Pour pouvoir prétendre qu'il s'était blessé et faire chanter maman ? Pour la poursuivre en justice ? Alors j'ai dit : "Pardon, monsieur, mais vous jouez à quoi, au juste ?"… et ça lui a fait de l'effet. » Clare parlait avec la véhémence d'un témoin déposant sur Court TV. Le vin et l'attention des invités donnaient des couleurs à son visage rond. « Pendant ce temps-là, maman se tordait les mains… "Oh, mon Dieu, oh, mon Dieu ! Ne sois pas trop dure avec lui, Clare." Lynch, lui, a eu la décence d'avoir l'air embarrassé, il a marmonné *Rien madame, je fais rien, je finis juste par là* et j'ai dit "Exact, monsieur. Vous ne faites rien. Vous avez fini de travailler pour ma mère, vous allez quitter cette maison sur-le-champ et ne plus y revenir, sinon j'appelle la police et vous vous retrouverez à Red Bank, que vous n'auriez jamais dû quitter". »

Au milieu des rires de ses invités, maman essaya faiblement de protester. « Mais il avait de bonnes intentions, je pense. Je lui avais parlé, ce n'était pas un mauvais homme… il m'avait dit que la "seule amie à qui il faisait confiance" était sa grand-mère. Je sais que sa conduite semblait suspecte, Clare a sûrement raison, mais comment un ex-détenu peut-il vivre, comment peut-il éviter de commettre de nouveaux crimes si on ne lui donne pas sa chance… »

Clare s'écria : « Une chance de profiter de toi, oui ! De te voler !

– Comment aurais-je pu le savoir ? Le révérend Bewley disait…

– J'ai téléphoné au révérend. Oh oui, je lui ai téléphoné ! Et je lui ai dit ma façon de penser. "Fini les missions de bienfaisance ! Fini les ex-escrocs faussement repentis qui profitent du cœur tendre de ma mère ! La famille de Gwendolyn Eaton s'occupe d'elle comme il faut, merci." Et le révérend a eu la décence de s'excuser. » Clare était haletante, triomphante. Chaque fois qu'elle racontait l'histoire de Lynch, elle l'embellissait, la faisait plus cruelle et plus drôle. Dans la première version, à laquelle j'avais eu droit au téléphone le jour même de l'incident, il n'était pas aussi certain que l'ex-détenu s'entraînait à tomber, il avait simplement eu une conduite suspecte aux abords du garage. (Du vivant de papa, le garage était relativement bien rangé, et il insistait pour que l'on y rentre la voiture tous les soirs. Depuis sa mort, maman avait tendance à laisser la voiture dans l'allée, et le garage se transformait en débarras.) Cette nouvelle version eut un tel succès que même Tabitha et Alyce Proxmire furent prises de crises de fou rire, incapables de résister au récit des malheurs d'autrui.

Foster, qui regardait la télé dans une autre pièce, vint en courant voir ce qui se passait, et la languissante Lilja apparut, elle aussi, portable collé à l'oreille : « Maman ? Qu'est-ce qu'il y a de drôle ? Pourquoi riez-vous si fort ? »

Il me fallut un moment pour réaliser que la « maman » de Lilja n'était pas maman mais Clare.

Dans la salle de bains réservée aux invités, où dominait un parfum de pot-pourri et de savon « aux fleurs ». Où les essuie-mains étaient en lin, brodés de boutons de rose par maman, si coquets que l'on n'osait pas les salir en s'y séchant les mains.

Nikki qu'as-tu fait à mes cheveux, mon reflet pâle et étonné dans la glace, mes cheveux bordeaux pareils à une perruque de clown sur une tête qui paraissait bizarrement petite. *Qu'as-tu fait à ma Nikki.*

« J'ai trente et un ans ! Je ne suis plus ta Nikki, maman. »

La Nikki de qui, alors ? J'avais bu quelques verres de vin et ne pensais plus avec ma précision laser accoutumée.

J'ouvris le robinet, aspergeai d'eau froide mon visage fiévreux. Adressai un clin d'œil et un sourire flirteur à mon reflet. « Je me spécialiserais dans les mites. » Je mimai un baiser en tâchant de ne pas remarquer que je n'étais pas aussi sexy/branchée/glamour, vue de près. La façon dont mon haut noir chiffonné remontait sur mon ventre en découvrant une bande de peau était-elle séduisante ou ridicule ? Pas étonnant que Rob Chisholm, Gilbert Wexley et « Sonny » Danto m'aient suivie des yeux lorsque je m'étais levée de table.

Lilja et son portable. Elle s'ennuyait comme un rat mort au repas de fête des Mères de sa grand-mère.

J'avais mon portable, moi aussi. J'étais arrivée à 18 heures, il était 20 h 35 et je m'étais interdit de passer un seul coup de fil. (Je savais que maman le remarquerait. Bien que peu soupçonneuse en apparence, Gwen Eaton avait des yeux derrière la tête. Pareil pour les oreilles.) J'étais fière de ne pas avoir interrogé ma boîte vocale à Chautauqua Falls, acte qui déterminerait si j'espérais ou non un appel ; si cela m'était indifférent ou pas ; si je me préoccupais de ce qui pouvait m'attendre ou ne pas m'attendre sur la boîte vocale de mon appartement obscur de Chautauqua Falls.

En fait, je ne pouvais pas courir ce risque. Entendre l'enregistrement se déclencher.

Vous n'avez pas de nouveau message.

« Cela s'est mieux passé que nous nous y attendions.

– Je ne te le fais pas dire ! »

Le lendemain matin, au téléphone, Clare et moi devrions reconnaître que l'invraisemblable patchwork des invités réunis par maman avait à peu près fonctionné. Si nous l'avions emmenée au majestueux Mount Ephraim Inn, elle aurait été affolée par les prix (« Vingt-deux dollars pour du *poulet* ! Vingt-huit dollars pour de l'*agneau* ! »), elle aurait été trop aimable avec les serveurs par gêne d'être servie (« Est-ce qu'on me sert à la maison ? Je peux très bien aller prendre un verre d'eau glacée là-bas à cette desserte, ça ne me dérange pas du tout ») et au moment de l'addition, elle aurait essayé de persuader Rob de la laisser « participer ».

À 9 heures du soir, les invités de maman étaient toujours à table. Et ils ne montraient aucune intention de s'en aller. Contre toute attente, Wexley, Danto et Rob Chisholm avaient trouvé un terrain d'entente : la critique des fonctionnaires. Dans la cuisine, maman préparait du café (« vrai » et décaféiné). Comme d'habitude, elle avait passé une grande partie de la soirée debout, à s'affairer entre la cuisine et la salle à manger. Maman était une femme menue mais pouvait se montrer féroce quand il s'agissait d'interdire à quiconque de l'aider. « Vous êtes mes invités, ce soir. Cela vaut aussi pour mes filles. Vous restez assis ! » Comme si tante Tabitha et sa vieille amie Alyce avaient eu l'intention de faire le moindre geste.

En plein repas, maman se glissait dans la cuisine pour rincer subrepticement quelques assiettes dans l'évier, les mettre dans le lave-vaisselle, puis elle revenait à table, un sourire innocent aux lèvres. *Prendre de l'avance sur la vaisselle* était pour maman ce que les rapports sexuels illicites étaient pour certains.

J'emportai des assiettes sales dans la cuisine. Clare suivit avec d'autres. Lorsque Clare grondait, ses narines se dilataient : « Maman ! Pour l'amour du ciel, laisse-nous faire le reste. Profite un peu de tes hôtes, c'est toi qui les as invités. »

J'éclatai de rire. Clare me jeta un regard furieux.

« C'est la vérité, non ? Il n'y a que Gwen Eaton pour inviter des inconnus, les laisser se débrouiller ensemble et passer la soirée à quitter la table en les abandonnant à eux-mêmes. »

Maman protesta : « Ce n'est pas vrai, Clare. Je n'ai pas abandonné mes invités. Tu es injuste.

– Clare est Clare, maman », intervins-je aussitôt.

Ma sœur avait eu des réserves sur cette soirée avant même qu'elle ait lieu. Le lendemain, Lilja et Foster avaient cours, ce qui voulait dire qu'elle devrait se lever tôt, faire se lever les enfants, etc. Pis encore, Rob semblait boire davantage que d'ordinaire. Et s'amuser davantage que d'ordinaire.

Maman demandait, d'un ton anxieux : « Vous ne trouvez pas que cela se passe plutôt bien ? » Et Clare et moi répondîmes : « Oh oui, maman, bien sûr. » Je lui fis des compliments sur ses invités « originaux, pleins d'entrain », et Clare lui en fit sur sa « jolie » table. « Mais vous croyez qu'ils aiment vraiment ce que j'ai préparé, ou est-ce qu'ils se resservent uniquement par politesse ? » demanda maman, en se tordant quasiment les mains. La question nous fit rire, Clare et moi. « Tout est délicieux, maman. Évidemment.

– Mais le poulet à la hawaïenne ? Tabitha l'a trouvé trop sucré…

– Tabitha ! Tu n'as pas remarqué les portions qu'elle s'était servies ? dit Clare.

– Elle a dit que le riz n'était pas assez cuit.

– Parce qu'il n'était pas collant, dis-je. Tabitha n'y connaît strictement rien en cuisine.

– Ah. Peut-être.

– Maman, voyons ! Tu es une cuisinière épatante. »

Maman avait promis davantage de glace pour accompagner ce qui restait des pêches Melba et du kringle, et c'est à moi qu'il revint de fouiller dans le congélateur à la recherche d'un autre demi-litre. Je tâchai de ne pas me laisser distraire par les nombreuses photos de famille collées au réfrigérateur par de minuscules aimants, des couches superposées de photos dont certaines remontaient à l'époque où Clare et moi étions adolescentes. On y voyait mes parents souriants en vêtements d'été, l'air étonnamment jeunes et heureux. Clare et Rob, le jour de leur mariage, jeunes et heureux, eux aussi. Clare avec le petit Foster dans les bras, l'air d'une athlète qui a décroché une médaille.

Lilja à huit ans, regardant l'appareil avec un beau sourire timide. Et Nicole, en toque et toge de cérémonie, le jour de la cérémonie de remise du bac, surexposée et toute blanche dans une lumière éblouissante : « Nikki », dont les cheveux n'étaient pas encore hérissés mais blond foncé, souriant avec mélancolie à l'appareil (tenu par papa) dans le jardin herbeux du 43, Deer Creek Drive.

Étrange de regarder une vieille photo de soi-même. Alors que tout ce qui avait tant d'importance à cette époque-là (bal de fin d'année, petit ami, rapports sexuels) s'est évanoui comme neige au soleil.

J'avais trouvé la glace, un marbré à la framboise. La boîte était couverte d'une fine pellicule de givre, glacée sous les doigts.

« … et Lilja n'a quasiment rien mangé. Oh ! Clare, je me fais du souci à son sujet…

– Ne t'en fais pas, s'il te plaît.

– Mais elle a les poignets si fins, de petits os de moineau… »

Entre Lilja et sa grand-mère en adoration, il y avait apparemment eu des liens privilégiés. Mais plus depuis quelque temps.

Lilja était un sujet sensible dont Clare refusait de discuter avec maman, ou avec quiconque. J'évitais la question comme je l'aurais fait d'un fil sous tension. (J'aurais pris le parti de ma nièce, de toute manière. Se révolter contre sa mère hyperefficace devait être délicieux.) Maman savait à quoi s'en tenir, mais c'était plus fort qu'elle. Clare s'affaira dans la cuisine en donnant l'impression de nous bousculer, maman et moi, alors qu'elle ne nous frôlait même pas. Elle retira la bouilloire du feu avec brusquerie, jeta deux sachets de tisane Almond Sunset dans la théière de porcelaine, versa l'eau bouillante à la va-vite et fonça dans la salle à manger.

« Je m'inquiète vraiment, dit maman, d'un ton blessé. On lit tellement de choses sur l'anorexie, la télé en parle sans arrêt. Lilja n'est pas seulement maigre, elle est nerveuse, et quand on essaie de lui parler, on dirait qu'elle n'est pas là. Ce petit pull en coton que je veux lui tricoter, elle n'a pas encore choisi le modèle, et son anniversaire est dans moins de deux mois... »

J'imaginais l'intérêt poli de Lilja pour le dernier projet de tricot de sa grand-mère. Je préférais ne pas penser à la facilité avec laquelle maman pouvait être blessée.

« Lilja va avoir quatorze ans, maman. Ce n'est plus une petite fille.

– Oh ! je sais. Des filles de cet âge, j'en vois au centre commercial, à la piscine. Elles ont l'air de se suffire à elles-mêmes. Je leur souris, et elles ne me voient même pas. Quand tu avais leur âge, Nikki...

– Est-ce que j'étais plus immature qu'aujourd'hui ? »

Elle rit, un peu perplexe. Sachant qu'il s'agissait d'une plaisanterie, même si la logique n'y était pas.

J'adorais faire rire ma mère. Depuis quatre ans, il me semblait que c'était ce que je pouvais faire de mieux pour elle.

Pendant cette conversation, elle s'activait à préparer le café. La verseuse en verre de la cafetière électrique étant trop tachée pour être présentable, le café qu'on y faisait devait être transvasé dans un récipient en argent étincelant et porté dans la salle à manger. De même, la glace, que je me serais contentée de servir dans son emballage, dut être transférée dans une coupe « convenable » et présentée avec une cuiller en argent.

Convenable. Un mot qui définissait la vie de maman.

Comme si elle suivait le fil de mes pensées, maman dit soudain, d'une voix basse et anxieuse : « Et toi, Nikki ? Comment vas-tu ?

– Super, maman. Ça se voit, non ? »

J'ébouriffai des deux mains mes cheveux hérissés.

Maman m'observait, les yeux plissés, un sourire incertain aux lèvres. Ses yeux ambre mouchetés de vert semblaient humides, comme si elle faisait de gros efforts pour voir qui se tenait devant elle.

« Tu n'as pas arrêté de penser à lui, n'est-ce pas ? Toute la soirée.

– Je t'en prie, maman, pas cette vieille rengaine. »

J'avais répondu vite et sèchement. Je me rendrais compte plus tard que j'avais attendu ce moment, ce tendre reproche murmuré, ce frémissement sur son visage, ce papillotement des paupières qui indiquait *Ta mère refoule ses larmes. Elle est courageuse pour toi. Une mère bonne et aimante dont la fille têtue et autodestructrice s'obstine à briser le cœur.*

« Ce n'est pas une rengaine pour moi, Nikki.

– Tu ne le connais pas. Tu ne l'as vu qu'une seule fois, et tu n'as aucune idée de nos relations. Alors, s'il te plaît, laissons tomber.

– "Laisser tomber". Quelle drôle de façon de parler ! Comme si je pouvais "laisser tomber" ma propre fille.

– Tes invités t'attendent, maman. On ferait mieux d'y aller.

– Oh ! je m'en fiche. Je ne sais pas pourquoi je les ai invités, c'était un coup de folie... "Plus de gens ! Plus de gens ! Si je n'arrive pas à être heureuse, je les rendrai heureux, eux !"... C'est peut-être pour ça. Mais il n'y a que ma famille qui compte pour moi, *tu* comptes pour moi. »

Elle eut un geste maladroit pour m'enlacer, et je reculai. Comme si un petit colibri m'avait frappée de son bec, j'avais réagi sans réfléchir.

Nous parlions bas, tout à coup, avec excitation. Mon cœur battait à grands coups douloureux, à moins que ce ne fût celui de ma mère. J'avais du mal à respirer, elle aspirait tout l'oxygène de la pièce. J'avais envie de la repousser, son pouvoir me faisait peur. Je ne pouvais supporter qu'elle me touche, pas plus que, dans la salle d'attente de l'hôpital, lorsqu'on nous avait annoncé la mort de papa, je n'avais supporté qu'on me touche parce que j'étais comme écorchée, la peau à vif, à nu. Maman prononçait des paroles que j'avais entendues souvent et imaginées plus souvent encore : il fallait que je rompe, cet homme avait une mauvaise influence sur ma vie, même s'il divorçait, je ne devais pas oublier le mal qu'il avait fait à sa femme, et à moi. Comment pouvais-je espérer qu'il m'épouse s'il ne me respectait pas, et comment pouvait-il me respecter si je ne me respectais pas moi-même ? J'allais à la dérive, comme si, à bord d'un canoë, j'avais lâché la pagaie et que le canoë dérive au fil du courant…

« Tu n'as peut-être pas dérivé assez, maman. Il n'y a pas que la famille dans la vie.

– En dehors de la famille, *qu'y a-t-il* ? »

Après coup, je me dirais que sa question était sincère.

Elle voulait savoir, et que pouvais-je lui dire ? Je ne pouvais pas lui avouer que je ne savais pas.

« Tu n'es pas moi et je ne suis pas toi, maman. Dieu merci. »

Tout ce que je disais était vrai. Ces pensées rebelles, je les avais eues bien souvent. Et pourtant, voilà que je les exprimais soudain tout haut, d'un ton blessé d'enfant.

C'est à ce moment-là que Clare poussa la porte de la cuisine.

À 21 h 40, les invités partirent. Enfin.

Dans la voiture, en rentrant à Chautauqua Falls, je me dis *Je vais la punir, je n'appellerai pas demain.*

Peut-être le jour d'après.

Peut-être pas.

… vous me jugerez ensuite

Quand nous étions jeunes. Quand nous jugions les autres avec dureté, comme les adolescents ont tendance à le faire. « “Marchez un kilomètre sur mes traces, vous me jugerez ensuite.” C’était ce que disait ma mère. »

Ce n’était pas vraiment une réprimande. Maman parlait avec douceur, et elle souriait. Clare comprenait le reproche, mais je manquais tellement d’imagination que j’essayais de me représenter comment on pouvait marcher sur les traces de quelqu’un d’autre : dans la neige, la boue, le sable ?

Maman parlait rarement de sa mère, Marta Kovach, morte d’une mystérieuse maladie nerveuse « débilitante », alors que sa fille avait à peine onze ans.

Des dizaines d’années plus tard, le sujet était toujours trop douloureux pour que maman puisse en parler. Enfants, Clare et moi trouvions inquiétant de penser que notre mère avait été la fille d’une inconnue, qu’elle n’avait pas toujours été notre mère mais aussi une petite fille de onze ans qui, un jour, à la sortie de l’école, était rentrée chez elle, dans une des maisons à bardeaux bitumés de Spalding Street, au centre de Mount Ephraim, pour apprendre que sa mère « s’était éteinte » dans son sommeil et qu’elle ne serait pas autorisée à la voir.

Maman était en sixième à ce moment-là, et elle avait dû redoubler sa classe : plus rien ne restait de ce qu'elle avait appris.

« Comme un tableau après un coup d'éponge. J'ai tout oublié. »

Maman souriait avec mélancolie. Je me demandais si cela pouvait être vrai, si elle avait pu tout oublier, même son nom, même la lecture et l'écriture ? J'en doutais.

Nous étions seules toutes les deux dans la cuisine. Maman avait l'air si triste ! Elle regardait par la fenêtre une nuée de petits oiseaux – mésanges, moineaux, juncos, un cardinal d'un rouge tapageur et sa femelle rouge olivâtre – voleter autour de la mangeoire et se précipiter sur les graines. Mais elle ne semblait pas les voir.

J'éprouvai l'envie soudaine de la serrer dans mes bras et de l'embrasser. Mais j'avais quinze ans à l'époque, embrasser n'était pas vraiment mon truc.

Et puis le moment était passé.

disparue

Deux jours après le dîner de la fête des Mères, le mardi 11 mai en fin d'après-midi, le téléphone sonna. Comme je m'étais enfin mise au travail après une journée entière de procrastination aux proportions névrotico-épiques, je ne répondis pas.

Quelques minutes plus tard, il retentit de nouveau. À la façon dont il sonnait, je me dis que ce devait être ma sœur Clare.

« Nikki ! Où étais-tu ? Est-ce que tu as eu maman au téléphone aujourd'hui ?

– Non, pas aujourd'hui. »

Ni la veille, d'ailleurs. Wally Szalla, l'homme qui selon maman avait une mauvaise influence sur moi, était réapparu dans ma vie. Il y avait six jours, quinze heures et quarante minutes que nous ne nous étions pas parlé, nous avions donc du retard à rattraper.

Pas question toutefois que je mentionne ce détail à Clare. Ni à maman.

En fait, j'avais appelé ma mère ce matin-là vers 11 heures, sachant qu'elle ne serait sans doute pas chez elle. Maman était très occupée le matin en semaine : cours de natation avec ses seniors dans piscine du YM-YWCA, réunions de comité à l'église, club de jardinage, bénévolat à la librairie et à l'hôpital, déjeuners avec des amies, cours de loisirs créatifs au centre commercial. Il lui arrivait aussi d'être tout simplement dans son jardin en train de s'occuper de ses fleurs. En me rendant à mon premier rendez-vous de la journée, j'avais téléphoné de mon portable et laissé un bref message *Désolée de ne pas avoir appelé hier, maman. Le dîner était génial. Tout le monde a passé un bon moment et le repas était merveilleux, j'ai fini le soufflé au maïs ce matin au petit déjeuner, c'était délicieux, MERCI ! Ah ! pendant que j'y pense, je crois que j'en pince pour la Terreur des bestioles. Tu avais raison, maman, nous sommes faits l'un pour l'autre ! Nous donnerons ton nom à notre premier petit cafard : Plume. Salut !* Maman comprendrait que c'était une plaisanterie, espérais-je. Et pas un sarcasme d'adolescente.

Depuis dimanche, j'avais eu le temps de voir le côté comique de la situation, et je regrettais de ne pas m'être montrée plus sociable après l'accrochage que j'avais eu avec maman dans la cuisine. Une fois les invités partis, Clare et moi avions aidé maman à tout ranger ; c'était notre habitude lorsqu'elle nous invitait à dîner. Jamais nous ne nous serions laissé convaincre de partir en lui laissant tout sur les bras ! Mais je n'avais guère parlé, j'étais restée à l'écart de la conversation, blessée que ma mère m'eût accusée d'aller à la dérive, parce qu'elle avait peut-être raison et qu'à force de dériver j'étais même sortie de la vie de Wally Szalla, ou lui de la mienne, parce que j'aimais Wally, que je voulais qu'il m'aime, et que je m'apitoyais sur mon sort comme on a tendance à le faire un dimanche soir précédant un lundi matin et le début trépidant d'une nouvelle semaine de travail. J'avais quitté le 43, Deer Creek Drive dès que la dernière assiette rincée avait été dans le lave-vaisselle. (Maman m'avait proposé de passer la nuit dans mon ancienne chambre, transformée en chambre d'ami, mais j'avais refusé. Il fallait que je m'échappe !)

Avais-je embrassé maman avant de partir ? Je n'en étais pas sûre.

Mais c'était probable. Maman, elle, m'avait sûrement serrée dans ses bras.

Clare disait : « Mme Kinsler, une amie de maman, m'a appelée pour me demander si je savais où elle était. Elles étaient censées se retrouver au centre commercial pour leur cours de loisirs créatifs, ce matin à 10 heures et demie, puis déjeuner ensemble avec d'autres amies. Non seulement maman n'est pas venue, ce qui ne lui ressemble pas, mais elle n'a pas appelé pour s'excuser, et elle n'a pas répondu au téléphone de la journée.

– Il est à peine un peu plus de 5 heures, Clare.

– Mais cela ne ressemble pas à maman de manquer un rendez-vous ou un de ses cours. Même si sa voiture était tombée en panne, elle aurait téléphoné. »

Clare tâchait de parler avec calme. Clare me faisait comprendre que c'était peut-être grave, ou peut-être pas, mais que c'était elle, Clare, l'aînée et la plus responsable des sœurs Eaton, qui avait des informations sur le sujet.

Je ne savais que répondre. J'avais le cerveau en lambeaux. Avant son coup de téléphone, je m'escrimais à transcrire un enregistrement brouillé en tâchant de ne pas penser à Wally Szalla. Je me demandais si c'était à cause de moi que la vie de Wally allait à la dérive, elle aussi : des années s'étaient écoulées depuis qu'il avait entamé une procédure de divorce. Je me demandais si c'était ma faute que la cassette fût si difficile à déchiffrer, ou celle de mon nouveau magnétophone japonais, qui me donnait envie de pleurer. J'avais jusqu'au lendemain matin pour taper sur mon ordinateur une histoire « à dimension humaine », cohérente et divertissante, signée « Nicole Eaton ». Je m'aperçus soudain que la cassette tournait toujours, sans bruit. Pressée de répondre au téléphone, j'avais appuyé sur le bouton du volume et non sur Marche/Arrêt.

« Merde.

– Quoi, Nikki ?

– … j'ai appelé maman ce matin vers onze heures. Mais elle était sortie, j'ai juste laissé un message.

– Et elle n'a pas rappelé ?

– Cela n'avait rien d'indispensable, Clare. Je la remerciais simplement pour le dîner.

– Mais maman rappelle toujours…

– Écoute, tu es passée chez elle ? »

J'avais posé la question innocemment, j'aurais dû me méfier. Clare explosa : « Si je suis passée chez elle ! Eh bien, en fait, oui, Nikki ! J'ai couru comme une dingue toute la journée, il a déjà fallu que je traverse la moitié de la ville pour conduire Lilja chez une amie et que je revienne ensuite chercher Foster à son entraînement de foot, puis j'ai attendu le plombier, qui a fini par venir avec quarante minutes de retard. D'ici un quart d'heure je dois repartir chercher Lilja et revenir la déposer à la maison avant d'aller à North Fork, dans ce nouveau centre médical et dentaire où j'ai un rendez-vous chez le dentiste que j'ai déjà reporté deux fois, et toi, à cinquante kilomètres d'ici, une distance bien commode, tu as le culot de me demander si je suis passée chez maman qui habite à l'autre bout de la ville, eh bien, oui ! je suis passée chez elle, mais elle n'est pas là, elle n'était pas là vers quatre heures, en tout cas, sa voiture n'était pas dans l'allée.

– Tu n'as pas frappé…

– Non, je n'ai pas frappé. Quand sa voiture n'est pas dans l'allée, elle n'est pas chez elle. »

C'était sans doute vrai. Maman ne rentrait jamais sa voiture dans le garage, comme papa y tenait. Dehors par tous les temps, sa Honda était piquetée de rouille, ponctuée de fientes blanches.

Clare proposa d'appeler Mme Higham, la voisine d'en face, pour lui demander de regarder par sa fenêtre si la voiture de maman était de retour. À peine avais-je répondu que cela me paraissait une bonne idée que Clare objecta, à la façon de notre père, qui craignait comme la peste l'intrusion des voisins dans la vie privée de notre famille : « Maman risque de mal le prendre, tu sais combien elle tient à son indépendance. Si Gladys Higham apprend que nous nous faisons du souci pour maman, elle va le raconter à tout le quartier, tu sais comment sont les gens, et M. Higham est à la retraite, il n'a rien de mieux à faire qu'à potiner. Maman l'apprendra et elle nous en voudra. »

J'éprouvai un pincement d'inquiétude. Se tracasser de la sorte ne ressemblait pas à ma sœur. Je dis : « La dernière fois que nous nous sommes fait du souci pour maman… tu te rappelles ? Elle était allée faire du baby-sitting en urgence chez Rhoda. (Rhoda Schmidt était une cousine dont nous n'avions jamais été très proches.) Et avant cela, vers Noël, on nous a appelées de l'hôpital pour nous demander où était maman, alors qu'en fait elle était au cinéma avec des amis. La femme de l'hôpital s'était trompée dans son emploi du temps, et maman a été contrariée comme tout, ce que je comprends parfaitement. “Je ne savais pas que je devais rendre compte de mes activités heure par heure à mes filles, a-t-elle dit. Vous feriez peut-être bien de me mettre un radar à la cheville, comme aux prisonniers en liberté conditionnelle.” »

Nous avions ri ensemble de cette plaisanterie, mais maman avait été froissée, car nous avions téléphoné à bon nombre de ses amis.

Je me sentais bel et bien coupable, parfois. D'avoir quitté Mount Ephraim. De ne pas m'être mariée, rangée, de vivre à la va-comme-je-te pousse, cette vie à la dérive que maman désapprouvait tant. Mais j'avais quitté la maison bien longtemps avant que mon père meure et que ma mère devienne veuve.

En quoi est-ce ma faute ! avais-je envie de protester.

« Je vais aller y faire un saut, ce soir, Clare. Entre 6 heures et demie et 7 heures. Si maman n'est pas rentrée d'ici là, bien sûr. Tu en as déjà assez fait comme ça. Dîne tranquillement en famille et je t'appellerai vers 7 heures. Je suis sûre que nous nous angoissons pour rien et que maman va bien. Il n'y a pas dix mille endroits où elle peut être à Mount Ephraim, hein ?

– Mais elle se lie avec n'importe qui. Elle est tellement bonne poire. Si ce "révérend Bewley" profite encore d'elle…

– Cesse de t'inquiéter, Clare. Je te téléphonerai de chez elle. Entre-temps, maman rappellera peut-être l'une d'entre nous, ou nous parviendrons à la joindre.

– Bon, si tu promets…

– Je viens de dire que je le ferai, non ?

– On ne peut pas toujours compter sur toi, Nikki. Un coup de fil de ton rédacteur en chef ou d'un ami, et il n'y a plus personne. Si ton ami Szalla se manifeste… tu risques de disparaître dans une distorsion spatiotemporelle.

– Tu seras ravie d'apprendre que Wally s'est "manifesté". Nous avons eu notre distorsion spatiotemporelle, hier, merci bien. Ce soir, comme je l'ai dit, je compte me rendre à Mount Ephraim pour voir si maman est rentrée.

– Parfait ! Tiens-moi au courant. Salut. »

La course à qui raccrocherait la première, une vieille habitude entre nous.

Je tremblais. Je voulais croire que la faute en était à ma sœur autoritaire.

Je regardai l'heure : 17 h 08. Je partirais vers 18 heures.

Je rembobinai la cassette et repris mon déchiffrage laborieux. Penchée sur mon ordinateur portable, je tâchai de saisir les bouts de phrase importants, les mots clés, et tapai frénétiquement sur mon clavier, car je devais envoyer mon papier au rédacteur en chef du *Beacon* à 23 heures au plus tard, un article ne comptant pas plus de mille mots mais pas beaucoup moins, à paraître dans le supplément *Valley News & Views*. J'avais interviewé un interprète de musique bluegrass et country âgé de quatre-vingt-dix-neuf ans, Jimmy Friday, auteur de plusieurs tubes dans les lointaines années 1950 et toujours en activité dans la région, une célébrité de la vallée du Chautauqua qui jouait où et chaque fois qu'on l'invitait, produisait ses propres CD et venait de publier ses mémoires chez un éditeur régional *Les chansons que m'a apprises mon père : les histoires presque entièrement vraies de Jimmy Friday* – prétexte de l'interview. Au moment de l'enregistrement, ce matin-là, encore sous le charme érotico-affectif de mes retrouvailles avec Wally Szalla, j'avais été aussi séduite par Jimmy Friday qu'il l'avait été par moi. (Il avait admiré ma coupe punk en me demandant s'il était trop tard pour lui.) C'était un beau vieillard aux cheveux d'un blanc vaporeux, qui n'avait besoin que d'une canne pour marcher ; il avait un sens de l'humour malicieux et une façon de se présenter à la fois courtoise et franchement sexuelle. Sur la vieillesse, il avait eu des remarques d'une drôlerie cinglante. « Le plus bel éloge auquel nous puissions prétendre, c'est *Oh, il n'est pas complètement sourd !* ou *Son fauteuil roulant est vraiment bien huilé !* ou *Tiens, ses dentiers ne jouent pas des castagnettes.* » Mais à présent, en réentendant ces remarques, ou ce qu'il en restait d'audible sur la cassette, en les tapant de façon de plus en plus frénétique, ce qui faisait retentir l'avertisseur orthographique toutes les deux secondes, je ne les trouvais plus drôles du tout. Le cœur serré, je me forçai à continuer jusqu'à ce que la cassette s'arrête brutalement comme si elle s'était cassée au beau milieu d'une de mes questions ineptes *Monsieur Friday, quel conseil donneriez-vous à...*

Silence. J'étais seule dans l'appartement vide. Cinq pièces que je louais au deuxième et dernier étage d'un brownstone victorien élégant et miteux, dans un quartier résidentiel de Chautauqua Falls situé à une cinquantaine de kilomètres du 43, Deer Creek Drive. Étrangement, bien qu'étant ici, j'étais aussi là-bas. Ou, plutôt, je n'étais pas vraiment ici, j'étais là-bas.

Depuis ma conversation avec Clare, j'attendais que le téléphone sonne, mais il n'avait pas sonné. J'attendais que maman appelle, mais elle n'avait pas appelé. Et je me rendis compte que, si Clare ne m'avait pas dérangée, si maman avait appelé à sa place et que j'aie vu s'afficher *EATON, JON* sur l'écran, je n'aurais sans doute pas décroché parce que j'étais en train de travailler et que je ne voulais pas être interrompue dans mon travail.

Je me dis *Voilà ce que tu mérites : ne jamais plus entendre la voix de ta mère vivante.*

J'eus peur tout à coup. Il n'était pas encore 17 h 30, mais je me mis aussitôt en route.

trouver maman

Quelle déception ! Clare avait dit vrai, la voiture de ma mère n'était pas dans l'allée.

Je savais pourtant à quoi m'attendre. Pendant le trajet, j'avais composé le numéro de maman à plusieurs reprises sur mon portable. Chaque fois, au bout de quatre sonneries et d'un déclic, une voix de synthèse sinistre avait répondu *Vous êtes bien au 716 737 2695. Veuillez laisser un message après le bip*.

Nous avions insisté pour que maman ait recours à ce système, après la mort de papa. Pour qu'elle n'enregistre pas sa propre voix. De façon que personne ne puisse deviner qu'une femme d'un certain âge vivait seule à ce numéro.

Non qu'il y eût des crimes à Mount Ephraim : les gens laissaient leur porte ouverte pendant la journée, leur clé de contact dans leur voiture. Il y avait sans doute des années que le quartier de Deer Creek Acres n'avait pas connu de cambriolage. Mais tout de même.

Du vivant de papa, c'était sa voix que l'on entendait lorsqu'on composait le numéro de mes parents. Une voix si compassée et si empruntée qu'on aurait dit une voix de synthèse. Nous le taquinions en la comparant à celle de Hal dans *2001*. Mes deux parents avaient eu du mal à laisser des messages sur un répondeur lorsqu'ils téléphonaient. Ma mère en avait pris l'habitude depuis quelques années mais, au début, lorsque les messageries vocales étaient une nouveauté pour eux, ils raccrochaient dès que l'enregistrement se déclenchait, comme des enfants coupables. En rentrant, si je trouvais une série de déclics sur mon répondeur, je savais que c'étaient eux. Lorsque je les rappelais, j'évitais de les embarrasser en y faisant allusion.

Si exaspérants, nos parents ! Pourquoi ne laissent-ils pas de message !

Dès que je m'engageai dans Deer Creek Drive, je vis que la voiture n'était pas dans l'allée. La déception, la consternation me firent battre le cœur.

Je commençais à être inquiète, mais il n'y avait pas que cela : Clare avait affirmé si catégoriquement que maman n'était pas chez elle que j'aurais aimé établir qu'elle se trompait. Nous avions beau être des femmes adultes d'une trentaine d'années, nos volontés s'affrontaient à chaque rencontre, et Clare gagnait invariablement.

C'était étrange de revenir à la maison si tôt après dimanche. J'avais l'impression que je venais de partir. À la différence de Clare, qui habitait Mount Ephraim, je ne rendais pas souvent visite à ma mère. Je tâchais de ne pas me sentir coupable : maman tâchait de ne pas me culpabiliser. Mais une sensation d'étouffement me prenait lorsque je revenais, un étau invisible me serrait la poitrine. *Quand vas-tu te marier, Nikki ? Quand vas-tu avoir une vie stable, des enfants ? En dehors de la famille, qu'y a-t-il ?*

Ce n'était quasiment jamais dit. Mais j'entendais.

Un soleil déclinant éclairait la façade de la maison, construite en retrait de la rue, sur une pelouse semée de pissenlits. Des lilas en pleine floraison bordaient l'allée et embaumaient l'air. La maison de ma mère était petite mais jolie, la plus ordinaire des maisons de banlieue, sans doute, pour un œil extérieur. Nous n'avions jamais habité ailleurs que dans ce « ranch » de plain-pied en séquoia et stuc du 43, Deer Creek Drive. Quatre chambres à coucher, un salon, une salle à manger, et une salle de séjour aux portes vitrées coulissantes donnant sur une terrasse. Le lotissement avait été construit à la fin des années 1950 et chaque parcelle faisait un demi-hectare.

Enfants, Clare et moi avions sillonné Deer Creek Estates à bicyclette. Nous avions des camarades de classe, des amis qui habitaient le quartier, et nous connaissions la moitié des résidants par leur nom. Étudiante à l'université, j'avais joué à un jeu lorsque je me sentais seule : couchée dans mon lit, les yeux fermés, je circulais à bicyclette dans les rues courbes de Deer Creek Estates. Il y avait Deer Creek Drive qui coupait Green Glade Drive ; il y avait Cedar Point après Oriole, et le cul-de-sac de Cedar Point Circle où avaient été construits des « ranchs » plus grands, plus coûteux, et de belles maisons blanches de style colonial. Il y avait le lac artificiel de Deer Creek et, au-delà, une étendue boisée – bouleaux, pins, chênes – et le remblai de la voie ferrée Chautauqua & Port Oriskany. Plus loin encore, c'était Mount Ephraim. Ma mémoire se faisait plus imprécise.

En face de notre maison, de l'autre côté de la rue, se dressait un ranch presque identique, dont la baie vitrée « panoramique » reflétait ou imitait la nôtre. Aussi loin que remontent mes souvenirs, il avait toujours été habité par M. et Mme Higham. Je me rappelais les avoir vus vieillir.

Ma mère était en bons termes avec Gladys Higham, qui avait la soixantaine. Elles admiraient leurs pelouses et leurs parterres de fleurs respectifs. Papa avait été distant avec M. Higham comme avec la plupart de ses voisins, mais maman avait toujours eu de la sympathie pour Gladys. Assise dans ma voiture, je me disais que Gladys savait peut-être où se trouvait maman, que Clare aurait dû l'appeler. Puis je me dis, avec un élan d'espoir enfantin, que c'était peut-être là qu'était maman, chez Mme Higham.

Je dus résister à l'envie de me précipiter chez elle. Pour éviter d'entrer dans la maison vide de ma mère.

Je m'étais garée dans l'allée comme je l'avais fait des centaines de fois. J'avais à ce moment-là une Saab 2002 très chic, qui aurait dépassé de beaucoup le pouvoir d'achat d'une journaliste du *Beacon* si le concessionnaire n'avait pas été un ami de Wally Szalla. Je laissai la clé sur le contact en me disant que je n'en avais pas pour longtemps. Je laissai mon portable sur le siège en me disant que je n'en aurais pas besoin. J'entrerais dans la maison par la cuisine comme tout le monde dans la famille. J'avais ma clé, naturellement. Jamais je n'avais été sans la clé du 43, Deer Creek Drive, bien que je n'y habite plus depuis près de dix ans.

Il était 18h05. Au nord, au-dessus du lac Ontario, le ciel était piqueté de beaux nuages meurtris et, à l'ouest, le soleil, en partie caché par les nuages, était encore haut au-dessus de l'horizon, comme s'il répugnait à se coucher. Je me dis, avec ce même élan d'espoir enfantin : Il fait encore jour, la nuit est loin.

Et pourtant : 18 h 05. Puis 18 h 06. Ma mère ne s'absentait jamais de chez elle aussi longtemps. Je calculai rapidement que, si elle était partie pour le centre commercial vers 10 heures du matin, cela faisait près de huit heures qu'elle avait quitté la maison.

Ce mardi était un jour ordinaire dans la vie de Gwen Eaton, j'en étais certaine. Elle n'avait rien prévu d'extraordinaire, rien dans son emploi du temps n'expliquait cette absence. Dans le cas inverse, Clare ou moi aurions été au courant.

Maman nous aurait prévenues, elle nous disait tout.

Oh, pourquoi mon cœur battait-il si fort ! Alors que, remontant lentement l'allée, je m'approchais de la porte latérale. Des marches de béton du perron sur lequel maman avait disposé les habituels pots de géraniums : rouges, roses, blancs. Au pied, elle avait mis des pensées violettes, je respirais une odeur prenante de terre mouillée. Aucune lumière ne brillait dans la cuisine. La porte n'était pas fermée à clé. Lorsque je l'ouvris, j'entendis le tintement de bienvenue des petits grelots de traîneau.

Je me demandais si je me sentais aussi nerveuse parce que je ne trouvais pas normal d'entrer chez maman en son absence. Maintenant que je n'habitais plus là, et cela depuis des années.

Je ne « passais » jamais chez maman, comme le faisait Clare. Mes visites étaient prévues. Je n'aurais pas aimé faire le trajet et avoir la déception de trouver la maison vide.

Personne pour m'accueillir à la porte en me serrant dans ses bras : « Tiens, Nikki ! Bonjour, chérie. »

J'imaginai son accueil. J'imaginai que maman m'attendait à la porte, finalement. (La Honda était en révision au garage. Elle irait la chercher le lendemain matin.) Cette fois, ma coiffure ne la choquerait pas. Elle secouerait la tête d'un air mélancolique, elle rirait.

Je serais belle même chauve, dirait-elle.

« Maman ? Tu es là ? C'est… »

Idiot. J'entendis ma voix idiote.

Fumée, le gros matou gris de maman, vint se frotter contre mes jambes en miaulant. Il se conduisait bizarrement. Alors que c'était d'ordinaire un chat sociable, du moins avec les gens qu'il connaissait, il semblait nerveux, anxieux. Lorsque je me baissai pour lui caresser la tête, il se raidit, se déroba, parut sur le point de s'enfuir. « C'est moi, Fumée. N'aie pas peur. » Je lui grattai le crâne, lui tirai un ronronnement hésitant. Je remarquai que sa gamelle en plastique était vide et qu'il n'avait presque plus d'eau.

D'autres choses clochaient dans la cuisine, mais je n'arrivais pas à déterminer exactement quoi. Je voyais mais n'enregistrais pas. En fait, j'attendais que maman apparaisse. J'attendais le bruit de ses pas, le son de sa voix. « Nikki ? Quelle bonne surprise, ma chérie… » Je me rappelais ce jour, des années plus tôt, où je n'avais pas trouvé ma mère à la maison en rentrant du collège ; après l'avoir vaguement cherchée, j'avais fini par appeler d'une voix plaintive : « Maman ? Tu es là ? » mais sans vraiment y penser parce que, à quatorze ans, en dehors de soi, on ne pense pas à grand monde, et surtout pas à sa mère, dont on n'imagine pas qu'elle puisse avoir une vie distincte ou indépendante de la vôtre ; et finalement, en jetant par hasard un coup d'œil par la fenêtre de ma chambre, j'avais vu ma mère dans le jardin en train de désherber l'un de ses parterres de fleurs, exactement là où l'on s'attendait à la voir. J'avais instantanément oublié le vague malaise que j'avais éprouvé... pour ne plus m'en souvenir que dix-sept ans plus tard.

Ah ! voilà un détail qui n'allait pas : l'une des chaises de la cuisine semblait avoir glissé sur le sol pour entrer en collision avec le réfrigérateur. Quiconque connaissait Gwen savait qu'elle n'aurait jamais mis cette chaise à cet endroit, sauf peut-être pour laver le lino, mais elle ne l'aurait pas laissée là, pas davantage qu'elle n'aurait laissé traîner deux minutes une assiette sale.

Je remis la chaise à sa place. J'agissais inconsciemment, je crois. Je ne voulais pas que maman sache que la chaise n'était pas à sa place, que je m'en étais aperçue et que je m'étais inquiétée.

Il flottait une odeur étrange. Les narines pincées, je n'arrivais pas à l'identifier.

« Fumée ! Pauvre bonhomme. »

Je lui servis des croquettes et remplis son bol d'eau. Il mangea avec avidité mais en restant méfiant. Lorsque j'allai remettre la boîte de croquettes dans le placard, il se hérissa et se figea, les yeux écarquillés, comme si, l'espace d'une seconde, il ne savait plus qui j'étais. « Voyons, Fumée, tu me connais ! »

Maman parlait constamment à Fumée, comme elle l'avait fait avec tous nos chats, ainsi qu'avec nos perroquets. L'habitude qu'avait papa de répondre distraitement : « Oui, Gwen ? Tu disais ? » était devenu une plaisanterie dans la famille.

Je continuai à monologuer gaiement avec Fumée, car il semblait important de l'apaiser. Il avait besoin qu'on lui assure qu'il aurait à manger, que tout était normal au 43, Deer Creek Drive.

Par la fenêtre de la cuisine qu'encadraient des rideaux décorés de tournesols, confectionnés par maman, je voyais la mangeoire que papa avait installée à hauteur d'yeux ; elle aussi semblait presque vide. De petits oiseaux voletaient dans les conifères voisins, et leurs pépiements avaient une note plaintive. Mon regard embrassait quasiment tout le jardin de derrière : maman n'y était pas.

Je frissonnai. La journée avait été chaude, un soleil voilé dans un ciel couvert, mais, à présent que le jour baissait, une fraîcheur marquée montait de la terre. J'étais partie précipitamment de chez moi, vêtue d'un jean et d'un sweatshirt. J'avais les cheveux si courts que ma nuque me semblait à nu.

Au *Beacon*, la veille, mes collègues avaient été à peu près aussi nombreux à trouver mon nouveau look « cool », « sexy », « fantastique », et à garder leur opinion pour eux, un sourire ambigu aux lèvres.

Lorsque je passai près de sa gamelle, Fumée se figea de nouveau. J'allai dans la salle de bains du couloir : la salle de bains « d'ami » où maman mettait ses savons parfumés dans une petite corbeille en osier derrière les w-c. On y respirait une odeur rassurante de pot-pourri et de savon et, dans le miroir immaculé, mon visage paraissait moins cireux et défait que je n'en avais l'impression.

Mes cheveux bordeaux faisaient penser à une perruque de clown. Digne de Halloween. En me voyant, Wally avait cligné les yeux, souri, ri, puis reconnu que Nikki Eaton était la femme la plus imprévisible qu'il ait jamais connue.

Parmi celles avec qui il avait eu des liaisons, en tout cas.

Après la salle de bains, un petit couloir desservait le sous-sol et le garage. Je me dis que j'irais regarder plus tard. La porte du sous-sol était fermée. Si maman y était descendue pour faire une lessive ou repasser, elle aurait laissé la porte ouverte.

Dans la salle à manger, je vis avec effroi que quelque chose n'allait pas du tout.

Les chaises avaient été déplacées. Les tiroirs du buffet étaient ouverts, leur contenu répandu sur le sol. L'écrin vert de l'argenterie gisait sur le tapis, au milieu d'un pêle-mêle de fourchettes, de couteaux et de cuillers scintillants. Je marchai sur un objet qui roula sous mes pieds : une bougie cassée.

Il me fallut un moment pour comprendre : nos chandeliers d'argent avaient disparu de la table et de la desserte. Il ne restait que les bougies, jetées par terre et brisées.

Nous avions été cambriolées.

Mon cœur battait à tout rompre. La maison avait été dévalisée, pillée. Par la porte, je vis que le salon était sens dessus dessous, lui aussi. Je sentais une odeur âcre de transpiration. Une odeur d'homme.

Dans la salle de séjour, la télévision était couchée sur le côté, sur la moquette. Elle n'était ni très neuve ni très grande, le voleur avait dû la prendre sur la table basse, puis l'abandonner parce que trop encombrante.

La porte de l'ancienne chambre de Clare, transformée en atelier de couture, était ouverte. Là aussi, les tiroirs de la commode gisaient sur le sol avec leur contenu d'objets banals : matériel de couture, ronds de serviette, sets de table tissés. Mon ancienne chambre, devenue une chambre d'ami avec couvre-lit, rideaux et fauteuil de chintz assortis, avait été mise à sac elle aussi.

De plus en plus effrayée, j'entrai dans la chambre de mes parents, au bout du couloir. Le sang battait à mes tempes, dans mes yeux. Les tiroirs de la commode semblaient avoir été arrachés de leur logement et retournés. Les affaires de maman gisaient sur le tapis : bijoux sans valeur, bas, chaussettes, sous-vêtements, pulls. Le beau boa blanc en plumes d'autruche...

La porte de la penderie était ouverte, et les chaussures de maman éparpillées dans la pièce, comme si on les avait dispersées à coups de pied. Des chaussures à lacets et semelles de crêpe, taille 36, des ballerines noires, un unique soulier verni à talon moyen. Les vêtements avaient été arrachés de leurs cintres, jetés en tas sur le sol.

Même le lit avait été dérangé, le quilt fait main que maman étendait sur son couvre-lit de satin rose avait en partie glissé sur le sol.

Le cambrioleur avait sans doute cherché de l'argent liquide. Mais mes parents n'en avaient jamais dans la maison.

Je marchai sur un vieux sac à main de ma mère, un gros sac en cuir dont elle ne se servait plus depuis des années. Et il y en avait un autre, en paille vernie, décoré de cerises. Et un réticule en soie blanche orné de perles, que maman avait porté pour la dernière fois au mariage d'un de mes cousins. Ils étaient béants et vides.

Dans la salle de bains, l'armoire à pharmacie était ouverte. Ses étroites étagères de verre semblaient avoir été nettoyées d'un revers de main brutal : un tube de dentifrice, une brosse à dents, un gobelet en plastique, un stick de déodorant bleu et d'autres objets de toilette étaient tombés dans le lavabo et par terre.

Des tubes de médicaments, aussi, dont le contenu avait été répandu sur le sol. Le cambrioleur avait cherché de la drogue.

Je ne pus m'empêcher de regarder dans la cuvette des w-c. en me disant qu'il les avait utilisés. Mais l'eau était propre.

Une partie de mon cerveau, détachée de la scène, me donnait des conseils : va chercher de l'aide, sors d'ici, appelle le 911. Cette partie de mon cerveau comprenait que j'étais en danger, que je n'aurais pas dû rester dans la maison après avoir compris ce qui s'était passé. Mais mon raisonnement était apparemment le suivant : il avait beau s'être passé quelque chose qui concernait peut-être ma mère, tant que je ne reconnaîtrais pas la nécessité de recourir à une aide extérieure, il ne serait pas tout à fait certain que quelque chose lui était arrivé. Dès que j'appellerais à l'aide, en revanche, cela le serait.

Je perçus un mouvement du coin de l'œil. Je me retournai et ne remarquai rien. Mais au fond du couloir, une mince silhouette fantomatique de femme semblait flotter dans un miroir. Mes yeux étaient embués de larmes, je ne pouvais pas voir qui était cette femme.

Fumée me suivait à une distance prudente. Il poussait de petits miaulements anxieux comme le font les chats qui ont un besoin pressant de sortir.

Je retournai dans la cuisine, Fumée m'y précéda en courant, affolé. Cette fois, je vis ce que je n'avais apparemment pas vu auparavant : le fil du téléphone avait été arraché du mur, le combiné de plastique, vert avocat, gisait sur le plan de travail.

Toute la journée nous avions appelé maman, Clare et moi. Nos appels avaient été automatiquement transférés sur le service de messagerie. Si le téléphone avait sonné occupé en permanence, nous serions passées plus tôt.

J'allai à la porte du sous-sol et l'ouvris lentement. Un air humide et froid me monta aux narines. « Maman ? » Une voix enfantine, tremblante. Je pensais peut-être que maman se cachait au sous-sol.

Les fenêtres étroites laissaient pénétrer une pâle lumière. La machine à laver et le sèche-linge luisaient vaguement, comme dans un rêve, mais le reste n'était que formes indistinctes. Aucun mouvement ! Aucun bruit ! Je ne pus toutefois me résoudre à descendre l'escalier.

Dans la cuisine, la porte qui donnait sur le garage était entrouverte. Apparemment, je ne l'avais pas remarqué jusqu'alors.

Je restai un long moment sur le seuil, me disant *Tu vois mieux d'ici, c'est plus sûr d'ici.*

Je sentais une odeur étrange. Je pensais à la boucherie de Mohegan Street. Lorsque j'étais petite, ma mère m'emmenait faire les courses avec elle. Hypnotisée, je regardais les morceaux sculptés de viande crue dans les vitrines pendant que maman bavardait et riait avec le boucher, passant ses commandes d'une voix étonnamment assurée.

Une odeur de sang. Je savais.

Je me dis *Quelque chose est mort ici. Un animal.*

Mon père aurait été contrarié de voir le fouillis qui régnait dans le garage. Maintenant qu'il avait disparu. Maman n'aurait pas pu y garer sa voiture, même si elle l'avait voulu. Partout des poubelles, des outils de jardinage, de sacs de graines, de sphaigne, d'engrais et de copeaux de bois. Des meubles de jardin, parmi lesquels de vieux fauteuils aux lattes de plastique pourries et cassées. Des objets dont on ne voulait plus dans la maison – vieilles chaises, vieille télé portable, lampes sans abat-jour et abat-jour sans lampes. Mes parents n'avaient pas eu le cœur de jeter leurs belles valises en cuir, assorties et marquée de leur monogramme, un cadeau qu'on leur avait fait pour leur mariage, en 1968, avant l'apparition des bagages à roulettes. On ne savait jamais quand la mode allait changer, telle était la conviction têtue de mon père.

Je contemplais fixement une forme sombre sur le sol de béton, à quatre ou cinq mètres de moi. On aurait dit un bout de moquette enroulé, une boîte ou un paquet d'une forme bizarre… J'allumai et vis que c'était maman.

Je l'appelai. Elle ne bougea pas.

Je me dis qu'elle avait dû tomber. Elle avait trébuché, ou elle s'était évanouie. On a si peu l'habitude de voir quelqu'un par terre que l'on a du mal à identifier ce que l'on voit. Il semblait y avoir un liquide sombre et huileux sous maman, et sur son cou, son torse, ses membres tailladés, mais je continuais néanmoins à penser qu'elle avait dû s'évanouir et se cogner la tête. Je croyais la voir respirer. Le sang battait si violemment dans mes yeux que je ne pouvais être sûre de ce que je voyais. Je m'approchai d'elle comme dans un rêve. J'avais l'impression de flotter, je dus pourtant trébucher, heurter quelque chose de métallique, car je découvrirais ensuite un bleu sur mon tibia, mais je ne sentis rien sur le moment. Maman était allongée bizarrement sur le côté droit, le bras droit tendu comme pour chercher de l'aide, le bras gauche tordu sous elle. Elle avait visage tourné vers le plafond, une peau livide que je ne lui avais jamais vue. Ses yeux étaient entrouverts et j'avais l'impression qu'ils me voyaient.

Je sanglotais, je suppliais : *Maman ! Maman ! Maman !* J'étais agenouillée près d'elle. Je la touchai, j'essayai de bouger son bras raidi. J'essayai de la soulever. J'essayai de la ranimer. Mais sa peau était étrangement froide. Je trouvais étrange qu'elle ait la peau aussi froide, alors que nous n'étions pas en hiver. Lorsque je me penchai vers elle, quelque chose se rompit et se mit à saigner dans ma poitrine.

Les jolis vêtements de maman, tachés de sang ! Une veste de lin bleu, un chemisier à fleurs identique à celui qu'elle m'avait fait au lycée. Un pantalon de coton bleu taché de sang.

Prise de panique, je me relevai en vacillant. Je ne pouvais pas m'évanouir, je ne pouvais pas me laisser aller. Je m'efforçai d'ouvrir la porte du garage. Le bouton, où était le bouton ! J'avais les doigts glissants. C'était capital, ma mère avait besoin d'air, il fallait qu'elle respire. La puanteur écœurante du sang dans cet espace confiné avait dû lui faire perdre connaissance.

La porte du garage s'ouvrit très lentement. Un bourdonnement d'engrenage au-dessus de ma tête. Mes doigts ensanglantés laisseraient des traces sur le bouton qui en commandait l'ouverture. Les semelles tachées de sang de mes chaussures, des joggeurs crantés, laisseraient des traces sur le sol de béton et sur l'allée asphaltée : de moins en moins nettes à mesure que je m'éloignerais du garage. Je savais qu'il fallait que j'aille chercher de l'aide parce que je n'arrivais pas à ranimer ma mère, et pourtant c'était terrible de la laisser seule, et si vulnérable. J'avais parcouru quelques mètres dans l'allée lorsque j'entendis quelqu'un m'appeler d'une voix faible et anxieuse. *Nikki !*

Je compris : il n'y avait que moi. Maman n'avait que moi.

En revenant dans le garage, je vis qu'elle bougeait. Je vis qu'elle respirait. Je courus jusqu'à elle et essayai de la soulever. Dans mon égarement, il me semblait que, si je pouvais la mettre debout, elle reprendrait vie, tout irait bien. C'était une question d'équilibre, non ? Maman me regardait, ses yeux vitreux étaient posés sur mon visage. Elle me reconnaissait, je resterais certaine qu'elle m'avait reconnue, et pourtant elle avait la tête pendante, la bouche ouverte d'une façon qui ne lui ressemblait pas, et une terrible plaie béait sous son menton. Tout ce sang, ces blessures dissimulées. Sa peau était toujours aussi froide, son corps étrangement raide, inerte, plus lourd que dans mon souvenir. Elle n'avait pas bougé, n'avait pas respiré, et pourtant elle m'avait appelée, je l'avais entendue !

Quoi qu'il se fût passé, cela avait été une erreur. Ma mère avait reçu plusieurs coups de couteau. Pour la poignarder ainsi, il fallait être furieux contre elle, et ce n'était pas possible. Il y avait eu une erreur, celui qui avait fait cela s'était trompé de maison. Il ne pouvait pas avoir voulu s'en prendre à Gwen Eaton, c'était une erreur.

Je reposai tendrement maman sur le sol. Je glissai un bout de toile sous elle. Il me serait difficile par la suite d'expliquer ce que j'avais fait ou voulu faire, et pourtant c'était logique sur le moment, et nécessaire. Je tâchai d'installer maman confortablement, pour qu'elle ait l'air de dormir. On est en paix dans le sommeil. Il n'y a ni horreur, ni douleur, ni laideur dans le sommeil. Je dus lui fermer les yeux. Je dus toucher ses paupières pour les fermer. Jamais je n'avais osé toucher ainsi les yeux de quiconque, amant ou parent, et pourtant je dus toucher les paupières de ma mère, pour les fermer. Je promis *Tout ira bien, maman. Je ne vais pas très loin.*

Je m'éloignai en titubant. Une fois encore je me cognai à quelque chose de métallique. Puis je fus dehors. Comme c'était étrange ! L'air sentait le lilas. Je courus pliée en deux, une douleur aiguë dans la poitrine, où quelque chose s'était rompu. J'essayais d'appeler à l'aide, de crier. Il ne sortait de ma gorge que des sons rauques, étranglés. Je réussis toutefois à courir jusqu'à la maison de nos voisins, de l'autre côté de la rue. Le « ranch » en séquoia et stuc des Higham, construit sur le même modèle que le nôtre, avec la grande fenêtre rectangulaire faisant face à la nôtre comme dans un miroir légèrement déformant, sa pelouse herbeuse identique à la nôtre mais moins envahie de pissenlits parce que M. Higham, un sarcloir à la main, extirpait leurs racines noueuses.

Je courus jusqu'à la porte latérale qui, comme la nôtre, ouvrait sur la cuisine. J'étais hardie, effrontée comme une enfant. En fait, j'étais une enfant. Je pleurais. « Madame Higham ! Il faut que je me serve de votre téléphone. Il est arrivé quelque chose à ma mère. »

rupture

Quelque chose se rompit et se mit à saigner dans ma poitrine lorsque je me penchai sur ma mère, lorsque je la vis dans cet état. Cela vous arrivera, d'une façon qui vous sera particulière. Vous ne vous y attendrez pas, vous ne pouvez pas vous y préparer et vous ne pouvez pas l'éviter. Le saignement mettra longtemps à s'arrêter.

Dans mon cas, personne ne saurait. Personne ne se dirait avec compassion *Tiens, cette fille m'as-tu-vu aux cheveux violets saigne au-dedans.*

Plus vraisemblablement, les gens se dirent *Cette idiote ! Quel spectacle ! Elle aurait dû prévoir que sa mère risquait d'être assassinée, elle devrait avoir honte !*

« meurtre »

Il y avait un combiné en plastique couleur caramel dans ma main tremblante. Je réussis à composer le 911. Une femme répondit avec une soudaineté déroutante et je m'entendis dire avec hébétement : « Je... je veux... je veux signaler un... meurtre. »

Ma correspondante eut un hoquet : « Vous voulez... *quoi* ?

– Un meurtre. Ma m... mère. Nous sommes... »

La tête de Gladys Higham ! On aurait dit que j'avais hurlé, que je l'avais bousculée avec rudesse. On aurait dit qu'elle était incapable de comprendre les mots qui sortaient de ma bouche.

Gwen ? Gwen ? Pas Gwen...

Je vis alors : j'avais les mains poisseuses. Je me rendrais compte ensuite que j'avais laissé de pâles taches de sang sur le téléphone mural de Mme Higham, le jumeau de celui de maman par la forme et la légèreté.

En parlant avec l'opératrice, j'avais apparemment du mal à prononcer les mots les plus simples. Ma langue était engourdie. J'avais un tintement dans les oreilles. Un pouls battait dans mon crâne comme un courant électrique. J'étais distraite par Mme Higham, qui porta les mains à sa gorge, l'air affolé et incrédule, et se laissa tomber sur une chaise. Gladys Higham n'était plus jeune, elle devait avoir une dizaine d'années de plus que maman et elle était beaucoup moins en forme qu'elle. Ses vieilles jambes lourdes semblaient près d'éclater dans leurs bas de contention marron.

Dans la cuisine de Mme Higham, qui était le miroir de notre cuisine de l'autre côté de la rue, il y avait deux cages de cuivre contenant de petits oiseaux vert et or : des taches de couleur qui voletaient avec excitation de la balançoire aux barreaux, des barreaux à la balançoire, en babillant et gazouillant gaiement. Si agités qu'on aurait cru que j'étais entrée par erreur dans leur cage. L'opératrice me priait de bien vouloir répéter ce que j'avais dit, de parler plus clairement, plus fort, et je me demandais ce que cette inconnue devait penser en m'entendant signaler un meurtre en présence d'oiseaux babillards et gazouilleurs. Je répétais mon nom, pas Nikki qui ne faisait pas sérieux, mais Nicole, Nicole Eaton, qui appelait pour signaler le meurtre de sa mère Gwendolyn Eaton, Mme Jonathan Eaton, demeurant 43, Deer Creek Drive dans le lotissement de Deer Creek…

Mme Higham clignait les yeux, haletante, le visage terreux. Elle avait des yeux de personne âgée, larmoyants et sans cils. Quand je voulus raccrocher le combiné poisseux, il glissa et heurta avec fracas le plan de travail. Perroquets ! Canaris ! Quel vacarme ! J'étais désolée d'avoir effrayé Gladys Higham, je n'en avais pas eu l'intention. Elle appelait son mari, Walter, qui se trouvait ailleurs dans la maison. Je m'efforçai de la réconforter, je crois. J'avais fait irruption dans sa maison, dans sa cuisine, pour foncer sur son téléphone, laisser des traces du sang de ma mère sur le combiné en plastique. Je me disais que maman s'en serait terriblement voulu d'avoir bouleversé Gladys Higham. D'avoir dérangé un voisin. Une affaire privée, traverser ainsi la rue, pénétrer dans la maison d'un voisin ! Des années auparavant, lorsqu'on avait fait une biopsie de la grosseur de la taille d'un noyau qu'elle avait dans un sein, Maman nous avait fait promettre, à Clare et à moi, que si le résultat était « positif », si la grosseur était maligne, nous ne le dirions à personne.

Nous avions promis, bien entendu. En échangeant un regard complice. Comment une nouvelle pareille aurait-elle pu rester secrète à Mount Ephraim ! Où tant de gens connaissaient Gwen Eaton.

Mais maman tenait à ce que nous promettions.

Elle ne voulait pas que les gens la sachent atteinte d'un cancer. Qu'ils la plaignent ou, pis encore, qu'ils aient le sentiment de devoir la plaindre.

Le résultat de la biopsie avait été négatif.

Fausse alerte ! Pas de cancer.

Le vieux Walter Higham me dévisageait. Gladys s'accrochait à son bras en répétant ce que j'avais dit. La tête de Walter Higham ! Et les oiseaux qui babillaient à qui mieux mieux !

Cela allait commencer, à présent. C'était le début. Rien ne pouvait l'empêcher. Rien ne pouvait nous en protéger.

Gwen ? Gwen Eaton ?

Pas Gwen ? Non.

Ce n'est pas possible : Gwen Eaton ?

Incroyable. Je n'arrive pas à y croire. Non.

Mon Dieu. Non, pas Gwen.

Gwen Eaton ! Morte.

Assassinée.

J'étais dans l'allée et je grelottais. J'avais conscience du garage, de sa porte ouverte, dans mon dos. Le ciel s'était assombri, le soleil ressemblait à présent à un jaune d'œuf sanguinolent. Le genre de ciel crépusculaire, lumineux et brouillé, dans la contemplation duquel on peut se perdre, en d'autres circonstances.

Je me demandais si je devais déplacer ma voiture. Des véhicules d'urgence allaient arriver, elle risquait de gêner le passage. Je regardai par la vitre et vis mon portable sur le siège. Je le récupérai et composai le numéro de Clare. Si maladroitement que je me trompai et dus recommencer. Dans le même temps, je pensais à maman, étendue sur le sol de béton du garage, là où elle était tombée.

Il était difficile de ne pas se dire : tout va s'arranger. J'ai appelé une ambulance, on va emmener maman à l'hôpital et on la soignera. C'était ce qu'une partie de mon esprit me poussait à croire, et je faiblissais mais refusais de céder.

Comme si elle attendait mon appel avec impatience, Clare décrocha sur-le-champ, aussi vite que l'opératrice du 911. Avant même que je sois prête à lui parler. J'avais espéré avoir plus de temps. J'avais espéré tomber sur son répondeur. Je dis : « Clare. Je suis à la maison. Maman a été blessée. – Blessée ! s'écria Clare. Oh ! mon Dieu, je le savais ! Que... » Je n'arrivais pas à parler, j'avais la bouche sèche. Une voiture de police s'engagea à toute allure dans Deer Creek Drive. Une autre la suivait de près. Elles freinèrent brutalement devant notre maison, s'arrêtèrent de façon à barrer la rue. Je fus distraite par leurs manœuvres, l'adresse avec laquelle elles étaient exécutées. En face, au 44, Walter Higham était sorti dans l'allée et regardait. Je ne me le rappelais pas aussi chenu, ni aussi voûté. À l'époque où il bavardait avec papa devant les boîtes aux lettres, disposées côte à côte sur de solides poteaux de bois sur le trottoir des Higham, il était aussi grand que mon père, qui faisait au moins 1,80 mètre.

Clare avait un ton brusque et effrayé. Je tâchai d'expliquer : maman était blessée. Maman était gravement blessée. Je ne pouvais pas prononcer le mot *morte* ni, en parlant à Clare, le mot *meurtre*. Je ne voulais pas m'effondrer ! Il était de mon devoir de ne pas m'effondrer maintenant que j'avais appelé la police.

L'un des policiers en uniforme s'approcha et me demanda si j'avais appelé le 911, si j'avais signalé un meurtre. « Vous voulez savoir si c'est moi qui ai téléphoné ? Oui. » Malgré ma nervosité, mon ton furieux, l'agent me demanda avec calme quel était mon nom. « Quelle importance comment je m'appelle ! Ma mère a besoin d'aide. » Des policiers étaient entrés dans le garage. Je m'élançai à leur suite, mais on ne me laissa pas passer. Des bras, des mains, me retinrent.

Je voyais l'endroit où maman était étendue. L'endroit où elle était tombée. Des inconnus penchés sur elle.

J'avais mon portable à la main. Je l'avais oublié. À l'intérieur, une petite voix hurlait : « ... Nikki ? Pour l'amour du ciel... » C'était Clare. Je lui dis que maman avait été gravement blessée, que quelqu'un avait blessé maman et qu'il fallait qu'elle vienne tout de suite. « Maman est *blessée* ? Blessée comment... ? » Je m'entendis bégayer que maman était morte, et le portable m'échappa des mains.

Le 43, Deer Creek Drive était transformé. De loin, on aurait cru que l'on y donnait une fête.

Des véhicules de police barraient la rue. Les résidants du quartier devaient faire un détour. Lorsqu'ils demandaient ce qui s'était passé, on leur répondait poliment de circuler.

Les voitures déviées de leur route avançaient lentement, avec des à-coups. Certaines s'arrêtaient carrément. Des gens sortaient de chez eux pour regarder. Des adolescents, de jeunes enfants. Il y avait un désir anxieux de savoir : que s'est-il passé ? chez qui ? incendie ? ambulance ? voitures de police... pourquoi ?

« Quelqu'un a été blessé ?

– Blessé... comment ?

– ... Mme Eaton, dans cette maison.

– Mme Eaton ? Gwen ? »

Une fraîcheur montait de l'herbe. L'air sentait le lilas mouillé. Des inconnus me posaient des questions. Toujours les mêmes questions. Dans mon égarement, je me disais : Si papa était là... ! C'est lui qui parlerait aux policiers.

Je me sentais étourdie, hébétée. Je n'étais pas à la hauteur de la situation. Je trouvais terrible d'avoir dit à Clare *Maman est morte*. Elle allait me haïr. Entre nous il y aurait désormais cet épouvantable *Maman est morte*.

Il me semblait toutefois plausible que je me sois trompée. J'avais envie d'interrompre les agents de police pour leur demander : « Mais ma mère est-elle vraiment… morte ? » Plus j'y réfléchissais, plus je doutais de mon jugement. Les urgentistes constateraient peut-être que maman respirait encore, que son cœur battait toujours, mais il fallait qu'on l'emmène à l'hôpital, pourquoi la laissait-on dans le garage, blessée et sans défense…

Dans cette confusion, Clare arriva. Jamais elle n'avait eu l'air aussi effrayée. Elle vit mon visage et, sans dire un mot, me dépassa d'un pas trébuchant pour se diriger vers le garage. Car il était évident que ce qui était arrivé à maman était arrivé dans le garage. « Je suis sa fille ! Je suis la fille de Gwen ! Je veux la voir ! *Laissez-moi la voir !* » Les policiers lui barrèrent le passage. J'entendis sa voix stridente. Je l'entendis hurler.

Plus tard, nous nous étreignîmes. Comme deux noyées s'accrochant désespérément l'une à l'autre.

Mon beau-frère Rob Chisholm tâchait de nous réconforter. Mon oncle Herman Eaton, le frère aîné de mon père. Il y avait aussi Lucille Kovach, la cousine de ma mère. Il y avait Fred Eaton. D'autres parents, en majorité des hommes, que je n'avais pas vus depuis très longtemps. Gil Rowen, directeur général de la police de Mount Ephraim, qui était allé à l'école avec « Johnny » Eaton et qui avait connu « Plume » Kovach autrefois, lorsque tous trois étaient de jeunes mariés.

Gil Rowen semblait profondément ému. Il me serra fermement la main. Serra fermement celle de Clare. Il nous présenta à l'un des agents en civil, l'enquêteur Strabane, qui serait chargé de l'enquête sur « le meurtre de votre mère ».

Nous étions censées serrer la main de l'enquêteur Strabane. Oh, mais pourquoi !

Puis je me retrouvai assise. Assise dans l'herbe, apparemment. Peut-être étais-je tombée. Des voix débattaient au-dessus de ma tête : « fille », « … a trouvé le corps ». On suggéra que je sois conduite au centre médical de Mount Ephraim, mais je refusai avec colère.

Je remarquai que mon pantalon avait des taches sombres aux genoux. J'avais les mains poisseuses. Je me rappelai vaguement avoir voulu me laver les mains. Mais j'avais oublié, et continuais à oublier. Il y avait des choses que je tenais à me rappeler mais que j'avais oubliées alors même que je me disais que je ne devais pas les oublier. Je pensais *Je ne suis pas entraînée pour ça ! Rien ne m'a préparée à ça.*

C'était Clare qu'on interrogeait, à présent. Elle avait retrouvé un peu de son assurance d'enseignante. L'enquêteur l'appelait « Mme Chisholm » et elle l'appelait « enquêteur ». Un soulagement enfantin me souleva, Clare me protégerait, désormais.

C'était moi qui avais découvert maman. J'avais été la dernière personne à la toucher. La dernière qu'elle ait vue.

Oui, il me semblait que maman m'avait vue. Avait-elle essayé de me parler ? Je ne voulais pas commettre d'erreur, j'avais peur de ne pas dire ce qu'il fallait.

Avais-je dit *Maman est morte !*

Et voilà maintenant que le mot *meurtre* était prononcé, comme une évidence.

Meurtre, morte. Nombreux coups de couteau. Femme blanche de cinquante-six ans. Résidant à. Épouse de. Mère de.

Les Pedersen, nos voisins d'à côté, proposaient leur maison pour que l'enquêteur Strabane puisse nous y poser ses questions cruciales. Les Higham offrirent la leur. Clare était maintenant assise à côté de moi, pour me réconforter. Clare me tenait dans ses bras comme on le ferait d'un petit enfant. Il faisait nuit, tout à coup, et il y avait des lumières partout. Les projecteurs aveuglants de la police. Clare et moi regardions notre maison, dont toutes les fenêtres étaient illuminées. On aurait vraiment cru une fête. Même les fenêtres crasseuses du sous-sol émettaient une faible lueur.

« Pauvre papa. Il serait si gêné…

– Tu veux parler du garage ? De toutes ses vieilleries…

– Les fenêtres du sous-sol. Si sales. »

Clare se mit soudain à rire. C'était le premier signe indiquant qu'elle n'était peut-être pas aussi maîtresse d'elle-même que je l'avais pensé. « Il prenait tellement soin de la maison, de la pelouse. Maintenant les gens piétinent l'herbe, les parterres de fleurs de maman. Et toutes ces lumières… papa courait d'un bout à l'autre de la maison pour les éteindre. “Un sou est un sou.” »

Nous rîmes, nous étions tremblantes. Nous refusâmes qu'on nous emmène dans la maison de nos voisins. Oui, Rob Chisholm avait raison, oui c'était la solution raisonnable, mais Clare et moi refusâmes. L'enquêteur Strabane s'accroupit près de nous pour nous parler. Il se prêtait à nos desiderata parce que nous étions les filles de la femme assassinée. Nous étions des enfants, les enfants de Gwen Eaton. Nous étions devenues enfantines, excitables. Strabane était un homme sérieux qui devait approcher la quarantaine, ce n'était pas un gamin. Il était basané, simiesque et sa cravate était tire-bouchonnée. J'eus envie de la rajuster. Comme maman avait rajusté les cravates de papa, ses cols de chemise, avec un petit murmure d'excuse *Là ! C'est mieux.*

Strabane disait qu'il regrettait de nous importuner à un « moment aussi tragique », « un moment où l'on souhaite être seul », mais qu'il était capital qu'il nous pose quelques questions immédiatement : concernant le compte en banque, les cartes de crédit et la voiture de notre mère ; les gens qu'elle était censée voir ce jour-là, ceux qui auraient été susceptibles de passer chez elle ; ceux qui étaient venus chez elle récemment… plombier ? menuisier ? jardiniers ?

Dans mon désarroi, je trouvais étonnant ce fait très simple, manifestement évident pour tout le monde : ma mère avait été assassinée, il fallait appréhender son ou ses meurtriers.

Une partie de mon esprit le savait. J'avais su aussitôt en voyant le corps de ma mère. Et pourtant, inexplicablement, cela ne s'était pas imprimé dans mon cerveau.

Ce fut surtout Clare qui répondit aux questions. Elle connaissait les noms et même leur orthographe exacte. Elle savait avec certitude ce que je n'aurais fait que supposer : maman avait son compte à la Bank of Niagara. Elle savait que notre mère n'avait qu'une seule carte de crédit, une Visa. (Papa n'était pas « partisan » des cartes de crédit. Si nous l'avions écouté, nous n'en aurions eu aucune.) De sa voix nette et courageuse, Clare récita les noms des ouvriers qui étaient venus à la maison au cours des mois précédents, et cette litanie de noms fut fournie à l'enquêteur, qui alignait des notes dans un carnet à spirale démodé. Lorsque Clare ne se rappelait pas un nom, Rob venait à sa rescousse. Je pris conscience de tout ce que ma sœur et mon beau-frère savaient de la vie de ma mère et que j'ignorais ! Je pris conscience de mon irresponsabilité et de ma négligence. Il me parut soudain évident que l'enquêteur allait comprendre que j'étais la fille qui avait abandonné sa mère, tandis que Clare était la bonne fille qui était restée.

Strabane me jeta un coup d'œil pensif.

« Madame ? Madame Eaton ? Auriez-vous quelque chose à ajouter, un autre nom… ? »

J'avais la tête vide. J'étais incapable de réfléchir. Je m'efforçais d'aplatir mes cheveux hérissés, qui m'inspiraient soudain une honte intense. Je devais ressembler à la statue de la Liberté. Pour ne rien dire de mon visage livide et de ce goût de vomi acide sur les lèvres.

Je ne me rappelais pas avoir vomi. Je m'essuyai les lèvres avec anxiété, remarquai que le devant de ma chemise était moucheté de taches blanchâtres qui sentaient l'aigre.

« Oh ! dit soudain Clare. "Danto". Un professionnel de la désinsectisation, il est venu à la maison il y a une semaine environ pour exterminer des fourmis rouges.

– Non, Clare ! dis-je. "Sonny" Danto n'aurait jamais…

– Il s'appelle "D-a-n-t-o", monsieur l'enquêteur. "La Terreur des bestioles", c'est le surnom qu'il se donne, reprit Clare d'un ton irrité et vindicatif. Ma mère était une femme seule et vulnérable, une veuve. Elle était aimable avec tout le monde, trop confiante. La façon dont les gens profitaient d'elle m'exaspérait ! »

Mais Danto ? C'était absurde, sûrement ?... Il n'était que l'une des nombreuses connaissances excentriques de maman.

Strabane disait à mon intention que, pour les besoins de l'enquête, il lui fallait absolument les noms de « toutes » les personnes venues récemment chez notre mère. « S'il y a du tri à faire, madame, je m'en chargerai. »

On considérait comme évident que la ou les personnes qui avaient assassiné notre mère avaient également pris sa carte Visa et sa voiture, son portefeuille, et divers objets que l'on nous demanderait d'identifier le lendemain matin. On considérait comme évident que notre mère avait dû déranger des cambrioleurs en pleine action, ce qui avait entraîné sa mort. (Papa avait fait installer un système d'alarme mais, après sa disparition, Fumée ne cessant de le déclencher, maman avait demandé à Rob de l'en débarrasser. Dans l'état de confusion où je me trouvais, j'avais remarqué que la voiture de maman n'était pas là, mais n'avais apparemment pas compris qu'elle avait été volée et pourrait permettre de retrouver le ou les meurtriers.

Rob demanda à Strabane si le coupable serait assez stupide pour conduire une voiture volée, et l'enquêteur répondit : « Oui, monsieur. Ils sont tous stupides. »

J'aurais pu dire au policier que ma mère avait une Honda vert métallisé, une quatre-portes d'un modèle assez récent, mais Rob Chisholm savait qu'il s'agissait très précisément d'une Honda Accord 2001, car c'était lui qui avait accompagné Gwen chez le concessionnaire et qui l'avait aidée dans son achat. Je ne me rappelais rien de la plaque minéralogique de maman, mais Clare comme Rob se souvenaient des trois premières lettres – SVI – et Rob connaissait également le nom du garage où maman faisait réviser sa voiture : le gérant serait en mesure de donner davantage d'informations à la police.

Je me rendais compte qu'on se désintéressait de moi. Qu'on se désintéressait de maman.

Je me rendais compte que l'enquête policière se déroulerait vite et professionnellement, comme si je n'existais pas. Je me rendais compte que les autres semblaient déjà en savoir beaucoup plus que moi sur ce qui était arrivé à ma mère.

Cela m'effrayait, je crois. Je n'arrivais pas à l'accepter. Dans le garage crûment éclairé (si encombré, si embarrassant, que vont penser les gens !) le petit corps sans vie de ma mère était examiné et photographié par des inconnus qui n'avaient pas connu Gwen Eaton et pour qui elle n'était qu'un cadavre, une « victime».

Bientôt, la « victime » quitterait le garage. Elle serait transportée à la morgue de Mount Ephraim. C'était un endroit, une institution pourrait-on dire, à laquelle ni Clare ni moi n'avions jamais pensé. Néanmoins, pour beaucoup de gens, c'était un endroit connu. Il le deviendrait pour nous aussi.

Nous aurions aimé accompagner le corps de notre mère à la morgue, mais ce privilège ne nous fut pas accordé. Nous ne pûmes même pas nous approcher d'elle pour la toucher, pour lui dire adieu.

Tout à coup, notre mère nous échappait. Nous n'avions plus de droits sur elle.

Strabane devait en avoir temporairement fini avec ses questions, car Clare parlait à Lilja sur son portable. D'une voix tremblante mais maîtrisée, elle expliquait : « Quelque chose est arrivé à Mamie Eaton mais... Non, chérie, ton père et moi allons bien... Oui, nous allons bientôt rentrer. En attendant, sois gentille, chérie, n'allume pas la télé. Promis ? »

Dès la fin de la conversation, Lilja allait se ruer sur la télé. C'était évident !

D'autres véhicules arrivaient dans notre rue. Les radios des voitures de police braillaient. De loin, nous devions évoquer une fête foraine. Je pensais *Cela ne peut pas être en train d'arriver, c'est destiné à quelqu'un d'autre.*

Cette journée interminable : avait-elle réellement commencé par l'interview de Jimmy Friday, ce vieillard de quatre-vingt-dix-neuf ans qui avait plaisanté et flirté avec moi, ce matin-là, qui m'avait dédicacé un exemplaire des *Chansons que m'a apprises mon père : les histoires presque entièrement vraies de Jimmy Friday* en écrivant d'une écriture extravagante et démodée : À LA BELLE NICOLE, DE LA PART DE JIMMY FRIDAY « L'UNIQUE » !

Je me rappelais, à présent : je m'étais dit que j'achèterais un autre exemplaire des mémoires du vieux musicien et que je lui demanderais de le dédicacer à Gwen Eaton, une de ses anciennes admiratrices.

Une équipe de télé était arrivée, mais la police ne la laissait pas passer. Rob rappela aussitôt Lilja pour lui répéter de ne pas allumer la télé.

« Fais juste ce que papa te demande, chérie. C'est promis ? »

On prenait nos empreintes digitales. J'étais debout, j'avais réussi à me nettoyer les mains avec un chiffon imbibé d'alcool à 90°. L'enquêteur Strabane nous expliquait que cette mesure était nécessaire parce que nos empreintes, celles de Clare, de Rob et les miennes, seraient partout dans la maison. Il avait d'étranges cheveux qui poussaient par touffes, raides comme des piquants de porc-épic et inclinés en avant comme dans un vent vif. Une odeur évoquant l'huile de moteur me monta aux narines. « Madame ? Puis-je… » Strabane me prit la main d'un geste hésitant, appliqua mes doigts sur un tampon encreur, puis sur une feuille de papier blanc rigide : chaque doigt séparément, puis les quatre ensemble. J'avais les larmes aux yeux, Strabane ne fit aucun commentaire. Mes doigts étaient glacés, Strabane ne fit aucun commentaire. Nous étions presque de la même taille, mais il pesait vingt kilos de plus que moi. Il avait des épaules et un torse massifs, une respiration un peu sifflante, comme s'il avait les sinus en partie bouchés. J'eus l'image fugitive de Wally Szalla serrant mes pieds nus et froids entre ses grands pieds nus et chauds, et faisant semblant de frissonner *Brrrr ! Pieds froids, cœur de glace !*

J'étais censée retrouver mon amant, la « mauvaise » influence de ma vie, à 8 heures ce soir-là, dans l'un de nos lieux de rendez-vous, un restaurant des bords du Chautauqua situé à une distance respectable de Chautauqua Falls où habitait la famille de Wally. J'avais entièrement oublié ce rendez-vous et je l'oublierais de nouveau, car j'avais la tête si vide que l'on entendait le vent siffler dans ses cavités, que l'on voyait voler détritus et brins de paille.

« L'autre main maintenant, madame... »

Étrange d'être appelée *madame*, car ce n'était pas vraiment mon genre. On aurait dit qu'être la fille d'une femme assassinée m'avait fait changer de statut social.

« Je m'appelle Nikki, monsieur. "Nicole". »

Strabane avait le front bas, creusé de sillons profonds. Un de ces individus qui froncent les sourcils, « font des grimaces », depuis l'enfance. Sourcils froncés, il recommença la procédure avec ma main gauche, molle et sans résistance. Je m'entendis dire brusquement : « Si vous aviez connu ma mère, monsieur l'inspecteur ! Elle ne méritait pas...

– Personne, Nicole. Jamais.

– ... ce n'était pas une femme qui... qui pouvait...

– Je sais, madame. Toutes mes condoléances.

– Mais vous ne *savez* pas. Aucun d'entre vous. Vous ne pouvez pas *savoir.* »

Clare me tira à l'écart. Avec un sourire forcé, en m'enfonçant les ongles dans les épaules. « Pas d'hystérie, Nikki ! murmura-t-elle à mon oreille. Tiens bon. »

Rob donna son numéro de téléphone à Strabane, mais je bégayai et balbutiai sans parvenir à me rappeler le mien. L'enquêteur attendit avec patience. À la troisième ou quatrième tentative, la mémoire me revint. J'avais rougi, je commençais à être en colère.

« Vous pouvez rentrez chez vous, à présent. Nous nous mettrons en rapport avec vous demain matin. »

Des phrases apprises, manifestement. L'enquêteur Strabane les avait déjà souvent prononcées.

J'examinais la carte qu'il m'avait donnée. Cela paraissait si futile, une carte de visite, dans un moment pareil. Papa en avait eu tout un stock lorsqu'il avait été promu vice-président de Beechum Paper Products. Il semblait y en avoir des centaines, qui finissaient au fond des tiroirs, dans les fentes et derrière les coussins.

LIEUTENANT ROSS J. STRABANE
SERVICE DE POLICE DE MOUNT EPHRAIM
TÉL : (716) 722 - 4186 POSTE 31
DOM. : (716) ~~817 - 9934~~ *722 - 1874*

Strabane nous recommandait de rentrer chez nous, de passer une bonne nuit.

Une bonne nuit ! Le salaud.

« … quand j'étais gosse, une sorte de superstition comme dans une partie primitive du cerveau, je pensais qu'un mauvais jour ne pouvait durer qu'un jour, que c'était un jour de "malchance" et que le lendemain serait forcément différent. Mais quand on grandit, on sait que les mauvais jours peuvent se succéder, qu'il n'y a pas de lien entre eux. Alors l'épuisement va vous gagner, ce qui s'est passé aujourd'hui, qui est trop douloureux pour que vous le compreniez encore, il faut que vous essayiez de dormir cette nuit. »

C'était un discours d'une touchante incohérence. Clare contemplait le policier avec étonnement. Un instant, personne ne parla. Puis Rob remercia Strabane et lui dit que nous allions essayer.

Je n'avais pas quitté le garage des yeux. Je ne voyais plus le corps de ma mère. Je ne savais pas si on l'avait déjà chargé dans le véhicule d'urgence stationné à l'entrée du garage.

« Je veux accompagner maman, dis-je. J'en ai le droit, je pense. »

On m'expliqua que ce n'était pas possible. Je n'en avais pas le droit, en fin de compte.

« Je ne la quitte pas », dis-je. Puis j'ajoutai, comme s'il y avait un lien logique entre les deux affirmations : « Cette maison est la mienne. Je suis *chez moi.* »

Clare me tira par le bras, contrariée. « Tu viens chez nous, Nikki. Ne fais pas l'idiote.

– Non. Je ne crois pas.

– Il faut que nous restions ensemble. Tu ne peux pas rentrer à Chautauqua Falls dans l'état où tu es. »

Une blague me monta aux lèvres *Je suis dans le même putain d'état que toi, sœurette : l'État de New York.*

« Ma voiture. Je ne peux pas laisser ma voiture ici.

– Rob la conduira jusque chez nous.

– Pourquoi est-ce que toi, tu es en "état de conduire" et moi pas ?

– Le choc a été pire pour toi, Nikki. C'est toi qui as trouvé maman…

– Eh bien, je n'ai pas envie de la quitter tout de suite. »

Ma voix avait dû devenir aiguë, j'étais le centre de l'attention générale.

Gil Rowen, qui connaissait « Johnny » Eaton et « Plume » Kovach depuis quarante ans, conseillait à Clare de conduire sa sœur dans un centre médical : je n'avais pas l'air bien, j'avais subi un « choc important ». Je me tournai vers lui avec sauvagerie : « Vous pouvez m'adresser directement la parole, monsieur le directeur. Je n'ai pas de lésion cérébrale. »

Je résistai à la main de Clare sur mon bras. Je résistai à mon beau-frère, qui tâchait de me pousser dans la direction de la Land Rover des Chisholm. Je n'étais pas une enfant malade, je n'avais pas besoin que des adultes responsables s'occupent de moi ! Une rage soudaine m'envahit. J'eus envie de hurler, de mordre, de déchiqueter quelque chose de mes dents.

Au même moment, je vis un mouvement dans l'herbe devant

la maison, une forme furtive. Papa avait planté deux saules dans le jardin quand j'étais petite fille, deux arbres qui avaient maintenant leur taille adulte, dont les branches gracieuses, verdoyantes, tombaient en arc vers le sol. La forme sombre fila du pied d'un saule vers l'autre, je vis briller deux yeux fauves. Fumée !

Terrifié par le remue-ménage, le chat de ma mère avait fui la maison. Je l'avais entièrement oublié jusqu'à cet instant.

Quel cauchemar pour un chat ! La maison illuminée, des inconnus aux voix retentissantes. Fumée avait perdu sa seule compagne en perdant maman, et voilà maintenant qu'il perdait un lieu de refuge où il avait été en sécurité pendant près de dix ans. D'une voix douce, j'appelai « Fumée ! Minou-minou ! » et tentai de m'approcher de lui, bien qu'il reculât, les oreilles couchées. Fumée avait la forme d'un ballon de rugby, un matou baraqué plutôt que gras, dont le pelage n'était pas soyeux mais terne, gris-bleu. Papa le considérait comme le chat le moins gracieux qu'il eût jamais vu, une sorte d'hybride de chat et de cochon nain. Mais maman l'avait aimé. Et il avait aimé maman, et ne parviendrait jamais à comprendre qu'elle avait disparu.

Clare m'appela, mais je n'y fis pas attention. Elle et les autres me regardaient avancer sur la pelouse dans une posture étrange, la main tendue. Ils n'avaient pas vu Fumée, n'avaient aucune idée de ce que j'étais en train de faire. Rob m'appelait, lui aussi. Je les ignorai et poursuivis Fumée qui était maintenant au coin de la maison, devant la haie de lilas, prêt à disparaître à tout jamais. Je faisais semblant d'avoir quelque chose à manger, quelque chose à la main, mais Fumée était trop malin pour moi, trop effrayé par les voix inconnues et l'agitation dans l'allée. Je me retournai pour crier à ces intrus : « Ne parlez pas si fort ! Plus bas, s'il vous plaît ! Vous faites peur au chat de ma mère. »

Fumée bondit, tourna le coin de la maison et disparut. Presque pliée en deux, comme sous l'effet d'une douleur – j'avais en fait l'impression d'avoir du plomb fondu dans le ventre – la main toujours tendue vers l'ombre, je m'élançai à sa suite.

oubli

Je m'endormis vers l'aube. Je pense.

Il y avait la promesse que ce qui s'était passé et qui avait été si douloureux serait annulé au matin.

Comme la commande EFFACER sur un ordinateur. On clique sur EFFACER et ce dont l'on souhaite se débarrasser devient *était*.

Mais, pour une raison ou une autre, ce n'était pas le bon sommeil. Peut-être était-ce le sommeil de quelqu'un d'autre, déferlant sur moi par accident. Une sorte d'écume mousseuse qui se répandait en clapotant sur mon visage, puis se retirait. Je gisais là où j'étais tombée, sur une plage bosselée. Des galets, un sable humide et froid. Trop épuisée pour bouger la tête. Cette espèce d'eau sale grumeleuse passait sur moi et, l'espace d'une ou deux secondes, je dormais. Puis la vague se retirait, me laissant exposée et, terrifiée, j'ouvrais les yeux.

Maman ? *Maman ?*

C'était ainsi, j'étais allée chez Clare et son mari.

Je n'avais pas réussi à trouver Fumée. J'avais trébuché et étais tombée dans le jardin de derrière d'un voisin. Je ne pleurais pas mais j'étais très fatiguée. J'avais dû admettre que Clare avait probablement raison : on ne pouvait pas me laisser conduire une voiture dans l'état où j'étais.

Clare parlait de mon état mental, bien sûr.

Et il n'était pas indiqué que je reste seule ce soir-là. Le directeur de la police qui avait connu mon père et ma mère insista. Non ! ce n'est pas indiqué, Nicole ! Pas seule dans un appartement, dans un immeuble chic-minable de Chautauqua Falls où je serais peut-être en danger.

« Tu viens avec nous, Nikki. *Maintenant.* »

Clare monta dans la cabine de la Land Rover comme un général dans un engin militaire. La mâchoire inflexible et l'œil étincelant comme si elle partait en guerre.

Rob suivait dans la Saab. J'étais l'unique passagère.

« Jusqu'à ce que le coupable, le ou les assassins, ces sales lâches, soient arrêtés. Tu restes avec *nous.* »

J'étais incapable de réfléchir clairement mais je me rappelais le policier au visage brun simiesque qui nous avait assuré qu'après un mauvais jour, on peut espérer que le suivant sera meilleur, ou en tout cas moins mauvais. Une sorte de superstition mais peut-être était-ce vrai ?

Sur le chemin, Clare fit un détour pour passer chez Luke Myer. Le Dr Myer avait toujours été le médecin généraliste de notre famille, d'aussi loin que je me souvienne. Il ne savait encore rien de la mort de Gwen Eaton, et il fut stupéfait, bouleversé par la nouvelle que Clare avait à lui apprendre, mais se ressaisit suffisamment pour nous donner de quoi nous aider à dormir cette nuit-là.

Un barbiturique « léger » à action rapide.

Clare précisa bien qu'elle n'était pas partisane de ces drogues. Mais il s'agissait d'une situation d'urgence, notamment en ce qui concernait Nikki, sa sœur plus jeune et plus émotive.

« Vous comprenez, c'est elle qui a découvert le… »

Clare éprouva le besoin de recommencer sa phrase. « C'est Nikki qui a trouvé maman. Elle est très affectée, comme vous pouvez vous en douter. »

Les yeux de Clare étincelaient comme des cimeterres. Les larmes n'y étaient pour rien.

On raconterait à Mount Ephraim que Nikki, la plus jeune fille des Eaton, s'était effondrée après avoir découvert le cadavre de sa mère, mais ce n'était pas vrai ! Je ne m'étais pas effondrée sur le coup. Je ne m'étais pas effondrée pendant des heures. Pas d'une façon visible.

Dès que je fus seule dans la maison des Chisholm, ma tête sembla se démancher de mon cou et tomber lourdement en avant. J'avais eu l'intention de prendre une douche sur-le-champ, d'ôter mes vêtements tachés de sang et de laver mes mains tachées d'encre, mais dans la salle de bains je pris peur : tirer la chasse faisait tellement de bruit. Je n'avais apparemment pas la force de prendre une douche, je tremblais violemment et j'étais incapable de me déshabiller. Sweatshirt, jean. Ma coiffure punk que j'avais aplatie des deux mains comme un singe manifestant son chagrin.

J'étais trop épuisée pour prendre le somnifère que le Dr Myer m'avait donné. Je ne pouvais pas faire l'effort de remplir d'eau un gobelet en plastique, de le porter à mes lèvres. Je gagnai en titubant la chambre d'ami joliment meublée que Clare mettait à ma disposition au bout du couloir du premier étage, et j'y fus réconfortée par l'odeur familière du savon parfumé et du pot-pourri de notre mère, car la pièce ressemblait beaucoup à la chambre d'ami de maman et contenait d'ailleurs bon nombre d'objets lui appartenant : une couverture coquille d'huître qu'elle avait tricotée, une décoration murale en macramé, des bibelots de corail et des vases de terre cuite. Je me laissai tomber lourdement sur le lit. Sur la couverture coquille d'huître. Lorsque quelqu'un frappa un coup hésitant à la porte – « Nikki ? Tu as faim ? » – je me pelotonnai contre la couverture et ne répondis pas, car je n'avais pas le courage d'affronter les enfants de ma sœur, pas tout de suite.

Nikki ! Ne t'en va pas, chérie.
J'ai besoin de toi, chérie. Viens m'aider.
Si tu étais venue plus tôt… Nikki !

Je m'endormis vers l'aube. Je pense.

Et dans un rêve, il y eut la promesse que ce qui s'était passé et qui avait été si douloureux serait annulé au matin.

Ce qui s'était passé et qui n'avait pas de nom serait annulé au matin. Je n'étais plus une petite fille depuis longtemps mais j'étais disposée à y croire comme une petite fille l'aurait fait. Car maman était là, les mains gantées de ces grosses maniques, trois pointures trop grandes, qu'elle avait achetées à une vente de charité, et elle retirait une marmite bouillonnante du four sans avoir conscience que je l'observais. Maman donnait à manger à ses animaux « perdus » : trois chats très affamés qui se disputaient son attention dans un coin de la cuisine. Maman jetait un regard oblique à Clare et à moi qui faisions des bêtises *Oh, vous deux, vraiment ! Tâchez plutôt de vous rendre utiles.*

Car pourquoi prendre les choses au sérieux, ne pouvait-on pas les tourner à la plaisanterie ? Mieux valait sourire que faire la tête. Mieux valait rire que pleurer. Tempérer une remarque susceptible de blesser par un haussement de sourcils moqueur, une grimace innocente ou espiègle. Chez les Eaton, c'était papa qui se faisait du souci. Il fallait « dérider » papa, lui « remonter le moral », car papa prenait ses responsabilités au sérieux, faire vivre sa famille alors que cette satanée récession s'éternisait dans l'ouest de l'État de New York en dépit des promesses de reprise faites par des hommes politiques, et les impôts qui restaient élevés, les impôts qui ne cessaient d'augmenter, comment tout cela allait-il finir !

Allez donner vos cartes de la Saint-Valentin à papa. Allez, papa attend. Et embrassez-le, qu'il demande un bisou ou pas.

Maman était en train de coudre un quilt. Pas un quilt de taille normale, un quilt pour bébé parce que l'une de mes cousines Eaton allait avoir son premier enfant. Un « patchwork » de carrés aux couleurs et aux motifs différents, vert pâle, lavande pâle, lapins blancs, cardinaux rouges, girafes orange, tournesols. L'aiguille piquait, étincelait, et maman chantonnait tout haut.

J'étais jalouse ! J'étais trop vieille pour un quilt de bébé.

Ton tour est passé, ma biquette. Celui-là est pour un nouveau bébé.

Il était plus de 10 heures lorsque je me réveillai. Le soleil me chauffait le visage. Mon corps sentait la sueur et ce qui s'était passé dans le garage, j'avais le cerveau douloureux comme si du verre brisé m'était entré dans le crâne. Je portais apparemment les mêmes vêtements que la veille, raidis de sang et puants de transpiration. Sweatshirt, jean. J'avais enlevé mes tennis mais n'avais pas eu la force d'ôter mes chaussettes sales. Un déodorant rance collait à mes aisselles et j'avais un goût de goudron dans la bouche. J'avais dormi sur le ventre, et les volutes de la couverture, imprimées sur tout le côté droit de mon visage, y dessinaient une sorte de tatouage bizarre.

Une pensée enfantine me traversa l'esprit : Est-ce que maman est toujours morte ? Il s'est peut-être passé quelque chose pendant que je n'étais pas là ?

affaire close !

Le mystère a sa poésie, mais l'assassinat de ma mère, Gwen Eaton, n'eut rien de poétique, ni rien de très mystérieux. En effet, quatre heures à peine après sa mort, la police de Mount Ephraim avait une idée de l'identité de l'assassin ; vingt heures après, elle l'avait formellement identifié ; quarante-huit heures plus tard, il était arrêté, inculpé de meurtre, d'enlèvement, de cambriolage, de vol, de violation de propriété et d'infraction à la carte de crédit.

Rien ne se passa comme à la télé ou dans les films. Vous pouvez me croire. Aucun suspense, rien que l'on puisse qualifier d'excitant. L'ensemble nous fut révélé à nous, la famille de Gwen Eaton, ceux que les rubriques nécrologiques des journaux appellent les « survivants », sous la forme d'un feu roulant de faits, présentés si brutalement que nous ressemblions aux batteurs d'une équipe benjamine de base-ball face aux boulets de canon lancés par des joueurs adultes. Nous assimilerions peut-être ces faits plus tard, mais plus tard seulement.

Et peut-être jamais.

Maman avait été assassinée vers 11 heures, le matin du 11 mai. Environ quarante-cinq minutes plus tôt, dans la station-service Tiger Mart de la Route 33, située au nord de la ville et sur le chemin du centre commercial Northland, on avait vu Gwen prendre en stop un homme qui s'était approché à pied pendant qu'elle attendait qu'on s'occupe de son véhicule. Par chance, cet homme, un Blanc de vingt-neuf ans, consommateur de méthamphétamine, était connu du propriétaire de la station qui, lorsqu'il apprit la mort de Gwen par la chaîne de télé locale, appela la police pour signaler ce dont il avait été témoin.

Une fois dans la voiture de Gwen, le stoppeur la força à regagner Mount Ephraim, et la maison du 43, Deer Creek Drive qu'il saccagerait à la recherche d'argent liquide, de cartes de crédit, d'objets vendables. Puis il frapperait Gwen de trente-trois coups de couteau (sans doute un couteau suisse), dont six à la gorge. Il s'enfuit ensuite au volant de la voiture de Gwen en emportant des bijoux et quelques objets. Vers 11 h 45, un homme tenta d'utiliser la carte de crédit de Gwen dans le Wal-Mart de la Route 33, au sud de Mount Ephraim, mais il prit la fuite lorsque la caissière appela le gérant pour lui montrer la carte, qui portait un nom féminin. (Les caméras du Wal-Mart filmèrent l'incident.) Quarante minutes plus tard, quelques kilomètres plus au sud, le même homme réussit à se servir de la carte et à contrefaire la signature de Gwen dans une solderie J & J où il acheta une chemise en coton à 23,98 $, un pantalon chino à 29,99 $, une paire de tennis à 34,99 $ et une paire de chaussettes à 2,98 $. Vers 12 h 45, dans la station-service Mobil Hal's, située à l'intersection des Routes 33 et 39, ce même individu s'adressa à un employé à qui il demanda la clé des toilettes, sans doute pour s'y changer. (Il portait une veste en toile, sans tache visible, sur un tee-shirt et un jean maculés de sang. Il attribua en riant son aspect à un « accident » qui lui était arrivé alors qu'il taillait des arbres à la tronçonneuse, ce matin-là.) Soupçonneux, l'employé nota le numéro minéralogique de la Honda 2001 vert argent que conduisait l'individu, numéro qu'il communiquerait à la police le soir même, après le journal télévisé de 22 heures.

Un tas de vêtements masculins tachés de sang – tee-shirt, jean, chaussettes – seraient trouvés le lendemain matin dans une benne à ordures, derrière un McDonald situé à vingt kilomètres à l'ouest de la ville, sur la route 39 : fourrés avec tant de négligence dans un sac en plastique J & J qu'ils en débordaient et attirèrent immédiatement l'attention des éboueurs, qui signalèrent le fait à la police.

Le 11 mai vers 19 heures, à proximité de la sortie de l'Interstate 90 en direction de Dunkirk, État de New York, le meurtrier essaya d'acheter un magnétoscope dans un magasin d'électronique Radio Shack mais s'enfuit de nouveau lorsque le vendeur tiqua sur le nom féminin figurant sur la carte Visa ; cette fois, le meurtrier ne récupéra pas la carte.

Dès 22 h 25, la police de l'État de New York avait établi une identification provisoire de l'assassin de Gwen Eaton. Les empreintes digitales relevées chez la victime confirmeraient cette identification. Le meurtrier avait un casier judiciaire : il avait passé cinq ans à Red Bank après avoir été condamné à une peine de prison de sept à dix ans pour falsification de chèques, cambriolage et revente de drogue. On remonta sa piste jusqu'à la maison de sa grand-mère dans la ville d'Erie, Pennsylvanie, une quarantaine de kilomètres au-delà de la frontière de l'État de New York, où la Honda volée fut découverte dans une grange. Il se laissa arrêter sans opposer de résistance.

Parmi les nombreux objets trouvés dans la voiture par la police, il y avait le portefeuille vide de Gwen et, sous le siège du conducteur, un couteau suisse taché de sang.

« Je vous avais bien dit que la plupart des criminels étaient stupides. Surtout les toxicos qui cherchent du liquide. »

C'est l'enquêteur Strabane qui nous apprit tous ces détails. Il avait beau froncer les sourcils et plisser son visage de singe, s'essuyer le nez et remuer les épaules dans sa veste sport brun foncé (ouverte, et dont un des boutons en plastique manquait), on voyait qu'il avait du mal à cacher son excitation et son euphorie.

Oh ! il était fier de son travail de professionnel. C'était lui qui avait tout dirigé, on pouvait en être sûr.

Nous le regardions, assommés et muets. Clare, Rob et moi.

Clare finit par dire : « "Ward Lynch". C'était son nom. Je l'avais retenu à l'envers. Je l'ai vu une fois. Chez maman. Je l'ai pris pour l'un de ces canards boiteux à propos desquels nous taquinions maman. Mon Dieu ! »

Dans la salle de séjour des Chisholm (plafond « cathédrale », parquets de bois dur), Clare et moi étions assises sur un canapé, Rob dans un fauteuil voisin. Et dans un autre fauteuil, le lieutenant Strabane se penchait en avant, sérieux et enthousiaste, les coudes sur les genoux. Ma nièce et mon neveu avaient été exilés au premier, ce que le « policier » avait à dire n'était pas pour leurs oreilles. Clare s'était mise à pleurer, avec violence. Mais sans enfouir le visage dans ses mains, comme on s'y serait attendu. Raide et furieuse, les poings serrés sur les cuisses. Je savais qu'on attendait de moi que je pleure avec ma sœur, que je l'étreigne, mais mes bras étaient de plomb, mes jambes étaient de plomb, je n'avais pas la force de me tourner vers elle, j'étais incapable de bouger d'un centimètre. Elle aurait pu être à l'autre bout de la pièce.

mal

À quatorze ans, quand je lisais Le Journal d'Anne Frank.

« Tu ne veux pas regarder les choses en face et admettre qu'il y a des gens mauvais, maman. »

Et elle avait dit, très vite : « Oh je le sais, chérie. Il y a des gens mauvais. Je le sais. »

Mais sans conviction, comme quelqu'un qui conviendrait que la terre est ronde tout en étant intimement convaincu du contraire.

Deuxième partie

fous

« Oh, il faut bien que les gens mangent. »

Telles étaient les paroles courageuses, enjouées, qu'avait prononcées maman après l'enterrement de papa. Lors du brunch funèbre organisé chez tante Tabitha, dans sa vieille maison de Church Street. Où les gens étaient venus si nombreux – des « collègues » de Beechum Paper Products, inconnus de la plupart des membres de la famille – qu'il fallait se féliciter que tante Tabitha eût convaincu Gwen de faire ce brunch chez elle et non dans la maison plus petite du 43, Deer Creek Drive. Si nombreux, et si affamés !

C'était un jour de janvier : froid, venté, vivifiant. Un scintillement de neige fraîche et un sol si gelé qu'il n'y eut pas de convoi funèbre avec corbillard et voitures jusqu'au cimetière.

La veuve, épuisée et souriant faiblement. Cinquante-deux ans et paraissant plus jeune, exception faite de cernes douloureux autour des yeux. *Comme elle est courageuse ! Pauvre Gwen.*

Maman avait tenu à apporter certains des plats du buffet, dont le pain fait maison pour lequel elle était connue.

Disant d'un ton farouche : « Mon mari aimait mon pain. Il souhaiterait qu'on en serve. Cela lui ferait *plaisir.* »

Avec son esprit pratique, Tabitha avait souhaité faire appel à un traiteur, il lui semblait que c'était la solution raisonnable. Elle était si bouleversée par la mort de son frère cadet (d'un infarctus du myocarde, à cinquante-neuf ans !) que penser à un repas était au-dessus de ces forces, et pour cette pauvre Gwen, le choc avait été encore plus dur, elle avait vu son mari mourir devant ses yeux, il s'était effondré chez lui dans son vieux fauteuil en cuir alors qu'il regardait à la télévision une rediffusion de son feuilleton préféré *Law and Order* (même les nouveaux épisodes de *Law and Order* étaient des rediffusions, papa le reconnaissait, mais ils avaient quelque chose de si réconfortant), comment attendre d'elle qu'elle cuisine dans un moment pareil ?

Mais maman avait insisté. Maman était épuisée, elle tenait à peine sur ses jambes, une cystite inopportune l'obligeait à courir aux toilettes toutes les demi-heures, elle pleurait et se tamponnait les yeux mais, avec une énergie furieuse, elle parvint à cuire six miches du pain préféré de papa – babeurre/noisette/canneberge et croûte aux noix – la veille de son enterrement.

« Je n'aurais pas pu dormir de toute façon ! Il faut que je fasse quelque chose d'utile. »

Elle s'était levée à l'aube pour préparer un autre des mets préférés de papa, la salade Waldorf (une quantité gigantesque qu'il fallut transporter chez tante Tabitha dans trois grands saladiers) : noix de pécan hachées, servies sur des feuilles d'iceberg.

Gwen n'avait jamais réussi à lui faire apprécier d'autres sortes de salades : « C'est ainsi qu'on lui a formé le goût, dans les années 50. » Elle disait cela avec un petit sourire triste et un soupir, les doigts pressés contre la poitrine.

Ils sont fous. Les gens sont complètement fous. Un homme meurt, s'écroule, terrassé comme une bête assommée d'un coup de merlin sur le chemin de l'abattoir et les gens sont là à parler... de quoi parlent-ils ?

« Oh, il faut bien que les gens mangent. »

On croirait entendre maman, non ? En fait, c'était Clare.

Après l'enterrement de maman. Au brunch organisé chez elle.

Il faut bien qu'ils mangent. Il faut bien qu'ils mangent. Pourquoi ?

L'enterrement de maman ! Comme dit Clare : « Incroyable. »

Les gens vinrent si nombreux dans l'église de la Christian Life Fellowship de Mount Ephraim qu'ils durent rester debout dans les bas-côtés et le vestibule, s'entasser dans la galerie du chœur et descendre au sous-sol écouter le service par sono interposée. (Place que j'aurais préféré à la mienne, coincée au premier rang entre ma sœur frissonnante et tante Tabitha qui, en larmes et le nez coulant, vint à bout d'une boîte entière de Kleenex bleus parfumés tandis que nous écoutions le révérend « Bob » Bewley parler de « notre très chère amie Gwen Eaton, la plus chrétienne et la plus aimée des dames de cette communauté », s'interrompant lui aussi plusieurs fois pour se moucher aussi discrètement qu'un éléphant mâle se dégageant la trompe. Nos parents Eaton, qui avaient tendance à ne voir en Gwen qu'une mère au foyer mariée à peine sortie du lycée, furent stupéfaits de lui découvrir autant d'amis, mais Clare et moi savions à quoi nous en tenir : la plupart des « pleureurs » qui s'entassaient dans l'église connaissaient très peu maman. Ils avaient lu le récit de sa mort violente dans les journaux, ils avaient regardé les nombreux reportages à la télévision. Même la nécrologie de maman avait paru en première page du *Chautauqua Valley Beacon*.

En fait, certains de ces gens connaissaient Gwen pour avoir fréquenté le même lycée, la même église ou les mêmes associations de bénévoles, d'autres pouvaient même prétendre lui être apparentés (les Kovach étaient une grande tribu tentaculaire dont les membres avaient entre eux des rapports assez lâches

– des boutons en vrac dans un tiroir, disait maman), mais aucun n'avait de liens vraiment étroits avec elle.

C'était ce que je souhaitais penser ! Je ne voulais pas partager ma mère avec autant de monde.

La veille, Clare et moi avions été convoquées au funérarium des Frères Klutch (maison fondée en 1931) pour ce que l'on appelle une « présentation privée ». Quatre jours s'étaient écoulés depuis la mort de maman, et nous nous habituions à l'idée qu'elle était *morte*, nous étions à peu près préparées à ce qu'elle soit *enterrée*.

C'était du moins ce que nous pensions.

C'était du moins ce que nous voulions penser.

Quelle façon bizarre ont les gens de parler des morts, comme s'ils marchaient sur des œufs ! Le « corps de Gwen », les « obsèques de Gwen ». Comme si le mort était plus ou moins présent comme il l'avait toujours été, mais doté en plus de cette nouvelle entité désincarnée, l'esprit de Gwen, qui avait la capacité de posséder un corps, des obsèques. Alors que maman était exactement ce que l'on voyait lorsqu'on la regardait, ce que l'on voyait maintenant était « son » corps. *Mais où était Gwen ?* Le pire fut d'entendre un crétin appeler du bureau du médecin légiste de Mount Ephraim pour déclarer laconiquement : « Le cadavre de votre mère est disponible. »

Poliment, j'avais répondu : « Merci ! Je le lui dirai. »

Silence surpris à l'autre bout de la ligne. Puis nous avions raccroché tous les deux.

Le cadavre de votre mère aurait fait pouffer maman.

On aurait dit cette vieille polissonnerie *La main de ma sœur.*

Nous nous rendîmes au funérarium dans la Land Rover de Clare. Je tâchai de la faire rire en lui racontant l'anecdote du « cadavre ». Je tâchai de la faire rire en disant « Couche » au lieu de « Klutch ». Mais Clare m'ignora, le visage fermé. Elle prenait des médicaments pour se calmer les nerfs et l'aider à dormir, mais je préférais mes nerfs à vif, prêts à se rompre, et mes nuits misérables. J'étais assez vaniteuse pour me croire capable de faire face à la mort de ma mère comme je le faisais généralement de ma vie.

À savoir, avec compétence. Sans merder complètement.

Il n'y aurait pas de présentation publique du corps de Gwen Eaton. On nous l'avait déconseillé, étant donné les blessures qu'elle avait reçues. (Oh ! quelles blessures ? Nous ne voulions pas y penser.) En fait, maman n'avait pas non plus « présenté » le corps de papa : il lui avait fait promettre de ne jamais l'exhiber comme un mannequin de cire, et elle avait tenu sa promesse.

« Madame Chisholm ! Mademoiselle Eaton. Entrez. »

Le plus âgé et le plus verbeux des frères Klutch nous accueillit à la porte. Nous serra la main, fit presque une courbette. Nous nous attendions à devoir signer d'autres papiers, mais Klutch nous conduisit directement dans le salon funéraire pour notre « moment d'intimité » avec notre mère.

Il nous dit que nous pouvions rester aussi longtemps que nous le souhaitions, aucune autre présentation n'était prévue ce jour-là.

La pièce était aussi longue qu'une salle de bowling. Le cercueil de maman se trouvait à un bout, dans un amoncellement de lis blêmes. (Je les croyais faux, mais ils ne l'étaient pas. Je me couvris le nez de pollen lorsque je me penchai pour les respirer.) Soulevées par des bouffées d'air conditionné, les lourdes tentures bordeaux qui couvraient fenêtres et murs s'agitaient comme les sinistres draperies de la maison d'Usher.

Je savais : une partie primitive du cerveau humain éprouve le besoin de voir un mort de près pour comprendre qu'il est vraiment mort et pas simplement parti en voyage. Il se pouvait donc que ce rituel nous fût nécessaire à Clare et à moi. Sauf qu'elle se mit à éternuer et moi à grelotter de façon convulsive.

Je cherchai sa main à tâtons. Clare essaya d'abord de se dérober, puis se laissa faire. Sa main m'étonna, elle était sèche et avait une température à peu près normale. Les miennes étaient glacées depuis des jours.

Nous tenant par la main, empotées comme si nous avions les jambes prises dans un sac, nous nous approchâmes du cercueil de maman. Il était logique de parler de « cercueil de maman » dans la mesure où nous la voyions à l'intérieur, juste la tête et les épaules. On aurait dit un canoë. Brillant comme du plastique et si énorme ! Massif. Maman nous aurait demandé en riant si nous la prenions pour une momie égyptienne.

Elle n'avait pesé que quarante-neuf kilos. Son assassin en pesait quatre-vingts.

Seule la tête de maman était visible, arrangée avec soin sur un coussin de satin blanc. On lui avait pratiquement remodelé le visage à l'aide d'une sorte de mastic couleur chair. Bien que toujours rond, il semblait comme aplati. Sans doute avait-il été marqué de bleus, car sous les couches de mastic, on distinguait de vagues marbrures violacées, pareilles à de vieilles taches d'eau. C'était malgré tout un visage de poupée de cire, joliment poudré, fardé, les lèvres teintes d'un rose chaud pour donner une impression d'innocence, de pureté. Une touche de mascara ombrait les cils des yeux fermés. Les cheveux, qui avaient été grisonnants, semblaient éclaircis, argentés, et la coiffure évoquait une époque précédant la naissance de Gwen Eaton : les avait-on crêpés, frisés au fer ? Papa aurait taquiné maman en la traitant de pin-up, et elle aurait rougi d'embarras.

On voulait que vous pensiez *Oh ! on croirait qu'elle dort*. Si paisible !

À ceci près que ce n'était pas le sommeil et que cela n'avait rien de paisible. Cela ressemblait plutôt à un coma.

Clare éternua violemment et se moucha. Je lâchai sa main à contrecœur.

Je tâchai de voir si maman respirait. Je me disais qu'il suffisait peut-être d'observer avec attention, avec patience.

Clare semblait se parler tout bas. Je ne voulais pas la regarder, disait-elle *Mon Dieu* ? *Oh, mon Dieu* ?

Il est rare de voir juste une tête sortir d'une boîte en bois brillant. Et que les yeux de cette tête soient fermés et ne vous regardent pas. Il me fallut un moment pour comprendre que le cou de maman était caché sous une sorte de jabot de soie rose : quelqu'un l'avait adroitement arrangé de façon à dissimuler ce que les médias appelaient des blessures multiples à la gorge. Je regrettais vivement de ne pas avoir pensé à apporter le boa glamour en plumes d'autruche en même temps que les vêtements plus ordinaires que nous avions fournis pour l'enterrement.

« Clare. Je ne peux pas.

– Tu ne peux pas… quoi ?

– Le faire.

– Faire *quoi* ? Arrête de grelotter, tu me rends folle.

– Faire ça. Tu sais.

– Non, je ne sais pas !

– … maman.

– Eh bien, tu le "fais" tout de même. Comme moi. »

Clare se moucha, froissa le Kleenex mouillé dans son poing et le fourra dans une poche de son tailleur-pantalon noir dont la tunique tuyautée flottait sur ses hanches comme une jupe. Le regard noir, elle me donna une tape sur le bras. Mes tremblements commencèrent à s'apaiser.

« Tu sais que maman attendrait de nous que nous nous conduisions en adultes. Tu sais que maman croyait aux rituels.

– Mais non ! Ça la faisait rire.

– Elle faisait semblant de rire, mais en fait elle prenait les choses au sérieux, et tu le sais.

– Elle ne nous poussait jamais à faire plus que nous n'en étions capables.

– Elle essayait ! Tu n'as pas su te montrer à la hauteur des espérances que maman plaçait en toi, Nikki, tu n'as jamais voulu le reconnaître. »

Avais-je bien entendu ? Je ne relevai pas.

« Maman a l'air si seule, ici ! Si seulement ils l'avaient fait sourire.

– Les salauds. C'est pourtant ce qu'ils sont censés faire.

– Et cette espèce de jabot qui bouffe au-dessus de son oreille, Clare. Ça lui donne un air frivole.

– N'y touche pas ! C'est sûrement fait exprès.

– Maman se demanderait pourquoi nous chuchotons comme des idiotes.

– Maman se demanderait pourquoi nous l'avons confiée à des inconnus pour qu'ils la transforment en poupée vaudou. »

Clare alla de l'autre côté du cercueil, pour que nous ayons maman entre nous. Je souhaitais croire qu'une sorte de chaleur basse énergie montait de maman vers Clare et moi.

Un long moment passa. J'eus le temps de me dire *C'est fou* et de me dire *C'est beau.*

Clare dévisageait maman si intensément qu'elle devait essayer de fixer ses traits dans sa mémoire. Mes yeux ne cessaient de s'embuer si bien que j'avais du mal à voir net, chose qui m'arrivait souvent dans la vie quotidienne : lorsque je regardais Wally Szalla, par exemple. Son visage apparaissait dans mon champ visuel et en disparaissait sans qu'il en sache rien.

Clare finit par toucher la joue de maman. Puis ce fut mon tour.

Elle se pencha pour embrasser le front de maman. Puis ce fut mon tour. La peau en était fraîche et lisse comme de l'ivoire. Elle n'était pas plus froide que mes lèvres. Je me sentis brusquement heureuse ! Je pensai *Maman m'aimera toujours, tout ira bien.*

Clare dit, avec cette pointe d'excitation dans la voix qu'elle avait eue, adolescente : « Nous veillerons à ce qu'il soit puni, maman, à ce qu'il le paie de sa sale vie. »

Je n'étais pas sûre d'avoir bien entendu, là non plus.

Les gens sont complètement fous. Tu le savais.

Après la cérémonie funèbre, l'enterrement de maman.

La foule fut visiblement moins dense au cimetière. Il y eut tout de même plus de gens que nous nous y serions attendus. Et beaucoup d'inconnus.

Au début du xxe siècle, les Eaton et leur parenté par alliance avaient commencé à occuper un coin du cimetière de Mount Ephraim. Il ne s'agissait pas du cimetière catholique où mes grands-parents Kovach étaient enterrés, mais d'un cimetière à la périphérie de la ville, plus grand, plus attrayant, qui donnait sur des prairies en pente, sur des bois de pins et sur le Chautauqua. Plus de deux kilomètres le séparant de l'église de la Christian Life Fellowship, cela laissait le temps de réfléchir à l'endroit où l'on se rendait.

Un jour, alors que j'étais au collège, papa était rentré en sifflotant, l'air content de lui-même : « Vous ne devinerez jamais ce que j'ai fait aujourd'hui, les filles ! »

Nous étions toutes les filles de papa : maman, Clare, Nikki. Quand papa était dans les dispositions ad hoc.

Il nous annonça qu'il avait acheté une concession, « une véritable affaire », dans le cimetière de Mount Ephraim. Pas seulement pour maman et lui, mais aussi pour Clare et moi. « Si vous avez envie de nous rejoindre. Si vous n'avez pas d'autres projets, plus extravagants. »

Clare et moi nous étions étranglées de rire. Notre père était si bizarre parfois.

Dix-huit ans plus tard, la bonne affaire de papa était recouverte d'une herbe d'un vert luxuriant, et il avait l'air d'y être bien installé. Il fallait le supposer content de lui. Nous avions choisi sa stèle après mûre délibération : une grande dalle de granit sombre, pleine de dignité, sur laquelle était gravée :

Jonathan Allan Eaton

16 février 1941

8 janvier 2000

Époux et père bien-aimé

Gwendolyn Eaton n'avait pas encore sa stèle. Cela viendrait plus tard. Pour l'instant, sa tombe était… un trou fraîchement creusé aux parois verticales. Il était pudiquement recouvert d'un voile de gazon synthétique, mais j'avais regardé.

Nous priâmes de nouveau sous la direction du révérend Bewley. Pour le repos de l'âme de Gwendolyn Eaton, cette fois. Un brusque coup de vent souleva les cheveux soigneusement mouillés et plaqués de « Bob » Bewley, révélant qu'il s'agissait d'une unique mèche, ingénieusement rabattue sur son crâne chauve.

Bien que l'idée ne l'enchantât pas, Clare avait cédé aux instances des seniors du club de natation de maman, qui souhaitaient lâcher des colombes dans le cimetière. À la fin de la cérémonie, quelques dames âgées tâchèrent donc de persuader trois colombes de quitter leur cage métallique, ce qui prit un certain temps. Deux des oiseaux finirent par sortir et par s'envoler en battant des ailes avec agitation ; méfiant et déboussolé, le troisième ne bougea pas jusqu'à ce que, perdant patience, j'empoigne la cage et l'incline si fortement qu'il glissa sur le sol, affolé, et fut bien obligé de chercher à s'enfuir. « Va-t'en ! Envole-toi ! Aussi loin que tu le pourras ! »

Cette voix suraiguë, ce devait être la mienne.

Je vais la punir, je ne l'appellerai pas.
Je n'ai pas besoin de son amour ! Pas moi.

Après l'enterrement de maman, le déjeuner funèbre.

Où, une fois encore, l'on servit les pains maison de maman.

« Cela ressemble bien à Gwen !

– Elle serait tellement contente, si elle savait. »

Car il se trouva que, lorsque les parents, voisins et amis de Gwen jetèrent un œil dans leur congélateur, ils découvrirent y avoir stocké du pain que maman leur avait donné. Clare avait une miche entière de pain aux douze céréales, raisins secs et yaourt. Tante Tabitha en avait un aux graines de potiron, babeurre et cannelle – « Un tantinet rassis, peut-être ». Alyce Proxmire avait de menues portions de différents pains, dont un aux germes de blé et carottes, riche en fibres, sans sucre ni sel, que maman préparait spécialement pour elle. D'autres invités avaient des muffins aux flocons d'avoine, un quatre-quarts aux amandes, des brownies aux dattes et aux noix, des brioches de grand-mère à la mélasse et même des biscuits de Noël joliment colorés – tous confectionnés par Gwen –, qu'ils tinrent à apporter au déjeuner funèbre pour accompagner les plats commandés chez le traiteur.

Oh ! ce serait une vraie fête. Je me cachai au premier.

Un coup hésitant frappé à la porte, et ma nièce Lilja apparut, les yeux clignotants. « Moi non plus je n'ai pas envie d'être en bas avec les autres, tante Nikki. Mais grand-mère aimerait que nous soyons là, tu sais. »

Au rez-de-chaussée, je me cachai dans la salle de bains. Rêvant d'un intermède romantico-scabreux avec un amant. Ou d'une cigarette. Marijuana, crack, cocaïne. N'importe quoi qui me vide le cerveau.

Un coup accusateur à la porte. Le poing de ma sœur sur le bois, reconnaissable entre mille.

« Nikki. Sors ton cul de là. Les gens se demandent où tu es, je ne te permettrai pas de faire honte à maman, ni à moi. *Ouvre cette porte.* »

C'était choquant. C'était sérieux. Clare ne m'avait pas parlé ainsi depuis le lycée. Impossible de ne pas ouvrir la porte sur-le-champ.

Pour l'occasion, Clare avait « mis le turbo », si l'on peut dire. Sans doute à cause des médicaments prescrits par le Dr Myer, elle avait les yeux anormalement brillants, la parole rapide et percutante. Avoir autant d'invités chez elle était un stimulant naturel qui lui rougissait les joues comme un fard. En sa qualité de « femme de cadre », Clare se devait de « recevoir » les nombreux collègues et clients de son mari, obligation qu'elle remplissait à la façon d'un professeur exploitant un dossier pédagogique. Ma sœur à l'esprit pratique avait presque entièrement renoncé aux repas de famille, exception faite d'une table ouverte le jour de Noël.

Comme l'avait remarqué maman avec naïveté, on aurait presque pu croire que Clare n'aimait pas sa famille.

« Allez, Nikki. Tu es en représentation. »

C'était à elle que cela s'appliquait. Élégante dans son tailleur-pantalon noir façon tweed qui moulait étroitement, presque sensuellement, ses hanches et son ventre généreux. Elle avait sur le visage un étonnant masque cosmétique, crémeux et brillant, qui dissimulait les profondes rides verticales de son front, du moins à une distance respectueuse. Ses sourcils dessinaient un arc provocant et son rouge à lèvres était le Revlon rouge incendie qu'elle mettait depuis le lycée. À côté d'elle, j'avais l'air d'une rescapée des années disco. Un pantalon évasé en (imitation de) « soie » noire, ayant beaucoup servi mais encore mettable ; une chemise transparente gris fumée aux manches trois-quarts, faite (évidemment) pour être portée seins nus, mais enfilée en l'occurrence sur un haut noir moulant se voulant simplement sexy. Pour unique maquillage, le rouge à lèvres violet qui était la signature de Nikki, et les cheveux si bien aplatis que je ressemblais à un poulet punk aux plumes mouillées.

À mes pieds nus d'un blanc livide, des chaussures à semelles compensées gris fumée en cuir et Plexiglas, légèrement scintillantes.

Clare me toisa des pieds à la tête, impitoyable. Quel que fût l'air que j'avais, je n'y couperais pas.

« Oh ! Clare, je pense juste que je ne…

– Eh bien, alors, fais comme moi : ne pense pas ! »

Après un service funèbre, après un tour au cimetière par un beau matin de printemps frais et venté, les gens sont naturellement affamés. Manger est leur récompense, et ils la méritent. Je fus néanmoins stupéfaite par la quantité de nourriture étalée sur la table de la salle à manger de Clare, magnifiquement décorée. Les pains et pâtisseries de maman n'en constituaient qu'une infime partie. Le traiteur avait préparé d'énormes plats de saumon fumé, de viandes froides, d'œufs à la diable et de champignons farcis ; il y avait aussi du poulet à la crème, du riz, des pâtes, des salades de légumes, et même un immense saladier de salade Waldorf, préparée selon la recette de Gwen. Et des desserts. Quantité de desserts.

Servez toujours davantage de desserts que vous ne jugez vos invités capables d'en manger, disait maman. Comme cela, ils en laissent un peu et ont l'impression de ne pas faire d'entorse à leur régime.

Je n'avais jamais vu autant de monde chez Clare. Salle à manger, salon, salle de séjour vitrée, vestibule. Le plafond cathédrale tape-à-l'œil semblait celui d'un hall d'hôtel. « Oh ! Nikki ! » Alyce Proxmire s'avança vers moi en tanguant et me serra dans ses bras, une étreinte inattendue et étonnamment puissante, étant donné ses bras maigres. L'haleine brûlante et anxieuse, Alyce me confia avoir tant de chagrin d'avoir perdu sa plus vieille amie qu'elle souffrait d'insomnie, de migraine, d'irritation intestinale, et d'une « chute » de globules blancs qui l'exposait aux infections. Tante Tabitha arriva à son tour, la poitrine affaissée dans une robe de rayonne noire, les yeux larmoyants, reniflante, l'air soudain vieille et désorientée : « Pauvre Gwen ! Je l'avais prévenue pourtant ! De ne pas s'investir autant, pas hors de la famille, oh, je l'avais prévenue ! Clare et vous, vous le savez ! Mais elle n'écoutait pas ! Oh, elle écoutait, elle faisait semblant d'écouter, vous connaissez Gwen, ce petit sourire qu'elle avait, si les chats souriaient, ils souriraient comme ça… “Oui, oui, je suis d'accord, mais je compte bien n'en faire à ma tête. ” C'est ce qu'un chat dirait, et c'est ce que Gwen pensait ! La gentille petite femme de Jon, qu'il a épousée si jeune. Gwen n'a jamais grandi, d'une certaine façon. Oh ! quelle tragédie ! Nos vies à tous sont en danger, Nikki ! Oh ! je regrette d'avoir tant critiqué votre mère, elle faisait de son mieux, vraiment de son mieux, et la majorité des gens ne peuvent pas en dire autant. Oh ! elle était si... bonne. »

Le distingué Gilbert Wexley était là, lui aussi, remplissant son assiette d'un air sombre et renfrogné, et parlant d'une voix aiguë de ses projets de cérémonie commémorative. « Je sais l'endroit qui conviendrait. Pas à l'église, mais dans le nouveau bâtiment du Conseil des arts. Je vais organiser ça ! J'ai le personnel ! Nous sommes si reconnaissants à Gwen de tout ce qu'elle a fait pour nous, le festival des loisirs créatifs, les collectes de fonds, son travail pour la commission, quelle amie chère, quelle femme adorable, elle mériterait une plaque en son honneur, *je vais donner des instructions pour que l'on s'en occupe.* »

« Sonny » Danto était là, vêtu d'une veste sport en daim sombre, d'un pantalon noir au pli marqué et d'une cravate qui semblait de cuir noir. Il serra la main de Rob Chisholm avec vigueur, comme s'ils étaient de vieux amis, et lui présenta ses condoléances d'une voix précipitée : « Mme Eaton était une grande dame, la plus gentille et la plus merveilleuse des femmes, vous avez vraiment de la chance d'avoir une belle-mère comme Mme Eaton et pas comme d'autres, je peux vous le dire. Oh ça, oui ! » Il secouait la tête et souriait, comme si, en fait, il n'ait rien pu dire à Rob, ou que, de toute façon, Rob ne l'ait pas cru. Et il y avait Sonya Szyszko, qui attendait son tour. Dans une robe de velours noir bruissant au décolleté plongeant, la bouche écarlate, elle tamponnait ses yeux papillotants, maquillés avec recherche, à croire que le chagrin était une représentation, qu'elle se fût préparée à le donner en spectacle et fût impatiente de commencer. Il y avait aussi des membres de la famille Eaton que je n'avais pas vus depuis l'enterrement de mon père, et des membres de la famille Kovach que j'aurais juré ne jamais avoir vus de ma vie. Il y avait tante Maude, oncle Fred, mes cousins Jill, Barbara et Tom. Il y avait des hommes d'âge mûr qui parlaient avec mélancolie de

« Plume » tout en remplissant leurs assiettes à ras bord. Il y avait mes amies de lycée, Sylvie, Janet, Annette, Noreen, et mes petits amis de lycée, Vic, Marty, Steve, Sonny, et Davy Perko dont on n'aurait pensé qu'il n'aurait pas osé se pointer, le salopard. Et il y avait mon ex-fiancé Dick Gurski, qui m'empoigna et me serra si fort contre lui que je le sentis, chaud et palpitant contre moi, comme si nous étions de nouveau au lycée : « Nom de Dieu, Nikki. C'est vraiment dégueulasse. Ta mère était la meilleure. » Un autre de mes ex-fiancés, Lannie Bishop, vint m'enlacer, sous le regard anxieux de sa femme. « Nikki, ma chérie. Quand j'ai entendu la nouvelle, j'ai eu du mal à y croire. Gwen était partante, pourquoi as-tu fait machine arrière ? » Je m'écartai avec un rire nerveux : « Nous étions trop jeunes, Lannie. Nous étions juste fous amoureux, ça n'aurait pas duré. » Lannie me serra le bras à me faire mal : « Mais si ! On aurait eu des enfants, bon Dieu ! On s'accrocherait comme tout le monde. »

Sylvie LaPorte arriva, impatiente de m'embrasser, et de m'entraîner avec elle dans la salle de bains où elle m'offrit une gorgée – plus d'une, en fait – de la bouteille de Johnnie Walker red label qu'elle avait sortie de son sac à main. J'avais entendu dire que Sylvie buvait depuis son divorce, mais en réalité elle buvait déjà au lycée. Elle me serra très fort dans ses bras, planta un baiser chaud et humide près de mes lèvres en me disant qu'elle avait halluciné lorsqu'elle avait entendu la nouvelle à la télé, que je ne me remettrais jamais de la perte de ma mère qui était la personne la plus gentille, la plus généreuse qu'elle ait jamais rencontrée, ce n'était pas bien difficile, étant donné certains membres de sa famille et certains types de Mount Ephraim, mais malgré tout Gwen était une sainte, je ne me remettrais jamais de sa perte. « Quand j'ai su, Nikki, je me suis mise à hurler. À casser des trucs. Cet assassin drogué à la méth, il faut qu'il soit condamné à mort. Je lui enfoncerai l'aiguille dans le bras avec plaisir. »

À l'expression de ses yeux pleins de larmes, je la crus sans peine.

Après Sylvie, je me heurtai à la Terreur des bestioles qui, une assiette à la main, mâchait un œuf à la diable en me contemplant d'un œil fondant : « Nicole ! Je vous présente mes sincères condoléances. Votre mère était une grande dame. Je peux vous téléphoner ? Cette semaine ? » Puis arriva Sonya Szyszko, froufroutante et parfumée, qui me plaqua contre son corsage vaporeux : « Votre pauvre maman ! Comment une chose aussi terrible a-t-elle pu arriver ? À Mount Ephraim où tout le monde est si gentil ? Mme Aïten était une amie, jamais je n'aurais une autre amie comme elle. » Elle était si bouleversée que je finis par me sentir obligée de la consoler.

J'entendis une cousine de ma mère, Lucille Kovach, une femme de cent kilos qui avait un visage rond empourpré et un faible pour les pâtisseries, dire avec véhémence à un autre membre volumineux de la famille Kovach : « J'aimais beaucoup Gwen. On a grandi ensemble dans Spalding Street, et elle a eu une vie difficile. Tout ce baratin du révérend, comme quoi Gwen était un genre d'ange, ce n'est pas *vrai.* »

Dans le vestibule, Rob essayait de calmer Clare qui barrait le passage au révérend Bewley et à son épouse : « Nous ne voulons pas de vous dans cette maison, révérend. Vous avez fait entrer cet assassin dans la vie de ma mère. Vous êtes responsable de sa mort. » Alors que Bewley ouvrait la bouche pour protester, Clare ajouta d'une voix suraiguë : « Et vous vous dites chrétien ! Vous êtes un Judas. »

Je me frayai un chemin à travers un groupe d'invités, me réfugiai dans la cuisine où s'affairaient les employés du traiteur. Une jeune femme me demanda si elle pouvait m'aider et je lui répondis que non. Les mains tremblantes, je me servis un verre de vin et le vidai avidement. Un vin blanc acide, qui me piqua agréablement la bouche. (Clare n'avait pas voulu servir d'alcool à ce déjeuner buffet, on n'y proposait que de l'eau et des boissons gazeuses, du café et du décaféiné. Nous savions par expérience qu'avec certains des Kovach, tenir bar ouvert n'était pas prudent.) J'eus le temps d'admirer la « cuisine campagnarde » sur mesure de ma sœur, laquelle faisait deux fois celle de ma mère et avait à peu près autant de rapport avec la mienne qu'un terrain de football avec une table de ping-pong : appareils ménagers dernier cri, carrelage mexicain étincelant et, accrochée au mur, une batterie de casseroles en cuivre qui avait l'air de n'avoir jamais servi. Çà et là, sur les surfaces aux couleurs coordonnées, des souvenirs émouvants de maman : un pot vernissé marqué BISCUITS, un coq roux en plâtre à mouler, des torchons en tissu éponge. De l'autre côté de la porte de la cuisine, la salle à manger et un brouhaha alarmant. Des voix si fortes, si *vivantes*. Je ne pouvais m'empêcher de guetter celle de Gwen Eaton. Me rendre compte que je n'entendrais plus jamais cette voix me terrifiait.

« Madame ? Voudriez-vous… ?

– Je fais partie de la famille. Je suis la sœur de Mme Chisholm, qui vous a engagés. »

Je me servis un second verre de vin, laissai la bouteille sur le plan de travail et sortis sur la terrasse dallée. Impressionnant : un barbecue encastré, d'imposants meubles de jardin en bois de séquoia, des coussins imperméables à motifs de fleurs dans le style Martha Stewart. À la différence de notre mère, Clare n'avait ni le temps ni la patience de jardiner, même pour faire pousser quelques fleurs. Son jardin était une pelouse de gazon sans le moindre pissenlit en vue et, comme la plupart des pelouses paysagées de Fox Hunt Acres, elle avait une piscine pour joyau central.

« Plus de gens ! Plus de gens ! Si je n'arrive pas à être heureuse, je les rendrai heureux, eux ! »

J'avais beaucoup pensé à cette phrase. À ce que maman m'avait dit dans la cuisine après le repas de fête des Mères.

Depuis que je l'avais vue dans son cercueil-canoë, j'avais du mal à me la rappeler telle qu'elle avait été de son vivant. Je ne cessais de la voir dans cette caisse ridicule, qui ne révélait que sa tête. Ce visage de mastic qui n'était pas exactement celui de Gwen Eaton, ces cheveux argentés et crêpés qui n'étaient pas exactement les siens. Le fard, le rouge à lèvres rose nacré, le jabot dissimulant le cou.

« Le cadavre de votre mère. »

Je ris. Mon visage parut se fendiller, je sentais des craquelures sur mes joues.

Les employés du traiteur m'observaient sans doute par la fenêtre de la cuisine. Peut-être aussi certains des invités de Clare. Je décidai de m'en moquer. Je vidai mon verre de vin, le posai sur une table et m'en allai.

Je laisserais mes affaires dans la chambre d'ami de Clare. Sur la table de chevet, ma montre-bracelet cassée, cette délicate petite montre portant l'inscription *À Elise* sur laquelle, dans la nuit, en allant aux toilettes, j'avais marché parce qu'elle était tombée par terre, allez savoir comment. Je partirais sans dire au revoir à la famille, aux amis. Je partirais et négligerais d'appeler Clare pour m'excuser ou même pour m'expliquer, je ne répondrais pas aux nombreux messages qu'elle laisserait sur mon répondeur. Je constatai que ma voiture, la solide Saab que Wally Szalla m'avait aidée à acheter, était coincée sans remède dans l'allée des Chisholm, mais cela ne m'arrêta pas parce que je pouvais marcher. Marcher jusqu'à Mount Ephraim et prendre un taxi. Je ne me dis pas *Je pourrais appeler Wally, Wally est là, bien sûr* même lorsque, un peu plus loin dans Mockingbird Drive, je vis une voiture garée le long du trottoir, moteur allumé, exhalant des gaz d'échappement comme un fumeur : une grosse Buick couleur de cuivre terni que j'avais aussitôt reconnue. On avait reproché au propriétaire de cette voiture de faire du mal à autrui, d'être égoïste, indifférent, « mauvais ». Cet homme avait pourtant eu le tact de ne pas assister à l'enterrement de ma mère et de ne pas se montrer chez ma sœur.

Clare m'accuserait au téléphone de m'être soûlée dans sa cuisine, mais c'était faux, j'étais surexcitée, angoissée mais parfaitement sobre lorsque, dans mes chaussures noires scintillantes, je fuis la maison des Chisholm. J'étais haletante, je marmonnais tout haut. Une rafale de vent souleva ma coiffure punk, mes cheveux violets aplatis. La voiture avait démarré et elle s'arrêta à ma hauteur. Le conducteur se pencha vers moi en souriant. Dans un brouillard de larmes, je vis que le côté de la Buick était éclaboussé d'une fine dentelle de boue.

« Nikki, chérie ! Monte. »

« maîtresse »

1.

Avec quelle rapidité votre vie peut changer ! En un jour, une heure.

Zut !... J'arrivais avec trente-cinq minutes de retard à mon rendez-vous avec Wallace, « Wally », Szalla. J'étais haletante, angoissée et pleine d'espoir. Je me préparais à me répandre en excuses. Mais avant que j'aie le temps de presser la sonnette, à côté de la carte de visite indiquant SZALLA W., la porte s'ouvrit en grand, et un garçon d'une quinzaine d'années aux yeux de biche et à l'air furieux, en tee-shirt Snoop Dogg, short kaki sale et Nike tachées (sans chaussettes, délacées comme le voulait la mode) se rua au-dehors. Si je ne m'étais pas écartée, il m'aurait renversée.

« Troy ! Reviens tout de suite ! »

Sur les talons de l'adolescent apparut un homme entre deux âges, le visage en feu et le regard désespéré, pataud comme un ours sur ses pattes de derrière. Il me jeta un regard étonné en passant, mais il n'avait manifestement pas le temps de s'occuper de moi. La querelle entre père et fils semblait avoir fait exploser la porte et les avoir propulsés sur la pelouse comme dans une scène comique de feuilleton télé.

L'adolescent protestait : « Je te l'ai déjà dit, papa. Je vais au concert avec mes copains *exactement comme prévu* », et le père protestait : « Ta mère t'attend, Troy. Tu avais promis, cela va la contrarier... » et le garçon s'écria : « Qui a promis ? Toi ? Fais tes putains de promesses pour toi, papa ! » et le père répliqua avec virulence : « Pas de ce langage avec moi, jeune homme. Nous sommes dans un lieu public, je te l'ai déjà dit », et l'adolescent riposta : « *Elle* va être contrariée, et moi alors ? C'est toujours elle ou toi, merde ! Si on s'occupait de moi pour changer ? » et le père dit : « Ta mère pense que tu vas rentrer chez elle, ce soir, elle est sûre que tu l'as promis », et l'adolescent dit d'un ton écœuré : « Moi, j'ai promis ? C'est pas vrai, merde ! C'est toi qui as promis. La seule façon de se tirer de la maison, c'est de faire à maman une putain de promesse que personne n'a l'intention de tenir... *merde.* » Des larmes brillaient dans ses yeux. Il avait le genre poseur d'une rock star de MTV. Tandis qu'il foulait aux pieds la pelouse ratatinée, dans son tee-shirt Snoop Dogg, son père le suivait en tentant de le raisonner. Devant mes yeux, l'homme que je devais interviewer, un citoyen important de Chautauqua Falls, une personnalité en vue, était en train de perdre une dispute avec son fils. Ses cheveux gris-brun clairsemés étaient en bataille, sa chemise blanche était froissée, marquée dans le dos de taches de transpiration pareilles à des ailes repliées.

Je me serais volontiers éclipsée, mais ma voiture était garée le long du trottoir de l'autre côté du couple père-fils.

La dispute faisait penser à une scène de téléfilm, à ceci près qu'il n'y avait pas de scénario. C'était une vraie dispute de famille qui avançait par embardées, boiteuse, lourde, tel un accident de train au ralenti. Elle me rappelait des disputes que j'avais eues, pas avec mes parents ni avec des membres de ma famille, mais avec des hommes que j'avais mal compris ou qui m'avaient mal comprise, la fureur de la fierté blessée, le besoin de blesser l'autre. Lorsque Szalla voulut prendre le bras de son fils pour le retenir, l'adolescent repoussa sa main comme il l'aurait fait d'un cobra : « C'est foireux, papa, vraiment foireux ! Tout l'été a été foireux, avec maman qui débloque à cause de toi, et toi qui habites dans ce trou à rats, mais ce soir c'est différent, je vais à Rochester avec les copains, je ne laisse pas tomber mon billet. » La ressemblance entre le père et le fils était saisissante : les traits nettement ciselés, insolents, séduisants, du jeune visage se retrouvaient épaissis, fripés et las chez le père. Tous deux avaient la même taille, autour d'un mètre quatre-vingts, mais alors que l'adolescent était aussi souple et mince qu'une fouine, son père avait au moins quinze kilos de trop, essentiellement au niveau du ventre. Tel un sportif vieillissant, il haletait, dépassé et dominé par son adversaire, qui changea soudain de direction et le feinta pour rentrer de nouveau dans l'immeuble. Un déplacement inattendu, comme dans un match de basket très disputé où le joueur vedette s'envole vers le panier avec le ballon.

Le souffle court, en protestant, Szalla suivit son fils tant bien que mal. « Troy ? *Troy…* »

C'était en fin d'après-midi, le 8 août 2001. Un jour qui s'annonçait a priori peu prometteur dans mon existence. Cette interview avec Wallace « Wally » Szalla, dont j'attendais beaucoup, avait déjà été reportée deux fois par sa pimbêche d'assistante. J'avais vingt-huit ans et débutais comme journaliste au *Chautauqua Valley Beacon*. Je tenais beaucoup à bien faire, car j'avais besoin d'une rémunération et d'un emploi réguliers. J'étais célibataire, sans attaches. (Depuis deux semaines. Je sortais d'une « liaison » avec un homme de Rochester que je fréquentais par intermittence depuis quelques années mais que j'avais récemment appris à connaître trop bien. La liaison avait pris fin brutalement et de façon définitive.) Attentive à mon allure, je portais pour cet entretien une jupe de velours côtelé blanc, très courte et très ajustée, un haut rouge aux épaulettes carrées, des sandales italiennes à semelles compensées, un généreux assortiment de bagues, bracelets et clous d'oreille, un rouge à lèvres prune et, aux ongles des pieds et des mains, un vernis assorti. À l'époque, j'étais blonde, un blond méché de brun qui donnait l'impression qu'un individu doté d'un sens de l'humour pervers m'avait aspergé les cheveux d'acide, et je les crêpais jusqu'à en faire un halo vaporeux. Au *Beacon*, où tout le monde était blanc de peau, entre deux âges et ventripotent, Nikki Eaton était la « petite nouvelle ». J'avais entendu des collègues me définir sans ironie comme la « voix de la nouvelle génération ». (Quelle génération ? S'étaient-ils donné la peine d'observer les adolescents qui traînaient dans nos centres commerciaux ?) On se serait attendu que la majeure partie du personnel du *Beacon* me déteste cordialement, mais en fait ils semblaient avoir de l'affection pour moi, comme pour une sorte de mascotte exotique. Sans doute la modestie de mon salaire était-elle un secret de polichinelle.

Je paraissais plus assurée que je ne l'étais. Depuis le lycée, j'avais appris.

Dans l'appartement de Szalla, père et fils se disputaient toujours. J'entendais des éclats de voix. Je me demandais si je devais attendre que Szalla réapparaisse : il m'avait vue et avait dû comprendre qui j'étais. Cet après-midi-là, mon rédacteur en chef (qui pestait contre le je-m'en-foutisme de ses journalistes en matière de collecte d'informations) m'avait envoyée à une mauvaise adresse. J'avais perdu vingt minutes à me rendre à l'autre bout de la ville, m'étais ridiculisée en sonnant, haletante et souriante comme une présentatrice de télé, à la porte d'une imposante maison de style colonial en brique rouge, sise dans la prestigieuse avenue Ashburn. Là, tandis qu'une domestique guatémaltèque m'informait avec nervosité que « M. Zal-la » ne « demeurait » plus à cette adresse, j'entendis distinctement, au fond de la maison, une femme crier, au bord de l'hystérie : « Dites-lui de s'en aller, Nina ! Qui que ce soit, qu'il parte ! *Nous ne savons pas où il est.* » Après avoir passé plusieurs coups de téléphone affolés, j'avais fini par obtenir une adresse à l'autre bout de la ville : Appartements de luxe Riverview, 8A : un appartement en rez-de-chaussée qui donnait directement sur un perron. Un perron tellement jonché de vieux journaux et de prospectus que j'aurais pu croire l'appartement inoccupé si je n'avais pas entendu des voix en m'approchant de la porte.

Tout cela était décourageant ! Dans la vallée du Chautauqua, le nom de *Szalla* équivalait quasiment à celui de *Rockefeller*. Mais les Appartements de luxe Riverview étaient loin du compte, et Wally Szalla, ce père empâté qui trottait désespérément derrière son fils adolescent, avait à peu près autant de glamour qu'une vieille chaussure usagée.

Szalla ! Dire qu'il avait la réputation d'être un « coureur ».

Troy se rua de nouveau hors de l'appartement, cette fois en fourrant un téléphone portable dans un sac à dos noir. Il s'était enfoncé une casquette des Buffalo Bill sur le crâne, et avait un air farouche et triomphant. Derrière lui, Szalla ressemblait à un gros chien vieillissant qui s'obstine à suivre un chien plus jeune et plus rapide. Alors que Troy s'éloignait au trot sans un regard en arrière, Szalla s'arrêta au bord du trottoir et cria, les mains en porte-voix : « D'accord ! Mais tu m'appelles, Troy ! Tu m'appelles à 11 heures de ton portable, et si je te téléphone, tu as intérêt à répondre ou je te fais ramener à la maison par les flics ! Tu entends ? » Mais Troy était déjà hors de portée de voix.

J'avais eu largement le temps d'étudier Wally Szalla, et je n'étais pas très impressionnée. Un homme entre deux âges, qui regardait d'un air abattu dans la direction où avait disparu son fils. Non seulement il me rappelait une vieille chaussure, mais il en portait : le genre que mon père appelait des « mocassins ». Mon père en avait eu une paire, censée ressembler à de la peau de daim, quelque chose que les Premiers Américains auraient pu « tanner » et « coudre » à la grande époque de la frontière, confectionnée maintenant à la machine et ornée de petits glands pendants : des chaussures pantoufles si usées, si avachies, que papa marchait en traînant les pieds comme un vieil invalide, ce qui exaspérait toute la famille. Maman avait tenté de s'en débarrasser, mais papa avait réussi à les sauver de la poubelle en disant d'un ton blessé : « Ces chaussures me vont, Gwen. »

Tout cela pour dire que Szalla portait des mocassins. Et un pantalon d'été qui avait peut-être été chic en son temps mais qui était maintenant très usé, et sale sur les fesses. Sa chemise humide et molle, d'une élégance incongrue, était sortie de son pantalon et évoquait une veste de pyjama. Je trouvais embarrassant de le voir haleter, s'essuyer les yeux sur la manche de sa chemise.

Je me dirigeai d'un pas hésitant vers ma voiture. Une Datsun couleur de boue, si quelconque que, dans les parkings, j'oubliais systématiquement à quoi elle ressemblait. Szalla prit alors conscience de ma présence et fourra aussitôt sa chemise dans son pantalon. Avec une vanité inconsciente, il essaya de rentrer le ventre. « Pardonnez-moi : vous êtes sans doute Nikki, la journaliste du *Beacon* ? »

Je répondis que oui, mais que nous pouvions reporter l'interview s'il le souhaitait. Apparemment, je tombais mal.

« Non, non ! Oui, je veux dire. Le moment ne pourrait être mieux choisi. Ne partez pas, je vous en prie. »

À la façon dont il fonçait vers moi, on aurait pu croire qu'il voulait me barrer le passage.

« Je pense que je ferais mieux d'appeler votre secrétaire pour prendre un autre rendez-vous, dis-je, très vite. Je sais que les adolescents peuvent être infernaux, parfois…

– Ah bon ? Vraiment ? Vous êtes trop jeune pour avoir un enfant de seize ans.

– Sans en avoir, monsieur Szalla, j'en ai été un. Je rendais mes parents malades d'inquiétude, j'ai l'impression que c'était hier. »

Szalla rit de bon cœur. « Concert de rock ? Dix mille fans en folie ? “Heavy metal” ? “Extase” ?

– Pour l'“ecsta”, je suis trop vieille. Si c'est ce que vous entendez par “extase”.

– Non, pas ce que j'entends par extase, vraiment pas. »

Les yeux fixés sur ma jupe de velours blanc très courte et très ajustée, et sur le haut rouge qui me moulait le torse comme une peau de saucisson, il avait l'air moins déprimé. Mon cœur battait juste un petit peu trop vite. Et j'éprouvais de la compassion pour lui : ne pas souhaiter se retrouver seul, alors que le soir tombe, je savais ce que c'était.

Je me sentis cependant obligée de dire : « Cela ne me paraît pas indiqué, monsieur Szalla. Un journaliste pourrait en profiter pour vous poser des questions agressives. Vous venez d'être profondément contrarié.

– "M. Szalla", c'est mon vieux père de quatre-vingt-deux ans, Nikki. Appelez-moi "Wally", je vous en prie.

– Eh bien, entendu, "Wally". »

Une chaleur agréable m'empourprait le visage. « Wally », c'était un nom aussi confortable qu'une vieille paire de chaussures.

Tout en se confondant en excuses pour avoir eu la grossièreté de m'ignorer et pour la grossièreté de son fils, Wally Szalla me fit entrer dans son appartement. Je fus sensible au contact de ses doigts sur mon coude. Szalla disait de son fils que sa grossièreté n'était pas intentionnelle mais purement inconsciente. « À cet âge-là, l'essentiel de la vie est inconscient. Les autres, et notamment les gens plus âgés, ne comptent pas. »

Je n'étais pas sûr que ce fût vrai. Mais je comprenais qu'un père veuille croire que son fils ne souhaite pas consciemment le défier ou le blesser.

« Puis-je vous offrir quelque chose, Nikki ? Un café, une boisson gazeuse ou… ? »

Szalla voulait dire « quelque chose de plus fort », mais changea d'avis. Je déclinai son offre, et installai mon magnétophone japonais près d'une prise, sur une table basse à plateau de verre, dans la salle de séjour étonnamment petite de Szalla. Pour faire de la place au magnétophone, nous dûmes écarter des couches accumulées de journaux et de revues, un carton de pizza vide, des CD (heavy metal, rap blanc) qui devaient appartenir à Troy. Szalla tournait autour de moi, prêt à me demander si j'avais besoin d'aide, ce qui, vu la façon dont je marmonnais tout bas et me débattais avec mes ongles vernis de cinq centimètres, semblait être le cas. Mais il décida de ne pas intervenir, de conserver une distance respectueuse.

Je lui en fus reconnaissante. Un père qui sait ne pas stresser ses enfants. Papa avait eu ce défaut, parfois. Il ne montrait pas son impatience, mais on la sentait, une sorte de chaleur vibrante et d'exaspération montant de sa peau.

Szalla se frotta les mains avec vigueur. « Vous ne voyez pas d'inconvénient à ce que je prenne un verre, n'est-ce pas, Nikki ? Se faire piétiner le cœur par un garnement donne soif. »

Il alla prendre une bière glacée dans le réfrigérateur de la cuisine et, pour moi, un Coca light.

Saccharine, caféine et produits chimiques ! Exactement ce qu'il me fallait à cette heure de la journée où mon taux de sucre chutait et où il était trop tôt pour boire sérieusement.

L'appartement de « luxe » avait l'air conditionné mais sentait la bière, la vieille pizza et une odeur plus intime : vêtements pas lavés, chaussettes sales. Dans la cuisine régnait le genre de désordre auquel on peut s'attendre quand un père et son fils ont campé ensemble quelques jours.

En dépit du nom de la résidence – « Riverview » –, on ne voyait pas le Chautauqua de l'appartement de Szalla : il donnait sur la rue. Les stores vénitiens étaient en partie baissés, chacun à une hauteur différente. Les meubles semblaient fournis avec l'appartement : des canapés de cuir aux couleurs neutres, élégants mais sans charme ; des tables et des fauteuils chromés ; des tapis évoquant des peaux de sanglier. Le genre de garçonnière haut de gamme qui aurait pu figurer dans un article de *Playboy*, sauf que celle-ci avait été envahie par un adolescent et donnait des signes de délabrement – cela valait d'ailleurs pour l'immeuble tout entier, qui, quoique n'ayant que quelques années, commençait déjà à faire miteux de l'extérieur. Les loyers y étaient bien plus élevés que ce que je payais dans mon brownstone branché, situé dans quartier moins prestigieux de Chautauqua Falls, mais je n'enviais guère ses occupants.

« Êtes-vous une journaliste “professionnelle”, Nikki ?

– Qu'entendez-vous par “professionnelle” ?

– Une journaliste très sérieuse, très passionnée. Une jeune femme ambitieuse qui compte quitter Chautauqua Falls en se servant du *Beacon* pour tremplin. »

C'était forcément une plaisanterie. Le *Chautauqua Valley Beacon* avait à peu près autant de ressort que des spaghettis trop cuits.

Nous rîmes tous les deux. Szalla était en face de moi, affalé dans un fauteuil de cuir. Une toison grisonnante jaillissait du col ouvert de sa chemise. Des poils assortis poussaient sur les jointures de ses gros doigts. Ses pieds, grands et larges, étaient nus dans ses vieux mocassins usés, et aussi blancs que l'intérieur de mes cuisses.

« Parlez-moi de vos origines, monsieur Szalla, commençai-je gauchement. Vous êtes né… »

Szalla leva un index. « “Wally”.

– Ah oui, W… Wally. »

Je tripotai mon carnet, regardai les questions que j'avais notées. Des pages de questions ! J'avais les paumes moites, je ne comprenais pas ma nervosité. Wally Szalla ne cherchait vraiment pas à me mettre mal à l'aise, rien à voir avec les types arrogants et agressifs que je ne cessais de rencontrer, ou qui ne cessaient de me rencontrer. Des types qui s'appelaient Dale, Brock, Kevin, Kyle. Des types dont le nom n'avait rien à voir avec Wally.

« Né à Chautauqua Falls, W… Wally, en …

– Vous n'avez pas fait votre travail, Nikki ? Je suis sûr que si.

– Oui, mais…

– Vous vérifiez, c'est cela ? Pour voir si ce que je vous dis correspond à ce que vous savez déjà ?

– Oh non ! Je voulais juste… »

Szalla se moquait de moi, mais avec gentillesse. La seule personne qui se moquait ainsi de moi, comme si mes gaffes et mes maladresses lui étaient précieuses, était ma mère.

Je me sentais un peu grise, à croire que ce n'était pas du Coca light que je buvais dans la garçonnière de Wally Szalla, mais quelque chose de beaucoup plus fort.

Lorsque l'interview fut lancée, Szalla devint sérieux, professionnel. Il parlait lentement et clairement, face au magnétophone. Il me rappelait les professeurs d'université que j'avais le plus admirés, ceux qui ne parlaient pas par bribes haletantes comme la majorité des gens, mais par paragraphes pensés et cohérents. « On a souvent déformé mes propos, dit-il. Pardonnez-moi si maintenant je surcompense. »

Je me rendis compte avec gêne que j'avais sous-estimé Szalla. On ne devrait juger personne sur l'impression qu'il donne face à un adolescent.

J'avais naturellement recueilli certaines informations sur Wally Szalla. Je savais que, bien qu'il fasse beaucoup plus vieux, il n'avait que quarante-trois ans. (Que quarante-trois ans ! Pour moi, c'était un âge canonique. Un âge aussi avancé que mes vingt-huit ans devaient l'être aux yeux du fils de Szalla.) S'il n'avait pas fait d'études brillantes au lycée de Chautauqua Falls, il avait été élu président de la promotion 1976 et été un joueur de football américain apprécié ; sous la photo souriante de son annuaire figurait cette citation : *Je me contredis ? Très bien, je me contredis*. Après le bac, il avait vécu un an à Washington, où il avait été stagiaire auprès de son oncle Joseph Szalla, député démocrate de notre circonscription ; il avait suivi des cours à l'université George Washington, puis à l'université d'État de New York à Buffalo, et obtenu un diplôme en gestion et arts de la communication en 1981. En 1982, il avait épousé la petite amie de ses années d'étudiant, membre de la sororité TriDelt et élue reine de l'année par son université. Le couple avait trois enfants, dont le plus jeune, Troy, était né en 1985. Les Szalla de Chautauqua Falls étaient des hommes d'affaires fortunés et des décideurs locaux, qui soutenaient généralement le parti démocrate : Otto Szalla, le père de Wally, avait exercé deux mandats de maire, l'un de ses cousins était sénateur de l'État, et Wally lui-même était membre élu du conseil d'administration du comté. Dans les interviews, Szalla disait « investir dans sa région natale », « investir dans les rêves de sa ville natale », et il avait à son actif des projets originaux : la rénovation du vieux bâtiment baroque du Cameo Theater, dans le centre ; la transformation en patinoire d'un immense bowling en faillite sur la Route 33 ; l'organisation d'un festival de jazz estival dans Riverside Park ; une campagne pour attirer un festival cinématographique dans la région de la vallée du Chautauqua. (Le Cameo Theater avait été reconverti en un multiplex de huit salles. La patinoire avait fermé. Le festival de jazz connaissait un « succès hésitant ». Les organisateurs du festival cinématographique avaient préféré la région plus pittoresque des Adirondacks.)

Deux ans plus tôt, Szalla avait acheté WCHF AM-FM, la station de radio locale, avec l'intention de la « lifter ». À l'époque où il était au lycée, la station diffusait sans interruption de la musique rock, pop et country, coupée par quelques publicités bruyantes. Il y avait des années que j'avais cessé de l'écouter, et cela valait pour tous les gens que je connaissais. Puis, brusquement, Szalla était intervenu pour éviter à la station de disparaître, et il l'avait rajeunie en y introduisant des programmes de la radio publique nationale, des bulletins d'informations régionales et, au milieu de la musique rock omniprésente, des interludes de jazz classique, de grands airs d'opéra et de musique populaire américaine. Le matin, « Tous les coups sont permis », une émission à lignes ouvertes, traitait de questions féminines, et son animatrice, une personnalité locale, avait manifestement appris quelques tuyaux d'Oprah Winfrey ; plusieurs soirs par semaine, de 22 heures à minuit, Wally Szalla avait même sa propre émission musicale, intitulée « Night Train ». Il passait essentiellement du jazz, des CD, des cassettes et de vieux 78-tours de sa collection privée, et bavardait à la façon d'un vieil ami détendu qui suppose que vous avez le temps de l'écouter mais qui ne s'offusque pas du contraire. Lorsque par hasard j'étais chez moi à cette heure-là, et seule – ce que j'essayais d'éviter –, j'avais pris l'habitude d'écouter « Night Train » pour entendre la voix du DJ, intime et chaude comme si elle me parlait à l'oreille. Mais, à dire vrai, je n'avais pas fait attention à son nom, j'écoutais l'émission de façon très irrégulière. Ce n'était que lorsque mon rédacteur m'avait confié cette interview que je m'étais rendu compte que je connaissais la voix de radio de Wally Szalla.

Je savais le genre de jazz qui avait sa préférence, si répétitif et si peu emphatique, pour mon oreille inexercée et impatiente, que je trouvais cela à peu près aussi excitant que d'écouter des grillons. J'aimais bien le jazz Dixieland sur lequel je pouvais danser, en me faisant croire que j'étais dans un club, sexy et pleine d'entrain, et que mon partenaire n'avait pas vraiment besoin d'*exister*.

Szalla était un interviewé habile. Lorsqu'il ne voulait pas répondre à une question délicate (« On dit que WCHF AM-FM "peine à survivre", monsieur Szalla, est-ce vrai ? »), il vous faisait un grand sourire et répondait tout bonnement à une question différente : « Faire de la radio de façon sérieuse dans ce pays est un défi permanent. Nous n'avons pas seulement la télévision pour concurrent mais... » (Naturellement, je n'étais pas le genre de journaliste agressif qui persiste dans ses questions importunes. Le *Beacon*, soucieux de ses lecteurs, n'était pas exactement le *New York Times*.) Lorsque je posai à Szalla la seule question vraiment politique de l'interview, une question qu'un de mes collègues m'avait demandé de lui poser, sur les « conflits d'intérêts » possibles entre ses fonctions au conseil d'administration du comté et le fait que certains de ses parents et associés étaient promoteurs dans la vallée du Chautauqua, Szalla fronça les sourcils d'un air songeur, finit sa Sierra Lite et dit, fixant sur moi ses yeux d'un brun chaud : « Comme je vous le disais, Nikki, j'investis dans les “rêves de ma région natale”. Dans la vallée où je suis né. Où mes arrière-grands-parents se sont installés en 1899. Les entrepreneurs locaux ont pour rôle de réinjecter de l'argent dans l'économie locale, d'embaucher sur place et de montrer qu'ils ont foi dans l'avenir de cette belle région qui, à l'instar de toute cette partie de l'État de New York, a souffert économiquement ces dernières années. » Szalla parlait avec une sorte d'hésitation sincère, comme si ce discours était entièrement nouveau pour lui. Son idéalisme démodé me séduisit, de même que la façon dont il regardait – comme s'il était incapable de s'en empêcher – mon haut rouge à épaulettes années 1930, ma jupe de velours blanc très courte et très ajustée qui me remontait à mi-cuisse, et mes longues jambes minces, qualifiées de maigres par mon avant-dernier amant.

Pour terminer l'entretien, qui avait déjà dépassé les quarante minutes que la secrétaire très protectrice de Szalla avait accordées au *Beacon*, je lui demandai de décrire sa personnalité, et il répondit avec un enthousiasme enfantin, comme si c'était la question qu'il attendait : « Enfant, j'étais fasciné par les machines. Le fait que des voix sortent de la radio, des voix et des images de la télé, alors qu'à l'intérieur il n'y a pratiquement que des fils ! J'adorais démonter les appareils ménagers, les aspirateurs, les pendules, les électrophones, et même une télé, un jour. Parfois je parvenais à les remonter, et personne ne s'apercevait de rien, mais ce n'était pas toujours le cas ! Une machine est une énigme, vous comprenez. La plupart des gens se contentent de les regarder de l'extérieur, ils ne s'intéressent qu'à leur fonction. Mais pour quelqu'un comme moi, les machines sont aussi une énigme : comment marchent-elles ? Pourquoi marchent-elles ? Qui les a assemblées de cette façon, et ne peut-on pas le faire de façon plus efficace ? Les machines que les gens considèrent comme allant de soi sont constamment ré-imaginées, re-conçues. Regardez les ordinateurs, qui étaient énormes au début. Vous pouvez être sûre que quelqu'un est déjà en train d'imaginer un nouveau look à n'importe quelle machine en cours de fabrication. Lorsque j'étais petit, je pouvais passer des heures à tripoter les appareils de ma mère. Je me rappelle avoir presque entièrement démonté le réfrigérateur en son absence, et c'était ce que j'avais fait de plus excitant dans ma vie.

– Quel âge aviez-vous ?

– Quatre ans, je pense.

– Quatre ans ! C'est incroyable !

– Le problème, c'est que je ne suis pas arrivé à remonter ce fichu machin. En y repensant, je me dis que j'étais peut-être un peu autiste, ou que je souffrais de ce fameux syndrome d'Asperger qui atteint les enfants, presque toujours les garçons, et qui peut se manifester par une fixation sur quelque chose, les scores des équipes de base-ball, compter le nombre d'avions qui passent dans le ciel, démonter des machines pour regarder ce qu'elles ont à l'intérieur… Cette manie a fini par me passer. Je n'ai pas vraiment de talent pour l'ingénierie ou la mécanique. Du coup, je fais de la radio, je suis moi-même à l'intérieur de l'appareil en quelque sorte… Je suis devenu une de ces voix mystérieuses. J'enregistre la plupart de mes émissions pour pouvoir m'écouter "à la radio". Et parfois je pique une suée en imaginant que mon cerveau est un ensemble de rouages, une sorte de machine folle, mais faite de chair et de sang… » Il s'interrompit, gêné. Il avait pensé tout haut, comme s'il avait oublié et le magnétophone et moi ; comme s'il avait oublié où il se trouvait.

Je m'entendis dire, avec un grand sourire : « Ma foi, ce doit être merveilleux de poursuivre ses rêves à l'âge adulte. » Avant même que je finisse ma phrase, ces mots me parurent faux et banals, aussi hypocrites et factices que mes vêtements tape-à-l'œil que Clare appelait (aussi bien en ma présence que derrière mon dos) les « costumes de Nikki ». Malgré tout, Szalla sourit et, comme sur une impulsion, se pencha en avant pour me serrer la main. « Oui, Nikki ! Voilà ma vie : poursuivre des rêves dans l'espoir qu'ils seront aussi ceux des autres. »

Ses doigts étaient chauds. Et forts.

L'interview prit fin. J'étais flageolante, mais très heureuse. Pendant que je me rangeais mon matériel, Wally Szalla tourna autour de moi, un sourire gêné aux lèvres, lissant ses cheveux rebelles, puis il finit par s'éclaircir la voix et par me demander si j'étais libre ce soir-là.

« Non, répondis-je, je ne suis pas libre. Mais lorsque j'aurai passé un petit coup de téléphone, je le serai. »

Des heures plus tard, nous étions toujours ensemble. Toujours en train de parler, Wally Szalla en tout cas. Il serrait ma main sur la table et me disait que notre rencontre avait été la plus étrange qu'il eût faite de sa vie.

Je lui demandai pourquoi.

« Je pense que vous le savez, Nikki », dit-il, en me dévisageant.

2.

Ridicule ! Wally Szalla n'était pas mon genre.

Un homme à qui je n'aurais pas accordé un regard dans la rue.

Trop vieux ! Trop gros, et presque chauve. Aussi glamour que les vieux mocassins avachis de papa.

Marié à autre femme. Et père de trois enfants.

« Je ne "vois" pas un homme marié, Clare, qui t'a raconté une chose pareille ! Il se trouve simplement que j'ai interviewé Wally Szalla, qui est le nouveau patron de WCHF AM-FM. Nous sommes devenus amis, j'ai beaucoup d'amis, comme tu sais, et il se trouve que celui-ci est séparé de sa femme et que nous nous sommes découvert des intérêts communs. C'est tout. »

Clare parla. Longuement. J'écoutai, jusqu'à ce que le visage me brûle comme si ma sœur m'avait giflée et que ma main se mette à trembler sur le combiné. Je restai néanmoins d'une extrême politesse. De ma voix la plus douce et la plus cordiale, je dis : « Wally Szalla est un homme remarquable mais nos relations sont purement amicales et, de toute façon, il est séparé de sa femme, il n'y a donc rien de "mal" à le voir. Tu peux le dire à maman, au cas où cela la turlupinerait, elle aussi. »

Nikki ? Je peux te voir ce soir ? Je sais qu'il est tard et que ce n'était pas prévu, mais finalement je ne suis pas parti au lac Placid rendre visite à mes beaux-parents avec Isabel et les enfants et en revenant de la gare je me suis senti très seul sans toi, Nikki, et je me demande si tu te sens seule, toi aussi ?

Il apporta des fleurs – « Idiot mais je ne peux pas m'en empêcher ». Il apporta des CD, des classiques du blues chantés par Nina Simone, Billie Holiday, Bessie Smith. Il apporta des bougies parfumées New Age. Il apporta du champagne. Il apporta de délicieux poulets rôtis, achetés à la Food Shoppe, et un lot de ces livres miniatures de développement personnel : *Joie de la vie quotidienne, 101 raisons d'aimer, La Voie de l'illumination zen : poèmes de solitude et de sagesse*. Avec gravité, il me fit la lecture à haute voix, en tenant un de ces livres près de son visage, comme un acteur de genre dans un film sentimental des années 50 : William Bendix, Ernest Borgnine. « Le chant de l'oriole retentit dans la forêt./Soleil chaud, douce brise,/ saules verts sur le rivage./ Le bœuf ne peut se retourner dans les ronciers.

– Le *bœuf* ? »

Wally fronça les sourcils. « C'est un concept zen, je pense. Chercher le "bœuf" indique une quête spirituelle. Ou alors, il représente le corps physique, dont il faut triompher.

– Mais pourquoi un *bœuf* ?

– Tu prends les choses trop littéralement, Nikki. Ce n'est pas obligatoirement un bœuf, je suppose. Cela pourrait être, eh bien… un ours, un cerf. Un éléphant.

– Pourquoi devrions-nous chasser une de ces bêtes ? Elles sont plutôt encombrantes, non ? »

J'avais un peu le ton de Troy. Wally Szalla semblait vous inciter à la taquinerie lorsqu'il tâchait d'être sérieux.

« Fais-en un oriole, alors ! répondit Wally, exaspéré. Ce qui est important dans la philosophie zen, Nikki, c'est maintenant.

– Maintenant quoi, Wally ?

– Maintenant *quoi* ? »

Il rit, l'air déconcerté, passa une main dans ses cheveux, laissa son regard glisser sur moi, comme s'il s'en était empêché jusqu'alors.

À ce moment-là, dix-sept jours exactement après l'interview, nous avions déjà une sorte d'« histoire ». Nous en étions arrivés assez vite à ce stade où deux personnes qui ne se connaissent pas très bien commencent à penser qu'elles s'aiment beaucoup et sont légèrement ahuries par cette révélation, comme on pourrait l'être en découvrant que l'on a 39° de température alors qu'on se sentait bien ou mieux que bien. C'est le stade où l'on joue encore un peu la comédie.

Wally disait, du ton sérieux qu'il avait eu pendant l'interview : « Ce que veut dire le bouddhisme zen par “maintenant”, d'après ce que je comprends, c'est que la vie est précieuse. Les choses ordinaires de la vie. Un bœuf n'est pas ordinaire pour nous, c'est entendu, mais il l'est peut-être pour eux. Ces poèmes sont très anciens, je pense. Et comme je l'ai déjà dit, ce n'est pas un bœuf, c'est… tout ce qu'on ne remarque pas, parce que l'on est trop pressé. »

Je ris et m'étirai. Je me sentais franchement lascive. « Moi, je ne suis pas du tout pressée, monsieur Szalla. Je suis aussi détendue qu'une chatte siamoise en déshabillé. »

Wally s'étrangla de rire. Il ne savait jamais à quoi s'attendre de ma part, et je me faisais l'effet d'une patineuse aux jambes déliées, libre d'improviser à sa guise sur la glace, suivie par tous les regards.

« Tu te moques de moi, hein ? Tu penses que je suis trop vieux pour ça.

- Pour quoi ? Le bouddhisme zen ?

– Pour *ça*. Tu sais bien.

– Dis-moi ce que je "sais" ? »

Wally rit de nouveau. Il avait le visage agréablement empourpré. Il se disait peut-être qu'avec Nikki Eaton, il retrouvait ses gosses, l'impertinence espiègle des adolescents quand ils vous adorent et vous veulent du bien, et non l'inverse, qui fait terriblement souffrir. Dans la lumière tamisée romantique de mon appartement branché, avec Nina Simone en fond sonore, je devais reconnaître que Wally Szalla ne faisait pas si vieux, en fin de compte. En fait, à chaque nouvelle gorgée de vin, je le trouvais plus séduisant, plus jeune et davantage mon genre.

Il ne m'avait pas apporté que des poèmes zen, ce soir-là. Nous avions partagé un poulet rôti de la Food Shoppe, réchauffé dans mon four bancal, une salade de pommes de terre mangée directement dans sa barquette en plastique, une miche de pain de seigle russe et une bouteille de vin rouge italien qui, à en juger d'après son goût, devait coûter un peu plus que le vin « de luxe » à douze dollars auquel j'étais habituée.

Wally dit, d'un ton mélancolique : « *Ça*. Que je tombe amoureux de toi, un petit bout de fille qui fait tout juste l'effort de dissimuler son mépris.

– Oh !

– Oh, quoi ? Ça ne t'étonne pas, tout de même ? Ce n'est pas vraiment une nouvelle ? »

J'étais un peu prise au dépourvu, je ne m'y attendais pas. Mes doigts, prolongés d'ongles de cinq centimètres auxquels je devais faire très attention si je ne voulais pas les casser ou écailler le vernis que j'avais mis le soir même… ces doigts, donc, cherchèrent à tâtons le verre de vin que j'avais posé sur le tapis à côté de mes orteils nus. « Oh ! » murmurai-je de nouveau, en manquant renverser le verre.

Tomber amoureux. Les hommes ne disaient pas ce genre de chose, d'ordinaire. Pas à moi, en tout cas. Et je ne le disais pas non plus. D'ordinaire. *Tomber amoureux*, c'était la plainte d'un blues des années 40, funky et drôle, à ne pas prendre davantage au sérieux que les hauts rouges à épaulettes carrées, les sandales à talons avec lanières enroulées et attachées autour des chevilles, les coiffures disco. *Tomber amoureux* : la conclusion d'une blague.

« Si tu veux que je m'en aille, Nikki, je le comprendrais. »

Il fit mine de se lever. (Il était moitié assis, moitié affalé dans un fauteuil de toile, un piège plutôt qu'un siège, peu fait pour des hommes grands et forts.) D'un geste alarmé, je lui fis comprendre que non ! je ne voulais pas qu'il parte.

« Ce que tu as dit m'a étonnée, voilà tout. » Je souris, désireuse de tourner les choses à la plaisanterie. « "Un petit bout de fille". C'est un compliment, je suppose ?

– Et belle, Nikki. Belle, surtout.

– Oh. »

Lorsque j'avais entendu le pas de Wally dans l'escalier, ce soir-là, j'avais aussitôt décroché mon téléphone. J'avais éteint mon portable et l'ordinateur. J'avais baissé les lumières pour créer une atmosphère « romantique ». (La première chose que l'on voyait en entrant dans mon appartement bas de plafond, c'étaient de vieilles lampes élégantes avec abat-jour roses ou tissu rose vaporeux jeté dessus. La deuxième chose que l'on voyait, c'étaient sans doute les tentures satinées, ou les miroirs à l'ancienne, encadrés de cuivre et d'ivoire. Les canapés profonds aux coussins de velours, les fauteuils recouverts de plaids aux couleurs de l'arc-en-ciel (tricotés par maman) et de jolis tapis fin de série dissimulant le parquet abîmé. La table en plastique rouge Baiser qui me servait de bureau, mon ordinateur et mon imprimante, mes étagères de livres, se trouvaient dans ma chambre à coucher, devant une fenêtre exposée au sud. Cette chambre du fond était mon « véritable » moi, l'autre pièce, mon moi « féminin ». La plupart des visiteurs ne dépassaient jamais le « féminin ».) Sachant la venue de Wally imminente, j'avais senti mon cœur battre et s'affoler comme un oiseau prisonnier à l'intérieur de ma cage thoracique. J'avais souri à mon reflet dans la glace : « Nikki ! Tu n'es pas mal. » Maintenant, j'avais les idées confuses et j'aurais presque souhaité être seule pour réfléchir. La présence d'un homme qui me dévisageait, à quelques dizaines de centimètres à peine, était déconcertante.

Wally Szalla et moi étions déjà « amants », nous avions « fait l'amour », le genre de rapports que l'on qualifierait de « prometteurs »... Il n'en était pas moins inattendu de l'entendre me parler comme si, soudain, il ne jouait plus un rôle, comme s'il était sincère. D'une voix hésitante, il me confia que sa séparation lui était « pénible » ; elle avait été voulue par sa femme, Isabel, et non par lui ; depuis qu'elle lui avait demandé de quitter leur maison en mai, trois mois auparavant, il avait toutefois fini par se dire que c'était probablement une bonne idée. Ils s'étaient mariés trop jeunes, avaient eu des enfants trop jeunes. Ils s'éloignaient l'un de l'autre depuis une dizaine d'années et avaient besoin de réexaminer leur avenir : « Si nous en avons encore un ensemble. »

Wally supposait qu'Isabel avait raison : il avait un caractère profondément imparfait. Il était immature, irresponsable. Il gaspillait son argent pour des « hobbies déraisonnables », des « jouets » – WCHF AM-FM, par exemple ; il négligeait ses activités sérieuses, les actions et les investissements innombrables de la famille Szalla qui produisaient leur véritable revenu. Wally était une « bonne poire » qui rendait aux gens des services qu'ils ne méritaient pas, qui prêtait trop facilement de l'argent sans intérêts. Isabel s'agaçait même de sa gentillesse en public : la façon dont il serrait les mains, énergiquement, avec un grand sourire, comme un homme politique. Wally pensait qu'Isabel et lui s'aimaient mais qu'ils n'étaient plus *amoureux*. Lui pouvait s'en contenter, il avait son travail, une vie compliquée et gratifiante en dehors de son foyer, mais Isabel, blessée dans sa fierté et (peut-être) dans sa vanité, semblait lui reprocher en permanence quelque chose contre quoi ni l'un ni l'autre ne pouvaient rien.

« Appelle ça le temps, le "destin". »

Wally se tut. Il s'essuya les yeux sur sa manche. Instinctivement, ma main se tendit vers la sienne. Il la serra étroitement.

« Et toi, Nikki ? Tu parles si peu de toi. »

Et Nikki ! Je me figeai, l'esprit vide.

Les hommes m'interrogeaient rarement sur moi. Comme si en dehors de la femme sexy et flirteuse qui les regardait avec adoration, ce *moi* n'avait guère d'existence. J'étais l'intervieweuse idéale et, franchement, cela me plaisait ainsi. Nikki Eaton ne m'intéressait pas beaucoup. Cela n'avait jamais été le cas. J'étais la plus jeune et la moins agréable des sœurs Eaton, et j'avais toujours accepté que mes parents aiment davantage Clare que moi, ou, en tout cas, toujours reconnu que Clare était plus douée que moi, même quand nous étions enfants. Cela me paraissait si évident que je n'étais même pas jalouse. Voilà pourquoi, sous le regard de Wally Szalla, qui s'attendait que je me confie à lui aussi sincèrement qu'il l'avait fait, je fus incapable de dire un mot. Je ne pouvais pas lui avouer que je passais souvent des nuits blanches à me demander quand je serais de nouveau amoureuse, quand je referais l'amour, quand j'aurais de nouveau une relation « sérieuse », et que ces pensées me tourmentaient parfois alors même que j'étais couchée contre le corps chaud d'un amant.

Je finis par répondre à Wally que ce qu'il avait dit de lui-même s'appliquait à moi. Moi aussi, j'étais « séparée ». Depuis le lycée, j'avais eu des liaisons avec des adolescents et des hommes, j'avais été fiancée ou quasi fiancée, j'avais aimé et désaimé, plus de fois que je ne pouvais en tenir le compte et, à présent, on pouvait dire que j'étais *séparée* : « De mon passé. Définitivement.

– De tout ton passé ? Ou simplement… des hommes ?

– De mon passé.

– Mais tu as une famille très aimante, non ?

– Ah bon ?

– Ta mère, en tout cas. C'est ce que m'ont dit des gens qui connaissent Gwen Eaton.

– “Des gens qui connaissent Gwen Eaton”… ? De qui s'agit-il, Wally ? »

Il eut un haussement d'épaules évasif. Il avait des amis à Mount Ephraim, naturellement. Il avait des amis, des relations, des associés et des « contacts » dans toute la vallée du Chautauqua et au-delà. C'était un Szalla, et les Szalla connaissaient tout le monde. Naturellement.

J'avais l'impression d'être une petite fille qui a raconté un bobard. Pas vraiment un mensonge, mais quelque chose de petit et d'insignifiant, de quoi rougir.

« Ma mère est quelqu'un d'exceptionnel, je suppose. Une mère fantastique. Une de ces mères-femmes-au-foyer qui vivent exclusivement pour leur famille, qui n'ont pas vraiment de vie personnelle mais qui sont heureuses comme ça, ou presque. Maintenant que papa est mort et que Clare et moi sommes adultes, maman vit pour la communauté, j'imagine. Son église, ses amis. “Les autres”. À l'entendre parler de mon travail au *Beacon*, on croirait que je suis un auteur de best-sellers. Elle ne me connaît pas, en fait. Elle ne m'a jamais connue. Et ce qu'elle connaît de moi, elle le désapprouve. Lorsque papa était en vie, elle me défendait contre sa désapprobation, mais maintenant qu'il a disparu et qu'elle vieillit, elle se préoccupe davantage de ce qu'elle appelle mon “avenir”. Si elle savait pour toi…

Wally fronça les sourcils. « Si elle “savait” quoi ?

– Que je te vois. Et que tu es marié. »

Marié. Le mot avait un goût aigre dans ma bouche. Je détestais avoir à le prononcer, cela semblait une accusation.

Je n'étais pas vraiment sincère avec Wally. (Le sommes-nous

jamais avec les hommes avec qui nous avons des « liaisons » ?) À ce moment-là, je me doutais, à des remarques pleines de réprobation de Clare, que maman était au courant pour Wally Szalla et moi. Ou qu'en tout cas elle savait quelque chose.

« Je ne serai pas marié éternellement, Nikki. Je suis à peu près certain qu'Isabel et moi allons dans cette direction. »

Je me demandai ce que cela signifiait. Dans quelle intention Wally me le disait. Mais son ton était morne, méditatif, il n'avait rien d'affable ni de léger. Sa bouche était amère et lourde. Ses yeux brillaient. Apparemment, le divorce non plus n'était pas son idée.

« J'ai été blessé, Nikki. Ma femme m'a blessé en disant certaines choses, et mes enfants… Tu as vu Troy, tu as une vague idée de ce que peut donner Troy en action. Sa sœur aînée, Katy, est encore plus violente. Et Andrew, l'aîné, qui rate tout à Colgate depuis qu'il y est inscrit… Ils m'ont donné l'impression que tout ce que je faisais était mal, ridicule, minable… En fait, je n'ai pas le sentiment d'être réel. Il y a des gens qui pensent que le monde, les autres, ne sont pas réels, mais moi, je me réveille le matin en me demandant si je suis moi, et je ne suis sûrement pas le type que je vois dans la glace. Si je pouvais me raser en portant un bandeau, je le ferais. Je me dis qu'il suffirait d'un éternuement soudain pour que je disparaisse.

– Mon pauvre ! Vu ton gabarit, ça ne risque pas de t'arriver. »

Je ris. Wally plaisantait, à présent. Nous revenions sur un terrain plus sûr. Alors qu'il s'efforçait de s'extirper de son fauteuil, j'allai vers lui, et nous nous embrassâmes. Ce n'était pas notre premier baiser, mais il en donnait l'impression, avide, maladroit et plus mouillé qu'on ne le souhaiterait, un baiser d'épagneul. J'enlaçai son torse massif et pressai mon visage contre sa chemise de coton blanc, la tête blottie contre son menton charnu. J'entendais son cœur battre lentement, avec force et assurance, pas à toute allure comme le mien.

« Mon bœuf.

– Mmm ?
– *Mon* bœuf. »
À ce moment-là, il était bien plus de minuit, et les bougies parfumées s'étaient presque toutes consumées.

Avec quelle rapidité votre vie peut changer : en l'espace d'un jour, d'une heure.
Et toutes les heures qui en découlent. Les semaines et les mois. Les années.

Je n'osai présenter Wally à maman qu'en janvier 2002.
Naturellement, à ce moment-là, elle « savait ». Ce que Clare lui avait dit ou ce qu'elle avait insinué. *Évidemment, nous ne voyons pas beaucoup Nikki, ces derniers temps. Tu la connais : elle fait ce qui lui chante...* Il existait un réseau d'informatrices qui ne demandaient qu'à apprendre à Gwen tout ce que faisait sa fille indigne à Chautauqua Falls, avec une prédilection pour les nouvelles scandaleuses. *Gwen ! Tu sais que j'ai horreur des commérages, horreur d'apprendre des nouvelles pénibles aux autres, mais je pense qu'il faut que tu saches, moi, si j'étais la mère de Nikki, je tiendrais à savoir, Nikki a une liaison avec un homme marié, il a trois enfants, il est séparé de sa femme, c'est un Szalla, il a le double de son âge, il est beaucoup plus vieux qu'elle en tout cas, et sa voiture reste souvent garée devant l'appartement de Nikki jusqu'au matin... Gwen ? Je t'ai fait de la peine ? Tu es toujours là, Gwen ?*
Voilà ce que j'imaginais. La réalité était sans doute pire.
Un beau jour d'hiver très froid, sentant la craie, Wally et moi allâmes chercher maman à Mount Ephraim. Nous devions l'emmener dîner de bonne heure dans une vieille auberge historique au bord du fleuve, puis aller écouter un choral de Bach, chanté par des étudiants du conservatoire de Rochester. J'avais préparé cette soirée pendant des semaines. D'abord en imagination, poussée par le désir de réunir les deux personnes qui comptaient

le plus au monde pour moi ; puis avec Wally ; puis avec maman. Gwen ne s'était pas montrée très impatiente de rencontrer « mon ami du moment », mais elle avait fini par céder et, dès que Wally lui avait serré la main, bienveillant, cordial et souriant à son habitude, j'avais senti fondre la méfiance de maman à son égard.

À la façon dont elle le regardait, clignant les yeux comme si elle s'était attendue à quelqu'un de très différent, je me rendis compte que Wally lui rappelait sans doute mon oncle Fred Eaton, un des jeunes frères de papa que nous ne voyions pas souvent et qui, comme Wally, avait un visage marqué et gamin, une forte carrure. *Faites-moi confiance !* semblait dire le regard brun chaleureux de l'oncle Fred.

« Votre fille m'a beaucoup parlé de vous, madame. Elle vous adore. C'est un honneur pour moi de vous rencontrer enfin ! »

Maman rit et rougit. « Je ne suis pas la reine d'Angleterre, Wally. Appelez-moi "Gwen", je vous en prie.

– Gwen, Gwendolyn. Un beau prénom, et peu courant. »

Je ne sais pas si c'était une coïncidence, mais maman s'était mise à écouter WCHF AM-FM depuis quelque temps. « Tous les coups sont permis » et « Classiques pop de l'après-midi » étaient ses émissions préférées. (« Night Train » passait trop tard pour elle. Le soir, maman tenait à lire au moins une heure avant d'allumer la télé pour regarder sa chaîne câblée préférée, Animal Planet. Elle était couchée à 9 heures et demie.) L'enthousiasme avec lequel elle parla de « Tous les coups sont permis » réconforta Wally, qui lui proposa de lui présenter l'animatrice de l'émission, Gloria Silberman. « Elle serait ravie de vous rencontrer, Gwen. Elle pourrait vous interviewer pour l'émission.

– M'interviewer, moi ? Oh non, je ne crois pas.

– Pourquoi pas ? Gloria interviewe toutes sortes de femmes, pas seulement des femmes qui font carrière. »

Maman secoua la tête en riant.

« À la radio ? En direct ? Je resterais muette. Je ne saurais pas quoi dire.

– Vous ne pouvez pas le savoir avant d'essayer, Gwen. Il y a toujours une première fois. Je n'avais jamais été DJ avant « Night Train » et dès que l'ingénieur du son m'a fait signe que j'étais "à l'antenne", je me suis mis à parler. Cela vous viendrait tout naturellement, je vous assure. Je vous téléphonerai un de ces jours. Lorsque le temps sera moins imprévisible. Nikki et vous pourriez participer toutes les deux à l'émission. Gloria serait ravie. »

Pendant une grande partie du dîner, dans la salle de restaurant élégante et spacieuse de la Mount Ephraim Inn, Wally fit parler Gwen comme je ne l'avais jamais entendue parler. Dans les réunions familiales, personne ne s'intéressait beaucoup à Gwen Eaton, la femme de Jon ; personne ne s'intéressait beaucoup aux épouses, en général. La conversation se limitait à quelques sujets prévisibles : le temps, la nourriture, les problèmes familiaux, domestiques et de voisinage. Mais avec Wally Szalla maman parla des émissions de radio et de télé qu'ils avaient aimées dans leur jeunesse, et on les aurait presque crus de la même génération. Wally était doué d'empathie au point de sembler refléter les autres en miroir. Maman et lui parlèrent avec animation de Frank Sinatra, Perry Como, Rosemary Clooney et du « jeune » Elvis. Maman raconta avoir vu *West Side Story* à Rochester en 1964, à l'âge de seize ans : « Cet air, "I Feel Pretty", m'est resté dans la tête. Il m'arrive encore de le chanter. » Wally lui demanda si son mari et elle avaient aimé danser, et maman répondit : « Oh, j'adorais danser ! Quand j'étais au lycée. Je dansais principalement avec des filles, en fait. Jon était plus âgé, vous comprenez… il avait sept ans de plus que moi. Il était très sérieux. "Se trémousser comme un fou, très peu pour moi, Gwen, ça ne m'amuse pas", disait-il. Mais en réalité, il ne voulait rien essayer qu'il ne sache pas déjà bien faire, surtout en public.

– Tu crois que c'était pour ça, maman ?

– Il y avait beaucoup de choses que ton père n'essayait pas pour cette raison », dit maman avec un soupir. Wally avait insisté pour lui servir un peu de vin blanc, et elle avait fini par vider son verre, ce qu'elle n'aurait jamais fait si Clare et moi l'avions invitée. « Il ne voulait pas que les gens le "regardent", tu comprends. Il ne voulait pas qu'on se "moque" de lui. Tous les hommes de la famille Eaton sont comme ça. Pour échapper à l'angoisse, il fallait qu'il soit parfait. Essayer des choses nouvelles, risquer de commettre des erreurs, l'angoissait. Et il fallait aussi que tout soit parfait autour de lui. Aussi bien chez Beechum qu'à la maison. C'est pour cela qu'il était un employé si sérieux, et pour cela qu'il faisait tout réparer à la maison presque avant que ce soit nécessaire. Mes amies se plaignaient de la lenteur de leurs maris, ajouta-t-elle en riant. Papa, c'était tout le contraire ! Il suffisait que la chaudière fasse un « bruit bizarre » pour qu'il appelle le réparateur. Si une seule goutte tombait du plafond, il appelait le couvreur. Et au printemps, il s'énervait de voir des pissenlits dans la pelouse des voisins, tu te rappelles ? Parce que le vent allait transporter leurs graines chez nous et qu'on ne pouvait rien faire pour l'éviter.

– Nous avons besoin de ce genre de personnalité, dit aussitôt Wally. Sans eux, ce serait le chaos. »

Notre conversation était si animée, si ponctuée d'éclats de rire, que les dîneurs des autres tables nous regardaient en souriant. Peut-être nous prenaient-ils pour une famille ?

Wally dirait ensuite qu'il ne s'était pas attendu que ma mère fût aussi jeune, aussi pleine de vie. Je trouvais cela un peu exagéré, mais en réalité c'était vrai : maman avait un teint éclatant, elle avait mis du rouge à lèvres pour l'occasion, elle portait une robe vert pâle, coupée dans un tissu à la fois velouté et gaufré qui mettait en valeur la couleur de ses yeux, et elle avait autour du cou un collier de petites pierres de jade, que j'avais trouvé dans une boutique d'articles d'occasion et lui avais offert pour l'un ou l'autre de ses anniversaires.

Sans que je le souhaite, la conversation porta ensuite sur mon activité de « journaliste » au *Beacon*. Naturellement, maman conservait tous les articles et toutes les interviews que j'y signais, et ses amis et voisins lui fournissaient d'autres coupures de journaux, car « Nikki Eaton » était à peu près ce qu'on pouvait faire de plus célèbre dans le milieu social de ma mère. Maman et Wally me couvrirent d'éloges, ce qui me donna envie d'enfouir mon visage dans ma serviette. « Oh ! je vous en prie. » Maman devait avoir étudié l'interview de Szalla, publiée des mois plus tôt, car elle avait des questions à poser sur le sujet, et souhaitait notamment savoir si c'était à cette occasion que nous nous étions rencontrés.

« Oui, maman. »

Je caressai la main de Wally. Un geste affectueux et possessif, moins spontané qu'il n'en avait l'air, mais je voulais indiquer à maman que je tenais à Wally, que c'était sérieux.

Car Wally avait entamé une procédure de divorce, en fin de compte. Son avocat et celui de sa femme « négociaient ».

Noël avait été un moment difficile. Wally s'était senti obligé de passer une grande partie des vacances avec ses enfants, qu'Isabel l'accusait d'avoir négligés. Cela avait donné lieu à quelques discussions pénibles entre nous, et je m'étais montrée très émotive, ce qui ne me ressemblait pas. Mais depuis le nouvel an 2002, les choses s'étaient nettement améliorées !

Je parlais à ma mère d'une proposition que j'avais faite à mon rédacteur en chef, un peu par plaisanterie : partir en Europe pendant l'été et écrire une chronique pour le *Beacon* : « Mount Ephraim à l'étranger ». Des articles à la fois légers et sérieux, avec des suggestions et des conseils de voyage. « Mon rédacteur est enthousiaste. Il pense que cela attirera la publicité des agences de voyage. Mais il m'a parlé de "budget limité" et je sais ce que cela signifie.

– Je te financerai, Nikki, dit Wally. L'idée me paraît formidable. »

Maman me regardait avec un sourire inquiet. Elle était mal à l'aise chaque fois que l'on parlait « voyage » et « départ ». Sur une impulsion, je dis : « Je t'emmènerai avec moi, maman. Nous voyagerons ensemble. Nous ne l'avons jamais fait. Tu as toujours voulu voir Paris et Rome, et papa n'était pas enthousiaste. »

Maman secoua la tête, le visage sombre. Non, non !

« Pourquoi pas ?

– Depuis ce qui est arrivé au World Trade Center, j'aurais peur de prendre l'avion. Et peur de te savoir dans un avion.

– Nous prendrons le bateau, alors. Une croisière romantique de cinq jours. »

C'était pure impulsion de ma part. Je m'emballais, parce que j'avais bu un ou deux verres de vin en compagnie des deux personnes auxquelles je tenais le plus au monde, et qui ne pouvaient s'empêcher de me sourire avec indulgence, comme si j'étais une gamine effrontée mais adorable qu'il fallait à la fois encourager et ramener à la raison.

« Eh bien, peut-être, Nikki.

– Tu ne t'en sortiras pas en te prétendant vieille, maman. Parce que ce n'est pas le cas. Tu es "entre deux âges", comme on dit, ce qui est l'âge moyen des Américains aujourd'hui. Jeune ! »

J'avais pris la main de maman, qui était menue et étonnamment fraîche. Plus je pensais à cette idée de voyage avec maman, plus elle me plaisait. Après la mort de papa, Clare et moi avions vaguement envisagé d'« emmener maman quelque part », mais cela ne s'était jamais fait parce que Clare était toujours débordée ; et que, à sa façon timide et butée, maman ne nous avait pas encouragées. Mais à présent, la perspective d'emmener ma mère à Paris, à Rome, peut-être en Espagne, captivait mon imagination ; et – ce qui était évidemment une composante essentielle de mon fantasme – peut-être Wally Szalla viendrait-il avec nous. Il viendrait certainement. À l'été, c'est-à-dire dans plus de cinq mois, il aurait divorcé. Il serait « libre ». En fait, ce serait peut-être un voyage de noces. Dans « Night Train », Wally plaisanterait sur le voyage de noces qu'il avait fait avec sa belle-mère. Il serait tendre, charmant, drôle, et mettrait les larmes aux yeux de ses auditeurs.

Les miens s'étaient embués. Je les essuyai discrètement sur ma serviette, que je tachai de rimmel.

Constatant que maman était mal à l'aise, Wally changea de sujet et parla de vacances plus proches. Maman lui dit que pendant des années les Eaton étaient allés dans les Adirondacks, au bord du lac Star. Un endroit magnifique et paisible… « Mais à l'adolescence, nos filles se sont lassées. Elles détestaient avoir à se séparer de leurs amis, et cela a été la fin de nos séjours là-bas.

– Oh ! maman. C'est de l'histoire ancienne.

– Cela ne nous disait rien d'y aller seuls, ton père et moi. Et Key West, où nous avions passé notre lune de miel, dans ce bel hôtel "historique", le Windward, nous projetions toujours d'y retourner mais nous ne nous sommes jamais décidés. Jon avait promis que nous irions pour notre trentième anniversaire de mariage, mais ça ne s'est jamais vraiment fait. »

Maman avait un sourire triste. Cela ressemblait tellement à mes parents : *Ça ne s'est jamais vraiment fait.*

« Le poulet rôti vous a plu, Gwen ?

– Oh oui ! Merci, Wally. Il était délicieux. »

Elle n'en avait mangé qu'un tiers. Comme d'habitude, elle avait commandé le plat le moins cher de la carte. Je me félicitais qu'elle n'eût pas entonné son couplet habituel sur le prix excessif des repas au restaurant, au Mount Ephraim Inn en particulier, alors que, cette semaine-là, le poulet était en promotion au Pennysaver, soixante-neuf *cents* la livre… Je me félicitai qu'elle n'eût pas engagé la conversation avec la serveuse, ni découvert qu'elles étaient allées à l'école ensemble ou que son vieux grand-père était membre du club de natation senior dont elle s'occupait… À la fin du repas, elle chercha toutefois la serveuse des yeux, sac sur les genoux et portefeuille à la main. Je savais qu'elle allait insister pour payer sa « part » mais, affable et attentionné, Wally avait tout prévu sans que j'aie à le lui dire.

« J'ai déjà réglé l'addition, Gwen. Si nous allions au concert ? »

La tête de maman ! Si étonnée par la manœuvre de Wally Szalla, inimaginable pour les Kovach/Eaton de Mount Ephraim, qu'elle ne protesta même pas.

Ce soir-là, après le concert de Bach, après que nous eûmes raccompagné maman chez elle, Wally passa la nuit chez moi, comme il le faisait depuis peu, le week-end. Le lendemain matin, pendant qu'il se rasait, je téléphonai à maman, tremblante d'excitation.

« Alors ? Qu'est-ce que tu penses de lui, maman ? Il est *bien*, non ? »

Je parlais à voix basse, sur le ton de la confidence. Maman ne répondit pas tout de suite.

« Non, Nikki. Je ne trouve pas que ton ami Wally Szalla soit "bien". »

Elle parlait si doucement que j'entendis à peine. Mon sourire se figea. Je m'étais attendue à une réponse toute différente.

« Ah non ? »

Maman disait que Wally Szalla avait l'air de quelqu'un de bien. Naturellement. L'homme le plus agréable qu'elle eût jamais rencontré, papa excepté.

« Mais ce n'est pas quelqu'un de bien, Nikki. C'est évident.

– Non ?

– Cet homme est un adultère, Nikki. Un hypocrite. Un manipulateur. Il a fait de mon adorable fille sa… sa "maîtresse". Je n'en ai pas dormi de la nuit, je me disais que c'était mal de ta part de m'avoir demandé de le rencontrer, et mal de la mienne d'avoir accepté. Oh ! je m'en veux terriblement. J'ai été incapable de vous parler sincèrement, j'ai juste… "fait la conversation". J'ai honte de moi ! Mais… – sa voix devint suraiguë, comme si elle était sur le point de trébucher dans l'escalier - … je compte t'envoyer un chèque à l'ordre de cet homme pour payer ma part de l'addition. »

Je fus si stupéfaite que le combiné m'échappa des doigts.

Nikki, ta mère est une femme adorable !

Mais elle a l'air de se sentir un peu seule.

Pourquoi ne la voyons-nous pas plus souvent, Nikki ? Nous devrions la réinviter bientôt.

Elle m'a beaucoup plu, j'espère que je lui ai plu, moi aussi.

Mais il y eut ce fameux soir, des mois plus tard. Wally déclara : « Il faut que je retourne vivre quelque temps avec Isabel, Nikki. Il y a eu une crise », et j'eus la sensation que l'on m'enfonçait un couteau entre les côtes… pas un couteau pointu, mais une lame grossière, émoussée. Je me dis *Évidemment. Il n'a jamais été question d'autre chose.* Je me dis *Maman savait.*

Ce n'était pas tout, mais j'avais cessé d'écouter. Le mot *Isabel* fut répété d'une voix entrecoupée et coupable, mais je n'écoutais pas. *Hôpital, overdose, besoin de moi à la maison* et de nouveau *crise* et lorsqu'il me prit dans ses bras, je restai immobile, raide et calme, je ne pleurai pas, et je tâchai de ne pas avoir un ton sarcastique lorsque je dis : « Pourquoi cela ne m'étonne-t-il pas, Wally ? » mais je pense que je l'eus.

Je veux parler du ton sarcastique.

3.

« Nikki, ma chérie ! Monte. »

Il me raccompagna à Chautauqua Falls. Il me délivra de la maison de ma sœur. Il promit de s'arranger pour que quelqu'un me ramène ma voiture le lendemain matin.

Dès que la nouvelle de la mort de Gwen Eaton avait été connue, Wally m'avait téléphoné et laissé un message sur mon répondeur – *Je suis là, Nikki. Dis-moi quand tu veux me voir* – mais je n'avais pas répondu. J'étais incapable de penser à autre chose qu'à ma mère.

Il sut ne pas parler. Il sut me toucher, m'enlacer, me serrer fort dans ses bras. Dans mon immeuble, il sut me soutenir dans l'escalier lorsque je trébuchai et, dans mon appartement du deuxième, froid et sans air en cette journée tiède de mai, comme si son occupante s'était absentée des mois et non quelques jours, il sut s'étendre près de moi, me tenir dans ses bras et me laisser pleurer. Car je m'effondrai, je tombai en morceaux. J'avais cru que ce chagrin-là était déjà arrivé et que je l'avais surmonté lorsque j'avais forcé la colombe affolée à sortir de sa cage et à s'envoler loin du cimetière, j'avais cru que je serais forte comme Clare, comme maman après la mort de papa, qui avait été aussi soudaine et inattendue que devait l'être la sienne. Mais je comprenais à présent que le chagrin viendrait par vagues, des vagues successives et non une immense vague unique qu'il suffisait de surmonter ou même d'endurer, je m'étais trompée car j'avais dû fuir la maison de ma sœur dans ma faiblesse, et dans ma faiblesse je suppliais : « Ne me quitte plus, Wally. J'ai tant besoin de toi. Ne t'en va plus jamais, Wally. » Et Wally dit : « Je ne te quitterai plus, Nikki, je t'aime. » Au creux de son bras, contre son torse massif. Le visage pressé contre sa poitrine, sentant ses poils rudes à travers sa chemise. La chaleur de son corps, et le réconfort de ce corps, les battements puissants et réguliers du cœur.

4.

« Nous trouverons une solution, Nikki. Cette fois, je te le promets. »

« fumée t'attend »

Le gros chat gris de ta mère est chez nous, Nikki. Sain et sauf. Fumée t'attend, tu peux venir le chercher quand tu veux.

Des nombreux messages que je trouvai sur mon répondeur, ce fut le plus réconfortant : *Fumée t'attend.*

L'appel venait de Frannie Haber, une voisine d'Indian Village Road. Frannie et ma mère étaient amies depuis des années et avaient à peu près le même âge, quoique Frannie se fût laissée aller – « se laisser aller » était une expression que j'avais souvent entendue dans ma jeunesse banlieusarde, elle évoquait une femme à bout de nerfs hurlant des obscénités en pleine rue, s'arrachant cheveux et vêtements, mais signifiait en fait quelque chose de bien moins excitant, des femmes jeunes-mais-trop-grosses, des femmes plus-toutes-jeunes-et-trop-grosses, qui prenaient juste le temps de se passer un peu de rouge à lèvres et de donner un coup de peigne à leurs cheveux abîmés par les permanentes. Ruthie, la fille des Haber, était une ancienne camarade de classe et mon amie par éclipses depuis l'école primaire. Lorsque nous ne nous trouvions pas insupportables, nous étions comme deux sœurs. Ou presque.

Lorsque j'allais chez Ruthie, elle me mettait en garde contre sa mère : « Elle va te poser des questions comme si elle avait notre âge, alors bats-lui froid. Elle est drôle, d'accord, mais on ne peut pas lui faire confiance, je m'en suis rendu compte. Je parie que c'est la même chose pour la tienne. »

J'avais envie de répondre *Occupe-toi de ta mère.* Mais je me contentais de rire.

« Il faut être vraiment bête pour confier ses secrets à quelqu'un, Ruthie. Même à tes soi-disant amies. »

À présent j'avais trente et un ans. Je n'avais pas vu Ruthie depuis des années. Je n'avais pas vu Frannie Haber depuis plus longtemps encore. J'avais perdu ma mère. Je tenais désespérément à récupérer son chat. Tremblante, au bord des larmes, j'appelai Frannie Haber pour lui dire que je passerais chercher Fumée le lendemain soir. Une chance que ce fût moi qu'elle eût appelée, et non Clare. J'imaginais ma sœur s'écrier : « Qui veut de ce satané chat ! Vous n'avez qu'à le rapporter au refuge ! » et raccrocher violemment.

Ce n'était pas évident de retourner aussi vite dans Deer Creek Acres. Je préparai mon itinéraire à la façon d'un stratège qui espère échapper aux tireurs embusqués et aux mines. Si je pénétrais dans le quartier par Lilac Way, je pouvais suivre Pinewood Drive jusqu'à Indian Village et éviter entièrement Deer Creek Drive. Je mis d'énormes lunettes de soleil qui m'imprimaient des marques rouges sur le nez. Je mis le chapeau de toile verte, barré du sigle WCHF AM-FM en lettres blanches, que la station distribuait pour sa publicité, chapeau que je rabattis pour dissimuler mon visage ravagé par les larmes. Fébrile, j'enfilai un pantalon de nylon noir qui mettait mes fesses en valeur, du moins au dire de certaines connaissances masculines, et un chemisier de satin fuchsia portant l'inscription COWGIRL cousue au-dessus du sein gauche. J'avais apparemment renoncé à mes bijoux clinquants. Je commençai, puis renonçai à me maquiller. (Que fait-on lorsqu'on se maquille ? Fabrique-t-on quelque chose qui n'existe pas, ou « maquille-t-on » quelque chose qui existe et que l'on ne pourrait supporter sans cela ? Je pensai à ma mère : si elle avait été là, elle aurait pris cette question idiote au sérieux.)

Les questions idiotes de Nikki. Qui les prendrait au sérieux, désormais ?

Quoi qu'il en soit, j'improvisai un costume. Les lunettes de soleil et le chapeau étaient très utiles. J'avais le visage à pleurer. Vert vomi et enflé comme si j'avais les dents infectées. Je sortis de la maison, accueillie par une sorte de soleil moqueur, espérant que les gens ne me dévisageraient pas dans la rue *Oh c'est la fille Eaton, celle dont la mère a été assassinée.*

« Nikki ! Ma chérie. »

Dès que j'entrai chez les Haber, Frannie Haber me serra dans ses bras à m'écraser, tandis qu'Ike Haber nous regardait en se caressant le menton d'un air malheureux. Fumée vint aussitôt se frotter contre mes chevilles en poussant des miaulements anxieux. Lorsque je le pris dans mes bras, il se débattit un peu mais se mit à ronronner très fort, désespérément aurait-on pu dire, ses yeux de chat fixés sur moi. « Fumée ! Où étais-tu passé ? Je me suis fait tellement de souci… » Je me sentais soudain heureuse, très heureuse. J'aurais pu rire tout haut, comme une enfant rit de plaisir.

Me disant que j'allais ramener Fumée à la maison. Le montrer à maman. *Tu vois ? Je t'avais bien dit qu'il n'était pas perdu.*

Car il nous était arrivé de craindre d'avoir perdu un chat par le passé.

Cela ne s'était pas toujours bien terminé. Pas comme cette fois.

Fumée se débattait avec plus d'énergie. J'étais gênée, il se conduisait comme s'il n'avait aucune idée de qui j'étais.

Frannie dit, d'un ton d'excuse : « Oh ! il refusait de manger ! On lui sent presque les côtes ! Il se cachait dans le garage derrière les meubles de jardin. Nous avons d'abord cru que c'était un lapin blessé ou un raton laveur, et puis nous avons entendu miauler. Nous ne savions pas à qui il était, d'où il venait, je lui laissais à manger et à boire, mais il n'y touchait pas, même quand on le laissait seul. Et puis… »

Ike Haber intervint : « J'ai eu une idée. On lui a donné du thon.

– Du vrai thon, pour les humains.

– Et là, il a mangé, il a tout dévoré…

– Oui, mais il a presque tout vomi, Ike, se crut obligée de préciser Frannie. Il avait mangé si vite. Plus tard, tout de même…

– … quand il a fini par entrer dans la maison…

– … il s'est précipité à l'intérieur quand j'ai ouvert la porte…

– … comme si quelqu'un en qui il avait confiance l'avait appelé…

– … cette fois-là, il a mangé des croquettes pour chats… et il a bu une de ces quantités d'eau ! La pauvre bête avait vraiment soif !

– … il sait que personne ne lui fera de mal ici, mais tout de même…

– … au moindre bruit, il court se cacher…

– … nous n'en étions pas sûrs mais…

– Moi je savais que c'était Fumée ! Je le savais, et Fumée me connaissait, je suis sûre que la pauvre bête s'est réfugiée ici parce qu'il savait qu'il y serait en sécurité… hein, mon minou ? »

Frannie caressait la grosse tête du matou et, un instant, j'eus peur que Fumée ne s'arrache à mes bras en crachant et griffant. Par bonheur, il n'en fit rien.

Les Haber me regardaient d'un air désolé. Une femme adulte, se conduire comme je le faisais, presser son visage contre le pelage de Fumée… Un pelage qui n'était pas doux mais rude, un peu emmêlé. Et Fumée ne se conduisait pas comme un chat aimant qu'on vient de sauver, mais comme un chat quasiment fou. Il ronronnait fort, un ronflement de climatiseur. Ses griffes pétrissaient mes cheveux, et mon chemisier de soie qu'il mettait dans un triste état. Je réussis pourtant à l'emmener et ce, alors que Frannie, avec une apparente sincérité, m'invitait à rester dîner en reniflant et en s'essuyant les yeux, et que ce pauvre Ike, le regard rivé sur moi (mon pantalon de nylon noir moulant, comment un homme normalement constitué n'aurait-il pas regardé), déglutissait et se creusait la cervelle pour trouver une phrase sensée qui ne fasse pas éclater sa femme en sanglots, sans parler de moi. Tout ce qu'il réussit à dire, avec un enthousiasme terrible, fut : « Il faut absolument que tu reviennes nous voir, Nikki. Bientôt ! »

à nikki avec amour

« Nous le ferons. Nous… nous y mettrons bientôt.

– Lundi prochain ?

– Lundi prochain ! Oui. »

Nous étions affirmatives, Clare et moi.

Nous étions fébriles comme deux gamines qui complotent une aventure risquée – ce qui ne nous était jamais arrivé du temps de notre enfance au 43, Deer Creek Drive parce que nous n'avions jamais été complices. Ma sœur aînée n'aurait eu que mépris pour une aventure qui n'aurait été entreprise qu'avec moi.

« Rob se dit prêt à nous aider. Il pense que ce sera trop bouleversant, trop épuisant pour nous. Mais je ne veux pas de lui, Nikki. Et toi ? »

Clare avait un ton farouche, et je fus heureuse de ne pas avoir à lui dire *Pas question qu'un étranger touche aux affaires de nos parents.*

« Non, Clare, moi non plus, je ne me sentirais pas bien avec Rob.

– Il a raison, naturellement, il faut que la maison soit vidée, nettoyée et mise sur le marché avant le plein été si nous voulons avoir une chance que les gens s'y intéressent. Tous les agents immobiliers à qui j'ai parlé m'ont dit la même chose. Mais Rob pense que nous n'en sommes pas capables tout de suite, il pense que je suis encore bouleversée, que je ne suis pas "moi-même". » Clare eut un rire âpre, m'enjoignant de trouver la remarque ridicule.

Je ris, car c'était effectivement ridicule. Imaginer que Clare Eaton puisse jamais être autre chose qu'elle-même !

Elle fouilla dans son sac à la recherche d'une cigarette. Ma sœur avait arrêté de fumer lorsqu'elle était enceinte de Lilja et s'en vantait souvent, mais, depuis ce qui était arrivé à maman, on ne sait comment, elle s'était remise à fumer.

Ce qui est arrivé à maman, c'était notre façon d'en parler.

Parfois, il nous suffisait de dire *ça*.

Ou de prononcer le mot *depuis*... avec une certaine intonation et une grimace. Pas besoin d'une syllabe de plus.

« ... hier je crois, ou peut-être jeudi après avoir accompagné Lilja à son cours de danse, j'étais dans Lincoln Avenue et j'ai vu la voiture de maman... comme ça m'arrivait parfois, tu sais ?... maman et moi klaxonnions et nous faisions un signe... Donc j'ai vu cette voiture, qui était exactement comme celle de maman sauf que ce n'était pas la sienne. » Clare s'interrompit, ne sachant comment continuer. Elle avait raconté l'histoire avec une grimace perplexe pour signaler qu'elle illustrait une altération radicale et préoccupante de son comportement, normalement parfait. « ... Et l'instant d'après, je me suis retrouvée avec une cigarette à la main. Je ne m'étais même pas rendu compte que j'en avais acheté ! »

Clare rit. Elle portait des lunettes si sombres que je ne voyais quasiment pas ses yeux.

Je ne savais pas trop comment réagir. Franchement, je ne la croyais pas. Pas quand elle disait s'être découvert une cigarette à la main.

Je murmurai quelque chose comme : « Moi aussi.

– Toi ? Depuis quand as-tu arrêté de fumer ? »

Elle avait un ton si coupant que je fus bien forcée de me demander si nous nous disputions.

C'était un samedi de la fin mai. Nous étions devant le 43, Deer Creek Drive, assises dans la voiture de Clare. Nous n'étions pas garées dans l'allée mais le long du trottoir, et Clare n'avait pas encore coupé le moteur. C'était choquant de voir l'herbe aussi haute, envahie de mauvaises herbes, l'allée jonchée de journaux et de prospectus. Nous ne souhaitions ni l'une ni l'autre dire tout haut *Si papa voyait ça… !*

Clare m'avait pardonné, dans une certaine mesure. Le comportement « grossier », « immature », « typique », que j'avais eu à l'enterrement. Car plusieurs jours s'étaient écoulés. Chacun d'eux passait avec la lenteur d'un train de marchandises pesant et ferraillant, mais une fois qu'il était passé, il semblait n'avoir duré qu'un instant et laissait des regrets dans son sillage. « J'ai oublié de faire quelque chose…

– Quoi, Nikki ?

– Quoi ?

– Tu as dit quelque chose.

– Non. C'était toi.

– À l'instant ? C'était *toi.* »

Nous étions irritées l'une contre l'autre. Sans presque avoir besoin d'une raison.

Le modeste ranch du 43, Deer Creek Drive était notre héritage commun. Notre mère avait divisé ses biens à égalité entre nous. Je m'étais dit qu'elle aurait dû en léguer les trois quarts à ma sœur et à sa famille, et le reste à moi, mais j'avais gardé cette réflexion pour moi de peur d'entendre Clare riposter : « Eh bien, tu pourrais arranger ça, non ? »

J'étais venue à Mount Ephraim en pensant que nous allions commencer à trier, vider et nettoyer la maison. La propriété de nos parents n'était plus considérée comme le lieu d'un crime, la police avait retiré ses rubans jaunes et la maison nous était de nouveau accessible. Le directeur Gil Rowen, qui avait connu

« Plume » et « Johnny » au bon vieux temps, s'était discrètement entremis pour qu'un entrepreneur de Rochester nettoie les parties souillées de la maison et du garage.

Très bientôt nous prétendrions, Clare et moi, que je n'avais rien « vu » qu'elle n'eût pas vu, elle non plus. Que je n'étais pas entrée dans la maison ni dans le garage. Que je n'avais pas été celle qui avait découvert notre mère assassinée.

Comme Rob, Wally Szalla avait proposé son aide. « Ce sera peut-être plus dur que tu ne penses, Nikki. Et cela prend toujours davantage de temps. »

J'avais remercié Wally mais refusé. Il n'avait aucune idée des sentiments de ma mère à son égard, ne savait pas à quel point elle aurait été bouleversée à l'idée que, après sa mort, Wally Szalla puisse entrer chez elle et « s'occuper de ses affaires ».

Je m'étais préparée pour ce jour-là mais, apparemment, nous ne commencerions que le lundi suivant. Clare était du genre à changer d'avis à votre place et sans votre consentement, puis à vous le reprocher. « Lundi, tu seras prête, Nikki ? Tu le promets.

– Après le travail, alors ?

– Combien de temps après ?

– À 6 heures ? J'essaierai d'être là à 6 heures.

– 6 heures ! C'est impossible.

– Mais…

– J'ai une famille, Nikki. J'ai des responsabilités, moi ! »

Clare mit le contact et la voiture bondit en avant. Elle m'en voulait comme si je l'avais trompée. J'essayai de me rattraper : « Mercredi après-midi, je peux me libérer de bonne heure. Je peux être ici à 13 heures. C'est mieux ?

– Mercredi, Foster va au foot. Et Lilja fait quelque chose après les cours, une activité appelée “Hi-Lo”. Tu sais que le mercredi est un jour horrible pour moi, Nikki ! » Les cendres de sa cigarette volaient sur mes vêtements et dans mes cheveux. Elle conduisait beaucoup trop vite pour les rues étroites du quartier.

« Peut-être jeudi, alors ? Je peux demander à prendre la journée.

– Fais-le, je t'en prie ! Et n'oublie pas de me prévenir. »

Elle avait un ton de reproche, comme si ne pas l'informer de mes jours de congé était un de mes défauts habituels.

Nous tremblions l'une et l'autre. Je serrais mon portable d'une main moite, bien qu'il fût éteint et qu'il fût impossible à Wally Szalla de me joindre même s'il l'avait voulu.

« Ou-i, fit Clare, soufflant la fumée par les deux narines. Jeudi prochain pourrait convenir. Nous commencerons de bonne heure et, si nous ne nous laissons pas distraire, nous devrions pouvoir tout terminer dans la journée. D'ici là, nous aurons le temps de… » Elle freina à un carrefour, manquant griller un feu rouge et heurter une autre voiture. « … nous préparer. »

Le temps que nous arrivions chez elle, Clare était de bonne humeur. Nous avions toutes les deux l'impression d'avoir échappé de peu à un danger. Je sus qu'elle m'avait pardonné ma mauvaise conduite du jour lorsqu'elle me demanda de regarder dans son sac à main ce qu'elle m'avait apporté.

C'était la belle petite montre en argent terni que j'avais laissée chez elle, cassée. La montre au cadran bleu nuit. Clare ne me l'avait pas seulement rapportée, elle l'avait fait réparer.

Je fus touchée. Je ne m'y attendais pas. Clare, toujours si occupée et si pressée, avait pris le temps de penser à moi. Je la remerciai de cette attention et lui demandai combien je lui devais.

« Ne dis pas de bêtises, Nikki. Tu me dois bien trop pour pouvoir jamais me rembourser. »

C'était une plaisanterie, naturellement. Entre sœurs.

Sur le cadran bleu nuit, les aiguilles délicates indiquaient 16 h 17. Je portai la montre à mon oreille, écoutai son tic-tac léger.

Je la retournai pour lire l'inscription qui y était gravée : *À Elise avec amour*. L'espace d'une seconde, j'éprouvai une déception enfantine, comme si je m'étais attendue à voir *À Nikki avec amour*.

« renvoi pour procès »

Oui. J'ai assisté, le 1er juin 2004, à l'audience préliminaire du tribunal du comté du Chautauqua, au cours de laquelle l'affaire de l'assassin de Gwendolyn Eaton, un certain Ward Lynch, vingt-neuf ans, sans domicile fixe mais ayant de la famille à Erie, Pennsylvanie, fut officiellement renvoyée devant le tribunal de première instance pour un procès – « dont la date serait fixée ultérieurement ».

Ce fut lors de cette audience que je vis l'assassin de ma mère pour la première fois. La gorge serrée, je le regardai, une terrible faiblesse au creux de l'estomac. À côté de moi, Clare se balançait sur son siège en poussant des gémissements sourds de chien blessé. Bien qu'on nous eût recommandé de ne pas fixer l'accusé, de ne pas courir le risque de rencontrer son regard, nous le dévisageâmes, incapables de regarder ailleurs pendant les premières minutes de l'audience.

« Il est si ordinaire. »

C'était moi, murmurant à l'oreille de Clare.

« Si… insignifiant. *Oh* ! »

Je cherchais à tâtons la main de Clare. Mes doigts se refermèrent étroitement autour des siens, qui étaient glacés.

Ward Lynch entra dans la salle en marchant à petits pas

raides parce qu'il avait les jambes entravées au niveau des chevilles. Des menottes enserraient ses poignets. Grand, le visage osseux, il avait une peau grêlée, des cheveux noirs qui pendaient par mèches grasses entre ses omoplates, des yeux hagards. Les coins de ses lèvres minces s'abaissaient en un sourire narquois. Il avait le front bosselé et fuyant, le menton étroit et fuyant, le torse cave. *Déchiré*, disait-on dans la langue des drogués. *Camé, cramé, défoncé à la méth*. Le genre de type qui n'est plus jeune mais qui n'est pas adulte. Qui roule à moto lorsqu'il a assez d'argent pour ça, qui travaille dans une station-service ou à tondre les pelouses. On aurait pu le voir fumer une clope devant le 7-Eleven, traîner dans le centre commercial en lorgnant des filles deux fois plus jeunes que lui. Marcher le long de l'Interstate sous la pluie. On aurait pu voir son visage maussade dans le bureau poste sur une affiche RECHERCHÉ PAR LE FBI.

Un visage qu'on n'aimerait pas avoir face à soi sur un trottoir désert. En descendant de sa voiture dans un parking obscur ou dans son propre garage.

On insista beaucoup sur le fait que Ward Lynch avait fait trois ans et demi de prison à Red Bank pour vol de voiture, cambriolage et falsification de chèques. Qu'il avait été mis en liberté conditionnelle pour « bonne conduite ». Qu'il avait séjourné dans des centres de réadaptation et dans des asiles pour SDF à Buffalo et Rochester, qu'il s'était inscrit dans un programme d'adaptation organisé par l'église de la Christian Fellowship, et que c'était dans ce cadre qu'il avait rencontré Gwendolyn Eaton.

« Oh ! Je le hais. Oh ! Nikki. »

Clare serrait ma main si fort que je m'attendais à entendre les os craquer.

Ward Lynch était un assassin, et pourtant : on l'avait affublé d'un costume de clown orange vif. Un enfant aurait pu se moquer de lui, s'il n'avait pas vu son expression. Dans un lieu public, il aurait été le centre de l'attention. Dans cette salle d'audience où les hommes prédominaient et où tous portaient costume, chemise et cravate, Lynch était vêtu d'une combinaison orange trop grande pour lui. Comme Timothy McVeigh, l'auteur de l'attentat d'Oklahoma. Le devant et le dos de son uniforme portaient l'inscription CENTRE DE DÉTENTION COMTÉ DU CHAUTAUQUA en lettres noires.

Ce qui n'était pas ordinaire chez Lynch, c'était ce qu'il avait fait. L'usage qu'il avait fait de ses mains.

On se serait attendu à des mains de monstre. Des mains énormes et brutales. Mais il avait des mains ordinaires, malgré des jointures saillantes. Il me sembla qu'elles étaient marquées d'ecchymoses.

Lynch avait le visage empourpré. On l'avait ridiculisé en public. Il avait dû traverser la salle en traînant les pieds, observé par tous. Il avait titubé et s'était laissé tomber lourdement sur un siège, à l'avant de la salle. Sa bouche, qui ressemblait à un élastique étiré, frémissait.

À côté de Lynch, qui regardait dans le vide, un quadragénaire à l'air soucieux, l'avocat commis d'office, lui murmurait à l'oreille. Le procureur qui jugeait l'affaire nous avait dit qu'il n'aurait pas accepté Lynch pour client s'il avait eu le choix. Selon toute probabilité, il conseillerait à l'accusé de plaider coupable en contrepartie d'une peine de perpétuité incompressible, ce qui éviterait à Lynch la probabilité d'une condamnation à mort, et nous épargnerait un procès.

Clare s'était d'abord opposé avec véhémence à cette solution : l'assassin de maman méritait d'être exécuté.

Après y avoir réfléchi, après nous avoir écoutés, Rob et moi, elle s'était laissé convaincre. Qu'il plaide coupable, et qu'on l'enferme jusqu'à la fin de ses jours.

J'espérais que cela se passerait ainsi. Je ne croyais pas à la peine de mort.

Je ne voulais pas haïr Ward Lynch. Il m'était difficile de haïr comme Clare le faisait. Je ne voulais haïr personne. Notre mère nous avait appris à voir le « bon » côté des gens et, bien que doutant qu'il y eût grand-chose de « bon » chez Lynch, je savais que maman ne l'aurait pas haï.

Elle aurait sans doute trouvé une façon de lui « pardonner ».

À côté de moi, Clare se penchait pour dévisager Lynch. J'avais cessé de le regarder, j'en avais vu assez. Je tenais la main gauche de ma sœur et Rob, assis de l'autre côté, sa main droite. Elle frissonnait, elle tremblait. Chez Clare, la haine avait la force d'un geyser. Je la sentais s'accumuler, prête à exploser. De nous deux, j'avais toujours été la plus « émotive », mais seulement en surface.

On avait dit à Clare qu'elle ferait mieux de ne pas assister à l'audience, que sa présence n'était pas nécessaire. Mais elle avait tenu à venir, naturellement. On m'avait dit que, dès que j'aurais témoigné, je pourrais partir. Mais je ne comptais pas le faire.

L'audience commença avec vingt minutes de retard et se déroula dans un brouillard bourdonnant. Elle n'eut rien d'excitant ni de dramatique. Une récitation calme des faits. Étant le « témoin » qui avait trouvé le corps de Gwendolyn Eaton, je devais déposer sous serment. J'avais déjà raconté ma triste histoire une dizaine de fois à divers fonctionnaires, chaque fois mon récit avait été enregistré, et voilà pourtant que je témoignais à nouveau. Oui j'étais entrée dans la maison de ma mère, 43, Deer Park Drive, le 11 mai 2004 en début de soirée. Oui j'étais entrée par la porte de la cuisine, qui n'était pas fermée à clé. Oui j'avais remarqué des signes d'« intrusion et de désordre » dans la maison. Oui j'étais entrée dans le garage et oui j'avais vu… sur le sol en ciment du garage, j'avais vu…

Je me mis à tousser. Une toux inextinguible. Mes larmes coulaient, et pourtant je ne pleurais pas. Émergeant du brouillard bourdonnant qui m'enveloppait, quelqu'un, un homme, un homme dont j'avais oublié le nom, me tendit un verre d'eau. On m'appela *Mme Eaton*. On me dit de *prendre mon temps*, de *parler distinctement*. Tout le monde m'observait, m'écoutait. Le juge, un homme d'un certain âge, assis à ma droite sur une estrade légèrement surélevée, vêtu d'un costume sombre ordinaire et non d'une robe de magistrat, semblait m'écouter avec compassion. Je poursuivis mon témoignage, les mains crispées sur les genoux. J'avais appris ces mots par cœur comme un funambule pourrait apprendre par cœur chaque centimètre de la corde qu'il doit parcourir, encore et encore, sans jamais regarder le sol. Le procureur m'avait fait répéter ce que je devais dire, et c'était lui que je regardais. Je ne voulais pas regarder Clare, Rob, ni aucun visage familier ; et surtout, je ne voulais pas regarder l'accusé, qui, les épaules voûtées dans sa combinaison orange vif, avait les yeux fixés sur moi.

« Merci, mademoiselle Eaton. Vous pouvez vous retirer. »

À l'instant où mon épreuve prenait fin, je jetai un coup d'œil dans la direction de Ward Lynch et, une fraction de seconde, nos regards se rencontrèrent.

Je regagnai mon siège en trébuchant. Je n'avais rien vu d'autre dans ses yeux qu'un vide belliqueux.

Les assistants du procureur m'avaient recommandé de ne pas regarder Lynch. Wally aussi. Regardez le procureur qui vous interroge, regardez le juge. Mais pas l'accusé. Évitez de le regarder dans les yeux !

J'avais peur, mon cœur battait à tout rompre. Jusqu'alors je n'avais pas pensé *S'il le pouvait, il s'en prendrait à moi. C'est un assassin, il s'en prendrait à moi aussi.*

« Nikki ! Ma chérie. »

Clare m'attira contre elle. Clare passa un bras autour de mes épaules pour me réconforter, car je pleurais bel et bien, en fin de compte. Je tremblais de peur. Pourquoi avais-je regardé Ward Lynch, alors qu'on m'avait déconseillé de le faire ! Mon amant Wally Szalla était assis quelque part au fond de la salle, il avait tenu à venir parce qu'il se faisait du souci pour moi, pourquoi ne m'étais-je pas tournée vers lui ?

Je tremblais de peur. L'idée de « pardonner » à Lynch me paraissait bien naïve, bien enfantine, à présent. Comme s'il avait envie d'être pardonné… et par moi !

Comme si j'avais le pouvoir de le pousser à se repentir. Comme si qui que ce soit avait ce pouvoir.

Je comprenais que si j'étais passée chez ma mère alors que Lynch s'y trouvait encore ; si, voyant sa voiture dans l'allée, j'étais entrée dans la maison ou dans le garage en appelant – comme je l'avais fait des milliers de fois – *Maman ? C'est moi, Nikki*, Lynch m'aurait tuée, moi aussi.

Bien sûr. C'était évident.

Je devais le savoir, et pourtant je n'avais pas souhaité l'admettre. J'avais voulu penser que, puisque l'assassin avait été arrêté et qu'il allait être jugé, il était en mon pouvoir de lui « pardonner ». Ou, en tout cas, de ne pas demander son exécution.

Parmi les témoins à charge qui me succédèrent, ce fut le lieutenant Ross Strabane qui fit la déposition la plus détaillée. Il m'avait parlé plusieurs fois au téléphone de l'audition à venir, mais je ne l'avais pas vu depuis des semaines. J'avais oublié à quoi il ressemblait. Sa peau basanée, olivâtre. Son regard sérieux. Dans la salle d'audience, on le sentait nerveux, sensible au regard scrutateur du juge : il grimaçait comme un adolescent à cran, ne cessait de se racler la gorge. Et ses vêtements ! Sérieux, du prêt-à-porter. Un costume gris pierre aux revers étrangement larges, une chemise de nylon blanc et une cravate tressée d'un bleu turquoise sale. (Des cravates tressées ? Où les hommes les trouvaient-ils ? Mon père en avait eu plusieurs, qu'il s'obstinait à mettre souvent. Ses frères Herman et Fred avaient également un faible pour ce type de cravate.) Bien carré dans le fauteuil des témoins, Strabane se penchait légèrement en avant quand il parlait. Par nervosité, ou peut-être par excitation. Je fus touchée de voir qu'il portait des chaussettes dépareillées : sombres toutes les deux, mais l'une très discrètement rayée alors que l'autre ne l'était pas.

Il plonge la main dans un tiroir, il est pressé, distrait. Met ses chaussettes sans remarquer qu'elles ne sont pas de la même paire.

Ou il le remarque mais s'en moque, il a des préoccupations plus importantes.

Strabane décrivait les « événements » du 11 mai 2004 : les actes de l'accusé Ward W. Lynch à partir du 10 heures du matin. Avec son accent nasal, il décrivit la conduite de Lynch depuis l'instant où il avait « enlevé » Gwendolyn Eaton, après qu'elle l'eut fait monter dans sa voiture, jusqu'à son arrestation par la police à Erie, le 13 mai, chez sa grand-mère maternelle, Mme Ethel Makepeace.

J'eus du mal à écouter le témoignage du lieutenant. J'eus du mal à continuer à le regarder. *Je n'ai pas à entendre ça !* me disais-je. J'éprouvais l'envie irrépressible d'appuyer ma tête, mon front, sur mes genoux, je me sentais soudain très fatiguée, effrayée. C'était la sensation que j'avais parfois éprouvée, plus jeune, à l'extrémité d'un plongeoir. *Je n'ai pas à faire ça, je peux redescendre. Rien me m'oblige à être ici.*

... la découverte de la Honda 2001 de Gwendolyn Eaton et de son portefeuille vide dans la grange des Makepeace. La découverte de l'« arme du crime » : un couteau suisse portant des traces du sang de Gwendolyn Eaton, et couvert des empreintes digitales de Ward Lynch.

Le bourdonnement s'amplifia dans la salle. Je serrais la main de Clare qui était aussi froide et moite que la mienne. Mes yeux me faisaient mal. J'avais peur de ce que le policier allait dire, j'avais peur de ce qu'il savait. Je ne supportais pas de l'écouter. Mais je comprenais : *c'est un brave homme, il nous aide*. J'avais du mal à me concentrer car je mourais d'envie d'être ailleurs. Je souriais, j'étais déjà ailleurs. Maman me réconforterait, si je parvenais à la trouver. Mais Fumée aussi me réconforterait. Je savais où le trouver. Il se frotterait contre mes chevilles quand je rentrerais chez moi. Il ronronnerait très fort. Si un chat sait ronronner avec anxiété, Fumée le ferait. Il ronronnerait avec agressivité. Il ronronnerait avec séduction. Il ronronnerait comme un amant jaloux. Un amant un peu dérangé. Oh ! je souriais en pensant que j'allais trouver sur mon couvre-lit – un quilt de carrés, de triangles et de motifs d'ananas que m'avait fait maman – le creux tiède laissé par le corps râblé de Fumée, et quelques-uns de ses poils argentés.

« … vous retirer, lieutenant. Merci. »

C'était fini ? La déposition de Strabane ? J'ouvris les yeux, désorientée. Strabane avait l'air sévère, mais semblait enchanté. Il avait bien parlé, il avait été énergique et convaincant. Il avait présenté les « faits » sous la forme d'un récit. C'était un professionnel, et nous tous des amateurs.

Surtout Clare et moi. « Filles de ».

Des amateurs en chagrin.

Je me rappellerais après coup : le lieutenant Ross passant près de nous. Il était content de lui ! Un homme quelconque à qui la barre des témoins avait donné de l'importance. À ceci près que le pantalon de son costume gris pierre était taillé bizarrement, légèrement trop court. Et que la cravate tressée turquoise sale était une faute de goût. Ses yeux frangés de cils sombres glissèrent sur moi. Ses lèvres avaient envie d'esquisser un sourire.

Je suis ton ami, fais-moi confiance !

Je détournai vivement le regard.

Au total, l'audience dura trois heures et quarante minutes.

Comme si on vous vidait de votre sang goutte à goutte. Trois heures, quarante minutes.

Les témoins « à charge ». Appelés à la barre, sommés de dire « la vérité, toute la vérité, je le jure ». Des policiers en tenue, des policiers en civil, des experts médicolégaux, le propriétaire du Tiger Mart de la Route 33, des employés de la station, des caissières, l'éboueur municipal qui avait découvert – dans une benne située derrière la station-service Mobil Hal's, à l'intersection des Routes 33 et 39 – un sac en plastique contenant les vêtements ensanglantés de Ward Lynch. Pendant une partie de ces témoignages, Lynch se tortilla et remua sur son siège comme un adolescent impatient. Il grattait sa poitrine cave, il frissonnait. Mais à d'autres moments, il avait le visage mou comme de la pâte à pain. Sa mâchoire étroite s'affaissait, un bâillement soudain lui tordait la bouche sans qu'il se donne la peine de le dissimuler.

En le voyant bâiller, Clare me murmura à l'oreille : « Il *s'ennuie* ! Je veux que cet homme *meure.* »

Au moment de son arrestation, Ward Lynch avait fait des « aveux spontanés » mais ensuite, après qu'on lui eut attribué un avocat, il s'était « rétracté ». Cet avocat (qui avait un air sombre et plein de défi, comme l'entraîneur d'une équipe très mal partie) annonça pendant l'audience que son client ne témoignerait pas. Il n'y avait qu'un témoin à décharge, la grand-mère de Lynch, Mme Ethel Makepeace, une femme trapue de soixante-cinq ans aux cheveux négligés couleur thé, qui se montrait agressive y compris avec l'avocat de son petit-fils. À la barre, elle déclara d'une voix perçante que non seulement Ward avait passé « tout le mois de mai » chez elle, à Erie, mais que ce fameux jour, le 11, il n'avait « toujours jamais » été hors de sa vue de la journée. L'avocat de Lynch demanda d'un air perplexe : « "toujours jamais", madame ? Vous voulez dire "presque jamais" ? »

Ethel Makepeace prit un air méprisant. Ses cheveux avaient un côté explosif qui contrastait avec son visage ridé et fatigué. « Vous savez ce que je veux dire, monsieur, ne me faites pas dire autre chose que ce que je dis, tous autant que vous êtes. Mon petit-fils n'a pillé ni tué personne là-bas à Machin-Chose, je suis là pour jurer sur une pile de bibles qu'il ne l'a pas fait. »

Le juge décida que Ward Lynch ne devait pas bénéficier d'un non-lieu et que l'accusé resterait en détention jusqu'à son procès, dont la date serait fixée ultérieurement.

L'audience prit fin. Ward Lynch, vêtu de sa combinaison orange criarde, clopinant à petits pas, fut emmené par les gardes. Des huissiers durent retenir Mme Makepeace, qui hurlait : « Quoi ? Qu'est-ce qui se passe ? Où emmenez-vous mon petit-fils ? Je vous ai dit qu'il était innocent ! »

J'eus soudain envie d'être avec maman.

J'eus envie de m'enfuir, pour être avec maman.

Vacillants, nous quittâmes le tribunal et nous retrouvâmes dans la lumière saisissante d'une journée d'été.

Si épuisés ! Et ce n'était que l'audience « préliminaire ».

Sur le trottoir, devant le sinistre bâtiment de grès, Clare et moi fûmes entourées de gens bien intentionnés. Certains étaient des parents qui s'étaient entassés dans la petite salle du tribunal pour nous témoigner leur soutien, d'autres étaient apparemment des inconnus. Mais je savais maintenant faire semblant de reconnaître les visages, car j'avais sans doute déjà rencontré ces gens à l'enterrement de maman ou au déjeuner chez Clare. J'apprenais que le chagrin public est une responsabilité sociale, on ne peut pas se cacher le visage dans les mains comme un enfant, ni s'enfuir en criant *Pour l'amour du ciel, laissez-moi tranquille, je suis si fatiguée !*

On nous disait qu'un procès était peu probable, étant donné que les preuves contre Lynch étaient accablantes. Son avocat pouvait tenter de plaider non coupable en invoquant un accès de folie temporaire dû aux méthamphétamines, mais là encore, c'était peu probable, car cet avocat était un homme sensé qui ferait tout pour éviter un procès.

« Mais il faudrait peut-être qu'il y en ait un, dit Clare. Pour que des jurés décident si l'assassin de notre mère doit ou non être exécuté.

– Oh non, Clare, objectai-je faiblement. Je ne crois pas que je pourrais supporter un procès. Je n'ai été que quelques minutes à la barre et je suis lessivée, je ne veux plus jamais repasser par là. Non !

– Tu feras ce que tu dois faire, Nikki. Pour maman. »

Nous nous dirigions vers le parking, derrière le tribunal. Nous étions venus chacun avec notre voiture mais je savais que Clare voulait que je reste un moment avec Rob et elle. Je me demandais si ma sœur avait remarqué Wally Szalla dans l'assistance, et si elle s'attendait que je le lui présente. (« Ton ami », disait Clare, ou, quand elle était d'humeur malveillante : « Ton ami marié ».) Et je savais que Wally, le sociable Wally Szalla qui voulait que tout le monde l'aime, était impatient d'être présenté à ma sœur et à mon beau-frère.

Wally ne devait jamais savoir l'antipathie que ma mère avait eue pour lui. Il avait eu tant d'affection pour elle, avait été si bouleversé par sa mort, qu'il en aurait eu le cœur brisé.

Ces derniers temps, il passait plusieurs nuits par semaine dans mon appartement. Où il me partageait avec le chat Fumée, comme il disait. (Nous avions découvert que Wally était légèrement allergique aux poils de chat. Fumée n'était donc admis dans mon lit que les nuits où Wally n'était pas là.) Nous ne nous voyions pas la journée parce qu'il était très pris par la station de radio et par d'autres responsabilités, et qu'il se rendait souvent à Rochester, Buffalo, Albany et New York. Depuis la fameuse « crise », sa femme avait décidé qu'elle voulait bien d'un divorce, mais à ses conditions, des conditions qui seraient mesquines et acrimonieuses, mais au moins des négociations étaient-elles enfin en cours. On nous voyait de plus en plus souvent ensemble, Wally et moi, même si c'était presque toujours dans des restaurants romantiquement peu éclairés de la vallée du Chautauqua et, le week-end, en dehors de la ville. « Je suis ta "maîtresse", plaisantais-je. La femme que tu ne peux pas emmener chez toi.

– J'ai été chassé de ce chez moi-là, avait dit Wally. Il est temps que je m'en crée un autre. »

Je n'avais pas souhaité que Wally vienne au tribunal, ce jour-là. Non parce que j'avais honte de notre relation mais parce que je craignais que, si je m'effondrais à la barre, Wally ne s'élance pour me réconforter. C'était un homme impulsif aux émotions extravagantes qui ne se conduisait pas toujours au mieux de ses intérêts.

Je ne m'étais pas effondrée, en fin de compte. Une crise de toux, mais j'étais parvenue à continuer. *Tu as été admirable, Nikki ! Vraiment courageuse* voilà ce qu'aurait dit maman.

À présent, la lumière vive du soleil me blessait les yeux. Clare avait chaussé ses énormes lunettes, qui étaient à la fois chic et un peu sinistres, une grosse monture en plastique blanc et des verres presque noirs. Nous étions dans le parking, et Rob faisait tinter ses clés en demandant si je voulais venir prendre un verre avec eux.

Du coin de l'œil, je vis Wally Szalla, qui hésitait sur le trottoir. Attendant que je lui fasse signe.

Oh ! j'aimais Wally Szalla. Et pourtant.

Clare me donna un coup de coude dans les côtes. « Nikki ! Ton ami. »

Et ainsi, sans que j'aie à prendre de décision, la question des présentations fut réglée.

« la maison où la dame a été assassinée »

Quelle déception ! La voiture de Clare n'était pas dans l'allée, ni nulle part en vue.

C'était dix jours plus tard. Dix jours après l'audience. Jeudi matin, 8 h 38. J'avais donné rendez-vous à Clare chez maman, où nous devions commencer à trier ses affaires, à nettoyer la maison pour pouvoir la vendre.

Étrange, le calme avec lequel nous en parlions. À la façon dont Clare disait *Mettre la maison sur le marché,* on aurait cru que la maison où nous avions grandi n'était qu'une maison et rien de plus.

Sur le marché était un terme neutre, prosaïque. Un terme digne de Rob Chisholm, énergique et professionnel.

Quand je vis que Clare n'était pas encore arrivée, je m'efforçai de ne pas être contrariée. De ne pas lui en vouloir. Je me garai devant la maison. (Pas dans l'allée. Surtout pas à proximité du garage. Même si je savais qu'il avait été « nettoyé à fond ».) Avec son toit plat recouvert de gravier, le ranch en séquoia et stuc avait un air triste et abandonné. Les stores, tirés sur la baie vitrée « panoramique », ressemblaient à un gros pansement disgracieux.

La maison où la dame a été assassinée. C'est ainsi que les enfants du quartier l'appelleraient, en la regardant de tous leurs yeux lorsqu'ils passeraient devant à vélo.

Dieu merci, Rob avait chargé une société d'entretien de tondre l'herbe autour de la maison et de désherber un peu les parterres de fleurs de maman. Je savais que des voisins avaient ramassé journaux et prospectus dans l'allée, ce qui était gentil de leur part. Malgré tout, les détritus s'accumulaient.

On aurait dit qu'il suffisait qu'une maison soit vide pour que les détritus s'y accumulent naturellement : vieux papiers accrochés aux buissons comme des confetti, emballages vides, gobelets en polystyrène et prospectus publicitaires sur l'herbe courte.

Nous n'étions pas le jeudi 3 juin, jour prévu au départ, mais le jeudi 10 juin. Nous avions dû reporter notre rendez-vous parce que après l'audience Clare et moi avions été malades (« une grippe », c'était le mot fourre-tout, « une petite grippe », aurait dit maman) mais nous étions bel et bien convenues de nous retrouver ce matin-là.

Clare avait même insisté pour arriver avant moi, pour ouvrir et « aérer » la maison, vide depuis près d'un mois. « Pas de problème, Nikki ! Je me réveille à l'aube, de toute façon. » Il était implicitement entendu qu'entrer dans la maison risquait d'être plus dur pour moi que pour Clare.

Mais : où était Clare ?

Elle avait suggéré que j'arrive vers 8 h 30. Nous travaillerions toute la journée. Nous pensions naïvement que « trier » les affaires de nos parents était une tâche dont nous pourrions venir à bout en une journée.

Maman ne s'était jamais résolue à trier sérieusement les affaires de papa, nous le savions. Ni Clare ni moi n'avions eu très envie de l'aider.

J'attendis quelques minutes en écoutant WCHF FM dans la voiture, un bulletin d'informations de la Radio publique nationale et un interlude musical saisissant (Maria Callas dans

Tosca), puis comme Clare n'arrivait toujours pas, je l'appelai de mon portable.

Cinq sonneries. Pas de réponse. J'en aurais pleuré de frustration. La voix enregistrée, cordiale, de mon beau-frère se fit entendre *Bonjour ! Personne n'est là pour vous répondre mais si vous souhaitez laisser un message...*

« Clare ? Tu es là ? Décroche, tu veux ? C'est Nikki. »

Comme si Clare avait besoin que je lui rappelle qui j'étais !

Je tâchai de parler avec calme. Depuis ce qui était arrivé à maman, j'étais, de façon inégale, tantôt Nikki la Calme, tantôt Nikki En-morceaux. J'arrivais à peu près à garder la Nikki En-morceaux pour moi, depuis que Wally Szalla était présent de façon un peu plus stable dans ma vie.

« Je suis à la maison, Clare. Je devrais commencer sans toi, je suppose. J'espère que tout va bien. Appelle-moi, tu veux ? Tu as mon numéro de portable. »

En fait, cela me faisait du bien d'être en colère contre ma sœur. Rien ne vaut un accès de colère indignée contre une sœur aînée autoritaire pour surmonter sa panique.

Je fourrai mon portable dans ma poche, descendis de la voiture et traversai la pelouse. Je me dirigeai vaguement vers la porte d'entrée. *Pas la cuisine ! Les petites clochettes de traîneau de maman au-dessus de la porte.* Mais peut-être valait-il mieux que j'attende Clare pour entrer. J'avais apporté des sacs poubelles. Clare devait en apporter d'autres, ainsi que des boîtes et des cartons. Nous supposions que maman avait un stock de sacs poubelles (dans le garage) ainsi que des cartons dans le grenier. Elle avait également tous les produits ménagers nécessaires, ainsi qu'un aspirateur neuf qui avait remplacé le vieil appareil encombrant qu'elle avait tiré et traîné dans la maison pendant des années.

Entre. Par la porte principale. Vite !

De quoi avais-je peur ? La maison était vide. Le perron était jonché de journaux et de prospectus jaunis. Bien que Gwendolyn

Eaton ne reçût plus de courrier, sa boîte aux lettres était bourrée d'imprimés publicitaires.

Je me mis à remplir un sac poubelle avec une sorte de fureur. Mon cœur battait si bizarrement qu'on aurait dit un rire étranglé.

9 heures, puis 9 h 30, et toujours pas de Clare.

Pour cette expédition à Mount Ephraim, je portais de vieux vêtements confortables. Nikki Laisser-aller et pas Nikki Branchée. Un tee-shirt noir sans manches, un short kaki, un chapeau WCHF AM-FM enfoncé sur mes cheveux punk aplatis. Ceux des voisins qui étaient chez eux avaient probablement remarqué ma présence. Deer Creek Acres faisait partie de ces quartiers dont on considère que les habitants sont vigilants, concernés ou tout bonnement indiscrets, en fonction de son humeur.

Adolescente, j'avais été impatiente de m'en échapper. Mais depuis ce qui était arrivé à maman, les gens du quartier s'étaient montrés si chaleureux, si sincèrement tristes de sa mort, que j'avais dû reconsidérer mes anciennes impressions.

Clare n'était pas tout à fait du même avis. Elle trouvait que Mount Ephraim faisait presque trop de cas de Gwen Eaton, que trop de gens prétendaient avoir été ses meilleurs amis. Clare avait envisagé de trier les affaires de maman la nuit, les stores tirés, dans l'espoir que personne ne viendrait nous déranger.

Je lui avais dit que je trouvais l'idée abominable.

Elle avait répondu que ce n'était pas sérieux. Évidemment.

Aussi peu sérieux que la remarque désinvolte qu'elle avait faite sur Wally Szalla après l'avoir rencontré à Chautauqua Falls.

Alors c'est lui Wally Szalla ! Il n'a pas le profil.

Je ramassais des branches mortes de-ci de-là dans le jardin. J'avais les jambes molles et commençais à transpirer. J'avais le sentiment de plus en plus net que quelqu'un m'observait.

Les Higham étaient chez eux, à n'en pas douter. Et Mme Pedersen, dans la maison jouxtant la nôtre. Son break était dans l'allée.

De jeunes mères poussaient des poussettes, dans la rue. Des chiens trottaient à côté d'elles. Nikki Eaton avait quitté Deer Creek depuis trop longtemps pour qu'aucune d'elles me connaisse, mais peut-être avaient-elles connu Gwen Eaton.

La maison où la dame a été assassinée. Jamais elles ne prononceraient des mots aussi effrayants devant leurs enfants, et néanmoins ils sauraient.

Des cars de ramassage scolaire étaient arrivés et repartis. Il n'y avait pas beaucoup de circulation dans le quartier, des camionnettes de livraison ou de réparation. Chaque fois qu'un véhicule apparaissait dans Deer Creek Drive, j'espérais voir la voiture de Clare, et chaque fois j'étais déçue.

Derrière la maison, les jardiniers avaient coupé l'herbe à la va-vite, par grands pans irréguliers. Les débris d'un récent orage jonchaient le sol, et les mauvaises herbes étouffaient les fleurs de maman. Ses iris jaunes et violets, ses belles roses. Nous lui avions reproché pour la taquiner de s'occuper davantage de ses fleurs que de nous. (Ce qui n'était pas vrai.) « Vous n'êtes pas immobilisées dans un lieu fixe comme elles, avait-elle répondu. Si vous avez soif ou que les mauvaises herbes vous cernent, vous pouvez remédier à la situation. »

Je tâchai de ne pas penser à sa consternation, si elle avait vu l'état du jardin.

Papa aussi. En fait, pour tout ce qui concernait la maison, c'était lui le plus maniaque.

De ma chambre, au fond de la maison, j'entendais parfois mon père siffloter lorsqu'il s'apprêtait à tondre la pelouse. (Nous ne faisions jamais appel à des professionnels. Dans le quartier, la plupart des gens s'occupaient eux-mêmes de leur pelouse.) Un jour, vers l'âge de douze ans, accroupie derrière ma fenêtre, j'avais sifflé, et papa avait répondu en croyant (comme il le dit plus tard) que c'était un oiseau.

Un oiseau ! Nous l'avions taquiné là-dessus pendant des années.

Maman, elle, n'avait jamais su siffler. Elle essayait, arrondissait les lèvres, suivait nos instructions, mais ne réussissait à émettre qu'un vague chuintement. En revanche, elle fredonnait et chantonnait, aussi bien dehors que dedans.

Comme ils avaient aimé cette modeste maison, tous les deux !

Et maintenant, elle allait être vendue. Mise *sur le marché* dans l'espoir que des inconnus l'achètent.

La maison où la dame a été assassinée. Dans une ville de la taille de Mount Ephraim, ces inconnus seraient peut-être difficiles à trouver.

Notre jardin de derrière était délimité par une clôture en séquoia d'un mètre vingt qui avait l'air perpétuellement imbibée d'eau. Elle était probablement en train de pourrir et devrait être remplacée. Maman y avait fait pousser à profusion des belles-de-jour, des roses grimpantes, des clématites et des pois de senteur. Je tirais sur une branche de saule qui était tombée dans les rosiers lorsque j'entendis quelqu'un derrière moi.

« N… Nikki ? »

Je sursautai. C'était Gladys Higham.

« Oh ! pardon, je ne voulais pas te faire peur, Nikki. »

Mon cœur battait à grands coups maussades *Va-t'en ! Laisse-moi tranquille !* mais naturellement je me forçai à sourire. Il fallait que je sois polie, j'étais la fille de Gwen Eaton.

Gladys portait une robe à fleurs informe, des chaussettes en coton, et le genre de chaussures à semelles de crêpe que mettait maman. Ses jambes lourdes avaient la pâleur de la cire. Mis à part ses cheveux bleus permanentés qui lui moulaient le crâne comme un bonnet, elle faisait flasque, débraillée. Jamais elle ne m'avait paru aussi vieille. Elle s'approcha d'un pas hésitant, comme incertaine de mon accueil.

« Oh, Nikki ! J'ai vu ta voiture dans la rue, je… je me suis dit que ce devait être l'une de vous… toi ou Clare. »

Elle me serra dans ses bras, et je tâchai de lui rendre son

étreinte. Je retins ma respiration pour ne pas sentir la légère odeur chimique de ses cheveux.

« Tu es bien maigre, ma chérie. Tu fais attention à toi, j'espère ? »

Impossible de couper à une conversation avec Mme Higham. Pour éviter les questions sur ma personne, je lui demandai comment son mari et elle allaient, et Gladys me le dit. Je demandai des nouvelles de ses enfants et de ses petits-enfants, et Gladys m'en donna. J'étais parfaitement sincère. Maman aurait été contente de moi. J'espérais que Gladys ne remarquait pas l'impatience avec laquelle mes orteils se crispaient dans mes sandales.

J'en voulais à Clare plus que jamais. Où diable était-elle ?

« ... Walter me disait l'autre jour : “Je suppose que maintenant, la maison des Eaton va être vendue. Qui sait qui va s'y installer ! ” »

Gladys avait un ton anxieux. Un soupir souleva sa grosse poitrine affaissée.

« Eh bien, oui. Ni Clare ni moi ne comptons habiter ici, c'est plus raisonnable de vendre.

– Raisonnable, oui ! Mais si triste. »

Du diable si j'allais m'excuser. Mon sourire perdura.

« Vos parents ont vécu au moins trente ans dans cette maison. Je me souviens d'eux autrefois. Ils étaient si jeunes ! D'après Walter, le marché de l'immobilier n'est pas très bon en ce moment. Les taux d'intérêt, je crois ? »

Elle parlait lentement, avec entêtement. Derrière ses lunettes à double foyer, ses yeux étaient humides. Je redoutais qu'elle fonde en larmes et me fasse pleurer, moi aussi ; je redoutais qu'elle ne me prenne de nouveau dans ses bras, ou même qu'elle me touche. Comme dans un cauchemar, je me rappelais avec quel désespoir je m'étais précipitée chez elle, dans sa cuisine. La façon dont j'avais fait irruption dans la vie de cette femme innocente. Ces canaris, ces perroquets babillards. Je les avais perturbés, eux aussi.

Il y avait entre Gladys Higham et moi un lien étroit auquel il m'était insupportable de penser.

« Gwen adorait cette maison ! Toutes les plantes qu'elle faisait pousser. Elle était la plus heureuse des femmes, tu sais, Nikki. J'adorais l'entendre chanter. Elle aimait les gens, elle aimait la vie. »

Je murmurais que oui, c'était vrai. Mais maintenant…

« … il n'y avait que les scarabées japonais qu'elle n'aimait pas. Ces sales bêtes dévoraient nos rosiers. “Pourquoi Dieu a-t-il créé les scarabées japonais, Gladys, tu le sais ?” demandait-elle, et je répondais : “Pour la même raison qu'il a créé les serpents à sonnette. ” Et Walter disait : “Pour la même raison qu'il a créé Bill et Hillary, pour nous mettre à l'épreuve.” » Gladys rit en secouant la tête. « Ça me fend le cœur de voir ses iris dans cet état-là. Et ses roses American Beauty, là-bas. Quand ma fille Liddie a eu ses ennuis, tu sais, deux opérations en six mois et le petit Dwight qui tombe de ce pont sur chevalets et qui se casse les deux jambes, eh bien, Gwen demandait constamment de ses nouvelles. Elle était comme ça.

– Je sais, Gladys. Mais si ça ne vous fait rien…

– L'enterrement était très bien ! Toutes ces fleurs. Et la musique. Et le pasteur a dit des choses merveilleuses, je ne suis pas d'accord avec ceux qui trouvent qu'il parle trop. Je sais que Clare ne l'aime pas. Je peux la comprendre. » Elle parlait vite, comme pour se faire pardonner. La chair de ses bras était si blanche, si terriblement fripée, que je dus détourner le regard. « Et le déjeuner chez Clare, très réussi. Vous êtes vraiment des filles courageuses, toi et Clare ! Walter disait qu'il n'avait jamais vu une réception de cette taille chez un particulier. Il y avait tant de gens que nous ne connaissions pas. La maison de ta sœur, c'est quelque chose, hein ? Les pièces sont si grandes, et même les meubles ! Et cette piscine derrière ! Walter disait qu'il n'aimerait pas payer les impôts locaux dans ce quartier. Mais Rob Chisholm a une bonne place chez… comment déjà ? Coldwater Electric ? C'est ce que disait Gwen. Moi, la natation, ça n'a jamais été mon fort, pas comme Gwen. Il paraît qu'elle était merveilleuse, très patiente, au YM-YWCA. Ses seniors l'adoraient ! Après la disparition de ton père, Gwen allait à la piscine tous les matins, tu sais. Elle disait que dans l'eau, on se sent libre. »

Je murmurai poliment que oui. Je m'étais remise à ramasser les débris laissés par l'orage et à les fourrer dans un sac poubelle.

Le bavardage de Gladys était une forme sincère de chagrin. Sans doute.

Maman n'avait pas approuvé la brusquerie avec laquelle papa interrompait les voisins qui essayaient de l'entraîner dans des conversations creuses. Elle nous avait grondées, Clare et moi, quand nous nous agitions trop visiblement en présence d'adultes papoteurs. Il n'y avait aucune excuse à se montrer impoli envers qui que ce soit, selon elle. Parce qu'on ne sait jamais.

On ne sait jamais quoi ? avais-je demandé.

Ce qui peut surgir de surprenant.

« … je n'en ai jamais parlé à la police ni à personne. Pas même à Walter. Je voulais le faire, Nikki, mais… »

En me retournant, je constatai qu'elle se tordait quasiment les mains. Je compris soudain que l'amie de ma mère avait quelque chose à me dire.

« … je n'ai pas pu. Parce que je n'étais pas sûre. La police me posait des questions et me rendait nerveuse, Walter écoutait et Walter n'arrête pas de me corriger parce que je me trompe, mais lui aussi il se trompe !… Bon Dieu, ça arrive même à mes petits-enfants. Mais c'est chez les gens de mon âge qu'on y fait attention. J'essayais de me rappeler ce que j'avais vu. Je me rappelle quand Gwen est partie, ce matin-là. Je sais que c'était avant 10 heures parce que je venais de sortir pour bêcher le parterre de pivoines. Et Gwen a arrêté sa voiture et m'a dit : "Tu ne veux pas venir avec moi, Gladys ? J'ai mon cours de loisirs créatifs au centre commercial. Après, nous serons un petit groupe à aller déjeuner ensemble." Mais je n'étais pas habillée, tu comprends. Ce n'était pas le bon moment. Depuis qu'il est à la retraite, Walter est à la maison presque toute la journée, il aurait voulu venir avec moi. Et il se serait plaint ensuite que ce n'étaient que des "jacasseries de bonnes femmes". J'avais dit à Gwen que je voulais suivre des cours au centre commercial, je le lui disais depuis longtemps et elle m'invitait toujours, mais ce n'était jamais le bon moment, je suppose. Et ce jour-là, elle le faisait juste par politesse, probablement. Mais si j'étais allée avec elle ! » Gladys s'interrompit, s'essuya les yeux. Elle avait le visage rouge comme après un effort. « Ce qui s'est passé ne serait pas arrivé, hein ? Il… cet homme… ne se serait pas approché de la voiture de Gwen… si nous avions été deux. »

Je la regardai avec stupéfaction. Elle se faisait des reproches ? Pour une chose pareille ? Comme si cela pouvait être sa faute !

« … Et plus tard, quand Gwen est rentrée, ou plutôt, quand j'ai vu sa voiture…

– Vous avez vu Gwen rentrer ? Avec… *lui* ? »

C'était une nouvelle étonnante. Personne dans le quartier n'avait dit à la police avoir vu Gwen revenir chez elle.

Personne ne semblait savoir si Lynch avait forcé ma mère à revenir chez elle ou s'il l'avait maîtrisée, immobilisée, pour prendre lui-même le volant. À moins que, naïvement, maman eût volontairement ramené son assassin chez elle pour une « bonne » raison : parce qu'elle l'avait engagé pour tondre la pelouse ou pour faire de menus travaux, comme l'année précédente. Au moment de ses aveux spontanés à la police, Lynch n'avait pas donné ce genre de détails.

« Voilà ce que je ne sais pas, Nikki. Tout est flou dans ma tête. Je crois que j'ai vu la voiture de Gwen tourner dans l'allée. Je me suis dit qu'elle rentrait de bonne heure. Ou qu'il n'y avait pas eu cours ou qu'elle avait oublié quelque chose. Ce qu'il y avait de bizarre, c'est qu'elle ne s'est pas garée à l'endroit habituel dans l'allée, mais à moitié dans le garage. Je l'ai remarqué parce que… pourquoi faire ça ? Sauf s'il pleut et qu'on veut entrer dans la maison par la porte du garage. Mais il ne pleuvait pas. Et en fait je ne regardais pas vraiment, à ce moment-là. Je ne faisais pas attention. Gwen passait son temps au volant de cette voiture ! Toujours en train d'aller quelque part ou de revenir de quelque part. Depuis la disparition de votre père… Elle se sentait un peu seule, je pense. Mais elle adorait s'occuper, bien sûr. Elle avait tant d'activités ! L'église, ses cours de natation pour les seniors, le Conseil des arts, le bénévolat à l'hôpital, et une amie l'avait convaincue de la remplacer à la bibliothèque municipale. Gwen était toujours prête à rendre service. Et bien sûr, il y avait les cours de loisirs créatifs, le club de jardinage, et elle allait déjeuner avec des amis ou les voir quand ils étaient malades, Gwen était vraiment fidèle en amitié, même avec les gens les plus horribles, que personne d'autre ne supportait. Moi je ne sors pas comme je veux. Gwen me relançait toujours. Mais Walter est jaloux de mes amies, il est même jaloux de nos enfants parce qu'ils ont plus de choses à me dire qu'à lui, mais je me demande ce qu'ils pourraient lui dire, il est toujours en train de se plaindre ! En tout cas, Gwen avait sa façon bien à elle de voir les choses. Il paraît qu'elle avait eu une vie difficile dans sa famille, parce que sa mère est morte jeune et que les Kovach n'avaient pas beaucoup d'argent, mais ce n'est pas par elle que je l'ai su. Votre père lui manquait, bien sûr, ils étaient ensemble depuis le lycée. Sauf que Jon était peut-être plus âgé. Oh ! Gwen ne se plaignait jamais de la solitude ! "Jon et moi avons vécu trente ans ensemble, disait-elle, ce serait tellement égoïste de ma part de vouloir davantage." Et elle le pensait. Elle pensait toujours ce qu'elle disait. Elle avait tant d'amis qui l'aimaient. Évidemment, il y en avait certains, je ne citerais pas de noms, qui profitaient de sa gentillesse, et Clare en a remis un ou deux à leur place, je me souviens. Et puis Gwen avait son église. Elle pouvait aller voir Clare quand elle voulait. Ou presque. Elle disait qu'elle avait une "invitation permanente" pour le dîner du vendredi soir chez les Chisholm. Elle pouvait voir ses petits-enfants, ici même à Mount Ephraim. Les miens, je les vois deux fois par an quand j'ai de la chance. Et Gwen était vraiment fière de toi, Nikki, de ton travail au *Beacon*. Le mercredi, quand le journal arrivait au courrier, elle cherchait tout de suite si…

– Vous n'avez pas vu cet homme, Gladys ? Vous n'avez vu personne dans la voiture ?

– Je… je ne crois pas. Je ne vois pas très bien, ma chérie. Si j'avais vu quelque chose, j'aurais pu ne pas savoir ce que c'était. Les formes sont toutes floues, quelquefois. Quand mes petits-enfants "surfent" d'une chaîne à l'autre, je ne vois pas assez bien pour suivre. Mais si j'avais mieux regardé !… si j'avais vu un homme au volant de la voiture de votre mère, un inconnu, j'aurais… peut-être… je ne sais pas ce que j'aurais fait, mais je… j'aurais peut-être fait quelque chose. J'aurais peut-être appelé Gwen… je serais peut-être allée chez elle pour voir. J'aurais peut-être fait le 911. » Elle se tut, les deux mains pressées contre la poitrine. Sa respiration était bruyante. « Je n'ai jamais appelé le 911 de ma vie ! Jamais. Jusqu'à ce que tu viennes téléphoner chez moi, je ne connaissais même personne qui l'avait fait. Alors peut-être que je n'aurais pas téléphoné. J'aurais eu peur, je crois. Walter aussi. "Ne t'en mêle pas", c'est ce qu'il dit toujours. Parce que, quand on assiste à un accident, par exemple, et qu'on donne son nom, on peut te convoquer pour témoigner, et si tu ne présentes pas au tribunal, on peut t'arrêter ! Alors Walter n'aurait pas appelé ni voulu que j'appelle. Et si j'avais vu un homme, j'aurais peut-être pensé que c'était un dépanneur. Comme cet homme qui est venu quand Gwen a été "envahie par les fourmis", comme elle disait. Il est arrivé dans une camionnette décorée d'insectes de bandes dessinées. "La Terreur des bestioles"… un nom accrocheur de ce genre. Dans le quartier, on voit tous les jours des réparateurs de télé, des plombiers, des couvreurs, des chauffagistes. On n'y fait même plus attention. Gwen disait que c'était avec les chauffagistes que votre père avait le moins de chance : soit ils ne venaient pas du tout, soit ils réparaient tout de travers et c'était pire après. Donc si j'avais vu un homme chez elle, je n'y aurais peut-être pas fait très attention. Et plus tard, la voiture de Gwen avait disparu. J'étais rentrée dans la maison à ce moment-là et, quand je suis sortie, l'allée était vide. La porte du garage était fermée. Si j'y avais pensé, ce que je n'ai sans doute pas fait, je me serais seulement dit que Gwen était ressortie, ça n'avait rien de très inhabituel. Que la porte du garage soit fermée, ça par contre, ça l'était, mais ça ne m'a pas frappée, je suppose. Je pensais à autre chose, tu comprends. Nous avons des problèmes de santé sur lesquels je ne vais pas m'étendre. La tension de Walter, déjà. Simplement… – le gros corps flasque de Gladys se mit à trembler – … j'aurais pu faire quelque chose et je le sais. J'aurais pu sauver Gwen. Oh ! je le sais, Nikki ! Au fond de moi, je le saurai toujours. »

Elle se mit à pleurer. Je la pris dans mes bras, la réconfortai et réussis à ne pas pleurer. Pas à ce moment-là.

« tri »

Le lendemain matin, Clare était là lorsque j'arrivai.

Il était 8 h 20. La porte d'entrée était grande ouverte, comme pour m'accueillir. On entendait de la musique à l'intérieur. Des cartons étaient empilés dans le vestibule. L'air affairée et excitée, ma sœur s'élança vers moi, me serra dans ses bras à me meurtrir les côtes et me repoussa presque du même mouvement. « Tu as l'air d'un fantôme, mon chou ! dit-elle en riant. La maison n'est pas hantée, je t'assure ! »

Ces effusions ne ressemblaient pas à ma sœur. Cette petite étreinte rapide imitait celle de maman, mais, sans maman, aucune de nous deux ne semblait savoir comment s'y prendre.

Clare, elle, n'avait rien d'un fantôme. Maquillé, son visage charnu et rond semblait sans pores et sans âge, à moins de le regarder de près, ce que bien sûr on ne faisait pas. Sa bouche était une plaie rouge et humide. Ses yeux brillaient comme des réflecteurs. Pour cette journée de travail salissant, elle portait une chemise de coton blanc parfaitement repassée, glissée dans un pantalon ceinturé. Un pantalon à chevrons, au pli bien marqué. Il ne manquait que la petite veste Ann Taylor assortie.

« Eh bien, viens ! Je me demandais quand tu arriverais. »

Elle me prit par la main et m'entraîna vers le fond de la

maison. C'était maman Clare, telle qu'elle avait été avec ses enfants lorsqu'ils étaient plus jeunes. J'eus la vague impression que les meubles de la salle de séjour avaient été écartés des murs et disposés un peu différemment. Le gros tapis, en partie enroulé, découvrait le plancher. Dans la pièce télé, les coussins semblaient avoir été ôtés du canapé en cuir et du vieux fauteuil de papa, puis reposés n'importe comment. Un Post-it d'un jaune voyant était collé sur l'écran poussiéreux du téléviseur.

« J'ai mis des étiquettes, vidé les placards. Dès que je suis arrivée, j'ai ouvert toutes les portes et les fenêtres pour aérer. Dans la chambre à coucher de papa et maman… tu verras ! J'ai sorti les affaires pour que nous décidions quoi en faire : les garder, les vendre à une friperie ou les donner à l'association Good Will pour leur magasin de revente. »

Elle parlait d'un ton énergique, les mains sur les hanches. Voir les vêtements de notre mère en tas sur le lit me troubla. Les « toilettes » bien connues de maman, certaines cousues par elle-même. Et, par terre, des cintres que Clare avait dû faire tomber sans s'en apercevoir.

« Qu'est-ce que c'est, Clare ? »

C'était une photo froissée de papa vers l'âge de trente ans. Il était presque méconnaissable, les cheveux épais et noirs, des favoris surprenants sur les joues. Un faible sourire flottait sur ses lèvres, comme près de disparaître. Son regard était interrogateur, perplexe. *Qui êtes-vous, que me voulez-vous ?* semblait-il demander.

Au dos de la photo, MARS 1972, écrit au crayon noir.

« Je l'ai trouvée sous l'oreiller de maman, Nikki. Je me demande depuis combien de temps elle était là. »

Sous l'oreiller de maman !

Je tournai mon attention vers les vêtements empilés sur le lit. J'avais les larmes aux yeux. Nos parents se s'étaient jamais montrés très sentimentaux concernant leurs anniversaires de mariage, ni l'un envers l'autre, du moins en notre présence. Papa ne l'aurait pas souhaité.

N'en rajoutez pas, c'était un de ses refrains quand nous étions jeunes.

« Pourquoi l'association Good Will, Clare ? demandai-je. Ne devrions-nous pas donner les affaires de maman à son église ?

– Non.

– Non ? Non, un point c'est tout ? »

Clare avait son air buté de bouledogue.

« Tu sais pourtant que c'est ce qu'elle aurait souhaité, Clare. Elle donnait beaucoup de choses à la Christian Fellowship.

– Je me moque de ce qu'elle aurait souhaité. Ces gens la dupaient, tu sais à quel point elle était crédule. Je ne veux plus entendre parler de ce charlatan de " révérend " ni de son "église" de charlatan. Je te prierai de ne plus jamais prononcer devant moi le nom de cet homme ni de cette église. »

Remarquer que je n'avais prononcé ni le nom du révérend Bewley ni celui de la Christian Life Fellowship n'aurait fait qu'exaspérer davantage ma sœur.

« Il peut s'estimer heureux que je ne l'aie pas poursuivi en justice. Sans Rob et toi, je l'aurais fait. »

Clare me fit apporter d'autres cartons dans la chambre de nos parents. Par terre, des sacs poubelles semblaient aussi avides d'être remplis que des boas constrictors. Des boîtes plus petites, dont certaines contenant les bijoux de maman, étaient posées sur la commode – une commode « de famille » en acajou massif qui avait appartenu aux parents de notre père.

D'un ton brusque, Clare déclara : « Nous partagerons les bijoux. Maman n'en avait que quelques-uns de valeur, la majorité sont des bijoux de fantaisie ou "artisanaux". Elle n'a rien précisé sur son testament. Tu as tes bijoux préférés, et moi les miens. Il est peu probable que ce soient les mêmes.

– Lilja voudra un souvenir de sa grand-mère, elle aussi.

– Oh, Lilja ! Bien sûr. Je peux choisir quelque chose pour elle, j'imagine. »

Clare avait mis des Post-it partout. Un Post-it jaune sur la glace de la commode, et un autre à la tête du lit. Un vert sur l'abat-jour d'une lampe de chevet plus toute jeune. « Les rouges, c'est pour les objets qui sont en assez bon état pour qu'on les garde. Les jaunes signifient “à vendre !”, les verts “à donner”. Tu serais gentille de ne pas les intervertir plus que nécessaire, Nikki. »

C'était maman qui avait commencé à utiliser des Post-it pour tenter d'organiser le chaos de la vie familiale, mais Clare l'avait vite surpassée. À onze ans, ma sœur était une maniaque des listes – corvées, devoirs, amies, vêtements-à porter-par-roulement-à-l'école – qu'elle collait sur les murs de sa chambre.

Certains des Post-it que Clare me tendit semblaient avoir été déjà utilisés et recollés sur leur bloc. Sur plusieurs, des mots avaient été proprement barrés.

Ce qui voulait dire que Clare était économe au point de recycler les vieux Post-it. Papa, qui avait gardé les mouchoirs et les serviettes en papier « à peine utilisés », aurait été content.

« Veille à tout étiqueter, Nikki. Ne te contente pas de mettre les choses en vrac dans les cartons. Il y en a des quantités, je sais ! Il faut plisser les yeux, comme si on regardait dans le viseur d'un fusil, et y aller ! J'ai une quinzaine de cartons ici, j'en trouverai d'autres si nécessaire. Rob m'a répété qu'on ne pouvait pas tout garder. Il a raison, nous n'avons pas assez de place. Et toi non plus. De beaux meubles comme cette commode en acajou… il faut être sans pitié et les vendre. Dans son testament, maman nous a tout laissé à égalité, mais tu peux prendre autant d' “objets personnels” que tu le souhaites, Nikki. Nous vendrons la voiture, à supposer que tu n'en aies pas besoin, maintenant que tu as apparemment une voiture convenable au lieu de ce tas de rouille qu'était la Datsun, et nous partagerons ce que nous en tirerons. Rob dit qu'il s'arrangera avec le concessionnaire Honda. J'ai pensé que ce matin nous commencerions par le plus facile, le plus léger – vêtements, draps et couvertures, les objets faits par maman –, puis que nous passerions aux meubles et aux appareils ménagers. Nous ne garderons pas grand-chose, à mon avis. Ce n'est pas que les meubles de papa et maman ne soient pas jolis dans leur genre, mais… ils n'iraient pas chez moi. »

Il me sembla qu'elle appuyait avec une légère fierté sur le mot *chez moi*. J'avais souvent remarqué cette curiosité dans le discours de ma sœur : *chez moi, mes enfants, ma vie*. Comme si, au fond, Rob Chisholm n'était pas vraiment concerné.

C'était aussi ce que Wally disait de son mariage : il était devenu l'homme-qui-paie-les-factures. Un papa souriant tous-usages.

« Viens m'aider, Nikki ! Ne reste pas plantée là. »

Clare écarta des cartons, sortit de la penderie une autre brassée de vêtements qu'elle laissa tomber sur le lit. J'avais à la main le miroir en écaille de tortue que maman laissait sur la commode, si vieux que la glace en était piquetée. Il avait appartenu à ma grand-mère Kovach, morte avant ma naissance. En me retournant, je vis le haut de velours vert pomme de maman glisser d'un cintre sur le lit. C'était celui qu'elle avait porté le jour de la fête des Mères, la dernière fois où je l'avais vue en vie.

Et là, l'élégant ensemble en lin qu'elle avait acheté pour le mariage de ma cousine Juddy, quelques années auparavant. Il allait avec un chapeau de paille, décoré de fleurs ivoire.

Par terre, sur le point de se prendre dans les pieds de Clare, le foulard de soie coquelicot que j'avais offert à maman pour son anniversaire quand j'étais au lycée.

« Mets ce miroir lépreux à la poubelle, Nikki, dit Clare d'un ton grondeur. Il y a d'autres chaussures dans la penderie, et le carton "vieilles chaussures" est là. Ne t'embête pas à étiqueter les plus abîmées, jette-les. Oh ! cette poussière. Maman aurait honte. Je ne me doutais pas qu'elle gardait autant de choses, et papa ne valait pas mieux. Quand je pense à ce que nous allons trouver dans le grenier, ça me terrifie. On dirait des fouilles archéologiques. Tu te souviens de ces horribles mocassins de papa, tout éraflés ? Ils étaient encore dans cette penderie, tu te rends compte ?

Ce serait drôle si ce n'était pas si triste. Et les souliers pointus à talons hauts de maman, qui doivent dater des années 1970. Non, mon chou. Ne mets pas ça dans le carton vert, j'aurais honte de le donner à Good Will. Mets-le dans le sac poubelle.

– Tout ? Ces chaussures… »

Une paire d'« escarpins ». Talons moyens, cuir verni noir à peine craquelé. Mis à part que c'était du 36 et que je ne portais jamais de cuir verni, elles auraient été parfaites pour moi.

Clare rit, comme si une pensée venait de lui traverser l'esprit.

« Je l'ai échappé belle, Nikki ! Lorsque je me suis garée dans l'allée, il y a environ une heure, Miriam Pedersen sortait ses poubelles, et elle m'a regardée, bouche bée. J'espère ne pas avoir été grossière, mais j'ai foncé dans la maison en faisant semblant de ne pas la voir. Le pompon, ce matin, ce serait que des voisins curieux nous tombent dessus pour nous proposer leur aide. »

Je n'avais pas raconté à Clare ma conversation avec Gladys Higham. Je lui éviterais d'apprendre que notre mère ne serait peut-être pas morte si Gladys avait été un petit peu plus curieuse.

La veille, après Gladys Higham, j'étais rentrée chez moi.

J'avais raccompagné la pauvre femme en pleurs de l'autre côté de la rue, puis j'étais repartie à Chautauqua Falls, épuisée.

Bien sûr que ce n'est pas votre faute, Gladys, n'y pensez plus, je vous en prie ! Vous savez ce que dirait maman.

Sur mon répondeur, le message de Clare avait été le plus long et le plus agité. Je l'avais écouté plusieurs fois, fascinée.

« … semaine de crise pour Lilja. Je me réveille à l'aube de toute manière. Avec ce soleil éclatant, le matin, mon cerveau se met en route tout seul. Juin est un mois de fou, tous les gens qui ont des enfants te le diront. Je me lève à l'aube, je fais mes listes de la journée. J'avais vraiment l'intention de venir, je t'assure. Je prépare le petit-déjeuner pour ma famille, et tout le monde ne mange pas à la même heure ni la même chose, cela va de soi.

Quand Lilja fait une crise, sa mère aussi, tu peux me croire. Tu te dis sans doute que tout ça est sans importance, mais quand tu as treize ans, rien n'est sans importance, alors ne me pose pas de question ! Je serai à la maison demain, je le promets. J'y serai de bonne heure et je me mettrai au travail. J'espère que tu ne m'en veux pas, Nikki, parce que j'aurais du mal à le supporter en ce moment. Je t'aurais appelée sur ton portable si tu avais pris la peine de me donner ton numéro. Écoute, je suis désolée ! Nous rattraperons le temps perdu demain. Rob dit que, étant donné les taux d'intérêt, plus vite la maison sera sur le marché, mieux ce sera… »

Je n'avais pas vu Clare depuis l'audience. Nous communiquions presque uniquement par répondeur interposé. Je ne parvins pas à déterminer, en écoutant ce message décousu, si Clare était en colère contre moi ou si elle en donnait seulement l'impression.

Depuis quelque temps, il m'arrivait de me demander ce qu'elle et moi étions l'une pour l'autre, sans nos parents.

On ne pouvait pas dire que nous étions amies. Si nous avions été cousines, aucune de nous deux n'aurait été la cousine préférée de l'autre. Si nous avions été dans la même classe à l'école…

J'étais encore hérissée par la désinvolture avec laquelle Clare avait parlé de Wally Szalla. Lorsque je lui avais demandé ce qu'elle voulait dire par « profil », elle s'était contentée d'un rire évasif.

J'étais assez fière de Wally, j'imagine. Sa famille en vue, sa réputation de notable aisé à Chautauqua Falls. Les autres hommes avec qui j'étais sortie, et que Clare avait connus, étaient plus de mon âge et plus mon « genre », mais Wally Szalla était particulier.

C'était évident ! Quelques minutes en sa compagnie, et on était sous le charme. Cela m'exaspérait que Clare se refuse à l'admettre.

Lorsque nous serons mariés, tu n'auras pas à nous fréquenter. Je ne vous inviterai peut-être pas au mariage, toi et Rob, ça t'évitera la gêne d'avoir à refuser.

« Réveille-toi, Nikki. Tu as l'air d'un zombi ! »

Clare rit avec exaspération. En me donnant une poussée au creux des reins, comme elle le faisait lorsque nous étions adolescentes, pour me secouer.

Il était presque midi. Nous travaillions depuis des heures. Les yeux me cuisaient, j'avais les mains crasseuses et les genoux douloureux à force d'être accroupie. J'étais tombée dans une transe éveillée, tandis que Clare soufflait, haletait, grognait, poussait des cartons et fondait sur des objets sans défense pour y coller ses Post-it. Je m'attendais presque à en découvrir un, de couleur verte, sur mon front : « à donner à une association caritative ».

J'en voulais à Clare de condamner presque tous les vêtements de nos parents à être « vendus », « donnés » ou « jetés ». Je lui en voulais de la façon dont, si je paraissais hésiter, elle me prenait l'objet des mains et s'en occupait elle-même… mais je savais, bien sûr, qu'elle avait raison. Au cours de notre histoire commune, Clare avait toujours eu raison.

C'était une pure question de logique. Il fallait vider la maison. À qui aurions-nous pu donner… les vieilles vestes de sport de papa, ses chemises « de soirée », son pyjama de flanelle écossaise ? À qui, ses nombreuses chaussettes ? (Toutes soigneusement appariées par maman, bien sûr.) Aucun membre de la famille, Rob Chisholm compris, n'aurait été intéressé par le costume bleu marine à larges revers de Jonathan Eaton, ni par son élégant peignoir bleu roi avec sa ceinture à glands dorés. Personne non plus n'aurait convoité le beau pull en mohair « vert chasseur » que maman lui avait tricoté, et que les mites avaient criblé de trous. (En fait, papa avait rarement porté ce pull. Un projet titanesque de maman, qui l'avait tricoté en secret pour son anniversaire. Mais papa avait des démangeaisons chroniques, il préférait l'Orlon ou les pulls en coton ou, mieux encore, pas de pull du tout. Lorsque tante Tabitha avait reproché à maman de s'être donné tant de mal pour un homme aussi difficile, maman avait protesté : « Mais les gens peuvent changer. S'ils essaient. ») Il y avait les ceintures usées de papa, aux œillets déformés. Il y avait des dizaines de cravates : larges, étroites, sombres, « gaies », en soie, en laine et « tressées ». Nous lui en avions offert beaucoup au cours des ans et chacune avait représenté un espoir ou un geste, mais la plupart avaient fini dans les régions obscures de son armoire, car il n'en avait porté qu'un petit nombre, qui se ressemblaient toutes. (J'aurais bien pris certaines de celles que je lui avais offertes pour les donner à Wally, mais je redoutais une remarque vacharde de Clare.) Je gardai tout de même ses boutons de manchette en argent, gravés des initiales JWE, et deux jolis fixe-cravates dont Clare ne voulait pas.

« Tu ne trouves pas étrange que maman ait conservé tout ça, Nikki ! On se demande pourquoi. »

Moi, je ne me le demandais pas.

Si pénible qu'il me fût de me défaire des vêtements de papa, c'était encore pire pour ceux de maman. Surtout ceux qu'elle avait cousus ou tricotés elle-même. Certaines « toilettes » remontaient à l'époque où j'étais encore au collège. Chacune correspondait à un événement particulier et avait paru très spéciale à l'époque. Lorsque Clare ne faisait pas attention, je sortais des vêtements des caisses pour les examiner à nouveau. Si je collais un Post-it rouge sur quelque chose, elle protestait. « Nikki ! Ce ne sont pas tes couleurs. Lavande ? Rose pastel ? Avec tes oreilles percées et tes cheveux punk, tu plaisantes ! » Ou, méchamment : « Tu ne penses pas sérieusement que ça va t'aller. Maman faisait du 34, c'était quasiment une naine à côté de toi. »

Le ton de Clare m'irrita. Une naine !

Avec les hanches qu'elle avait, elle était jalouse, voilà tout. La dernière fois qu'elle était entrée dans un 34, elle devait avoir onze ans.

« D'accord, Clare. Pas de robes et pas de jupes. Mais les chemisiers, c'est différent. Maman et moi avions presque la même taille, sauf pour la poitrine. Et les pulls. Ce cardigan, par exemple, il est beau, non ? Et il a une ceinture. Il y a des années que j'ai perdu celle du pull que maman m'avait tricoté dans le même genre. Regarde la finesse du travail, jamais je ne serais capable d'en faire autant. »

Clare rit, comme si j'avais fait de l'esprit.

« Non, en effet, Nikki. Le tricot et le crochet ne sont pas vraiment dans tes cordes.

– Parce qu'ils sont dans les tiennes ? répliquai-je, piquée par son ton supérieur.

– Moi, j'ai fait un peu de tricot. Au collège. Maman a essayé de m'apprendre, mais ça n'a pas marché. J'étais censée tricoter un pull, et il devenait toujours plus grand et plus informe. Si je l'avais fini, tante Tabitha aurait pu le mettre. Quel beau ton de violet, tout de même.

– C'était moi, Clare, protestai-je. C'est moi qui ai tricoté ce truc. Tu ne te rappelles pas que vous vous moquiez tous de moi ? Maman a essayé de m'aider, mais nous avons fini par abandonner. J'étais furieuse.

– Non, ce n'était pas toi. Ne dis pas n'importe quoi, tu n'aurais jamais eu la patience de tricoter un pull.

– En fait, c'est toi qui n'en avais pas la patience. J'aimais aider maman à la maison. Elle m'a appris à tricoter mais à toi, *jamais*.

– C'est faux. Elle l'a fait.

– Le temps d'une journée, peut-être. D'une heure. Puis tu perdais patience. Tu te mettais en colère quand tu n'arrivais pas à faire quelque chose à la perfection.

– Ça, c'est vrai que la perfection n'a jamais été ton problème, Nikki ! »

Nous riions, mais l'atmosphère était devenue tendue. Clare était si suffisante, si sûre d'elle, et je savais qu'elle se trompait !

C'était moi qui m'étais escrimée des semaines à tricoter ce pull violet informe pour tante Tabitha, quand j'étais en sixième. Je me rappelais nettement avoir choisi la laine avec maman, dans un petit magasin appelé La Boîte à couture : une laine d'une belle teinte bruyère. Mais j'avais tiré sur les aiguilles, détendu la laine et, de dégoût, fini par jeter ce que j'avais fait.

Clare dit, d'un ton calme, têtu : « Maman me disait de ne pas me décourager, que nous pourrions réessayer. Mais j'ai abandonné, j'imagine. J'étais en quatrième et je commençais à m'intéresser à la politique scolaire. »

La politique scolaire ! Elle s'était présentée comme secrétaire de classe et avait été élue avec quelques voix d'avance.

« Ce n'était pas toi, Clare. C'était moi.

– Maman s'en souviendrait.

– Oui, bien sûr. Maman s'en souviendrait. »

Avoir recours à maman était notre premier réflexe, puisque nous étions chez elle.

Dans sa chambre à coucher, en fait. Pourquoi ?

Nous nous rappelions qu'autrefois, dans cette même maison, nos disputes sur les sujets les plus insignifiants dégénéraient rapidement, au point que nous nous mettions à hurler, qu'il arrivait à Clare de me gifler et à moi, de lui donner des coups de pied. Maman s'empressait d'intervenir.

Maman implorait : « Les filles ! Ne dérangez pas votre père, il essaie de se détendre. »

Ou, d'un ton plaintif : « Vous me brisez le cœur en vous disputant comme ça ! »

Et l'une de nous s'écriait : « Je la déteste ! » et l'autre : « C'est moi qui la déteste ! »

Ce souvenir nous fit taire.

Nous respirions vite, sans oser nous regarder.

Je me disais que, lorsque Wally et moi choisirions la date de notre mariage, je n'en informerais même pas Clare. Elle le saurait par d'autres. Voilà qui serait embarrassant pour elle !

À mon étonnement, Clare dit, comme si c'était ce dont nous discutions depuis le début : « Très bien, Nikki. Garde toutes les affaires de maman que tu veux. C'était toujours toi qui la poussais à te coudre ou à te tricoter des vêtements, elle passait des jours et des semaines à faire des choses que tu n'avais aucune intention de mettre. La pauvre me demandait toujours pourquoi tu ne portais pas telle robe de velours ou tel chemisier. Alors, vas-y, stocke tout, maintenant qu'il est trop tard. Mais ne nous embourbe pas toutes les deux dans tes conneries sentimentales, s'il te plaît. Ça fait un temps incroyable que nous sommes là, et nous avons encore toute la maison à faire. Cela va nous prendre des jours ! »

Choquée par sa sortie, je restai un instant muette.

« ... des semaines ! Nous allons être coincées ici toutes les deux, dans cette maison où j'étouffe ! »

J'avais remarqué que Clare avait le souffle court. Son visage, si savamment maquillé lorsque j'étais arrivée, était maintenant empourpré, luisant, et son rouge à lèvres avait presque entièrement disparu.

« Mais enfin, Clare, pourquoi es-tu aussi agressive ?

– C'est une épreuve, Nikki. Je m'attends en permanence qu'un voisin curieux frappe à la porte. Tu peux être certaine qu'ils savent tous que nous sommes là. "Les sœurs Eaton, celles dont la mère a été assassinée chez elle." Je m'attends en permanence à voir maman apparaître sur le seuil, ou papa ou... comment s'appelait ce chat gris ?

– F... Fumée ? »

Qu'elle eût oublié le nom du chat me parut plus choquant encore. Je m'étais étonnée qu'elle ne me demande pas comment il allait, s'il s'adaptait à sa vie à Chautauqua Falls.

« Je m'attends qu'il arrive quelque chose d'horrible, d'innommable ! Ce n'est pas moi qui déborde d'agressivité, Nikki, c'est toi. Ta tenue, ce chapeau ridicule, on ne t'a jamais dit que c'était impoli de porter un chapeau dans une maison, surtout lorsqu'il fait de la publicité pour la niche fiscale d'un de tes amis mariés, et la façon dont tu en baisses le bord pour que je ne puisse pas voir tes yeux quand je te parle, ça, c'est carrément mal élevé ! Et je vis avec une fille de treize ans, je sais de quoi je parle. Depuis ton arrivée, on avance d'un pas et on recule de deux, et je pense que c'est délibéré. Je serais tellement plus efficace sans toi, Nikki ! »

J'étais restée accroupie par terre. Je me relevai en grimaçant de douleur. Les yeux de Clare brûlaient comme de l'acide. Je dis, en bégayant : « Parce que tu te moques de maman et de papa. Tout ce qui t'intéresse, c'est de mettre la maison "sur le marché".

– Ce n'est pas vrai ! Mais j'ai une famille, Nikki, j'ai des responsabilités que tu n'as jamais pu comprendre. Ma vie, c'est les autres... pas moi ! Je n'ai pas quitté Mount Ephraim pour mener une vie égoïste, moi... je n'ai pas quasiment abandonné maman quand elle est devenue veuve... je n'ai jamais couché avec un homme marié à une autre femme... je n'ai jamais brisé le cœur de maman en l'humiliant devant ses parents et ses amis : ça, c'est toi, Nikki. Ne prends pas cet air blessé, tu le sais sûrement. C'est pour ça que tu es aussi agressive avec moi, et je sais que tu m'en veux de n'être pas venue hier. Comme si c'était ma faute ! Comme si je pouvais faire ce que je voulais ! Lilja me fait du chantage à l'hystérie, Rob part quasiment en courant de la maison pour nous fuir, et ce pauvre Foster parle sans arrêt de sa grand-mère, les enfants le harcèlent avec ça à l'école, il s'est remis à faire pipi au lit, et la moitié des gens que je rencontre, y compris des femmes que je croyais mes amies, se détournent ou s'engouffrent dans des magasins pour m'éviter parce qu'elles ont trop de peine pour moi. C'est un cauchemar, Nikki. Apparemment, comme tu ne vis pas ici, tu es épargnée. Comme d'habitude ! C'est toujours moi, j'en ai tellement assez d'être moi ! »

Je tendis une main maladroite. Ce brusque renversement des rôles me rendait timide et gauche. « Clare, je suis tellement désolée, je... »

Clare me repoussa. « Non, tu n'es pas désolée ! Tu es juste Nikki. »

Elle courut lourdement hors de la pièce. Je l'entendis faire couler de l'eau dans la salle de bains, à côté. Puis je l'entendis déplacer des meubles dans la salle de séjour. Puis elle parla au téléphone, le ton sec.

J'avais espéré qu'elle partirait et que j'aurais la maison pour moi. Je profitai de son absence pour récupérer plusieurs vêtements dans les cartons. Le haut de velours vert pomme, que j'essayai devant un miroir. (Étroit aux épaules et un peu court, mais très bien autrement.) Un corsage de soie blanche à nœud de dentelle, que Wally Szalla admirerait sûrement. (J'avais découvert que mon amant avait un faible pour les jeunes filles convenables à l'ancienne mode. Il préférait les sous-vêtements blancs, de soie ou de coton, à quoi que ce fût de plus spectaculaire.) Il y avait aussi l'écharpe coquelicot, et le miroir terni en écaille de tortue qui avait un jour appartenu à la mère de ma mère. Et plusieurs des cravates que j'avais offertes à mon père des années auparavant et qui semblaient n'avoir jamais été portées. J'en ferais cadeau à Wally Szalla.

« Nik-ki ! Viens voir. »

Presque avec jubilation, Clare m'appelait du bureau de notre père, au bout du couloir. Je l'avais entendue rire dans cette pièce, signe qu'elle avait retrouvé sa bonne humeur et qu'elle m'avait pardonné ou que, du moins, elle ne m'en voulait plus.

Aussitôt, comme dans notre enfance, mon animosité envers ma sœur se dissipa.

Depuis son explosion de colère, nous travaillions dans des pièces séparées, de façon beaucoup plus productive. Nous étions conscientes l'une de l'autre sans avoir à nous voir ni à nous parler. J'avais trié la majeure partie des effets personnels de nos parents, et j'étais passée à des objets impersonnels tels que draps, serviettes, rideaux de bain. Je maniais les Post-it avec presque autant de compétence que ma sœur.

La seule tentation était de revenir fouiller dans les cartons « à vendre » ou « à donner ».

« Bonté divine, Nikki, c'est à peine croyable ! »

Clare était agenouillée sur le tapis devant le vieux bureau de papa. Elle avait ôté ses chaussures. Sa chemise de coton blanc n'était plus aussi parfaitement repassée, mais elle avait remis du rouge à lèvres et de la poudre. Cela ressemblait bien à Clare de changer brusquement d'humeur et de s'attendre que vous en fassiez autant.

Bizarre d'être dans le bureau de papa ! Une pièce où nous avions interdiction d'entrer, enfants, sauf s'il nous y invitait. (Ce qui était rare.) Depuis qu'il était mort, maman n'avait quasiment touché à rien. Clare et moi disions en plaisantant que c'était devenu une sorte de sanctuaire.

Le bureau de papa, ses meubles classeurs, ses étagères. Sa collection de livres, presque tous consacrés à l'histoire américaine, que l'on appelait la « bibliothèque de Jon ».

C'était perturbant d'entrer aussi librement dans cette pièce, de voir à quel point ses dimensions, ses meubles, étaient ordinaires. Le bureau de papa me paraissait énorme et extraordinaire quand j'étais enfant, mais ce n'était qu'un bureau standard en aluminium, et placage bois, aussi lisse et pratique que du Formica. Voir papa assis à ce bureau m'avait toujours impressionnée : je me demandais ce qu'il faisait, quels étaient les documents sur lesquels il se penchait, l'air concentré. Je constatais à présent qu'il n'était pas plus grand que la table que j'utilisais chez moi, achetée quinze dollars chez un marchand d'occasion et peinte rouge Baiser.

Sur le bureau se trouvait la vieille machine à écrire électrique de papa, ornée d'un Post-it vert. Il avait naturellement travaillé sur un ordinateur chez Beechum Paper Products, mais il avait refusé d'en avoir un chez lui parce qu'il considérait que la prétendue révolution électronique reposait entièrement sur l'obsolescence des produits, à savoir persuader les imbéciles de dépenser leur argent. Si papa avait assisté à l'explosion des ventes de téléphones portables, il aurait été scandalisé.

« Entre donc, Nikki. Personne ne va nous gronder. »

Clare avait tiré les tiroirs au maximum. Elle était en train de trier les papiers que papa conservait méticuleusement depuis le début des années 1980 : documents fiscaux, polices d'assurance, chèques encaissés, factures (y compris pour des articles valant 2,98 dollars). Maman avait remarqué un jour que papa gardait tout de peur de perdre quelque chose, et je crois qu'elle le disait avec approbation.

Pas comme moi, avais-je pensé. Qui ne garde presque rien de peur de le perdre.

« Voilà le plus bizarre, Nikki : la collection de calendriers de papa ! J'en ai trouvé une pile dans le tiroir du bas. Le premier remonte à 1981. »

Ils étaient grands, plutôt volumineux, ornés de photos banales de paysages et d'animaux sauvages. Sur ceux que Clare avait étalés sur le tapis, le plus frappant était le labyrinthe de croix tracées à l'encre noire. Chaque jour de chaque mois de chaque année avait été méthodiquement barré. Cela s'arrêtait le 31 décembre 1999, huit jours avant la mort de papa.

« Tu comprends ce que signifient ces chiffres ? » demanda Clare.

On distinguait, derrière les croix noires, des abréviations et des codes énigmatiques. Il n'y en avait pas à toutes les dates, mais chaque case contenait en revanche un chiffre minuscule. En janvier 1999, on lisait : 85, 84, 84,5, 86, 85,5, 85,5, 86,5, etc. Dans le calendrier le plus ancien, au mois de janvier 1981 : 77,5, 78, 77, 78, 78, 78, 79, etc.

Je me penchai sur les calendriers pour étudier ces chiffres. Si soigneusement notés par papa ! Jour après jour, semaine après semaine, mois après mois, année après année. Je ne voulais pas penser à ce qu'ils représentaient.

(Le poids de papa ?)

« Ça doit être son poids, Nikki. Tu te rends compte ! Papa se pesait tous les jours et notait le résultat. On ne s'en doutait pas, hein ? C'était sûrement un secret. Il se moquait de nous, de moi en tout cas, parce que nous surveillions notre poids. Je suis sûre que maman ne le savait pas. Les calendriers montrent qu'il grossit petit à petit, il n'a jamais été ce qu'on appelle gros, mais il est passé de 77 kilos en 1981, à 89 au moment où il… – Clare s'interrompit, comme frappée soudain par l'énormité de ce qu'elle disait d'un ton amusé – … où il est mort. »

Mort. Ce mot navrant. Nous avions longtemps été incapables de le prononcer, à propos de notre père.

Nous étions incapables de le prononcer à propos de notre mère.

Clare continua à bavarder avec nervosité. Elle ne parlerait pas des calendriers à Rob, dit-elle. Ni à la famille. Elle me conseillait de suivre son exemple.

Je lui dis que je le ferais. Je garderais le secret de papa.

Accroupie gauchement au-dessus des calendriers étalés sur le tapis, je les feuilletai avec une sorte d'appréhension fascinée. Des centaines de jours, barrés brutalement à l'encre noire ! Je sentais la satisfaction avec laquelle papa avait rayé les jours de sa vie sans paraître savoir à quel point leur nombre était limité, avec quelle rapidité il les épuisait.

« Nous ferions peut-être aussi bien de les jeter, Nikki ? Dans ce sac poubelle, là.

– Eh bien, oui. Je crois. »

Clare n'avait réussi à ouvrir les fenêtres du bureau que de quelques centimètres, l'air sentait le moisi et une vague odeur chimique. D'après les experts médicolégaux de la police, qui avaient examiné cette pièce comme toutes les autres, l'« auteur du crime » n'y avait apparemment rien pris. De toute évidence, la vieille machine à écrire de papa, recouverte d'une housse en plastique poussiéreuse, ne l'avait pas tenté.

Un accro au cristal méth, avait dit le lieutenant.

En quête d'argent liquide pour assouvir son besoin de drogue. Il aurait pu choisir n'importe qui, mais Gwen Eaton était passée par là.

Gwen Eaton, qui voyait le « bon côté » de tout le monde, qui semblait croire que nous sommes sur terre pour « être gentils » avec les gens dans le besoin.

« Reste avec moi, Nikki. Finissons-en avec cette pièce. »

La voix de Clare tremblait un peu. Je comprenais : ma sœur n'avait pas plus envie d'être seule que moi.

Après les calendriers de papa, il ne nous parut pas étrange, ou en tout cas pas étonnant, qu'il eût conservé des centaines de trombones de toutes les tailles, dont beaucoup étaient entièrement rouillés ; qu'il eût conservé des dizaines de timbres-poste, dont beaucoup dataient d'une époque si ancienne que nous n'en avions pas le souvenir (une époque où le tarif prioritaire était de vingt cents ?) ; qu'il eût conservé, en vrac dans ses tiroirs, d'innombrables stylos à bille portant la marque d'entreprises locales, et tous à sec. Il y avait aussi des élastiques, des punaises. Des gommes. Les annuaires téléphoniques de 1996, 1997 et 1998, en plus de celui de 1999. L'antique agrafeuse que nous avions vue à papa toute notre vie et qu'il nous laissait utiliser sous sa supervision, et une boîte d'agrafes presque vide. Dans le même tiroir, plusieurs règles, un mètre ruban déchiré, et un stock de dévidoirs sans rouleau de Scotch à l'intérieur.

Clare les prit en fronçant les sourcils.

« Qu'est-ce qui pouvait pousser papa à les garder, une fois qu'il n'y avait plus de Scotch ? »

J'évitai de la regarder de peur que nous n'éclations d'un rire hystérique.

Comme si nous étions arrivées au seuil d'une porte qui, après nous avoir été longtemps fermée, s'ouvrait enfin mais… sur quoi ?

Nous avions prévu d'aller déjeuner au Blue Star Diner, un restaurant sans chichi, à quelques minutes en voiture. Mais pour une raison ou une autre, cela ne se fit pas.

En milieu d'après-midi, alors que nous commencions à défaillir de faim, Clare eut l'idée soudaine de nous préparer un repas avec ce que la cuisine aurait à offrir. « Cela ferait plaisir à maman, Nikki ! Que l'on finisse ses restes, surtout. »

Devant mon hésitation, elle ajouta d'un ton sec : « Tu sais combien cela contrariait maman de laisser perdre de la nourriture. »

Cela supposait que nous fouillions dans le congélateur. Je me demandais s'il était bien prudent de préparer à manger dans la cuisine de maman sans maman. À quelques pas de la porte (fermée, verrouillée) du garage.

« Réveille-toi, Nikki, donne-moi un coup de main. »

Sans doute m'étais-je figée, le regard vide, devant la porte (fermée, verrouillée) du garage.

Clare bavardait gaiement, tandis que j'entreprenais de ranger la cuisine. Lorsque des objets ont été déplacés dans un cadre familier, il faut un moment à l'œil pour les repérer. Des inconnus avaient fouillé dans nos placards, nos tiroirs. Verres, vaisselle de porcelaine, conserves, boîtes de riz, de pâtes, de taboulé, avaient été examinés et replacés au petit bonheur. C'étaient aussi le cas des nombreux pots à épices de maman et de ses tisanes aux emballages arc-en-ciel. Une sorte de crasse chimique collait aux plans de travail, d'habitude immaculés, et j'eus du mal à en venir à bout avec éponge et produit nettoyant. L'évier était également taché, comme si on y avait jeté quelque chose d'huileux, de visqueux.

Jusqu'aux photos, collées sur le réfrigérateur par de petits aimants, qui avaient été déplacées. Je ramassai par terre une vieille photo de moi, où je souriais gaiement sur une plage, un été lointain, et, après l'avoir examinée d'un œil critique, je la déchirai machinalement.

« Qu'est-ce que tu fais, Nikki ? Qu'est-ce que tu as fait ? »

Indignée, elle me donna une tape.

« Maman aimait beaucoup cette photo de toi. Que diraitelle ? »

Le temps que Clare pose sur la table, dans des bols fumants, ce qui semblait être les restes du poulet à la hawaïenne de maman, servis avec des pâtes de blé noir au lieu de riz blanc, la faim nous donnait le vertige. Clare avait également découvert dans le congélateur les restes d'un gratin de pâtes au thon, cinq ou six petites saucisses épicées et une demi-miche de pain au babeurre et aux noix de pécan. J'avais trouvé dans le réfrigérateur un morceau de cheddar, à peine moisi, et une boîte de toasts Melba au blé entier.

« Ah ! ce poulet, dit Clare. Un peu sucré peut-être, mais délicieux. J'en ai voulu à tante Tabitha de sa réflexion.

– Elle est comme ça. Tu la connais.

– Ce n'est pas une raison. Elle a trop souvent fait de la peine à maman avec ses petites remarques soi-disant innocentes. En fait, elle était jalouse que son jeune frère Jonathan lui préfère maman.

– N'empêche qu'elle est très affectée par ce qui lui est arrivé.

– Évidemment, fit Clare avec un grognement de mépris. Tabitha, Alyce Proxmire… c'est catastrophique pour elles. »

Je ris. Clare et moi avions depuis longtemps la conviction – exaspérante, contrariante, mais aussi comique, comme dans une série télévisée – que certains des parents et amis de maman abusaient de sa gentillesse. Cela donnait lieu à des anecdotes, racontées et re-racontées, que nous échangions comme des balles de ping-pong. Je comprenais maintenant que, malgré la disparition de maman, nous ne renoncerions pas à ces vieilles histoires familières, rassurantes, qui permettaient réprobation, reproches et indignation morale.

« Maman est tout bonnement trop… chrétienne, dit Clare, en mangeant. Ou plutôt… elle *était*. »

Maintenant que nous étions assises face à face dans le coin-petit-déjeuner, je remarquai à quel point Clare avait le visage fatigué. Sous le masque lisse de son maquillage, on percevait des ombres bleuâtres sous ses yeux, des plis aux coins de ses lèvres. Je savais par Rob qu'après l'audience, Clare avait eu une « petite grippe » très semblable à la mienne.

Après mon témoignage à la barre, Clare avait évité de me regarder. Elle m'avait jeté un coup d'œil de biais avec une sorte d'appréhension, comme si elle savait que j'aurais pu révéler davantage sur ce que j'avais vu dans le garage.

Je l'entendais presque implorer *Ne me dis rien, Nikki !*

Mais aussi, à d'autres moments *Il faut que je sache, Nikki.*

Je ne pensais plus jamais à ça. « Ça » désignait pour moi toute cette journée et pas seulement la découverte du corps de ma mère.

Je n'y pensais jamais et je ne voulais pas y penser sauf lorsqu'on m'y obligeait : lorsque je devais témoigner. Mais on nous avait assuré qu'il n'y aurait pas de procès, l'avocat commis d'office de Lynch et l'assistant du procureur négociaient un accord qui nous épargnerait.

« Tu ne manges pas, Nikki ? Ne fais pas l'idiote.

– Je mange, Clare. Arrête de me regarder comme ça.

– Tu es trop maigre, il faut que tu manges. Être mince comme le veut la mode, d'accord, mais cette maigreur d'anorexique, c'est complètement dépassé. »

Va le dire à ta fille, pensai-je.

Clare me jeta un regard. Quand son côté maîtresse d'école ressortait, ma sœur lisait dans mes pensées aussi facilement qu'on pourrait observer des poissons rouges évoluer dans leur bocal.

« Lilja a surmonté sa “crise”, je pense. Dès que les cours auront pris fin et qu'elle ne subira plus la pression de ses satanés “pairs”, les choses s'arrangeront. »

J'avais faim et j'essayais de manger, mais chaque fois que je portais la fourchette à ma bouche, je me mettais à trembler. Le poulet à la hawaïenne était vraiment trop sucré à mon goût, et il n'allait pas très bien avec les pâtes, trop cuites et collantes. Les saucisses d'apéritif n'avaient rien de tentant pour un estomac quasi vide. Pareil pour le gratin au thon grumeleux, mal réchauffé au micro-ondes. Jamais maman ne nous aurait servi des restes pareils !

Je raclai le moisi du cheddar et mangeai un morceau de fromage avec le pain au babeurre et aux noix de pécan.

Des années plus tôt, maman avait essayé de m'intéresser à la fabrication du pain. Quand je m'étais plainte que cela prenait un temps interminable, elle m'avait répondu que c'était précisément l'intérêt de la chose.

« Côté caractère, nous ne nous accordions pas.

– Quoi ? Qu'est-ce que tu racontes ? »

Je n'avais pas eu l'intention de parler à voix haute. C'était sans doute le contrecoup de la grippe, mon cerveau ne fonctionnait pas normalement.

« Je me demande si c'est la dernière fois que nous mangeons le pain de maman.

– Non, je suis sûre que j'en ai encore à la maison. Au congélateur, dans du papier d'aluminium. »

Nous nous tûmes. Il y avait tant à dire que cela nous épuisait de ne pas le dire.

Dehors, des enfants jouaient dans la petite piscine des Pedersen. Je souris à la pensée que papa aurait été contrarié, qu'il aurait pesté contre le bruit fait par les voisins. Une chance pour lui qu'il fût mort avant l'apparition de la piscine.

Ce que je redoutais le plus n'était pas le bruit mais la perspective que quelqu'un frappe soudain à la porte.

La maison était trop silencieuse. C'était devenue une maison vide. On entrait dans les pièces en retenant sa respiration. On était tenté de penser que quelqu'un se cachait. Attendait.

Ce n'était pas ce qu'avait fait Ward Lynch, je le savais. Il avait abordé ma mère ouvertement, dans un lieu public. Il ne serait jamais venu frapper à la porte du 43, Deer Creek Drive. Cette éventualité ne l'aurait pas effleuré.

Oh ! j'avais eu l'intention de décrocher les petites clochettes de traîneau au-dessus de la porte de la cuisine. Si je les entendais tinter, je craignais de hurler.

Clare continuait à parler. Il était difficile de ne pas penser que, d'un instant à l'autre, l'une des amies de maman allait s'engager dans l'allée, frapper à la porte : « Gwen ? Tu es là ? »

Maude ou Madge. Lucille Kovach ou Gerry Eaton. Alyce Proxmire, Ellie O'Connell, les sœurs Barkham. Un flot continu de femmes bavardes, cinq jours par semaine. (Le week-end, quand John Eaton était à la maison, les amies de maman gardaient leurs distances.)

Plus de gens ! Plus de gens ! Si je n'arrive pas à être heureuse…

Je n'avais pas répété à Clare les paroles de maman, bien sûr. Je ne le ferais jamais.

« Tu crois qu'ils savent ? »

Clare regardait derrière moi, dans le jardin. Elle paraissait contempler la mangeoire de maman. Bien qu'elle fût vide depuis des jours, il y avait toujours des oiseaux autour de la maison. Nous entendions leurs appels et leurs chants liquides qui parlaient d'accouplements, de nids.

Maman disait que le mois de juin était le moment de l'année qu'elle préférait, parce que tous les oiseaux chantaient.

« Que qui sait quoi ?

– Les oiseaux que maman nourrissait. Ils doivent savoir que quelque chose a changé, ici.

– En été, ils trouvent facilement à manger, non ? C'est seulement quand il fait froid qu'ils ont besoin d'être nourris, je pense.

– Maman mettait des graines toute l'année, j'en suis sûre. Et des miettes de pain. »

Je ne voulais pas risquer une dispute avec Clare. Pas après son explosion du matin.

« Ce qu'ils ont peut-être remarqué, c'est la disparition de Fumée. »

Clare ne parut pas entendre. Elle avait fini son poulet, mais pas les pâtes trop cuites. Elle avait renoncé à manger le gratin au thon, à demi figé, et repoussa l'assiette comme si elle n'en supportait plus la vue.

Je trouvais exaspérant que Clare ne me demande pas de nouvelles de Fumée. Cela faisait des semaines que cela m'irritait. On aurait dit que le chat de maman avait cessé d'exister parce que c'était moi qui l'avais recueilli et pas elle.

J'avais mis la bouilloire sur le feu pour la tisane. Lorsque je la servis, Clare renifla sa tasse d'un air soupçonneux et plissa le nez.

« Qu'est-ce que c'est, Nikki ? On dirait de l'acide.

– C'est le Red Zinger de maman.

– J'aurais préféré de la menthe.

– De la menthe ! Ça a un goût de bain de bouche.

– Pas si c'est léger. Tu l'as fait dix fois trop fort, ce "zinger".

– Si tu voulais de la menthe, pourquoi ne l'as-tu pas dit ? Tu as bien vu ce que je faisais.

– Non, Nikki, je n'ai pas *vu*. Je n'observais pas chacun de tes mouvements, j'étais en train de préparer le déjeuner. J'ai quasiment tout fait toute seule, tu n'as pas levé le petit doigt. Tu devais ouvrir une boîte de soupe, et tu ne l'as même pas fait. »

Mon visage s'empourpra. J'avais oublié. Nous étions à deux doigts de nous disputer.

Clare insista. « Je n'aime pas vraiment les tisanes, j'aurais préféré du thé ou du café.

– Eh bien, tu peux t'en faire toi-même, non ? Ensuite, si tu dois t'en aller de bonne heure, nous ferions bien de nous remettre au travail.

– Je n'ai pas à m'en aller "de bonne heure", Nikki. Je t'ai dit quand je devais partir : à 6 heures. Et je ne suis pas censée absorber de caféine en ce moment, pas avec mes médicaments. C'est "contre-indiqué". Tu le sais. »

Le savais-je ? Je ne m'en souvenais pas. Clare me regardait d'un œil noir, comme si je l'avais profondément blessée.

« Je peux te faire de la menthe. L'eau est encore chaude.

– Je n'ai pas dit que j'en voulais. Seulement que j'aurais préféré ça à ce "zinger". Je n'ai rien dit d'autre. »

Je ris. Je pense qu'un son ressemblant à un rire s'échappa de ma bouche.

« C'est étrange d'être ici, tu ne trouves pas ? dit brusquement Clare. Dans leur maison, sans qu'ils y soient.

– C'est pour ça que nous sommes ici, Clare. Parce qu'ils n'y sont pas.

– Mais ça ne paraît pas normal. Si ?

– Si tu veux vendre cette maison, c'est normal, j'imagine. C'est ce que font les "héritiers".

– "Si je veux vendre cette maison"... ? Parce que toi, tu ne veux pas ? »

Je haussai les épaules. Que dire ? Ce que je redoutais le plus, c'était un coup frappé à la porte. Le pas lourd d'un homme derrière nous.

« Nous n'habiterons ici ni l'une ni l'autre.

– Exact. »

Clare se frotta les yeux. Elle avait repoussé sa tasse de Red Zinger, comme si sa vue l'offensait. « Le testament de maman ne t'a pas étonnée, Nikki ? Tous ces legs. »

Les legs (5 000 dollars à l'église de la Christian Life Fellowship, 3 000 au Conseil des arts de Mount Ephraim, 1 500 à la société protectrice des animaux du comté, etc.) m'avait moins étonnée que les sommes que maman nous avait laissées à Clare et moi : 18 000 dollars chacune. Elle avait été si économe après la mort de papa. C'était triste d'imaginer qu'elle s'était serré la ceinture, avait économisé de l'argent pour un « héritage » à partager entre « mes filles bien-aimées Clare et Nicole ».

« Je regrette qu'ils n'aient pas dépensé cet argent. Du temps où papa était en vie. Ils ont parlé pendant des années de retourner à Key West, où ils étaient allés en voyage de noces.

– Oh ! Nikki. Tu sais comment était papa. Il ne se serait jamais décidé.

– Nous aurions dû les y encourager davantage. Papa n'était pas toujours aussi prévisible.

– Mais si ! Plus que nous ne nous en doutions... il se pesait tous les jours et... oh, mon Dieu. » Clare eut un rire âpre et se mit à tousser. Lorsque je fis mine de la toucher, elle me repoussa d'un geste réflexe, comme on repousserait un petit enfant ou un animal qui vous importune. Dans le même instant, elle se leva en titubant.

« Je crois... je ne me sens pas bien. Excuse-moi... »

Elle se précipita vers la salle de bains, au fond du couloir. Aussitôt, je débarrassai la table et fis couler de l'eau dans l'évier pour couvrir le bruit de ses vomissements.

C'était la salle de bains d'« ami », que maman gardait toujours prête pour les visiteurs. Lorsque nous habitions là, nous étions autorisées à l'utiliser à condition de ne pas salir les délicates serviettes de lin brodées ni la savonnette rose parfumée en forme de fleur. Nous pouvions aller aux toilettes, mais nous devions nous laver les mains ailleurs, et surtout ne pas tacher d'éclaboussures le lavabo ni la glace immaculée qui le surmontait.

Papa n'y mettait jamais les pieds. Il disait en plaisantant que c'était le meilleur moyen de continuer à être bien vu de maman.

Des inconnus avaient examiné cette salle de bains, je le savais. Sans doute s'étaient-ils même servis des toilettes.

Il l'avait peut-être fait, lui aussi. L'homme que je ne m'étais pas encore habitué à identifier comme l'assassin de ma mère.

Lorsque Clare réapparut, livide, maussade et repentante, j'avais nettoyé la cuisine et fait disparaître toute trace de notre repas de restes. Tout avait fini dans le broyeur.

Le pain restant, je l'avais remis dans le congélateur, enveloppé dans du papier d'aluminium.

Nous ne reprîmes pas notre tri, cet après-midi-là. Clare ne s'en sentait pas capable. Comme elle ne sentait pas non plus capable de conduire, je la raccompagnai.

Dans la Saab, elle se mit à pleurer. Je n'avais jamais vu ma sœur pleurer si éperdument. Elle dit qu'elle n'y arrivait pas sans maman. Elle dit qu'elle n'aimait plus personne. Cela demandait trop d'effort, elle n'était pas assez forte.

« Les gens m'exaspèrent ! Je les trouve idiots. Je me trouve idiote. Lilja me hurle : “Je voudrais être morte !” et cette idée terrible m'est venue à l'esprit : pourquoi les gens continuent-ils, en fait ? Pour quoi faire ? Lilja ne parle pas de maman, pas un mot. D'après Rob, il faut lui laisser le temps. Je me dis qu'elle est plus embarrassée que triste, et je la déteste. Je déteste ma propre fille ! Et cet homme. À l'audience, j'avais envie de lui crier : “Pourquoi ? Pourquoi notre mère ? Pourquoi nous ?” Mais je savais qu'il n'y avait pas de réponse. Il n'y a pas de réponse. Je n'aime pas Rob. J'aime Foster mais je n'aime pas son père. J'ai fait une erreur en l'épousant. J'ai fait une erreur en abandonnant mon travail. Je voulais recommencer des études, obtenir une maîtrise. Je voulais étudier à New York. Je voulais voyager. Maman aimait beaucoup Rob, et papa l'appréciait, lui aussi. Maman tenait beaucoup à ce que je “me range”, que je “sois heureuse”. Et voulais la rendre heureuse, bien sûr ! Mais c'était une erreur. Je ne l'aime pas. Je ne sais même pas s'il m'aime. Nous ressemblons à ces gens qui se rencontrent dans une soirée, bavardent et finissent coincés ensemble dans un ascenseur, entre deux étages. Nous essayons d'être civilisés, de ne pas paniquer, de ne pas nous hurler des injures, mais l'oxygène se raréfie. Oh ! Nikki. » Voilà comment cette deuxième journée au 43, Deer Creek Drive se termina de bonne heure.

tu m'aimes ?

J'avais trente et un ans et n'aurais pas dû avoir à implorer.

« Fumée ! Viens me faire un câlin. »

Cette soirée solitaire de juin, je m'étais mise à boire tôt.

Oh ! rien de sérieux : juste du vin.

Un verre. Un seul verre !

(Quel mal peut-il y avoir à boire un verre ? Soyons sérieux.)

Cette soirée solitaire de juin où j'avais pris la décision raisonnable de ne pas être épuisée/déprimée/angoissée. Deux verres de ce chianti sublime qu'avait apporté Wally, et je me rappelais à peine pourquoi je m'étais imaginé devoir être épuisée/déprimée/angoissée.

« Fumée ? Tu as intérêt à m'aimer, mon pote. Toi et moi, nous sommes tout ce que nous avons au monde. »

(Ce n'était pas entièrement vrai. Au moins en ce qui me concernait. Après tout, j'avais mon ami marié du moment qui m'adorait.)

(Disait-il.)

(Mais si ! Il le disait, et le redisait.)

Sauf que le chat orphelin de ma mère me faisait du chantage. Du chantage affectif. Bien que Fumée n'eût que moi, il ne me faisait pas confiance. Chaque fois que j'ouvrais la porte de mon appartement et que j'entrais, il semblait ne pas savoir qui je pouvais bien être, ni qui pouvait bien m'accompagner.

Autant Wally était allergique à Fumée, autant Fumée était allergique à Wally.

Si j'étais parvenue à obtenir que Fumée s'installe sur mes genoux, se laisse caresser, glisse dans un sommeil frémissant et se mette même à ronronner, dès qu'il entendait le pas de Wally dans l'escalier – et même, plus récemment, le simple claquement d'une portière au-dehors –, il s'affolait et s'enfuyait d'un bond, en enfonçant ses griffes dans le tissu de mes vêtements et la chair tendre de mes cuisses.

« Fumée ! Tu me fais mal ! »

Ces petites égratignures saignaient rarement. Un tout petit peu, peut-être.

Malgré tout, j'avais envie d'avoir Fumée sur mes genoux, ce soir-là. Envie de caresser son pelage raide. Sa fourrure avait beau être moins douce et moins brillante que du temps de maman, c'était tout de même une fourrure, et Fumée était un animal au corps tiède susceptible de m'aimer.

Le soir tombait à peine lorsque je décidai de prendre un unique petit verre de chianti. Puis, finalement, il fut plus tard.

22 heures, l'heure de « Night Train » sur WCHF FM. La voix de radio de Wally Szalla jusqu'à minuit.

Cet après-midi-là, quand j'étais rentrée de Mount Ephraim, après avoir raccompagné ma sœur en pleurs, j'avais trouvé deux messages de Wally sur mon répondeur. (Il y en avait d'autres. Je n'y prêtai pas beaucoup d'attention.) Dans le premier, à 13 h 48, il promettait à « Nikki, ma chérie » qu'il serait là aussitôt après l'émission, diffusée en direct ce soir-là. Dans le deuxième, à 16 h 20, il disait, le ton évasif et soucieux, « espérer » venir « dès qu'il pourrait se libérer ».

Nous avions prévu que Wally passerait la nuit chez moi, ce jour-là.

(Je crois. J'avais cru.)

Je savais vaguement qu'il y avait de « nouvelles complications ». Des problèmes non seulement avec « sa femme instable » mais avec sa fille « très exigeante » (je faisais apparemment un blocage sur son nom que, depuis le temps, j'aurais dû connaître aussi bien que le mien). Et, naturellement, il y avait Troy.

J'avais envie de protester *Je suis une fille, moi aussi. Aime-moi !*

Fumée sortit sa grosse tête de matou de sous le lit. J'avais déambulé dans l'appartement en secouant une boîte de croquettes aux fruits de mer, et je me tenais maintenant sur le seuil de la chambre à coucher. « Viens, mon pote. Un petit en-cas nocturne et un câlin ensuite. »

Mendier de l'affection à un chat ! Cette pauvre bête que je gardais prisonnière dans mon appartement.

La tête triangulaire de Fumée n'avait pas maigri comme le reste de son corps. Si un chat peut avoir des bajoues, Fumée en avait. J'avais beau lui parler d'un ton cajoleur, sans pudeur, il me regardait tout de même d'un air soupçonneux, comme si Wally était tapi derrière moi, prêt à bondir.

« Il n'y a que moi ici, Fumée. Et tu me connais. »

Fumée m'en voulait de ne pas le laisser sortir. Chez maman, il avait eu une liberté absolue, mais il y avait trop de circulation dans mon quartier. Sans compter que je savais qu'il s'enfuirait et que je ne le reverrais jamais.

Fumée est en sécurité avec moi, maman. Je te le promets.

Je versai quelques croquettes dans sa gamelle de plastique vert et le regardai manger avec la hâte et la nervosité d'un animal traumatisé. Je me jurais de m'en faire aimer, de l'amadouer, comme maman y était parvenue lorsqu'elle l'avait ramené du refuge, âgé de six mois, maigre et craintif.

Pourvu qu'un chat entre dans la catégorie des canards boiteux, disait mon père d'un ton pince-sans-rire, vous pouvez être certaines que votre mère le repérera et le ramènera à la maison.

« … et maintenant qu'il est plus de 11 heures, ici à WCHF FM, au cœur de la vallée historique du Chautauqua, "Night Train" va nous emmener faire un voyage sentimental dans le club de jazz new-yorkais Sweet Basil, en 1953… »

Il fallait que je baisse le son. Fumée donnait des signes de nervosité en entendant la voix familière du DJ : basse, rauque et sexy comme un saxophone alto.

C'était la voix de radio de Wally, pas tout à fait la sienne. Mais elle était reconnaissable. Les oreilles de Fumée se dressaient, son bout de queue s'agitait.

« Il n'est pas là, dis-je. Pas encore. »

Depuis ma liaison avec Wally Szalla, j'écoutais WCHF FM de façon obsessionnelle. Dans ma voiture, chez moi. Toutes les heures que je passais éveillée, et même davantage. « Night Train » (de 22 heures à minuit, cinq soirs par semaine) était naturellement mon émission préférée. Faute d'être avec Wally, je pouvais au moins l'entendre.

Je sirotai un troisième verre de vin en écoutant Dave Brubeck. Pour me consoler de ma solitude. Pour me préparer à l'arrivée de Wally.

Il me demanderait comment s'était passé le « tri ». *Bien !* répondrais-je.

Non, je ne parlerais pas à mon amant de l'effondrement de ma sœur, ce jour-là. Je ne lui avais pas raconté ce que m'avait dit Gladys Higham, la veille. (Je n'en avais pas non plus parlé à Clare.) Lorsqu'un homme confie ses problèmes conjugaux/familiaux à une femme, le genre de problèmes qui semblent ne jamais trouver de solution mais seulement se muer en problèmes encore plus compliqués, la compassion ne coule que dans un sens. D'instinct, une femme sait qu'il est naïf d'espérer que le flot s'inverse.

Peut-être d'ailleurs n'avais-je pas vraiment envie de la compassion de Wally Szalla ni de celle de quiconque.

Une grande partie des émissions de WCHF FM était enregistrée. Mais Wally préférait l'excitation, la tension, du direct.

Il aimait recevoir les appels à l'antenne. Sa personnalité de DJ avait quelque chose de gamin et d'attachant, on aurait pu le prendre pour un homme solitaire, qui n'avait personne pour l'aimer, personne qui l'attende à sa sortie du studio.

« ... à l'intention de "N. E." qui, je l'espère, nous écoute quelque part dans la vallée du Chautauqua en cette douce nuit de juin... N. E., cette chanson vous est dédiée par "quelqu'un qui vous adore... qui espère que vous serez patiente avec lui"... l'incomparable Duke Ellington dans un enregistrement de 1953 de "Mood Indigo", qui sera suivi de "Pretty Woman", puis de "Just Squeeze Me". Mmmm ! »

Je ris tout haut. Fumée qui, enfin installé sur mes genoux, était presque endormi, me jeta un regard irrité.

Allongée dans une eau chaude, parfumée et savonneuse, me préparant à nos retrouvailles amoureuses.

Si Wally quittait la station de radio dès la fin de l'émission, il serait là vers minuit et demi. J'avais une heure voluptueuse pour savourer à l'avance son arrivée.

J'avais décidé de garder les cravates de papa pour une autre fois. Mais peut-être valait-il mieux que je les offre à Wally séparément ? Je les avais rapportées à la maison, rangées avec soin sur une étagère. Clare n'avait pas à le savoir. Ce que je prenais chez nos parents ne la regardait pas.

Oui, Clare, nos rapports sexuels à Wally et à moi sont fantastiques. Je te laisse imaginer !

Non, Clare, que je fasse l'amour avec Wally depuis plus de mois que je ne souhaite compter sur les doigts de mes deux mains ne signifie pas qu'il ne me respecte pas. Cela ne signifie pas qu'il ne m'épousera jamais.

Ne nous juge pas, Clare : tu ne connais pas Wally Szalla. Tu ne me connais même pas, moi.

Lorsque je me réveillai, l'eau était tiède. Il était déjà minuit passé. Je sortis à la hâte de ma vieille baignoire disgracieuse et m'essuyai. Sur mes cuisses, les traces en pointillé, laissées par les griffes de Fumée, me cuisaient. Je fus étonnée d'en découvrir autant. Certaines étaient anciennes et presque guéries ; d'autres étaient récentes. Lorsque Wally les avait remarquées, quelques jours auparavant, il s'était inquiété : « Bon Dieu, Nikki, c'est moi qui ai fait ça ? » et je m'étais moquée de lui, je l'avais embrassé sur la bouche. En lui disant que oui, d'une certaine façon, mais pas directement.

« porteur de mauvaises nouvelles »

Il y avait eu une époque. Si douce. Où maman et moi nous laissions des messages secrets un peu partout dans la maison.

JTM en sucre glace. JTM OCI ! en pâte dentifrice.

La vilaine Nikki osait pulvériser la mousse à raser de papa sur une glace, sachant que maman trouverait la première, et pas papa. MME H NOUS EMMÈNE AU CENTRE SERAI LÀ 6H TU- C-KI.

Des cartes de Saint-Valentin achetées aux marchés aux puces. D'anciennes cartes postales écrites par des inconnus. Des lapins minuscules en plastique, des canetons, des sifflets minuscules, fixés sur des morceaux de carton : POUR TOI. JTM BOKOU écrit avec de petites perles. Une photo, découpée dans une revue, montrant une troupe de cerfs et de faons à queue blanche qui contemplaient l'appareil d'un air pensif : MA BICHE VIENS JOUER !!! Des cartes faites à la main pour les anniversaires, Pâques, Halloween, le Jour de la marmotte. Encore des cartes de Saint-Valentin. Les parterres de fleurs de maman étaient parfaits pour y laisser des messages puisqu'elle seule pouvait les y trouver, à demi dissimulés sous de la terre ou des feuilles. Et aussi sa machine à coudre, les placards de la cuisine, les tiroirs de la commode. Maman, elle, me laissait des messages sur et sous mon oreiller, dans mes livres de classe (je les découvrais à l'école), dans mes chaussettes (je les découvrais en les enfilant). RANGE TA CHAMBRE NIKKI STP TU-C-KI. Et cette petite maligne de Nikki répondait ET JE LA METS Où ? INSTRUCTIONS SVP ! TU-C-KI.

Des messages écrits avec des bonbons à la gelée – et avec des haricots de Lima – sur la table de la cuisine BIZ ! Des messages entortillés dans les colliers de Miranda et de Suzie-Q, nos chats de l'époque. Certains étaient pratiques, informatifs, mais la plupart n'étaient que des petits mots bêtes. La plupart, je les ai oubliés.

Comme presque tout ce dont maman et moi parlions.

Si longtemps, me semblait-il, j'avais été une petite fille. Puis une fille. Onze, douze ans. Lorsque j'étais au collège, maman avait une trentaine d'années. Avec ses jeans, ses shorts, ses tee-shirts et ses baskets, les cheveux ramassés en queue de cheval ou frisottés, ébouriffés, elle faisait à peine plus vieille que nous.

Bien avant d'aider des seniors à évoluer dans la piscine du YMCA, maman nous avait emmenées nous baigner au lac Wolf's Head, les après-midi d'été. (Nager ne disait rien à papa, et encore moins le lac, bruyant, plein d'enfants.) Alors que d'autres mères prenaient le soleil ou papotaient sous leur parasol, maman nous apprenait à nager, à plonger. Dans l'eau trouble du lac, Gwen Eaton avait la vitesse et la grâce d'un poisson.

Oui, tu en es capable ! disait maman.

Oh oui, tu vas y arriver.

Et cela se révélait généralement exact. Je crois.

J'étais jalouse de maman. Papa se plaignait que le samedi fût une « journée portes ouvertes » où voisines et amies venaient rendre visite à Gwen, mais il n'avait aucune idée du défilé qu'il y avait les jours de semaine. Un coup frappé à la porte grillagée de la cuisine et, avant que quiconque l'ait invitée à entrer, une femme passait la tête à l'intérieur : « Gwen ! Tu es là ? »

J'aurais répondu : « Non ! Il n'y a personne ! » ou, avec plus d'inspiration : « Oui, on est là, mais on a la fièvre pourprée des montagnes Rocheuses. C'est vraiment contagieux, tu sais. »

Mais maman ne se dérobait jamais. Même quand elle ne se sentait pas bien ou qu'elle avait un de ses rares « cafards » (qu'elle attribuait à des « crampes », une « migraine » ou une « petite grippe ».) Toujours souriante, aimable, elle se hâtait d'accueillir l'intrus, quel qu'il fût, avec la brève remarque joyeuse qui était sa signature : « Quelle bonne surprise ! Tu as bonne mine ! »

L'été de mes douze ans. Sur mon vélo, désœuvrée, je suivais Deer Creek Drive jusqu'au cul-de-sac de Deer Creek Circle, puis revenais. Des huit paresseux sous le soleil de l'été. Je m'ennuyais ! Je décidai d'aller jusque chez Ruthie Haber voir si elle était là… Au même moment, un véhicule inconnu vint se garer devant chez nous. Plus gros qu'une voiture, un monospace peut-être. Mais cela n'avait pas l'air d'être un véhicule de livraison ni de dépannage. D'où j'étais, je vis un homme (peut-être en uniforme, peut-être pas) descendre, vérifier l'adresse et aller sonner à la porte d'entrée. Quelqu'un qui nous aurait connus serait allé directement à la porte de la cuisine, il s'agissait donc d'un inconnu ou de quelqu'un qui n'avait pas l'habitude de nous rendre visite. Je savais que maman était là, et je savais qu'elle était seule. Cela ne m'intéressait pas vraiment mais j'attendis le temps de voir si elle viendrait ouvrir, ce qu'elle fit. Je me rendis ensuite chez Ruthie, à quelques rues de là, mais elle n'était pas chez elle, je ne trouvai que sa mère qui m'aimait bien et qui avait l'air de se sentir seule, si bien que je restai coincée chez elle jusqu'à ce qu'un brusque sentiment de panique s'empare de moi, une idée étrange qui me traversa l'esprit avec la rapidité de l'éclair : *Il est venu la chercher. C'était une erreur que maman épouse papa et nous ait Clare et moi. Nous ne la reverrons jamais parce que nous ne la méritons pas*. Cet été-là, je lisais des romans de science-fiction de Philip K. Dick, à la fois bizarres et terre à terre, qui parlaient d'univers parallèles, de dimensions temporelles où, par exemple, votre jumeau, mort à votre naissance, est vivant alors que vous, vous êtes mort. Des dimensions temporelles pareilles à des gants retournés. On sait qu'il y a un côté « intérieur » aux choses que l'on ne voit normalement que de l'« extérieur », mais on n'y pense jamais. Si on le fait, cela peut être effrayant.

J'échappai à Mme Haber et rentrai à la maison, où je constatai que le véhicule était parti. Mon cœur battait à tout rompre, et j'étais couverte de sueur. Je laissai mon vélo dans l'allée, courus jusqu'à la maison et poussai la porte grillagée de la cuisine (pas encore de clochettes, à ce moment-là). Perchée sur le réfrigérateur, Miranda, yeux bleus et longs poils neigeux, me regardait d'un air inquiet. « Maman ? *Maman ?* » Je me disais *Maman est partie, c'est ma faute parce que je l'ai laissée,* bien que je sache que c'était impossible, que ma mère ne nous quitterait jamais parce qu'elle nous aimait, parce qu'elle était maman ; et j'entendis une sorte de bourdonnement, un fredonnement, qui voulait dire qu'elle était là, dans l'escalier du sous-sol, elle avait repassé au sous-sol et en remontait avec une brassée de chemises repassées. En voyant mon air hagard, mon visage en sueur, elle me demanda ce qui n'allait pas, et je lui répondis que tout allait bien, mais qui était l'homme qui avait sonné à la porte un quart d'heure plus tôt, un homme qui était venu dans un monospace. Et maman cligna les yeux et me sourit d'un air perplexe, comme si elle ne savait pas de quoi je parlais. Elle avait le visage aussi rond et innocent qu'une pleine lune. Ses yeux étaient ambre vert, et ses cheveux semblaient ébouriffés par le vent.

« Un homme, Nikki ? Quel homme ?

– Quelqu'un vient de passer, non ? Il a sonné à la porte… »

D'une main chaude, maman écarta la mèche de cheveux qui me collait au front et éclata de rire. « Ah oui ! Tu dois parler du releveur de compteurs. Il est venu et reparti. »

Je me sentis ridicule : le releveur de compteurs !

C'était ça, bien sûr. Ça ne pouvait pas être autre chose. *Le releveur. Venu au 43, Deer Creek Drive relever le compteur et reparti.*

Une voix d'homme, brusque, discordante.

« Madame ? Bonjour ? Il y a quelqu'un ? »

À travers les fentes du store poussiéreux, je le vis, sur le perron, à quelques mètres à peine de l'endroit où j'étais tapie, en proie à la panique. C'était forcément un inconnu. Un voisin m'aurait appelée par mon nom, il aurait reconnu ma voiture dans la rue. Un parent serait entré sans frapper en appelant *Hé Nikki ? Tu es là ?*

L'homme me disait quelque chose : les épaules trapues, des cheveux épais, dressés comme des piquants de porc-épic. Je ne voyais de son visage qu'une peau olivâtre et une paire de lunettes sombres. En cette journée moite de la fin juin, il portait une veste sport d'une couleur terne de pierre usée, tendue aux épaules mais lâche au creux des reins. Il avait une attitude à la fois agressive et nerveuse. Les sourcils froncés, il se mordillait la lèvre comme un homme qui argumente avec lui-même et perd la partie.

Je me crispai lorsqu'il sonna de nouveau. Un bruit de carillon d'église censé être musical. « Madame ? Police. Puis-je vous parler ? »

La police ! Voilà pourquoi il me disait quelque chose.

Il savait qu'il y avait quelqu'un dans la maison et semblait savoir que c'était une femme. Il devait avoir vu ma voiture dans la rue, savoir à qui appartenait la maison. Mais j'avais le droit de me garer là, non ? J'avais le droit d'entrer dans la maison dont j'avais hérité, non ? Sa voiture, une grosse berline banalisée aux vitres teintées, était garée dans l'allée. Le store vénitien me glissa entre les doigts, faisant plus de bruit que je ne l'aurais souhaité. Je reculai en espérant que le policier n'avait rien entendu.

Mon instinct me poussait à me cacher. À me barricader dans la salle de bains. À me réfugier dans le grenier ou au sous-sol. Cet homme n'avait pas le droit d'entrer, non ? Si je ne répondais pas, il serait obligé de s'en aller.

C'était l'après-midi d'une journée qui semblait avoir commencé une éternité plus tôt. La veille, peut-être. J'étais revenue chez maman pour continuer à trier ses affaires. Clare étant occupée ailleurs, j'étais venue seule. J'avais travaillé des heures dans le sous-sol et n'étais pas particulièrement fraîche. Mes cheveux, qui avaient en partie retrouvé leur couleur naturelle, dont les racines grisonnaient un peu, avaient besoin d'un shampoing, et je m'étais noué sur la tête un foulard à pois rouges, récupéré dans l'un des cartons « à donner ». Lorsque je m'étais habillée en vitesse ce matin-là, le foulard m'avait paru faire élégamment gitan mais, après les heures passées dans le sous-sol, il était en aussi piteux état que le reste de ma personne. Sans Clare pour se moquer de moi, quelle importance ? Je ne prévoyais pas non plus de voir Wally Szalla, ce soir-là. L'épaulette de mon débardeur poisseux me glissait sur l'épaule, ma minijupe en jean était froissée sur le ventre et les fesses. J'avais laissé mes chaussures quelque part, et mes pieds nus étaient noirs de crasse. Je ne m'étais pas regardée dans une glace depuis des heures de peur de voir exactement à quoi je ressemblais, sans rouge à lèvres, le nez et le front luisant d'une sueur huileuse. La vraie Nikki, qui ne ressemblait en rien à la fille m'as-tu-vu et glamour que la plupart des gens connaissaient. Me cacher était la solution la plus raisonnable, et pas seulement parce que j'avais peur d'un visiteur solitaire.

Je n'avais pas dit à Clare que je passerais à la maison, ce jour-là. La semaine précédente, j'avais appelé plusieurs fois, laissé des messages pressants lui demandant de ses nouvelles, lui demandant de me rappeler parce que je me faisais du souci. Mais Clare étant Clare, suprêmement égocentrique et indifférente à mon inquiétude, elle n'avait pas rappelé. J'avais fini par téléphoner à Rob Chisholm chez Coldwell Electronics, réussi à franchir le barrage d'une assistante trop zélée en invoquant une « urgence familiale » et eu mon beau-frère en ligne, qui m'avait assuré, mi-évasif, mi-contrit, que Clare avait eu l'intention de me téléphoner mais avait été prise « par l'emploi du temps des gosses » toute la semaine.

En veillant à ne pas prendre un ton ironique, j'avais dit : « Oh ! C'est un "mois de fou", j'imagine ? » et Ron répondit :

« Tu l'as dit ! Ça n'arrête pas. Lilja a des activités tous les jours au collège et même le week-end. Rien à voir avec notre époque. » Je supposais que Clare ne lui avait pas parlé de son effondrement, des propos terribles qu'elle avait tenus sur son mariage, et elle n'aurait pas aimé que je parle d'elle derrière son dos, même par compassion. Je demandai donc à Rob si elle avait l'intention de revenir bientôt chez maman ou si je devais continuer toute seule. J'avais demandé quelques jours de congé au *Beacon,* et travailler seule dans la maison ne me dérangeait pas. « Si tu t'en sens capable, je t'en serais vraiment reconnaissant, dit Ron avec soulagement. Plus vite nous confierons la maison à un agent immobilier, mieux ce sera. Clare n'est pas elle-même ces temps-ci... »

Je m'étais abstenue de tout commentaire.

Sur le perron, le policier en civil ne se décidait pas à partir. Il avait entendu le store vénitien. Il m'avait sans doute vue. Il frappait avec rudesse à la porte. Un étrange frisson d'excitation me parcourut. *Cet homme ne renonce pas. Je ne m'en débarrasserai pas facilement.*

C'était ce que je m'étais dit de Wally Szalla, deux ans plus tôt. L'entêtement qu'il avait mis à me séduire. Sur le moment, on a toujours l'impression que c'est le destin.

À l'instant où le policier levait le poing pour frapper de nouveau, j'ouvris la porte. « Oui ? Que voulez-vous ? » Ses yeux s'écarquillèrent à ma vue, et j'y lus une sorte de pitié étonnée. Peut-être étais-je à demi nue ou avais-je le visage barbouillé de crasse, j'étais trop fatiguée pour m'en soucier. Pas question que je l'invite à entrer.

Il me montrait sa plaque étincelante, comme à la télé. Il se présenta : lieutenant Ross Strabane, il espérait que je me souvenais de lui, ne me dérangerait que quelques instants. Gauchement, il tendit la main. Comme si j'avais envie de la lui serrer ! Il ne me rappelait que des souvenirs abominables.

Je reculai dans le vestibule. Mes genoux tremblaient. *Madame* disait-il. *Madame Eaton. Nicole ?* Je voyais ses lèvres remuer, il me parlait. Je n'essayais pas de comprendre. Le grondement que j'avais dans les oreilles ne me laissait entendre que des syllabes sifflantes.

Allez-vous-en ! Allez-vous-en je vous déteste.

Maman me donna un coup de coude. Bien sûr.

« Eh bien, entrez. Par ici. »

À l'aveuglette je précédai Strabane dans la salle de séjour. Je sentais ses yeux laser sur moi : mon débardeur taché de sueur, ma minijupe ridicule froncée sur la raie des fesses, mes longues jambes trop pâles et mes pieds crasseux. Au moins avais-je à peu près redisposé les meubles de la pièce comme ils l'étaient du temps de mes parents. Exception faite du tapis à demi enroulé et du tourbillon de moutons remué par nos pieds, on aurait presque pu prendre la pièce pour la salle de séjour normale d'une maison style ranch de Deer Creek Acres.

Je me rendis compte un peu tard que les Post-it de Clare étaient toujours bien en vue : rouges, jaunes et verts sur différents meubles.

« Où vous voulez. Asseyez-vous, je vous en prie.

Je me laissai tomber dans un fauteuil, sans beaucoup de grâce. Strabane redressa un coussin et s'assit sur un canapé, face à moi. Sur la table basse, entre nous, s'entassaient des albums de famille, les albums de maman et des enveloppes bourrées de photos remontant aux années 60.

« Ma sœur et moi vidons la maison. Nous allons devoir la vendre, personne n'y habite plus. Ma mère ne jetait jamais rien, ajoutai-je en riant. Dans ce petit portfolio, il y a une dizaine de photos vieilles de trente ans, “les derniers jours de Peluche”. Un chat tigré orange que je n'ai jamais connu. »

Cette information semblait venir de loin. J'avais la voix aiguë, nasale et tremblante. Strabane s'efforçait de sourire, comme pour me mettre à l'aise. « Votre mère a vécu ici longtemps, madame ?

– Vingt-sept ans avec mon père. Plus longtemps toute seule. »

Strabane le savait sans doute déjà. J'avais l'impression déconcertante qu'il savait sur moi, sur ma famille, sur ce qui était arrivé à ma mère le dernier jour de sa vie, des choses que je ne saurais jamais.

Ôtant ses lunettes de soleil, qu'il fourra dans une poche de sa veste, il me regarda en plissant les yeux. Me demanda comment j'allais, comment allait ma sœur, comment nous nous « débrouillions ». Je répondis par des monosyllabes, des marmonnements. Les souvenirs associés à Ross Strabane me revenaient douloureusement. Comme la sensibilité après une injection de novocaïne. Cet homme m'était familier comme un parent que j'avais connu longtemps auparavant, quelqu'un que j'avais trop connu, qui m'avait apporté des nouvelles brutales, cruelles. Il m'avait épuisée et je n'avais pas voulu le revoir parce qu'il y avait entre nous un savoir terrible, un savoir que je ne pouvais lui pardonner. Qu'il eût les joues couvertes de poils raides, d'un début de barbe, semblait une sorte d'insulte supplémentaire. Ce n'était pas une bonne idée, cette barbe.

Strabane avait maintenant les cheveux ras sur les côtés et le derrière de la tête, hérissés comme des piquants de porc-épic sur le sommet du crâne. Et ses yeux ! Je lui en voulais de ces yeux.

Je m'essuyai le visage sur le devant de mon débardeur, où je laissai une traînée de sueur grasse. Dessous, j'avais les seins nus, et sensibles comme s'ils avaient été maniés avec brutalité. Je me rappelais à présent : lorsque j'avais témoigné pendant l'audience, Strabane m'avait dévisagée avec insistance. J'avais essayé de ne pas le regarder. J'avais essayé de ne pas regarder Wally Szalla au fond de la salle. Ni Clare, ni mon beau-frère, ni aucun de mes parents. Et surtout, je m'étais efforcée de ne pas regarder l'homme à la combinaison orange, en « détention provisoire » et accusé du meurtre de ma mère. Je m'étais efforcée de me concentrer sur le procureur, qui m'interrogeait, me guidait sur un fil tendu au-dessus d'un abîme… En voyant Strabane, j'étais de nouveau dans la salle d'audience. Un ruisselet de sueur me glissa le long du visage.

Strabane s'éclaircit la voix, mal à l'aise. Il tâchait de sourire, mais de façon peu convaincante. « Je crains d'avoir de mauvaises nouvelles, Nicole. Un message vous attend probablement sur votre répondeur, à Chautauqua Falls. Le bureau du procureur...

– Je suis restée ici, hier soir. Je ne suis pas rentrée chez moi. Je n'ai pas écouté mes messages depuis un moment, lieutenant. »

Je parlais vite pour retarder ce que Strabane avait à me dire.

« J'ai laissé à manger et à boire à mon chat avant de venir ici. Je le fais systématiquement, en fait. Que je passe la nuit ailleurs ou non. » Je me tus, mon cœur battait rapidement, comme si nous étions en train de flirter : mais qui était cet homme ? Et où étions-nous, quel était cet endroit familier comme un rêve souvent rêvé, le genre de rêve que l'on n'arrive pas à se rappeler ? « J'étais si fatiguée, hier. Je n'avais pas l'intention de dormir autant. Je me suis étendue sur mon ancien lit, le lit de mon enfance, ma mère avait transformé ma chambre en chambre d'ami, mais l' "amie" qui y couchait le plus souvent, c'était moi. Lorsque je me suis réveillée, il était si tard qu'il semblait plus pratique de passer la nuit ici. Mais je vais rentrer à Chautauqua Falls ce soir, je pense. J'écouterai mes messages à ce moment-là. Je pourrais d'ailleurs consulter mon répondeur en me servant de mon portable, mais... »

Strabane était penché en avant, les genoux sur les coudes. Son apparence négligée contrastait curieusement avec ses yeux, étonnamment limpides : on avait l'impression qu'en regardant au fond de ces yeux, sombres au point de paraître noirs, on découvrirait un endroit où les choses faisaient sens et où l'on n'avait pas à s'inquiéter.

Strabane disait qu'il y aurait un procès, finalement. C'était presque sûr.

Un procès ! Un instant, je me demandai de quoi il parlait.

« ... Son avocat s'est efforcé de le convaincre, de lui expliquer, mais le type est stupide. Il éviterait la peine de mort en plaidant coupable, en acceptant une peine de perpétuité incompressible, mais non !... Il veut plaider “non coupable” et comparaître devant un tribunal. Je vous le disais bien que la plupart des criminels n'avaient qu'une moitié de cerveau. Surtout un drogué comme Lynch qui n'en avait déjà pas beaucoup au départ. »

Strabane parlait avec véhémence. Le rêve qui miroitait autour de nous passait du net au flou. J'entendais des mots que je ne parvenais apparemment pas à traiter. Un sourire contracta mon visage, comme si on m'avait donné un coup de coude.

(Maman ? N'était-ce pas le moment de sourire ? Lorsque votre invité semble mal à l'aise, qu'il vous a annoncé une mauvaise nouvelle, ne faut-il pas lui assurer que ce n'est pas le cas ?)

D'une voix blanche, je dis : « Je vois. Un procès.

– Ce connard renvoie son avocat ! Cela montre bien à quel point il est stupide. »

Ses narines frémissaient d'indignation. Les revers de sa veste sport firent saillie lorsqu'il se pencha en avant, les poings sur les genoux. Je me demandai vaguement s'il portait une arme. Chez nous, un après-midi de semaine ordinaire ? Dans cette maison où, de mémoire d'Eaton, il ne s'était jamais passé grand-chose ?

« C'est un sale coup pour vous et pour votre sœur, pour toute la famille, que ça traîne comme ça. Vous êtes des gens vraiment bien, pas le genre avec qui un type comme Lynch mériterait de passer cinq minutes. Le problème, c'est que la défense essaie toujours de gagner du temps, c'est son intérêt. Les avocats se disent que les témoins peuvent déménager, mourir, changer d'avis, oublier. Ils se disent que le temps est de leur côté. Parce que le prévenu, lui, n'ira nulle part. Dans les affaires de crime capital, comme la “vie d'un homme” est en jeu, on considère qu'il faut tout faire dans les règles parce que ça passera en cours d'appel si le prévenu est déclaré coupable, ce qui sera sûrement le cas pour Lynch. » Strabane s'interrompit, furieux. Il serrait et desserrait les poings comme un homme impatient de se battre. « Le pire, c'est que Lynch a été suspecté dans une autre affaire, il y a dix ans, “violation de domicile et agression sexuelle”. Mais il n'y avait pas assez de preuves, la police a été obligée de libérer ce salopard, et cette fois-là aussi, une femme avait été blessée, si gravement qu'elle ne se rappelait plus ce qui s'était passé, une femme de soixante ans ! C'est le propre cousin de Lynch à Erie qui a averti la police que Lynch était dans le coup. Il y a ça aussi, Nicole. Si Lynch avait été condamné, emprisonné comme il le méritait, il n'aurait pas été en liberté et en mesure de faire du mal… à quelqu'un d'autre. »

Un tintement dans les oreilles, je n'entendais pas. Tant d'informations à la fois ! Comme les albums de maman, bourrés de photos, de coupures de journaux, de souvenirs d'événements oubliés depuis longtemps : chacun était aussi précieux que l'est chaque moment de notre vie, mais il y en avait trop, on avait le vertige.

« Un an, peut-être.

– Un an… ?

– Avant le procès.

– Je… je vois. »

Ce *je vois* insipide que je ne cessais de répéter ! Nikki Eaton ne parlait pas ainsi.

« Le bureau du procureur devrait vous tenir informée, Nicole. Par chance, je pourrai intervenir. Je m'intéresse particulièrement à cette affaire, vous comprenez. Je pense beaucoup à "Gwendolyn Eaton". Votre mère était quelqu'un de merveilleux, d'exceptionnel, et que lui, cette ordure, lui ait fait ça, ça m'a bouleversé. Je devrais y être habitué depuis le temps. En théorie, c'est le cas. C'est mon métier, je veux dire, ne vous méprenez pas ! Nous n'avons pas beaucoup de crimes de sang à Mount Ephraim. Ça, c'est plutôt à Rochester ou à Buffalo. Je ne suis pas entré dans la police pour le prestige. Comme à la télé, vous savez. Nous, ce serait plutôt la série *Cops*, ce genre de routine. Le plus souvent, on suit la procédure, c'est le train-train. J'enquête sur toutes sortes d'affaires, pas seulement des homicides. On doit avoir un homicide tous les cinq ans ! Mais je déteste être porteur de mauvaises nouvelles. J'aimerais en annoncer de bonnes pour changer ! À des gens comme vous, Nicole, et à votre sœur. Si je me suis inscrit à l'école de police en 1985, après l'armée, c'est à cause de quelque chose qui s'était passé dans la famille de mon oncle. Je ne vais pas entrer dans les détails, mais il s'agissait d'un crime. À Lackawanna. Quelqu'un est mort, qui méritait mieux. Et un enquêteur de là-bas nous a beaucoup aidés. En étant l'homme qu'il était, pas seulement par son travail de policier. C'était un professionnel mais cela allait au-delà de ça. Aider les gens à traverser une période difficile. On ne sait jamais quand on va avoir besoin de ce genre d'aide. C'est une bénédiction quand quelqu'un peut vous l'apporter. Je me suis juré que je serais comme ça. Que j'essaierais, en tout cas. Ça ne marche pas toujours, les gens ne veulent pas toujours de vous. Et les choses tournent mal. Ce n'est la faute de personne, la façon dont fonctionnent les tribunaux. La "justice pénale"... c'est une loterie. Je suis plutôt maladroit, j'imagine. Je vois bien que je vous embarrasse. Je m'embarrasse moi-même. Il vaut mieux que je vous laisse, peut-être. Vous devez avoir envie d'appeler votre sœur. Mais le procès se passera bien. Lynch reste où il est, pas de liberté sous caution pour lui. Après le procès, on l'expédiera à Attica. Dans le couloir de la mort. Je vous le garantis. Je ferai l'impossible. Nous avons les preuves, c'est sans appel. On ne discute pas avec l'ADN. On ne discute pas avec des témoins aussi nombreux. Il sera fait justice à votre mère, Nicole. Je vous le jure ! »

Le sang lui était monté au visage. Ses yeux avaient un éclat surprenant. Je le contemplai, stupéfaite de ce discours. Un tic nerveux faisait palpiter sa paupière gauche.

« Hé ! Je suis désolé, Nicole... madame Eaton. Je me suis laissé emporter. »

Strabane se leva. Il avait l'air d'un homme qui a mis le pied dans une cage d'ascenseur vide et qui est encore en train de tomber.

Je me mis debout en chancelant. Un fugitif instant, j'eus l'impression que Strabane allait me prendre par la main pour m'aider. S'il pensait que je me sentais faible ou que j'avais un vertige.

S'il m'avait touchée, sa main se serait refermée solidement sur la mienne.

Je le savais. La sensation était si forte que j'aurais ensuite l'impression que cela s'était produit.

Il me demanda si j'avais des questions à lui poser. Il n'était pas pressé de partir, mais le moment était manifestement venu. Je voulais qu'il parte et pourtant, en le raccompagnant, je m'entendis demander, comme en passant : « Pourquoi les gens méchants sont-ils "stupides", monsieur Strabane ? Qu'est-ce qui vous le fait penser ? »

Il cligna les yeux. Comme si je lui avais donné un petit coup dans les côtes.

Je savais que j'aurais dû l'appeler lieutenant.

Il répondit, en se mordillant la lèvre : « Parce qu'ils ne savent pas le mal qu'ils font ? Il leur manque la partie du cerveau qui le leur ferait sentir.

– Vous en êtes sûr ?

– Je ne suis pas sûr de grand-chose. Mais c'est ce que j'ai observé, je crois.

– Vous ne croyez pas au "mal", alors.

– Le "bien et le mal" ? Dieu ? » Avec un rire gêné, Strabane passa une main dans ses cheveux hérissés de porc-épic. Je me demandai si, le connaissant mieux, j'oserais le taquiner au sujet de ses cheveux ; ou si je leur trouverais un charme particulier. Je me demandai s'il y avait des femmes qui trouvaient à Strabane un charme particulier.

Il disait : « Hé, je ne sais pas ! Je ne suis pas… "théologique". Ce n'est pas du tout ma façon de raisonner. Moi, je regarde ce qu'il faut faire, et je le fais. J'établis des rapports entre les choses, j'essaie de leur trouver un sens. Si je regarde en arrière, c'est pour aller de l'avant. Pour voir ce qu'il faut faire ensuite. Un type comme Lynch, c'est comme Hitler ou les terroristes qui tuent des innocents, s'ils étaient capables de sentir, comme vous ou moi, le mal qu'ils font aux autres, ils ne le feraient pas. Ils ne commettraient pas leurs crimes. Voilà ce que je crois. »

C'était un discours étonnant de la part de Strabane. Je n'avais aucune envie de discuter avec lui. D'une certaine façon, je souhaitais croire qu'il avait raison.

En sortant, Strabane me tendit gauchement sa carte.

« Appelez quand vous voulez, madame Eaton. De jour comme de nuit. Si vous avez besoin de moi ou… juste pour parler. »

Juste pour parler ! Je ferais semblant de ne pas avoir entendu.

Lorsqu'il s'éloigna, je vis un Post-it rouge vif collé sur le dos de sa veste froissée.

LIEUTENANT ROSS J. STRABANE
SERVICE DE POLICE DE MOUNT EPHRAIM
TÉL : (716) 722 - 4186   POSTE 31
DOM. : (716) ~~817 - 9934~~ *817 - 6649*
PORTABLE (716) 999 - 6871

Strabane devait avoir oublié qu'il m'avait déjà donné sa carte. J'ignorais ce que j'en avais fait. Je me rappelais vaguement qu'elle comportait elle aussi des chiffres barrés, et je me demandai si c'étaient les mêmes ou s'ils avaient changé. Comme Wally Szalla, Ross Strabane avait l'air tourmenté d'un homme entre deux adresses. À la différence de Wally Szalla, Ross Strabane n'avait pas l'air d'un homme que des femmes amoureuses attendent la nuit.

La carte à la main, je ne savais qu'en faire.

« Comme si j'allais jamais vous appeler. »

Je finis par la jeter dans le tiroir de la cuisine où maman accumulait cartes de visite, bons de réduction périmés et vieilles listes de courses en lambeaux. Je savais qu'elle aurait approuvé.

la faute de maman

Pourquoi maman ? pourquoi maman ? pourquoi as-tu fait ça maman ? dis-nous pourquoi maman ? pourquoi ce n'est pas ta faute maman ? parce c'est ta faute ! C'EST TA FAUTE ! à toi et à toi seule maman ! ta faute ! tu l'as fait venir ici ! tu l'as fait entrer dans ta vie ! tu l'as fait entrer dans nos vies ! tu lui as fait confiance ! tu faisais confiance à tout le monde ! c'est ta faute ! comment te pardonner ! pourquoi maman ? pourquoi maman ? nous ne te suffisions pas ? ce qui est arrivé est ta faute ! ce qui t'est arrivé ! ce qui nous est arrivé ! c'est ta faute ! c'est ta faute ! c'est toi, toi ! personne d'autre ! maman, pourquoi ? maman, pourquoi ? pourquoi ? pourquoi maman ? pourquoi maman ? POURQUOI MAMAN ? POURQUOI MAMAN ? POURQUOI ?

Troisième partie

en morceaux

À cette époque, les gens disaient que Nikki Eaton était en morceaux. Moi, j'ai plutôt l'impression que c'est à cette époque que je les ai recollés pour devenir plus forte que je l'avais été.

La première chose que fit Fumée dans son ancienne maison fut de se coucher dans une flaque de soleil, sur le sol de la cuisine, et de se rouler sur le dos en montrant son ventre tacheté de blanc. Sa grosse tête glissait de droite à gauche et une extase ineffable de chat brillait dans ses yeux fauves.

Ensuite, Fumée se remit debout et inspecta le coin de la cuisine, à côté du réfrigérateur, où l'on avait toujours déposé ses gamelles sur des feuilles de journaux soigneusement pliées. Les gamelles n'étaient plus là, mais je les remplacerais bientôt.

Pour finir, Fumée explora la maison avec précaution. Il examina chaque pièce de ses yeux fauves interrogateurs, queue et oreilles dressées, cherchant quelqu'un qui n'était pas là.

peut-être ?

Me réveillant le matin dans mon ancien lit. Dans mon ancienne chambre. Transformée par maman en chambre d'ami. Ouvrant les yeux pour voir, non le patchwork d'affiches de rock stars (bas-ventres bien en vue), le tableau d'affichage en liège désagrégé (photos punaisées, coupures du journal du lycée portant la signature de Nikki Eaton, souvenirs d'excursions, fleurs séchées) ni un tourbillon de vêtements, de papiers, de livres, à travers lesquels il fallait de temps en temps s'ouvrir un chemin, mais, comme dans un rêve où des années ont passé en quelques instants, une chambre d'« adulte » ! M'amenant à cette réalisation *Mon Dieu je dois être adulte.*

Bien que cela ne parût jamais très convaincant.

Fumée dormait avec moi. Fumée se sentait seul, la nuit, et il était moins tyrannique que pendant la journée. Il sautait sur le lit en poussant le grognement qui lui servait de miaulement, s'installait au pied du lit ou, mieux encore, se blottissait contre mon côté gauche ou, avec le grognement qui lui tenait lieu de ronron, sur ma poitrine.

« D'accord, mais tu ne m'étouffes pas, Fumée. Promis ? »

Un chat de dix kilos sur la poitrine, ouille !

Lorsqu'un chat de dix kilos décide de faire sa toilette, de

lécher chaque centimètre de fourrure de sa langue adroite et rêche, de passer ses grosses pattes derrière ses oreilles, et que la procédure peut durer dix longues minutes, ouille !

Mais comme j'étais heureuse de dormir ! Le « conseiller en deuil » que je n'étais allée consulter qu'une seule fois m'avait dit que la dépression prenait de nombreuses formes, et qu'une de ces formes était l'épuisement et un désir de dormirdormir-dormir, ce qui m'avait paru une très bonne idée. Mais comment faisait-on ?

Cela, c'était avant que je me réinstalle au 43, Deer Creek Drive. Avant que je me réinstalle dans mon ancienne chambre. Avant que je téléphone au bureau du procureur pour demander (j'étais calme, j'étais polie, maman aurait été fière de moi) si, en plus d'être assassinée, ma mère Gwendolyn Eaton avait été « agressée sexuellement », et que l'on me réponde que le rapport du médecin légiste ne mentionnait rien de tel. Une nouvelle qui m'avait brusquement rendue heureuse.

Heureuse quand je me réveillais dans mon ancien lit, je veux dire. Heureuse quand Fumée se mettait à émettre une sorte de ronronnement sifflant sur ma poitrine.

Car en se réveillant dans le lit de son enfance, on est dans une bulle délicieuse de non-temps où l'on pourrait avoir quatorze, huit ou, mieux encore, quatre ans. Où l'on peut se permettre de penser *Rien n'est encore arrivé. Et peut-être que rien n'arrivera.*

squatter

« Nikki ! Qu'est-ce que tu as fait ! »

Un matin de juillet, alors qu'installée sur la terrasse avec mon ordinateur portable, je tâchais d'écrire sur une sculptrice de la région un article que j'aurais dû finir des jours plus tôt, j'entendis ma sœur hurler avant même de la voir.

« Comment as-tu pu, Nikki ! Je te laisse seule quelques jours, et tu as remis tous les meubles à leur place, les Post-it ont disparu, tu as même acheté de nouvelles plantes ! »

Clare était entrée sans prévenir. J'ignorais même qu'elle devait venir. J'avais téléphoné une dizaine de fois chez elle et laissé des messages, mais elle n'avait pas rappelé. Et voilà que brusquement elle me hurlait après de l'autre côté de la porte grillagée de la terrasse.

Elle nous avait évités longtemps, la maison et moi. Cela lui ressemblait bien de réapparaître en fulminant des reproches.

Cela lui ressemblait de chercher à me culpabiliser. Mais pas question que je me sente coupable !

« Nous avions laissé mourir les plantes de maman. Personne ne les a arrosées pendant des semaines, je n'ai fait que les remplacer.

– Les "remplacer" ! Tu es folle ! Tu ne peux pas habiter ici ! »

J'étais pieds nus. J'avais une tenue que l'on pourrait qualifier de décontractée. Je n'attendais pas de visite. J'entrai dans la maison, où Clare fonçait de pièce en pièce comme une tornade.

« Tu as défait les cartons, Nikki ? Les affaires que nous avons triées, que j'ai triées, que j'ai passé des heures à étiqueter ? Tu as tout défait ? Tout ce que nous avons fait le mois dernier pour que la maison puisse être vendue, tu l'as *défait* ? Je te déteste. »

J'essayai de calmer Clare en lui touchant l'épaule, et elle repoussa ma main avec dégoût. Je ne l'avais pas vue depuis plusieurs semaines, et fus choquée par ses yeux bouffis, son air vieilli. Elle avait un collier de chair flasque sous le menton, et ses cheveux permanentés paraissaient mous dans la chaleur moite de ce mois de juillet. Je devais admettre que je n'avais pas parlé à Clare de mes faits et gestes ; puisqu'elle nous avait abandonnés, la maison et moi, j'avais le sentiment que cela ne la regardait plus.

Je ne lui avais pas non plus parlé de la visite de Strabane. De mon coup de téléphone au bureau du procureur.

Je disais avec feu : « Ce n'est pas vrai, Clare. Je n'ai pas remis tous les meubles à leur place, et je n'ai pas défait tous les cartons. J'en ai transporté certains à l'église de maman, pour leur magasin de bienfaisance. Je me suis débarrassée de beaucoup de choses, la plupart des vêtements de papa et les vieux fauteuils en rotin. Si tu avais mieux regardé au lieu de te mettre à hurler… »

Clare était furieuse pour de bon, à présent. Je reculai, m'attendant à une gifle.

« L'église de maman ? Cette église-là ? Cette église de charlatans et ce charlatan de révérend ? Je t'avais dit qu'on les donnerait à l'association Good Will, Nikki ! Je te l'avais dit !

– Mais tu n'étais pas là, Clare. Tu…

– Il faut que nous vendions cette maison, Nikki. Tu le sais, alors pourquoi te conduis-tu comme ça ? C'est une maison vide, personne n'y habite, *il faut que nous la vendions.*

– Moi, j'y habite, et Fumée aussi. »

On aurait dit que j'avais jeté une allumette enflammée dans un nid de frelons.

« Tu *habites ici* ? Tu t'es *installée ici* ?

– Pas vraiment. C'est temporaire. Le temps que…

– Non ! Tu n'en as pas le droit ! Cette maison nous appartient à toutes les deux, Nikki ! Tu squattes ! Tu es une squatteuse, tu es folle et tu vas me rendre folle ! »

Clare se rua hors de la maison. Il fallait vraiment qu'elle fût bouleversée : se ruer dehors où n'importe quel voisin pouvait nous voir et nous entendre nous quereller ! Elle avait le visage empourpré, elle était devenue un professeur furieux contesté par une classe entière d'élèves chahuteurs. Lorsqu'elle fit tomber ses clés de voiture dans l'herbe, nous nous penchâmes toutes les deux pour les ramasser, et lorsque je les lui tendis, elle me les arracha des doigts et me repoussa du plat de la main.

« Va-t'en ! Pars d'ici ! Retourne à Chautauqua Falls ! Tu as ta vie, Nikki, garde-la. »

messages

Le téléphone se mit à sonner souvent. On aurait dit que Gwen Eaton habitait toujours la maison. Tantôt je répondais, tantôt non. Les messages s'accumulaient.

Mount Ephraim était une si petite ville que tout le monde connaissait tout le monde, et l'on avait vite su que Nikki Eaton était revenue habiter la maison familiale. Des parents appelaient, quelques amis appelaient, ainsi que Wally Szalla et mon beau-frère Rob Chisholm.

Wally Szalla. Je voulais le voir, bien entendu : j'étais amoureuse de Wally.

Je me disais *C'est l'homme que j'espère épouser. C'est l'homme que je compte épouser.*

Quelques heures après la visite de Clare, Rob Chisholm téléphona.

Je ne lui parlai pas mais j'écoutai plusieurs fois son message avant de l'effacer.

« Nikki ? Si tu es là, tu veux bien décrocher ? » Pause. Un bruit de respiration rauque. « Bon. Clare est dans tous ses états. Nous pensions que tu allais débarrasser la maison… Je suis contrarié, moi aussi. Nous pensions que c'était décidé… concernant la vente. Mais Clare me dit que tu y as emménagé ? Que tu as ramené le chat de ta mère ? » Pause. Le mot *chat* avait été prononcé d'un ton légèrement incrédule. Le bruit de respiration était plus fort. Un certain énervement était perceptible dans la voix de mon beau-frère, j'avais un aperçu de la façon dont Rob Chisholm parlait à ses subordonnés chez Coldwell Electronics, Inc., et cela n'avait rien à voir avec le ton affable et flirteur qu'il prenait habituellement avec sa belle-sœur sexy/branchée quand sa femme n'était pas dans les parages. « Clare est bouleversée, alors il se peut qu'elle exagère. Tu veux bien me rappeler, Nikki ? Pour qu'on mette tout ça au clair. Il faut absolument que nous parlions. »

Je répondis à son message lorsque je fus sûre que personne ne décrocherait chez les Chisholm. J'expliquai avec précaution que je n'avais pas *emménagé* dans la maison, que j'y *séjournais* seulement de façon temporaire. Cela mis à part, ma vie ne regardait que moi.

le rendez-vous

« Mais… tu habites ici maintenant, Nikki ? »

Wally Szalla avait un sourire incertain. Il allait de pièce en pièce à la façon prudente et étrangement guindée d'un homme qui s'aventure sur une glace mince en s'attendant à l'entendre craquer sous son poids.

Je ris. Je l'embrassai sur les lèvres.

Avec un temps de retard, Wally rit lui aussi, fit mine de m'embrasser. Mais le moment était passé.

« Je t'ai dit que non, Wally. Évidemment que je n'habite pas ici. Mais Fumée se sentait à l'étroit dans mon appartement, et moi aussi. Et cette maison-ci est vide. Et puis il y a tant à faire – trier les affaires de mes parents, vider la maison pour la vendre – que cela paraissait une perte de temps de faire aussi souvent l'aller-retour. En plus, c'est l'été, je peux travailler sur la terrasse. Mon rédacteur du *Beacon* ne voit pas d'inconvénient à ce que je n'aille au bureau qu'une ou deux fois par semaine, étant donné que nous communiquons par e-mail et par fax de toute manière. »

Wally hochait la tête avec gravité. Comme je l'avais souvent vu faire lorsqu'il téléphonait à sa femme ou à l'un ou l'autre de ses enfants. Un individu rationnel tâchant de comprendre l'irrationalité d'un autre. Un homme raisonnable tâchant de se résigner aux désirs irrationnels d'un autre. « Et je peux venir te voir, Wally, chaque fois que tu le souhaites. J'irai souvent à Chautauqua Falls. Ce ne sera pas toujours à toi de te déplacer. »

Lorsque Wally m'embrassa, ce fut avec une ardeur qu'il n'avait pas montrée depuis longtemps. Maintenant que je n'habitais plus à dix minutes de sa garçonnière ou à vingt minutes de WCHF AM-FM. Maintenant qu'il ne pouvait tenir pour totalement acquis que je l'attende en me morfondant après « Night Train ».

C'était une soirée chaude de juillet. Je faisais visiter la maison à Wally, qui ne l'avait encore jamais vue. Je veillais à dire la « maison familiale » – et non la « maison de maman » –, bien que Wally sût que Clare et moi en étions maintenant copropriétaires. Du vivant de maman, il n'y avait jamais été invité. Je me demandais s'il s'était demandé pourquoi.

Devant nous, Fumée battait furtivement en retraite. Ses yeux fauves étincelaient, ses griffes cliquetaient sur le parquet. Comme d'habitude, Wally essayait de l'amadouer en dépit de son allergie et, comme d'habitude, Fumée le snobait. « Fumée est timide, Wally. Il va lui falloir du temps pour s'habituer à quelqu'un de nouveau.

– Je commence à m'en rendre compte ! » dit Wally.

Corpulent et enclin à transpirer, Wally se tamponnait le visage avec un mouchoir humide. La maison avait l'air conditionné, mais je ne m'étais pas décidée à brancher l'appareil, bien qu'il fît plus de 25°. Comme maman, je détestais la climatisation. C'étaient papa et Clare qui y tenaient.

Bravement, Wally se creusait le cerveau pour trouver quelque chose à dire sur la maison banlieusarde totalement ordinaire des Eaton. Elle était « accueillante », « confortable » ; le plain-pied était une « grande idée d'architecture ». Personne dans la famille Szalla, devait-on supposer, n'avait jamais vécu dans ce genre de maison ni dans ce genre de quartier, même les Szalla relativement peu vernis. Wally fut particulièrement élogieux à l'égard des créations de maman – décorations murales en macramé, pots de fleurs, vases en céramique, quilts et coussins de tapisserie – que je lui montrai dans quasiment toutes les pièces. De ses gardénias artificiels, il dit qu'ils avaient l'air « si vrais qu'on sentait presque leur parfum ».

Ces objets étaient réellement beaux, en fait. J'étais heureuse que Wally Szalla les admire, même si ce n'était qu'en passant. Même si ce n'était qu'en ma présence.

Et cela, seulement parce que j'étais sa maîtresse. Parce que je l'avais fait venir dans ma maison de Mount Ephraim, appelée dans le quartier *la maison où la dame a été assassinée.*

(Je n'exagérais pas. Je n'inventais pas. Ces mots exacts, prononcés d'une voix songeuse d'enfant, m'avaient été apportés par le vent, un jour où une jeune mère passait devant la maison avec une poussette, accompagnée par un enfant plus âgé. *Chut !* avait aussitôt dit la jeune mère.)

Chaque fois que Wally me parlait de maman, ses yeux s'embuaient. Sa voix s'adoucissait. C'était une variante de sa voix de radio, le ton qu'il prenait pour parler des « grands musiciens de jazz défunts » qu'il révérait, mais c'était un ton sincère qui ne manquait jamais de m'émouvoir. La compassion de Wally semblait me pousser à sourire, ou même à rire, pour lui assurer que j'allais bien et qu'il était inutile de me traiter comme une convalescente. (C'était la façon dont la plupart des gens me traitaient. Quand ils ne m'évitaient pas carrément.)

« Ton père s'intéressait à l'histoire des États-Unis, apparemment ? »

Wally examinait avec enthousiasme les livres (à présent époussetés, bien rangés) sur les étagères du bureau de papa. Clare avait voulu s'en débarrasser en les vendant à une librairie de livres d'occasion, mais j'avais tenu bon. Je comptais vaguement en lire certains, un jour, et je me disais que Lilja ou Foster pourraient en avoir besoin pour l'un ou l'autre de leurs devoirs scolaires. Ils provenaient du Club du livre d'histoire dont papa avait été membre pendant vingt-cinq ans, et certaines « éditions spéciales » avaient des reliures de cuir brun roux, ornées de lettres dorées, qui en imposaient sur les étagères. Avec une ardeur enfantine, Wally lut les titres à voix haute : « … *A Soldier at Gettysburg* ; *I Fought with Geronimo* ; *Fifty Years on the Old Frontier* ; *The Great Adventure* : *The Lewis and Clark Expedition* ; *Custer's Luck* ; *Wigwam and Warpath.*[1] Ton père devait être un historien amateur, Nikki.

– Eh bien, oui, c'est ce qu'il disait quelquefois.

– J'aurais aimé le connaître ! L'expédition de Lewis et Clark m'a toujours passionné. Quand j'étais gosse, je voulais aller faire de la randonnée dans le parc Yellowstone et descendre le Missouri en pirogue. Ton père et moi aurions eu bien des sujets de conversation. »

Wally feuilletait l'un des volumes en imitation cuir, examinait de vieilles photos et des cartes obsolètes. Je ne pouvais pas lui dire que Jonathan Eaton aurait été profondément écœuré de savoir que j'avais une liaison avec lui : un homme marié et un adultère ! Papa vivant, Wally Szalla n'aurait jamais mis les pieds à la maison.

Mon père aurait effectivement aimé être historien. Il l'avait souvent dit. Étudiant à l'université d'État de Binghamton, il avait dû, pour des raisons pratiques, prendre la décision de se spécialiser en gestion comme la plupart des Eaton, et il déclarait l'avoir toujours regretté. Au fil des ans, raconté et re-raconté, ce récit avait acquis une dimension mythique, et maman y jouait un rôle. « Un homme doit avoir un revenu décent pour entretenir sa femme et sa famille. J'ai toujours fait face à mes responsabilités. » Il disait cela avec une note de reproche dans la voix, comme si la décision lui avait été imposée par maman mais, si

1. Un soldat à Gettysburg ; J'ai combattu avec Geronimo ; Cinquante ans sur la Frontière ; La Grande Aventure : l'expédition de Lewis et Clark ; La chance de Custer ; Wigwam et sentier de la guerre (*NdT*).

l'on réfléchissait aux dates, on s'apercevait que Jonathan Eaton s'était inscrit en gestion bien avant d'avoir rencontré Gwen Kovach, qui avait des années de moins que lui.

En cas de doute, accuse maman. Sans doute était-ce plus simple.

Presque tous les soirs, papa regardait la télé après le dîner. Il avait parfois un livre d'histoire sur les genoux afin de le lire pendant les pauses publicitaires après avoir coupé le son. Dès 21 heures, il s'assoupissait et devant la télé et sur son livre, quoiqu'il prétendît ne pas s'endormir parce que ses yeux restaient « toujours ouverts ». Nous savions ne pas le taquiner, même quand il ronflait. Nous savions ne pas lui poser de questions trop précises sur ses lectures. Dans la famille, Jon Eaton était l'autorité en matière d'histoire et de politique, et sa parole n'était jamais contestée. « Cet homme est une encyclopédie ambulante ! » L'admiration des femmes de la famille était sans borne.

Pourtant, lorsque l'éminent historien James McPherson, spécialiste de la guerre de Sécession, vint à l'université de Rochester où j'étais étudiante, et que j'invitai papa à assister à sa conférence, puis à un symposium, il me rembarra avec impatience. Il n'avait pas de « temps à perdre », dit-il. Contrairement aux gens qui « gaspillaient leur temps » sur les campus universitaires, il devait « gagner sa vie ».

Et voilà que Wally imaginait que des goûts communs auraient pu le rapprocher de mon père. Je n'eus pas le cœur de le contredire.

« Je peux emprunter celui-ci, Nikki ? »

C'était un gros livre en faux cuir, que je soupçonnais fort mon père de n'avoir jamais lu. Les pages dorées sur tranche avaient l'air intactes. *The Way Westward : American Pioneer Adventures*[1]. Je répondis à Wally qu'il pouvait même le garder : « Cela ferait tellement plaisir à papa. »

1. La marche vers l'ouest : l'aventure des pionniers américains (*NdT*).

Le protocole de la nuit passée chez un amant.

Faut-il apporter ses affaires de toilette ? De quoi se changer ?

Depuis que nous étions devenus amants, trois étés auparavant (si longtemps ! Mais notre relation était si peu définie que cela semblait faire beaucoup moins), Wally laissait quelques affaires dans mon appartement de Chautauqua Falls. D'abord seulement des objets de toilette – brosse à dents, rasoir, déodorant. (Un déodorant pour hommes extra-performant.) Puis des vêtements – boxer-shorts, tee-shirts, chaussettes. Quelques chemises, des pantalons. (Pas de pyjama : Wally dormait nu.) Avec un petit sourire censé indiquer de la timidité, bien que Wally fût tout sauf timide, il disait : « Nikki, tu as de la place dans ton armoire pour… ? » Lorsque d'autres hommes avaient formulé ce genre de requête par le passé, je m'étais montrée nerveuse et méfiante, mais avec Wally ma réponse était immédiate : « Installe-toi, Wally. Ce n'est pas la place qui manque. »

Il y avait si peu de place dans mon appartement que c'était forcément une plaisanterie. Non ?

Wally avait un rire gêné. « J'aimerais bien, ma chérie. »

Je savais prendre un ton léger. J'étais peut-être devenue une *maîtresse,* mais je ne comptais pas en jouer le rôle.

La procédure de divorce des Szalla était au point mort, au dire de Wally. Isabel s'était débarrassée de son avocat pour en prendre un autre, un avocat de Rochester « très agressif » qui « surclassait nettement » celui de Wally, un ami à lui. J'écoutais ce que Wally voulait bien me dire, mais je ne posais pas de questions. Je le savais assez malheureux comme cela.

À présent, cependant, je passais l'essentiel de mon temps à Mount Ephraim et non à Chautauqua Falls. Cela s'était fait du jour au lendemain, on ne sait comment. Je n'avais pas discuté de ce changement avec Wally, ni avec personne d'autre. Et Wally semblait soudain moins sûr de moi. Lorsqu'il m'appelait sur mon portable, sa première question était : « Où es-tu, Nikki ? » La deuxième : « Quand vais-je te voir ? »

Wally n'était pas possessif. Il était impossible de l'imaginer jaloux. Mais maintenant que j'étais moins accessible, il était impatient de me voir. Je ne pouvais pas ne pas me rappeler que, avant la mort de ma mère, des jours et même des semaines s'écoulaient sans que nous nous voyions ni que nous nous parlions au téléphone. J'attendais son appel, contrariée et anxieuse, et devais dissimuler mon soulagement quand il téléphonait enfin : « J'ai eu une vie de fou, Nikki, tu m'as terriblement manqué. Je peux te voir ce soir ? »

Ma fierté fondait comme des glaçons dans l'évier.

Oui ! Oh oui.

Wally passait la nuit chez moi quand il le pouvait. Parfois deux fois par semaine, parfois plus. S'il partait en voyage d'affaires, il arrivait que je ne le voie pas de toute une semaine. S'il y avait des « complications » familiales, il arrivait que je ne le voie pas de toute une semaine. Il était rare que je passe la nuit chez lui. Son pseudo « appartement de luxe » n'était pas très confortable. Je redoutais que l'un de ses enfants ne débarque sans avertissement. À la façon d'enfants beaucoup plus jeunes, ils laissaient traîner vêtements et objets dans toutes les pièces. Troy laissait derrière lui des croûtes de pizza, des boîtes de bière, des chaussettes puantes, des serviettes sales et trempées sur le sol de la salle de bains que, en invitée concernée, je me sentais obligée de ramasser et d'étendre. Si j'avais la bêtise de rester assez longtemps, je finissais par faire d'énormes lessives.

Wally disposait évidemment d'un service de nettoyage et de linge. Mais les solides jeunes femmes russes chargées du ménage ne passaient qu'une fois par semaine, ce qui laissait le temps à l'appartement de se transformer en porcherie.

« J'adore mes gosses, et ils le savent, soupirait Wally. "Papa Paillasson", ce serait parfait sur mon tee-shirt. » Il fallait connaître Wally pour comprendre que ce n'était pas une plainte mais un titre de gloire.

Un jour de juin, j'étais tombée par hasard sur Wally et sur

deux de ses enfants dans le centre commercial prétentieux de la vallée du Chautauqua. En sortant d'un magasin, j'eus la surprise de voir mon amant Wally Szalla en compagnie de son fils Troy, âgé maintenant de dix-neuf ans mais toujours aussi renfrogné, et d'une jeune femme qui devait être sa sœur Katy, âgée de vingt-deux ans et également renfrognée. Un quadragénaire parlant sérieusement à ses grands enfants, d'un ton un peu implorant semblait-il, avec ce sourire tendre et blessé qu'il avait parfois avec moi. Il était évident que tous les trois étaient apparentés, la ressemblance sautait aux yeux. En dépit de son charme, Wally semblait pourtant incapable de charmer ces deux-là, qui semblaient n'avoir qu'indifférence pour lui.

Je n'avais pas revu Troy depuis près de trois ans. Il avait grandi, avait le torse plus épais, le visage plus grossier. Le cheveu ras, il portait un tee-shirt Hard Rock Café crasseux, un short tout aussi crasseux, des baskets sans chaussettes. Katy, que je n'avais jamais vue, ressemblait davantage à son père, baraquée et corpulente, mais avec des tresses africaines sophistiquées qui virevoltaient autour de sa tête et de ses épaules comme de minces serpents, et une bouche irritable. Une bouche d'où j'entendis sortir cette réplique, prononcée d'une voix traînante : « Oh, je t'en prie, papa, sois réaliste ! »

Je décidai de passer à côté de Wally Szalla en lançant un « Salut, Wally ! » désinvolte. Un signe de la main, un sourire amical et gai, et je m'éclipsai.

J'eus le temps de voir les yeux étonnés et coupables de Wally. Et le regard arrogant de mâle de Troy descendre vers mon arrière-train, mes jambes, mes pieds, puis remonter.

Je craignis ensuite que Troy ne m'eût reconnue. La journaliste sexy du *Beacon* à la coiffure punk qui avait interviewé son père un après-midi d'août, trois étés plus tôt. Mais lorsque j'en parlai à Wally, il se contenta de rire.

« Ne t'en fais pas, Nikki ! Un gosse de l'âge de Troy ne se rappelle rien ni personne. »

Ne t'en fais pas, tu ne rencontreras jamais Troy. Tu ne rencontreras jamais Katy.

Ni le fils aîné, Andrew. Tu ne feras jamais partie de ma vie personnelle, seulement de ma vie sexuelle.

« Nikki. Dieu ! que tu m'as manqué... »

Wally prit mon visage entre ses mains et m'embrassa. J'essayai de lui rendre son baiser. J'essayai de lever les bras, de les nouer autour de son cou, mais j'avais les bras lourds.

Avec douceur, Wally m'attira sur le lit. Nous étions dans mon ancienne chambre – ma chambre de « jeune fille », comme disait Wally. Depuis que j'avais quitté la maison, c'était censé être une chambre d'ami, mais les meubles – bois d'érable, style colonial américain –, les affiches de fleurs Georgia O'Keefe sur les murs, étaient indiscutablement les miens. Je dormais dans ce lit mieux que je n'avais dormi à Chautauqua Falls, et Wally m'avait manqué, j'avais désiré sa présence, je le désirais en cet instant, à ceci près que je redoutais d'entendre des bruits de pas dans le couloir et la voix furieuse de mon père *Ni-kki ! Il y a quelqu'un avec toi dans cette chambre ?*

Tant que j'avais habité chez mes parents, jusqu'à l'âge de dix-huit ans, les seuls visiteurs admis dans ma chambre avaient été de sexe féminin. Que des garçons m'y « rendent visite » à quelque heure que ce fût était hors de question.

Bien après que j'eus cessé d'être vierge. Bien après que papa eut su que j'avais des « relations sexuelles » (des mots qu'il prononçait comme si c'était le nom d'une maladie répugnante).

Quand Wally m'embrassa, sa bouche me fit l'effet d'une bouche inconnue. Son haleine chaude, ses mains chaudes, à la fois impatientes et hésitantes. J'avais envie de le repousser, d'éclater de rire. J'avais envie d'enfouir mon visage dans son cou, de me presser contre lui et de pleurer.

Pauvre cher Wally ! Il ne me voulait pas de mal. Il m'aimait, et il aimait sa famille. Il m'avait manqué ici à Deer Creek Acres, dans mon lit de jeune fille. Nous n'avions pas fait l'amour depuis… combien de temps ? Une semaine ? J'avais été longue à me décider sur une date, et Wally avait dû changer son programme pour enregistrer « Night Train » au lieu de diffuser l'émission en direct. Il aurait préféré passer cette soirée dans l'une de nos auberges romantiques des bords du Chautauqua. (« L'air conditionné est le meilleur des aphrodisiaques ».) Mais j'avais tenu à ce qu'il vienne chez moi. J'avais projeté de faire la cuisine, de dîner aux bougies sur la terrasse. Mais, je ne sais pourquoi, je n'avais pas fait de courses. Le temps m'avait manqué. La veille, j'avais tenté de cuire du pain en suivant une des recettes prétendument faciles que maman s'était efforcée de m'apprendre, celle du « Pain miracle » (farine de soja, germes de blé, lait écrémé) mais la pâte n'avait pas levé, un poids mort décevant dans le plat, lourd comme une pierre. J'avais eu l'intention d'impressionner mon amant avec ce pain maison. Y penser me fit sourire, puis éclater de rire.

« Nikki. Tout va bien ? »

Wally m'agrippait les épaules. Il avait le visage plissé d'inquiétude. (Peut-être est-ce que je ne riais pas ?)

« Tu es épuisée nerveusement, ma chérie. Ma présence ici te met mal à l'aise. Je comprends, tu sais.

– Mais non ! protestai-je. J'ai envie que tu sois ici, j'ai même changé les draps. J'ai passé l'aspirateur jusqu'à ce que le sac à poussière éclate et que je sois obligée d'arrêter parce que je n'en avais pas de rechange. J'ai même essayé de faire du pain pour toi, hier… un "pain miracle". Mais le miracle n'a pas eu lieu. » Et cette fois je blottis mon visage brûlant contre le cou de Wally, prise d'une crise de fou rire.

« Je me disais que ça sentait le pain chaud…

– Le plomb chaud, plutôt. »

Wally caressa ma nuque, mes épaules contractées. Il me berça avec douceur. « Cela ne me semblait pas une très bonne idée, Nikki. Que tu t'installes chez ta mère, comme ça, et que tu m'invites ici, ce soir. Au téléphone, tu avais l'air… trop "optimiste". Et j'ai entendu parler du procès. Je sais qu'il va avoir lieu, je veux dire. Sale coup ! »

Je me reculai pour le regarder. Mon visage me cuisait comme s'il m'avait giflée.

« Mais… qui te l'a dit ? »

Wally haussa les épaules. La question était idiote. Il était Wally Szalla, faisait partie d'un réseau d'individus, essentiellement de sexe masculin, qui avaient pour métier de « savoir ».

Szalla. Dans la vallée du Chautauqua, le nom seul était auréolé de prestige. Dans mon désir de devenir Mme Wally Szalla, peut-être entrait-il le désir enfantin d'acquérir un peu de ce prestige.

Mais j'aimais véritablement Wally. Cet homme bon/sexy. Si insaisissable, même lorsqu'il était avec moi. Comme l'animateur à la voix rocailleuse de « Night Train » qui semblait si solitaire qu'on avait envie de le bercer dans ses bras.

Pourtant, depuis que je lui avais ouvert la porte, il y avait une tension entre nous. Une atmosphère électrique comme avant un orage. J'avais voulu penser que c'était sexuel, purement érotique : nous ne nous étions pas touchés depuis si longtemps.

Il semblait toutefois que cette tension provenait de la maison même.

« Je veux te voir ici, Wally ! Je ne pense pas au procès ni… à quoi que ce soit. Je pense à toi. Je veux que tu passes la nuit ici, tu m'as manqué. Je… » Je voulais dire *Je t'aime*, mais les mots me restèrent dans la gorge.

« Tu es sûre, Nikki ? Ce soir ?

– Oui ! »

Nous essayâmes de nouveau. De l'autre côté de la fenêtre grillagée, une stridulation d'insectes nocturnes, une toile vibrante de sons. Copulation, accouplements frénétiques. La pulsation d'une musique rock, quelque part dans le quartier. Je fermai les yeux en pensant *Optimiste : je vais t'en donner de l'optimisme.* En pensant *Embrasser ! il faut embrasser !* alors même que l'étrangeté de l'acte me frappait pour la première fois : quelle coutume bizarre ! Était-ce naturel ou acquis ? Un rituel ? J'avais dû apprendre à *embrasser* par la télé et les films. Je n'avais certainement jamais vu personne *embrasser* langue en bouche à Deer Creek Acres.

Wally transpirait, plus massif que dans mon souvenir. En le serrant dans mes bras, je me rappelai l'une des dernières fois où j'avais enlacé maman : les petits coussinets de chair à sa taille et dans le haut de son dos, le ramollissement alarmant de son corps naguère ferme. Mais maman était une femme menue, comparée à Wally Szalla qui faisait le double de sa taille.

Il se débattait avec ma chemise. (Pourquoi ne m'étais-je pas rasée sous les bras lorsque j'avais pris ma douche, ce jour-là ? Mes jambes étaient si mal rasées que le motif des minuscules poils bruns en volute évoquait un Braille d'avant-garde.) Mes doigts s'activaient à déboutonner la chemise de Wally. (Pourquoi s'entêtait-il à mettre des chemises de coton blanc à manches longues, y compris pendant l'été chaud et humide qui sévissait dans cette partie de l'État ? Pourquoi ne portait-il jamais des vêtements sport confortables, des shorts par exemple ? Et quel est le protocole à respecter pour ôter sa chemise à un homme, est-on également censée défaire ces petits boutons de manchette ridicules ? Mystère !) En l'embrassant, je revis l'espace d'un éclair une scène qui s'était déroulée des années plus tôt, pas dans cette chambre mais dans la pièce télévision, au bout du couloir : pensant mon père et ma mère occupés à bavarder avec des voisins dans le jardin, mon petit ami de lycée Dick Gurski et moi flirtions subrepticement en faisant mine de regarder un documentaire sur la guerre de Sécession, et au moment où Dick fourrait sa main maladroite sous ma chemise pour empoigner un sein recouvert de coton blanc, et fourrait sa langue maladroite dans ma bouche, nous avions entendu des pas précipités dans le couloir, et la voix indignée de mon père avait retenti sur le seuil : *Par-don ? Je vous dérange ?*

Je ris de nouveau. Je grelottais, et je riais.

« Nikki, fit Wally d'un ton blessé. Tu ne veux pas vraiment de moi dans cette maison.

– Mais je…

– Pas ici. Pas maintenant. »

Avec autant de dignité qu'il le put, le visage empourpré, respirant par la bouche comme un chien essoufflé, Wally s'extirpa de notre étreinte. Il enfonça ses bras dans les manches dont il venait juste de se dépêtrer et entreprit de boutonner sa chemise, mais il le fit de travers, si bien que, essuyant mes larmes, je dus l'arrêter et corriger l'erreur. Nous ne nous étions pas encore attaqués à son pantalon, nous n'avions fait que déboucler sa ceinture de chanvre, qui, tombée par terre, s'enroula autour des pieds de Wally comme un serpent espiègle.

C'était si drôle ! La honte et les regrets me viendraient plus tard.

Dans le cas de mon petit ami Dick Gurski, avec qui j'avais rompu peu après cette scène terrible, la honte et le regret avaient été immédiats, le rire beaucoup plus tardif.

« Wally ! Je suis désolée. »

Je me demandai s'il était trop tard pour proposer d'aller dîner dehors, en fin de compte. Dans l'une de nos auberges romantiques des bords du Chautauqua ? Étant donné l'humeur de Wally, sa mine renfrognée, je me dis que oui.

Je le suivis dans le couloir, en m'accrochant à son bras. Il était trop gentleman pour me repousser comme je savais qu'il aurait aimé le faire. Devant nous, une forme grise détala, disparut dans l'ombre. J'entendis mon amant marmonner : « Ce satané chat, je lui tordrais bien le cou. »

Ainsi notre rendez-vous amoureux au 43, Deer Creek Drive prit-il fin beaucoup plus tôt que nous ne l'avions prévu : il n'était pas 22 heures.

Il m'appellerait le lendemain matin, dit-il.

Il avait apporté deux bouteilles de notre chianti préféré et, lorsqu'il partit, je lui demandai de bien vouloir emporter la bouteille encore intacte : mieux valait qu'il ne me la laisse pas ce soir-là.

Je l'avais rattrapé sur le trottoir, devant sa grosse Buick couleur bronze terni. On se demandait pourquoi un homme ayant la fortune de Wally Szalla avait une voiture pareille.

À moins qu'il ne fût pas aussi fortuné que cela. Certains signes le laissaient penser.

Maintenant que nous étions hors de la maison et qu'il avait été décidé qu'aucun homme ne coucherait dans mon « lit de jeune fille » ce soir-là, nous étions un peu plus calmes. Wally disait qu'il avait eu une journée longue, compliquée et éprouvante, et je disais que, puisque je devais faire un saut au *Beacon* au début de la semaine suivante, je pourrais peut-être le voir à Chautauqua Falls à ce moment-là ?

« Ça me paraît bien, Nikki. Oui. »

Nous nous embrassâmes. Nous étions somnolents, étrangement épuisés. Comme après des rapports amoureux énergiques.

Le lotissement de Deer Creek Acres n'avait pas d'éclairage public. Les nuits sans lune, il y faisait terriblement sombre. Les pelouses qui, le jour, étaient des carrés d'un vert vif, soigneusement tondus, ressemblaient à des puits de goudron. Seules les maisons étaient éclairées, et certaines se trouvaient en retrait de la route, masquées par des arbres et des arbustes touffus. Les voitures étaient rares. Lorsque Wally alluma ses feux, deux faisceaux de lumière bondirent sur le trottoir obscur.

La maison où la dame a été assassinée était aussi la maison où Gwen Eaton avait vécu, où sa famille avait vécu avec elle, et les souvenirs que nous avions de cette maison étaient des souvenirs heureux qui ne méritaient pas d'être oblitérés. Cette maison était la mienne, à présent, et je n'avais pas plus envie de la fuir que de fuir ma mère. Je voulais expliquer cela à Wally Szalla parce qu'il était mon amant mais, plus encore, je voulais qu'il comprenne sans que j'aie besoin de le lui expliquer.

De même que je voulais qu'il sache que je l'aimais sans avoir besoin de le lui expliquer.

Nous nous embrassâmes une dernière fois, par la portière de la voiture. Nos bouches avaient un goût de vin. Je suivis la voiture de Wally du regard. Des lumières rouges clignotantes disparaissant de Deer Creek Acres. J'avais levé le bras pour lui faire signe, bien qu'il ne puisse pas me voir. Dieu que j'allais me sentir seule !

Je sentis un petit coup contre mes chevilles, Fumée poussait sa grosse tête contre mes jambes. Il poussa un miaulement irrité. *Rentre ! Qu'est-ce que tu fais là ! Je suis là, moi !*

5 août 2004

Chère madame,

J'ai repensé à notre conversation et voulais vous dire combien je regrette de vous être apparu comme « porteur de mauvaises nouvelles ». Je sais que c'est mon travail et que c'est ce qu'on attend d'un enquêteur dans une affaire d'homicide, mais ça ne rend pas mon travail plus facile d'apporter de mauvaises nouvelles à des gens qui en ont déjà eu trop comme cela et qui n'en méritent pas davantage.

Je vous joins ma carte au cas où vous auriez perdu l'autre. N'oubliez pas que vous pouvez m'appeler n'importe quand, de jour comme de nuit, à ces numéros. (Le numéro de mon « domicile » a changé. Celui du portable est le même.)

Mes sincères salutations

Lieutenant Ross Strabane

Lieutenant Ross Strabane, police de Mount Ephraim

13 août 2004

Chère madame,

Sur la carte que je vous ai envoyée la semaine dernière, j'ai oublié de noter mon adresse personnelle. C'est maintenant une adresse permanente : 3817, North Fork Road, Mount Ephraim.

Numéros de tél. et de portable inchangés.

Je comprends (je crois) pourquoi vous êtes revenue habiter dans votre ancienne maison. C'est quelque chose que je pourrais faire, moi aussi. Dans ce genre de circonstances, je veux dire.

La police patrouille maintenant dans Deer Creek Drive, vous l'avez sans doute remarqué. Vous devriez tout de même fermer à clé portes et fenêtres, surtout la nuit, mais il est préférable de le faire aussi pendant la journée, même dans ce quartier. Ayez aussi votre portable à portée de la main, chez vous et en voiture. Il est peu probable qu'il arrive quoi que ce soit, mais « on ne sait jamais ».

N'oubliez pas que je suis votre ami, vous pouvez m'appeler de jour comme de nuit. J'insiste sur le fait que c'est purement « professionnel ». Les enquêteurs ont des affaires qui leur tiennent particulièrement à cœur, et c'est le cas de celle-ci pour moi. J'aimerais pouvoir vous aider, vous et votre famille, autrement qu'en vous promettant que « justice sera faite » très bientôt.

Sincères salutations,

Lieutenant Ross Strabane

Lieutenant Ross Strabane, police de Mount Ephraim

urgence !

Je tombai et me cognai la tête contre le trottoir. Mes pieds glissèrent et mes jambes s'empêtrèrent dans les pédales. Cela se passa si vite que je n'eus pas le temps de prendre mon inspiration pour hurler. Ma jambe droite coincée dans la pédale tournoyante, je parcourus encore quelques mètres le long de la chaussée avant de basculer et de m'écrouler comme une masse, non seulement mon front saignait mais mon genou droit passait à travers la déchirure de mon jean et la peau de ce genou pendait en lambeaux, et le choc fut trop violent d'abord pour que je crie, j'avais la respiration coupée et il s'écoula plusieurs secondes avant que je puisse appeler *Maman ! Maman ! Maman ! Maman !*

J'aurais pu me tuer. J'aurais pu me fendre le crâne. Tomber sous les roues d'une voiture. J'aurais pu mourir là devant notre maison de Deer Creek Drive cet après-midi d'août 1984, à l'âge de onze ans.

Si maman n'avait pas été à la maison. Si maman ne m'avait pas entendue. Si maman n'avait pas été dehors en train de jardiner. Si maman n'était pas accourue. Si maman n'avait pas eu la voiture ce jour-là pour me conduire aux urgences.

Tout arriva si vite : j'étais en train de frimer.

Personne ne regardait mais je frimais.

Je faisais du vélo à la façon frimeuse et fonceuse des garçons. Pas assise sur la selle mais debout sur les pédales pour les faire tourner avec plus de force, pour aller plus vite. Debout sur les pédales, montant et descendant au rythme rapide de leur rotation, on éprouve un sentiment grisant, un frisson au creux du ventre parce qu'on sait que c'est dangereux, qu'on peut tomber, on sait qu'on peut se faire mal en dévalant la colline de Deer Creek Circle à Pine Ridge Road si vite que le vent vous met les larmes aux yeux. Et soudain…

Mon pied glissa. Entre la pédale et le cadre du vélo, mon pied glissa, et ma cheville se coinça, je fus entraînée le long de la chaussée, puis le lourd vélo s'effondra sur moi me cognant la tête contre quelque chose de dur. Je pris mon inspiration pour crier sous l'effet de la douleur, du choc, et l'instant d'après maman était accroupie près de moi le visage livide pareil à un visage de porcelaine craquelé menaçant de tomber en morceaux mais la main qu'elle pressa contre mon front en sang était fraîche et calme et sa voix était tremblante mais calme *Nikki tout va aller bien chérie, Nikki n'aie pas peur nous allons nous occuper de toi* maman murmurait ces mots pour me réconforter tandis que je sanglotais de terreur et que le sang coulait d'une entaille de huit centimètres sur mon front *Nikki c'est juste une petite coupure, ça fait mal mais ce n'est pas grave chérie, nous allons nous occuper de toi, n'aie pas peur chérie* enroulant son pull autour de ma tête, me dégageant du vélo tordu, puis me soulevant à demi dans ses bras, essayant de me mettre debout mais comme j'étais trop faible et trop effrayée pour marcher maman réussit à me porter jusqu'à la voiture, à me soulever dans ses bras alors que je faisais à peu près sa taille et qu'elle pesait à peine plus de quarante-cinq kilos, et dans la voiture alors que je perdais à moitié connaissance, affalée dans le siège du passager, elle fonça à l'hôpital, trois kilomètres jusqu'à l'hôpital général, jusqu'aux urgences, roulant aussi vite qu'elle le pouvait, freinant aux tournants, dérapant et accélérant et à l'hôpital elle donna des coups de klaxon frénétiques et hurla pour appeler à l'aide quand la voiture s'arrêta brutalement devant les portes coulissantes automatiques et quand des infirmiers se précipitèrent vers nous elle cria *Aidez-nous ! Aidez-nous ! Ma fille a une blessure à la tête* et je fus soulevée par des inconnus et emportée à demi consciente ne sachant pas où j'étais, ce qui m'arrivait, emportée dans un endroit violemment éclairé et couchée sur une table et le tissu trempé de sang de mon jean fut découpé pour dénuder mon genou en lambeaux et il y avait du sang dans mes yeux, du sang sur mes lèvres, du sang plein mon pull de coton, on imagine que le sang est chaud mais le mien était froid, l'humidité était froide, je grelottais si fort que mes dents claquaient pendant qu'on nettoyait et recousait mes blessures comme à distance, j'entendais des voix à distance, je voyais des visages inconnus à distance et le temps dut passer, je dus m'endormir parce qu'on me réveilla, des inconnus m'appelaient *Nikki, Nikki réveille-toi ta mère est là et va te ramener chez toi* et maman me souriait bien qu'elle eût l'air épuisée et que ses vêtements fussent tachés de sombre, maman et l'une des jeunes infirmières m'aidèrent à aller jusqu'à la voiture en clopinant, elles disaient que j'étais une petite fille vraiment courageuse, quatre points de suture au front et sept au genou et une piqûre contre le tétanos et un antidouleur et la tête emmaillotée de gaze blanche et de sparadrap comme la tête d'une momie et dans la voiture sur le chemin du retour maman tournait sans cesse la tête vers moi, touchait mes cheveux, ma main, cherchait à tâtons ma main qu'elle serrait entre ses doigts étrangement froids *Tout va bien maintenant, Nikki, Dieu nous a épargnées cette fois.*

taquiner maman

Vingt ans plus tard je me souviendrais. Maman m'avait prise dans ses bras. Maman m'avait portée jusqu'à la voiture et conduite à l'hôpital. Maman était restée calme. Elle était parvenue à me calmer. À l'entrée des urgences, elle avait écrasé le klaxon, elle avait hurlé, appelé à l'aide, avec une détermination farouche que je ne lui avais jamais vue. Et dès que nous étions rentrées chez nous, dès qu'il avait été certain que je n'étais pas gravement blessée, maman était redevenue, eh bien… maman.

Sur le moment je ne m'étais pas rendu compte. Seulement maintenant. Vingt ans plus tard.

L'histoire du jour où Nikki était tombée de son vélo et où maman l'avait emmenée à l'hôpital serait racontée et re-racontée, à la façon des anecdotes familiales, et l'on finirait par dire que Nikki avait « frimé » dans la rue sur son vélo et qu'à l'hôpital, alors qu'elle attendait qu'on la « recouse », maman et la réceptionniste des urgences avaient découvert qu'elles avaient été voisines, autrefois, dans Spalding Street, la réceptionniste avait eu une classe d'avance sur Gwen au collège et, en troisième, elle s'était enfuie à Buffalo avec un garçon plus âgé et elle avait fini par se marier (mais pas avec ce garçon-là, avec un autre) et elle avait eu des enfants, avait divorcé et était revenue à Mount Ephraim avec ses enfants, elle travaillait à l'hôpital général depuis des années et habitait à quelques rues de l'hôpital, etc., etc. Quand maman racontait la vie totalement ordinaire de sa vieille amie Elise Czekaj, un curieux enthousiasme enfantin illuminait son visage ; jusqu'à ce que papa l'interrompe en disant, avec un clin d'œil : « Et pendant que Gwen papotait avec une vieille amie, la pauvre Nikki, qu'on recousait comme une momie, se disait que sa mère l'avait oubliée. À mon avis, elle a eu de la chance que Gwen ne rentre pas à la maison sans elle, en l'oubliant complètement. »

Et maman rougissait et riait. Secouait la tête pour protester.

Plus tard, l'histoire continuant à être racontée et re-racontée, Nikki s'y mettrait, elle aussi. Lorsqu'on en arrivait au moment où l'on me « recousait » (cette expression faisait sourire les gens, on ne sait pourquoi), j'interrompais parfois le récit pour dire : « Quand je suis sortie de la salle des urgences, tout enveloppée de pansements, j'ai trouvé maman en train de bavarder à la réception avec cette grosse femme qui avait une choucroute de cheveux teints sur la tête. Elle était si occupée à rattraper trente ans de potins avec " Elise " qu'elle m'a regardée en plissant les yeux, presque comme si je la dérangeais. Alors j'ai dit : "Maman ? Tu ne m'as pas oubliée, au moins ?" et maman a répondu, un peu embarrassée : "*Non*, Nikki. Mais qu'est-ce que tu t'es fait à la tête ?"

C'était idiot. C'était grotesque. Mais tout le monde riait. Et maman rougissait, agitait les mains et protestait en riant : « Voyons, Nikki ! Ça ne s'est pas du tout passé comme ça, et tu le sais. »

Nous savions, nous savions forcément. Je savais, et Clare savait, et papa aussi. Et les gens de la famille. Malgré cela, nous riions. Et maman riait. Et rougissait de plaisir sous les taquineries.

S'ils me taquinent, s'ils se moquent de moi, ils m'aiment. Car je ne suis que Gwen, faite pour être taquinée.

rose du souvenir

Il n'y avait pas couple plus heureux.

Il n'y avait pas couple plus chanceux.

Ils voulaient partager cette nouvelle avec moi : je serais la première au monde à savoir.

Ils m'apportèrent un rosier jaune en fleur – « la rose du souvenir » – dans un pot de terre, en l'honneur de ma mère qui les avait présentés l'un à l'autre dans cette maison même.

« Il y a exactement douze semaines. Le jour de la fête des Mères.

– Sonny et moi, c'était écrit. Mme Aïten le savait. Oh ! votre mère était si sage, dans son cœur. »

Sonja Szysko et Sonny Danto. Un couple !

Se tenant par la main, le visage rayonnant. Celui de Sonja était blanc poudre, celui de Sonny brun huileux. Tous les deux avaient un sourire si éclatant que je fis malgré moi un pas en arrière sur le seuil.

Mon premier mouvement fut de refermer la porte. De courir me cacher. Non seulement je n'attendais pas de visite mais je n'en voulais pas. Non seulement je ne répondais pas au téléphone mais je l'avais débranché.

Sois polie Nikki ! Tu sais ce qu'il faut faire.

Au lieu de demander à ces terribles gens de s'en aller, je les invitai à entrer. Derrière, sur la terrasse.

« Oh merci, Nicole ! Juste un instant ! Nous savons que vous n'aimez pas être dérangée, ici. Tout le monde le dit. »

Je ne relevai pas. D'un pas vif, je les conduisis jusqu'à la porte vitrée coulissante de la terrasse. J'étais en train de travailler dehors sur mon ordinateur, ou du moins d'essayer. Un article sur un groupe chrétien de musique punk rock qui se produisait dans la région.

Sonja et Sonny ! C'était un choc. Si j'avais été choquable. Mon visage dut tout de même exprimer de l'étonnement lorsque le couple me fit part de son intention de se marier en novembre. Le jour de Thanksgiving parce qu'ils souhaitaient remercier Dieu. Ils se marieraient à l'église de la Christian Life Fellowship et j'étais la « première au monde » à être invitée.

« Un mariage ! Oh...

– Votre mère nous a réunis, Nicole. Nous le lui devons. »

Sonny déposa tendrement le rosier sur la terrasse. Tous les boutons étaient ouverts, presque trop épanouis. C'était un rosier miniature qui arrivait à peine à la hauteur du ceinturon de Sonny. Un instant, je fus incapable de comprendre pourquoi ces deux personnes exubérantes avaient fait irruption sur ma terrasse. Mon cœur battait à coups rapides.

Leur visite se déroula dans un brouillard. Je les remerciai à plusieurs reprises pour le rosier. Je les félicitai à plusieurs reprises de leurs fiançailles. Sonja me montra sa bague, qui brillait du même feu ardent que ses yeux généreusement maquillés. Sonny parla de ma mère qui, par un hasard heureux, les avait fait se rencontrer, comme si elle avait su qu'ils étaient faits l'un pour l'autre.

« ... si c'est une fille, nous pensons à "Gwendolyn". Un nom vraiment joli, et il n'est pas si courant, n'est-ce pas ? Mais si c'est un garçon... » Sonja pouffa. Ses yeux s'écarquillèrent comme ceux d'un passager de montagnes russes brusquement précipité dans une descente. La maladresse avec laquelle elle s'exprimait faisait qu'il était difficile de savoir si son fiancé radieux et elle attendaient déjà un enfant ou s'ils espéraient en attendre un, un jour.

Je me hâtai de les féliciter. Je leur dis que ma mère aurait été ravie pour eux, si elle avait pu savoir.

À côté, chez les Pedersen, des enfants poussaient des cris perçants dans la piscine hors-sol. Tout l'été, je m'étais félicitée que mon père ne fût pas là pour s'irriter du bruit fait par les voisins.

Être mort avait au moins cet avantage.

« … "Tout ce dont on a besoin dans la vie pour être heureux, c'est une famille qu'on aime, un jardin et peut-être un chat ou deux" », disait Sonny, citant ma mère avec révérence. Et Sonja s'exclama : « … Oh, mais chéri, Mme Aïten plaisantait, je crois, au sujet des chats. Elle disait ça pour taquiner parce qu'elle savait que je n'aime pas trop les chats, je suis *aller-gique* et je ne leur fais pas confiance parce que les trouve sournois… mais ça je ne l'ai pas dit à Mme Aïten, elle aurait été blessée. Elle était si bonne ! Elle m'a dit, un dimanche après l'église : "Vous avez eu une vie difficile, Sonja, je le vois à vos yeux, mais vos yeux sont beaux et vous avez foi dans l'avenir, je vois cette foi briller dans vos yeux, vous savez que chaque jour est un nouveau jour, il suffit d'avoir confiance." » Le mascara et une ombre à paupières d'un bleu irisé agrandissaient les yeux de Sonja de façon spectaculaire, sa bouche avait le rouge voluptueux des pivoines de maman. Tandis qu'elle déversait un flot tumultueux de mots fortement accentués, Sonny la couvait d'un regard plein d'adoration, et je me dis que maman avait été vraiment inspirée de les réunir – car telle avait sûrement été son intention. (Dire que je m'étais imaginé que Sonny Danto, la Terreur des bestioles, avait été invité pour moi !)

Au cours des semaines qui avaient suivi l'enterrement de maman, Sonny avait laissé plusieurs messages sur mon répondeur. Il me demandait s'il pouvait me voir, s'il pouvait « passer ».

Il m'avait proposé une visite d'inspection gratuite et vingt pour cent de rabais si ses services de désinfection étaient requis. Je ne m'étais pas résolue à répondre à ses appels, et ils avaient finalement cessé.

Il fallait supposer que Sonny et Sonja étaient tombés amoureux peu après.

« ... Le jour où je suis venu ici faire des pulvérisations contre les fourmis rouges, votre mère a dit : "C'est si triste de penser que Dieu a créé toutes ces créatures et que certaines sont les ennemies les unes des autres. Et pourtant, toutes sont belles à leurs propres yeux comme à ceux de Dieu." L'idée m'a fait rire, ce n'est pas évident pour moi de penser comme ça, alors que j'ai pour métier de débarrasser les maisons des insectes. Mais ensuite je me suis dit que votre mère avait raison. Avec sa façon particulière de penser, elle avait raison. Elle nous a emmenés voir son jardin, elle a dit : "Imaginez que nous soyons aveugles comme ces fleurs ? Comme ces coquillages que nous trouvons si beaux mais qui, eux, ne se voient pas ? Mais nous ne sommes pas aveugles, nous voyons cet arbre, cette fleur. Et cela me rend heureuse parce que c'est le secret de la vie." » Sonny parlait avec animation. Il commençait à se dégarnir, mais ses cheveux bruns huileux se dressaient théâtralement au-dessus de son front bombé. La sagesse de maman brillait dans son regard, même s'il ne parvenait pas à l'exprimer très clairement. Sa fiancée hochait la tête avec vigueur en se penchant en avant, si bien que son décolleté bâillait, révélant le haut laiteux de seins étroitement comprimés dans un soutien-gorge de satin noir. Elle dégageait une odeur de parfum entêtant, colifichets et bracelets tintaient lorsqu'elle parlait. Elle dit avec conviction : « Avant que Mme Aïten devienne mon amie, je n'étais pas heureuse ici. Je me sentais très seule. Dans cette ville, les portes sont fermées pour des gens comme moi. Même à l'église, on ne me donnait pas le sentiment d'être acceptée. Et maintenant, grâce à Mme Aïten, je suis tellement heureuse. Je suis une nouvelle femme. Mais j'ai un nuage lourd dans le cœur quand je pense à ce que votre mère a souffert. Une femme si bonne, si généreuse ! Une femme si chrétienne ! Et quelle justice est-ce qu'il peut y avoir – Sonja secoua la tête avec gravité, son abondante chevelure, teinte en noir, ondulait et chatoyait sur ses épaules –, si c'est la justice "retardée"… c'est le bon mot ?… "trop tard", "tardive", de l'homme et pas celle de Dieu. Dans mon pays, on ne peut pas faire confiance à la justice, c'est une plaisanterie cruelle de faire confiance, et dans ce pays aussi, je crois, mais peut-être moins parce qu'il y a plus d'espoir ici, il y a plus de foi, vous êtes un pays plus jeune, vous pouvez oublier beaucoup. Ce n'est peut-être pas très clair, ce que je dis, mais vous savez, cet homme, cet homme horrible qui a fait ça à Mme Aïten, il faut qu'il soit puni. Oh ! je prierai pour ça. Pour qu'il y ait la justice. » Sonja parlait avec tant de passion que sa poitrine voluptueuse tressaillait.

« Oh. Merci. »

J'étais abasourdie. Je n'aurais jamais rêvé que Sonja Szyszko puisse parler ainsi. Je l'avais sous-estimée, et sans doute avais-je également sous-estimé Sonny Danto.

Par suffisance. Par aveuglement. Par désir de railler.

Oh ! j'aurais pu me moquer d'eux. Les hanches, le ventre, les seins opulents de Sonja, enveloppés d'un tissu bleu nuit froufroutant qu'on aurait pris pour un rideau de douche s'il n'avait eu des manches ailes-de-chauve-souris et une ouverture en V pour la tête. Sonny qui portait une chemise sport lui moulant les biceps, déboutonnée sur une poignée de poils grisonnants et sur une minuscule croix au bout d'une chaîne en or.

Clare ! Devine qui est passé à la maison. Qui est fiancé et doit se marier en novembre dans ton église préférée.

« Je… je suis très heureuse pour vous. Sonja. Sonny. Félicitations. »

J'allai chercher un cadeau de mariage pour Sonja : le boa de plumes d'autruche blanches que j'avais offert à maman pour la fête des Mères. Il irait parfaitement avec ses cheveux, son teint, son style de girl mûre. Sonja poussa un petit cri et me serra dans ses bras.

Sonja, parfumée, voluptueuse en bleu nuit bruissant, pieds pâles dodus chaussés de sandales pailletées à semelles de liège et talons aiguilles. Et ces gros seins moelleux ! Et Sonny avec ses cheveux gras sentant l'huile de moteur. Ils étaient la réalité, je n'avais été qu'une imitation cabotine.

J'accompagnai l'heureux couple jusqu'à la voiture sport rouge sexy garée si visiblement devant la maison. Rien de comparable dans Deer Creek Drive. Là, Sonja me serra de nouveau dans ses bras, tandis que Sonny nous regardait, les yeux embués. « Je viendrai à votre mariage, bien sûr. Je vous le promets. »

Je les saluai de la main lorsqu'ils s'en allèrent. Sonja agita gaiement le boa duveteux par la portière en signe d'au revoir.

Le lendemain, j'examinai la Rose du souvenir dans son pot de terre. Je tâchai de voir le petit arbuste avec les yeux de jardinier de ma mère. Elle aurait remarqué qu'il était bien tard dans l'été pour acheter des roses. Elle aurait espéré que Sonja et Sonny avaient acheté ce rosier dans une pépinière de bonne réputation et au rabais. Que ses amis n'avaient pas payé le prix fort pour un rosier trop épanoui.

éviter… (I)

Clare avait dit vrai : les gens nous évitaient.

Je ne le leur reprochais pas, au fond. Il m'était souvent arrivé dans ma vie d'éviter des gens que je connaissais, des amis de la famille ou même des parents qui avaient perdu un « être cher ».

Dans notre cas, c'était forcément pire. Que dit-on à quelqu'un dont la mère a été assassinée ?

(Chaque fois qu'il y avait un fait nouveau dans l'affaire, si minime fût-il, gros titres et photos de Gwen Eaton et Ward Lynch apparaissaient en première page des journaux régionaux. On voyait si souvent leurs deux visages côte à côte qu'on aurait pu les prendre pour une mère souriante et pour son fils maussade à la barbe maigre.)

Certains de ceux qui nous évitaient, Clare et moi, avaient connu nos parents pendant des années. Ils nous avaient rendu visite, ils étaient venus à l'enterrement et même au déjeuner chez Clare. Certains étaient d'anciens amis et camarades de classe. Certains étaient des parents !

Cela se produisait surtout au centre commercial, où il est facile d'éviter les gens en s'engouffrant dans un magasin, en prenant un escalator. Cela se produisait parfois à la bibliothèque publique de Mount Ephraim que maman avait fréquentée assidûment. À la banque du Niagara où nous avions tous nos comptes, au Wal-Mart, au Home Depot, chez Eckert, The Wiz, ShopRite, et même à la Whole Earth Co-Op. Cela arrivait souvent dans les parkings, où je remarquais du coin de l'œil quelqu'un qui hésitait comme s'il m'avait aperçue et se demandait s'il devait me saluer ou disparaître discrètement.

Le plus souvent, par fierté, je faisais semblant de ne rien remarquer. Mais il m'arrivait de sourire et d'agiter la main en lançant : « Hé ! Bonjour ! Je pensais bien que c'était vous. »

Impossible de se dérober dans ce cas-là.

Je faisais mon rapport à Clare *Devine qui j'ai vu au centre commercial, aujourd'hui. Qui a fait semblant de ne pas me voir. Ta meilleure amie au lycée, Lynda Diebenbeck...*

Certains de ces messages se voulaient délibérément contrariants. Je reprochais à ma sœur de ne pas prendre le temps de me rappeler. Elle ne « pratiquait » pas non plus le courrier électronique.

En fait, je préférais laisser des messages. Comme cela, mon gendarme de sœur ne pouvait ni m'interrompre ni me contredire. Ni se moquer de moi. Si elle effaçait les messages sans les écouter, je n'en savais rien et ne pouvais pas en être blessée.

Clare, tu ne devineras jamais qui s'est planqué derrière le rayon farine, cet après-midi à la Co-op : notre chère cousine Jill. Aux caisses, elle a pris un air innocent et étonné quand je l'ai abordée en disant : Salut ! Je n'ai vu ni ta famille ni toi de tout l'été...

Jill Eaton était une cousine que nous aimions bien. Elle avait épousé un homme fortuné de la région et avait souvent invité les Chisholm et moi à leurs réceptions. Mais pas depuis un certain temps.

Jill avait adoré sa tante Gwen. Sur sa tombe, après l'enterrement, nous avions pleuré dans les bras l'une de l'autre. Mais cela semblait bien loin. Dans le regard vide de Jill, dans son petit sourire contraint, j'avais vu le peu d'importance de ce genre de souvenirs communs.

Naturellement, je ne dis pas à Clare que Sylvie LaPorte avait feint de ne pas me voir, elle aussi. Sylvie, mon amie foldingue du lycée. La mort de maman l'avait anéantie, pendant des semaines elle avait laissé des messages éplorés sur mon répondeur, m'avait envoyé des cartes de condoléances et des livres miniatures intitulés *Au nord du chagrin, au sud de la joie* ou *Mousse au chocolat pour l'âme*. Il y avait aussi mon ex-fiancé Lannie Bishop, dont j'avais cru qu'il avait encore le béguin pour moi, et qui s'était engouffré gauchement dans l'ascenseur d'un parking à plusieurs niveaux.

Et d'autres hommes de Mount Ephraim, célibataires et mariés, qui, auparavant, auraient fait un détour pour venir me saluer d'un baiser humide en suggérant que nous pourrions peut-être nous retrouver pour boire un verre, ou pour dîner. À moins que j'aie toujours ce petit ami ?

Je ne raconterais pas non plus à Clare la rencontre la plus douloureuse.

J'avais aperçu ma nièce Lilja en compagnie de deux autres filles au centre commercial North Hills, maigres et belles avec leurs longs cheveux soyeux, en débardeur minuscule et jean taille basse dénudant le ventre, et j'avais fait un signe de la main à Lilja, qui n'avait pas paru me voir, du moins jusqu'à ce que je l'appelle par son nom et m'approche. Le visage fermé, elle avait subi mon étreinte et répondu par des marmonnements aux questions enjouées de sa tante Nikki. J'avais su par Clare que sa fille avait profondément honte de la publicité donnée à la mort de sa grand-mère et au procès à venir, et je m'étais alors vaguement rendu compte que je ne l'avais pas vue depuis assez longtemps. Mais je n'avais pas compris avant cet instant que ma nièce en avait aussi contre moi. Clare lui avait raconté que je m'étais réinstallée chez maman, et cela l'avait sans doute choquée, car c'était un comportement bien bizarre du point de vue d'une adolescente de quatorze ans. Elle ne fut pas impolie, elle montra même une sorte d'affabilité adulte mais, manifestement, être abordée en public et obligée de me présenter à ses amies était la dernière chose qu'elle souhaitait.

Je compris alors que je n'étais plus la tante chic/cool de Lilja. J'étais passée de l'autre côté du fossé des générations. Mes cheveux violets coiffés à la punk avaient presque retrouvé leur couleur naturelle, ils étaient blond lavasse, un peu grisonnants à la racine. Je ne portais pas mes fripes branchées. Si j'avais mis du rouge à lèvres ce matin-là, il avait sans doute disparu.

Je sus néanmoins complimenter Lilja sur ses lobes d'oreilles abondamment percés. Et ne pas la retenir un moment de trop. « Au revoir, Lilja ! Dis bonjour à tes parents de ma part, d'accord ? Et viens me voir avant que les cours reprennent. Tu sais où j'habite cet été, j'imagine ? »

Lilja eut un sourire de pur soulagement. « Oh, bien sûr, tante Nikki ! Je le sais. »

« partager votre chagrin »

« Madame Eaton. "Nikki". »

Posant sur moi ses yeux couleur nickel, le regard sombre. Se composant un petit sourire de compassion.

« … Un choc terrible. Votre famille et vous. Vous êtes encore en deuil, bien sûr. Vous êtes encore sous le choc. »

Un silence. Je bus un peu d'eau glacée dans un verre en cristal et les glaçons s'entrechoquèrent malicieusement, m'éclaboussant assez pour m'obliger à m'essuyer le visage, tandis que les yeux nickel m'observaient d'un air soucieux et qu'un serveur hésitait à proximité.

« Je ne peux qu'imaginer. Essayer d'imaginer. Votre chagrin. »

En réalité, c'était de la gêne que j'éprouvais : la peur de découvrir que j'avais mouillé le devant de ma chemise.

« Vous pourriez écrire ce que vous ressentez, Nikki. Pour nos lecteurs. »

Oh ! Je fixais un endroit neutre : à ma droite, de l'autre côté d'une fenêtre à petits carreaux, le cours tumultueux du Chautauqua, coupé par une série de brefs rapides écumeux.

Le rédacteur en chef du *Chautauqua Valley Beacon*, Nathaniel Waldeman, rencontrait rarement ses journalistes. Il était plus rare encore qu'il les invite à déjeuner au Fayetteville, un restaurant « historique ».

« Voyez-vous, "Nikki", Dale Wilmer et moi avons envisagé la possibilité que vous racontiez votre expérience à nos lecteurs. »

Dans sa bouche, « Nikki » évoquait un nom de chien, mignon et fantasque. Un loulou de Poméranie, un caniche nain.Dale Wilmer était le rédacteur magazine du *Beacon*. Mon rédacteur.

« Catharsis », « partager votre chagrin », « processus de guérison ». Comme dans une bande dessinée, des bulles de mots sortaient de la bouche d'un homme. Les yeux nickel s'embuèrent. Il était entendu que c'était une proposition d'un goût douteux, ou qu'elle l'aurait été venant de n'importe qui d'autre que Nathaniel Waldeman, propriétaire, éditeur et rédacteur en chef de l'estimé *Beacon*. Au lieu de grimacer, de me reculer avec écœurement ou de jeter le contenu de mon verre de vin (un chardonnay californien pour lequel Wally Szalla n'aurait eu que mépris) à la figure du monsieur, je souris avec douceur pour lui laisser entendre que je comprenais, naturellement, que sa proposition était bienveillante, généreuse, une façon de faire une faveur à la fille de la victime que j'étais.

« Bon, je sais que c'est un peu tôt. Vous n'êtes peut-être pas encore prête à formuler vos impressions. Dale m'a dit que, depuis, euh... la tragédie, vous habitiez la maison dont vous avez hérité à Mount Ephraim, que vous écriviez moins d'articles pour nous mais qu'ils étaient tous d'excellente qualité. J'en ai été personnellement impressionné. Le travail est une grande consolation lorsqu'on vit une tragédie, j'en sais quelque chose ! » Un moment de recueillement. Une gorgée de chardonnay. Je me demandais ce que M. Waldeman voulait dire. Où j'en étais exactement de mes relations avec Dale Wilmer.

Elles changeaient d'une semaine à l'autre. Comme une courbe de température, mais de façon moins prévisible. Apparemment, M. Waldeman ne savait pas que je n'avais pas achevé la moitié des articles que Dale Wilmer m'avait confiés. « Achever » était d'ailleurs un euphémisme : je ne les avais même pas commencés. Je me demandais si mes relations avec mon rédacteur, Dale Wilmer, n'étaient pas en raison inverse de mes relations avec mon amant marié Wally Szalla. Si nous étions en bons termes à l'heure actuelle, ou pas vraiment. Si l'un de nous, ou tous les deux, étions enchantés ou las l'un de l'autre.

« … découvrir des âmes sœurs. Dans le processus de guérison. Ceux qui ont également perdu des êtres chers. Prématurément, j'entends. De façon "violente". Nous pensions à une sorte de journal. Lorsque le procès débutera, en décembre. Illustré de photos choisies avec tact. Étant donné notre lectorat, et notre souhait d'augmenter notre tirage, il nous semble que la formule du journal serait la plus accessible au plus grand nombre de lecteurs. » Un soupir. Une main tendue vers le verre. Une vision fugitive du *plus grand nombre de lecteurs* flottant dans l'air devant nous. « Vous écririez vos textes jour après jour. Très facile à envoyer par e-mail. Dale pourrait les mettre en forme. Vous n'auriez pas à tenir en bride vos observations. Vos émotions. Des textes "intimes", "sans censure". Je donnerais peut-être moi-même un coup de main à la mise en forme. Un compte rendu quotidien du procès avant que l'issue en soit connue. Vous et vos lecteurs seriez tenus en haleine, Nikki. »

L'espace d'un instant, les yeux nickel eurent un éclat presque lubrique.

M. Waldeman était admiré/craint/détesté/évité au *Beacon*. Certains membres du personnel assuraient ne l'avoir jamais vu. D'autres, peut-être par plaisanterie, disaient douter qu'il existe autre part que dans l'ours du *Beacon*. Je savais qu'il existait parce que Wally Szalla le connaissait, comme il connaissait tous les gens valant d'être connus dans la vallée du Chautauqua.

M. Waldeman m'assurait que les articles qu'il me proposait seraient payés « nettement plus » que d'habitude. Nous pourrions « négocier » quand je le souhaiterais. Un « contrat officiel », peut-être. Une « avance ».

Mon cœur battait de plus en plus lentement. Étrange ! Je me demandais s'il risquait de s'arrêter.

M. Waldeman parlait de mon article sur le groupe punk chrétien, qui était paru en première page du *Beacon* et avait suscité un certain intérêt. En fait, il avait été republié intégralement par des journaux de Rochester, Buffalo, Syracuse et Albany. Je souris à la pensée que maman aurait été fière de moi. À la maison, j'avais découvert un album consacré aux ÉCRITS DE NIKKI. Il contenait le moindre de mes articles, y compris ceux parus dans le journal de mon lycée et dans des publications universitaires. Le plus récent, l'interview du proviseur d'un lycée privé, était daté du 8 mai 2004.

L'un de tes meilleurs papiers, Nikki ! Je t'assure.

Voilà ce que m'avait dit maman, rayonnante de fierté.

Comme les calendriers de papa, les albums de maman étaient conservés aussi soigneusement que des reliques sacrées. Difficile de penser qu'ils puissent s'arrêter si brutalement.

Nous avions apparemment commandé des plats. On nous les apporta. Nos lourds couverts d'argent étincelèrent. Je pignochai dans mon assiette jusqu'à ce que, choisissant un moment opportun, un serveur murmure *Madame vous permettez ?* et la fasse disparaître.

« Nikki. J'espère ne pas vous avoir offensée. »

Dans le code des mâles dominants : vous ne réagissez pas comme je le souhaite.

Dans le code des mâles dominants : vous ne réagissez pas au mieux de vos intérêts.

Les yeux nickel étaient méfiants. Des lignes perpendiculaires encadraient le petit sourire. Mon cœur battait maintenant si doucement que je me demandais si j'étais réveillée. Aucun risque que je jette mon verre de vin au visage de mon compagnon en marmonnant *Allez vous faire voir ! Je vous déteste ! Je démissionne !* et que je quitte l'élégante salle à manger d'un air digne.

L'addition était payée. Nous nous séparions. L'une de mes mains fut serrée. Je m'entendis dire, de ma voix enjouée : « Lorsque je serai prête à "partager mon chagrin", monsieur Waldeman, je le ferai avec le *Beacon*. Je vous le promets ! »

temps…

Au 43, Deer Creek Drive, le temps ne se mouvait pas comme ailleurs. Pas par petits rapides écumeux, scintillants au soleil, mais par grandes vagues immenses dont on ne pouvait voir les bords ni savoir où elles commençaient, jusqu'où elles s'étendaient ni où elles finiraient.

Si elles allaient déferler sur vous et vous noyer.

Ou vous soulever, indemne et pleine d'espoir.

« une bonne chose »

C'était devenu la routine : la police de Mount Ephraim patrouillait maintenant dans Deer Creek Acres.

Au moins deux fois par jour mais à des heures imprévisibles, une voiture de police bleu métallique arrivait dans le quartier et parcourait avec une lenteur méthodique ses routes, allées et chemins. S'engageait dans ses « circles » sans issue et en ressortait sans bruit.

Les voitures étaient conduites par de jeunes flics en uniforme. En général, ils étaient seuls. Je savais que jamais Ross Strabane ne serait monté à bord de l'une d'elles et pourtant, chaque fois que je les voyais, je pensais à lui et j'éprouvais un pincement d'appréhension, de ressentiment. *Je n'ai pas besoin de toi. J'ai un homme qui m'aime.*

Chaque fois que je voyais la voiture de police, je détournais le regard. Le sang au visage, je me sentais accablée, exposée. Car bien entendu ces voitures avaient un rapport avec le 43, Deer Creek Drive. Avec ce qui était arrivé à ma mère dans cette maison.

Dans le quartier, les avis étaient partagés sur ces patrouilles. La plupart des gens pensaient que c'était une bonne chose, surtout les parents de jeunes enfants. Certains habitants plus âgés grommelaient que c'était contrariant de voir ces voitures, que Deer Creek Acres n'était pas un ghetto dangereux.

Si on m'avait demandé mon avis, j'aurais dit que oui, certainement, c'était une bonne chose.

Dans les moments critiques. Quand on a besoin de la police. Oui.

Personne ne me demanda mon avis. À l'exception de quelques amis intimes de maman, les habitants du quartier me saluaient de la main mais gardaient leurs distances.

Elle ? C'est la fille Eaton.

Cette maison où Gwen Eaton a été assassinée.

Pendant l'été, la voiture de police devint un spectacle familier dans le quartier. Les enfants faisaient bonjour de la main au conducteur en uniforme, qui leur répondait. De jeunes mères flânaient dans la rue, poussant leurs bébés dans des poussettes, promenant des bambins, des chiens gambadeurs. J'entendais souvent des rires. J'éprouvai alors une pointe de jalousie.

Je ne répondis pas aux lettres de Strabane. Je ne lui téléphonai pas.

Un après-midi pourtant, alors que j'étais en train de garer ma voiture dans l'allée, le véhicule de patrouille apparut. On ne sait pourquoi, au lieu de détourner le regard, je souris au conducteur et le saluai.

« Hé ! Bonjour ! »

Le jeune policier en uniforme fut peut-être étonné mais il sourit, lui aussi, et me rendit mon salut au passage.

J'en ressentis une joie enfantine. Cela avait été si facile, en fin de compte, et maman l'aurait fait dès le début : donner au jeune agent de police le sentiment que, loin d'être indésirable, il était le bienvenu dans notre quartier.

« là d'où nous venons »

Toutes les deux ou trois semaines, si loin que remontent nos souvenirs, maman s'était rendue au cimetière Saint-Joseph, dans le vieux Mount Ephraim, à l'est de la ville.

Longtemps je l'avais accompagnée. Plus longtemps que ne l'avait fait Clare.

Dès que ma sœur avait été en classe de quatrième, elle avait été trop occupée pour ce genre d'excursion. Sauter dans la voiture parce que maman lançait d'une voix gaie, prometteuse d'aventures : « Qui veut venir avec moi ? » n'avait plus d'attrait pour elle.

À l'est de Mount Ephraim, sur des collines bordant le fleuve, s'étendait un quartier délabré – maisons toutes identiques, rues semées de nids-de-poule, immeubles en ruine, usines abandonnées aux noms fanés, Bonneterie Beame, Chaussures et Maroquinerie Carlyle. Là, South Main Street croisait Spalding Street, où maman avait autrefois habité. Les noms des rues étaient simples et utilitaires : Bridge, Front, Railway, Commodore – rues du Pont, de la Rive, du Chemin-de-fer, du Commodore.

Maman nous racontait que lorsqu'elle était enfant, on lui avait dit que la rue du Commodore avait été baptisée ainsi en souvenir du « commodore » Cornelius Vanderbilt de la New York

Central Railroad. Vanderbilt, l'homme le plus riche du monde à l'époque, passait pour avoir « débarqué » de sa voiture de luxe pour rendre visite à un habitant de Mount Ephraim. Ou pour être au moins descendu sur le quai qui dominait la rue.

« Tu l'as vu, maman ?

– Si j'ai vu le "commodore" ? Cet homme est mort en 1877. »

Petite fille, je m'intéressais beaucoup aux dates, aux âges. Les chiffres étaient une affaire compliquée. On n'avait que dix doigts et dix orteils pour compter. La seule date de naissance qui semblait imprimée de façon permanente dans mon cerveau était la mienne, le 8 octobre 1973.

Mount Ephraim avait autrefois été une gare importante sur la ligne de la compagnie New York Central. Il pouvait s'y arrêter jusqu'à deux ou trois trains par jour ; le quartier Est était alors prospère. À présent, les trains passaient dans un grondement de tonnerre, tirant des kilomètres de wagons de marchandises, et la vieille gare abandonnée était couverte de graffiti. Qui souhaitait prendre le train devait aller cinquante kilomètres plus loin, à Chautauqua Falls.

Enfant, j'en avais demandé la raison à ma mère. Pourquoi les trains ne s'arrêtaient-ils plus à Mount Ephraim ?

Maman avait ri. « Ça ! Comment veux-tu que je le sache ? »

Puis, parce qu'elle réfléchissait toujours aux questions que nous lui posions, même à celles auxquelles elle ne savait pas répondre : « Je crois que cela a à voir avec l'économie, Nikki. "L'offre et la demande". Pose la question à papa, il saura. »

J'hésitais à poser ce genre de question à papa. Il me regardait d'un air soupçonneux, comme si j'avais déjà appris la réponse à l'école et que je le mette à l'épreuve. Ou, pire encore, il me donnait une explication si longue et si compliquée que je n'y comprenais rien. « L'offre et la demande », tout se résumait à cela.

« Regarde-moi ces mauvaises herbes ! C'est à briser le cœur. »

Lorsqu'elle se rendait sur les tombes de ses parents, au cimetière Saint-Joseph, maman apportait des cisailles à herbe, un sarcloir, des fleurs en pot. S'il y avait du soleil, elle portait un chapeau de paille pour protéger son visage, prompt à rougir. Si l'herbe était mouillée, elle mettait des bottes en caoutchouc. Le cimetière Saint-Joseph était à l'abandon, envahi par la végétation, et maman craignait les serpents.

Devant les tombes de ses parents, maman s'agenouillait dans l'herbe. Elle était toujours triste et silencieuse. Ce changement me perturbait. Les tombes de mes grands-parents Kovach étaient plus petites que la plupart de celles qui les entouraient, et je me demandais si c'était pour cela que maman s'essuyait furtivement les yeux. Les stèles étaient d'un gris terne, et tellement ordinaires !

MARTA ANNA KOVACH
7 mars 1919
14 novembre 1959

JACOB WILLIAM KOVACH
29 décembre 1916
4 août 1961

Dès que je fus assez grande pour faire des soustractions, j'opérai le calcul : grand-mère était morte à quarante ans, et grand-père à quarante-quatre. Pas étonnant qu'ils fussent morts, ils étaient si vieux !

De ma voix de bonne élève, je demandai à maman quel âge il fallait avoir pour mourir, et maman répondit avec un sourire nerveux qu'il fallait être vieux, beaucoup plus vieux que je ne l'étais, et que je ne devais donc pas m'inquiéter. « Tu n'es qu'une petite fille, ma chérie. – Mais non, maman, dis-je avec impatience. Quel âge il faut que toi, tu aies ? » Car il était naturellement ridicule de penser que Nikki pouvait mourir, « mourir » voulait dire aller sous terre, et pourquoi aurais-je souhaité faire quelque chose d'aussi idiot ?

Maman me regarda un long moment. Puis elle rit et m'appliqua un baiser sonore et mouillé sur la joue.

« Pas avant très, très longtemps, mon chou. Peut-être jamais. »

Pendant que maman s'occupait des tombes, coupait les herbes, taillait le lierre qu'elle avait planté et ôtait les fientes d'oiseau des stèles, je rôdais dans le cimetière. Il m'était difficile de m'intéresser à mes grands-parents, disparus depuis si longtemps. Mon père ne parlait jamais d'eux, et si Clare ou moi interrogions maman à leur sujet, ses réponses étaient vagues et distraites, ses sourires contraints comme si elle s'efforçait de retenir ses larmes.

Dans le cimetière Saint-Joseph, il y avait de grandes tombes brillantes. Il y avait des anges et des croix. Les petites stèles des Kovach me paraissaient sans intérêt. Je ne les associais pas à des personnes, à des gens qui comptaient. Le cimetière était vallonné et envahi de buissons. Maman ne pouvait pas voir où je traînais et si je grimpais sur les tombes. Au sommet d'une colline abrupte se trouvait un dépotoir où l'on jetait fleurs pourries et pots cassés.

De là-haut je perdais parfois maman de vue. Puis je la découvrais, agenouillée dans l'herbe. Elle paraissait si petite ! Tout juste si je la reconnaissais.

La distance rend les gens tristes, me disais-je.

Au bout d'un certain temps, je manquais à maman et elle appelait d'un ton anxieux : « Nikki ? Nikki ? »

C'était délicieux de se cacher, puis de sortir de derrière une tombe et de dévaler la colline pour la rejoindre.

« Oh ! maman. J'étais là depuis le début. »

Sur le chemin du retour, maman faisait parfois un détour par Spalding Street pour passer devant son ancienne maison. Sur la porte d'entrée figurait le numéro 91. Une maison entourée d'une véranda affaissée, dont le bois, abîmé par les intempéries, était du même gris fané que les tombes des Kovach. Maman avait habité au premier, ce qui me semblait étrange : d'autres gens habitaient donc au rez-de-chaussée ? Je trouvais déplaisant aussi que les maisons de la rue soient rapprochées au point qu'on pouvait à peine passer dans l'espace étroit qui les séparait. Leurs jardins de devant étaient petits, pelés, hideux, sans comparaison avec les pelouses de Deer Creek Acres.

Un jour, Clare avait dit avec mépris : « Les gens devraient avoir honte de ne pas mieux s'occuper de leur maison !

– Tout le monde n'a pas nos avantages, Clare, avait répondu maman d'un ton réprobateur.

– “Avantages”… ça veut dire quoi ?

– Un père qui travaille, qui s'occupe d'eux et… qui les aime. Une mère qui peut rester à la maison avec ses enfants. Assez d'argent… pour vivre. »

Clare objecta : « Tout le monde peut nettoyer son jardin, maman ! Tout le monde peut fermer sa porte et s'arranger pour que ses rideaux ne volent pas par les fenêtres. » À treize ans, Clare avait l'indignation d'une maîtresse d'école au service de vérités absolues.

Maman avait continué à rouler, en se mordant la lèvre. Pauvre maman ! Elle ne se disputait jamais avec nous si elle pouvait l'éviter. Et de plus en plus, Clare voyait des choses que maman ne semblait ou ne voulait pas voir. Elle faisait *comme si*, disait Clare.

Lorsque ma sœur était trop occupée pour venir avec nous au cimetière, c'était un soulagement. Elle manquait sans doute à maman, mais à moi, pas du tout.

La dernière fois que nous étions passées devant le 91, Spalding Street, j'avais demandé à maman si elle avait aimé habiter là. Si la maison lui manquait parfois. Et maman avait répondu avec un sourire vague : « Nous sommes tous heureux là d'où nous venons. »

Elle le dit d'une voix si basse qu'elle aurait pu être seule dans la voiture.

« douillet »

Tu veux me rejoindre au cimetière, Clare ? Ce matin, vers 11 heures ? J'ai un rosier à planter près des tombes de papa et maman. Pause. *Nous ne nous sommes pas vues depuis un moment. Tu me manques.* Double pause. *Je suis tombée sur Lilja au centre commercial, la semaine dernière, et…* Pause se prolongeant par un silence gêné, puis par un raclement de gorge. *Bon. Fais un saut si ça t'est possible. Au revoir.*

Il y avait à peu près autant de chances que Clare vienne au cimetière qu'à la maison. Mon appel avait surtout pour but de me rappeler à son souvenir et de la culpabiliser.

Le rosier jaune du souvenir était parfait entre les tombes de mes parents.

Maintenant que la stèle de maman était en place, exactement identique à celle de papa, ce coin du cimetière de Mount Ephraim, où prédominaient les Eaton, commençait à faire douillet.

« Douillet. »

Un mot si idiot que je le prononçai à haute voix.

Il évoquait de vieux meubles usés, de vieilles chaussures-pantoufles, les mocassins de papa de sinistre mémoire. Son fauteuil, dont le siège de cuir gardait la forme de fesses fantômes. Ces cartons que j'avais découverts au grenier, contenant des vêtements de bébé et de petite fille, des couvertures tricotées main et des quilts faits main, des bulletins scolaires de Clare et Nikki Eaton, et des devoirs scolaires sortant de l'ordinaire, tel ce petit livre décoré d'aquarelles, intitulé « Étincelle, le chaton qui est venu chez nous », que j'avais fait pour maman en classe de huitième et au dos duquel Mlle Jaime (que j'avais adorée, à qui je n'avais pas pensé une seule fois en vingt ans) avait écrit *C'est BEAU, Nikki ! Ta mère va adorer ce petit bijou.*

« Douillet. »

Début juin, lorsque nous nous parlions encore, Clare et moi étions allés au cimetière avec quelques parents proches pour assister à la mise en place de la stèle de notre mère. C'était une dalle de granit sombre, plus grande, plus brillante, plus imposante et beaucoup plus coûteuse que ce que maman se serait choisi. Nous avions maintenant :

Gwendolyn Allan Eaton	Jonathan Allan Eaton
22 avril 1948	16 février 1941
11 mai 2004	8 janvier 2000
Épouse et mère bien-aimée	*Époux et père bien-aimé*

Une « couverture de tombe » – une plaque de gazon aussi peu convaincante qu'un postiche sur un crâne chauve – avait été posée sur la tombe de maman, et tranchait un peu sur l'herbe plus luxuriante qui poussait sur celle de papa. De nombreuses fleurs l'égayaient encore, y compris des lis, des jacinthes et des roses en plastique. La touche Kovach.

Avec délicatesse, maman avait tâché de convaincre ses parents que, dans l'ensemble, les fleurs artificielles n'étaient pas une bonne idée. Sa cousine Lucille, taillée comme un bouledogue, l'avait regardée avec stupéfaction : « L'intérêt, c'est qu'elles ne *meurent* pas. »

Des années durant, nous avions répété la sage remarque de Lucille. *L'intérêt, idiote, c'est qu'elles ne MEURENT pas.* Même papa qui, d'ordinaire, soupirait et roulait les yeux à la seule mention de la tribu Kovach, riait de bon cœur de ce trait d'esprit.

Bêcher le sol et extraire le rosier épineux de son pot m'endolorissait agréablement les mains. Ce matin-là, Wally Szalla m'avait téléphoné pour demander quand nous pouvions nous revoir, et ma réponse avait été évasive : « Bientôt, Wally. Tu me manques. »

C'était apparemment un moment de ma vie où je disais aux gens qu'ils me manquaient tout en espérant ne pas avoir à les voir. Pour une raison ou une autre, différer la tâche de trier les affaires de maman contenues dans les cartons du grenier absorbait presque toute mon énergie.

Je me disais que maman aurait été touchée par le cadeau de Sonja et Sonny. Elle leur aurait dit que le jaune était sa couleur de rose préférée.

Ce que maman aurait pensé du fait que j'habite la maison, je n'en savais trop rien. Naturellement, elle aurait été contente que Fumée ait retrouvé ses coins de prédilection et repris un peu de poids. Elle aurait été peinée que Clare soit en colère contre moi (mais peut-être était-ce moi qui étais en colère contre elle).

Tu as ta vie, Nikki. Garde-la.

« Va te faire voir. Garde la tienne. »

Je trouvais réconfortant que le cimetière de Mount Ephraim ne soit pas aussi exigu que celui de Saint-Joseph, mais spacieux, agréable et bien plus soigné. La plupart des tombes étaient entretenues, et certaines étaient régulièrement ornées de fleurs. Il y avait toujours le vrombissement d'une tondeuse ou d'un souffleur de feuilles pour vous assurer que l'endroit n'était pas à l'abandon. Cela ne vous empêchait pas d'être triste et plus que triste, mais vous vous sentiez moins coupable lorsque vous vous en alliez.

En juin, Clare et moi étions sombres et affligées, et nous n'avions pas eu grand-chose à nous dire. La mort de maman était si récente que l'on aurait cru que nous essayions de respirer à travers des couches de gaze enroulées autour de nos têtes. Mais j'étais parvenue à dire, juste assez fort pour que seule Clare entende : « Maman préférait celui de Saint-Joseph, tu te rappelles ? Son "atmosphère particulière". » Clare s'était aussitôt emportée : « Oh ! maman. Tu sais comment elle est. »

En fait, je n'étais plus aussi sûre de le savoir.

éviter… (II)

Il y avait aussi les gens que j'évitais.

Comme les « insectes », c'était une catégorie vaste et mal définie. La plupart du temps, elle englobait tous les gens qui voulaient me voir.

Oh, Nikki ! Gwen nous manque tellement.

Je n'arrive pas à me faire à l'idée que Gwen est…

… nous voulons que tu saches que nous prions pour toi. Si nous pouvons faire quelque chose…

L'un d'eux était Gilbert Wexley.

Le distingué Wexley, que maman admirait tant.

Bien que je ne le rappelle jamais, il laissait sur mon répondeur des messages laconiques et énigmatiques : *Nicole, il faut que nous parlions.* Je savais qu'il souhaitait organiser une cérémonie à la mémoire de maman et que ses projets devenaient de plus en plus grandioses. Je trouvais cela insupportable.

À ma consternation, j'avais lu dans le journal local que Wexley avait commencé à solliciter des dons pour la « cérémonie Gwen Eaton », prévue à l'automne, et pour le « Prix citoyen Gwen Eaton », qu'administrerait le Conseil des arts de Mount Ephraim.

Un inconnu, s'ingérer dans nos vies ! J'imaginais ce que papa aurait dit, lui qui se défiait des gens ayant l'« esprit civique », du secrétaire général des Nations unies aux membres bénévoles du conseil municipal de Mount Ephraim.

J'appelai Rob Chisholm pour lui demander d'élever des objections. Je ne voulais pas parler directement à Wexley.

« Tu es sûre, Nikki ? dit Rob d'un ton sceptique. Les gens veulent faire quelque chose pour Gwen. À la mémoire de Gwen, je veux dire. » Silence gêné. Respiration audible à l'autre bout du fil. « Ce qui est arrivé est encore si… douloureux. C'est comme si cela leur était arrivé à eux. » Pause. Puis, très vite, avant que je puisse exprimer mon opposition en éclatant d'un rire hystérique : « Ils aimaient Gwen, voilà tout. Ils ne veulent pas tourner la page.

– Eh bien, ils feraient mieux de la tourner ! Je n'ai rien à faire de leurs émotions. »

Mon ton était suppliant. J'avais eu l'intention d'être simplement désagréable.

J'avais eu l'intention d'avoir une conversation courte et raisonnable avec mon beau-frère, puisque ma sœur mesquine refusait de me parler, mais voilà que je me laissais emporter par mes émotions. Rob avait probablement l'impression d'entendre Clare.

« Cela aurait plu à Gwen, dit-il. La cérémonie commémorative, au moins.

– Oh ! Rob. Elle aurait été morte d'embarras. »

Quelle idée de dire une chose pareille ! Je me demanderais ensuite si cela avait été délibéré. Le pauvre Rob ne trouva à rien à répondre. « Bon, marmonna-t-il, je vais voir ce que Clare en pense. Elle sera sans doute d'accord avec toi. »

Un silence. Je ne demanderais pas de nouvelles de ma sœur. *Pas question.*

« Comment va-t-elle ? Cela fait un moment qu'elle ne m'a pas téléphoné. »

Rob ne répondit pas immédiatement. J'entendais des bruits ambigus en fond sonore. (J'avais appelé Rob à son bureau, forçant le barrage de sa secrétaire d'un *Urgent, affaire de famille !* sans réplique.) Avec un entrain forcé, il dit : « Clare est... eh bien, elle est identique à elle-même. C'est de plus en plus le cas. »

Là-dessus, il dut raccrocher.

Je parvins à éviter Wexley tout l'été. Je comprenais, je pense, qu'une cérémonie commémorative était inévitable, que je ne pouvais m'y opposer et que, en effet, ma mère l'aurait peut-être souhaitée. Puisque certaines choses doivent être faites, disait-elle, il faut essayer de les faire de bonne grâce. Mais je ne supportais pas l'idée de voir Wexley, il ne m'inspirait pas confiance. Quelque chose d'autoritaire et de condescendant dans son comportement à l'égard de maman, le jour de la fête des Mères, avait dû m'offenser. *Votre mère. Cette chère Gwen. Une femme merveilleuse. Si regrettée !* Comme papa, je me posais des questions.

« Nicole ? Nicole Eaton ? Est-ce que...

– Monsieur Wexley ! Bonjour, mais je suis désolée, je ne peux pas vous parler. Un ami m'attend dehors dans sa voiture, il est venu me chercher, *au revoir*. »

Cette rencontre eut lieu dans un endroit improbable, un magasin d'aspirateurs dans un centre commercial de la Route 31. (Où j'apportais pour réparation le gros aspirateur de maman. J'en étais venue à aimer le ronronnement de l'appareil, la tâche routinière consistant à aspirer une poussière visible dans un sac jetable dont on se débarrassait. Recommandé à tous les « survivants » en deuil.) Plus tard, je comprendrais que Wexley m'avait suivie dans le magasin, il s'était arrêté pour prendre de l'essence dans la station voisine.

Un autre jour, je vis Wexley – ou un homme entre deux âges, corpulent et plutôt grand, qui ressemblait à Wexley : même cheveux aux allures de postiche, même air pompeux – se diriger vers moi dans l'horrible Walmart immense et glacé du centre commercial. Détournant aussitôt le regard, je fonçai dans une allée pour lui échapper. (Et me jetai quasiment dans les bras d'un Noir sexy d'une vingtaine d'années qui s'exclama en riant : « Hé là ! Faut prendre son tour. ») (Je me dis ensuite que c'était peut-être un moyen de rencontrer des hommes : courir, leur rentrer dedans, susciter chez eux un désir de protéger, de conseiller.) (Je me dis aussi que je n'avais pas fait l'amour depuis aussi longtemps que mes cheveux punk violets avaient mis de temps à repousser.)

Un autre jour, j'aperçus un homme corpulent, assez vieux, montant péniblement une allée de gravier dans le cimetière de Mount Ephraim, et je me hâtai de disparaître. Un autre jour encore, une dizaine de roses blanches furent livrées à la maison avec une carte : *En souvenir de Gwen, toujours. G. W.* On était en droit de se demander si Gilbert Wexley, l'éternel célibataire mondain de Mount Ephraim, n'avait pas été amoureux de ma mère.

Ceci expliquerait cela, me dis-je.

Je venais tout juste de commencer à trier le monceau de cartes, lettres, souvenirs, coupures de journaux et photos, accumulé par ma mère et éparpillé un peu partout dans la maison dans des tiroirs, des enveloppes ou des albums. Jusqu'à présent je n'avais rien trouvé qui concerne Gilbert Wexley, ce qui était un soulagement.

(J'éprouvais une certaine répugnance à examiner les papiers de maman. La façon dont Clare avait fouillé impitoyablement dans les tiroirs de papa, comme si elle y cherchait des preuves contre lui – pour finir par les trouver dans les calendriers – m'avait laissé un goût amer.)

Lorsque Wexley se fut procuré mon adresse électronique, il se mit à m'envoyer de longs messages sans queue ni tête sur la cérémonie commémorative, le prix citoyen et le « trou béant » qu'avait laissé la disparition de Gwen dans l'univers. Je répondis au premier de ses messages dans mon style électronique saccadé

– *Merci de votre intérêt pour ma mère, je ne peux participer à vos projets mais ne les contrarierai pas* –, puis, comme ils continuaient à affluer, je cessai de les lire.

Les messages que Wexley laissait sur mon répondeur, je les effaçais sans les écouter.

À la fin de l'été, les choses prirent un tour étrange.

Sans invitation, Wexley commença à venir à la maison. Il osa sonner à la porte. Je savais, par une remarque qu'avait faite maman pendant le dîner de la fête des Mères, qu'il n'avait jamais mis les pieds chez nous avant ce soir-là, et j'ai peut-être une personnalité agressive, mes efforts sporadiques pour ressembler davantage à ma mère ne sont peut-être que des accès passagers de ferveur optimiste, mais je ne voulais pas ouvrir à Gilbert Wexley, si instamment que maman m'implore de me conduire avec courtoisie. Lorsqu'il osa sonner à la porte une deuxième fois, en rajustant ses cheveux ou son postiche, je me glissai jusqu'à une fenêtre grillagée et lui criai de bien vouloir s'en aller, j'avais un invité et ne pouvais pas être dérangée. Il retourna à sa voiture, l'air penaud, mais il ne partit pas. Furieuse, j'envisageais de composer le 911 pour signaler qu'un désaxé me guettait, quand la voiture de patrouille habituelle apparut. Cela dut effrayer Wexley, car il démarra aussitôt.

D'autres e-mails suivirent. D'autres coups de téléphone. Une autre visite surprise, cette fois en début de soirée, un jour où je me sentais plus détendue, moins irritable et moins méchante. Lorsque Gilbert Wexley sonna bravement à la porte, un attaché-case à la main pour indiquer qu'il venait pour affaires, je l'invitai donc à entrer en lui expliquant que je n'avais que quelques minutes. Il m'agrippa les mains, le regard avide, l'haleine sentant le whisky, et déversa un flot de paroles incohérentes qui concernaient par intermittence la cérémonie commémorative, mais insistaient surtout sur le fait que ma mère lui manquait, il avait pris l'habitude de compter sur elle, il craignait de n'avoir pas toujours fait assez attention à elle, une femme si bonne si douce si gentille si généreuse, il craignait même de l'avoir blessée, pas intentionnellement bien sûr mais peut-être l'avait-il fait malgré tout, il tenait beaucoup à me voir, peut-être pouvait-il m'inviter à dîner, le Fayetteville était son restaurant préféré, nous avions tant à nous dire, je l'« impressionnais » beaucoup, ce qu'il savait de « Nicole Eaton », nos rares rencontres et mes articles dans le *Beacon*, j'étais si intelligente et si douée, et tellement séduisante : « Vous avez ce qui rendait Gwen si unique, Nicole, surtout quand vous souriez. Vous devriez sourire plus souvent ! »

La remarque porta. Dans l'instant même je fus debout, et je poussai littéralement Wexley dehors. Bien qu'il eût quelque chose dans son attaché-case qu'il souhaitait me montrer, cela ne m'intéressait pas. J'expliquai que mon ami de Chautauqua Falls allait arriver dans dix minutes, que c'était un homme possessif connu pour relever le numéro minéralogique des voitures suspectes qu'il voyait garées devant chez moi, de façon à pouvoir demander à un ami policier de chercher par ordinateur l'adresse de leur propriétaire…

Wexley s'enfuit. Exception faite de quelques e-mails et de quelques messages téléphoniques, il ne n'importuna plus jamais.

Clare : devine qui importune maman. Moi, je veux dire. Pause. *Je ne te révélerai son nom que si tu m'appelles, Clare.*

L'incident était trop délicieux pour que je le garde pour moi. Je le lançai comme un appât, sachant que, cette fois, Clare céderait à la curiosité et m'appellerait. Ce qu'elle fit en effet, feignant de ne s'intéresser que mollement, ou même à contrecœur, à ce que j'avais à lui dire : « D'accord, Nikki, ma langue au chat. Qui ?

– Devine. »

Un silence. J'entendais presque son front se plisser.

« Gilbert Wexley.

– Oh ! Comment le sais-tu ? »

Je me faisais l'effet d'un ballon qui se dégonfle d'un coup.

Clare rit, du même rire nasal, grêle et sifflant que notre père quand maman faisait une remarque naïve. « Il m'a importunée, moi aussi. Mais Rob s'en est occupé. »

Puis elle raccrocha très vite.

secret

Une pulsation dans mes yeux. J'appelle *Maman ? Maman ?* Au début je ne suis pas certaine de mon âge : suis-je petite fille ou adulte ? Je traverse en trébuchant les pièces de la maison. Je pousse la porte du garage. Oh ! je m'impatiente parce que à quoi joue-t-on ? À cache-cache ? Pourquoi maman se cache-t-elle ? Une odeur étrange m'agresse les narines. J'hésite à allumer. Je crois pouvoir voir dans le noir, ne pas avoir besoin de lumière. Devoir allumer me contrarie, je n'arrive pas à trouver l'interrupteur, mes doigts tâtonnent dans le noir. Dehors il faisait grand soleil, dans le garage il fait nuit. Je pense avec exaspération *Je n'ai pas le temps de jouer, bon sang.*

Maman se cache, maman est couchée sur le sol de béton dans ses beaux habits bleus. C'est ridicule, elle exagère ! Je suis en colère contre maman, couchée dans une flaque noire et huileuse à l'odeur écœurante. Elle a le visage tourné vers moi. Elle a le bras tendu vers moi. Elle est couchée les yeux ouverts et elle implore. *Aide-moi, Nikki ! Ne me quitte pas, Nikki !* Je me mets aussitôt à pleurer. Je ne suis plus en colère, j'ai très peur. Je m'agenouille gauchement près de maman. Sa peau est si froide ! La toucher, c'est sentir ce froid me pénétrer, me transpercer jusqu'à la moelle. J'essaie de la soulever mais elle est devenue lourde. Mes bras sont trop faibles. Si seulement je pouvais la soulever ! Si je pouvais l'aider à se mettre debout. Mais je ne suis pas assez forte. Je ne suis pas assez courageuse. Je suis impuissante. Car il semble que je sois une petite fille, en fin de compte. Je pleure si fort, je suis une petite fille qui a déçu sa mère. Jamais les choses ne s'arrangeront entre nous. Je laisse ma mère dans le garage, sur le sol de béton sale. J'abandonne ma mère à des inconnus.

C'est mon secret, que je vous révèle ici.

le papillon de nuit

Réveil en pleine nuit. J'avais entendu un bruit. Comme si un objet était tombé. Dans une autre partie de la maison. Le garage.

Le garage ! Je n'y étais pas entrée depuis longtemps.

Je savais : la porte extérieure du garage était fermée à clé – « sécurisée », comme dit la police. Celle qui donnait dans la cuisine était fermée à clé. Toutes les portes de la maison, toutes les fenêtres, étaient verrouillées (y compris celles du sous-sol). Dans plusieurs pièces, des ampoules basse tension brillaient. Dans la cuisine, l'ampoule de la cuisinière était allumée. Près de mon lit, dans ma chambre de jeune fille, il y avait un téléphone, et mon portable n'était pas loin. Je devais avoir dormi entortillée dans des draps humides. J'étais soulagée d'être seule, de ne pas avoir Wally Szalla près de moi. Car ces derniers temps lorsque Wally et moi dormions ensemble, à Chautauqua Falls, nous étions moins à l'aise qu'avant, et il est plus pratique de dormir seul quand on est sujet à des insomnies ou à des cauchemars.

En fait, j'avais dormi avec Fumée au creux du bras gauche, mais il avait sauté à bas du lit, sans doute parce que je lui avais fait peur. Je repoussai le drap humide. Je me dis que ce n'était rien. Que c'était un rêve. Je savais parfaitement que c'était un rêve, ce qui n'empêchait pas mon cœur de cogner comme un poing furieux. J'allumai à tâtons : 3 h 10. Une heure à peine auparavant, je lisais encore. Dès que la lumière brilla, des papillons se jetèrent contre la fenêtre grillagée toute proche.

Des papillons ! Le plus gros avait la taille d'un colibri, de belles ailes gris poudre, et il se jetait contre le grillage.

Par terre près de mon lit – autre excellente raison pour ne pas avoir de compagnon de lit à deux jambes – il y avait un marteau à pied de biche. Pour ma protection. Je le pris lorsque je me levai. Ma main tremblait violemment, mais le poids du marteau arrangea un peu les choses. Dans le couloir, oreilles dressées, Fumée me regardait. Deux yeux fauves de chat, pleins de méfiance. Lorsque j'avançai, il battit en retraite. Je lui parlai pour le rassurer mais il ne me faisait pas confiance : échevelée, sentant la sueur, un marteau à la main.

Je plaisantai : « De quoi tu te méfies ? Allez, viens. »

Plaisanter avec un chat ! Nikki la dingue était-elle de retour ?

Dans la cuisine, bien qu'ayant envie de rire, je restai parfaitement immobile. Je comptais m'approcher de la porte du garage et je comptais l'ouvrir, simplement pour m'assurer qu'il n'y avait personne, qu'il n'y avait rien, car le garage était « sécurisé » et je le savais. Mais je ne m'approchai pas de la porte, je ne l'ouvris pas. Je restai immobile de longues minutes, écoutant le silence dans le garage. Je me disais : « Personne. Rien. » La main qui tenait le marteau tremblait toujours. J'avais la bouche sèche comme un vieux journal cuit et jauni par le soleil. La lumière qui brillait au-dessus de la cuisinière était une consolation. Cela avait beau n'être qu'une ampoule de trente watts, mon père aurait désapprouvé. Les faiblesses, les réactions « idiotes », l'impatientaient. Avec trois femmes dans la famille, il s'était souvent impatienté.

J'ouvris le tiroir où maman rangeait les cartes de visite. Plombiers, charpentiers, avocats, électriciens. « Sonny » Danto la

Terreur des bestioles devait être là. Et l'enquêteur de police dont je ne cessais d'oublier le nom. *Appelez-moi. De jour comme de nuit. Si vous avez besoin de moi. Ou juste pour parler.* Je trouvai la carte de Strabane, composai son numéro et entendis le téléphone sonner une, deux, trois fois... Je raccrochai précipitamment. « Tu es folle ! Qu'est-ce qui te prend ! »

Je tremblais de soulagement, comme si j'avais échappé de peu à un terrible danger.

Il était 3 h 15. Le soleil se lèverait vers 5 h 30. Un nouveau jour commencerait, qui n'aurait rien à voir avec l'ancien parce que aucune trace n'en resterait.

se débrouiller

Trois jours plus tard, il fit son apparition.

« Madame Eaton… Nicole ? Vous avez besoin d'aide ? »

J'étais en train de débarrasser le garage. J'évitais d'y entrer depuis des mois. Mais ce matin-là, je m'étais forcée à le faire. Le seul endroit où j'avais été incapable d'entrer depuis mon installation chez maman : le garage.

Garage ! Garage ! Le mot résonnait dans mon crâne comme une musique rock enragée.

Je levai les yeux, la main en visière. Un homme ? Un homme basané portant des lunettes de soleil, d'étranges cheveux hérissés comme des piquants de porc-épic sur le sommet de la tête ? Un homme marchant vers moi, un sourire insistant aux lèvres ?

J'étais stupéfaite de voir Strabane.

Mais tu ne peux pas savoir que je t'ai appelé, l'appel n'a pas abouti !

C'était une belle journée de septembre. J'étais en train de traîner hors du garage un encombrant fauteuil de jardin. La toile en était si pourrie, si enguirlandée de toiles d'araignée que l'on aurait dit de la dentelle bon marché. Au bord du trottoir, des cartons de détritus, des outils de jardinage rouillés, une vasque fêlée, des abat-jour crasseux attendaient déjà le passage des éboueurs.

Strabane me prit le gros fauteuil des mains et le porta jusqu'au trottoir sans plus d'effort que s'il avait été en plastique. Un homme aux épaules trapues, rouge d'embarras, nerveux et excité. J'avais envie de courir me réfugier dans la maison et de fermer la porte. Je n'étais pas préparée à cela.

« Vous avez autre chose pour moi, madame ? Ces valises ? »

Strabane souriait, serrait et desserrait les doigts. Mal à l'aise, il cherchait à être drôle. En jouant le rôle de... quoi ? Un homme à tout faire, un éboueur ?

J'essayai de rire. C'était drôle, en fait !

J'essayai de ne pas montrer mon étonnement et ma fureur. Des larmes d'indignation me montaient aux yeux. Mais j'entendais la voix raisonnable de maman : sois courtoise envers tous les visiteurs.

J'avais tiré les « valises en cuir assorties » d'un coin sombre du garage et les avait traînées au soleil. Il y en avait cinq, dont un nécessaire de voyage que ma mère avait cherché à refiler d'abord à Clare, puis à moi, quand nous étions allées à l'université. Les valises étaient éraflées, couvertes de toiles d'araignée, mais encore belles, imposantes. « De qualité supérieure », aurait dit papa. J'avais longtemps contemplé les initiales en cuivre terni *G.A.E., J.A.E.* M'efforçant d'imaginer mes parents jeunes mariés, profondément amoureux et pas encore parents, éblouis par ce cadeau luxueux dans lequel ils avaient dû voir la promesse de voyages, d'un avenir romantique.

Quand précisément les valises avaient été mises à moisir dans le garage, je l'ignorais. Y penser était trop triste.

J'étais en train de me dire qu'il valait peut-être mieux que je ne jette pas les valises de mes parents. Peut-être pas ce matin-là.

Mais voilà que mon visiteur inattendu, Ross Strabane, agrippait en grimaçant, et simultanément, les poignées des cinq valises, ployant même les genoux à la manière d'un haltérophile professionnel. Pour un homme de taille modeste, il avait de grandes mains. L'habileté de ses mouvements, la confiance un peu frimeuse qu'il avait dans sa force étaient fascinantes à observer. Je ne savais pas si j'admirais cette force ou si je la méprisais. Je savais en revanche que je n'aurais pas pu soulever plus de deux valises, des deux mains.

Strabane hésita, lisant quelque chose sur mon visage. « Non ? Celles-là ne sont pas du voyage ?

– Je crois que… non.

– C'est du cuir véritable, hein ? Joli. »

Strabane se pencha pour sentir leur odeur. Malgré les années passées dans le garage, le cuir brun-roux dégageait encore un léger parfum luxueux.

« C'était le cadeau de mariage de mes grands-parents paternels à mes parents. Vous voyez, là : G.A.E., J.A.E. Leurs initiales. » Je m'entendis soudain parler de mes parents à Strabane, d'une voix hésitante, éraillée, qui semblait ne pas servir souvent. On aurait dit que, par pure solitude, j'attendais le premier venu pour lui servir cette histoire familiale. « Maman aurait adoré voyager davantage, mais papa était, euh… Il avait toujours le sentiment de devoir "rester près de chez lui" parce qu'il avait un poste à "responsabilités" chez Beechum Papers et qu'il ne faisait pas confiance à ses "subordonnés". Ils étaient allés à Key West pour leur voyage de noces et, tous les hivers, il était vaguement question qu'ils y retournent, papa le promettait plus ou moins à maman mais il y avait toujours un contretemps et, pour finir, ils n'y allaient pas. C'était devenu une sorte de plaisanterie dans la famille. Maman voulait aussi aller en Europe, et je comptais l'y emmener cet été… » Était-ce vrai ? J'étais stupéfaite de ce que je disais. Et à un inconnu, un policier qui avait enquêté sur la mort de ma mère.

Strabane écoutait avec attention. Il semblait s'intéresser à ce que je disais. Ne pas voir ses yeux me mettait mal à l'aise ; comme dans les bandes dessinées, tout ce que je voyais sur les verres réfléchissants de ses lunettes était mon visage déformé en miniature. « En famille, en tout cas, nous n'allions généralement pas plus loin que le lac Star, dans les Adirondacks, où les parents de mon père avait un cottage, et même là... nous rentrions parfois un ou deux jours plus tôt que prévu parce que papa ne tenait plus en place.

– Le lac Star ! Nous y allions aussi, certains étés. » Strabane avait posé les valises. Il pliait et dépliait ses doigts puissants. « Jusqu'à ce que ma famille déménage, je les emmenais, eux aussi. »

La phrase était ambiguë. La plupart des phrases de Strabane étaient confuses, peu cohérentes. La façon dont il me regardait, souriait, grimaçait, haussait et remuait les épaules comme si elles le gênaient, m'empêchait de me concentrer. Qu'entendait-il par *ma famille* : ses parents, sa femme et ses enfants ?

Bien qu'il se tînt assez loin de moi, j'avais l'impression qu'il me serrait de près. La sensation m'était désagréable. Je ne savais pas pourquoi il était là. Je l'avais appelé, certes, j'avais composé son numéro, mais je ne voulais pas de lui, même alors. D'ailleurs, il ne pouvait pas le savoir !

Pas le droit de te mêler de ma vie. Pas le droit de me rappeler ce que je veux oublier.

Au moins avait-il rasé sa barbe hirsute. Il avait une peau rude, le menton curieusement cabossé, ou marqué de cicatrices. Ses cheveux hérissés comme des piquants, rasés sur les côtés, avaient quelque chose de fascinant. Aucun des policiers que j'avais vus dans la petite ville de Mount Ephraim ne ressemblait à Ross Strabane.

Il parlait du lac Star comme s'il avait une signification particulière pour lui, et qu'il dût en avoir une pour moi. Comme si, on ne sait comment, nous nous étions connus lors d'étés passés là-bas.

« Mais je suis plus âgé que vous, madame. J'ai quitté le lycée de Mount Ephraim en 1981. »

Je savais que j'étais censée dire quand j'avais fini mes études secondaires. Mais le lieutenant Strabane le savait déjà. Il connaissait des « faits » sur ma famille et sur moi, et avait eu accès à des informations dont je n'avais et ne voulais avoir aucune idée.

Voyant que les souvenirs du lac Star ne m'émouvaient guère, Strabane hésita.

« Bon. Ces valises ? Vous voulez les mettre sur le trottoir ou...

– Je ne sais pas vraiment. Si les éboueurs les emportent, elles disparaîtront à jamais.

– Vous en avez l'usage ? Vous ?

– J'ai ma valise. Le genre pratique, vous savez, avec des roulettes.

– Celles-ci, alors ? Vous voulez vous en débarrasser ?

– Non, attendez ! Je ne sais pas. » J'étais angoissée, il fallait que je réfléchisse vite. « Elles sont en cuir de "qualité supérieure", c'est pour cela qu'elles sont aussi lourdes. Plus personne n'a ce genre de valise, la mienne est aussi légère que du contreplaqué ! Mais je me dis qu'on pourrait peut-être les équiper de roulettes ? Elles deviendraient pratiques, comme ça. »

Strabane eut un sourire dérouté. Cet air d'exaspération imperceptible qui se peignait sur le visage de papa quand maman cherchait à être « logique ».

« Ces valises qui pèsent une tonne ? Équipées de roulettes ?

– L'idée est idiote ? Sur Animal Planet, l'autre soir, j'ai vu une émission sur des chiens et des chats qu'il avait fallu amputer de leurs pattes de derrière. On les remplaçait par une petite plateforme à roulettes, et ces animaux se déplaçaient comme des enfants sur leur skateboard ! Leurs pattes de derrière ne semblaient pas leur manquer du tout. »

J'avais un ton naïf qui me déplaisait. La chaîne Animal Planet avait été une des faiblesses de maman, et un sujet de taquinerie. Mais Strabane m'écoutait avec respect. Il avait l'air d'un homme entraîné à prendre en considération les remarques apparemment naïves. « Peut-être parce que les animaux n'ont pas le concept "pattes de derrière", "pattes d'origine", ils se débrouillent plutôt bien avec ce qu'ils ont. Et ils n'ont pas non plus le concept "handicapé", "monstrueux". »

Ce n'était pas un reproche mais une remarque de bon sens. Peut-être aussi me taquinait-il très légèrement.

« Les animaux n'ont pas le concept "animal", dis-je. Apparemment nous ne l'avons pas non plus pour nous-mêmes, alors que c'est pourtant ce que nous sommes : des "animaux". Nous souhaitons avoir une plus haute idée de nous-mêmes.

– Évidemment ! J'espère bien. »

Je décidai de renoncer aux « valises assorties ». Je pris la plus petite à Strabane pour la porter jusqu'au trottoir, et il parvint à porter les quatre autres, deux dans chaque main. Il frimait sûrement, non ? Il cherchait à m'impressionner. Je m'efforçai de ne pas grimacer lorsqu'il laissa tomber les valises dans l'herbe, au bout de l'allée, comme de banals sacs poubelles.

« Je vous remercie de votre aide, lieutenant. »

C'était l'engager à partir. N'importe quel autre homme l'aurait compris aussitôt. Mais Strabane, qui pliait les doigts, essuyait ses mains poussiéreuses sur son pantalon, sembla ne rien remarquer. Ma mère l'aurait invité à entrer se laver les mains, mais il n'était pas question que j'invite cet intrus où que ce soit.

Propose-lui du café. Du pain aux noix et aux bananes.

On t'a appris à être polie, Nikki !

Strabane demanda si j'avais autre chose à transporter et je lui répondis avec un petit sourire éclatant : « Non merci, rien du tout. »

Il suffisait de jeter un coup d'œil dans le garage pour constater qu'il était plein d'objets lourds et encombrants. Mais Strabane n'avait aucune envie de me contredire. Lorsqu'il ôta ses lunettes de soleil, je détournai vivement le regard.

Le travail d'un enquêteur consiste à dépister les mensonges. Les menteurs. Je ne voulais pas qu'il m'observe de trop près.

« J'imagine que je vous dérange, madame Eaton ? Je suis désolé.

– Vous pouvez m'appeler “Nicole”. Je vous en prie. »

Après les lunettes noires, les yeux de Strabane paraissaient étonnamment chaleureux, vulnérables. Les yeux d'un homme soucieux. Il était sensible à la gêne et à la tension qu'il y avait entre nous. Au fait qu'il m'avait écrit et que ni lui ni moi n'en avions parlé.

« Bon. “Nicole”. En tout cas, je ne suis pas “porteur de mauvaises nouvelles”, ce matin. C'est bien, non ? »

Strabane se rapprocha de moi. Le geste semblait inconscient, instinctif. Il voulait me protéger, mais de quoi ? Le pire était arrivé, tout cela était terminé. Ce qui était arrivé à ma mère ne m'arriverait jamais. Je le savais, c'était une simple question de bon sens.

Je sentais l'huile capillaire de Strabane. À moins que ce ne fût un déodorant à indice d'octane élevé, plus fort encore que celui de Wally Szalla. Mes battements de cœur s'accélérèrent comme en présence d'un danger.

Oh ! je le détestais. Je détestais les souvenirs qu'il me rappelait. Je voulais qu'il parte pour pouvoir m'enfermer dans la maison, dans ma chambre de jeune fille, et chialer.

Je détestais tout particulièrement ses vêtements. Il n'avait donc personne pour surveiller sa tenue ! Peut-être les flics en civil des petites villes sont-ils obligés de porter le genre de cravate qu'on ne trouve qu'en vrac dans des bacs, au moment des soldes d'hiver ? Peut-être sont-ils obligés de mettre des chemises d'un tissu synthétique qui n'a de blanc que le nom, si fin qu'on distingue les poils sombres de leur torse au travers ? Des chemises qui, de derrière, laissent voir des taches de transpiration en forme d'ailes de chauve-souris sur les épaules ? Je détestais ses chaussettes dépareillées, l'une beige à petits carreaux, l'autre couleur sable et apparemment effilochée. Seules ses chaussures étaient à peu près convenables, peut-être parce qu'elles étaient neuves et anormalement brillantes, comme la boucle de sa ceinture.

Je détestais qu'il soit venu chez moi, alors que je n'avais pas cherché à lui parler, que je n'avais pas répondu à ses lettres. Je détestais qu'il fût un mâle sexuellement agressif totalement inconscient de lui-même, maladroit et hésitant. Wally Szalla donnait la même impression initiale : aussi confortable et inoffensif qu'une vieille chaussure. Mais les intentions sexuelles de Wally étaient tout sauf inconscientes.

« Si je suis passé, Nicole, c'est que je me demandais comment vous vous débrouilliez », dit Strabane, avec gêne.

Comment je me débrouillais ? Je n'en avais pas plus l'idée que du nombre de mes globules blancs.

Je lui en voulus de la question. Je lui en voulus de sous-entendre qu'il y avait une façon souhaitable dont je devais *me débrouiller* et que je n'étais peut-être pas à la hauteur ; que le lieutenant Strabane pouvait m'apporter son aide. D'un ton innocent, je demandai : « Comment me trouvez-vous ? »

Cela se voulait une plaisanterie, car j'étais certaine de ne pas payer de mine avec mon short en jean délavé, mon tee-shirt sale, porté sans soutien-gorge, et, pour tout maquillage, une traînée de rouge à lèvres violet à l'emplacement de la bouche. J'avais maintenant une tignasse de cheveux raides, moitié sable brillant moitié gris argent, qui frisait et s'épaississait par temps humide. Pour mon dernier rendez-vous galant avec mon amant marié Wally Szalla, je m'étais appliqué un vernis bleu paon pailleté d'or sur les ongles des mains et des pieds. Il avait tenu sur les mains, mais le bleu impertinent de mes orteils s'écaillait. J'avais vu le regard de mon visiteur glisser vers mes pieds nus crasseux, puis remonter aussitôt vers mon visage.

« Vous êtes belle, Nicole. » Strabane parlait vite, comme embarrassé. Il tirait sur le col de sa chemise, en y laissant des traces de toiles d'araignée.

Je n'avais pas entendu cette remarque absurde. Ma paupière gauche s'était mise à palpiter. J'avais envie de repousser Strabane en appliquant mes deux paumes contre son torse trapu.

« C'est pour ça que vous êtes venu ici. Pour me dire… quoi ?

– Pour vous dire que votre vie recommencera, Nicole. Après le procès. Il faut que vous en ayez la conviction. »

Le procès. Il avait été fixé à la fin octobre, puis remis au début décembre. Tout récemment, nous avions entendu dire qu'il serait peut-être reporté de nouveau, « après le nouvel an ».

« Je ne pense pas au procès. J'essaie de ne jamais y penser.

– C'est bien, Nicole, parce que cela ne dépend pas de vous.

– Je pense à ma vie dans cette maison au jour le jour. Une heure après l'autre, parfois. Voilà à quoi je pense, et j'y trouve un certain bonheur, et j'ai droit à ce bonheur. »

Ma voix s'était faite aiguë. Strabane hocha la tête avec gravité. On aurait dit que je lui avais donné une bourrade. Il avait été pris par surprise mais il avait tenu bon. À présent il était triste, blessé. Mais il tenait quand même bon.

Je disais, avec énervement : « Clare avait promis de m'aider à débarrasser le garage, mais vous la voyez quelque part, vous ? Elle veut vendre la maison mais elle ne peut pas se forcer à y revenir. Cette façon qu'ont les gens de laisser la porte de leur garage ouverte en permanence, mon père y voyait une défaillance morale de la part des propriétaires. Les garages se remplissent de vieilleries, les voitures restent à l'extérieur. "Les gens ne respectent plus la vie privée, même pas la leur." Papa nous emmenait faire le tour du quartier pour nous montrer les pelouses, les maisons, les garages qui étaient "bien entretenus", et ceux qui étaient "une honte". Il jugeait d'après les apparences, l'aspect extérieur, parce que c'est ce que les gens voient, en fin de compte. "Une porte de garage ouverte, c'est la même chose que s'il manquait un mur à la maison et que l'on voie ses habitants en pyjama ou, pire encore, nus." Papa avait une façon de prononcer "nus" aussi comique qu'un gag à la télé. »

Mon débit rapide, mes propos destinés à amuser auraient dû indiquer clairement à mon visiteur qu'il devait partir. J'étais trop nerveuse, trop perturbée. J'avais la peau brûlante, et ma paupière tressautait. Strabane s'approcha un peu plus, me regardant d'un air inquiet. Il avait eu l'intention de me consoler, pas de me contrarier.

« Je suis libre une partie de la journée, dit-il. Je suis ici pour vous proposer mon aide. Si vous souhaitez mon aide. J'espérais avoir de vos nouvelles.

– Eh bien, vous n'en avez pas eu. Vous n'en aurez pas. Je n'ai pas besoin de vous. »

Pendant cette conversation, Strabane n'avait cessé de jeter des coups d'œil vers le garage. C'était une sorte de tic, il ne pouvait s'en empêcher. Il se rappelait qu'on l'avait fait venir dans ce garage, ce fameux soir de mai. Il avait été l'enquêteur en chef appelé sur le « lieu du crime ». Quatre mois à peine auparavant, mais qui semblaient quatre ans. L'intérieur violemment éclairé du garage de banlieue parfaitement ordinaire où ma mère avait été frappée, où elle était tombée sur le sol de béton. Le corps menu d'une femme sur ce sol sale, dans des vêtements déchirés et trempés de sang. J'aurais voulu demander si le flic professionnel avait remarqué le soin avec lequel avaient été cousues la veste de lin bleu et sa doublure de soie bleu pâle, la beauté du chemisier à fleurs.

Strabane me contemplait avec curiosité. Déchiffrer les pensées secrètes était sa profession.

« Je vous suis reconnaissante de votre aide, lieutenant. Mais…

– Lieutenant, c'est mon grade. Je m'appelle Strabane.

– Oui, je sais. Monsieur Strabane…

– Les gens ne m'appellent pas par mon prénom, Ross. J'ai toujours été "Strabane", même au collège. Bizarre, hein ? »

Je n'avais pas de réponse. Quelque chose d'étrange arrivait au bas de mon visage.

« … Je n'ai pas besoin de vous, Strabane. Cela demande trop d'effort.

– Quoi donc ? »

De vous inviter à entrer. De vous inviter dans ma vie. Ou même de vous offrir du café, un pain aux noix et aux bananes préparé selon une recette du livre de maman.

De vous inviter à vous laver les mains, que vous avez salies pour m'aider.

« Il y a un homme, nous projetons de nous marier. Il… »

Je me dirais ensuite que Strabane connaissait sûrement l'existence de Wally Szalla.

Il avait « enquêté » sur les Eaton. Je le savais. Je préférais ne pas imaginer ce qu'il savait exactement, mais cela me contrariait. J'en voulais à cet inconnu de savoir quoi que ce fût sur moi.

« D'accord, Nicole. J'ai compris ! »

Il avait remis ses lunettes noires, ce qui lui donna aussitôt un air légèrement sinistre, sexy. Les verres étaient plats, très brillants, je ne pouvais plus voir ses yeux, et c'était un vrai soulagement ! J'espérais ne plus jamais les revoir.

Mais Strabane ne partait toujours pas. Il disait : « Euh, bon… Si vous avez besoin de moi, Nicole, passez-moi un coup de fil, d'accord ? N'importe quand, si l'envie vous en prend, si vous avez envie de parler ? »

Sa main se dirigea vers sa poche, mais il se rappela qu'il m'avait déjà donné sa carte. Au moins deux fois.

Je le remerciai, je dis que oui. Je ne le regardais même pas.

Ne voulant pas qu'il se fasse de fausses idées sur mon compte. Qu'il pense que j'étais attirée par lui, bien que ne pouvant pas le sentir. Que je souhaitais non qu'il s'en aille mais qu'il se rapproche encore, pour pouvoir le repousser de mes deux mains, refermées en poings.

Accroupie dans le garage devant des cartons de vieux disques voilés que maman avait mis de côté au début des années 1990, quand papa avait « capitulé » (selon son expression, prononcée avec un écœurement philosophique) et acheté un lecteur de cassettes et de CD comme la majorité de ses compatriotes américains. Oh ! que faire de ces disques ? Je comprenais l'embarras de maman.

Comment jeter ces vieux classiques dans leurs pochettes crasseuses mais aux couleurs encore vives, *Les grands airs de Carmen, West Side Story, La Mélodie du bonheur* ? J'époussetai les toiles d'araignée, puis les remis un à un dans leur carton. Je travaillai jusqu'à en avoir les genoux douloureux. J'avais entièrement oublié mon visiteur. Je ne voulais pas penser à lui. Je me disais *Tu vois, je me débrouille. En voici la preuve. S'il te faut une preuve. Je ne suis pas vraiment Nikki en ce moment mais je m'en tire mieux que Nikki n'y arrivait. Je suis enfin entrée dans le garage. La preuve que je n'ai pas peur du garage, c'est que j'y suis enfin entrée. Dorénavant, je mettrai ma voiture dans le garage. Je refermerai la porte du garage. Personne ne saura en passant devant la maison si je suis là, ou si je n'y suis pas.*

art du pain

C'était ainsi, j'avais commencé à mettre en pratique les recettes du livre écorné, taché de farine, de maman : *L'Art du pain*.

Je n'étais pas naturellement douée. Je n'avais jamais vraiment su cuisiner. Je souffrais peut-être de troubles déficitaires de l'attention, comme la moitié de la population américaine. Je manquais de patience, et la patience est une sorte de maturité.

Dans la cuisine, pétrissant la pâte comme ma mère avait tâché de me l'enseigner, je me sentais en paix et heureuse. C'est que je la voyais presque. Je l'entendais… presque !… m'encourager.

Pétrir est facile, Nikki !

Mets-toi de la farine sur les mains. Mets-en sur la planche jusqu'à ce que la pâte ne colle plus. Bien !

Ne brutalise pas la pâte. Presse tire roule, presse tire roule, c'est ça, chérie, trouve ton rythme, inutile de te dépêcher, vas-y à l'instinct, prends ton temps, pétrir est un bonheur, lorsqu'on pétrit du pain, on entre dans une zone de bonheur, voir la pâte lever est un bonheur, l'odeur du pain qui cuit est un bonheur, c'est un bonheur de le mettre à refroidir (toujours sur une grille métallique, chérie) et un bonheur de le partager avec les autres, et c'est le bonheur que nous méritons, Nikki, pas la tristesse.

Des larmes salées tombaient parfois sur la pâte à pain. Quand je ne parvenais pas à les essuyer assez vite, en me barbouillant le visage de farine.

Pain miracle. Pain complet. Pain au blé concassé, aux douze céréales.

Lorsqu'il était au four, je m'attendais au pire, et tantôt j'avais raison, tantôt j'étais « agréablement surprise ». Quand le résultat était catastrophique, je m'efforçais de ne pas désespérer et me contentais d'éviter la cuisine pendant toute une journée. Lorsque je revenais, maman m'y attendait avec cet immense tablier blanc, marqué de l'inscription MAÎTRE BOULANGER, que nous lui avions offert.

Faire du pain est amusant, Nikki ! À la différence de la vie qui est parfois trop sérieuse.

Levain. Babeurre. Flocons d'avoine/son. Raisins/yaourt/ douze céréales. Noix/bananes.

Voilà les recettes de maman que j'essayais. L'odeur familière du pain au four flottait dans la maison. Si je fermais les yeux, comme dans un rêve délicieux, je me voyais descendre du car scolaire, courir vers la maison et sentir, en poussant la porte de la cuisine, cette odeur de pain qui signifiait que maman était là. *Hé, maman, je suis rentrée !*

Je faisais du pain. Je n'arrivais à rien, mais je faisais du pain. Exaspérée, je m'énervais, jetais à la poubelle un pain dur comme pierre, mais je faisais du pain. Je me disputais avec mon amant marié, mais je faisais du pain. Je regrettais de ne pas avoir invité l'enquêteur aux cheveux porc-épic dans ma cuisine pour lui faire goûter un pain aux noix et aux bananes que j'avais plutôt bien réussi, mais je ne l'appelai pas ; je faisais du pain. Me disant *Il ne te faut pas davantage d'émotions dans ta vie pour le moment, il t'en faut moins.*

Je faisais du pain.

Mes disputes avec Wally Szalla étaient le prologue à des réconciliations qui en valaient toujours la peine. Je pense.

Pour Wally, je fis du pain au levain. Quelque chose de simple pour un homme qui affirmait aimer la simplicité. « C'est bon, Nikki ! » Un air étonné. « C'est toi qui l'as fait, Nikki ? Toi ? » Pour mon trente-deuxième anniversaire, début octobre, Wally m'emmena passer un week-end romantique à l'hôtel Chateaugay, au bord du Saint-Laurent, près de la frontière du Québec. Il m'offrit une montre en or blanc, gravée de l'inscription *À N., W. avec amour*, le plus beau bijou qu'on m'eût jamais offert et qui me fit pleurer.

Dans les bras charnus de Wally (il était musclé, mais il fallait palper pour s'en rendre compte), dans un vieux lit inconfortable aussi haut qu'une table d'opération, je pleurai. Quand Wally me fit l'amour, je pleurai. Il ne me demanda pas pourquoi, comme si, dans la vie de Wally Szalla, qu'une femme nue pleure entre ses bras était dans l'ordre des choses.

C'était le week-end romantique, passé loin et de Mount Ephraim et de Chautauqua Falls, où Wally comptait me parler sérieusement de notre avenir. On ne sait comment, toutefois, dans la brume du champagne, du vin, de la vodka, des cognacs et des larmes de Nikki, cet avenir fut évacué.

Cet homme veut que je l'adore. Pour ne pas avoir à m'adorer.

Je rentrai à Mount Ephraim, âgée de trente-deux ans.

Je fis du pain.

Quatrième partie

aie confiance

Ta vie recommencera. Après le procès.

Dans la pièce où maman faisait ses travaux de couture se trouvait son calendrier du Refuge des animaux de Chautauqua Falls. En l'examinant, je découvris avec étonnement que c'était un calendrier de dix-huit mois, allant de janvier 2004 à juin 2005. La date du procès ne cessant d'être repoussée, je pus donc y inscrire et y réinscrire : PROCÈS.

calendrier

Le calendrier de maman ! Dix-huit photos en couleur d'animaux orphelins, abandonnés, négligés et maltraités, recueillis dans le refuge local jusqu'à leur adoption par de « bons maîtres ». Des chiens, des chats, des chevaux et même une chèvre, un cochon vietnamien ventripotent, un superbe cacatoès blanc.

J'avais continué à me servir du calendrier de maman lorsque je m'étais installée chez elle, cela paraissait logique.

Clare n'avait pas fait d'objection. En voyant le calendrier, ses annotations proprement écrites dans des encres de différentes couleurs qui, de loin, ressemblaient moitié à des mots croisés, moitié à une toile d'araignée, elle avait battu en retraite.

Maman n'avait jamais tenu de journal, à notre connaissance. (Oh ! nous étions convaincues que nous l'aurions su.) Mais les annotations du calendrier étaient si nombreuses que l'on pouvait presque y voir une sorte de journal.

Assez énigmatique parfois. Car si la plupart des initiales et des abréviations allaient de soi, d'autres étaient mystérieuses ou indéchiffrables.

Il était douloureux de le regarder. De reconstituer les jours, les semaines de maman. Sa vie avait été apparemment « bien remplie ». Un coup d'œil au calendrier couvert d'inscriptions le laissait penser. Tous les dimanches, c'était l'église, bien sûr. Le dimanche soir, des activités en rapport avec l'église. Du lundi au vendredi, les abréviations se bousculaient : *réu com égl* (réunion de comité à l'église), *CNS* (club de natation des seniors), *bibl* (bibliothèque, où maman travaillait bénévolement au comptoir de prêt), *hôp* (hôpital, où maman travaillait bénévolement à la boutique-cadeaux), *RH* (Résidence Hedwig, une maison de retraite où elle rendait régulièrement visite à une vieille parente), *réu art* (réunion du Conseil des arts). Il y avait aussi de nombreuses initiales, sans doute celles d'amis et de parents, généralement des femmes de l'âge de maman, avec qui elle déjeunait souvent. D'autres initiales correspondaient à des rendez-vous médicaux. Des rendez-vous chez le coiffeur. Le 9 mai, le jour du dîner de la fête des Mères, le dernier où je l'avais vue en vie, elle avait inscrit à l'encre rouge une colonne d'initiales, débutant par *Cl/Nik – Clare* et *Nikki.*

Les premières invitées.

Le 11 mai, le jour de sa mort, on lisait, à l'encre bleue : *cours 10 h 30, RH 17 h.*

Le 14 mai, le jour de son enterrement, à l'encre verte : *CNS 11 h, hôp 13-17.*

De janvier à fin mai, les inscriptions étaient nombreuses. Presque toutes les cases de la semaine du 16 mai étaient remplies, celles de la dernière semaine du mois, un peu moins. Sur la page de juin, il n'y avait plus que quelques annotations éparses.

Après cela, des jours vides. À l'infini.

Une impulsion enfantine me fit regarder le mois d'octobre. Mon nom était là, inscrit à l'encre rouge à la date du 8. Mon anniversaire.

L'anniversaire de Clare, le 2 juin, était également noté à l'encre rouge.

Les 8 juin 2004 et 2005, dates anniversaires de la mort de papa, étaient également cochées d'un petit signe à l'encre noire dans le coin supérieur droit.

J'entendais encore maman dire gaiement qu'elle ne pouvait pas vivre sans son calendrier : « Si je ne note pas la moindre petite chose, je l'oublie. Alors, je note tout, et je n'oublie jamais. »

clare me manque

« J'ai des nouvelles, Nikki ! Prépare-toi ! »

Un coup de téléphone venu de nulle part. Je reconnaissais et ne reconnaissais pas la voix, voilée, enthousiaste. Intime et surprenante à mon oreille, elle me fit comprendre combien mon gendarme de sœur m'avait manqué.

Cela lui ressemblait bien d'appeler ainsi, et avec cette entrée en matière. En supposant que je serais là, ce matin de semaine d'octobre, et que je n'attendais que son coup de fil. Que je n'étais pas plongée dans mon travail (« Tu es juste en train d'écrire ? Ce n'est pas du travail ! ») et que je serais prête à l'écouter après d'aussi longues semaines de silence.

Depuis qu'elle m'avait traitée de squatter et qu'elle s'était précipitée hors de la maison, Clare m'évitait. J'étais tantôt furieuse, tantôt profondément blessée qu'elle m'eût éliminée aussi brutalement de sa vie. Elle m'avait reproché pendant des années de ne pas habiter plus près de chez notre mère, et maintenant que j'habitais carrément la maison, elle avait cessé de m'inviter chez elle. Je n'avais pas vu ma nièce et mon neveu depuis des semaines. Je n'avais pas vu Rob. Quand j'avais quelque chose d'urgent à dire à Clare, j'appelais mon beau-frère à son bureau.

Quand, moins fréquemment, Clare avait quelque chose à me dire, elle le faisait par l'intermédiaire de Rob.

Mon beau-frère s'excusait d'un ton embarrassé : « Clare dit que tu la rends “nerveuse” et “triste”. Elle fait de grands efforts pour n'être ni l'un ni l'autre. »

Cela me blessait. Cela me faisait bouillir. Pas question que je me défende contre une accusation pareille.

« Nikki ? dit Rob. Ne le prends pas trop mal, tu connais Clare. On apprend à faire des compromis dans les familles, comme dans les couples, ajouta-t-il avec un soupir. Si l'on veut rester ensemble. »

L'ancienne Nikki aurait riposté : « Qui ça ? Pas moi. »

La nouvelle Nikki murmura : « Je sais ! »

Depuis la visite perturbante de l'enquêteur Strabane, j'avais beaucoup pensé à Clare et à sa famille : Rob, Lilja, Foster. Ils étaient ma famille, à moi aussi. Tout ce qui en restait. Avoir perdu mes deux parents en l'espace de quelques années me hantait. Cela me semblait trop tôt. *C'était* trop tôt. J'enviais ceux de mes amis qui avaient encore leurs parents. Et même leurs grands-parents ! J'avais vaguement considéré que les « vieilles générations » étaient une responsabilité plutôt ennuyeuse, un fardeau, mais je regrettais à présent de ne pas avoir interrogé ma mère sur mes grands-parents Kovach quand j'en avais eu la possibilité.

J'en avais eu la possibilité si longtemps ! Je m'imaginais sans doute que ces visites au cimetière Saint-Joseph seraient éternelles.

Je souffrais du comportement de Clare. Plus elle m'ignorait, moins elle répondait à mes appels, plus j'avais envie de la voir. Je voulais penser que Rob exagérait. Clare ne pouvait pas avoir peur de me voir ! Un jour, sur une impulsion, j'allai jusque chez elle et laissai une miche de pain frais (raisins/yaourt/douze céréales) à ma nièce Lilja, qui me regarda comme si j'étais un fantôme.

« Je ne crois pas que m… maman soit là, tante Nikki, bégaya-t-elle d'un air coupable.

– Dis-lui juste bonjour de ma part, Lilja. Et embrasse tout le monde. »

Visiblement, tante Nikki était pressée, elle n'aurait pas eu le temps d'entrer si Clare avait été là.

Au lieu de m'appeler pour me remercier, Clare m'écrivit un petit mot froid au dos d'une carte postale des Établissements vinicoles Finger Lakes :

« Merci pour le pain. Une vraie surprise que tu aies le temps de faire du pain. Rob et Foster l'ont déjà presque entièrement dévoré. Contente de savoir que tu es bien installée et que tu as le loisir de te mettre aux fourneaux.

« Affectmt, Clare. »

Affectmt ! Sa vie banlieusarde trépidante ne permettait apparemment pas à Mme Rob Chisholm d'écrire *affectueusement* en entier.

Ce fut Rob qui me téléphona pour me remercier : « C'était délicieux, Nikki. C'est vraiment toi qui l'as fait ? *Toi ?* »

Dès que Clare fit irruption dans la maison, avant même de laisser une traînée de rouge à lèvres sur ma pommette, elle m'annonça sa nouvelle : Rob et elle s'étaient mis d'accord pour une « séparation à l'essai ».

Ma surprise fut totale. Je dus donner l'impression qu'on m'avait flanqué un coup de pied dans le ventre.

Clare rit. Elle était euphorique, surexcitée. Une rougeur de pur plaisir lui monta au visage, le plaisir d'avoir stupéfié l'autre. Elle était élégamment vêtue, un tailleur-pantalon tout neuf aux couleurs automnales, des chaussures noires chic, sans doute en lézard. Son maquillage glamour lui donnait un air de jeunesse, elle avait les cheveux d'un rouge cuivré saisissant, et elle avait maigri ! Le visage rond qui faisait son désespoir depuis le lycée s'était visiblement affiné, ses hanches et son ventre aussi. On la sentait fiévreuse et crépitante, un fil sous tension qu'il était préférable de ne pas toucher.

« Ne prends pas cet air choqué, Nikki. Tante Tabitha a fait exactement la même tête quand je lui ai appris la nouvelle. »

Tante Tabitha ! C'était une remarque cruelle. Une remarque désagréable.

Cruel aussi de me préciser qu'elle avait annoncé sa nouvelle coup de tonnerre à tante Tabitha avant de m'en parler à moi, sa sœur !

Je lui dis que j'étais désolée et Clare répliqua d'un ton sec : « Désolée ? Toi ? Pourquoi ? – Et... où va déménager Rob ? » demandai-je, déroutée. – Ce n'est pas lui, mais moi qui déménage, répondit Clare. Foster et moi. Nous partons après-demain. – Toi, Clare ? dis-je, stupéfaite. Et *Foster* ? Tu ne parles pas sérieusement ? » Et Clare dit avec impatience : « J'ai l'impression d'entendre Rob. D'entendre papa ou maman. Je suis la seule personne sérieuse que je connaisse, j'ai ma vie à sauver. »

Devant mon air abasourdi, Clare eut un instant de pitié fraternelle et me serra à nouveau dans ses bras, avec tant de vigueur qu'elle m'arracha une grimace. L'entraîneur d'une équipe de filles étreignant une joueuse temporairement démoralisée, autant pour la secouer que pour la réconforter. Son parfum, celui de sa mousse coiffante, était asphyxiant. Avec un petit rire de gorge, elle me dit que Rob était « têtu », « dans le déni », qu'il tenait à ce que sa famille et Coldwell ne sachent rien de la séparation : « Comme si on pouvait garder un secret à Mount Ephraim ! Papa disait que nous ressemblions à une bande de canards, toujours en train de cancaner, qu'il y ait ou non des nouvelles. » L'idée d'alimenter les cancans semblait néanmoins la ravir.

Je lui demandai ce qu'en pensait Lilja, et elle répondit : « Lilja est furieuse, elle refuse de me parler. Cette histoire perturbe sa vie sociale d'élève de troisième. “D'abord grand-mère, maintenant maman”, voilà ce qu'elle serine, comme si ce qui était arrivé à sa grand-mère était un genre de désagrément la visant personnellement. Lilja pourra venir nous voir, son frère et moi, chaque fois qu'elle le souhaitera. Il est hors de question qu'elle habite avec nous, c'est trop petit. Et son caractère ! Si elle prend le parti de son père, grand bien lui fasse. J'ai passé une année infernale, tu peux me croire. Cette fille a la dureté de l'acier. »

La dureté de l'acier ? *Lilja ?*

« Oui ! Si tu n'étais pas sa tante "cool" mais sa mère, tu le saurais. »

Tout en parlant, Clare fonçait d'un bout à l'autre de la maison. Trop énervée pour rester dans la cuisine, la salle de séjour, la salle à manger, elle s'engouffra dans les chambres à coucher du fond, dans l'atelier de couture de maman, dans le bureau de papa, et jeta même un coup d'œil dans les salles de bains. Quoi qu'elle cherchât, elle ne le trouvait apparemment pas.

Je lui proposai un café, quelque chose à manger (j'espérais encore impressionner ma sœur par mon pain), mais elle m'entendit à peine. J'avais envie de lui saisir les mains pour la retenir ; je voulais lui parler depuis des mois, et voilà qu'elle quittait Mount Ephraim ! Comment ne pas me rappeler qu'après l'enterrement de papa, Clare m'avait implorée de revenir à Mount Ephraim pendant quelques mois, de l'aider à s'occuper de maman. Mais ma vie compliquée de l'époque m'accaparait trop : un nouveau travail, et un nouvel amant qui faisait pression sur moi pour que je l'épouse.

Aujourd'hui, il m'aurait fallu réfléchir pour me rappeler le nom de cet homme.

« J'espère que tu ne comptes pas prendre le parti de Rob, Nikki. Comme tout le monde dans la famille. Pas toi.

– Je ne prends le parti de personne, Clare. Je suis simplement… étonnée.

– Tu ne devrais pas, pourtant. Je t'ai dit que je me sentais étouffer, suffoquer. Oh, j'ai été heureuse un moment, quand Lilja était petite, et Foster. J'aurais aimé qu'ils aient toujours cet âge-là, mais ça ne se passe pas comme ça. Si tu as des enfants, un jour, tu verras. Et il y a Rob : il a l'air si facile à vivre qu'on ne s'en douterait pas, mais il absorbe tout l'oxygène de la maison, il faut être aux petits soins pour lui. Il a une façon de sourire, parfois, qui équivaut à un ordre, et j'ai intérêt à me mettre au garde-à-vous et à obéir. Et sa façon de dire "Oh, ne t'occupe pas de moi ! » Il ne veut pas que sa famille ni ses collègues de Coldwell sachent. Il est furieux contre moi, blessé dans son *orgueil*. Cet homme qui a l'habitude incorrigible de laisser dans un état abominable toutes les salles de bains où il passe, qui met en boule ses sous-vêtements et ses chaussettes sales, les entasse dans un coin de son armoire et prétend les "oublier" ! Comment peut-il "oublier", alors qu'ils empestent toute la pièce ! J'ai tellement honte de mon mari que je nettoie derrière lui avant que Maria arrive, et Foster marche sur les traces de son père, ce doit être génétique, les sous-vêtements sales de Foster finissent sous son lit ! Quant à Lilja… si tu voyais sa chambre aujourd'hui, tu aurais l'impression qu'elle a été dévastée par un cyclone. Si tu as le malheur de frapper à sa porte, elle hurle comme si on l'agressait : "Va-t'en ! C'est mon espace privé ! J'ai droit à mon espace privé." Pauvre Foster, il a les yeux qui larmoient en permanence, ce doit être une allergie, un infection des sinus, il dit que ça l'empêche de *voir*. Je vais l'emmener chez un oculiste de Rochester, cet après-midi. Rob pense que ça ne peut pas attendre que nous ayons déménagé, mais naturellement c'est moi qui dois me farcir le trajet jusqu'à Rochester. Foster sera dans sa nouvelle école dès la semaine prochaine, tu sais ! »

Cette fois je saisis les mains de Clare, pour la calmer.

« Attends. Où vas-tu ?

– Maintenant ? À la banque, chez le teinturier et…

– Non, Clare. Où allez-vous vous installer ?

– Je ne te l'ai pas dit ? Philadelphie. »

Philadelphie ! J'avais supposé qu'elle irait à Rochester, la grande ville la plus proche.

« Je suis sûre de te l'avoir dit, Nikki, mais tu n'écoutais pas, bien sûr. Rob est pareil, je lui ai clairement dit que j'étouffais dans ce mariage, mais il refusait d'entendre. Papa sifflotait, Rob, lui, c'est plutôt une sorte de vibration, un fredonnement comme un bruit de friture, ces hommes-là ne *veulent* pas entendre ! Cette fois, je ne me laisserai pas culpabiliser, Nikki. Pas question. J'ai épousé Rob parce que je culpabilisais de ne pas être mariée, je culpabilisais parce que maman s'inquiétait à mon sujet, elle était triste pour moi parce qu'on "m'exploitait" au collège, ce qui était vrai, absolument vrai, mais le mariage n'était pas le seul remède, j'aurais dû retourner à l'université, décrocher une maîtrise ou un doctorat, j'ai essayé de l'expliquer à maman mais autant parler une langue étrangère, ou plutôt... autant essayer de parler anglais à quelqu'un qui vous répond dans une langue étrangère. "Mais enfin, Clare, Rob Chisholm est l'homme le plus charmant que tu nous aies présenté", "Rob Chisholm t'adore", "Ton père respecte Rob Chisholm, et tu sais combien il est difficile". Eh bien, papa aurait dû épouser Rob Chisholm ! continua Clare avec un rire âpre. Ils auraient pu siffler et fredonner ensemble, shooter dans leurs sous-vêtements ensemble, mettre leur linge sale en commun. Maman aurait fait leur lessive. Tu te rappelles les machines énormes qu'elle faisait ? Papa avait la phobie des "micro-organismes", on entendait la machine se mettre à trépider et à vrombir comme si elle allait exploser. La maison entière tremblait, on aurait cru un tremblement de terre.

– Je ne souviens pas de ça, Clare.

– Mais si.

– Peut-être, mais ça n'est arrivé qu'une fois ou deux parce que la machine était trop chargée. C'était exceptionnel.

– Tout dans cette maison était "exceptionnel". Parce que personne ne voulait se rappeler que cela arrivait sans arrêt. »

Clare parlait avec une telle véhémence qu'on était forcé de se dire que ses paroles signifiaient davantage que ce qu'elles semblaient indiquer.

Nous étions revenues dans la cuisine, où Clare fixait l'horloge en forme de soleil comme si elle avait du mal à déterminer l'heure. Il fallait qu'elle aille à la banque, dit-elle. Il fallait qu'elle s'arrête chez le teinturier, Rob n'aurait bientôt plus de chemises propres. Il fallait qu'elle aille chez le Dr Myer chercher une nouvelle ordonnance et… autre chose d'important ?… Ah oui ! passer prendre Foster à son école au plus tard à 14 heures. Elle ébouriffa ses cheveux cuivrés en riant. « Les événements se bousculent, pas étonnant que je ne puisse pas dormir sans somnifères. »

Avec précaution, je lui demandai si sa décision n'était pas un peu impulsive.

Il n'y avait que cinq mois que…

« Il y a des années, tu veux dire ! Depuis que je peux *respirer.*

– Mais est-ce qu'il s'est passé quelque chose récemment ? La dernière fois que j'ai eu Rob au téléphone…

– Ça ne te regarde pas, Nikki, répondit-elle avec feu. Tu peux supposer que beaucoup de choses "se passent" entre une femme et son mari, et cela ne regarde qu'eux. Mes décisions ne regardent que moi. Reste ici à Mount Ephraim, si tu veux ! Habite ici, dans cette maison, jusqu'à la fin de tes jours ! Je ne m'en mêlerai pas.

– Je n'"habite" pas ici, Clare. J'y suis seulement jusqu'à ce que tout soit réglé et que nous puissions mettre la maison sur le marché. »

Clare rit. Elle avait le teint coloré comme des années auparavant, lorsqu'elle faisait du basket au lycée, l'une des joueuses les plus agressives de l'équipe féminine. Son expression changea, se fit méchante. « Et toi, où en es-tu avec M. S. ? »

Je me raidis. Je répondis que Wally Szalla et moi allions très bien.

« Vraiment ! » dit Clare, comme si elle avait entendu un autre son de cloche mais renonçait à me contredire.

– Cela ne regarde que Wally et moi, Clare.

– Non, Nikki. Les Szalla et toi. »

J'étais furieuse contre ma sœur et sa suffisance. Après avoir désapprouvé ma liaison avec Wally Szalla, voilà qu'elle se moquait de moi parce que cette liaison battait de l'aile. Je faillis lui montrer la montre-bracelet pour lui prouver… quoi ? Un geste ridicule et désespéré, mais le genre de preuve visuelle qui aurait impressionné Clare.

Je changeai de sujet. « Pourquoi avoir choisi Philadelphie, Clare ? C'est si loin...

– Ce n'est pas loin ! Tu sais que j'ai une amie là-bas. »

Elle devait parler de son ancienne camarade de chambre à l'université, Amy Olander. Comment aurais-je pu oublier Amy, invariablement appelée « mon amie de Philadelphie » lorsque Clare voulait impressionner ceux d'entre nous qui n'avaient pas une amie issue d'une riche famille de Philadelphie, propriétaire de grands magasins ; une amie qui avait fait un mariage somptueux où Clare avait été demoiselle d'honneur et avec qui elle restait mystérieusement liée, alors que d'autres amitiés féminines s'étaient étiolées. Comment aurais-je pu oublier que les Olander avaient invité Clare à venir leur rendre visite chaque fois et aussi longtemps qu'elle le souhaitait.

« Et puis il y a à Philadelphie une excellente école privée pour enfants en difficulté, et j'ai pu y inscrire Foster en milieu de trimestre grâce à la mère d'Amy, qui fait partie du conseil d'administration. Je lui en suis très, très reconnaissante... »

En difficulté ? Depuis quand Foster, un élève un peu lent, adorable, ayant un faible pour les jeux vidéo, était-il *en difficulté* ?

« ... Et le mari d'Amy a parlé de moi au responsable des admissions du Philadelphia Language Institute, je vais m'inscrire en master de “psychologie du langage”. Pour pouvoir enseigner dans le public ou le privé. Le tragique, c'est que dans cet abominable collège j'ai été étouffée, exploitée, découragée, avant même d'avoir commencé une carrière. Le principal était un bureaucrate mesquin, il ne serait jamais parti, je n'avais aucun espoir d'avancement. Ma créativité a été étouffée. Mon âme a été étouffée ! Tu n'es pas la seule à qui Mount Ephraim faisait l'effet d'une camisole de force, Nikki. Mais... qu'est-ce que c'est ? »

Tout en parlant avec excitation, Clare était entrée dans la salle à manger, où j'avais temporairement posé certaines des affaires de nos parents sur la table. « Ces vieux disques ? Ils ont été dans le garage pendant des années, non ? Tu les as rapportés ici ? » Elle sortit d'un carton *Grands airs de guitare classique, La symphonie du Nouveau Monde, Le chœur du Tabernacle mormon chante des classiques de Noël.* « Je n'ai pas encore eu le temps de les trier correctement, dis-je. Certains vieux disques sont devenus des pièces de collection, tu sais.

– Des pièces de collection ! persifla Clare. Fabrique-t-on seulement des saphirs pour les chaînes ? Y a-t-il encore des chaînes hi-fi ? » Mais elle fut vite absorbée par les disques, poussiéreux, couverts de toiles d'araignée et entassés au petit bonheur dans les cartons. « Ah ! ceux-là ce sont les miens, il y a des années que je ne les ai pas écoutés. » Clare avait sorti la musique originale du film *Dirty Dancing*, et *Tango !* dont la pochette s'ornait d'un Latino sexy penché sur une Latina pratiquement allongée sur le sol.

« Et ça ! »

Sur la table de la salle à manger se trouvaient également des photos, presque toutes de maman, que j'avais classées par ordre chronologique. La plus ancienne montrait Plume Kovach à seize ans, en robe-chasuble bordeaux, photographiée avec toute l'équipe de pom-pom girls de son lycée (curieusement, je n'avais pas trouvé de photos d'elle plus jeune) : une jeune fille aux yeux brillants, au sourire plein d'espoir, les cheveux blond foncé, bouclés-frisés, un petit visage vif, rond et lumineux comme une lune. Plume en robe de bal rose, flottant dans une toge de bachelière vaste comme une tente ; Plume, paraissant à peine plus âgée que lorsqu'elle était pom-pom girl, en robe de mariée d'un blanc éblouissant, à côté de son jeune époux en smoking (le visage de papa était mince, ses cheveux épais et bizarrement coiffés, à la mode des années 1960). Là, baigné d'une lumière irréelle, l'heureux couple au moment de son voyage de noces à Key West : Jon y regardait d'un air un peu sceptique Gwen, vêtue d'un débardeur et d'une minijupe, un perroquet aux couleurs vives sur l'épaule. Gwen avec un bébé (Clare), et Gwen avec un autre bébé

(Nikki). Gwen avec une petite fille potelée (Clare), et Gwen avec une petite fille remuante (Nikki). Et ainsi de suite, des années, des dizaines d'années d'images qui me donnaient le vertige et me bouleversaient lorsque je les regardais. Clare examinait les photos les plus récentes, en affirmant ne les avoir jamais vues : Maman, Clare, Lilja et moi, enlacées par la taille devant un arbre de Noël si chargé de décorations qu'on le voyait à peine. « La photo a été prise chez nous, sans doute avec le Polaroïd de Rob.

- Il les a prises avec le Polaroïd de maman, Clare. Vous en avez sûrement des épreuves.

– Non. J'emporte celle-ci. »

Clare continua à regarder les photos. Je savais qu'elle pestait intérieurement à cause des Post-it. Je ris.

« Contente que cela t'amuse, Nikki. Cela te ressemble bien.

– Pester à cause de Post-it. Ça, ça te ressemble. »

Une dispute couvait, mais nous décidâmes de la laisser s'éteindre. Ce n'était pas le moment.

« ... S'il y a une cérémonie commémorative, je me disais que nous pourrions utiliser certaines de ces photos. Je pensais composer un genre de plaquette sur la vie de maman. À Chautauqua Falls un imprimeur a fait quelque chose de ce genre pour Jimmy Friday, tu te souviens de lui ? Il n'est pas mort, mais il y a des photos, c'est très joli...

– Jimmy Friday ? Le vieux chanteur de musique bluegrass ? Pourquoi parlons-nous de lui ?

– Nous ne parlons pas de lui mais d'une plaquette commémorative pour maman.

– Ah ! La cérémonie commémorative. »

Elle semblait contrariée.

« Tu n'en veux pas ?

– Je ne sais pas, Nikki. Et toi ?

– Eh bien, si c'était pour maman...

– Exactement ! Mais ce sera pour ses parents, pour ses amis... pour nous.

– Pas pour nous. Je ne crois pas que je le supporterais.

– Moi, je ne serai pas là. Je serai dans mon nouveau chez-moi.

– Il faudrait que tu sois là, Clare ! Il est impensable que tu ne viennes pas.

– Si, c'est tout à fait pensable, puisque j'y ai déjà pensé, répondit-elle avec un rire de défi. En fait, Gilbert Wexley ne va pas bien. Par conséquent, les préparatifs sont suspendus.

– Wexley ne va pas bien ? Qu'est-ce qu'il a ?

– Rob a entendu dire qu'il buvait "beaucoup", répondit Clare avec indifférence. Apparemment, il se serait effondré au Conseil des arts, la semaine dernière. Les femmes de son équipe le couvraient depuis des mois, paraît-il. Lui et le "révérend" – je ne prononcerais pas son nom, mais tu sais de qui je veux parler – étaient en désaccord sur certains points, sur la musique que Gwen Eaton aimait vraiment, par exemple, religieuse ou "profane". J'ai refusé de m'en mêler, je ne veux rien avoir à faire avec ces deux ego mâles. Certains Eaton – tu sais combien oncle Herman est soupçonneux – grommellent que Wexley a peut-être détourné une partie des dons reçus pour la cérémonie et pour le prix qui doit porter le nom de maman. Pour autant que je sache, rien ne le prouve, mais tu connais la famille de papa. Aucun des Eaton ne souhaite organiser lui-même la cérémonie, cela dit.

– Je ne savais pas pour Wexley. C'est triste.

– Je croyais que tu ne pouvais pas le voir !

– C'est vrai, mais je pense qu'il a de bonnes intentions. Je pense qu'il était amoureux de maman sans s'en rendre compte et que maintenant il est perdu, tourneboulé par le chagrin. »

Clare haussa les épaules. « J'ai du mal à m'apitoyer sur quelqu'un qui a le cœur "brisé"... Ça me paraît une sorte de luxe. » Elle désigna d'un geste les photos éparpillées sur la table, et je compris parfaitement ce qu'elle voulait dire : être en vie était tout ce qui comptait, le reste venait en supplément. « En tout cas, heureusement que Wexley ne s'est jamais résolu à demander maman en mariage ! Elle aurait peut-être dit oui, et nous serions les belles-filles de Gilbert Wexley à l'heure qu'il est.

– "Papa" Wexley. Mon Dieu ! »

Nous rîmes et frémîmes ensemble, redevenant un instant deux gamines, liguées soudain contre un adulte. Nous ne voulions penser ni l'une ni l'autre que, si maman et Gilbert Wexley s'étaient mariés, elle aurait sans doute été encore en vie.

Nous nous tenions tout près l'une de l'autre, mais sans nous toucher. La peau de Clare paraissait brûlante. Des gouttes de sueur perlaient au travers de son maquillage méticuleux. Après la mort de maman, j'étais restée chez les Chisholm quelques jours, et je me rappelais avoir aperçu le visage pâle et marbré de ma sœur : les cernes sous les yeux, les rides encadrant la bouche, ses sourcils qui disparaissaient presque totalement lorsqu'elle se démaquillait. Le visage vulnérable de ma sœur, que je n'avais plus vu depuis notre jeunesse.

Pendant cette période-là, j'avais éprouvé de brusques bouffées d'amour pour Clare. Un besoin anxieux de lui faire plaisir, de l'apaiser. Elle me paraissait tellement plus forte que moi. Tellement plus capable, plus responsable.

Je n'avais pas encore vraiment compris, alors, que ce qui était arrivé à maman nous était aussi arrivé, à Clare et à moi.

Ma sœur regardait d'autres photos de Noël. Plusieurs avaient été prises chez maman, devant son arbre de Noël, plus petit et décoré avec moins d'ostentation que celui de Clare. Nous tâchâmes de déterminer quand elles avaient été prises et par qui.

« Maman avait toujours l'air si heureuse ! dit Clare avec un soupir. On comprend pourquoi on la surnommait "Plume" dans sa jeunesse. Dire que cet homme a tué cette femme ! Cette femme-là !

– Il ne la connaissait pas, Clare.

– Mais si ! Il connaissait maman.

– Il ne savait pas ce qu'il faisait. Ni même ce qu'il se faisait à lui-même. » Ma voix manquait de conviction.

« Il savait ! Il s'en est pris à maman pour se venger de moi. Pour se venger de la façon dont je m'étais moquée de lui, dont je l'avais insulté. Ward Lynch a poignardé une femme sans défense de trente-trois coups de couteau. C'était moi qu'il poignardait !

– Non, Clare, dis-je aussitôt. Comment peux-tu penser une chose pareille… »

Un instant, j'eus le vertige. Ce que Clare avait dit était si terrible, et pourtant si logique… Je ne pouvais l'accepter.

« La police a dit que c'était un "crime non prémédité", Clare. C'est ridicule de t'en attribuer la responsabilité.

– Mais tu l'as pensé, toi aussi, n'est-ce pas ?

– Non !

– Si.

– Non, Clare, je ne l'ai jamais pensé, et c'est faux.

– Eh bien, Rob, lui, l'a pensé, dit-elle d'un ton amer. Le soir qui a suivi l'audience, alors que j'étais encore bouleversée. Avoir vu cet homme *bâiller* en plein tribunal, je ne m'en remettais pas. Et Rob a dit : "Si seulement tu ne l'avais pas insulté. Tu ne savais donc pas qu'un homme éprouverait le désir de se venger ?" Il a une manière de dire ce qui lui passe par la tête, parfois, on dirait qu'il vient d'ouvrir le lit, d'y découvrir un nid d'araignées et que c'est forcément ma faute. » S'efforçant de retenir ses larmes, Clare avait l'air furieuse.

Cette fois, je la touchai, ou tentai de le faire. À la façon dont un chat s'esquive sans en avoir l'air, vous glisse sous la main, elle se déroba.

« Rob ne le pensait pas, Clare. Il…

– Disait ce qui lui passait par la tête. Justement.

– Tu ne dois pas t'accuser comme ça, Clare. Tu me fais penser à l'amie de maman, Mary Kinsler, qui m'a "avoué" en pleurant que si elle était passée chercher maman pour leur cours de loisirs créatifs, comme elle le faisait quelquefois quand ce n'était pas maman qui passait la prendre, rien de ce qui est arrivé ne serait arrivé. »

D'un ton plein de sarcasme, Clare dit : « Qui veux-tu que j'accuse, alors ? Maman ? »

Il était presque midi. Clare alla rafraîchir son maquillage. Puis elle passa trois brefs coups de téléphone, prit les disques *Dirty Dancing* et *Tango !* ainsi qu'une poignée de photos. En proie à un sentiment de panique, je la suivis jusqu'à la porte. Il me semblait incroyable que Clare quitte Mount Ephraim d'ici quelques jours, comme si c'était la chose la plus naturelle au monde. Manifestement elle ne se séparait pas seulement de Rob, mais de nous tous. De maman.

Devant mon expression, elle dit, d'un ton exaspéré : « Je pars pour Philadelphie, pas pour la lune. » Lorsque je lui demandai si elle reviendrait pour le procès, elle ne parut pas entendre.

C'était une journée humide d'octobre. Le ciel ressemblait à un amas de toiles d'araignée.

J'accompagnai Clare jusqu'à sa Land Rover, garée dans la rue et non dans l'allée. Clare avait dû remarquer que la porte du garage était fermée et ma voiture invisible, signe que j'avais débarrassé le garage du fouillis qui l'encombrait, mais elle n'avait pas fait de commentaire.

Ma sœur égoïste ! Je la détestais.

Au même moment, la voiture de patrouille s'engagea dans Deer Creek Drive. On aurait pu croire qu'elle venait pour nous, et Clare se raidit, mais naturellement la voiture passa sans s'arrêter, roulant à vingt-cinq à l'heure. Le jeune agent en uniforme nous salua d'un geste de la main.

« C'est nouveau, dit Clare d'un ton sec. Une voiture de patrouille, ici ?

– Plus si nouveau que cela. Cela date du mois de mai. »

Clare monta dans la Land Rover. Elle avait visiblement hâte de s'en aller. J'avais envie de l'empoigner, de la tirer en arrière. J'avais envie de lui faire mal. Je dis : « Tu ne nous aimes pas, Clare ? »

Elle répondit franchement, en mettant le contact : « J'ai du mal à aimer les gens, maintenant. Sans maman, j'oublie. »

tous mes regrets…

L'invitation arriva. *Cérémonie nuptiale, Szyszko et Danto, église Christian Life Fellowship de Mount Ephraim, 22 novembre à 10 heures du matin.*

Oui, j'avais promis. Mais pas question que j'y aille.

Maman aurait été déçue, je le savais.

tabou

Mon beau-frère Rob Chisholm vint me voir.

Moins de dix-huit heures après le départ de Clare et de Foster.

Au téléphone, il avait supplié : « Nikki ! Il faut que nous parlions. »

Nous étions beau-frère et belle-sœur depuis quinze ans. Ma sœur avait été le sommet du triangle. *Beau-frère* est une catégorie tabou : *pas de relations sexuelles*. Je savais qu'il fallait que je voie Rob, maintenant que Clare l'avait quitté ; je ne pouvais pas le repousser, pas avec la cruauté de Clare. Mais je savais aussi que c'était probablement une erreur.

Le soir tombait lorsque Rob arriva. Je vis sur-le-champ qu'il avait bu. Il n'était pas rasé et avait les traits tirés. Sa chemise blanche était froissée. Bien que la journée fût venteuse et pluvieuse, il ne portait pas de manteau. Il trébucha sur le seuil, rit et marmonna ce qui se voulait une plaisanterie. Il avait les yeux vitreux et injectés de sang.

Je me demandai s'il avait quitté Coldwell Electronics de bonne heure. Ou s'il n'y avait pas été du tout, ce jour-là.

À mon étonnement, il avait apporté une bouteille de whisky. Sans rien me demander, il se mit en quête de verres dans la cuisine. Je savais que c'était un whisky de luxe parce que Wally Szalla buvait souvent la même marque. Rob dit espérer que je lui tiendrais compagnie. Il avait également apporté un exemplaire du *Rochester Sun-Times Sunday Magazine* de la semaine précédente pour que je le dédicace.

« Pour un vieil ami à moi dont le père est vétérinaire dans les Adirondacks. Ça lui fera plaisir. »

Un article que j'avais écrit pour le *Chautauqua Valley Beacon* avait été republié dans ce grand journal de Rochester sous le titre « Madame Véto ». Dans le cadre d'une série d'interviews de personnalités en vue de la vallée du Chautauqua, j'avais rencontré le Dr Eve Spicer, une vétérinaire de soixante-dix-huit ans, spécialisée dans les chevaux et les « gros animaux de ferme ». C'était une petite femme énergique aux cheveux blancs touffus, devenue une sorte de légende dans la région où elle était connue autant pour ses excentricités que pour son savoir-faire. Le Dr Spicer avait eu quatre maris. Le Dr Spicer adorait les urgences et triomphait de la concurrence en faisant des visites à domicile à n'importe quelle heure du jour et de la nuit dans sa camionnette UNITÉ MOBILE SPICER, peinte aux couleurs de l'arc-en-ciel pour symboliser l'« espoir ». Le Dr Spicer se vantait d'avoir des « rapports télépathiques » avec la plupart des animaux et je ne voyais aucune raison d'en douter, étant donné la façon dont, après m'avoir examinée à travers ses lunettes à double foyer avec une sympathie sagace, elle m'avait déclarée « blessée ».

Rob disait avec véhémence : « … Un ancien ami de l'époque de Colgate, il habite à Potsdam, Clare le connaît mais je ne crois pas que tu l'aies rencontré, il est vétérinaire dans la vallée de Keene depuis trente ans, ce Dr Spicer va l'amuser. » Debout à côté de moi, il tenait le magazine ouvert à la page de mon article pour que je puisse signer au-dessus de mon nom imprimé. Son haleine sentait les vapeurs d'essence. Je ne l'avais vu aussi larmoyant et aussi sentimental qu'à Noël, avec ses enfants. On aurait dit que Clare était quelque part à portée de voix, qu'il ne s'intéressait à sa sœur que pour elle.

Signer cet article m'embarrassait. Cela n'avait vraiment rien d'un chef-d'œuvre ! Mais je comprenais que certaines personnes qui n'écrivent pas, qui ne voient jamais leur nom ni leur prose en caractères d'imprimerie, attribuent un pouvoir magique à la chose imprimée. Maman avait toujours révéré les livres, tout ce qu'il s'écrivait de sérieux. Mes articles de journaux étaient, disait-elle, « des parties de toi qui sortent de toi pour entrer chez d'autres ».

Je ne lui avais jamais avoué la rapidité avec laquelle j'oubliais ces portraits. Je passais des heures à interroger des gens et – consciencieusement, sincèrement ! – à établir des rapports avec eux ; je passais davantage d'heures encore à transcrire les enregistrements, hypnotisée à la longue par cette tâche fastidieuse ; venaient ensuite des heures d'écriture et de réécriture. (« Écrire » consiste presque essentiellement à « réécrire », un autre fait qu'ignorent ceux qui n'écrivent pas.) Depuis que je m'étais installée chez maman, ma façon de travailler avait un côté obsessionnel, je ne lâchais un article que lorsqu'il était fini, quel que soit mon état d'épuisement. C'était une manière de pleurer maman, ou peut-être de ne pas la pleurer, pendant que je travaillais. Une fois que j'avais envoyé l'article à mon rédacteur, cependant, une sorte d'amnésie brumeuse et grise s'installait, et je me mettais à oublier. Quand le portrait paraissait sous la signature de Nicole Eaton, j'avais presque l'impression que c'était le travail d'un autre, d'un inconnu.

Il était rare que je revoie les gens que j'avais interviewés. Triste à dire, mais je les oubliais, eux aussi.

À une exception près. Et il aurait peut-être mieux valu que je ne l'aie jamais revu.

« Merci, Nikki ! Ça me fait plaisir et je sais que Hank appréciera, lui aussi. »

Hank ? De quoi parlions-nous ?

Dans un débordement de reconnaissance éthylique, Rob me

pressa la main. Un court instant, j'eus l'impression qu'il allait m'embrasser.

J'avais espéré que mon beau-frère se satisferait de la cuisine, où je pouvais lui offrir un peu de café pour le dégriser et une tranche ou deux de pain aux pommes (une recette de maman que j'avais essayée la veille), mais il se dirigea vers la salle de séjour, bouteille de whisky à la main. Avant que j'aie eu le temps de l'y inviter, il s'affala sur le canapé, la respiration sifflante.

« Un verre, Nikki ? Tiens-moi compagnie.

– Merci, dis-je, mais...

– Allez ! Une fêtarde comme toi. »

S'il y avait un terme qui ne s'appliquait pas à moi en cet instant, c'était bien celui-là. *Fêtarde*, hein ! Depuis quinze ans que je le connaissais, je n'avais encore jamais entendu Rob Chisholm qualifier quiconque de *fêtarde*.

Il versa du whisky dans deux verres et m'en tendit un.

« "*Auld lang sign*", Nikki ! Au bon vieux temps ! Toi et moi, on se connaît depuis presque aussi longtemps que Clare et moi. » Rob leva son verre avec entrain et but.

« Je crois que c'est "*auld lang syne*", Rob.

– Si tu veux. Quinze ans, c'est "*auld*". »

Il cherchait à plaisanter, mais son ton était mélancolique.

Je fis semblant de boire. Je n'avais aucune intention de me soûler en jouant les baby-sitters auprès du mari désespéré de ma sœur.

Rob dit, avec une emphase larmoyante : « Quinze ans, c'est "*auld lang* machin-chose". » Son rire roula comme une pelletée de gravier mouillé.

Avant son départ, Clare m'avait appelée pour m'avertir – à moins que ce fût un genre de vantardise, comme lorsqu'elle parlait des garçons du lycée avec qui elle avait rompu – que Rob prenait leur séparation « plutôt mal ». Comment aurait-elle voulu qu'il réagisse après quinze ans de mariage et deux enfants... « plutôt gentiment » ?

Ma colère contre Clare augmentait de jour en jour. Tous les membres de la famille semblaient furieux, eux aussi. C'était fascinant de voir une famille réunie par la colère que lui inspirait la mauvaise conduite de l'un des siens : des parents qui ne m'avaient pas adressé la parole depuis l'enterrement de maman m'avaient appelée tout le week-end, pleins d'indignation. Je me rendais compte que dans leur ardeur à condamner Clare, l'ex-« bonne » sœur, ils étaient prêts à s'allier avec la « vilaine » Nikki, qu'ils réprouvaient depuis longtemps parce qu'elle voyait (c'est-à-dire couchait avec) un homme marié.

« Hé Nikki ! Tu as l'air en forme. »

Une remarque qui se voulait amicale mais qui sonnait comme un reproche. Il ne m'avait pas vue depuis des semaines. Au téléphone, nous nous étions parlé à des moments où j'étais mal en point ou carrément bouleversée.

« Eh bien, j'essaie.

– Tu essaies ?

– De ne pas laisser la disparition de maman me transformer en loque. »

C'était une surprise : je n'étais pas trop moche, étant donné les circonstances. Mes cheveux, qui avaient repoussé (blond foncé, striés d'argent) frisaient autour de mon visage, et j'avais natté plusieurs mèches de fils violets, assortis au col roulé en mohair bruyère que maman m'avait tricoté dix ans plus tôt et que j'avais rarement porté. Mon jean était délavé, juste assez moulant pour mettre mon postérieur en valeur. J'étais plus maigre que Wally Szalla ne l'aurait souhaité, mais je m'efforçais de manger plus régulièrement, de moins me tourmenter et de ne pas oublier… le rouge à lèvres !

Sans une bouche pourpre, humide et voluptueuse, mon visage semblait se décolorer comme une pellicule surdéveloppée.

« Tu n'as rien d'une loque, Nikki. Tu as du cran, il faut le reconnaître.»

Du cran ! Cela m'allait à peu près aussi bien que *fêtarde*.

Devant ma grimace, Rob se hâta d'ajouter : « Pour vivre dans cette maison, je veux dire. Faire face à ce qui est arrivé à ta mère… »

À cette remarque, je n'avais rien à répondre. Je contemplai en souriant le liquide ambré dans mon verre. Je remarquai avec une pointe d'embarras que le bord en était un peu poussiéreux. Rob avait trouvé ces verres sur l'étagère des « beaux » verres et des porcelaines, rarement utilisés. Assise dans un fauteuil en face de Rob, de l'autre côté d'une lourde table basse, pieds ramassés sous moi, j'étais décidée à me montrer polie et souriante. Bien que j'eusse à peine trempé mes lèvres dans le whisky, je me sentais soudain euphorique, prête à céder à ce vieux penchant catastrophique : rivaliser verre pour verre avec un compagnon (de sexe masculin).

« … Tu crois ? Dans combien de temps ? »

Rob tournait autour du sujet qui lui tenait à cœur : Clare. Je crus qu'il demandait quand la maison pourrait être confiée à une agence immobilière. Je marmonnai un vague « bientôt » qui voulait dire *Cela ne te regarde pas. C'est à Clare et moi que cette maison a été laissée, pas à toi.*

Rob se raidit, comme s'il avait entendu. Il déclara, avec détachement, car ce n'étaient pas ses propos mais ceux de Clare : « … dans tous ses états ! Elle disait que tu avais enlevé ses Post-it et vidé les cartons qu'elle avait remplis, que tu faisais une sorte de "dépression nerveuse égoïste" et que tu "retombais en enfance". Je lui répondais qu'au téléphone tu avais l'air parfaitement… presque parfaitement… étant donné les circonstances, ce qu'on appellerait… – Rob eut une quinte de toux sifflante et s'essuya la bouche sur le dos de la main – … "normale". »

Je ris. Pas question que je m'emporte encore contre Clare. « Merci, Rob ! Je te trouve "presque parfaitement normal", toi aussi.

– Ah oui ? » fit-il, me jetant un regard sceptique.

Je lui avais dit, dès son arrivée, qu'un ami allait passer dans une heure et que je n'aurais donc pas beaucoup de temps à lui consacrer, mais il n'avait probablement pas enregistré l'information ou pas souhaité le faire. Cet ami – en théorie, du moins – était mon amant marié Wally Szalla, que Rob connaissait, de vue et par ouï-dire. Clare lui avait sans doute beaucoup parlé de Wally et de moi, et certainement pas en termes élogieux.

Je me dis que, d'ici une trentaine de minutes, je lui rappellerais qu'il lui fallait partir. J'espérais qu'il serait encore en état de conduire.

Rob regardait autour de lui avec une expression presque effrayée. Il avait beau connaître la maison depuis 1988, elle semblait à présent lui faire peur. *Il n'a jamais été ici, ne s'est jamais assis sur ce canapé sans que maman soit là. Dans la cuisine probablement, et elle va apparaître sur le seuil d'un instant à l'autre...*

Ma respiration s'était accélérée. Je voyais presque l'expression de ma mère et j'aurais entendu ce qu'elle disait, la façon dont elle saluait Rob, si des parasites n'étaient venus tout brouiller.

Rob frissonna, lui aussi. Lui aussi avait presque vu, presque entendu.

On a beau savoir à quoi s'en tenir, on ne « sait » pas vraiment. Je m'étais à peu près habituée à vivre chez maman sans m'attendre à la voir surgir à tout moment, mais maintenant que j'avais un visiteur, et parce qu'il s'agissait de Rob Chisholm, quelqu'un de la famille, j'avais du mal à me défaire de l'impression que, d'un instant à l'autre, maman allait apparaître sur le seuil.

« Oh ! bon Dieu. »

Rob sursauta. Faillit renverser du whisky sur sa chemise blanche fripée. Car dans l'encadrement de la porte venait de surgir ce qui, au premier coup d'œil, semblait être un gros rat gris acier mais qui n'était en fait que Fumée : braquant sur l'intrus des yeux fauves hostiles comme si, bien qu'ayant souvent vu et senti Rob Chisholm par le passé, ce satané chat le découvrait.

Pas plus que papa, Rob n'était un fanatique des animaux domestiques. Il tendit pourtant la main, comme s'il pensait convaincre ce matou, massif comme un tank, de venir lui sauter sur les genoux.

« Fumée ? Viens là, minou. Tu me connais… »

Je lui assurais que Fumée le connaissait, mais qu'il se méfiait maintenant de la plupart des visiteurs.

Rob s'entêta malgré tout : « Fu-mée ! Mi-nou ! Tu ne me reconnais pas ? Mais si, bien sûr ! » On aurait dit qu'il s'adressait à un petit enfant têtu.

Absurdement, il paraissait blessé. Quelque chose dans l'attitude du chat, sa façon d'ignorer sa présence, ses moustaches blanches vibrantes d'indifférence, froissait mon beau-frère dans son état de faiblesse.

Ma stratégie consistait à ignorer Fumée. Appeler un chat dont la queue fouette l'air est un exercice parfaitement inutile. C'est un conflit de volontés, vous ne pouvez pas gagner. Vous vous ridiculisez en suppliant un chat qui se contentera de quitter la pièce quand il sera las de vous embarrasser – ce que Fumée faisait en cet instant.

Rob disait : « … Celui qui s'est enfui ? Ce fameux soir. Le chat de ta mère ? Après… »

Je lui répondis que oui. Le chat de maman. Il ne fallait pas qu'il se froisse, Fumée ne se montrait plus très amical avec personne.

Rob se tut, l'air sombre. Son visage mal rasé était plus long et plus maigre que dans mon souvenir. Ses cheveux bruns grisonnants, clairsemés sur le sommet du crâne, luisaient de transpiration. Ses yeux rougis brillaient de larmes. De temps à autre, pensant que je ne le regardais pas, il les essuyait d'un revers de main. *Il n'est jamais venu ici sans Clare. Rarement sans ses enfants. Il ne s'est jamais trouvé dans cette maison en compagnie de sa seule belle-sœur.*

Je savais que je devais lui demander pourquoi il était venu me voir. Mais par entêtement, ou par une sorte de timidité, je ne pouvais me résoudre à poser la question.

« Nikki, dit Rob avec un soupir. Je… j'imagine… qu'elle t'a dit… »

Je ne buvais pas, mais je portai le verre à mes lèvres. Avec l'envie de me cacher derrière.

« … Après tant d'années, plus de seize ans de vie commune, Clare a découvert… que nos caractères sont… "incompatibles". »

Je me rendis vaguement compte que j'avalais une petite gorgée de whisky. Mais la brûlure agréable du liquide dans mon gosier, elle, n'eut rien de vague.

« … Incompatibilité sexuelle, c'est ce qu'elle veut dire, hein ? »

La bouche blessée de Rob grimaça de désespoir. Je secouai la tête, évitant son regard. Je n'étais au courant de rien.

« Nikki ! Ne fais pas semblant. Inutile de protéger ta sœur, tout est au grand jour, sur la table. »

Mais non, je ne savais rien. Pas moi ! J'étais décidée à jouer cette scène en restant aussi impénétrable que Fumée, le chat.

Rob poursuivit, l'air misérable : « … Elle a dû se confier à toi, Nikki. D'après elle, il y a "des années" que ça dure. Moi qui pensais qu'elle était heureuse ! Je n'ai jamais pensé qu'elle ne l'était pas, en tout cas. Et maintenant, elle dit qu'elle ne peut pas "respirer" dans notre couple. Elle "étouffe" et, si j'essaie de la toucher, elle repousse ma main comme un serpent. Comme si j'étais un serpent, je veux dire. Elle qui s'est plaint je ne sais combien de fois que *je ne la touchais jamais*, ce qui n'était pas vrai, je le jure. Ou alors, seulement quelquefois… »

Je ne voulais pas entendre ça ! Mes dents tintèrent contre le verre, que j'avais porté à mes lèvres sans vraiment m'en rendre compte.

Avec quelle douceur soyeuse un bon whisky glisse dans le gosier ! Un feu liquide. L'exact opposé de la glace qui, avalée, se met aussitôt à fondre. Et pourtant, brûlant ou glacée, les deux consolent.

Fêtarde. Peut-être. À l'époque où mes cheveux violets étaient coiffés à la punk et où mes minijupes élastiques moulaient mes cuisses. Où j'avais les pieds nus dans des chaussures noires pailletées à semelles compensées !

Rob Chisholm ne m'avait jamais vue dans ce genre de tenue. À Mount Ephraim et aux alentours, dans les maisons de banlieue des Eaton et des Kovach, Nikki s'était plutôt bien conduite.

Il n'était pas tout à fait vrai qu'un ami devait passer me voir, ce soir-là. À 22 heures, l'heure de « Night Train », j'allumerais la radio pour écouter Wally Szalla présenter de sa voix sexy/rêveuse une musique jazz sexy/rêveuse. Et à minuit, quand l'émission s'achèverait et que le DJ prendrait congé de ses auditeurs sur les notes mélancoliques de « Night Train », mon cœur se serrerait, je me demanderais si Wally Szalla allait se rendre dans sa garçonnière de luxe de Chautauqua Falls ou, de l'autre côté de la ville, dans sa maison familiale de luxe ou encore ailleurs (mais je ne voulais pas y penser !), dans un endroit que je ne connaissais pas. J'étais bien forcée de me le demander, sachant qu'il ne viendrait pas à Mount Ephraim ce soir-là.

Tu m'as manqué, Nikki. Passe-moi un coup de fil chérie.

Tu m'en veux, Nikki ? Si c'est à cause de vendredi dernier parce que j'ai dû annuler…

Ces derniers temps, quand je ne le rappelais pas, Wally n'insistait pas comme avant. N'envoyait pas de fleurs comme avant. N'arrivait plus à l'improviste avec une bouteille de vin rouge italien. Ne m'apportait plus de livres de sagesse miniatures. Il devait savoir maintenant que, si Nikki Eaton n'en avait pas pris de la graine, elle ne le ferait jamais, que c'était une entreprise au-dessus de ses forces.

« … Tous les défauts d'un homme, comme si on le mettait à poil, dans un de ses débats télévisés de l'après-midi, tellement humiliant, chaque fois que le téléphone sonne, c'est "tante Maud", "tante Tabitha", "tante Lorraine"… "Ohhh Rob ! poursuivit-il, contrefaisant soudain une voix de soprano. Qu'est-ce qu'on m'apprend ? Comment Clare et vous pouvez-vous vous séparer ! Et les enfants, comment pouvez-vous infliger une chose pareille aux enfants, vous ne pouvez donc pas faire entendre raison à Clare, c'est votre *femme* !" » Rob marqua une pause, la respiration rauque. Il agrippait son col de chemise, son visage brillait de transpiration. Son expression était devenue sauvage. « Les pires, ce sont "oncle Herman" et "oncle Fred", qui m'appellent au bureau. "Que se passe-t-il, Rob ? Une séparation ? Sans raison ? Alors que vos enfants sont si jeunes ? Vous devez savoir qu'une telle conduite est inacceptable dans notre famille." Et j'ai envie de leur répondre qu'ils peuvent se foutre leur famille dans le cul, que je n'ai rien à voir avec eux. »

Inacceptable. Une expression des Eaton que nous avions entendue toute notre vie, et dont nous avions plaisanté. Même papa, parfois.

« ... drôle, Nikki ? Content que ça t'amuse. »

Je pressai les poings contre ma bouche pour m'empêcher d'éclater d'un rire hystérique sous le regard peiné de Rob. Il se méprenait sur ma réaction. Je ne me moquais pas de lui, je me rappelais seulement qu'*inacceptable* avait commencé pour moi en classe de troisième quand j'avais soudain découvert le *SEXE* ou, plus exactement, quand le *SEXE* m'avait découverte.

Et avec quelle force se réveillait en moi, brûlant comme un feu liquide, ce vieux penchant catastrophique à boire avec quelqu'un.

Un quelqu'un de sexe masculin, de préférence.

Un mari maltraité plutôt agréable de sa personne, sexy-fripé. Un type dont le regard s'était promené sur moi, de haut en bas, pendant quinze ans.

« Nikki, tu peux ? Me dire ? J'ai l'impression d'être en train de me noyer. Je ne trouve rien à quoi me raccrocher... »

Je posai mon verre, qui était presque vide. Je n'avais pas eu conscience de boire. Je me faisais l'effet d'un arbre de Noël qui s'illumine. Surtout la partie inférieure de ma personne. Qui se languissait après mon amant marié.

Va te faire foutre, Wally Szalla. Retourne chez ta précieuse Isabel, je n'ai pas besoin de toi.

Je secouai la tête pour m'éclaircir les idées. Dépliai mes jambes engourdies. Pas question que je séduise mon beau-frère dans un moment pareil. Dans la salle de séjour de maman !

Je tâchai de convaincre Rob, qui fixait sur moi un regard brillant et avide, que Clare ne m'avait pas dit un mot contre lui, pas un mot sur leur intimité. Quoi que les gens de famille lui racontent, ils exagéraient comme d'habitude. « D'après ce que je comprends, Clare veut simplement retravailler. Elle veut s'inscrire à l'université, obtenir un master et… »

Rob m'interrompit avec colère. « Mais me quitter ? Lilja et moi ? La maison pour laquelle elle a dépensé une fortune ? S'en aller en emmenant mon fils ? Partir à Philadelphie, alors qu'elle aurait pu s'inscrire à Rochester ou à Brockport et faire l'aller-retour tous les jours ? "J'ai une amie à Philadelphie"… J'entends ça depuis que nous sommes mariés. Est-ce que Clare et cette amie conspirent ensemble ? Derrière le dos de leurs maris ? Comment peut-elle quitter Mount Ephraim avec tout ce qui se passe ici ? Après ce qui est arrivé à votre mère, ce qui t'arrive à toi, et le procès qui doit avoir lieu en janvier – elle dit qu'elle ne reviendra pas, au fait –, elle se décide quasiment du jour au lendemain, elle téléphone à un avocat avant même de m'en parler, fait une demande de "séparation de corps"… et elle m'abandonne ? Je croyais qu'elle m'aimait, Nikki ! Je croyais qu'elle aimait notre vie de famille ! Je croyais qu'elle voulait tout ce que nous avons ! » Rob parlait par petites phrases saccadées, comme s'il avait couru à perdre le souffle. Je compatissais à sa détresse mais je ne voulais pas me laisser entraîner, je craignais ces émotions brutes autant qu'un feu de brousse. « C'est elle qui a tenu à ce que nous nous mariions très vite, pas moi. Elle voulait absolument quitter son poste d'enseignante, elle détestait son travail, le collège l'"étouffait", elle ne pouvait plus "respirer", elle voulait "fonder une famille", avoir des enfants, rester à Mount Ephraim où ses parents habitaient, où elle connaissait tout le monde et se sentait quelqu'un d'important, alors que j'aurais pu travailler en

Californie, au Texas ou même à Hawaï ! On me faisait d'excellentes propositions dans les filiales américaines de Tokyo, Sidney, Rome… J'aurais aimé essayer le Peace Corps pendant un ou deux ans, la Côte-d'Ivoire, le Kenya, mais Clare a étouffé ça dans l'œuf… "pour rentrer avec d'horribles parasites… pour tomber sur des réducteurs de tête ?" » Il imitait si parfaitement le ton indigné de Clare qu'un rire m'échappa.

« Et vos parents ne le voulaient pas non plus. Gwen surtout. L'idée que Clare parte en Afrique semblait la terrifier. »

Rob se resservit une rasade de whisky. Fit tourner son verre, le huma, me jeta un regard noir et but.

En cas de doute, accuse maman.

Les quelques gorgées de whisky que j'avais avalées m'étaient montées à la tête. Depuis que je voyais moins souvent Wally Szalla et que je n'osais plus boire quand j'étais seule, je tenais très mal l'alcool.

« Content de t'amuser autant, Nikki. Je devrais passer à la télé.

– Je ne me moque pas de toi, Rob ! Je ne…

– C'est peut-être drôle. Les femmes de ces débats télévisés de l'après-midi trouveraient ça hilarant. »

Je tâchai de prendre un air sombre. Un air sobre. « Je… je crois que c'est temporaire, Rob. Cette "séparation".

– Ah bon ?

– À en juger d'après ce que Clare m'a dit. »

Je n'en étais pas sûre. Il me semblait vaguement me rappeler que Clare avait dit… quelque chose de vague, justement.

« Elle t'a dit… ? quoi ? demanda Rob.

– Qu'elle reviendra. Quand elle aura obtenu son diplôme. Je crois. Et quand Foster marchera mieux à l'école…

– Clare a dit ça ? Qu'elle reviendrait ?

– Il faut bien qu'elle revienne, Rob. Elle ne peut pas abandonner Lilja.

– Lilja ! Et moi, alors ?

– Ce n'est pas ce que je voulais dire, corrigeai-je aussitôt. Clare t'aime, bien sûr. Elle m'a dit, juste avant de partir : “J'aime Rob mais j'ai besoin de m'éloigner quelque temps. Je vous aime tous mais… pour quelque temps…” » Cela ne ressemblait pas vraiment à ma sœur. Rob, qui me couvait d'un regard blessé et avide, sembla trouver que c'était plausible.

Sa bouche blessée et avide me distrayait. Je me disais qu'il y avait bien longtemps que Wally Szalla ne m'avait pas sérieusement embrassée.

Qu'un homme quelconque ne m'avait pas sérieusement embrassée.

Qu'un homme ne m'avait pas sérieusement fait l'amour.

Rob me posa d'autres questions sur ce que Clare était censée avoir dit. Je me demandais si j'inventais les propos de ma sœur, comme ma mère que mon père accusait de souhaiter si fort que les gens se réconcilient qu'elle inventait leur dialogue.

Maman s'en était toujours défendue avec véhémence. Pour elle, le dialogue était cent pour cent authentique, elle jurait l'avoir entendu de ses « propres oreilles ».

J'aurais presque pu jurer, moi aussi, avoir entendu Clare de mes « propres oreilles ». Si elle n'avait pas vraiment prononcé ces paroles raisonnables, elle en avait eu l'intention.

« … Elle t'aime, Rob. C'est le principal. »

Rob s'était levé, il vacillait. J'espérais qu'il ne trébucherait pas contre la table basse, qui pesait une tonne : les invités avaient la manie de s'y cogner les tibias, surtout les hommes. J'étais debout, moi aussi. Oh ! que la tête me tournait. Mais c'était une sensation réconfortante que je n'avais pas éprouvée depuis un moment.

Une de ces sensations qui vous manquent. Comme les mains, la bouche d'un homme sur la vôtre. L'identité exacte de cet homme est presque sans importance.

Je me forçai à dire, en regardant ma montre : « Bon ! Il se fait tard… »

Rob se secoua, lui aussi. Il avait presque fini la bouteille et la laisserait là. Bien qu'ayant fait mine de ne rien entendre, il semblait savoir qu'il était temps de partir. Il me remercia à plusieurs reprises en m'appelant *Nik-ki* d'une voix tremblante d'émotion. « Si je suis venu ici, c'est que je savais qu'avec toi, les choses s'éclairciraient. De vous deux, Clare et toi, ça ne date pas d'hier, Nikki, il faut que ce soit dit, de vous deux, tu es celle qui... » Rob se frappa soudain le cœur du poing, comme si les mots lui manquaient. « ... Peu importe ce que les gens disent de toi. Les gens ne te connaissent pas, tu comprends. Ils croient connaître Clare, la sœur "raisonnable", mais moi je sais à quoi m'en tenir. On ne vit pas quinze ans avec une femme comme Clare sans savoir à quoi s'en tenir. Et puis, tu es plus gentille, Nikki... Et plus intelligente et plus belle et, bon... plus sexy. Et comment ! »

Quand des mots comme ça vous tombent dessus, des mots que vous avez peut-être rêvé d'entendre, ils arrivent toujours trop vite, trop soudainement, avant que vous soyez préparée, et l'homme arrive trop vite, lui aussi, et dans le cas précis, en trébuchant contre la table basse. Rob avait dû se cogner le tibia avec violence mais, dans son état, il parut à peine s'en rendre compte. Je sentais son haleine alcoolisée sur mon visage. Ses doigts agrippèrent mes épaules. Avant que j'aie le temps de réagir, il se pencha vers moi, frôla ma joue de ses lèvres, puis, la bouche brûlante, m'embrassa. Ses lèvres étaient élastiques, humides et moins réconfortantes que je l'avais espéré, mais j'eus l'impression d'être traversée par une décharge électrique, de la poitrine au bas-ventre.

« Nikki, je suis fou de toi. »

Rob implorait. Mais il implorait avec vigueur, et il ne lâchait pas mes épaules.

Je le repoussai ou tentai de le faire. Je ne voulais pas que cela dégénère en pugilat. Mon beau-frère était plus ivre que je ne m'en étais doutée, et il est très difficile de faire bouger un homme ivre.

« Tu es fou de ta famille, Rob. Pas de moi.

– Non, Nikki. De toi. »

Soudain, dans la confusion du moment, cela paraissait tout à fait plausible. Mon beau-frère était fou de moi. Pas de Clare, mais de moi. *Moi !*

Il me regardait comme s'il allait m'embrasser de nouveau, si je ne me dégageais pas de son étreinte, si je ne détachais pas avec fermeté ses doigts de mes épaules, ce que je voulais, tentais de faire, mais les jambes molles, les réactions aussi lentes que si j'étais sous l'eau, ou en train de rêver – un de ces rêves tabous délicieux/honteux que l'on espère oublier dès le réveil.

« Je te plais aussi, Nikki, non ? Un peu ?

– Rob, je…

– Allez, tu sais bien que oui. »

C'était vrai. Nous avions des années de flirt à notre actif. Dans la maison même de Clare, et ici chez maman. Lors de réunions de famille aussi innocentes que des barbecues, où Rob Chisholm en personne surveillait les steaks, le poulet ou les hot-dogs qui grésillaient sur le gril. Il se présentait toujours des occasions. Des occasions furtives et secrètes. Des sourires humides qui ne trompaient pas. Il m'arrivait de presser les doigts de mon beau-frère, une pression aguicheuse et fugitive dans l'instant même où je retirais ma main. Quand nous parlions ensemble – et il venait toujours un moment de la soirée où nous nous retrouvions en train de parler ensemble, longuement et avec sérieux – il m'arrivait de lui frôler le bras. Rob et moi étions parfois très excités, mais pas toujours, généralement à la fin d'une soirée animée où nous avions tous les deux pas mal bu. Au moment de le quitter, il m'arrivait alors de l'allumer pour de bon : « Bonne nuit, Rob ! Je t'adore ! » et Nikki se pressait sensuellement de tout son long contre Rob.

Un soir, lors d'une noce tapageuse, j'avais posé un baiser mouillé au coin de ses lèvres, et Rob avait riposté en m'empoignant les fesses pour me serrer un peu plus fort contre lui.

Je lui avais juste donné une tape en riant.

En espérant que personne n'avait vu.

(Ou peut-être en me moquant que quelqu'un ait vu. Clare, ou même maman.)

Tu vas à la dérive. Comment peut-il te respecter si tu ne te respectes pas toi-même ?

Il me semblait entendre maman. Quelque part dans la pièce. Je me demandais si Rob avait entendu, lui aussi.

Je disais, d'un ton implorant : « Tu ferais mieux de partir, Rob. Ce n'est ni le moment ni le lieu. – Ça veut dire quoi, Nikki ? C'est ici que nous sommes, toi et moi. Tu sais certainement que je suis fou de toi depuis longtemps. – Non, Rob. C'est de ta famille que tu es fou, crois-moi. » Et Rob dit : « Ne me chasse pas, je me sens si seul », et je répondis : « Lilja doit t'attendre... » Et Rob lâcha, dans un sanglot : « Lilja ! Lilja ne me supporte pas ! Elle refuse de discuter de la séparation, elle est allée chez sa cousine Caroline, Clare ne te l'a pas dit ? Je me sens si seul, Nikki, je ne peux pas rentrer dans cette maison... » Et je dis, essayant de garder mon calme : « Mais tu ne peux pas rester ici, Rob, quelqu'un va passer me voir. – Szalla ? C'est lui ? Il va venir ? – Ma vie privée ne te regarde pas », et Rob dit : « Szalla ne te mérite pas, Nikki », et je répétai : « Tu ferais mieux de partir, Rob. »

J'avais réussi à m'écarter de mon beau-frère, qui me dominait de la taille, haletant et le visage en feu. Je sentais encore l'emprise de ses doigts sur mes épaules. J'avais la bouche meurtrie par cet unique baiser brutal. Une expression de ressentiment se peignit sur le visage de Rob, une colère purement masculine. J'espérai qu'il n'allait pas avoir le whisky mauvais. Je ne m'étais encore jamais trouvée seule avec lui dans ce genre de circonstances. J'espérai ne pas l'avoir allumé, même si c'était évidemment le cas et si nous le savions tous les deux.

Il quitta la salle de séjour en titubant, gagna la cuisine et ouvrit le robinet de l'évier. D'un geste qui se voulait à la fois clownesque et pragmatique, il dirigea le jet vers son visage enflammé, mouilla ses joues, ses cheveux, sa chemise, et éclaboussa son pantalon. L'eau coulait sur son visage comme des larmes. « C'est pour me calmer. Ça me servira de leçon. »

Il trébucha sur les gamelles de Fumée, qu'il renversa. Il s'excusa en riant. Il se serait baissé pour réparer les dégâts si je n'avais de nouveau insisté pour qu'il parte. À la porte, il fallut que je lui ouvre et le pousse dehors, mais il s'attarda encore sur le seuil, vacillant sur ses jambes comme un ours sur ses pattes de derrière. « … Tu es trop bien pour Szalla, Nikki. Ce type est trop vieux et trop gras pour toi. Une gentille fille comme toi. Une gentille fille triste comme toi. Moi, je te comprends, pas lui. Clare est hors circuit, tu sais, je ne veux plus d'elle, c'est Foster que je veux récupérer, je veux mon fils, je veux ma gentille Nikki, pourquoi ne viendrais-tu pas à la maison me faire à manger à *moi*, ça ne te vaut rien, habiter ici ne te vaut rien, ta mère est morte dans cette maison… »

Vraiment contrariée, cette fois, je le poussai dehors avec fermeté.

« Ma mère n'est pas morte dans cette maison, elle y a vécu pendant trente ans. »

Après le départ de Rob, je ramassai les croquettes qu'il avait renversées. Je m'agenouillai sur le lino, mes larmes tombèrent sur les feuilles de journal. Naturellement, Fumée vint aussitôt se frotter contre moi en ronronnant bruyamment. Il avait chassé son rival, il était affamé.

Le lendemain matin, je découvrirais le *Rochester Sun-Times Magazine* sur le plan de travail de la cuisine, là où Rob l'avait laissé.

messages

Il est venu te voir ?
Il s'est plaint de moi ?
Il prend soin de lui ?
Il boit ?
Il va travailler ?
Il, euh… est-ce que nous lui manquons ?

Des messages de Clare sur mon répondeur. En les écoutant et les réécoutant, je ne savais pas si j'étais soulagée d'avoir des nouvelles de ma sœur en rupture de ban, ou furieuse contre elle. J'avais envie de répliquer *C'est toi qui nous as quittés, est-ce que* nous *te manquons ?*

church street

« C'est toi qui l'as fait ? Toi ? »

Avec un air compassé et sceptique, tante Tabitha porta à sa bouche une tranche de pain au blé germé et amandes. Puis, à mesure qu'elle mâchait, goûtait, avalait, son visage prit une expression de grand-mère bougonne.

Alors que d'autres femmes âgées devenaient frêles, la peau pareille à du papier de riz, ma tante semblait s'épaissir et durcir. Son visage luisait comme du saindoux, et elle avait une silhouette massive en forme de poire. Ses cheveux d'un blanc bleuté, permanentés, avaient un volume artificiel. Son appétit paraissait intact.

« … Un peu léger à mon goût. On a l'impression qu'il y a des bulles d'air à l'intérieur, tu sais. Naturellement, Gwen le faisait aussi de cette façon. Il y a des gens qui le préfèrent comme ça. »

Tabitha parlait d'un ton si solennel que je lui dis que j'étais désolée.

« Oh non, ma chérie ! Il est bon. Il est… – Tabitha hésita, les yeux soudain humides – … très bon. Gwen serait enfin fière de toi. »

Après avoir évité tante Tabitha pendant des semaines, ou peut-être des mois, j'avais fini par aller la voir dans sa maison pleine de courants d'air de Church Street. Comme maman l'aurait fait, j'avais apporté une miche de pain frais. À la différence de maman, je ne comptais pas me laisser affecter par les remarques énigmatiques de Tabitha. Je ne savais d'ailleurs pas si cet *enfin* se voulait blessant ou si c'était un compliment venu du cœur. Même papa disait de sa sœur aînée qu'elle « pleurait » autant les compliments que les pourboires.

Après la visite de Rob Chisholm, je m'étais sentie coupable. Presque comme si j'avais couché avec mon beau-frère.

Une sensation d'excitation sexuelle au réveil. Le goût d'une bouche d'homme dure et douce sur la mienne. Quel homme ?

Peut-être l'automne était-il la saison de la culpabilité. Pas l'automne des feuillages flamboyants, mais l'automne nu et morne où le ciel évoque des traînées de gomme sale quand par hasard il ne pleut pas. J'éprouvais le besoin d'avoir une bonne opinion de moi-même, ce qui voulait dire ne pas se conduire en égoïste comme Nikki, mais être généreuse comme Gwen Eaton, qui sillonnait Mount Ephraim pour aller rendre visite à des parentes et amies âgées. J'avais été étonnée de voir la fréquence avec laquelle les initiales de ces femmes revenaient sur le calendrier de ma mère. Et Tabitha me disait maintenant, en beurrant une deuxième tranche de pain, que Gwen lui manquait quotidiennement, que Gwen avait eu la « gentillesse » de passer la voir plusieurs fois par semaine pour prendre des nouvelles de sa santé, que Gwen avait eu la « prévenance », la « générosité », de l'accompagner à ses rendez-vous quand elle avait commencé à avoir du mal à conduire : « Moi je me débrouille, ce sont les autres conducteurs ! Ils sont si jeunes et si grossiers. »

Avant de m'en rendre compte, j'avais apparemment promis de conduire ma tante à un prochain rendez-vous chez le médecin (« Cet examen terrible, une "coloscopie", ils te donnent quelque chose qui te met dans le cirage et tu n'as pas le droit de conduire après ») et à un déjeuner du Club de jardinage (« En plein centre, impossible de trouver à se garer »).

Il était ironique que maman manque à ce point à tante Tabitha, qui l'avait toujours considérée comme la « gentille » petite femme de son jeune frère. Dans la mythologie de la famille Eaton, Jonathan s'était marié « par amour » – c'est-à-dire à une femme indigne de lui. Maman avait toujours été intimidée par les Eaton, et surtout par Tabitha qui avait été l'épouse d'un homme d'affaires de Mount Ephraim, Edmund Spancic III. (Ce qui faisait de Tabitha *Mme Edmund Spancic III*, nom dont elle signait toujours.) La maison des Spancic, située dans le quartier le plus ancien et le plus prestigieux de la ville, faisait deux fois la taille de celle de Deer Creek Acres. Des visites de mon enfance, je gardais le souvenir de tissus brochés, de meubles aux pieds griffus, de napperons et de housses, de « figurines » de fabrication allemande qu'il était interdit de toucher. Alors que chez nous presque toutes les pièces étaient moquettées, les Spancic avaient de beaux parquets cirés, ce qui voulait dire qu'on pouvait prendre son élan et glisser sur de petits tapis, ou sur ses chaussettes, quand aucun adulte ne regardait.

Un des souvenirs profondément humiliants de mon enfance était un cabinet bouché de la « salle de bains d'ami » de ma tante. Quand j'avais tiré la chasse, l'eau teintée d'urine avait monté de façon terrifiante dans la cuvette, jusqu'à déborder et se répandre sur le carrelage et sur un tapis orné de roses. Bien que je n'y fusse pour rien, la scène qui avait suivi, ma tante se lamentant sur son tapis « perdu », mon oncle tonnant contre ma « négligence », avait été un cauchemar. Vingt ans plus tard, j'étais certaine que ma tante me considérait toujours avec méfiance comme la nièce qui bouchait les toilettes. Quand je lui rendais visite, je veillais à ne jamais m'y rendre pour ménager son anxiété et la mienne.

Était-ce un souvenir amusant ? Clare le pensait : elle m'avait taquinée sans merci pendant des années.

Papa avait tenu tête à sa sœur autoritaire, mais maman s'était toujours inclinée devant elle. Il était dans sa nature de céder devant des personnalités plus fortes : elle assurait à Clare et à moi que la façon dont Tabitha la traitait « ne la dérangeait pas ». Car Tabitha Spancic avait de la véritable argenterie et non du métal argenté ; dans sa salle de séjour et sa salle à manger, elle avait de « vrais » tapis d'Orient ; elle avait une « bonne » pour faire le ménage et souvent une « cuisinière » pour préparer les repas ; il y avait même un « jardinier » pour s'occuper du jardin, qui était plus petit que le nôtre. Les Spancic avaient deux voitures, dont l'une était invariablement une Lincoln, alors que les Eaton de Deer Creek Acres n'en avait qu'une, qui était à papa. Combien de fois, en revenant de chez tante Tabitha, papa avait-il plaisanté pour tenter de dérider maman, qui se taisait dans la voiture : « Ne prends pas ça pour toi, Gwen. Tu connais Tabby. »

Tabby ! Des dizaines d'années plus tard, je lui en voulais encore. Pourquoi n'était-il pas intervenu, dans ce cas ? Chez sa sœur, devant elle ? En présence du bouledogue qu'était Edmund Spancic III ?

Tante Tabitha et moi étions assises dans la salle à manger, à l'un des bouts de l'immense table en acajou où étaient posés deux sets en plastique imitant la dentelle. Pour des invités importants, Tabitha aurait fait disparaître le plastique et mis de la vraie dentelle. Je gardais de cette pièce des souvenirs mitigés : des repas de Thanksgiving, cérémonieux, interminables, et quelques réveillons, subis plus qu'attendus, jusqu'à ce qu'à l'âge rebelle de quinze ans je refuse de m'y rendre plus longtemps. Sur la table, il y avait toujours les mêmes lourds chandeliers d'argent, garnis de bougies crème dont aucune allumette n'avait jamais souillé la mèche, et, entre les chandeliers, la figurine préférée de Tabitha, une bergère bien en chair aux joues roses. Avec mon pain au blé germé, nous buvions de l'Earl Grey dans des tasses Wedgwood poussiéreuses. Tabitha ne cessait de rajouter du sucre dans son thé et de soupirer. Elle avait été contente de me voir à mon arrivée mais, étant Tabitha, elle ne put s'empêcher de prendre un ton de reproche et de se plaindre qu'elle ne m'avait pas vue depuis longtemps, qu'elle n'avait pas vu ses petits-enfants depuis longtemps, qu'il faisait déjà bien froid et bien venteux pour un mois de novembre, que les factures de chauffage étaient si élevées qu'elle serait obligée de condamner des pièces dans la maison. « Dire que tu vis seule dans une maison, toi aussi. Et la tienne est si *petite*. »

J'avalai une gorgée brûlante d'Earl Grey en feignant de ne pas avoir entendu.

« … L'hiver dernier, ta mère et moi nous disions qu'il serait vraiment raisonnable que Gwen s'installe ici. Mais évidemment… »

Tabitha poussa un soupir irrité. Cela ressemblait bien au destin d'avoir contrarié ses souhaits.

Je ne dis rien. Je ne pouvais pas regarder ma tante, qui semblait me dévisager avec intensité. Derrière ses lunettes, ses yeux couleur étain étaient aussi nets que des pièces de monnaie, pas du tout embués comme on aurait pu s'y attendre chez une vieille femme.

Oh ! il faudrait que j'en parle à Clare. J'étais sûre de n'avoir jamais entendu maman dire qu'elle voulait vendre la maison, encore moins cohabiter avec Tabitha Spancic !

« … Et Clare ? Comment va Clare à Philadelphie ? »

Elle avait prononcé Philadelphie comme on l'aurait fait du nom d'une maladie répugnante. Je dus la décevoir en lui répondant que Clare semblait aller bien. Sa nouvelle vie l'occupait beaucoup, ajoutai-je, nous n'étions pas souvent en contact, si Tabitha souhaitait parler à Clare, elle pouvait l'appeler, je lui avais donné son numéro, me semblait-il ? Tabitha ne releva pas. « Il n'y a pas d'autre homme, j'espère ? » demanda-t-elle. Je murmurai que non, je ne pensais pas. « Et Rob ? » ajouta-t-elle d'une voix entrecoupée, comme si la question était plus risquée. Je murmurai que non, je ne pensais pas.

Mais j'avais eu mes doutes, ces derniers temps. La façon avide dont Rob m'avait regardée, la façon dont il m'avait empoignée et embrassée. Son haleine sentant le whisky. Il se pouvait qu'il eût trompé Clare et que ce fût la raison de leur séparation. Rob allait souvent à des salons de l'électronique dans des villes telles qu'Atlanta, Miami, Las Vegas…

Je l'avais à moitié cru quand il avait dit être fou de moi. J'avais voulu le croire. Mais à la lumière sobre du jour, il n'avait sans doute été qu'un homme rejeté par sa femme qui se sentait seul, et moi sa belle-sœur déjantée/sexy qui, apparemment, se sentait seule, elle aussi.

« Tu sais quelque chose ? demanda Tabitha, le regard fureteur.

– Sur… ?

– Leur mariage. À Clare et à Rob. »

Elle avait le ton impatient de qui s'adresse à une enfant retardée.

« Non, tante Tabitha.

– Clare ne se confie pas à toi ? Elle se confiait à Gwen ? »

Je secouai la tête pour indiquer que je n'en savais rien.

« Ce pauvre petit garçon. Il a des "difficultés d'apprentissage", m'a dit Clare ? Depuis quand ? »

Je secouai de nouveau la tête.

« Et Lilja ! J'ai essayé de lui parler au téléphone, mais elle est toujours pressée et, depuis quelque temps, elle doit avoir la présentation du numéro parce qu'elle ne *décroche* plus. »

Je secouai la tête : consternée, moi aussi. Triste !

En fait, Lilja m'évitait aussi. J'avais pensé qu'après le départ de sa mère elle aurait peut-être envie de parler à tatie Nikki, de dîner en ma compagnie de temps en temps, ou même de passer la nuit chez moi, mais elle avait refusé avec un petit cri alarmé, comme si je lui avais fait une proposition obscène. Rob se plaignait que sa fille s'absentait de la maison autant qu'elle le pouvait, généralement pour aller chez une cousine. Pour autant qu'il puisse en juger, sa mère ne lui manquait pas beaucoup. « Le principal changement à la maison, c'est qu'elle est devenue *silen-*

cieuse. » Un jour, Rob avait cru entendre Lilja pleurer dans sa chambre, mais quand il était allé voir, il s'était aperçu qu'elle était au téléphone avec une amie et qu'elle riait.

« Les filles de cet âge ! soupira Tabitha. Lilja va grandir encore plus vite que toi. »

Elle voulait dire, *avoir des rapports sexuels* à un âge que son tempérament virginal ne lui permettait même pas d'envisager.

Avant d'arriver chez ma tante, j'avais calculé à quel moment je pourrais m'esquiver, me disant que rester moins d'une heure serait une insulte. À présent que j'étais là, cependant, je me rendais compte qu'il me serait bien difficile de m'échapper. D'un ton presque mélancolique, tante Tabitha avait suggéré que nous pourrions dîner ensemble et, prise au dépourvu, en proie à un léger sentiment de panique, j'avais murmuré une réponse ambiguë, ni vraiment oui ni vraiment non. *Non ! Non !* Préparer un repas avec ma tante tatillonne dans sa cuisine sinistre serait une épreuve. Impossible d'imaginer le genre de plat que Tabitha se confectionnait, seule dans cette maison. L'idée saugrenue me vint de l'emmener dîner au restaurant. Quelle folle soirée ! Ma vieille amie Sylvie LaPorte m'avait appelée, peu de temps auparavant, pour proposer que nous déjeunions ou dînions ensemble. Je lui demanderais d'inviter sa mère ou une vieille tante pour organiser une sortie à deux couples.

Tabitha dit, avec un reniflement : « Tu souris, Nikki ! Ça fait plaisir de savoir que quelqu'un est heureux. »

Je décidai de prendre cette remarque pour un compliment. Et d'en profiter pour partir.

Mais au moment où je me levais, Tabitha dit soudain, comme si elle venait d'y penser, que la porte d'un placard de sa chambre à coucher était « sortie de ses gonds ». La dernière fois que cela s'était produit, Gwen l'avait aidée, et la porte avait été « comme neuve » en moins de cinq minutes.

Je proposai mon aide, bien entendu. Avec maman pour prédécesseur, je n'avais guère le choix.

S'appuyant lourdement sur la rampe, Tabitha monta l'escalier et me conduisit au premier étage lugubre de sa maison. Pour autant que je m'en souvienne, je n'y avais jamais mis les pieds. (Enfants, Clare et moi avions interdiction d'« explorer » la maison de notre tante.) Je me sentis aussitôt désorientée. Outre que je n'avais pas envie d'être là, j'avais l'impression de ne pas en avoir le droit. La respiration de Tabitha s'était accélérée, comme si elle était surexcitée. En suivant son corps massif en forme de poire le long d'un couloir mal éclairé où un tapis luxueux étouffait le bruit de nos pas, je me fis peur en me disant que, dans l'une des pièces fermées que nous dépassions, mon oncle Edmund Spancic III gisait, embaumé, dans un cercueil aux allures de canoë.

« Tu n'as pas idée des services que Gwen m'a rendus après la disparition d'Edmund. Je n'avais même pas à lui demander quoi que ce soit, c'était elle qui me demandait si j'avais besoin d'aide dans la maison. »

J'écoutai en silence. Sans demander méchamment quels services Tabitha avait proposé de rendre à maman après la « disparition » de papa.

Sa chambre à coucher était exactement telle que je l'imaginais dans une vieille demeure majestueuse comme celle-là : immense mais encombrée de meubles, décorée dans le style d'une autre époque, papier peint fané à motif floral, lourdes tentures brochées et lustre hideux. Le lit semblait avoir été fait à la hâte, des bosses déformaient le couvre-lit de brocart. Le meuble le plus frappant, le seul que j'aurais pu convoiter, était une méridienne aux pieds griffus, recouverte d'un velours passé, sur laquelle étaient empilés l'un des quilts carrés en soie de maman et plusieurs de ses coussins de tapisserie. Je dis à Tabitha que j'aurais bien vu Joan Crawford languissamment étendue sur la méridienne dans un déshabillé de soie noire. Aussi peu sensible que Fumée à mes tentatives d'humour, ma tante posa sur moi un regard vide d'expression. « C'est très glamour », corrigeai-je.

Glamour ? Avec ses pieds griffus disproportionnés, la méridienne était tout juste kitsch. Mais je voulais me montrer admirative.

Tabitha continuait pourtant à me dévisager. Dans sa maison pleine de courants d'air, elle portait une robe sombre, apparemment en laine, dont l'ourlet lui tombait à mi-mollet et, pardessus, un lourd cardigan couleur nickel à boutons en bois ; à ses pieds, étonnamment petits quoique passablement enflés, des chaussures de grand-mère, identiques, en plus massifs, aux chaussures à semelles de crêpe que maman portait en toutes occasions. Pressant une main contre sa poitrine, Tabitha dit, d'une voix haletante : « Oh ! Gwen m'a fait exactement la même remarque. Un jour où je ne me sentais pas bien et où elle m'a aidée à me mettre au lit, elle a dit, avec cet entrain qu'elle avait toujours, tu sais : "Si tu te fatigues de cette méridienne superbe, Tabitha, ne la donne pas à l'association Good Will sans me consulter. Une note de glamour serait la bienvenue au 43, Deer Creek Drive." »

Je fus saisie d'entendre si soudainement les paroles de maman, sa voix, dans la bouche de Tabitha Spancic. Je n'aurais pas cru ma tante égoïste capable de se rappeler une telle remarque, ni de me la rapporter de façon aussi vivante.

Aucune réponse ne me vint à l'esprit. Un terrible sentiment de manque me submergea.

« Si seulement je l'avais donnée à Gwen ! dit Tabitha. Je ne m'en sers jamais. »

Nous nous occupâmes de la porte du placard. C'était en fait l'une des quatre portes à claire-voie coulissantes équipant deux penderies de bonne taille qui se faisaient face dans un renfoncement de la pièce. Pas de portes ordinaires chez les Spancic, mais d'élégantes portes blanches à claire-voie, inutilement compliquées, dont les lames étaient noires de poussière. L'une d'elles était sortie de son rail, mais je ne voyais pas du tout comment l'y remettre. Tabitha l'avait appuyée de guingois contre un mur.

Pendant qu'elle égrenait plaintes et mises en garde, je m'efforçai de soulever la lourde porte, me débattis avec elle de longues minutes, me cassai plusieurs ongles et manquai m'écrabouiller les doigts. Tabitha ne fit pas un geste pour m'aider. Tandis que la porte vacillait, oscillait, glissait entre mes bras, retombait contre le mur, marquait le parquet d'une éraflure de bonne taille (que Dieu merci Tabitha ne sembla pas remarquer), ma tante disait en se lamentant : « Gwen et moi avons réussi à la remettre en place, je ne sais comment. “Ce n'est rien, disait Gwen, mais il faut avoir le coup de main. ”

– Maintenant, en tout cas, elle est cassée, dis-je. Peut-être ne l'était-elle pas auparavant.

– Gwen disait… »

Nous disputions-nous ? À propos de quoi ?

« Tu ne pourrais pas faire appel à un bricoleur, Tabitha ? Il y a sûrement quelqu'un à qui tu t'adresses souvent, avec une maison pareille.

– Bien sûr ! Mais il est décédé cet été. »

Une idée sournoise me vint à l'esprit. « Rob Chisholm pourrait peut-être t'aider. Appelle-le.

– Oh ! tu ne pourrais pas t'en charger, Nikki ? dit Tabitha, avec conviction. Je connais à peine le mari de Clare.

– Je ne le connais pas plus que toi. En fait, c'est à peine si je connais Clare. »

J'étais parvenue à remettre cette fichue porte contre le mur, là où je l'avais trouvée.

Pendant tout ce temps, j'avais été distraite par la délicieuse odeur de lavande qui sortait de la penderie de ma tante : les fameux pots-pourris de Gwen. Tous les automnes, disait Tabitha, Gwen lui avait offert un nouveau mélange de fleurs sauvages séchées et d'herbes aromatiques. « Tu ne veux pas en emporter un peu, Nikki ? Il n'y en aura plus d'autres. »

En fait, les pots-pourris de maman surabondaient à la maison. Dans tous les placards, dans la salle de bains d'ami et dans la pièce dont maman avait fait son atelier de couture. J'y étais tellement habituée que je ne remarquais plus l'odeur que rarement, sauf à l'instant où j'entrais dans la maison. J'étais certaine que, dans un rayon de quinze kilomètres autour de Mount Ephraim, toutes les parentes et amies de Gwen étaient bien approvisionnées en pots-pourris. Il était néanmoins gentil de la part de ma tante de m'en proposer, et je la remerciai.

Puis, de façon inattendue, Tabitha sortit des vêtements de la penderie pour me les montrer. Il s'agissait de « belles » robes, certaines en soie, en satin ou en cachemire, et toutes sur des cintres rembourrés. Il y avait aussi des tailleurs en tweed, des chemisiers, des gilets et des jupes, dont la vue éveilla presque la gaieté de Tabitha. Certains de ces vêtements ne lui allaient plus depuis qu'elle avait été enceinte d'Aaron, près de quarante ans plus tôt, et cela lui faisait mal au cœur de les voir s'abîmer. Quelque chose me ferait peut-être plaisir ?

J'admirai les toilettes luxueuses de Tabitha mais déclinai son offre. De nouveau, j'éprouvai un sentiment de panique, la conviction soudaine qu'elle allait faire de moi sa fille.

« C'est toi ou Good Will, Nikki. Bien entendu, je préférerais quelqu'un de la famille à de complets inconnus.

– Bien entendu, tante Tabitha. Merci. »

Mais elle ne laissa pas décourager pour autant. Du tiroir d'une commode en cerisier, elle sortit un pull en angora couleur pêche, emballé dans du papier de soie comme un objet précieux. « Il est magnifique, n'est-ce pas ! Tu ne vas pas me croire, mais c'est pour moi que ta mère l'a tricoté. C'est bien vieux, je sais que je ne l'ai pas porté depuis au moins trente ans. »

Je fis un calcul rapide. Si les souvenirs de Tabitha étaient exacts, maman avait eu vingt-cinq ans lorsqu'elle avait tricoté ce pull, et ma tante trente-cinq. Pour une raison ou une autre, il me déplaisait de penser que ma mère et sa belle-sœur avaient été proches à une époque ; ou, pire, que maman avait voulu penser qu'elles l'étaient.

« Je ne l'ai jamais beaucoup mis. Il a toujours été un peu étroit à la poitrine. Prends-le, je t'en prie, Nikki ! Gwen le souhaiterait. »

J'obéis à contrecœur. La laine angora est si légère qu'il semblait flotter dans mes mains. Je le tins contre moi et me regardai dans l'une des glaces de ma tante. La couleur pêche n'est pas parmi mes préférées. Mes yeux semblaient bizarrement brillants, vitreux. Mes joues étaient étrangement empourprées. Massive, presque de ma taille, Tabitha tournait autour de moi en souriant, comme maman le faisait quand j'essayais des vêtements qu'elle avait faits pour moi.

« Merci, tante Tabitha, mais…

– Bon, c'est réglé. Porte-le pour ton "ami". Je pense que tu constateras que les hommes sont très impressionnés par les toilettes "féminines" et "raffinées", par les tenues de bon goût », conclut-elle avec gravité.

Le pull pêche était assurément de bon goût. Il aurait convenu à une enfant avec ses manches un peu bouffantes, son encolure ajourée. Il était orné sur le devant d'une petite constellation de perles minuscules.

Si je le portais sans soutien-gorge, bouts de seins pointant à travers la laine angora, Wally Szalla serait effectivement impressionné. Sans parler de Rob Chisholm.

Je ris. Je remerciai tante Tabitha d'un léger baiser sur la joue. En temps ordinaire, nous aurions été choquées toutes les deux de cet élan impulsif d'affection, mais il régnait dans sa chambre une atmosphère fiévreuse et festive, accentuée par le parfum prenant de la lavande.

Ma tante insista ensuite pour me donner un col de dentelle amovible que ma mère avait cousue pour elle des années auparavant et qui n'avait que légèrement jauni. (« Tu pourras le mettre avec le pull, Nikki. Ce sera adorable. ») Et un chemisier de soie rouge, orné d'un nœud énorme, qui était trop petit pour Tabitha mais « parfait » pour moi. (Il avait l'air très ample.) Et un chapeau cloche noir qu'elle affirma ne pas avoir mis depuis cinquante ans.

« Voyons, tante Tabitha, tu n'es pas si vieille que ça !

– Au fond de leur cœur, les gens vieillissent à des rythmes différents, Nikki. Tu verras. »

Une remarque bien énigmatique de la part de Mme Spancic !

Maman n'avait pas fait ce chapeau pour ma tante, j'en étais certaine. Il était juste assez large pour que j'y loge mes cheveux. Je devais reconnaître qu'il me plaisait : si je l'avais découvert dans une boutique de fripe, j'aurais sauté dessus. Il était difficile d'imaginer Tabitha avec un chapeau pareil, mais je voyais très bien un amant me l'ôter et mes cheveux chatoyants tomber en cascade sur mes épaules (nues).

Nikki vêtue en tout et pour tout d'un chapeau cloche. Chapeau qu'on lui enlève.

L'idée me vint soudain que ce couvre-chef plairait peut-être au lieutenant Strabane.

Et le pull pêche aux manches bouffantes, orné de perles minuscules.

D'un ton pincé, tante Tabitha murmura : « Leur couple n'allait pas de soi, je le crains.

– Ah… non ?

– Leurs caractères n'étaient pas “compatibles”. C'est ce qu'on dit, non ? »

J'hésitai à répondre. Nous parlions de mes parents. J'avais l'impression d'avoir le cœur pris dans un étau : la main robuste de tante Tabitha.

Je ne sais comment – ne me demandez pas comment ! –, nous étions dans la cuisine pleine de courants d'air de ma tante. Je ne sais comment, j'avais accepté de rester « souper », comme disait ma tante.

En fait, c'était moi qui préparais le repas, pendant que Tabitha ouvrait et fermait des tiroirs, examinait le contenu des placards de la cuisine avec un air vaguement contrarié, comme si elle ne trouvait pas ce qu'elle cherchait.

Dans la cuisine de tante Tabitha les choses étaient rarement où on les cherchait. Les « belles serviettes en lin » furent découvertes au milieu d'ustensiles de cuisine graisseux dans un tiroir du bas ; les « beaux verres à eau en cristal » finirent par être dénichés au milieu de boîtes de conserve – des soupes Campbell pour l'essentiel – dans un autre placard. Le rouleau d'essuie-tout était vide, ce qui nous contraignit à nous servir des « beaux torchons en tissu ». Ces contrariétés, et d'autres, furent attribuées à la négligence d'une femme du nom de Daniella, qui « aidait » Tabitha une fois par semaine, généralement le jeudi.

Daniella mise à part, la faute incombait de façon plus obscure aux enfants adultes de Tabitha qui ne venaient jamais la voir, et même au défunt Edmund qui avait laissé Tabitha veuve dans cette maison immense. Bien que Daniella n'eût pas grand-chose à faire, on ne pouvait cependant pas compter sur elle pour le faire aussi bien qu'elle l'aurait dû, étant donné la « générosité » avec laquelle Tabitha la payait.

Je dis à ma tante que je la comprenais : j'étais si certaine qu'une femme de ménage ne me conviendrait pas que je n'en engageais jamais.

Cela fit rire Tabitha, son rire de grand-mère bougonne, qui évoquait un craquement de bois sec. « Oh ! Gwen disait exactement la même chose. Avec un petit clin d'œil pour que je sache qu'elle plaisantait.

– Vraiment !

– Jon n'était pas "partisan" des femmes de ménage, bien entendu. » Tabitha sourit, tout en poussant un soupir de commisération.

Dans notre enfance, nos parents nous avaient recommandés, à Clare et à moi, de ne pas entrer dans la cuisine de notre tante, ce qui nous avait paru étrange : chez nous, comme chez tous nos amis, la cuisine était la pièce la plus accueillante. Ce n'était pas le cas de celle des Spancic qui, bien que deux fois plus grande que la nôtre, était beaucoup moins bien agencée. Tout semblait loin, et on s'y sentait pourtant à l'étroit. Il y avait même un « office » avec une porte battante. Au lieu d'un coin-déjeuner confortable près d'une fenêtre, il y avait au centre de la pièce une table en bois entourée de six chaises, dont cinq étaient occupées par des sacs à provisions pliés, de vieux journaux, des prospectus et des objets destinés à être jetés. Pas de cuisine intégrée, mais une grosse cuisinière disgracieuse à six feux, montée sur pieds. Au plafond, une unique ampoule de quarante watts éclairait faiblement nos efforts, telle l'étoile vieillissante d'une galaxie lointaine.

Dès qu'elle m'avait fait entrer dans cette pièce déprimante, Tabitha avait paru désorientée. Son acte le plus décisif consista à extraire un tablier d'un tiroir encombré. « Gwen le mettait toujours quand elle m'aidait dans la cuisine, dit-elle en me le tendant. En fait, elle l'avait confectionné pour moi, au départ. » Le tablier, coupé dans une étoffe beige grossière, se nouait autour du cou et de la taille. Il avait une unique poche, décorée d'un tournesol. Il était très joli, je le mis sans rechigner.

Tabitha me dirigea ensuite vers le congélateur, rempli de repas surgelés et de cartons de glaces « allégées ». Je fus stupéfaite par la pauvreté du contenu du réfrigérateur et par sa propreté douteuse. Pas de légumes frais, pas de salades. Du pain de mie industriel, des fromages reconstitués et des pots entamés de beurre de cacahuète, de sirop de chocolat et de pickles. Nous avions au moins les repas surgelés et le pain que j'avais apporté.

« Je suppose que tu n'as pas de vin, tante Tabitha ?

– Du vin ? Rien que pour nous ? »

Son étonnement était sincère. Je me dis que Nikki Eaton allait désormais passer pour une alcoolique dans la famille.

Contre toute attente, ma tante avait un four à micro-ondes. Bien que le fonctionnement des cadrans laissât à désirer, je pus réchauffer rapidement deux des plats les plus prometteurs : « La dinde sauce aux abats et farce aux champignons Stouffer's ». Ils contenaient de petites portions de légumes flasques parmi lesquels on reconnaissait à leurs formes et à leurs couleurs des pommes de terre râpées, des rondelles de carotte et des haricots verts. Et nous avions mon pain au blé germé et aux amandes qui n'avait jamais paru meilleur.

Nous dînâmes dans la salle à manger, chacune sur notre set de table.

Avec la mine d'un mangeur difficile qui se montre poli par considération pour le cuisinier, tante Tabitha vida son assiette et termina la mienne. « Je déteste laisser se perdre de la nourriture. "Pensez aux Africains qui meurent de faim", disait ma mère. »

Pour dessert, Tabitha nous servit de grosses cuillerées de glace « allégée » aux pépites de chocolat, et posa sur la table un sachet de biscuits aux pépites de chocolat. L'ensemble était si sucré que j'eus l'impression que des micro-organismes virulents m'attaquaient la bouche.

Le temps que je nettoie la table, verse du savon liquide dans l'évier et lave les assiettes que, maladroitement, Tabitha mettait sur le plan de travail pour qu'elles « sèchent à l'air », il était près de 8 heures et il faisait nuit noire. Arrivée vers 4 h 30 avec l'espoir naïf d'être repartie dans l'heure, je me demandais à présent comment éviter de passer la nuit à Church Street. Une léthargie anormale s'était emparée de moi, une sorte de contentement somnolent. Je me faisais penser à Fumée qui, pendant l'été, avait dormi presque vingt-deux heures sur vingt-quatre, comme épuisé par sa vie.

« Je ne mange jamais aussi tard, d'habitude, se plaignit Tabitha. Je vais avoir du mal à dormir, cette nuit. »

Pas question que je m'excuse de lui avoir fait la cuisine trop tard ! Je suggérai une des tisanes que j'avais remarquées dans un placard.

Tabitha poussa un soupir, comme si préparer une tisane était au-dessus de ses forces. Elle n'avait aucune idée de l'endroit où elles étaient rangées, supposai-je.

« Les pensées qui me viennent à l'esprit quand je n'arrive pas à dormir ! Oh Nikki, ils me manquent tellement tous les deux ! »

Avec naïveté, je demandai de qui elle parlait.

« De ta mère et de ton père. De qui d'autre pourrais-je parler ! Depuis que tu es ici, Gwen est avec nous, elle aussi, n'est-ce pas ? Tu as dû sentir sa présence. »

Je n'en croyais pas mes oreilles. Elle mettait pourtant la dernière assiette à « sécher à l'air » avec un calme parfait.

« Tu n'as jamais été seule dans cette maison, Nikki ? Sans Gwen, je veux dire ? »

C'était exact.

« Gwen sera toujours avec nous. À sa manière. »

Je jetai un regard nerveux autour de moi. Était-ce vrai ? La cuisine de ma tante était si mal éclairée que l'on pouvait imaginer une vague forme mouvante au fond, près du réfrigérateur.

Tabitha dit avec un soupir : « C'est si douloureux quand des gens plus jeunes que vous disparaissent. Jon n'avait que cinquante-neuf ans et Gwen… » Sa voix tremblait de reproche, comme si mes parents l'avaient trahie.

J'eus envie de m'excuser. *Je suis sûre qu'ils ne l'ont pas fait exprès, tante Tabitha !*

Comme si elle lisait dans mes pensées et les désapprouvait, elle dit, de son ton de grand-mère sévère : « Leur couple n'allait pas de soi, je le crains. Leurs caractères n'étaient pas ce qu'on appelle "compatibles". »

Mon cœur battait d'appréhension et d'excitation. On eût dit que tante Tabitha, qui ouvrait et refermait distraitement des tiroirs, venait de pousser une porte, révélant mon père et ma mère, et non le défunt oncle Edmund. J'avais envie de les protéger, mais il me fallait en savoir davantage.

« Que veux-tu dire, tante Tabitha ? Maman et papa s'aimaient beaucoup… »

Tabitha agita les mains avec impatience, comme si elle chassait des mouches. « Oh ! bien sûr. Mais "amour" et "compatibilité" ne sont pas la même chose, ma chérie. Edmund Spancic III et moi, nous étions "compatibles", ajouta-t-elle avec une sorte de fierté pugnace, semblant me mettre au défi de la contredire. Nous ne sommes pas tombés "follement amoureux", nous n'avons pas eu le "coup de foudre", nous nous connaissions depuis des années. C'était une relation très différente. Avant Gwen, Jon ne s'était jamais intéressé à personne, ou plutôt à aucune fille ; il semblait à peine les remarquer. Oh ! ton père était très difficile. Au point que nous pensions qu'il ne trouverait jamais une fille avec qui il ait envie de sortir, sans parler de l'épouser. Un jour, pourtant, il est venu présenter cette petite Gwen Kovach à mes parents – "Plume", c'était son surnom. Je crois qu'elle avait fini ses études secondaires à ce moment-là, mais on ne s'en serait pas douté à la voir : on lui donnait seize ans ! Je ne l'ai jamais appelée "Plume" ni Jon non plus – quel nom idiot ! – mais je pense que cela plaisait à Jon que les autres l'appellent ainsi. Gwen était mignonne, douce, gentille et enthousiaste, comme toutes les pom-pom girls, sauf que cela semblait naturel chez elle, elle souriait tout le temps. Mais elle n'a jamais été effrontée, elle était timide, en fait. Elle ne contredisait jamais personne, il ne lui serait jamais venu à l'idée de couper la parole à quelqu'un. Elle souriait, elle illuminait les pièces les plus lugubres, mais elle ne parlait pas beaucoup. Jon était plutôt taciturne, lui aussi, il gardait ses pensées sérieuses pour lui, comme notre père, mais quand Gwen était là, il ne la quittait pas des yeux et on voyait qu'il l'adorait. "Gwen n'est pas comme moi, disait-il, elle ne ressemble à aucun d'entre nous." Parce que les Eaton ont toujours été très sérieux, surtout à cette époque, il y a quarante ans. Mais Gwen faisait fondre les cœurs les plus glacés, je t'assure. Des années plus tard, ici même, dans cette cuisine, elle m'a avoué qu'en fait, ce n'était que de la nervosité – "Ma bouche sourit toute seule, comme les animaux montrent les dents quand ils ont peur." »

Tabitha avait une façon d'imiter la voix de ma mère qui me

donnait le frisson. Je ne savais pas si j'avais envie de rire ou de pleurer.

Je ne savais pas si j'avais envie de serrer dans mes bras ma tante plantureuse, ou de me précipiter hors de la maison.

« … Oui, Jon s'est marié "par amour". Et Gwen aussi, je pense. Ils ont eu des moments difficiles, bien sûr. Ça ne devait pas être facile d'être mariée à un homme comme mon frère. Elle m'a demandé un jour d'un air triste si Jon avait toujours été aussi silencieux – elle ne se plaignait pas de lui, remarque bien, elle ne s'est jamais plainte de Jon à âme qui vive, pour autant que je sache – et je lui ai répondu en riant : "Silencieux, Jon ? On l'appelait l'Huître…" » Ce souvenir la fit rire de nouveau. « Un autre jour, c'est ce pauvre Jon qui est venu ici, il était au trente-sixième dessous, je ne l'avais jamais vu dans cet état-là. "Gwen a l'intention de me quitter. Elle refuse d'expliquer pourquoi." Et cette fois-là aussi, j'ai ri. Comme si "Plume" pouvait aller où que ce soit toute seule ! Et Jon a dit, l'air angoissé : "Elle n'est pas 'Plume', Tabitha. Elle ne l'a jamais été. J'ai épousé une fille appelée 'Plume' et cette fille n'a jamais existé. – Tu as toujours trouvé ce surnom stupide, ai-je répondu. Rentre chez toi, et tu verras que Gwen reviendra à la raison. Où veux-tu qu'elle aille avec deux petites filles ?" » Tabitha poussa un grognement indigné, tant l'idée lui paraissait absurde.

Je la contemplais fixement, consternée par ce que j'entendais. Deux petites filles ?

« Que veux-tu dire ? Maman a eu l'intention de quitter papa… quand cela ?

– Oh ! je ne sais pas. Je n'y ai pas fait très attention. Tu commençais tout juste à marcher, je crois. Clare était à l'école primaire. Bébé, tu étais sujette aux coliques, tu pleurais toute la nuit, et Clare était une petite fille robuste qui demandait beaucoup d'attention. C'était peut-être trop pour Gwen, avec un mari comme mon frère. Mais vouloir partir était complètement ridicule, nous le savions tous.

– Maman t'en a parlé ?

– Je te l'ai déjà dit, ma chérie : jamais. Elle savait que des idées pareilles n'auraient pas été les bienvenues dans cette maison. »

Depuis le début de cette discussion, je m'acharnais sur une éponge décolorée, que je réduisais en miettes. Pendant des heures, ensuite, je sentirais la pression de minuscules particules d'éponge synthétique sous mes ongles cassés.

« Mais maman n'aurait pas quitté papa.

– C'est ce que je lui ai dit. "Tu n'as qu'à fermer votre compte joint, Plume n'ira nulle part." C'est exactement ce que je lui ai dit. »

Je ne savais pas ce qui était le plus perturbant : les prétendues « idées » de ma mère ou le dédain manifesté par ma tante à leur égard.

« Maman ne nous aurait pas quittées, Clare et moi… »

Une expression de grand-mère évasive se peignit sur le visage de Tabitha. Elle répondit par un vague *mmmm*.

Une expression et une réponse sur lesquelles je ne souhaitais pas m'appesantir.

« Évidemment, ton père avait son caractère. Quand tu l'offensais, il pouvait passer des jours sans te parler, à te regarder d'un œil noir, et puis, tout à coup, quelque chose le faisait exploser et il était furieux. Oh ! il pouvait être blessant. Il essayait de se maîtriser devant Clare et toi, je pense. Comme notre père devant ses enfants. Naturellement, les hommes de la famille se maîtrisent toujours au travail et en présence d'étrangers. Les Eaton sont de vrais professionnels. » Tabitha baissa soudain la voix, les yeux brillants d'excitation derrière ses lunettes à double foyer. « Il ne faut rien répéter à Clare, Nikki, je ne devrais déjà pas t'en parler parce que Gwen m'a fait promettre de me taire… mais… eh bien… ton père n'est pas décédé tout à fait comme on le croit.

– Ah… non ?

– Jon n'a pas eu sa crise cardiaque dans son lit, après s'être senti mal en regardant *Law and Order*, comme Gwen l'a raconté.

Oh non ! En fait, il était aussi furieux qu'un frelon. La veille, Gwen m'avait appelée, toute retournée, pour me demander si je voulais bien parler à Jon… et quand je l'ai eu au téléphone, il s'est mis à pester comme s'il en avait après moi ! Apparemment, votre chaudière marchait mal, elle tombait en panne, Jon appelait les réparateurs, ils venaient la réparer et, quelques jours plus tard, quelque chose d'autre se détraquait, et Jon avait fait refaire le toit un peu plus tôt, une grosse dépense, et malgré cela il y avait des fuites, et Jon était furieux contre moi, ou plutôt contre ce pauvre Edmund, qui était décédé dix-huit mois plus tôt, parce que c'était lui qui lui avait recommandé aussi bien les couvreurs que les réparateurs. En fait, je ne suis même pas sûre qu'Edmund les lui ait recommandés, mais Jon s'était mis ça dans la tête et dans ces cas-là, il était impossible de le faire changer d'avis. Si tu savais ce qu'il m'a hurlé au téléphone ! Je ne le répéterai jamais à personne, et j'ai essayé d'oublier. "Je ne supporte plus cette vie. Avoir une maison, s'occuper d'une maison, c'est l'enfer. Je vais faire un procès à ces salopards ! Je vais les tuer." » Tabitha pressa une main contre sa poitrine, l'air bouleversé. « Bref. Le lendemain, apparemment, c'était encore pire. La chaudière avait craché de la suie et laissé des traînées noires sur tous les murs de la maison. Quand Jon est rentré de son travail et qu'il a vu ça, il a couru d'une pièce à l'autre en hurlant, rouge comme une écrevisse. Impossible de lui faire entendre raison. Gwen m'a dit ensuite qu'elle avait essayé de le calmer, mais qu'il l'avait repoussée en la regardant d'un air si haineux qu'il était méconnaissable. La suie ne s'enlève pas facilement, tu sais. Comme elle est grasse, elle s'étale si on frotte. Gwen ne le savait pas, et en essayant de tout nettoyer avant l'arrivée de Jon, elle n'avait fait qu'aggraver les choses, je suppose, et Jon était furieux contre elle. « Ma vie tombe en panne, elle est défectueuse, et il n'y a pas de service après-vente", voilà le genre de choses que disait Jon. Puis il est allé dans sa chambre, il a claqué la porte et, l'instant d'après, il a appelé Gwen d'une voix étranglée, et elle l'a entendu tomber par terre et... » Tabitha se tut. Des larmes montèrent soudain à ses yeux ronds comme des pièces de monnaie. « ... Le reste, tu le sais, ma chérie. »

J'avais entièrement déchiqueté l'éponge. Je réagis à cette révélation par un vague sourire hébété, celui que pourrait avoir une enfant pour montrer qu'elle a bien écouté.

« Naturellement, nous avons organisé le déjeuner ici, après l'enterrement. Et c'était réussi, je crois. Avec cette suie sur les murs, il était exclu de le faire chez vous et, de toute façon, c'était trop petit. Ces maisons " style ranch " sont vraiment trop petites. On a à peine franchi la porte qu'on se retrouve dans la salle de séjour. Tu te rappelles avec quel calme ta mère s'est comportée malgré l'état de choc dans lequel elle était ? J'étais la seule à savoir la vérité. Je pense qu'elle n'en a même pas parlé à cette Alyce Proxmire dont elle était si proche. Et j'étais au courant uniquement parce que Jon m'avait fait une scène, il était comme ça parfois, terriblement coléreux ! Toujours est-il que j'ai prêté Daniella à ta mère, je l'ai payée pour nettoyer cette suie sur vos murs, en fait. "Cette suie grasse, il n'y a rien de pire, madame Spancic ! a dit Daniella. On croirait qu'elle est vivante, comme le diable, on la nettoie et elle se déplace ailleurs. Une vraie saleté." »

Quelle imitatrice inspirée que ma vieille tante ! Je ne m'en étais jamais rendu compte auparavant, qui sait pourquoi ?

Je sortis de ma transe. J'inventai une excuse et courus récupérer mon manteau comme si ma vie en dépendait.

Tabitha me suivit dans le vestibule. Elle insista pour que je reste dormir chez elle parce qu'il s'était mis à neiger, de gros flocons humides pareils à des fleurs folles volant dans le ciel nocturne. Je la remerciai et me précipitai vers ma voiture. J'enfonçais la clé de contact quand Tabitha surgit comme une apparition à la portière, un imperméable en plastique sur la tête.

Dans mon désarroi, je ne compris pas ce qu'elle me disait. Je ne saisis que l'accusation : « ... Oublié, Nikki ! »

Ma tante me fourra un sac à provisions dans les mains. Je la remerciai et démarrai. Je parcourus plusieurs centaines de mètres avant de me rendre compte que je n'avais pas allumé mes feux.

Le sac contenait le pull en angora couleur pêche, le col de dentelle amovible, le chemisier de soie rouge et le chapeau cloche sexy.

duo

Ma bouche sourit toute seule, comme les animaux montrent les dents quand ils ont peur.

Ma vie est défectueuse. Pas de service après-vente.

Tout au long de cette nuit de neige lente, je les entendrais.

Un duo amoureux.

Ma mère et mon père.

« plume »

« “Je voudrais que mon âme soit légère comme une plume”, c’est ce que Gwen m’a dit quand nous sommes devenues amies. » Alyce Proxmire posait sur moi ses petits yeux humides de moineau. Ses lèvres minces dessinèrent une sorte de sourire. « C’était en classe de quatrième, nous avions toutes les deux treize ans. J’étais nouvelle au collège et très timide, je portais un appareil dentaire et des lunettes, et une jolie petite fille au visage de poupée est venue vers moi et m’a dit *Bonjour !* Elle a été la seule. »

Comme toujours, la plus vieille amie de maman ne pouvait pas évoquer un souvenir heureux sans l’assaisonner d’une pointe d’amertume.

Nous étions chez moi – « la maison de ta mère », disait obstinément Alyce – et nous regardions des albums de photos, assises à la table de la salle à manger. C’était une semaine après ma visite à Church Street. J’étais encore sous le coup de ce que m’avait révélé tante Tabitha. Depuis des mois, Alyce Proxmire laissait sur mon répondeur des messages de plus en plus plaintifs – *Pourrais-je venir te voir, Nikki ? Gwen me manque tellement...* Une pause interminable. Un reniflement. *Même Fumée me manque.*

Par Clare et par d'autres, je savais qu'Alyce Proxmire avait été « très affectée » par la mort de ma mère. Ce qui était une bonne raison pour l'éviter : je n'avais aucune envie de voir l'amie hypocondriaque de maman s'effondrer en pleurs dans mes bras.

Un jour, pendant l'été, j'avais vu une voiture se glisser dans notre allée, j'avais vu une apparition vêtue d'une sorte de chemise de nuit (un imperméable, en fait) s'avancer d'un pas chancelant vers la porte et, dès que j'avais reconnu Alyce Proxmire, j'avais couru me cacher avec Fumée dans l'escalier du sous-sol. Lorsque la sonnette avait tinté et que la voix anxieuse d'Alyce s'était fait entendre – *Bonjour ? Nikki ? Il y a quelqu'un ?* –, Fumée avait émis un grognement sourd, la queue battant l'air.

J'ignore combien de temps Alyce était restée devant la porte en m'appelant de sa voix nasale et plaintive. Un temps très long, m'avait-il semblé. J'avais enfoui mon visage dans la fourrure rude de Fumée, prise d'un accès de fou rire. *Ma vie. Voilà ma vie maintenant. Cachée.* J'apprendrais ensuite par les Pedersen, les voisins d'à côté, qu'elle avait fait le tour de la maison en regardant par les fenêtres. Ils avaient envisagé un moment d'appeler la police, mais elle leur avait paru inoffensive – « On aurait dit le fantôme d'une vieille institutrice à la retraite. »

J'apprendrais par Gladys Higham qu'Alyce avait également sonné chez elle pour demander si elle m'avait vue, si elle savait où j'étais, s'il ne risquait pas de m'être « arrivé » quelque chose.

Depuis le mois de mai, Deer Creek Acres tout entier était devenu un endroit où quelque chose d'effroyable risquait d'« arriver » à une femme ayant la malchance d'être seule.

J'étais furieuse qu'Alyce Proxmire fasse intrusion dans mon existence. Je refusais de répondre à ses appels, je jetais ses petits mots humbles. Rien ne m'attirait vers elle. Peut-être lui en voulais-je d'avoir survécu à ma mère.

À ce moment-là, Wally Szalla et moi traversions une de nos crises intenses. Peut-être nous étions-nous querellés, peut-être était-ce ma faute. Je me sentais écorchée, tragique et peu disposée à me montrer patiente avec Alyce Proxmire.

Le chagrin ressemble à ces essuie-mains déroulables des toilettes publiques. Partagé par trop de gens, il se salit et s'use.

Depuis quelques mois, j'avais une autre façon de voir. Je m'y efforçais, en tout cas. J'étais moins en colère, ou plutôt pas en permanence. Depuis que j'essayais les recettes de maman et que j'obtenais quelques résultats encourageants. Depuis que je voyais des gens, des femmes âgées surtout, que j'avais évités. L'une d'elles devait forcément être Alyce Proxmire, « la plus vieille amie » de maman.

Lorsque je finis par l'appeler et que je me présentai, elle parut d'abord trop saisie pour répondre.

« Ohhhh ! Nikki ! Je… j'ai c…cru que c'était… »

(Maman ? Nos voix, que personne n'avait jamais confondues de son vivant, étaient-elles si semblables ?)

Dès qu'Alyce arriva, la goutte au nez et un mouchoir mouillé à la main, elle me serra dans ses minces bras tremblants. Elle avait l'émotion humide et bredouillante : « Ohhhh ! Nik-ki. *Oh !* »

Un moment difficile à passer. À ceci près qu'il me semblait me rappeler y être déjà passée le jour de l'enterrement de maman.

« … Depuis cette soirée, la fête des Mères… je n'étais pas revenue dans cette… Ohhhh ! »

Le chagrin d'Alyce était sincère mais aussi exaspérant qu'un toit qui fuit. Je fermai les yeux en espérant qu'elle n'allait pas se mettre à sangloter. (Je ne pleurais plus que rarement, du moins pendant la journée. La nuit, dans mon sommeil, il m'arrivait de brailler comme un bébé.)

Je m'entendis dire à la façon de Gwen Eaton, avec un entrain de pom-pom girl : « Voyons, Alyce ! Gwen voudrait que tu te ressaisisses, tu sais.

– Ohhhh, je sais. Je sais, Nikki. »

Alyce se moucha avec un bruit mouillé. Depuis notre dernière rencontre, ses cheveux marron fané étaient devenus presque entièrement gris et visiblement plus clairsemés. Alyce était une des ces femmes âgées, maigres et enfantines d'allure, qui passent de la pré-adolescence à l'après-ménopause sans rien entre les deux. Plate comme une planche à repasser mais néanmoins ventripotente, les épaules voûtées, les genoux et les coudes pointus. Son expression était tantôt humble, tantôt suffisante. De son emploi de bibliothécaire scolaire, elle gardait un air d'autorité méfiante. Elle portait des vêtements couleur de blé, beige et brun ternes. Elle sentait le talc et la toile d'araignée. Lorsque papa roulait les yeux à la mention de son nom, maman prenait aussitôt sa défense : « Alyce est une vraie amie, une amie fidèle. »

Elle était fidèle, cela ne faisait aucun doute.

Elle disait à présent, la main crispée sur son mouchoir : « … Pas un jour, pas une heure ne passe sans que je pense à elle. Si seulement j'avais été avec elle ce matin-là, mais j'avais rendez-vous chez le dentiste, une dévitalisation… Oh ! c'était affreux. »

Les problèmes médicaux d'Alyce étaient de deux sortes : maux chroniques et symptômes mystérieux n'ayant pas encore été reconnus pour des maladies. Par politesse, je me devais de lui demander comment elle allait, et je vis aussitôt son visage s'éclairer. Un tremblement dans la voix, elle me récita la liste de ses maux chroniques (insomnie, asthme, migraine, estomac « barbouillé » et « palpitations ») et de ses maux nouveaux et alarmants (glandes du cou enflées, yeux larmoyants, ongle incarné, accès de hoquet, tintement persistant dans l'oreille droite – « comme une sonnerie bloquée au *do* aigu »). Maman nous exaspérait, Clare et moi, en poussant des exclamations apitoyées à chaque symptôme égrené par Alyce. Nous étions certaines que c'était la conforter dans son hypocondrie, mais j'avais fini par comprendre qu'elle récitait cette litanie de problèmes de santé parce que c'étaient les seules « nouvelles » qu'elle eût à offrir.

Après ses problèmes médicaux, Alyce mit abruptement la discussion sur le procès. J'appris avec stupéfaction qu'elle téléphonait régulièrement au bureau du procureur du comté, à la police de Mount Ephraim, à plusieurs journaux et télévisions locales, pour s'informer. « Ils me connaissent tous, maintenant. Ils se montrent à peine polis. "Mademoiselle Proxmire, disent-ils, nous prendrons contact avec vous s'il y a quoi que ce soit de nouveau dans l'affaire Eaton." » Elle eut un petit rire méprisant pour montrer qu'elle n'était pas dupe. « En tout cas, la date du procès semble fixée, maintenant : ce sera le 22 janvier. Cet horrible avocat doit être à court de "requêtes". Il a exigé que le procès ait lieu ailleurs, tu te rends compte ! Comme si les jurés du comté du Chautauqua, où Gwen était connue et aimée, ne pouvaient pas être "impartiaux". Moi, si je faisais partie du jury, je serais "impartiale"... oh oui ! Dire que cet homme, cet homme terrible, celui qui a fait du mal à Gwen... dire que ce monstre vit, respire, mange et regarde la télé toute la journée, alors que...

– Alyce. Inutile de parler de ce procès maintenant. »

Un moment pénible. Cette femme était chez moi depuis moins de dix minutes, et j'avais l'impression que cela faisait dix heures. Je dus résister à l'envie de m'enfuir.

Alyce renifla avec indignation. « C'est scandaleux, voilà tout ! J'attends avec impatience que le procès ait lieu et que justice soit faite. »

J'avais posé le service à thé sur un coin de la table de la salle à manger. La théière en forme de potiron, d'un orange réjouissant, les tasses assorties que maman avait faites à l'un de ses cours de loisirs créatifs, et son assortiment de tisanes : menthe, camomille, citron, cerises noires et baies, tangerine, pêche passion, Red Zinger, framboiseries Zinger, canneberge-pomme Zinger, Tranquillithé. On pouvait compter sur Alyce pour choisir la plus ennuyeuse (camomille) mais je trouvais profondément consolant cet échantillon de tisanes aux noms poétiques.

Ce matin-là, j'avais fait un pain spécialement pour Alyce et son régime, selon une recette inventée par maman et intitulée « pain d'Alyce ». Un pain aux germes de blé et aux carottes, riche en fibres mais sans sel ni sucre, qui n'était vraiment pas mon préféré. Alyce cligna les yeux et sourit en le voyant. « Ohhhh Nikki ! murmura-t-elle. Tu n'aurais pas dû. » Mais elle montra si peu d'entrain à le manger que je finis par demander : « Est-ce que ce n'est pas "ton" pain, Alyce ? Je ne l'ai peut-être pas bien fait... »

Oh si ! Alyce m'assura aussitôt du contraire.

« Ta mère était toujours si attentionnée, si prévenante pour ses amies. Lorsqu'elle a commencé à faire ce pain pour moi, il y a neuf ans, mon médecin m'avait prescrit un régime sans sel, et j'essayais aussi d'éviter le sucre, tu sais, mais il y a quelques années, il m'a permis d'arrêter, et je n'ai pas eu le cœur de le dire à Gwen... cela avait l'air de lui faire tellement plaisir de me préparer ce "pain d'Alyce". Un peu comme ton père qui lui offrait chaque année le même talc pour son anniversaire, ces jolies boîtes bleues avec des glands argentés... "Ne m'oubliez pas". Gwen m'en donnait certaines, ensuite. J'ai assez de talc pour le restant de mes jours ! Mais elle n'a jamais pu le dire à Jon, elle avait toujours peur de froisser les gens. Quand Gwen disait : "Et voilà le pain d'Alyce. Commande spéciale !", elle semblait tellement heureuse, et d'une certaine manière je l'étais moi aussi. Parce que personne d'autre n'aime ce pain, il n'a vraiment pas beaucoup de goût, à part un goût de sciure et de carotte, très fade. Mais c'était devenu une sorte de... coutume. »

Pendant cette explication, Alyce mâchait et avalait de petits morceaux de pain avec une détermination stoïque, en me souriant.

Ah ! bravo. Un pain que personne n'aimait, pas même Alyce Proxmire, et j'y avais gaspillé ma matinée !

Parfois, avant d'aller me coucher, les soirs où Wally Szalla ne passait pas, je buvais quelques verres et me laissais aller à imaginer que je ferais de bonnes actions comme ma mère, par bonté de cœur et non par sentiment de devoir. Je rendrais plus souvent visite à Alyce Proxmire ainsi qu'à tante Tabitha, je verrais d'autres parentes, les femmes seules qui fréquentaient l'église de maman, des voisines… Je pourrais échanger ma Saab contre un minibus pour conduire ces femmes à des déjeuners, des matinées, des musées et des expositions florales, aux cours de natation du YM-YWCA.

« Tu aimes nager, Alyce ?

– Nager ! Gwen cherchait toujours à me convaincre de venir avec elle à la piscine ! » Alyce secoua la tête comme si elle avait manqué de peu se laisser séduire par une des idées folles de maman. « J'essayais de lui expliquer que le chlore ne tue pas tous les micro-organismes, loin de là. Quant à la natation, on est mouillé, on se met à grelotter, on attrape froid et, avant de savoir ce qui vous arrive, on a une bronchite, puis une pneumonie. On est mouillé, et il faut ensuite prendre une douche pour se débarrasser de cette eau, puis il faut se sécher. Et avant de savoir ce qui vous arrive… »

Bon, j'avais essayé. Même maman aurait dû reconnaître mes bonnes intentions.

Nous nous penchâmes sur les albums de photos. C'était pour eux et non pour moi qu'Alyce était venue. Avec un empressement enfantin, elle chercha les photos où elle-même figurait, et qui étaient étonnamment nombreuses. Bien que je fusse certaine que maman en avait fait des retirages pour Alyce – elle en faisait pour toutes ses amies –, Alyce réagit comme si elle voyait la plupart pour la première fois. « Oh ! Nikki, je peux emprunter celle-ci ? Je la ferai retirer et je te la rendrai, c'est promis. »

Les photos qui l'intéressaient étaient les plus anciennes, et les plus froissées. Gwen et Alyce y étaient si jeunes ! Des photos Kodak des années 1960 sur lesquelles ma mère et sa meilleure amie étaient presque des gamines, Gwen avec un sourire à fossettes, Alyce avec un sourire timide. Alyce était plus grande que Gwen, Gwen plus jolie et plus robuste, elles ne se ressemblaient en rien et pourtant, enlacées par la taille, elles faisaient penser à deux sœurs.

J'éprouvai un pincement de jalousie. Clare et moi ne nous étions jamais aimées, en fait. J'étais sûre que nous n'avions jamais posé ainsi, appuyées aussi naturellement l'une contre l'autre.

La main tremblante d'émotion, Alyce me passa une autre photo. En robe d'été, Gwen riait, à demi tournée vers son amie Alyce, vêtue d'un vêtement informe et terne mais sport, et dans les bras d'Alyce, un bébé portant une brassière à pois roses agitait ses petits pieds chaussés de chaussons blancs. Gwen avait des cheveux blonds duveteux ; Alyce, l'air surpris, était presque jolie, les lèvres avivées de rouge, les cheveux coupés court. La photo était datée de juin 1974.

Alyce murmura : « C'est toi, Nikki ! Nous… je veux dire. »

Étrange : Alyce Proxmire contemplant avec nostalgie en novembre 2004 l'Alyce de juin 1974 tenant un bébé dans ses bras, et ce bébé, maintenant adulte, regardant les deux Alyce avec des sentiments que l'on aurait pu qualifier de contradictoires.

J'étais émue. Je ne savais pas que « tatie Alyce » nous avait tenues dans ses bras, Clare et moi.

« … Aimait les bébés, tu sais. Oh ! elle en aurait voulu plus que deux. »

Devant mon expression sceptique, Alyce ajouta avec énergie : « Si, je t'assure. Elle le disait même avant son mariage. "Mes parents n'ont eu que moi. Comme s'ils avaient peur de manquer d'espace, d'argent ou d'amour." Déjà au lycée, Gwen espérait avoir quatre, cinq ou six enfants. Tous les Kovach avaient de grandes familles sauf ses parents, je crois que c'est pour ça. Dans la paroisse de Saint-Joseph où ils allaient à l'église, toutes les familles avaient beaucoup d'enfants. Il n'y avait que celle de Gwen où elle était toute seule, et puis sa mère est morte, et elle n'a plus eu que son père, mais M. Kovach travaillait pour la New York Central Railroad, il était souvent absent. Gwen était hébergée par des parents. Après vous avoir eues, Clare et toi, quand vous avez été assez grandes pour aller à l'école, elle disait d'un ton rêveur qu'elle aurait aimé avoir d'autres enfants, mais ce n'était pas réaliste, les Eaton n'étaient pas les Kovach, les familles nombreuses n'étaient pas leur genre. Un jour, Gwen m'a confié que, en fait, Jon avait hésité à avoir des enfants : "Il avait imaginé qu'il serait le seul bébé de la famille." Gwen tournait ça à la plaisanterie, elle plaisantait toujours sur les choses qui lui tenaient à cœur. Elle m'a même dit qu'elle avait dû prétendre que ses grossesses étaient des "accidents", qu'elles étaient " voulues par le destin " et pas par elle. Plus tard, quand Clare et toi étiez adolescentes, elle s'est mis en tête d'adopter un enfant, mais Jon n'a pas voulu en entendre parler, naturellement… comment Jon Eaton aurait-il pu accepter d'élever le bébé braillard de quelqu'un d'autre ! » Alyce parlait d'un ton enfantin, en se mordillant la lèvre. « Pauvre Gwen. J'essayais de lui expliquer le point de vue de Jon, parce que moi, je le comprenais. Mais Gwen était une grande rêveuse. Elle n'arrêtait pas de dire : "Quand les filles auront grandi et qu'elles partiront, que deviendrai-je, Alyce ? Elles meurent d'impatience de s'en aller." Il fallait qu'on ait besoin d'elle, tu comprends ? Elle ne pouvait pas se respecter si on n'avait pas besoin d'elle. »

J'étais stupéfaite, trop bouleversée pour parler.

Elles meurent d'impatience de s'en aller. Ce n'était pas vrai !

« Maman ne m'a jamais parlé de ça, Alyce. Jamais !

– Évidemment, répondit-elle d'un air pincé. C'étaient des choses qu'elle ne confiait qu'à moi.

– Ce n'est pas vrai que Clare et moi mourions d'impatience de partir… »

Alyce fit la moue, ne souhaitant pas répondre. Je tâchai de garder mon calme.

« Nous suffisions à maman, Clare et moi. Elle était très heureuse. Évidemment qu'elle se respectait ! Tout le monde sait ça. »

Je le pensais. Je n'en étais pas sûre.

(Ces années, à l'adolescence et plus tard, où je n'avais eu que mépris pour Mount Ephraim et Deer Creek Acres : « ranchs » minuscules tous sur le même modèle, pelouses banlieusardes idiotes, et les pères et mères qui allaient avec, telles des paires de poupées assorties.)

(… Où, excédée par la vie familiale, je négligeais de téléphoner, « disparaissais » avec des petits amis ou avec des hommes sans toujours dire à maman où j'allais…)

Alyce dit, avec un petit sourire : « Oh ! Voilà "Plume" en tenue de pom-pom girl. Elle est adorable, tu ne trouves pas ! » Comme si elle souhaitait changer de sujet, elle me montra plusieurs photos de Gwen, prises au lycée de Mount Ephraim vers 1965 : une ravissante pom-pom girl américaine, cheveux blonds et souples, sourire éblouissant, silhouette mince et bien faite, robe-chasuble bordeaux et chemisier de coton blanc à manches longues. Sur l'une des photos, Gwen bondissait, les bras écartés comme un oiseau prenant son envol, la tête rejetée en arrière et un sourire extatique aux lèvres. Nous avions taquiné maman à qui mieux mieux sur ces photos. Je les avais vues souvent, bien sûr, mais sans vraiment les regarder, de peur que mon mépris pour les sportifs/pom-pom girls/élèves « populaires » n'entache les sentiments que j'avais pour ma mère.

Alyce continua à regarder les photos, que j'avais classées par décennies. Elle poussait des exclamations, souriait, s'essuyait les yeux. Je lui en voulais encore de ses paroles. *Elle est jalouse des filles de Gwen. Elle la veut pour elle seule.* D'un ton désinvolte, Alyce se mit à raconter comment elle avait rencontré Gwen Kovach en classe de quatrième : la « jolie petite fille au visage de poupée » qui avait été la seule du collège à lui montrer de l'amitié. (Était-ce vrai ? J'en doutais. Mais jamais Alyce Proxmire ne renoncerait à ses souvenirs délicieusement amers.)

« "Je voudrais que mon âme soit légère comme une plume. Qu'elle vole au vent et que personne ne puisse l'attraper." » Alyce s'exprimait soudain avec lyrisme, ses petits yeux de moineau scintillaient. « Gwen avait une façon de parler étrange, vraiment magique. Alors on avait envie de croire que d'une manière ou d'une autre, elle avait raison. »

Je me demandais soudain si Alyce était jamais entrée dans la maison de Spalding Street. La maison à charpente de bois délabrée où Gwen Kovach avait vécu, enfant. Devant laquelle elle était souvent passée en voiture, adulte.

Mais pas question que je pose la question !

Ce fut alors qu'Alyce dit, comme si l'une des photos avait réveillé ce souvenir : « Avant de rencontrer ton père, quand elle avait seize ans, Gwen a été amoureuse d'un garçon. Cela a été très soudain, comme une maladie. Brendan avait fait ses études au lycée catholique De Sales. Ils se sont rencontrés un été au lac Wolf's Head, où Gwen travaillait comme serveuse. Il avait un sourire suffisant qui ne m'a jamais inspiré confiance. D'ailleurs, quand Gwen nous a présentés, la seule fois où je l'ai vu, il m'a à peine regardée, il a été vraiment grossier. Gwen disait que ce n'était pas un sourire suffisant, que c'était juste sa façon de sourire, mais je savais à quoi m'en tenir. Il avait dix-huit ans et paraissait beaucoup plus âgé que nous. Il devait entrer à l'université catholique de Saint-Bonaventure, l'automne suivant. Il avait un ecclésiastique dans sa famille, l'évêque d'Albany. Sa mère voulait qu'il soit prêtre, elle trouvait les pom-pom girls « immorales » et « vulgaires » et elle n'avait pas bonne opinion de Gwen, bien qu'elle ne l'ait jamais rencontrée. Oh ! cela a été une période très mouvementée, très perturbante pour Gwen, mais aussi pour moi qui étais son amie la plus intime. » Alyce parlait d'une façon précipitée, toute innocence, comme une fille se confiant à une autre derrière le dos d'une amie commune. J'éprouvais le même sentiment de panique qu'avec tante Tabitha. *Ne pose pas de question ! Tu ne veux pas en savoir davantage.*

Je m'entendis pourtant dire, d'un ton encourageant : « Vous étiez comme des sœurs, maman et toi.

– Oh oui ! Mais nous n'étions pas égales. Gwen était déjà "Plume" en quatrième et, au lycée, les garçons la regardaient comme ils ne m'auraient jamais regardée. Elle avait beau se conduire comme une gamine, Gwen était plus mûre que moi… parce que sa mère était morte, elle était en "pension" chez des gens de sa famille et n'avait pas vraiment de chambre à elle. Son père travaillait dans les chemins de fer et il était souvent absent, surtout après la mort de la mère de Gwen. Gwen n'avait que onze ans à ce moment-là. Je ne la connaissais pas encore. Nous ne nous sommes installés à Mount Ephraim que deux ans plus tard. Gwen ne parlait jamais beaucoup de sa mère, on ne pouvait pas lui poser de question. Elle changeait de sujet ou se mettait à fredonner ! J'ai entendu dire que Mme Kovach avait eu une terrible maladie nerveuse ou un cancer, elle est devenue de plus en plus faible et elle est morte chez elle, et quand Gwen est rentrée de l'école ce jour-là, on ne lui a pas permis de voir sa mère, elle ne l'a plus jamais revue. Mais elle refusait d'en parler, et je n'étais pas du genre à insister. »

Cette fois, je posai ma question sur Spalding Street : « Tu n'es jamais entrée dans cette maison, Alyce ? Si ?

– Ohhh non ! Jamais. » Elle frissonna, comme si j'avais fait une suggestion obscène. « C'est là que sa mère était morte, Gwen ne s'en approchait jamais. Elle ne prenait jamais Spalding Street et faisait même un détour pour ne pas la traverser quand elle allait rue Van Buren, où habitait l'une de ses tantes. » Alyce s'interrompit pour mâchonner un bout de pain à la sciure et aux carottes avec un petit sourire triste. « Je pense que c'est pour ça que Gwen voulait être légère comme une plume. Pour ne pas prendre de place chez les gens de sa famille où elle ne se sentait pas chez elle. »

Était-ce vrai ? Je ne voulais pas le penser.

« … J'ai toujours cru que les gens appelaient maman "Plume" parce qu'elle était gaie et heureuse. Parce que…

– Ne dis pas de bêtises, Nikki. La plupart des gens l'appelaient comme ça parce qu'ils avaient entendu d'autres le faire. Ça n'allait pas plus loin que ça. » Elle s'interrompit pour rompre un autre morceau de pain, la mine sombre. Elle avait découvert comme moi que la croûte avait un tout petit peu plus de saveur, et elle la grignotait à la façon d'un lapin affamé. « Moi, je ne l'ai jamais appelée "Plume", pas une seule fois. Entre Gwen et moi, ç'aurait été déplacé. »

J'attendais qu'elle parle à nouveau du mystérieux Brendan, ce garçon que maman avait aimé. Que lui était-il arrivé ?

« Oh ! dit Alyce, d'un ton évasif, il ne lui est rien "arrivé". Il est allé à l'université. Je crois qu'il est devenu prêtre. Il s'appelait Dorsey, sa famille habitait Ridge Road. Ils n'étaient pas riches – personne à Mount Ephraim n'est "riche" –, mais le père de Brendan était concessionnaire, ce qui permettait à la famille de se donner des airs. Et il y avait cet oncle, l'"évêque Dorsey", dont on entendait parler. Beaucoup d'autres garçons avaient demandé à Gwen de sortir avec eux, elle avait des petits amis à la pelle, mais jusqu'à Brendan aucun n'avait été sérieux. Il était beau, si on aime ce genre-là. Un fils à sa maman, d'après moi. Ce sourire suffisant, et cette façon qu'il avait de passer les mains dans ses cheveux, des cheveux bouclés et blond argenté. Il était grand. Gwen a toujours été attirée par les garçons de haute taille. "Il a de si bonnes manières. Il est si gentil", disait-elle. Mais il n'a pas été si gentil que ça avec Gwen. »

Alyce s'interrompit, comme si elle en avait trop dit.

« Il n'a pas été "si gentil que ça" ? Tu peux tout me raconter, Alyce.

– Oh ! au début il l'a été, reprit-elle, avec un soupir. Il l'emmenait au cinéma, il l'emmenait nager et assister à des concerts au lac Ontario. Il avait une belle voiture décapotable, et il adorait frimer au volant. Gwen adorait cette voiture, elle aussi. Brendan chantait, presque assez bien pour devenir chanteur professionnel, disait-on. Il avait été ténor dans la chorale de De Sales. Mais, tu sais, les garçons peuvent être "gentils" et puis, quand ils ont obtenu ce qu'ils veulent… » Alyce faisait une moue de poisson. On aurait cru à son expression que personne n'avait encore jamais exprimé cette pensée profonde, ni prononcé ces mots. « Bref. Tous les ans à l'automne, l'église à laquelle j'appartenais organisait une retraite pour les jeunes au lac Star, un week-end dans un camping. On y étudiait surtout la Bible, et je traversais une période de doute à ce moment-là, j'étais très affectée, et j'en parlais à Gwen, bien sûr, j'avais vraiment peur que Jésus m'ait abandonnée ou qu'il n'existe même pas, ça a l'air exagéré et idiot aujourd'hui, mais je pleurais beaucoup et Gwen montrait toujours beaucoup de compréhension. Elle ne cherchait jamais à m'interrompre ni à discuter comme mes parents. Gwen était la seule personne que je connaisse qui croyait en Dieu mais sans appartenir à aucune Église. La plupart des Kovach étaient catholiques, sauf Gwen et son père, mais elle ne parlait jamais de religion. Quand j'étais jeune, j'étais très croyante. J'invitais parfois Gwen à venir à l'église avec moi et elle le faisait, mais cela s'arrêtait là. Elle ne s'est jamais convertie, comme le pasteur l'espérait. Pendant cette retraite au lac Star, nous avons tous assisté à une soirée de prières sauf Gwen. Je ne savais pas où elle était, je l'ai cherchée sans réussir à la trouver, et j'ai eu peur qu'elle se soit enfuie avec Brendan Dorsey. Mais plus tard dans la soirée, je suis entrée dans notre bungalow et elle était là, sur le lit du haut, elle grelottait sous une couverture, plus ou moins cachée, et elle m'a dit que depuis quarante-trois jours, elle avait peur d'être enceinte mais que ce soir-là, “le sang avait tout emporté”. Cela m'a fait un de ces chocs ! Cette pauvre Gwen était blanche comme la craie. Elle n'arrêtait pas de grelotter. Je lui ai donné ma couverture et j'ai essayé de la réchauffer en lui tenant les mains, je l'ai fait prier avec moi et cela l'a un peu apaisée. “Dieu t'a épargnée, Gwen. C'est mieux comme ça”, ai-je dit. Parce que à ce moment-là Brendan était parti à Saint-Bonaventure, il l'avait oubliée, apparemment. “Le sang a tout emporté, Alyce”, disait Gwen. Elle avait eu des spasmes, était allée aux toilettes et, si elle avait été enceinte, cela s'était terminé ainsi et personne n'avait à le savoir. Le coup a été très dur pour Gwen, elle a souffert longtemps, elle réussissait à le cacher aux autres, mais moi, je savais. Elle n'en a jamais parlé à personne d'autre qu'à moi, bien sûr. Et surtout pas à *lui*. Ce soir-là, au lac Star, je me suis juré que je ne tomberais jamais amoureuse d'aucun garçon. Surtout s'il était "gentil". Et ça ne m'est jamais arrivé. » Alyce dit cela d'un ton de fierté méprisante, en se mouchant bruyamment.

Pendant qu'elle parlait, je m'étais affairée à ranger les photos. Je n'avais pas regardé Alyce et me sentais incapable de le faire. *Tu as posé la question. Tu voulais savoir. Maintenant tu sais.*

« ... Jamais su, bien entendu. Oh ! Jon ne l'aurait pas accepté ! Je crois que je suis la seule à savoir. Gwen faisait comme si ce n'était jamais arrivé, même avec moi. Comme si elle ne savait rien des rapports sexuels, et on aurait presque dit que c'était le cas. De nous deux, c'était moi qui me souvenais. »

J'étais silencieuse depuis si longtemps qu'elle me jeta un regard inquiet. « Je n'aurais pas dû t'en parler, Nikki. Je regrette.

– Non, Alyce, répondis-je lentement. Merci de l'avoir fait. J'ai l'impression d'aimer maman plus que jamais. »

J'avais le cœur serré, la voix étranglée. Je ne voulais pas qu'Alyce me prenne dans ses bras.

Nous étions debout. Alyce s'en allait. Elle était moins grande que dans mon souvenir, et son visage de petite fille mûre était creusée de rides minuscules. Papa disait en plaisantant que cette bonne vieille Alyce nous enterrerait tous, mais je n'en étais pas aussi sûre. D'un ton incrédule, elle disait : « Gwen est partie et je suis toujours là, et je ne me sens pas beaucoup plus vieille que quand nous avions seize ans. Ce jour où Gwen avait si froid, au lac Star, et où je l'ai serrée dans mes bras pour la réchauffer, elle m'a dit : "N'en parle à personne, Alyce ! Tu le promets ?" J'ai promis, bien sûr, et voilà que quarante ans plus tard je manque à ma promesse. »

Le lendemain matin, une volée de mésanges viendrait à bout des restes du « pain d'Alyce », éparpillés en gros morceaux sur la terrasse enneigée.

changement

Le lendemain mon amant marié passa me voir tard dans la soirée, après « Night Train ». Affamés, nous dévorâmes des tranches de dinde froide avec du pain au levain, du cheddar, du coleslaw, et bûmes notre chianti préféré. Pour la première fois, nous fîmes l'amour dans mon lit de jeune fille. Nous fûmes tendres l'un avec l'autre comme des amants de fraîche date. Je me disais *Je n'aurai jamais d'enfant de cet homme, avec lui je ne risque rien.*

« Tu as changé, Nikki.

– Ah bon ! En bien, ou en pas-si-bien-que-ça ?

– Je ne sais pas, chérie. C'est peut-être un changement nécessaire. »

singapour sling

Cela faisait une heure qu'elle cherchait à me coincer ! dit-elle. Des mois, des années !

Elle haletait, elle riait. Elle avait pris des médicaments, ses yeux flambaient comme de l'essence. Dans le parking enneigé de la piscine du YM-YWCA, sa BMW blanche freina à ma hauteur avec un hurlement strident de cochon égorgé. S'arrêtant si près que l'aile avant gauche me frôla la cuisse.

Le conducteur était une jolie femme d'une quarantaine d'années, la bouche en cerise, dure et très rouge, les narines frémissantes. Elle portait un énorme vison qui semblait sa propre fourrure. Je devais être bouche bée de stupéfaction, car elle baissa aussitôt sa vitre pour lancer d'un ton railleur : « Vous êtes Nicole Eaton. Bonjour ! »

Je sus sans avoir à poser la question : c'était Isabel, l'épouse dont Wally Szalla était « séparée ».

Ce matin-là, j'étais allée nager à la piscine. Sur son calendrier, maman avait noté trois séances de piscine par semaine, de 10 heures à 11 h 30. Je suivais son emploi du temps.

Au bord du bassin, j'avais rencontré plusieurs des seniors à qui elle avait donné des leçons de natation. Je confondrais ensuite leurs noms et leurs visages, mais il y avait Beverly, Mimi, Katrina et Shirley. Il y avait aussi Annemarie et Lillian, deux des femmes qui avaient lâché des colombes blanches sur la tombe de maman. Il y avait « M. M. », frêle et âgé, qui me confia avoir été amoureux de Gwen Eaton pendant des années, et « M. E. », un homme sociable qui insista pour me serrer la main avec vigueur et nagea dans mon sillage comme un phoque amoureux. Il y avait le maussade M. Kempton, qui avait pris sa retraite après trente-six ans d'enseignement au lycée de Mount Ephraim et que je reconnus sur-le-champ. (« Si je me souviens de vous, Nikki Eaton ? Naturellement. ») Il y avait Miriam et Yardley Shafer, un couple copie conforme qui barbotait dans le petit bassin en s'asticotant comme deux chows-chows ronchons. Il y avait Mme Cadwaller, une adorable vieille dame aux idées un peu confuses que sa belle-fille amenait à la piscine tous les matins, qui avait autrefois habité dans Deer Creek Drive et qui, en me voyant, tint absolument à savoir où était ma mère – « Cette femme charmante, toujours si souriante ».

On me serra la main, on m'étreignit. Je souriais à m'en décrocher la mâchoire. Je m'entendis dire avec la voix pleine d'entrain de ma mère *Oh, oui maman m'a parlé de vous. Et de vous, et de vous. Elle aimait beaucoup ses cours de natation, elle vous aimait beaucoup*.

Chacun des élèves de maman avait des informations à me communiquer. De Katrina j'appris quelque chose que je ne savais pas ou que j'avais oublié : la nage préférée de ma mère était le dos crawlé.

« "Parce qu'on a le visage hors de l'eau. Parce qu'on peut rêver et être dans son monde à soi. Parce qu'on voit le chemin parcouru, si on pense à ouvrir les yeux." »

De Lillian j'appris que ma mère avait une foi curieuse dans l'eau : elle ne vous noyait pas si vous lui faisiez confiance.

« "J'adore l'eau. Elle vous soutient." »

C'était étrange et délicieux d'entendre les paroles de ma mère dans la bouche d'autres personnes. Si je fermais les yeux, je pouvais presque imaginer l'entendre.

Sous la surface bleue chlorée de la piscine. Sous les reflets de lumière scintillants. Sous le bourdonnement et le bavardage des voix. On n'aime pas ouvrir les yeux sous l'eau mais il faut le faire, c'est ce que maman avait essayé de nous apprendre. *Il faut que vous regardiez où vous allez ! Vous ne pouvez pas nager à l'aveuglette.*

Il était tentant de se cacher sous l'eau. De s'enfoncer lentement jusqu'au sol de béton, dont le contact était doux à mes pieds nus. À côté de moi, assez près pour que je le touche, un mur carrelé sinueux. L'eau avait des miroitements bleutés, des ondulations caressantes. Non loin de moi, les corps grassouillets, les jambes en mouvement d'autres nageuses. Dix secondes. Quinze. Avec entêtement je retins ma respiration jusqu'à avoir l'impression que mon cerveau allait exploser. Et mes poumons, ma gorge. Vingt secondes. Vingt-cinq. Vingt-six, vingt-sept…

Je me demandais combien de temps maman était capable de retenir sa respiration sous l'eau. Je me demandais ce qu'elle avait voulu dire par « dans son monde à soi ». Je me demandais si elle pensait vraiment que l'eau ne pouvait pas vous noyer si vous lui faisiez confiance.

Comme Plume, souhaitant être emportée par le vent où les autres ne peuvent suivre.

Je refis surface, haletante. Mon cœur battait à tout rompre. Une exubérance animale s'empara de moi, le plaisir avide d'emplir mes poumons d'air.

« … Faisais ronfler le moteur et j'attendais. Et cette vilaine idée m'est passée par la tête : *Cela pourrait être un accident, avec la neige et la glace qu'il y a ici, qui pourrait savoir ?* Puis je me suis dit : *C'est ce salaud que je devrais écraser, pas elle.*

Isabel Szalla rit avec une jovialité étonnante. En me donnant une légère bourrade de sa main gantée de cuir pour que je rie avec elle.

Nous étions assises près d'une fenêtre dans le bar-restaurant de l'hôtel Marriott. À cette heure de la journée, seul le restaurant avait des clients. Isabel avait suggéré un endroit « anonyme ». Comme si elle s'attendait à être reconnue à Mount Ephraim. Pour traverser le hall et le restaurant, elle avait mis d'énormes lunettes de soleil. Elle avait une allure glamour et l'air épuisé. Elle dégageait un parfum entêtant et poivré. C'était une petite femme compacte aux joues poudrées et au menton flasque, beaucoup plus petite que moi. Lorsqu'on nous conduisit à notre table, mes yeux se rivèrent sur les talons aiguilles de ses coûteuses bottines italiennes. Isabel oscilla, vacilla, retrouva son équilibre, reprit son air de dignité froissée, repoussa ma main hésitante avant même que je ne la touche. Une fois assise et débarrassée de son énorme vison, elle fut tout à fait à l'aise. Elle vida son premier verre, un cocktail exotique appelé Singapour Sling, en trois gorgées expertes.

« Vous n'avez jamais été mariée, hein ? C'est ce que j'ai entendu dire. »

Je ne pus qu'admirer son aplomb. On ne pouvait pas l'accuser de tourner autour du pot.

« Exact. Vous avez bien entendu.

– Moi qui suis mariée depuis vingt-quatre ans, je suis une ancienne combattante ! Une invalide de guerre ? »

Cela avait l'air d'une question. Ses sourcils dessinés au crayon s'étaient arqués.

« Un ancien combattant défend toujours la guerre qu'il a faite, non ? N'importe quelle guerre. Autrement, il lui faudrait reconnaître qu'il a fait la plus grosse erreur de sa vie et qu'elle est irréparable. »

Isabel rit de nouveau en me donnant un coup de coude. Je n'en étais pas au stade où le rire est contagieux, mais je fis de mon mieux.

Depuis plus longtemps que je ne souhaitais me le rappeler, Wally se plaignait de cette femme. Elle était « instable », « imprévisible », « autodestructrice ». Elle semblait accepter le divorce et même l'exiger, puis elle « s'effondrait ». Dans le jargon de la psychiatrie moderne, elle était « bipolaire ».

Isabel avait pourtant quelque chose d'attachant, même si elle était folle. Une femme qui allait droit au but et invitait l'Autre Femme à déjeuner après avoir failli l'écraser.

Si j'avais eu le temps de réfléchir, je me serais rappelé avoir remarqué la BMW blanche de temps à autre. Sans doute l'avais-je vue passer près de ma voiture alors que je me garais dans l'un ou l'autre des parkings de Mount Ephraim, ou passer devant ma maison de Deer Creek Acres. Je n'y avais pas fait attention, bien entendu. Il aurait fallu que j'aie des soupçons pour faire le lien avec la voiture blanche que j'avais aperçue garée devant l'immeuble de Wally à Chautauqua Falls, l'une des rares fois où j'y avais passé la nuit.

Pauvre Wally ! En sous-vêtements, les cheveux en bataille, pas encore rasé, jetant un coup d'œil à travers le store vénitien et jurant *Oh pourquoi ne pouvait-elle pas le laisser tranquille alors qu'elle le détestait pourquoi les tourmentait-elle tous les deux comment cela allait-il finir !*

« … Tout autant une victime que moi. Vous devez le savoir.

– Eh bien, je…

– Vous devez le savoir ! » répéta-t-elle plus fort, d'un ton d'avertissement.

En même temps, profitant du regard étonné que notre serveuse nous jetait de l'autre bout de la salle, elle sourit et lui fit signe d'apporter un deuxième Singapour Sling.

« Vous n'en voulez pas, Nicole ? Ils sont délicieux, vous savez.

– Eh bien, je…

– Pourtant vous buvez, Nicole ! Je l'ai entendu dire. »

Grande sœur autoritaire. Je connaissais. Cette femme et moi ne serions jamais amies, mais nous pouvions nous comprendre.

Pour autant que je sache, la situation conjugale de Wally Szalla semblait maintenant assez claire. Isabel et lui étaient séparés de corps. Leurs avocats « négociaient ». On pouvait escompter que, dans le courant de l'année suivante, les Szalla divorceraient et que Wally serait enfin « libre » de m'épouser.

Je le croyais peut-être. C'était devenu une conviction confortable.

De toute façon, si j'épousais Wally Szalla, ce ne serait que bien après le procès, prévu en janvier. Rien de ce qui suivait le procès n'était très réel, rien de ce qui le précédait non plus.

« … Les enfants. Ils ont tellement honte ! Ils sont si perturbés ! Ils adorent leur père, bien qu'ils connaissent parfaitement son hypocrisie, sa duplicité. Oh ! c'est à moi qu'ils en voudraient. Ils ne me pardonneraient jamais. »

On nous apporta nos plats. Et deux verres d'un vin blanc acide. Je ne me rappelais pas avoir commandé. Je me mis à manger machinalement, quelque chose de croquant nappé d'une sauce blanchâtre, accompagné d'olives noires, de tomates, de parmesan râpé et de tranches d'oignons violets. Isabel contempla son assiette avec une inquiétude indignée. « … Des *oignons crus* ? Qu'on emporte ça ! »

De l'autre côté de la baie vitrée, un paysage de neige scintillante. Et un ciel d'hiver d'un bleu dur. J'aurais aimé expliquer à Isabel Szalla que *maintenant* était en perpétuel mouvement, tels des nuages filant haut dans le ciel, et que c'était la raison pour laquelle j'avais accepté si facilement son invitation à déjeuner – parce que ce moment ne pouvait avoir de signification permanente et qu'il passerait. Alors que ce soir de mai où le lilas embaumait, où j'avais vu ma mère vivante pour la dernière fois, où elle m'avait serrée dans ses bras pour la dernière fois, était aussi figé et inébranlable qu'un roc.

Plus tard, je me rendrais compte avec reconnaissance qu'Isabel n'avait fait aucune allusion à ce qui était arrivé à ma mère. Elle savait, évidemment. Mais aucune tragédie personnelle autre que la sienne ne l'intéressant, elle avait sans doute oublié ce qu'elle avait entendu dire.

Elle déclarait à présent avec entrain, des étincelles dans ses yeux injectés de sang : « … Sa famille aussi. Les Szalla. Un vrai clan ! Wally a hérité d'eux son goût pour l'illicite. La certitude d'être toujours pardonné. Son père Otto, "éminent" maire de Chautauqua Falls pendant quinze ans, a failli être mis en accusation pour "détournement de fonds publics". Son oncle Joe, ce sénateur dont ils sont si fiers, avait la réputation de fricoter avec les stagiaires et s'est trouvé impliqué dans certains scandales. Ses copains démocrates l'ont aidé à s'en tirer et à prendre sa retraite. Quant à Wally, toutes ces interviews, ce blabla sur l' "environnement", l' "écologie", "sa fierté pour la vallée du Chautauqua", le "sauvetage de la station de radio locale"... pourquoi croyez-vous qu'il siège gratuitement au conseil d'administration du comté, sinon pour se faire un peu d'argent sous la table ? "Il ne s'agit pas de pots-de-vin, Isabel, je t'interdis de prononcer ce mot..." Saviez-vous que votre amant avait été élu "citoyen de l'année" par la Société historique du comté du Chautauqua, Nicole ? Il doit y avoir un grand dîner de bienfaisance au country club, mille dollars par tête, Wally me supplie de venir y jouer les "Mme Szalla". » Isabel rit, en secouant la tête.

C'était une surprise. Je savais que Wally devait recevoir cette récompense, nous avions fêté cela ensemble au champagne, mais j'ignorais qu'il devait assister à ce dîner avec Isabel, ou qui que ce soit d'autre.

« Cela me gêne, madame, de parler de... », commençai-je d'une voix faible.

Isabel rit et me donna une petite bourrade.

« Appelez-moi Isabel ! "Madame" Szalla, c'était ma belle-mère.

– ... de Wally derrière son dos sur des sujets aussi...

– Ma belle-mère défunte et peu regrettée. C'est elle qui pardonnait à son petit garçon chéri des choses qu'il n'avait même pas encore songé à faire.

– Je pense que nous pouvons discuter comme des adultes civilisés et raisonnables sans...

– "Civilisés", "raisonnables", "adultes" ? Parce que vous trouvez "adulte" d'entretenir une liaison pratiquement publique avec un homme marié et père de famille, sans même avoir la bonne grâce d'en avoir honte ? Vous me faites rire. »

J'étais trop saisie pour répondre. Les yeux injectés de sang d'Isabel flamboyaient. Elle avait écarté son assiette et fourrageait dans un sac à main plein à craquer. *Elle a un revolver*, pensai-je, l'espace d'un instant.

Ce n'était pas une arme mais une épaisse liasse de photos, qu'elle plaqua sur la table comme un jeu de cartes. « … Là, c'est Miriam, à la station de radio. Celle-ci – elle a déménagé depuis – c'est "Jolene Java", la chanteuse de jazz qu'il a cherché à lancer, il y a quelques années. Celle-ci… »

J'arrêtai ses mains, qui faisaient des gestes menaçants devant mon visage.

« Au fond de son cœur, c'est de moi que Wally est amoureux. Parce que je suis sa femme, parce que j'ai été sa jeune épouse. C'est un sentimental, Nicole. Tous les Szalla le sont. Ils croient aux "valeurs familiales"… vous verrez ! Wally a de petites aventures sordides, ses putes, puis il revient tout penaud à sa famille et à *moi*. Je rassemble des preuves depuis des années, j'ai engagé des détectives privés. Selon Wally, vous êtes "instable", "imprévisible", « autodestructrice" ; il craint que vous ne vous "fassiez du mal" et qu'un scandale ne s'ensuive. Je lui ai demandé de déménager, bien sûr. Il implore mon pardon, mais je refuse de le laisser souiller mon lit. Et je ne lui accorderai pas le divorce parce qu'il n'est pas question que je sois vaincue et mise au rebut à mon âge… »

Je n'écoutais pas. Je m'éloignais de mon accusatrice à la voix claironnante, sans écouter et sans regarder en arrière. À la façon dont tous les yeux se rivaient sur moi, on aurait cru que j'étais nue.

Tu mérites cette humiliation, à quoi t'attendais-tu ?

Une fois sortie du hall du Marriott, je renonçai à toute prétention de dignité et courus à ma voiture comme si ma vie en dépendait.

énigme

Je ne verrais pas Wally Szalla pendant quelque temps.

Je lui expliquerais que cela valait mieux, un peu de distance entre nous, un peu d'espace. Oui je sais, mais. S'il te plaît.

J'écoutai « Night Train », ce soir-là. Le DJ à la voix rauque passa un classique de Ray Charles, « I Can't Stop Loving You » : « Pour Nicole, de la part de W. qui l'aime. »

Je ne réagis pas. Pas question. Au fond de moi je savais qu'Isabel Szalla avait raison à mon sujet, tout comme j'avais su que maman avait raison. Même si Isabel était folle, même si elle mentait. Même si maman n'avait jamais vraiment connu Wally Szalla.

Il appelait, cependant. Il laissait des messages. Sur le répondeur, il avait un ton pressant, ému. Je n'arrivais pas à croire qu'il n'était pas sincère… *Je t'aime tant Nikki. C'est ce qu'elle veut détruire. Elle a peur, les négociations sont sérieuses cette fois. Je serai bientôt libre. Crois-moi je t'en prie Nikki. Appelle-moi et dis-moi que tu me crois chérie j'ai besoin de te voir ce soir.*

Je passai et repassai ce message. Ces paroles étaient une énigme qu'il me fallait déchiffrer, mais je n'y parvenais pas.

pas de questions

Cinq semaines et trois jours avant le procès de Ward Lynch, accusé d'homicide volontaire, d'enlèvement, etc., le bureau du procureur du comté du Chautauqua m'appela pour m'informer qu'il était reporté au 30 mars.

J'écoutai. Je ne répondis pas lorsque mon interlocuteur me demanda si j'avais des questions.

« Mademoiselle Eaton ? Vous êtes toujours là ? »

Je ne raccrochai pas violemment. Je reposai le combiné avec douceur. Je n'avais pas de questions.

Je notai la date sur le calendrier du Refuge des animaux de maman : 30 mars *PROCÈS*.

La photo du mois de mars montrait « Sybil, la chèvre à tête noire, et ses deux cabris Easter et Lester » qui, après avoir connu de mauvaises conditions de vie dans une ferme, avaient été sauvés par le Refuge de Mount Ephraim, où leur santé était maintenant florissante. Je contemplai longuement Sybil, Easter et Lester en me disant qu'ils avaient eu bien de la chance d'être sauvés. Et qu'avant de l'être, ils ignoraient sans doute ce que « sauver » voulait dire. S'ils avaient pu penser, ils auraient sans doute considéré que leurs « mauvaises conditions de vie » étaient la vie même et non de la malchance. Ou alors, qu'ils méritaient leur malchance.

6 janvier 2005

Chère Madame,

Je voulais seulement vous dire que j'étais désolé de ce nouvel ajournement. Cela arrive assez fréquemment dans les affaires de crime capital et il ne faut pas y voir un manque d'intérêt ou de respect, au contraire. J'espère que votre famille et vous le comprendrez.

Je voulais aussi vous dire que je pense à cette affaire même si je travaille sur d'autres. Je pense aussi à vous. Après votre témoignage pendant l'audience, j'ai beaucoup pensé à ce que vous avez dit, et les mois qui passent n'y changent rien.

Mon intérêt est purement professionnel, je dois le préciser. Il ne doit pas y avoir de malentendu sur ce point.

Voilà, c'est tout.

N'hésitez pas à m'appeler si vous avez des questions ou si vous souhaitez parler de quoi que ce soit concernant cette affaire. Comme je vous l'ai dit, ce sera bientôt fini, je veux parler du procès, et vous pourrez reprendre le cours de votre vie, comme on dit. Quand les gens disent ça, ils ont de bonnes intentions, et ce qu'ils disent est vrai, en général.

Sincères salutations,

Lieutenant Ross Strabane

Lieutenant Ross Strabane, police de Mount Ephraim

PS : Voici ma nouvelle carte

LIEUTENANT ROSS J. STRABANE
SERVICE DE POLICE DE MOUNT EPHRAIM
TÉL : (716) 722 - 4186   POSTE 31
DOM. : (716) 817 - 9934
PORTABLE (716) 999 - 6871
E-mail RSTRABANE@MTEPD.COM

Au dos de la carte, écrit à la main avec soin :

3817 North Fork Rd.
Mount Ephraim

« le sang a tout emporté »

Quelques jours plus tard, sonna à la porte du 43, Deer Creek Drive un homme trapu d'une soixantaine d'années qui s'appuyait sur une canne et portait un pardessus noir lui descendant jusqu'aux mollets. Derrière lui, garée le long du trottoir, une Lincoln Town Car d'un noir luisant, ressemblant à un petit corbillard.

Cet homme était le père Brendan Dorsey.

Il venait me « présenter ses respects », bien que nous ne nous fussions jamais rencontrés. M'exprimer son « choc, son chagrin et sa tristesse », me prier d'accepter ses « sincères condoléances ». Profitant de ce qu'il était de passage à Mount Ephraim pour rendre visite à sa mère.

« J'avais entendu la terrible nouvelle, naturellement. Il y a quelques mois. Ma mère me garde les coupures de journaux… »

J'invitai le père Dorsey à entrer. Je le débarrassai de son pardessus, un lourd vêtement en cachemire noir. Son crâne rond presque chauve était coiffé d'un feutre noir dont je le débarrassai également. Brendan Dorsey ! J'étais stupéfaite : l'homme qu'autrefois, quand il était jeune, ma mère avait aimé.

L'homme qui avait mis ma mère enceinte. Qui aurait pu l'épouser s'il l'avait souhaité. Et qui aurait alors éliminé mon père, et Clare et moi.

Si vous aviez été plus gentil avec maman, je n'existerais pas. Je vous dois beaucoup !

Je me demandais si maman aurait reconnu Brendan Dorsey. Un homme policé frisant la soixantaine, au visage comme bouilli, au nez rouge un peu gonflé. Sa bouche avait un pli enfantin et gâté. Il avait des yeux étonnamment pâles, d'un bleu délavé. On voyait qu'il avait dû être séduisant, avant de prendre du poids et de l'autorité. Un de ces hommes de pouvoir qui, tant que vous ne les contredisez pas, sont tout à fait charmants et affables. Lorsque je lui demandai comment je devais l'appeler, il m'étonna en me répondant, avec un air de dignité discrètement offensée : « Père Dorsey. »

Étrange lorsqu'on n'est pas catholique ! Appeler un parfait inconnu « père ». Surtout quand il n'a rien de paternel, des yeux pâles cerclés d'une monture d'acier, une tenue d'ecclésiastique et une canne noire étincelante. Brendan Dorsey était impeccablement habillé, de son col blanc amidonné d'ecclésiastique à ses chaussures de cuir noir d'apparence coûteuse. Mais c'était manifestement un homme qui aimait boire et manger : visage empâté, ventre saillant par-dessus la ceinture comme la poche d'un kangourou. On s'attendait presque à voir un petit visage mutin sortir de cette poche.

Pour maman, cet homme avait été un jeune garçon nommé Brendan. Avec l'âge, il était devenu le père Dorsey, un homme important qui m'apprit qu'il était « l'assistant de l'évêque de Minneapolis et Saint-Paul ». Il « coprésidait » un congrès de théologiens catholiques au Canisus College de Buffalo et, comme il me l'avait expliqué, rendait visite à sa mère qui habitait avec sa jeune sœur Ethel dans leur maison familiale de Ridge Road.

Je lui avais demandé de m'appeler « Nicole » et non « Mlle Eaton », comme il avait commencé à le faire. Je lui dis que ma mère avait eu deux filles, qu'elle avait épousé un homme du nom de Jonathan Eaton, et qu'ils avaient vécu ensemble dans cette maison pendant près de trente ans, jusqu'à la mort de mon père en janvier 2000. Avec courtoisie Brendan Dorsey murmura : « Je suis navré, Nicole. Vos deux parents doivent énormément vous manquer. »

Un instant, je fus incapable de parler. On aurait dit que le prêtre avait touché mon cœur nu et battant, alors que je l'avais cru bien caché sous l'un des pulls à torsades de maman.

J'étais convaincue que Brendan Dorsey avait une grande expérience dans la consolation des affligés, mais je n'avais nullement l'intention de fondre en larmes pour lui donner l'occasion de le démontrer. « Nous ne nous sommes jamais rencontrés, père Dorsey, dis-je. Mais j'ai entendu parler de vous.

– Ah oui ! C'est aimable à vous de me le dire, Nicole. »

Il songeait sans doute à sa place éminente dans la hiérarchie de l'Église catholique. Lorsque je précisai : « Je voulais parler de votre vie privée, à Mount Ephraim », il me regarda en clignant les yeux. Une rougeur se répandit lentement sur son visage.

« Ah ! je vois.

– Pas par maman, mais par son amie Alyce Proxmire. Ce nom vous dit quelque chose, père Dorsey ? »

Assis dans le vieux fauteuil préféré de papa, Brendan Dorsey s'agita, tripota la canne qu'il serrait entre ses jambes. Il fronça les sourcils pour donner l'impression de chercher à se rappeler quelqu'un à qui, quarante ans auparavant, il avait à peine accordé un regard. « Alyce Proxmire. Une amie de Gwen, vous dites ? »

Gwen ! Le prénom semblait presque lui avoir échappé.

« La plus vieille amie de ma mère. Elles étaient dans la même classe au lycée de Mount Ephraim. »

Brendan Dorsey sourit, comme s'il avait résolu l'énigme.

« Je n'étais pas dans l'enseignement public, Nicole. »

L'ancienne Nikki aurait riposté avec impertinence pour que ce vieux poussah qui avait brisé le cœur de maman se tortille de gêne, mais, ayant remplacé maman dans la maison, la nouvelle Nikki se contenta de sourire et de dire d'un air innocent : « Oh, je sais, mon père ! Le lycée catholique De Sales. Le meilleur établissement de la vallée du Chautauqua. Réservé aux jeunes catholiques dont les parents ont les moyens de payer les frais de scolarité. »

Avant même l'arrivée de l'ancien petit ami de ma mère, j'avais eu une matinée mouvementée.

Je m'étais rendue à Chautauqua Falls, comme je le faisais de temps à autre pour rencontrer mon employeur du *Beacon*. (Qui continuait à me laisser entendre, avec beaucoup de tact, qu'un « article personnel » sur mon deuil serait le bienvenu dans le journal ; ou, mieux encore, un « article personnel » sur le procès à venir.) J'étais ensuite passée jeter un coup d'œil à mon appartement. (Où je ne me réinstallerais apparemment pas dans l'immédiat, j'avais donné mes plantes en pot à ma voisine du dessous. Je veillais à régler le thermostat de façon à éviter que les canalisations ne gèlent. N'ayant pas vraiment décidé d'emménager chez maman, je ne m'étais jamais résolue à accomplir les formalités de changement d'adresse, et mon courrier continuait donc à s'accumuler, gentiment déposé sur une table par la voisine du dessous. Il y avait peu de lettres timbrées au tarif prioritaire, et aucune qui ne fût pas jetable.)

Mon propriétaire m'arrêta au passage pour me demander quand et *si* je reviendrais. Mon bail expirait au mois de juin, et le loyer augmenterait alors de quinze pour cent.

Quinze pour cent ! Je réprimai une grimace.

Je lui répondis que je ne pensais pas beaucoup à l'avenir. « Quand ce sera le cas, vous serez le premier informé. »

La dernière fois que j'étais venue à Chautauqua Falls, j'avais passé la nuit avec Wally Szalla. Cette fois, non.

Je ne fis pas de détour sentimental par les Appartements de luxe Riverview. Faire un crochet par la grande maison de brique rouge d'Ashburn Avenue me tentait encore moins. Mais je passai tout de même devant la tour de la station WCHF AM-FM. Cinq ou six véhicules étaient garés sur le parking, mais la vieille Buick couleur cuivre terni de Wally Szalla n'était pas du nombre.

Oh ! c'était absurde. Mon cœur se serra. Si la Buick avait été là, je ne me serais pas arrêtée pour autant.

Peut-être Wally l'avait-il enfin vendue. Peut-être l'un des véhicules rutilants garés sur le parking était-il le sien.

Sur le chemin du retour, je fis un détour de deux, trois kilomètres pour entrer dans Mount Ephraim par la North Fork Road. Il me semblait prendre cette route inconsciemment, sans raison particulière. N'ayant fait aucun effort pour retenir l'adresse de l'enquêteur, je ne pouvais savoir quelle était sa maison.

Quand vous voulez. De jour comme de nuit. Simplement pour parler.

Ayez confiance !

North Fork Road était une route banale à deux voies. Comme la plupart des routes qui traversaient les contreforts des monts Chautauqua, elle pouvait être escarpée. Après de beaux paysages de campagne, des champs vallonnés avec des échappées sur le Chautauqua, se succédaient sur des kilomètres des maisons délabrées aux jardins jonchés de détritus, des villages de mobile homes, des vieilles fermes et des granges abandonnées qui attendaient le bulldozer des promoteurs. Il y avait aussi de petites maisons style ranch aux revêtements de façade bitumés, des maisons de style colonial et des cottages « Cape Cod » pour revenus moyens, des lotissements portant des noms tel que Fox Hill Acres. Juste avant Mount Ephraim, récemment construites sur des terrains paysagés, se dressaient quelques maisons prétentieuses de style géorgien, semblables à celles du quartier des Chisholm. Et, idéales pour les célibataires, les Villas North Fork (À louer : Appartements 2 et 3 pièces), une variante nettement plus bas de gamme que ceux de Riverview à Chautauqua Falls.

Traverser des champs recouverts de neige par cette belle matinée d'hiver m'emplit soudain de bonheur. On aurait dit les premières images d'un film, lorsque la caméra prend de la hauteur et court le long d'une route. Ce moment de suspense où l'on ne sait pas encore où la caméra nous conduit, quelle sera l'histoire, qui en seront les protagonistes. Ni ce qui arrivera.

« Puis-je ? »

Brendan Dorsey me demandait s'il pouvait prendre, en souvenir de Gwen, l'une des photos la montrant en tenue de pompom girl, robe chasuble bordeaux, gentil sourire, cheveux blonds au vent et visage de poupée banalement mignon. Je vérifiai qu'il y en avait d'autres, semblables, et lui répondis que oui, bien sûr. Il me remercia, les yeux soudain embués de larmes.

« Elle était la joie incarnée, n'est-ce pas ! Mais évidemment, vous ne l'avez pas connue à ce moment-là.

– Seulement par ce qu'on m'en a dit. »

Brendan Dorsey regardait d'autres photos sur la table. Une expression douloureuse et avide à la fois se peignit sur son visage. Je savais qu'il aurait aimé me demander davantage de photos de ma mère, mais il n'était pas question que je les cède à cet inconnu.

« On l'appelait "Plume". Ah ! elle était si… jeune. Nous étions si jeunes tous les deux. Des individus différents, en fait », dit-il avec un profond soupir.

Parce que je n'aimais pas le père Brendan Dorsey et que je ne lui faisais pas confiance, je m'efforçais d'être d'une extrême gentillesse à son égard. Me disant *Maman le souhaiterait, il y a longtemps qu'elle lui a pardonné*. Je l'imaginais nous regardant avec inquiétude, debout dans l'encadrement de la porte.

Je me demandais s'il l'avait aimée. Si un garçon de dix-huit ans peut aimer. Je me demandais si, dans sa vie de prêtre, dans sa carrière apparemment brillante de prêtre, il s'était parfois souvenu d'elle, s'il avait regretté sa conduite. Mais il n'avait jamais essayé de la revoir, manifestement. Il était forcément revenu voir sa famille de temps à autre mais, en quarante ans, il n'avait jamais pris contact avec elle, et maintenant qu'elle avait disparu, il refoulait ses larmes, penché sur la table de sa salle à manger.

Je demandai, d'un ton un peu sec : « Vous étiez un ami intime de maman ?

– Très intime. À une époque.

– Vous... "sortiez" ensemble ? »

Une expression d'une autre époque. Des mots plus crus me venaient à l'esprit mais je m'abstins.

Brendan Dorsey poussa un soupir, remonta ses lunettes à monture d'acier. Elles étaient devenues trop petites pour son visage gras, elles lui pinçaient le nez.

« Oui, si l'on peut dire. Cela a été assez bref.

– Quand l'avez-vous vue pour la dernière fois ?

– Je... je ne sais pas vraiment.

– Avant de partir pour l'université ?

– Oui, cela doit être à ce moment-là. Et pour le séminaire.

– Vous êtes allé à Saint-Bonaventure ? »

Brendan Dorsey me jeta un regard surpris. Pourtant, étant donné sa haute position, même s'il n'était pas encore évêque, il pouvait sembler logique qu'une parfaite inconnue sache quelque chose de son passé.

« Oui, puis au séminaire du Saint-Rédempteur à Saint-Paul, dans le Minnesota. » Il marqua une pause, comme s'il hésitait à poursuivre de peur de paraître vaniteux. « J'ai également étudié le droit canon au Vatican pendant deux ans. Une expérience extraordinaire.

– Vous n'êtes pas resté en contact avec ma mère, j'imagine.

– Eh bien, non. »

Il s'interrompit, comme s'il avait davantage à dire mais préférait se taire.

Mount Ephraim avait dû paraître bien provincial à quelqu'un qui avait étudié au Vatican ! Et que dire de la charmante petite Plume Kovach !

J'avais offert à Brendan Dorsey du café et un roulé à la cannelle. Il avait accepté le café avec plaisir mais refusé le gâteau. Lorsque je lui dis avoir fait ces roulés le matin même, selon une recette de maman, il dit, comme à contrecœur : « Je vais en goûter un, alors. Merci. »

Il le mangea d'abord lentement, puis avec davantage d'appétit. En solide mangeur, il craignait de stimuler son appétit de peur d'avoir ensuite beaucoup de mal à se réfréner. Nous étions assis à un bout de la table de la salle à manger. J'avais sorti les plus belles serviettes brodées de maman, dont Brendan Dorsey se servit pour essuyer sa bouche poudrée de sucre et ses mains collantes.

« J'ai toujours trouvé étrange, et même mystérieux en un sens, que ma mère n'ait pas été catholique alors que la plupart des Kovach le sont. Ils font partie de la paroisse de Saint-Joseph.

– Saint-Joseph ! Oui. La paroisse a un nouveau prêtre. Je ne pense pas le connaître.

– Au moment de sa mort, maman allait à l'église de la Christian Life Fellowship. Mon père n'était pas croyant et il ne l'accompagnait jamais. Ils sont enterrés tous les deux au cimetière de Mount Ephraim. »

Il n'y avait pas longtemps que je pouvais m'exprimer ainsi sans que ma voix tremble. Je pouvais dire *mort, enterrés, cimetière.* Comme un enfant qui apprend à parler, le son de certains mots me fascinait.

Brendan Dorsey hochait gravement la tête. Il louchait sur un autre roulé à la façon d'un chat préméditant un saut qui risque de se terminer par une chute déshonorante mais qui pourrait néanmoins en valoir la chandelle. Je répétai, avec plus d'insistance : « Je me suis toujours demandé pourquoi maman n'était pas catholique.

– Lui avez-vous posé la question ?

– Oh ! on ne pouvait rien lui demander d'aussi sérieux ! Elle s'esquivait, légère comme une plume, et tournait la question à la plaisanterie. Je crois qu'elle disait qu'elle “croyait” en Dieu et que cela suffisait. L'Église n'avait pas d'importance.

– Et vous, Nicole, quelle est votre Église ? »

Ses yeux bleus délavés me fixaient derrière les lunettes à monture d'acier. Un instant, j'éprouvai le désir de plaire à un homme aussi éminent.

« Aucune, père Dorsey. Mais je "crois", moi aussi.

– Bien. C'est bien. »

Il avait faibli et s'apprêtait à prendre un second roulé à la cannelle. Nous regardâmes sa main, doigts boudinés mais proprement limés, ongles impeccables. Entre deux bouchées, il dit soudain, avec un soupir : « Une hérétique, ma chère. Comme votre mère. »

Personne n'avait encore jamais traité Gwen Eaton d'*hérétique.*

« Que voulez-vous dire ? Je ne comprends pas. »

Mais Brendan Dorsey n'était pas d'humeur à discuter théologie. Dans cette maison banlieusarde de Deer Creek Acres, Mount Ephraim. Avec la fille aux allures hippies d'une femme qu'il n'avait pas vue depuis quarante ans et à qui il pensait rarement, sinon dans des accès de sentimentalisme. « Croire aux êtres humains et non à Dieu. À Jésus-Christ, notre sauveur, sans qui il n'y a pas de rédemption. » À le voir lécher la cannelle sur ses lèvres, essuyer ses mains collantes sur une serviette brodée, on n'avait pourtant pas l'impression que la rédemption fût son premier souci en cet instant.

Sur une impulsion, je dis : « Merci, père Dorsey.

– Mais… de quoi ?

– D'être devenu prêtre. D'avoir quitté Mount Ephraim et ma mère. C'était ce qu'il fallait faire. »

Il me dévisagea d'un air incertain. Peut-être avait-il décelé dans mon ton une pointe de raillerie féminine, inattendue chez la fille de Gwen Kovach. « Oui, ma chère, dit-il en fronçant les sourcils. C'était la volonté de Dieu. Ma vocation était manifestement la prêtrise, et non… » Il n'acheva pas. D'un geste vague de ses doigts poissés de sucre, il indiqua tout ce qui n'était pas la prêtrise : la salle à manger où nous nous trouvions, la petite maison de banlieue proprette, Deer Creek Acres, le monde.

Je me rendrais compte après coup, avec contrariété, que Brendan Dorsey ne s'était guère intéressé à ce qu'était devenue maman après ses années de lycée. Il avait à peine jeté un coup d'œil aux photos la montrant jeune mariée et mère, il n'avait fait aucun commentaire sur nos photos de famille, n'avait pas posé de question sur papa. Son intérêt pour « Plume » Kovach s'était éteint brutalement au milieu des années 1960. Au moment où maman passait le week-end au lac Star avec son amie Alyce, il n'existait déjà plus.

« Je prie pour son âme, ma chère. Je continuerai. »

Priez pour la vôtre. L'âme de maman se porte bien.

« Merci, mon père ! C'est vraiment généreux de votre part. »

Brendan Dorsey me remercia de nouveau pour la photo de ma mère, qu'il avait glissée dans une poche intérieure de son habit ecclésiastique. Il me remercia avec plus d'effusion encore pour le café et les roulés à la cannelle. « Permettez-moi de vous en offrir quelques-uns, mon père, » dis-je, et il répondit aussitôt : « Non, non ! Je vous remercie.

– Mais cela ferait tellement plaisir à maman, insistai-je. C'est sa recette.

– Eh bien, alors, dit-il, capitulant avec un soupir coupable. Si ce n'est pas…

– Cela ne me dérange absolument pas, mon père. C'est très aimable à vous d'être passé. »

Dans l'entrée, nous nous débattîmes avec son lourd manteau de cachemire. Je lui en présentai les manches, où il glissa maladroitement ses bras épais. Il pesta contre son « maudit genou arthritique » que la station assise avait ankylosé. Et… où était sa canne ? (Je l'avais à la main. Je la lui tendis.) Prêt à partir, il hésita, puis dit, comme s'il venait d'y penser : « En triant les affaires de votre mère, Nicole, vous avez peut-être… Je me demande si vous n'auriez pas trouvé certaines de mes vieilles lettres… » Son visage s'empourpra, le regard de ses yeux bleu pâle se fit évasif. « J'étais très jeune à l'époque. J'étais émotif, je manquais de discipline. Je ne vois vraiment pas ce que Gwen aurait pu vouloir conserver.

– Il ne me semble pas, mon père. »

Je ne voulais pas admettre que j'avais évité le grenier, où se trouvaient les affaires les plus anciennes de ma mère. C'était une tâche que je remettais à plus tard depuis des mois. Chaque fois que je montais l'escalier du grenier et que je me baissais pour entrer dans cet espace encombré et étouffant, une sensation de vertige et de peur m'obligeait à redescendre précipitamment.

« … Demandé de bien vouloir me les renvoyer, comme je lui renvoyais les siennes. Oh ! Gwen était si émotive. Elle n'hésitait pas à noter ses pensées les plus fugitives, les plus ténues, de petites flammes d'émotion, aurait-on dit. Elle les écrivait sur des bouts de papier autour desquels elle nouait des rubans… et je lui ai tout renvoyé, absolument tout, comme nous en étions convenus. » Brendan Dorsey s'interrompit, se coiffa de son feutre mou. Il fronça les sourcils, puis sourit. « … De vraies bêtises ! Gwen faisait des cartes de Saint-Valentin miniatures qu'elle glissait en cachette dans mes poches, ou dans ma voiture ; elle faisait de petits oiseaux et de petits animaux en papier d'aluminium, des cartes d'anniversaire, de demi-anniversaire, de non-anniversaire. Un jour, elle a fait fondre des dizaines de bonbons à la gelée pour écrire JE TM… » Il rit, en s'essuyant les yeux. « Cela ressemblait bien à Gwen d'accorder de l'importance à des riens.

– Pour elle, ce n'étaient peut-être pas des riens, père Dorsey. »

Je le regardai descendre avec précaution l'allée verglacée en s'appuyant lourdement sur sa canne. Il m'inspirait de la compassion, à présent, et même une sorte de sympathie. Je ne le condamnais ni ne lui en voulais. Je le voyais comme maman l'avait vu : un homme-enfant, avec une âme pareille à ces bourgeons qui se flétrissent avant de s'ouvrir. Je me disais *Je lui dois tout.*

J'espérais qu'il ne ferait pas de chute et qu'il ne se blesserait pas avant d'avoir regagné sa Lincoln Town Car, ce qui m'aurait obligée à m'occuper de lui.

amie

Je l'entendis retenir sa respiration.

« Lui ! Je n'arrive pas à y croire, Nikki !

– Oui. Le "père Brendan Dorsey". Il est venu ici, chez maman.

– Il… il se souvenait de moi ?

– Oui, bien sûr.

– Non ! C'est… vrai ?

– Lorsque j'ai prononcé ton nom, il t'a décrite à la perfection, Alyce : "La meilleure amie de Gwen, une très gentille fille aux beaux yeux sombres." »

Un silence extasié à l'autre bout de la ligne. Je me hâtai de raccrocher pour le préserver.

« il est temps que tu saches »

« Il est temps que tu saches, Nikki. »

Lucille Kovach, la cousine de maman, fixait sur moi ses petits yeux étincelants. Une femme trapue d'une soixantaine d'années au visage carré comme une pelle, qui ne dépassait pas le mètre soixante mais pesait près de cent kilos. Elle était toutefois moins grasse que massive, compacte à la façon durable dont les vieilles voitures ou les déchets sont compactés.

Lucille Kovach, ma « petite cousine » que je n'avais pas vue depuis l'enterrement de ma mère. Vêtue d'un pantalon pour homme taille XXX, dont la fermeture Éclair luisait entre ses cuisses lourdes. Vêtue d'une veste en lézard verdâtre et d'un tee-shirt Metallica moulant. Chaussée de chaussures de sécurité à bouts renforcés.

Avec autant d'appréhension que d'impatience, je lui demandai ce qu'elle voulait dire.

« À propos de Gwen. Quand nous étions jeunes, à Spalding Street. Quand… – Lucille hésita, mordit sa lèvre charnue – … quelque chose est arrivé. »

Je pensais qu'elle faisait allusion à Brendan Dorsey. Lucille était certainement au courant de l'aventure de ma mère avec Brendan. Elles avaient habité ensemble quelque temps. Quand, après la mort de la mère de maman, son père avait renoncé à avoir un domicile permanent et pris pension chez des parents.

Ma mère ne nous avait jamais beaucoup parlé de cette époque-là. Grâce à Alyce, j'en savais maintenant un peu plus. Il y avait toutefois eu une période « mouvementée » où Alyce ne la connaissait pas encore. « Mouvementée » était le mot qu'employait maman pour décrire ces années où elle était passée d'une maison à une autre, et qui avaient duré jusqu'à ce qu'elle termine ses études secondaires, rencontre et épouse mon père. Parce qu'elle s'était souhaitée *légère comme une plume,* elle n'en avait gardé que des souvenirs aussi ténus qu'imprécis.

Je n'avais jamais voulu penser qu'elle ne disait tout simplement pas la vérité. Il était préférable de croire qu'elle avait depuis longtemps oublié.

Cet après-midi de février, une semaine après ma rencontre avec le père Dorsey, je me trouvais à la résidence Hedwig, une « résidence-service » située dans un vieux quartier de Mount Ephraim. Suivant l'exemple de maman, j'allais y voir ma vieille tante Renate Kovach une fois par semaine. Apparemment, ma mère avait également rendu des visites régulières à plusieurs autres résidants. Les infirmières m'avaient appris qu'elle apportait à tous des pâtisseries. Elle avait été la visiteuse la plus populaire de la résidence et, après plusieurs de mes visites, on me le répétait encore.

Aller voir une seule parente âgée me suffisait. J'espérais faire aussi bien que ma mère, mais peut-être pas tout de suite.

« Bonjour, tante Renate ! »

Lorsque j'entrai dans la chambre mélancolique de ma tante, meublée des restes de sa vie perdue, elle me prenait souvent pour maman, me souriait gaiement et, me serrant les mains, me tendait ses joues fines comme du papier. Tante Renate, qui avait été presque aussi forte que sa fille Lucille, était devenue une vieille femme frêle au dos courbé et aux membres grêles.

« Ohhh ! C'est pour moi ?

– Des muffins au son et aux cerises, tante Renate. J'espère que tu les aimes.

– Merci, ma chérie ! Tu es la seule qui vienne jamais me voir. »

Elle se trompait. J'avais souvent vu Lucille partir dans son pick-up Ford au moment où j'entrais dans le parking, derrière le lugubre bâtiment de grès. Lorsqu'elle m'apercevait, elle me faisait de grands signes de la main à travers son pare-brise. Il m'arrivait aussi de la croiser sur le perron quand je m'en allais (« Salut, Nikki ! Comment va maman, toujours d'attaque ? »)

Je ne contredisais jamais tante Renate, cela dit. Je me contentais de sourire et d'écouter. Qu'elle me confonde avec maman me mettait mal à l'aise, mais si j'essayais de la corriger, elle demandait aussitôt *Où est Gwen, alors ?* Et je ne savais comment m'expliquer.

« Lucille te l'a dit, je crois ? Ma mère est… n'est pas ici pour le moment.

– N'est pas ici, où ça ? Où est-elle, alors ?

– Je crois que Lucille a dû…

– Lucille ne vient jamais me voir ! Lucille a sa "vie" ! Demande-le-lui, tu verras. "J'ai ma vie, maman." Mais où est Gwen ? »

Elle s'inquiétait, devenait soupçonneuse. Plantait dans mon bras des doigts griffus. Papa disait d'elle qu'elle avait « la dent dure ». Des anecdotes circulaient dans la famille sur la façon dont elle réprimandait et humiliait ses filles adultes, Lucille comprise. Lorsque je tâchais de lui faire entendre raison, elle se mettait en colère.

« Qui es-tu, alors ?

– Nikki.

– Qui ça ?

– Nikki Eaton. La fille de Gwen.

– "Nik-ki". » Prononcé de sa voix haletante, le nom faisait effectivement invraisemblable.

« Je suis venue vendredi dernier, tante Renate. Je t'ai apporté des roulés à la cannelle, tu te souviens… »

Ses yeux larmoyants me dévisageaient d'un air sceptique. La première fois que je lui avais rendu visite, elle m'avait confondue avec Clare ; un jour, se réveillant d'un somme dans un fauteuil, encore groggy, elle m'avait regardée en clignant les yeux et s'était mise à gémir : « Lu-*cille*. Où étais-tu ? Tu me laisses seule ici comme un vieux débris. C'est ce que je suis pour toi, un vieux débris. Le diable t'emporte Lu-*cille*. Sors-moi d'ici Lu-*cille* ne t'en va pas encore une fois en me laissant comme un vieux débris. »

Il fallut plusieurs minutes pour la calmer. Je savais, j'avais été prévenue par les infirmières et c'était le simple bon sens, bien sûr : on ne contrarie pas un résidant âgé, c'est la dernière chose à faire. Amadouer ma tante et la convaincre que non, je n'étais vraiment pas sa fille Lucille, mais sa nièce Nicole Eaton, ne fut toutefois pas facile. « Lucille et moi ne nous ressemblons pas beaucoup, tante Renate. Je ne l'ai jamais entendu dire, en tout cas. »

« Lucy le Deux-tonnes », le « Tank », tels étaient les surnoms de Lucille Kovach au 43, Deer Creek Drive. Papa nous faisait rire, Clare et moi, en appelant ses beaux-parents Kovach « les péquenauds de Mount Ephraim », et Lucille lui était particulièrement désagréable. (Aucun des Kovach ne passait jamais à la maison quand Jonathan Eaton était susceptible de s'y trouver.) Adolescente, Clare avait été extrêmement critique à l'égard de Lucille, car elle avait des exigences très élevées en matière de tenue, de comportement et de respectabilité. Lucille était une horreur ! Une source d'embarras ! Car en plus de ressembler à un tonneau, d'avoir un visage ingrat et de porter souvent des vêtements d'homme, elle manquait de pudeur : on se serait attendu que, de honte, elle se fasse aussi discrète que possible, mais pas du tout. Que, faute d'une silhouette féminine reconnaissable, elle s'abstienne de mettre des débardeurs et des pantalons en stretch, mais pas du tout. Qu'elle évite de se faire remarquer par une voix claironnante et un gros rire tonitruant d'homme, mais pas du tout. Ce qui scandalisait surtout Clare, c'était que Lucille ne fasse pas mystère de son désir de compagnie masculine, même à l'âge mûr, et qu'elle continue à « traîner » dans les bars bien qu'elle eût été mariée et divorcée trois fois. Son dernier ex-mari en date était un ancien marine qui avait fait la guerre du Golfe, mais était maintenant incarcéré dans la prison de haute sécurité de Follette, où il purgeait une longue peine pour coups et blessures, trouble de l'ordre public et violences conjugales.

« "Violences conjugales" ! Comment peut-on violenter une femme pareille, même quand on est marine ! » s'étonnait Clare.

Son mépris était contagieux, surtout pour une sœur plus jeune. J'étais encline à le partager de peur qu'elle ne l'étende à ma personne. J'avais pourtant toujours eu de la sympathie pour mes parents Kovach, les rares fois où j'avais passé un peu de temps avec eux. Lucille m'intimidait, mais l'attachement qu'elle avait pour maman, et maman pour elle, me prévenait en sa faveur.

En revenant de l'école, il m'arrivait de voir le Dodge de Lucille, un tas de ferraille, quitter l'allée en marche arrière. Dans la maison, maman s'affairait alors à aérer la cuisine : ventilateur de la cuisinière à plein régime, fenêtres grandes ouvertes, journal agité comme un éventail pour dissiper l'odeur caractéristique de Lucille que le nez fin de papa n'aurait pas manqué de détecter : fumée de Camel, transpiration de femme forte, graisse à essieux. (Pendant des années, Lucille avait travaillé par intermittence comme mécanicienne dans le garage d'un de ses parents où on la trouvait « drôlement douée ».)

Maman implorait : « Oh ! aide-moi, Nikki ! Si papa se doute que Lucille est passée, il ne va pas arrêter de me taquiner ! Tu ne lui dis rien, chérie, d'accord ? »

Cet après-midi-là, à la résidence Hedwig, Je trouvai Lucille dans la chambre de sa mère, appuyée confortablement contre le rebord de la fenêtre. Tante Renate s'agitait et maugréait, assise dans son fauteuil de chintz. Une couverture couleur miel enveloppait son corps frêle comme un linceul. Lucille semblait plus corpulente que jamais, même sa tête, surmontée d'une masse volumineuse de boucles grisonnantes, paraissait plus grosse. Dans cet espace exigu, elle offrait un spectacle saisissant avec son jean taille XXX, sa veste branchée en lézard et le rouge à lèvres étalé sur sa bouche charnue.

« Bonjour, Nikki, contente de te voir. Merci de venir rendre visite à maman. »

Je souriais courageusement. Regrettant de ne pas avoir remarqué le pick-up de Lucille dans le parking.

Lucille me tendit la main, de gros doigts boudinés aux ongles bordés de noir. Comme tous les Kovach, elle manifestait bruyamment sa sympathie, aimait toucher et rire. Il était possible qu'elle eût bu. Quelques bières au déjeuner. Elle avait les yeux humides et brillants, et son sourire ne cessait de déraper.

« Tu as vu qui est là, maman ? Tu as de la visite, tu vois ? Nikki, la fille de Gwen, tu te souviens d'elle, hein ? “Nikki” la maigre ? Pas l'autre, Clare, la proviseur du lycée. Nik-ki, la bombe du lycée. » Lucille rit, c'était l'une de ses vieilles plaisanteries. « Nikki t'a apporté quelque chose, tu vois, maman ? Mmmm, ça sent bon. Pour toi. »

Tante Renate se réveilla un peu, cligna les yeux et sourit dans ma direction. Elle semblait me reconnaître ce jour-là. Elle me sourit et me remercia pour les muffins, enveloppés de papier d'aluminium, que Lucille avait posés sur ses genoux.

« Ah ! c'est gentil. Vraiment gentil. J'ai entendu dire que tu venais régulièrement voir maman, Nikki. Comme Gwen. »

Je me demandai si prononcer le nom de ma mère devant tante Renate était une bonne idée. Mais elle s'était mise à grignoter un muffin et n'écoutait guère.

Elle s'essuya la bouche. « C'est délicieux, ma chérie. Tu as toujours été une si bonne...

– Ça, c'était Gwen, maman, interrompit Lucille d'un ton impatient. Elle, c'est sa fille Nikki. Ne mélange pas tout le monde. Tu en es capable si tu t'en donnes la peine. » Lucille était aussi impitoyable qu'un prof de gym maniant le sifflet. Pas question qu'elle laisse sa mère de quatre-vingt-sept ans glisser dans une sénilité précoce ! D'un ton destiné à taquiner tante Renate, elle ajouta à mon intention : « Maman a très bonne mémoire quand elle veut bien faire un effort. Meilleure que la mienne, souvent. Oh ! elle se rappelle des trucs incroyables ! Mais elle devient paresseuse ici. Ils chauffent trop, tu comprends. On étouffe, on se croirait dans une serre, sauf quand la chaudière tombe en panne comme la semaine dernière, et qu'on gèle. Fais attention, maman, tu mets des miettes partout ! Tu ne mangeais pas si mal, avant… »

Cela dura un petit moment. Lucille surveillait chacun des faits et gestes de sa mère comme une mère dévouée et exaspérée. Outre ses autres odeurs, et celle de la résidence Hedwig, omniprésente, que je préférais ne pas analyser, on sentait bel et bien une légère odeur de bière.

Elle me demanda en plaisantant si je venais là pour faire un « papier » sur la résidence Hedwig.

Je répondis aussitôt que non. Bien sûr que non.

Elle me demanda en plaisantant des nouvelles de « ton ami marié, comment s'appelle-t-il déjà "Zall-la" ? »

En rougissant comme une collégienne, je lui dis que ce n'était pas exactement ça.

« C'est quoi, alors ? Exactement ? »

Je secouai la tête. Je n'allai pas répondre à un interrogatoire. Les rares fois où Clare et moi nous parlions au téléphone – parce que je l'appelais –, elle en venait toujours à me questionner sur Wally, elle aussi.

J'avais fini par lui dire que je ne lui poserais pas de question sur sa vie sexuelle si elle s'abstenait de m'interroger sur la mienne. Cela lui avait rivé son clou.

Le regard de Lucille brillait d'une malice bien intentionnée. Elle avait l'autorité physique d'un gros chien, capable de vous sauter dessus pour vous mordre, ou pour vous lécher le visage avec exubérance. Elle venait à bout de mes muffins en trois grosses bouchées.

J'avais toujours eu le sentiment que Lucille me préférait à Clare, et je me demandais ce que maman lui avait dit à mon sujet ; de quoi elles avaient parlé toutes les deux lorsqu'elles se voyaient. La vie secrète menée par nos mères.

Lucille me demanda soudain si j'avais des nouvelles du procès, de ce fils de p… d'assassin.

Qu'elle aborde ce sujet en présence de sa mère et devant moi me choqua.

« Il paraît qu'il dit maintenant que ce n'est pas lui ? Que ce serait un autre type, un de ses copains de prison…

– S'il te plaît, Lucille. Je ne peux pas parler de ça maintenant.

– Ouais, d'accord, je comprends. Mais, bon Dieu, ce qu'on leur laisse dire ! La "stratégie de la défense". J'ai lu ça dans ce fichu journal. »

Mon cœur battait à tout rompre. J'avais l'impression que j'allais m'évanouir. Je trouvais réconfortant que ma tante, concentrée sur son muffin, ne prête apparemment aucune attention à la conversation.

Une deuxième enfance, disait-on. On pouvait peut-être y trouver une consolation !

« On devrait arrêter les avocats quand ils répandent des mensonges, poursuivit Lucille, d'un ton indigné. Il devrait y avoir une loi pour ça, non ? On entend parler de "faux témoignage", eh bien, ça devrait leur être appliqué. C'est comme l'avocat qui a représenté Harvey quand j'ai déposé plainte contre lui, ils ont concocté un tas de mensonges ensemble pour essayer de tout me mettre sur le dos. Comme quoi c'était moi qui avais cogné la première, et Harvey le dernier. Et ce fils de p…, ce Lynch, les flics auraient dû l'abattre quand ils l'ont retrouvé, là-bas à Erie. Moi, c'est que j'aurais fait. Qu'on me donne une arme, et je m'en charge quand ils veulent. Tout le monde dit que c'est une honte que ce procès ait lieu, non seulement il faut tout revivre, cette pauvre Gwen, ça m'a démolie ce qui lui est arrivé et ça n'est pas beaucoup mieux maintenant, mais en plus de ça, ça coûte sacrément cher, c'est nos impôts qui payent. Et l'avocat de ce type, tu ne peux pas dire que ce n'est pas un "faux témoignage". Il devrait être arrêté.

– Je crois que pour se rendre coupable de faux témoignage, il faut avoir prêté serment dans un tribunal. Les avocats ne prêtent pas serment.

– C'est les premiers qui devraient le faire, bon Dieu ! »

Je parvenais à garder mon calme. Lucille faisait allusion à la nouvelle « défense » adoptée par Ward Lynch. Après être revenu sur ses premiers aveux, il avait tenu à plaider « non coupable ». Son avocat avait d'abord choisi de plaider « un état de démence temporaire » mais plus récemment, le procès approchant, il lui était venu une nouvelle idée : soutenir que quelqu'un d'autre que Lynch avait commis le crime dont son client était accusé. Le procureur adjoint chargé de l'affaire m'avait donné des explications, mais je lui avais dit que je ne voulais rien savoir. Rob Chisholm m'avait appelée à plusieurs reprises pour en discuter, mais je lui avais expliqué que je ne pouvais pas en parler, que je ne pouvais pas y penser. *Par pitié.*

J'avais l'air si accablée que Lucille tendit instinctivement la main pour me toucher. Cela tenait plus d'une bourrade que d'une caresse, mais je faillis m'accrocher à sa main calleuse, poussée par le simple besoin de la tenir dans la mienne.

Depuis la disparition de maman et celle de Wally, plus personne ne me touchait. On ne sait comment, j'avais cessé d'être une femme aimée qui ne se rendait même pas pleinement compte de sa chance, pour devenir une créature aussi sèche et asexuée qu'Alyce Proxmire.

Lucille me donna une nouvelle bourrade, avec plus de douceur. « Il est temps que tu saches, Nikki. »

Elle jeta un coup d'œil à tante Renate, qui mangeait son muffin avec concentration. Elle avait quelque chose à me dire en confidence.

Oh ! je n'étais pas sûre de vouloir entendre, de pouvoir supporter de nouvelles révélations sur ma mère. Tante Tabitha, Alyce Proxmire, Brendan Dorsey, et maintenant Lucille Kovach... À l'éclat humide de ses yeux, je savais que d'autres surprises m'attendaient.

« À propos de Gwen. Quand nous étions jeunes... »

Lucille me raconta donc ce que je n'avais jamais su, ce que mon père ignorait certainement : lorsque Marta Kovach, la mère de maman, était morte, il n'était pas vrai qu'on avait interdit à ma mère de la voir, à son retour de l'école. En fait, c'était elle, la fillette de onze ans, qui avait découvert sa mère, déjà morte. Et Marta Kovach n'avait pas succombé à une « maladie débilitante », elle s'était suicidée, elle s'était tailladé les deux avant-bras avec un couteau de boucher.

« Cela a été tenu secret, tu comprends. Seules quelques personnes savaient. C'était si terrible, cette femme qui s'était fait ça, dans son lit, et que Gwen la trouve comme ça. Ta mère n'a jamais voulu en parler, tu sais comment elle était. Il n'y a qu'à moi qu'elle en "parlait" plus ou moins, quelquefois. Mais à personne d'autre. Son père l'a amenée chez nous, ce soir-là. Tout ce qu'il a su faire, c'est boire et disparaître. Gwen est restée chez nous, elle dormait avec moi dans mon lit, et ça se passait bien, on avait souvent joué ensemble et j'ai toujours préféré Gwen à mes propres sœurs. Maman, elle, avait un faible pour Gwen. Elle l'appelait sa " petite chérie ". Personne n'a été très étonné de ce que Marta avait fait, elle avait toujours été mélancolique, elle gardait souvent le lit et c'était Gwen qui préparait le dîner, même toute petite, à neuf, dix ans. Lorsque nous habitions ensemble, nous préparions les repas dans la cuisine, Gwen, maman et moi, et on s'amusait bien. On a passé de bons moments ensemble ! Plus tard, c'était un peu triste, ton père ne nous aimait pas beaucoup, je crois. Nous n'étions pas souvent invités chez vous quand vous étiez petites. Gwen disait qu'elle se sentait un peu seule. La ville, avec ses trottoirs, ses gens, lui manquaient. Elle avait des amis, bien sûr, et la famille de Jon. Mais elle disait que nous lui manquions. Moi je lui disais, et à maman aussi, que ça se passe comme ça parfois, il ne faut en vouloir à personne. Dans les familles, ça arrive. Les Eaton ne "jouent pas dans la même cour " que nous, comme on dit. Mais Gwen et moi avions grandi ensemble, et nous ne l'avons jamais oublié. Nous nous sommes aidées l'une l'autre très souvent. J'en ai bavé dans ma vie !... et c'était Gwen que j'allais voir, évidemment. Ton père ne l'a jamais su, il aurait été furieux, mais Gwen m'a souvent prêté de l'argent. Vingt-cinq dollars, cinquante, pas des sommes énormes mais ça m'a sauvé la vie plus d'une fois. Jon ne l'a jamais su parce que c'était de l'argent que Gwen gagnait en vendant les pulls qu'elle tricotait ou les objets qu'elle faisait, dans ces foires du centre commercial par exemple. Quand je voulais la rembourser, elle refusait. "Tu as une vie plus dure que la mienne, Lucy, il faut que tu travailles. Moi, je suis juste une femme au foyer." Quand elle était jeune fille, Gwen rêvait de se marier et d'avoir une maison à elle. Une maison où elle serait en sécurité ! Mais parfois elle devenait triste et disait : "Peut-être qu'il vaudrait mieux que je n'aie pas d'enfant, Lucy. Peut-être ai-je de mauvais gènes qu'il vaudrait mieux que je ne transmette pas." Parce qu'il n'y avait pas que sa mère qui avait le cerveau dérangé, son père aussi, sauf que lui ne s'en est jamais pris à lui-même ni à personne d'autre. Il restait dans son coin et il s'est tué à force de boire. Mais je lui disais : "Bon Dieu, Gwen, moi rien ne m'arrêterait." Et rien ne m'a arrêté. J'ai eu mes gosses, et ils s'en sont bien sortis. Je disais à Gwen, mettons que Dieu a ses plans, des plans bizarres qui ne sont pas logiques pour nous mais qui le sont pour lui, alors si ce type arrive et qu'il veuille t'épouser et qu'il veuille avoir des enfants avec toi, le seul fait qu'il se pointe, tu n'as même pas à l'aimer comme dans les films, ça veut dire que c'est ce que Dieu a voulu pour toi. Et Gwen a réfléchi et elle a dû trouver que j'avais raison parce que c'était exactement comme ça, je pense. »

Lucille sourit, contente d'elle-même. Tante Renate s'était assoupie dans son fauteuil en chintz. Sa tête pendait d'une façon pénible à voir, et Lucille la cala avec un oreiller. Tendrement, elle essuya les miettes de muffin collées à la bouche de sa mère et lui épousseta les genoux. Elle me dit que si sa mère se réveillait brusquement sans savoir où elle se trouvait, et avec ses lunettes au bout du nez, elle prendrait les miettes pour des fourmis et s'affolerait.

« C'est devenu une obsession, ces fourmis, elle en a une peur terrible et ça ne s'arrange pas. À la maison, elle ne s'en faisait jamais pour des bêtises. »

Nous quittâmes la résidence Hedwig ensemble. Nous parlâmes un peu dans le parking, où Lucille alluma sur-le-champ une cigarette. Je me sentais faible, hébétée. L'air frais me faisait tourner la tête, me mettait les larmes aux yeux. Lucille me tendit un mouchoir en boule.

« Cette année a été plutôt merdique, hein, Nikki. »

Plutôt merdique. J'imagine, oui. On pouvait le dire comme ça. La phrase de Lucille avait une sorte d'éloquence succincte.

« Eh bien, je ne sais pas. Maman me manque, oui. Mais…

– Habiter chez Gwen, mettre ses affaires et faire les pâtisseries qu'elle faisait. Son chat, voir les gens qu'elle voyait. Tu penses que c'est une bonne idée, hein. »

Ce n'était pas une question. Lucille ne me critiquait pas. Elle était culottée, rentre-dedans mais, malgré tout – comme tous les Kovach, dont la majorité n'avait pas terminé leurs études secondaires –, elle respectait nos jugements à Clare et à moi parce que nous étions « allées à l'université ». « Après tout, c'est ta façon de faire, Nikki, dit-elle en exhalant un énorme nuage de fumée. Il y en a de pires. »

J'essuyai quelque chose de gluant au bout de mon nez. Avec tact, Lucille fit mine de ne rien voir.

« C'est gentil à toi de rendre visite à maman. Elle se plaint toujours que personne ne vient la voir, mais elle oublie ceux qui viennent. Dès le lendemain, elle a oublié. Elle aura quatre-vingt-huit ans le mois prochain. Elle est costaud, c'est sûr. Comme je disais, c'est étonnant ce qu'elle se rappelle, quelquefois. Son cerveau est comme une éponge, on presse et des trucs incroyables en sortent. Des trucs que j'ai faits, petite, par exemple. Ce que j'ai dit. Le genre de céréales que j'aimais. Ces choses-là, personne d'autre ne s'en souvient ni ne s'y intéresse. Quand maman disparaîtra, ça disparaîtra avec elle.

– Tante Renate semble heureuse…

– Des conneries ! fit Lucille, avec un rire dur. Ça, c'est un mot que les gens disent dans des endroits comme celui-ci pour se sentir mieux. Avoir l'âge de maman, c'est la merde, et de la vraie merde, une bonne partie du temps. Si ce n'est pas toi qui es assise dedans, c'est ta voisine de lit. »

Que répondre ! Lucille me poussait à rire, elle avait cherché à me choquer.

« Quand ta mère est morte, c'était horrible parce qu'elle est morte avant l'heure. Elle est morte beaucoup trop jeune. Personne n'y était préparé, personne ne pouvait l'être. C'est arrivé comme ça ! dit-elle, en claquant des doigts. Du coup, ça t'épargne ce que mes sœurs et moi devons vivre avec maman, il faut voir ce côté des choses. Là où est Gwen, il n'y a pas de douleur. La douleur est ici, chez toi. Tu comprends ce que je dis ? Pleurer ta mère, ça peut être un endroit où se cacher, tu vois ? Comme cette résidence. Comme une grotte. Au bout d'un moment, il faut en ressortir. »

Lucille avait davantage à dire mais fut distraite par un

jeune employé de la résidence Hedwig, vêtu d'un uniforme vert, qui transportait des sacs poubelles jusqu'à une benne à ordures.

« Rigger ! Tu essaies de faire comme si tu ne me voyais pas ? »

Lucille lança cela d'une voix claironnante, les mains sur les hanches. La veste en lézard s'écarta sous la poussée de ses gros seins. Apparemment, le jeune homme à la peau sombre et elle se connaissaient.

« Non, Lucille. Tu sais bien que non.

– C'est l'impression que ça donne. Viens que je te présente ma cousine Nikki.

– Non, Lucille. Je peux plus perdre de temps aujourd'hui, je vais me faire virer.

– Amène-toi en vitesse. Il faut que tu connaisses cette fille.

– Non, m'dame, je peux pas. »

Il rit comme si on le chatouillait. Secoua une tête hérissée de tresses. Il avait l'assurance fanfaronne d'un rappeur noir. Séduisant et sexy malgré son uniforme vert pisseux, il avait trente ans de moins que Lucille Kovach, et l'on voyait qu'il était ravi que deux Blanches le regardent faire son numéro, même si celui-ci ne consistait qu'à trimballer de lourds sacs poubelles sur ses épaules, à les balancer dans une benne puante et à regagner au trot l'entrée de service de la résidence Hedwig, dont toutes les occupantes étaient des femmes blanches âgées. Lucille brailla : « Tu me snobes, Rigs ! La prochaine fois, ce sera mon tour. » Rigger nous salua de la main, peut-être pour indiquer un regret sincère.

Lucille riait, tout émoustillée. Elle me raccompagna jusqu'à ma voiture où elle me serra si fort dans ses bras qu'elle m'aurait peut-être cassé des côtes si je n'avais pas porté un blouson en duvet. « Un de ces soirs, je vais faire un détour par chez toi pour venir te prendre, ma belle ! Il y a une boîte super sur la Route 18, à mi-chemin de Malvern. Tu as déjà entendu parler du

Zodiac ? Le jeudi soir, il y a des strip-teaseurs. Le vendredi, c'est la soirée spécial célibataires. Tu viens avec qui tu veux et tu danses avec qui tu veux. De la disco comme dans les années 1970. Lumières stroboscopiques comprises. On s'amuse comme des fous. Tu vois ce que je veux dire ? Une belle fille comme toi, c'est fait pour toi. Et tu es sûre de ne pas y rencontrer un seul Eaton. »

secrets

Cet après-midi-là, je retournai dans le grenier.

Cet après-midi-là, je décidai de « trier » les affaires du grenier.

C'était le dernier endroit de la maison de ma mère que je me résolvais à examiner. Si je m'étais piètrement sortie du tri dans les autres pièces, j'avais au moins fait cet effort.

Le grenier était froid et mal éclairé. Lorsque j'y avais accompagné maman pour y ranger des affaires qui n'étaient « pas en assez bon état pour qu'on s'en serve mais en trop bon état pour qu'on les jette tout de suite », il m'avait paru plus accueillant, mieux éclairé.

Je laissai la porte de l'escalier ouverte pour qu'un air plus chaud y pénètre et le rende plus hospitalier. Fumée se glissa derrière moi, et alla explorer à pas de chat des endroits trop exigus pour moi.

Une poussette. Des vêtements de bébé. Un lampadaire en cuivre sans abat-jour que je n'avais plus vu depuis des années. Des vêtements d'hiver dans des housses, des bottes dans des cartons enguirlandés de toiles d'araignée. Mon haleine fumait un peu. Fumée sauta sur une pile de cartons, donna de furieux coups de patte à des cadavres d'insectes desséchés, pris dans des toiles d'araignée qui pendaient des poutres comme des stalactites.

Le grenier avait été le territoire de maman. Papa ne s'y aventurait que rarement. Clare et moi, jamais. Il contenait pourtant tant de nos affaires d'autrefois – vêtements, annuaires scolaires, bulletins de notes, animaux en peluche et poupées – qu'il semblait que nous ayons toujours été là, sans le savoir.

Pas en assez bon état pour qu'on s'en serve mais en trop bon état pour qu'on les jette tout de suite.

Cela avait été le principe d'accumulation de maman, non seulement au grenier mais partout dans la maison.

Dans nos vies.

« Oh ! Fumée. Arrête, tu me rends folle. »

Le gros matou tournait en rond, sans beaucoup de grâce. Un peu affolé, il cherchait à se débarrasser des carapaces d'insectes emmaillotées de toiles d'araignée qui s'étaient accrochées à son moignon de queue.

J'aurais voulu que Clare fût là. Je détestais ma sœur de m'avoir laissée seule avec mon chagrin.

C'était notre chagrin. Cela aurait dû l'être, en tout cas !

Non : ce que je souhaitais profondément, c'était que ma mère fût là. Je m'étais rarement aventurée au grenier sans elle. Adolescente, enfant. Je m'étais rarement aventurée où que ce fût sans elle.

C'était déroutant d'être seule.

J'avais l'impression que c'était anormal, une erreur. Seule à l'âge de treize ans. De trente-deux ans, je veux dire. (Trente-*deux* ? Quand cela était-il arrivé ?) Seule avec un chat qui ressemblait davantage à un chat comique en peluche, à l'idée qu'un enfant se fait d'un chat, qu'à un véritable animal adulte.

Que m'avait dit Lucille Kovach : *C'est ta façon de faire, Nikki. Il y en a de pires.*

Je regrettais de ne pas lui avoir rendu son étreinte, de ne pas l'avoir serrée dans mes bras aussi fort qu'elle l'avait fait. J'aurais dû fumer une cigarette avec elle. Me montrer plus amicale, plus flirteuse avec Rigger. Tout s'était passé si vite, j'avais été ahurie, empotée.

Il faut en ressortir.

Mais pour aller où ?

Des boîtes en carton étaient empilées contre l'un des murs bruts du grenier. Certaines portaient des dates au crayon de couleur – 1975-76, 1981-85 – mais la plupart étaient vierges de toute inscription, mystérieuses. Leur contenu l'était moins : cartes postales, cartes d'anniversaire et de Noël, quelques lettres. J'eus l'étonnement de voir ma propre écriture sur une carte postale, envoyée de Santa Fe en mai 1993. *Chers papa et maman, C'est magnifique ici ! Mais il y a beaucoup de vent et l'altitude me coupe le souffle. Désolée de ne pas vous avoir donné de nouvelles, je vais plutôt bien et vous appellerai bientôt. Promis. Nikki.*

Incroyablement, je n'avais même pas écrit *Je vous embrasse.*

J'éprouvai un sentiment de consternation, d'écœurement. Ne même pas avoir écrit *Je vous embrasse* à mes parents...

J'avais vingt ans à l'époque. Une période depuis longtemps oubliée où j'étais blessée, furieuse contre mes parents. Je me plaignais d'eux au type avec qui je voyageais, je lui disais que c'étaient des gens bien mais qui n'avaient pas la moindre idée de qui j'étais. Sans doute pensais-je qu'ils étaient immortels et que j'aurais tout le temps de me réconcilier avec eux.

J'eus envie de déchirer la carte en morceaux. Mais je la remis avec les autres, si soigneusement conservées par maman.

Je pensai à ma vieille tante Renate, une femme autrefois corpulente et solide, si diminuée aujourd'hui qu'on ne pouvait imaginer ce qu'avaient été sa volonté, son être. Elle se rappelait des choses incroyables, avait dit Lucille. C'était le destin des mères, de se rappeler. Ce que personne d'autre ne savait, ce dont personne d'autre ne se souciait. Et qui, quand elles disparaissaient, disparaissait avec elles.

Dans le grenier où le plafond bas pesait comme un crâne qui aurait rétréci, je cherchais une heure et demie avant de trouver ce que je voulais.

Dans une boîte à couture recouverte d'un papier Laura Ashley lavande. Lorsque je la soulevai pour l'ouvrir, un paquet de toiles d'araignée collantes s'en détacha, et une araignée affolée me courut sur le poignet.

Sous des bobines de fil, des boutons, des aiguilles, des épingles à nourrice, se trouvait un compartiment fermé par un panneau coulissant, et dans ce compartiment, en partie dissimulés par d'autres objets de couture, des paquets de lettres : les lettres que Gwen Kovach n'avait jamais renvoyées à Brendan Dorsey, et celles que Gwen Kovach avait adressées à Brendan Dorsey, et qu'il lui avait renvoyées dans une enveloppe kraft marquée des initiales G. K.

G. K. ! Comme s'il avait été nécessaire de préciser à Gwen de qui étaient ces lettres et à qui elles étaient destinées.

Je m'efforçai de ne pas le haïr. Il n'avait que dix-huit ou dix-neuf ans à l'époque. Il n'avait pas voulu être cruel.

Mon cœur battait vite, comme les ailes d'un petit oiseau. Je savais que c'était interdit, que j'avais soudain accès à la vie secrète de ma mère. J'emporterais la boîte à couture au rez-de-chaussée comme un trophée.

Je me relevai en vacillant. J'éteignis la lumière. À l'instant où j'allais fermer la porte, Fumée se précipita hors du grenier, bout de queue fouettant l'air.

Je fis de la place sur la table de la salle à manger. J'étais surexcitée. Les mains étrangement froides et gourdes, je dépliai une des lettres de Brendan Dorsey, écrite sur une feuille de papier blanc ordinaire et datée du 7 mars 1966.

C'était sa dernière lettre, apparemment. Son adresse n'y figurait pas. L'écriture était irrégulière et penchée, comme s'il avait écrit à la hâte.

« Cher Gwen,

« Je regrette de t'écrire comme ça mais c'est impossible autrement. Je n'ai pas pu te parler l'autre soir, tu ne semblais pas m'entendre.

« Je suis choqué et attristé par ce que tu m'as révélé. Je ne l'ai pas montré sur le moment, je ne savais pas quoi dire. ~~Depuis j'ai~~

« À cause de ta mère, tu "n'as pas foi en Dieu ". J'en ai parlé au père Gorran, que cela a beaucoup peiné. (Je ne lui ai pas dit le nom de l'ami qui m'avait parlé ainsi, bien entendu !)

« Combien d'enfants ont perdu leur mère et leur père au cours de l'histoire. Combien d'êtres humains ont essuyé de semblables tempêtes. Ta mère, m'as-tu dit, est morte " dans son lit " et " en paix " après dix-huit mois de maladie, mais pense qu'il y a des souffrances bien pires, que des enfants perdent leurs parents à un âge encore plus tendre. Le père Gorran dit que le désespoir est le pire des péchés commis contre Dieu parce que c'est un péché " contre la création " et qu'il est impardonnable.

« Avoir simplement foi dans " l'amour humain " ne suffit pas. La race humaine est déchue. Elle n'est SAUVÉE que par notre Sauveur Jésus-Christ.

« Je ne dis pas cela parce qu'il est temps pour moi de quitter Mount Ephraim. En fait, je suis blessé que tu penses une chose pareille. J'ai du mal à te pardonner, Gwen. Comment peux-tu te tourner contre moi alors que tu dis m'aimer ? Tu ne " cesseras jamais de m'aimer ", et pourtant tu doutes de ma sincérité.

« Il n'y a pas que ton absence de foi, nous avons d'autres différences. Notre amitié était une erreur et je me suis égaré. J'ai confessé mes torts. J'avais une grande responsabilité parce que j'étais plus âgé que toi, et j'étais si amoureux de toi que véritablement je n'avais plus les idées claires. Cette question de pureté et de célibat est plus difficile pour les hommes. Je suis heureux que personne dans ma famille ne soit au courant. Mon confesseur m'a donné une pénitence pour mes erreurs et mes péchés, et je suis heureux que cette faute appartienne désormais au passé. J'espère que cela vaut aussi pour toi.

« Ne m'écris plus, je t'en prie. Je te renvoie tes lettres et tes cartes. Ne m'appelle pas, je t'en prie. Je jure de toujours t'aimer comme une sœur. Je prierai pour ton âme. Mais je ne te verrai plus, et je te demande de respecter ce souhait. Ma mère sait depuis longtemps que j'ai une vocation et que ma vie sera consacrée à servir Dieu. Je prie que désormais ma vie soit sans tache et sans secrets !

« Je te renvoie tes lettres. Je ne voulais pas les détruire parce qu'alors tu n'aurais pas connu leur " sort "... mais maintenant elles sont en ta possession et j'espère sincèrement que tu les détruiras.

« Je promets de détruire les miennes lorsque je les recevrai. ~~J'ai honte~~

« J'espère que Dieu te bénira comme Il m'a béni en m'aidant à surmonter ces moments de tentation et de doute.

« Ton ami,

« Brendan Dorsey. »

Les lettres de Brendan étaient peu nombreuses, attachées ensemble par un fil de coton vert. L'enveloppe kraft marquée G.K. en contenait bien davantage, elle était pleine à craquer. Au bout de près de quarante ans, ces lettres dégageaient encore un doux parfum de fleurs. J'aperçus un papier rose, une écriture d'écolière appliquée ressemblant peu à l'écriture adulte de ma mère. L'une des lettres, datée de Noël 1965, faisait douze pages.

« Pardonne-moi, maman ! Il faut que je sache. »

Cette jeune fille que je n'avais jamais connue ni même imaginée. Assez jeune en 1965 pour être ma fille aujourd'hui. Cette jeune fille qui, à onze ans, avait perdu sa mère, elle aussi. Qui, en rentrant chez elle, l'avait trouvée morte d'une façon qui resterait pour elle un mystère incompréhensible.

Je tenais à savoir, l'excitation me coupait la respiration, et pourtant, alors même que je tenais ces lettres, je les repoussais.

Cette douce odeur de fleurs. Je la respirerais ensuite sur le bout de mes doigts.

Je repoussai les lettres de Brendan Dorsey avec plus d'énergie. Elles m'étaient indifférentes, ne signifiaient rien pour moi.

J'aurais pu faire un geste (vaguement insultant ?) et les lui renvoyer sans un mot. Mais je ne le ferais pas.

Je replaçai toutes les lettres – celles de Brendan et de maman – dans la boîte à couture. Exactement comme je les avais trouvées, dans le compartiment secret, sous les objets de couture. Quelle cachette enfantine ! J'aurais aimé taquiner maman sur cette boîte à couture, la faire rougir.

Je ne savais pas ce que je devais en faire. Je ne pensais pas pouvoir la détruire. Mais je n'en parlerais jamais à Clare, c'était une certitude. Je n'en parlerais jamais à personne. Après le procès, je serais capable de réfléchir plus clairement. Après le procès, ma vie reprendrait. J'étais confiante, je savais qu'il en serait ainsi. J'aimais l'homme qui me l'avait promis. Je pensais l'aimer. À moins que ce ne fût qu'un souhait, un rêve enfantin. Nous vendrions la maison, Clare et moi. Clare serait obligée de revenir, nous préparerions la maison pour la vente. Je déménagerais, il était temps. Mais je ne retournerais pas dans l'appartement de Chautauqua Falls, où s'accumulait un courrier dont je n'avais rien à faire. Pas là. Plus maintenant. Si Clare avait déménagé, même si ce n'était que temporaire, je pouvais le faire aussi. Je n'avais aucune raison de ne pas déménager. J'en avais eu une, mais laquelle ?

J'étais très heureuse, soudain. Incapable de penser de façon cohérente, j'avais l'impression d'avoir veillé pendant des mois, le cerveau illuminé d'une lumière terrible. À présent mon âme était épuisée, éteinte. Mais j'étais très heureuse. Je gagnerais en vacillant ma chambre obscure, m'écroulerais sur mon lit. Je dormirais douze heures, pour me réveiller le visage éclairé de soleil comme par un phare.

Je garderais les secrets de ma mère, qui m'avaient été confiés.

Même ceux que je ne connaîtrais jamais, je les garderais.

Cinquième partie

le procès

« porteur de bonnes nouvelles »

J'étais prête. J'étais malade d'appréhension et incapable de dormir à force de répéter mon témoignage. *Puis je suis entrée dans la maison. Par la porte de la cuisine. J'ai appelé ma mère. Je savais que quelque chose n'allait pas mais je ne pouvais pas faire demi-tour. De la porte du garage, je l'ai vue. Je l'ai vue, à l'endroit où elle était tombée, et je suis allée vers elle. J'ai vu qu'elle avait été blessée et qu'elle ne respirait pas. Je suis allée chercher de l'aide. Puis je suis revenue sur mes pas parce qu'il me semblait qu'elle respirait et que je ne pouvais pas la quitter. Je l'ai prise dans mes bras. Je lui ai parlé. Et j'ai dû la quitter, une seconde fois.* Je ne pouvais pas dormir parce que je sentais le raclement de ces mots dans ma gorge. J'entendais ce que ces mots avaient d'insuffisant dans ma bouche. Je ne pouvais pas dormir parce que je voyais Ward Lynch à la table de la défense, à quelques mètres de moi. Il porterait un costume et une cravate, il serait propre, « sur son trente et un ». Cheveux coupés, rasé de près. Il ne ressemblerait en rien au Lynch RECHERCHÉ : ARMÉ ET DANGEREUX qui avait assassiné ma mère.

À part les yeux. Ses yeux seraient les mêmes. Maussades, impassibles. Des yeux morts, sans repentir ni remords. Les derniers yeux humains que ma mère avait vus.

Car Ward Lynch était inaccessible au pardon de ma mère. Il ne l'aurait pas souhaité. Pas plus qu'il ne souhaitait le pardon d'aucun d'entre nous, les « survivants ». Il nous était inaccessible. C'était quelqu'un qui n'avait pas été touché par « Plume » Kovach.

Le procès ! Se profilant à l'horizon comme une guillotine.

Après avoir refusé d'en parler pendant des mois, avoir juré qu'elle ne reviendrait pas, Clare était revenue. « Je ne pouvais pas te laisser affronter ça toute seule, mon chou. »

Mon chou ! Mon gendarme de sœur était dans une phase « maman tendre ».

Je dois avouer que je fonds lorsque Clare est de cette humeur-là. Je me laisse avoir à tous les coups. Je suis comme mon beau-frère Rob. *D'accord pour le coup de pied, si tu me promets un baiser.*

Manifestement, Clare n'était pas revenue à Mount Ephraim uniquement pour le procès. Foster était avec elle, et ils habitaient avec Rob et Lilja dans la luxueuse maison de banlieue des Chisholm. Il ne fallait pas attendre de Clare qu'elle aille s'installer chez tante Tabitha, ou chez d'autres parents aussi ennuyeux que curieux.

« Je pensais que, Rob et toi étant "séparés", vous ne partageriez pas la même maison, dis-je.

– La maison est grande, mon chou. Il y a de la place pour les "invités".

– Et qui est l'invité, Rob ou toi ? »

Clare éclata d'un rire qui aurait pu paraître gai à qui ne la connaissait pas. « On voit que tu n'as jamais été mariée, Nikki. On peut partager un lit, partager une brosse à dents, et être quand même "séparés". Être quand même mariés. »

Rob m'avait dit qu'il était allé voir sa femme et son fils, les week-ends, à Philadelphie. Il avait emmené Lilja, et les visites s'étaient « plutôt bien passées, étant donné les circonstances ». Il m'avait dit que Clare et lui allaient « probablement » se réconcilier, mais qu'il ne fallait surtout pas en parler à Clare qui détestait qu'on fasse pression sur elle et qui ne s'était pas encore tout à fait décidée. « Elle a une sainte horreur que les gens parlent d'elle. »

« Faisons-nous pression sur elle ? Parlons-nous d'elle ?

– Eh bien, nous voulons qu'elle revienne, non ? Nous l'aimons. »

C'était une conversation téléphonique. Rob paraissait euphorique, plein d'entrain. J'entendais un tintement de glaçons, presque imperceptible. J'éprouvai un instant le désir d'être près de lui, affalée sur un canapé dans la salle de séjour au plafond cathédrale des Chisholm. Nous nous serions plaints ensemble de Clare en partageant une bouteille de Jack Daniel's. Le procès imminent me terrifiait tellement qu'il y avait des semaines que je n'osais pas boire la moindre goutte. Je craignais d'être incapable de m'arrêter.

Rob me manquait. Mon beau-frère flirteur me manquait. Depuis que j'avais vu Rigger dans son uniforme vert sale de la résidence Hedwig, fanfaron et sexy avec ses cheveux tressés, je pensais aux hommes et ils me manquaient.

Pas seulement le sexe (en fait, si : le sexe), mais les hommes.

« … un sujet tabou, d'accord, Nikki ? »

Tabou ? Rob lisait-il dans mes pensées ?

« Clare est si sensible, si susceptible même. La moindre allusion à ce D qu'elle a eu au cours de linguistique, ou à cette engueulade qu'elle aurait eue avec son amie Amy Oleander, et elle serait furieuse contre moi. Il faudrait tout reprendre à zéro.

– "J'ai une amie à Philadelphie."

– Ah bon ? Toi aussi ?

– Non, Rob, c'est Clare qui a une "amie à Philadelphie". Tu as dû en entendre parler. »

Nous rîmes tous les deux. Nous nous sentions bien ensemble. Lorsque Clare serait revenue à Mount Ephraim et à son mari, j'espérais qu'elle me reviendrait à moi aussi ; et que mon beau-frère et moi pourrions reprendre nos anciennes relations, qui nous avaient parfaitement convenu à tous les deux.

Le procès. Reporté une fois de plus, cette fois au 11 avril.

« Comment peuvent-ils faire une chose pareille ! Quand cela finira-t-il ! »

Avec colère je barrai la date du 30 mars sur le calendrier de la SPA et réécrivis *PROCÈS* à celle du 11 avril.

Je voyais avec horreur se rapprocher le moment où le calendrier de maman s'achèverait. Janvier 2004 à juin 2005. Cela s'arrêtait là.

(J'adorais utiliser ce calendrier ! Depuis le nouvel an, j'avais pu vérifier chaque matin ce que ma mère avait fait l'année précédente, et même si je ne suivais pas son exemple, il était là, à suivre.)

« Le procès ? Non. Je n'en parle pas, merci. »

Je m'esquivais. Dans les endroits publics, j'apprenais à me déplacer d'une façon qui, pour des raisons nostalgiques, me rappelait le fils de Wally Szalla à seize ans, un beau gosse insolent qui en plus d'être véloce, zigzaguait d'instinct pour échapper à ses poursuivants.

Six jours avant la nouvelle date fixée pour le procès, Wally Szalla appela.

Au 43, Deer Creek Drive, dans l'atelier de couture de maman où je m'exerçais sur sa machine à coudre, avec autant de savoir-faire que si j'avais cherché à réparer une voiture, j'écoutai, hypnotisée, cette voix qui m'était si familière.

« Nikki ? Si tu es là, décroche, s'il te plaît. J'ai des nouvelles. »

Un silence. Une respiration accélérée.

« … Si tu es là, Nikki, s'il te plaît ? Réponds ? »

Affolée, je me dis *Il a divorcé. Il veut m'épouser.*

« J'ai de bonnes nouvelles, chérie, je crois. J'aurais aimé te les annoncer de vive voix. Je sais que je me suis mal conduit, que nous avons perdu un temps précieux alors que nous aurions pu être ensemble, mais j'ai des nouvelles, chérie, mon divorce d'avec Isabel sera prononcé lundi à midi. Je t'appelle de mon portable, chérie, j'entre dans Mount Ephraim par la Route 39, je suis à cinq minutes de chez toi, dis-moi si tu veux me voir, je t'en prie... »

Cette fois, je m'affolai pour de bon. Je courus chercher ma veste, mes clés de voiture et m'enfuis comme si ma vie en dépendait.

Non, Wally.

Je ne peux pas, Wally.

Comprends-moi, je t'en prie.

Je t'ai aimée, mais pour nous deux, cette période de notre vie appartient au passé.

C'était le tribunal du comté du Chautauqua. C'était la salle d'audience violemment éclairée où avait eu lieu l'audience préliminaire au mois de juin de l'année précédente. Le procureur chargé de l'affaire m'avait conseillé des « vêtements classiques » mais, pour une raison ou une autre, j'étais entrée dans la salle entièrement nue. Au dernier moment, par pudeur, par gêne, je voulus faire demi-tour, mais des mains me poussèrent en avant. Éblouie par des lumières aveuglantes, j'étais aussi dans le garage du 43, Deer Creek Drive. C'était embarrassant d'être nue devant des inconnus, mais encore plus de les voir regarder le désordre de notre garage, car tout mon travail avait été réduit à néant, tous les objets que j'avais traînés au bord du trottoir étaient de nouveau là, encombrant l'espace au point que, tâchant maladroitement de me protéger de mes mains, il m'était difficile de gagner la barre des témoins. Les vêtements tachés de sang de maman, sa veste en lin, son chemisier à fleurs, je m'efforçais tant bien que mal d'en couvrir ma nudité, mais j'étais tout de même nue au-dessous de la ceinture et avec la logique des rêves je me consolais en me disant *Bon ! Puisque les lumières m'aveuglent, je n'ai pas à voir qui regarde.*

Le procès de l'*État de New-York contre Ward W. Lynch*. Cette fois, le juge avait décidé qu'il ne serait pas reporté.

J'étais le premier témoin à charge. Je devais me présenter au bureau du procureur, à proximité du tribunal, à 9 heures du matin, le 11 avril. Le procès commencerait plus tard dans la matinée, ou dans l'après-midi, car il fallait sélectionner les jurés et, dans le cas d'une affaire de meurtre, la procédure pouvait être longue. Après avoir déposé, je serais « libre de quitter » la salle d'audience. Mais je ne la quitterais pas, j'assisterais au procès jusqu'à la fin.

Le procureur présenterait les preuves, il montrerait au jury les vêtements et les chaussures tachés de sang de maman. Il sortirait de sacs en papier sa veste en lin bleue, déchirée et tachée de sang, son chemisier, son pantalon et ses sous-vêtements (soutien-gorge, culotte). Il sortirait d'un sac en papier ses chaussures à semelles de crêpe, tachées et raides de sang, petites comme des chaussures d'enfant. Il « reconstituerait » le meurtre. Il placerait un mannequin sur le sol, devant l'estrade du juge et, sur ce mannequin, pour imiter les blessures reçues par ma mère, il y aurait des bandes de ruban adhésif rouge. Un couteau suisse à la main, il porterait trentre-trois coups au mannequin. Cela durerait un certain temps, trente-trois coups distincts.

Devant mon expression, le procureur me demanda franchement si je me croyais capable d'assister à ce spectacle. « Je ne sais pas, répondis-je. Peut-être pas. Mais j'essaierai. Pour ma mère. »

La semaine précédant le procès. *Que mettre*.

La nuit, incapable de trouver le sommeil, je ne pensais pas à mon témoignage mais à ce que j'allais mettre. On m'avait dit que vêtements, coiffure, maquillage et « comportement » influençaient beaucoup les jurés. J'étais la fille de la victime, et l'on s'attendrait que j'aie l'apparence et la conduite appropriées. *Vous croyiez que j'allais mettre un débardeur, une minijupe, des chaussures à plate-forme ? Vous croyiez que j'allais me faire coiffer à la punk et reteindre les cheveux en violet ?* (Je ne posai pas la question.) On m'avait dit que Ward Lynch ne ressemblerait guère à l'individu que j'avais vu à l'audience préliminaire, qu'il porterait costume et cravate, aurait les cheveux coupés, serait rasé de près et ne serait pas menotté. On m'avait dit que le prévenu était « présumé innocent jusqu'à ce qu'il soit déclaré coupable », et que ses vêtements indiqueraient l'innocence et non la culpabilité.

Pendant les nuits précédant le procès, incapable de dormir, je pensais à ce que je porterais et à ce que Ward Lynch porterait. Je ne pensais pas à mon témoignage. Je ne pensais pas que j'allais revoir Ward Lynch, de très près. Je ne pensais pas à son visage maussade ni à son regard n'exprimant aucun repentir. Comme une écolière anxieuse, je pensais : la veste sombre à fines rayures, celle qui a des épaulettes et des boutons en tissu ; le chemisier de soie blanche à manches longues que m'a confectionné maman. Un pantalon sombre bien repassé. Mieux encore : la jupe évasée en laine noire que maman m'a faite il y a des années et que je n'ai portée qu'une fois, à une réunion de famille, pour lui faire plaisir.

Je sais que tu ne mets pas souvent de jupe, Nikki. Mais celle-ci te va si bien.

Je l'adore, maman ! Elle est belle.

Tu es sûre qu'elle est à ta taille ? Je peux la reprendre.

Elle est parfaite, maman. Merci !

Bon. J'espère que tu la mettras…

Bien sûr, maman. Elle sera parfaite avec la petite veste carrée à rayures.

« "Innocent jusqu'à ce qu'il soit reconnu coupable". Ça me révolte ! »

Dans son nouveau rôle de sœur tendre, Clare ne m'accusait plus d'être une squatteuse. Ses émotions étaient violentes et imprévisibles, mais dirigées à présent contre Ward Lynch et le protocole du procès à venir.

« Il faut l'appeler l'"assassin présumé". Comme si maman était "présumée" morte ! »

Lorsqu'elle était de cette humeur, Clare se permettait de prononcer le mot « morte ».

Bien qu'en général nous préférions *décédée* ou *disparue*.

« Ma hantise, c'est qu'ils le déclarent non coupable. »

Je ne souhaitais pas partager les hantises de ma sœur, non merci. J'avais les miennes.

Mais elle avait raison, bien entendu. Incapable de dormir la nuit, choisissant ma tenue pour le procès, j'avais le temps d'envisager cette possibilité entre deux respirations.

« C'est comme si maman passait en jugement, elle aussi. Ils vont peut-être essayer de rejeter la faute sur elle. »

Elle parlait avec colère mais je savais qu'elle avait peur.

« "Non coupable". Le jury a rendu un verdict d'acquittement dans l'affaire O. J. Simpson, tu te rappelles ? Ça peut arriver. »

Nous examinions la veste sombre à fines rayures, la jupe évasée en laine. Le chemisier en soie blanche à manches longues. Ces vêtements étaient étalés sur mon lit comme dans notre jeunesse. Nous étions deux sœurs choisissant une « tenue » pour une sortie importante. L'avis de la sœur aînée compterait davantage que celui de sa cadette, même si c'était elle qui devait porter la tenue.

Clare répéta : « Ça peut arriver. Ils vont certainement essayer de rejeter la faute sur maman comme ils l'ont fait pour la femme de Simpson. »

Je n'allais pas me laisser contaminer par la folie de Clare. Je n'allais pas discuter du procès Simpson ! J'attendrais que les émotions de ma sœur suivent leur cours.

« Il a concocté une histoire, nous le savons. Il prétend qu'un autre homme, un stoppeur, était avec lui dans la voiture de maman, qu'ils sont allés ensemble chez elle, qu'elle voulait les “engager comme hommes à tout faire” et que Lynch était dans une autre pièce de la maison quand…

– Arrête, Clare. Je ne veux pas entendre ça.

– Tu l'entendras au tribunal. Comme nous tous.

– Toutes les preuves accusent Lynch. Il n'y a jamais eu de deuxième autostoppeur. Le jury le saura. Je t'en prie ! »

Clare me suivait dans la maison. Sa véhémence avait effrayé Fumée, et commençait à m'effrayer à mon tour. « Rob dit que je suis ridicule, mais si cela arrivait ? Si cela arrivait ? Il suffit d'un juré pour tout empoisonner. Une femme, peut-être. Elle voit Lynch et tombe amoureuse de lui. C'est possible, on a vu plus incroyable. Pendant le procès de Ted Bundy, une femme est tombée amoureuse de lui, lui a fait une demande en mariage et ils se sont mariés pendant qu'il était en prison. Ce genre de chose arrive, Nikki. Ne me ferme pas cette porte au nez ! »

J'essayais de me cacher dans la salle de bains. Ma sœur poussa la porte, le regard furieux.

« Cette femme n'était pas juré, Clare. J'en suis sûre.

– Mais si elle l'avait été ? »

Le procès. Et après le procès, un deuxième jury pour la « phase de détermination de la peine ».

Si Ward Lynch était déclaré coupable des nombreux chefs d'accusation portés contre lui, un second jury déciderait s'il devait être condamné à mort ou à une peine de perpétuité incompressible.

La seconde audience aurait lieu immédiatement après la première. Les membres de la famille de Gwen Eaton seraient invités à témoigner. Clare témoignerait. Les frères de papa, Herman et Fred, témoigneraient. Tante Tabitha, peut-être. Et peut-être aussi Lucille Kovach.

On attendrait de moi que je témoigne. Je ne voyais pas comment je pourrais refuser. Mais pour dire quoi ! Ma famille souhaitait la mort de Ward Lynch, et l'on supposait que c'était aussi mon cas. Pourtant, si je témoignais, il me faudrait dire que ma mère n'aurait pas souhaité une condamnation à mort, pas Gwendolyn Eaton. Elle aurait pardonné même à son assassin, j'en avais la conviction. Mais si je déclarais *Ma mère n'aurait pas souhaité l'exécution de cet homme, et moi qui parle à sa place, je ne la souhaite pas non plus*, je provoquerais la colère de ma famille, et surtout de Clare.

Nuits blanches. Lorsque je ne pensais pas aux vêtements que je porterais ni à la possibilité que le jury déclare Ward Lynch non coupable, j'imaginais ma déposition lors de l'audience sur la peine, l'indignation et l'incompréhension de ma famille. En sueur et la bouche sèche, je me voyais essayer de parler à Clare, qui me rembarrait. Essayer de toucher le bras de Clare, qui repoussait ma main comme si c'était un serpent.

S'écriant avec fureur, le visage déformé par le chagrin : « Comment as-tu pu nous trahir, Nikki ! Et trahir maman ! Je ne veux plus jamais te revoir. »

Je me réveillai de ce cauchemar. Un bref instant, je me sentis soulagée, je n'avais fait qu'un mauvais rêve. Puis la pensée que le procès était toujours à venir me submergea comme une eau sale.

Finalement, au bout de tant de semaines, de mois, de jours et d'heures d'attente… « Pour une fois, Nicole, je suis porteur de bonnes nouvelles. »

Trois jours avant la date prévue pour le procès, Ross Strabane m'appela. Dès qu'il se présenta, mon cœur se mit à battre. Je savais. Une allégresse à peine dissimulée vibrait dans la voix du lieutenant.

Il désirait me voir en personne, si possible. Dès que possible.

« Je peux être là dans dix minutes. Préparez-vous à entendre de bonnes nouvelles. »

Lorsqu'il arriva, il avait le souffle court et tenait un bouquet de lis. De grands arums d'un blanc cireux, des hémérocalles vieux rose aux pétales fripés. De belles fleurs que maman avait cultivées, qui fleurissaient à la fin juin. Dès que j'ouvris la porte, Strabane dit : « Le procès est annulé. L'accusé a plaidé coupable. Vous pouvez vous détendre, Nicole. Vous pouvez prévenir votre famille. »

Je n'entendais pas. Je regardais son visage. Je n'avais pas vu Strabane depuis des mois, et pourtant il m'était aussi familier que si je l'avais vu la veille. Il dut me répéter ce qu'il avait dit : il n'y aurait pas de procès.

« Le bureau du procureur va vous appeler. Je viens d'apprendre la nouvelle et je voulais vous l'annoncer le plus tôt possible.

– Pas de procès ? Il a été reporté ? »

Mes doigts, engourdis par le froid, serraient le bouquet de lis. Leur parfum était si doux que je me sentais mal. Je devais avoir l'air totalement abasourdie, comme quelqu'un à qui on vient d'apprendre qu'en fin de compte il n'est pas atteint d'une maladie incurable.

Strabane expliqua que le procès n'avait pas été reporté. Il n'aurait pas lieu. Les avocats de Lynch avaient finalement obtenu de leur client qu'il plaide coupable en échange d'une peine de perpétuité incompressible au lieu de risquer une condamnation à mort.

« Mais pourquoi ? Pourquoi a-t-il changé d'avis ?

– Pour de bonnes raisons. »

J'avais toujours les fleurs à la main. Mes yeux étaient si pleins de larmes que je n'y voyais rien. Le bas de mon visage avait envie d'éclater en sanglots. Comme j'étais incapable de parler pour inviter Strabane à entrer, il entra sans y être invité. Il referma la porte derrière lui. Il était toujours essoufflé. Il avait l'air d'un homme qui a descendu avec maestria une piste de ski.

Comprenant que j'avais besoin d'enfouir mon visage dans mes mains, il me reprit les fleurs et déclara qu'il allait chercher un vase dans la cuisine.

Je l'entendis ouvrir les placards. Je voulais le rejoindre pour lui montrer où se trouvait le haut vase en cristal taillé de maman qui serait idéal pour les lis, mais j'avais les jambes trop molles. Je me laissai tomber lourdement sur le canapé du salon. Comme une enfant hébétée par un coup de chance, incapable de croire ce qu'on lui a dit, je murmurai tout haut : « Pas de procès ? *Pas de procès ?* » J'avais l'intention de rire, mais ma bouche se tordit et mes larmes coulèrent.

Strabane revint avec le vase idéal. Il l'avait rempli à ras bord et laissait une traînée d'eau dans son sillage. Cela me rappela mon père, si pressé un jour d'apporter un vase de fleurs à ma mère qu'il avait arrosé le sol en chemin. Ma mère avait ri et remercié mon père en lui posant un petit baiser mutin au coin des lèvres.

Je remerciai Strabane et lui pris le vase. Nos quatre mains tremblaient.

« Ils l'ont tous lâché. Même sa grand-mère. Je savais qu'ils le feraient si j'arrivais à rassembler assez de preuves. »

Oh ! c'était une histoire compliquée. Il me semblait savoir que c'était une histoire que j'entendrais souvent et qui deviendrait chaque fois plus compliquée, plus ornée. C'était l'histoire d'une victoire, raison pour laquelle j'offris à Strabane un dîner de célébration.

D'abord, du café. Puis quelque chose à manger. Puis une bouteille de vin rouge que j'avais eu l'intention de servir à Wally Szalla, des mois auparavant.

J'étais en proie à un tourbillon d'émotions. Ma bouche voulait sourire, et elle voulait pleurer. Mes yeux versaient des larmes comme un robinet qui fuit par à-coups. Strabane faisait semblant de ne rien voir. Il avait le visage rouge de plaisir, des mouvements pleins d'une énergie électrique. J'avais déjà remarqué la vigueur de son profil. Sa mâchoire, son nez. La courbe de son front. Il s'était rasé avant de venir, avec précipitation et plutôt mal. Il avait une barbe sombre et épaisse, et s'était fait plusieurs égratignures sous le menton. J'envisageai de lui proposer des pansements adhésifs mais n'en eus pas le courage, cela me semblait trop intime.

Oh ! cette histoire. Comment et pourquoi les parents de Lynch à Erie l'avaient « lâché » ! Ce dénouement pouvait paraître miraculeux, mais... « C'était ce que j'espérais. Si j'arrivais à faire parler les bonnes personnes et à obtenir des preuves. »

Que Ward Lynch fût destiné à être jugé pour le meurtre de ma mère n'avait pas satisfait Strabane. Considérant que l'enquête était incomplète, il s'était intéressé, pendant ses heures libres, aux faits et gestes de Lynch depuis sa sortie de Red Bank. Il avait interrogé ses codétenus et les surveillants qui l'avaient connu. Il avait fini par établir des « rapprochements » : il avait appris que Lynch avait remis des objets volés à certains de ses parents (dont la vieille Ethel Makepeace) qui, soit les gardaient pour eux, soit les revendaient et partageaient les bénéfices avec lui. Il s'agissait de petits cambriolages dans des magasins 7-Eleven ou des maisons : caisses d'alcools et de bière, cartouches de cigarettes, télévisions et lecteurs de CD, bijoux. Le recel était néanmoins passible d'emprisonnement, et des mandats d'arrêt avaient été délivrés aux parents de Lynch. « On leur a permis de négocier une réduction de leur peine à deux ans avec sursis s'ils acceptaient de témoigner contre Lynch. Ils sont stupides mais ils ne sont pas fous. Ils ont compris que c'était une bonne opération, même la grand-mère. Je regrette seulement que cela ait pris autant de temps, Nikki. »

Nikki. Il prononça ce nom avec une émotion soudaine dans la voix.

Il était alors plus de 21 heures. Un soir humide et venté d'avril. Dans mon état d'agitation, je ne voulais pas rester seule, mais ne souhaitais pas non plus révéler à Strabane le besoin intense que j'avais de sa présence. Il ne paraissait d'ailleurs pas avoir envie de partir. Mais nous étions timides l'un avec l'autre, un homme et une femme qui, se retrouvant ensemble dans un canoë, dévalent des rapides écumeux avec une seule pagaie pour deux. Je portais un pull à torsades dont les manches étaient si longues que je pouvais y enfouir les mains pour les réchauffer. Strabane portait une veste sport tendue sur les épaules, et un pull en nylon bon marché dont l'encolure en V révélait des poils grisonnants aussi rudes qu'un tampon à récurer. Son pantalon de velours était de ce brun clair trop vif qui convient aux écoliers d'école primaire. À ses pieds, énormes comme des sabots, de vieilles Nike couleur rouille. Strabane m'expliquait qu'il n'était pas de service ce jour-là, un ami policier l'avait prévenu quand le bureau du procureur avait transmis la nouvelle. « Il connaissait mon intérêt pour l'affaire Eaton. Il savait que je voudrais vous appeler. »

Il était maladroit, nerveux. Un homme qui n'est pas à l'aise avec les mots mais qui est poussé à parler, par à-coups impétueux. Son raisonnement procédait par raccourcis, et je n'arrivais pas toujours à suivre. Je le comprenais, pourtant. Lorsqu'il se taisait, j'avais l'impression de le comprendre encore mieux.

J'avais couru téléphoner à Clare pour lui annoncer la bonne nouvelle, lui demander d'informer la famille que l'épreuve du procès nous serait épargnée. Clare avait d'abord été incrédule, elle aussi, puis elle s'était mise à hurler. Puis à pleurer.

Elle avait dû lâcher le combiné. Elle cria *Rob ! Rob !* et j'entendis la voix de mon beau-frère lui répondre.

Lorsque j'invitai Strabane à rester dîner, il réfléchit à la question. Il semblait penser avec son visage. Il semblait avoir besoin de passer les deux mains dans ses cheveux raides. Je compris : il était engagé ailleurs. Il avait une famille, manifestement. Il était venu chez moi pendant son temps libre, par gentillesse. La tension sexuelle entre nous était – n'était pas ? était ? – aussi palpable que l'électricité dans l'air avant un orage. Il savait, c'était un homme à la sexualité mais aussi aux émotions vives, donc il savait, il pesait le pour et le contre. J'entendais presque *Merci Nikki j'aimerais pouvoir mais c'est impossible* mais il dit, d'une voix fêlée : « Oui. Ça me plairait. Mais il faut que je passe un coup de téléphone. »

Dans la cuisine où je n'avais préparé de repas que pour moi-même, cette cuisine où, du vivant de maman, je l'avais aidée à préparer les repas de la famille, j'errai, hébétée et euphorique, effrayée et excitée, ouvrant et refermant les portes des placards, regardant dans le réfrigérateur et n'y voyant rien, aussi désorientée que tante Tabitha l'avait été dans sa cuisine avant que je prenne les choses en main. Je préparerais une omelette géante. Six œufs avec jaune, et un œuf sans. Des oignons frits, des poivrons verts, des champignons. Je battis les œufs dans un bol jusqu'à en avoir le poignet douloureux. Strabane insistait pour m'aider. Il n'était pas le genre d'homme qui aime se faire servir, dit-il. Il était d'une famille nombreuse où tout le monde mettait la main à la pâte. Avec un peu d'embarras, je lui demandai de regarder ce qu'il y avait dans le réfrigérateur. De quoi faire une salade ? Les restes d'un pain aux flocons d'avoine que j'avais fait quelques jours plus tôt ?

« Si on le toaste, ce n'est pas gênant qu'il soit rassis. Je m'en occupe. »

Il savait exactement où se trouvait le grille-pain. Après coup, je me dirais *Il connaît cette maison. Le lieu d'un crime.*

Je n'étais pas certaine que cela me plaise. Je n'étais pas certaine de m'y habituer, d'apprendre à apprécier ce que cet homme savait, après avoir trouvé cela si longtemps insupportable.

En accompagnement de l'omelette, de la taille d'un enjoliveur, une énorme salade. Strabane ouvrit la bouteille de vin rouge. Nous mangeâmes dans le coin-déjeuner, affamés. Une pluie noire crépitait contre les fenêtres qui donnaient sur la terrasse et sur les mangeoires installées par mon père, invisibles dans la nuit. Strabane jetait souvent un regard par-dessus mon épaule, scrutant l'obscurité comme s'il avait entendu un bruit. Son front se creusait de sillons aussi profonds que des entailles. Je me demandais ce qu'il voyait.

Mon repas de célébration fut une réussite. Strabane n'en laissa pas une miette. Avec un bout de croûte, il nettoya les derniers restes d'omelette. Il avait bu deux ou trois verres de vin pendant que j'en vidais un. Il était de plus en plus euphorique, exubérant. À son expression, on aurait dit qu'il allait se mettre debout dans le canoë filant à toute allure.

Attiré par nos voix, Fumée avait fait son apparition dans la cuisine. Les visiteurs masculins l'offensaient par principe, mais il s'approcha lentement de celui-ci, le regard aux aguets. Lorsque Strabane le vit, il se pencha pour l'appeler. « Hé, Grand Turc ! Tu es un gros matou, hein ! Viens ici te faire caresser. »

Strabane savait s'y prendre avec les animaux, cela se voyait. Fumée était intrigué. Il s'approcha de la main tendue avec une lenteur exaspérante, mais il s'approcha ; sur ses gardes mais flirteur, il fermait à demi les yeux, arrondissait sensuellement le dos pour inviter les caresses.

Je demandai à Strabane qui était le Grand Turc.

« Vous n'en avez jamais entendu parler ? C'est un catcheur génial, couvert de tatouages, qui doit peser dans les cent cinquante kilos. Il a la tête rasée et des yeux de démon. Le Turc, c'est le méchant de service. Les Blancs, les Américains blonds pur sucre, finissent par lui faire sa fête, mais pas tout de suite. En plus, il est tordant ! »

Je lui demandai s'il regardait souvent les matchs de catch à la télé.

« Oh non ! Je vois assez de conneries comme ça dans mon boulot. C'est mon grand-père centenaire qui adore ça. »

Pendant ce temps, il caressait la grosse tête de Fumée comme s'ils étaient de vieux amis. Il le grattait avec vigueur derrière les oreilles, exactement comme Fumée aimait qu'on le fasse.

C'étaient des oreilles de vieux matou, marquées de cicatrices, en partie déchiquetées. Bien qu'opéré depuis longtemps, Fumée était agressif envers les autres chats mâles. Sous les doigts exercés de Strabane, il émit un ronronnement crépitant et frissonna de plaisir félin. Imaginez notre étonnement quand, un instant plus tard, il leva la queue et arrosa les pieds de Strabane d'un mince filet de liquide ambre.

« Hé ! Dis donc ! »

Oreilles couchées, Fumée battit en retraite vers ses gamelles, à côté du frigo. Son bout de queue battait l'air.

Déconfit, Strabane essaya de rire. Je lui tendis aussitôt des serviettes en papier humides pour qu'il nettoie ses Nike, déjà mouillées par la pluie. « C'est la première fois que Fumée fait une chose pareille, je suis vraiment désolée. »

La remarque manquait de tact. Peut-être même était-elle fausse. Le visage empourpré, Strabane essuyait ses chaussures. Il tenta de tourner l'incident à la plaisanterie : « Oh ! je suis sûr du contraire. Vous cherchez à le couvrir. »

Je réprimai un rire nerveux. Mes mains étaient deux petits poings recroquevillés à l'intérieur des manches longues de mon pull. Comme une enfant en détresse, j'avais replié mes jambes sous moi dans le coin-déjeuner. En regardant cet homme que je connaissais à peine essuyer ses chaussures qu'un matou avait arrosées, j'éprouvai pour lui un élan de tendresse si fort que, un instant, je ne sus plus où je me trouvais.

« Il doit sentir l'odeur d'autres chats sur moi. Et celle des chiens ! Chez nous, Il y a au moins six chiens, presque tous des boxers. Cette vieille ferme en bardeaux de North Fork Road, vous l'avez sans doute vue ?... Pas très jolie à regarder, elle appartenait à des parents à moi, mais elle va être rasée l'an prochain et on va construire un lotissement sur les terres. Elle se trouve à un peu plus d'un kilomètre au nord de cet horrible village de mobile homes, où ils n'enlèvent jamais les décorations de Noël.

– C'est là que vous habitez ? » demandai-je avec stupéfaction.

Une de ces vieilles fermes aux fondations de pierre datant des années 1800, dans une belle campagne vallonnée. Et pas, comme je l'avais supposé, les Villas North Fork, chic et cheap.

Strabane m'expliqua que sa vie était « compliquée » pour le moment. Pas sa vie de flic mais sa vie personnelle. « Je suis allé m'installer chez mon grand-père, l'an dernier. Le pauvre vieux ne s'en sortait plus avec toute la famille qu'il s'est mise sur les bras. Quatre-vingts ans que ça dure. Sa fille aînée, qui est morte maintenant, a hérité un beau-fils d'une de ses communautés hippies, un type qui est en vadrouille depuis vingt ans mais dont tout le monde attend le retour comme s'il était le Messie. C'est la femme de Reuben, une pauvre femme adorable qui aimait bien se prendre pour ma mère quand j'avais besoin d'une mère, ce qui n'a pas été le cas ces derniers temps, bien sûr, et les gens de sa famille de Virginie qui débarquent chez nous, y compris des soi-disant cousins qui, quand ils me voient – ça se sent que je suis flic –, deviennent sacrément nerveux. Plus les rescapés du groupe bluegrass de grand-père, et de vieilles maîtresses à lui qui devaient être mineures quand il les a connues, et des "fans" qui se pointent et plantent leurs tentes dans le pré comme si on était encore en 1965 à l'époque du "Flower Power". Je crois que vous avez déjà rencontré mon grand-père… Jimmy Friday ? »

Stupéfaite, je répétai : « Jimmy Friday ? Votre grand-père ?

– Il ne s'est jamais appelé "Friday". Il s'appelait Harold Burkholtz… c'était le nom de ma mère. Vu le public qu'il visait avec son genre spécial de musique country, il s'est dit que "Jimmy Friday" aurait nettement plus de chances. »

Depuis le mois de mai de l'année précédente, je n'avais pas pensé une seule fois à Jimmy Friday. Il me semblait l'avoir interviewé dans une autre vie. Me rappeler à présent ce vieillard séduisant et flirteur aux cheveux blancs vaporeux qui m'avait regardée d'un air mélancolique, qui avait serré ma main et l'avait portée à ses lèvres lorsque nous nous étions quittés, me demandait autant d'effort que de ramener un rêve à la conscience alors même qu'il s'enfonce dans l'oubli. Strabane disait que cela le peinait de me décevoir mais que l'histoire de son grand-père Burkholtz n'avait rien à voir avec celle que "Jimmy Friday" s'était inventée, en prenant apparemment pour modèle la vie de Johnny Cash, l'homme qu'il avait le plus admiré et envié.

Je voyais la bouche de Strabane remuer. Je le voyais sourire. Je voyais que son nez était légèrement asymétrique, sans doute parce qu'il avait été cassé. Je voyais que sa peau était olivâtre, qu'il avait de fines cicatrices, presque invisibles, à la racine des cheveux. Et ces cheveux reculaient sur les tempes, striés de gris. Ses yeux, ses yeux humides pleins de bonté. Ses yeux légèrement injectés de sang. Les yeux d'un homme qui en a trop vu et qui en sait trop, mais qui ne vous en dira peut-être rien parce qu'il est bon. Je n'écoutais guère ce qu'il me racontait sur Jimmy Friday, sur la ferme condamnée de North Fork Road, sur les six – six ? – boxers, dont l'un était la mère et les autres ses chiots. Je me disais que la Nikki qui avait interviewé Jimmy Friday était vraiment *jeune*. Vraiment *ignorante*. Pestant contre son magnétophone. Passant et repassant ce fichu enregistrement, tâchant de tirer quelque chose de l'interview, alors que maman était encore en vie.

Ce matin-là. « Jimmy Friday ». La dernière chance que j'aurais eue de sauver ma mère.

Strabane disait qu'il avait aussi été marié. Pendant trois ans, vers l'âge de vingt ans. Une fille qu'il avait rencontrée à un rendez-vous arrangé par l'un de ses copains de l'armée. Il avait été soldat, en garnison dans le New Jersey, dans l'Oklahoma et en Corée du Sud – où l'Américain moyen ne savait pas que les États-Unis avaient maintenu des troupes pendant cinquante ans ! – et, dans ces endroits, « rien ne se passait, c'était pareil tous les jours ». Son mariage n'avait pas duré. Il s'était désintégré comme un Kleenex mouillé. Sa femme, qui avait affirmé qu'elle l'aimerait toute sa vie, était tombée enceinte à un moment gênant, alors qu'ils étaient à cent mille kilomètres l'un de l'autre depuis des mois. Malgré tout, pour leurs familles, ils avaient décidé de faire comme si l'enfant était de lui, même s'il ne lui ressemblait pas du tout. Mais cela avait eu pour conséquence qu'il avait été responsable financièrement de cet enfant. Aux yeux de la loi il était le mari et le père, et même quand Robin avait divorcé, quand elle avait vécu avec un autre type, puis avec un autre qui défendait une tribu douteuse d'Indiens souhaitant être légitimée pour pouvoir ouvrir un casino dans les Catskills, l'État avait refusé de reconnaître que la situation de famille de Ross Strabane avait changé. L'État n'autorisait pas les tests d'ADN après les faits, craignant à juste titre que la liste des bénéficiaires de l'aide sociale ne s'allonge de façon encore plus catastrophique. « Je comprends leur point de vue. C'est une nécessité sociale. La moitié des types qui versent des pensions alimentaires risqueraient de ne plus vouloir le faire s'ils apprenaient qui était le véritable père de leurs gosses. En tant qu'officier de police, je peux le comprendre. En tant que citoyen, je me demande si c'est juste. Ce qui est sûr, en tout cas, c'est que ça fait mal. Cela ne veut pas dire que je n'aurais pas payé. Que je n'aurais pas sorti d'affaire mon ex-femme quand elle était au bout du rouleau. Je l'aurais fait, et je l'ai fait. Aujourd'hui le gosse a presque dix-huit ans, ils habitent Yonkers et il est passé deux fois devant un tribunal pour enfants, deux fois dans un centre de réadaptation pour toxicomanes, il a quitté le lycée sans diplôme et son but dans la vie est de devenir le "Snoop Doggy Dog blanc". En tout cas, mon ex-femme est remariée. Elle va continuer à vivre comme une somnambule. Tout ce que je voulais dire, c'est qu'à l'âge de vingt-huit ans, cette partie de ma vie était finie. Vous savez ce qu'est un membre fantôme ? Vous n'avez plus le membre, juste la douleur. Alors je suis entré dans la police. Ce travail m'a sauvé la vie. Je vous ai parlé de ce vieux policier qui avait enquêté sur une affaire concernant ma famille, il est à la retraite maintenant, mais je reste en contact avec lui, il a été mon modèle et, quand je travaille sur une affaire, j'ai l'impression qu'il est toujours avec moi. Parce que ce que je fais se passe surtout dans ma tête. Il faut que j'établisse des rapprochements. Il faut que je travaille en marche arrière à partir des faits, s'il y a une victime, je remonte jusqu'à l'agresseur et à ses motifs. Ce que je respecte dans ce métier, c'est qu'il a sa propre dimension. Je ne parle jamais de mon travail aux civils. J'ai des amis qui ne sont pas de la police, j'ai eu des amies, je n'en parle pas. Il y a des femmes qui n'apprécient pas, elles me trouvent “secret”, “renfermé”, “bizarre”. Mais je n'en parle pas. Avec vous, il fallait que je parle de certaines choses mais c'est fini, cette affaire est terminée. Ce que les femmes n'aiment pas non plus, c'est le temps que je passe à travailler. Mais je suis un enquêteur, je ne suis pas un releveur de compteurs. Je ne suis pas un facteur. Je n'ai pas le même emploi du temps tous les jours. Il m'arrive de travailler dix ou douze heures sur une nouvelle affaire, parfois plus. Au début, je ne peux pas dormir. Il m'arrive de dormir dans ma voiture, quand c'est une urgence. Trouver Lynch, c'était une urgence. Parce qu'il s'en serait pris à d'autres personnes. Il s'en serait pris à ses parents s'il avait pensé qu'ils le dénonceraient. À sa vieille grand-mère. Dans les cas d'enlèvement, de rapt, il faut agir vite si on veut avoir une chance de retrouver la victime vivante. Votre vie à vous, votre vie personnelle n'est rien. » Strabane s'interrompit. Il avait parlé vite, avec passion. Je n'avais jamais entendu un homme parler ainsi. « Je ne voudrais pas qu'une femme que j'aime sache tout cela, je voudrais l'en protéger. Vous pouvez le comprendre, n'est-ce pas, Nikki ? »

Oui. Je pouvais le comprendre. Mais j'étais incapable de répondre, j'avais replié mes jambes sous moi dans le coin-déjeuner, en proie à une sorte de paralysie.

« Je sais que c'est dur pour vous d'être avec moi. Je sais que je vous rappelle certaines choses. Mais si vous me connaissiez mieux, ce ne serait pas le cas. » Il marqua une pause. Il passa les deux mains dans ses cheveux raides. « Chaque fois que vous me verriez, dans cette maison par exemple, ce que je signifie diminuerait. Le passé diminuerait. » Il marqua une nouvelle pause.

Il me regardait avec attention. Comme un homme acculé contre un mur, ayant à prononcer des mots qu'il ne peut entièrement comprendre, il dit enfin : « L'avenir devient plus large, vous comprenez ? À mesure que le passé diminue. »

Je dépliai mes jambes. Je quittai la pièce. J'allai dans la chambre à coucher de mes parents, où j'avais conservé des cravates de papa que j'avais eu l'intention de donner à Wally Szalla, des mois plus tôt. Tout en sachant qu'elles n'étaient pas son genre. Aucun Szalla n'était du genre à porter les cravates d'un mort. Je les emportai dans la cuisine et dis à Strabane de faire son choix, d'en prendre autant qu'il le souhaitait. « Elles étaient à mon père. Son goût ressemble peut-être au vôtre. »

Une cravate à chevrons bleus et argent. Une cravate de madras, que j'avais offerte à mon père en 1975. Une cravate bizarrement étroite, ornée de carreaux rouges qui donnaient le vertige et qui, regardés de près, se révélaient être de minuscules éléphants. Une autre cravate étroite, couleur cuivre, qui semblait faite de chardons tressés.

« Elles sont superbes, Nikki. Elles peuvent toutes me servir. »

Il les tenait à bout de bras pour les admirer. La plus laide, celle de couleur cuivre, il la plaça contre son torse. Je pris sa main, ses deux mains. Je les serrai fort. Elles faisaient presque deux fois la taille des miennes, mais je les serrai fort. J'embarrassai Strabane en pressant mon visage humide contre ses mains.

« Ne partez pas, Strabane. Pas maintenant. »

Il y avait une fine cicatrice de coupure au rasoir sur les jointures de sa main gauche, mais je n'y fis pas attention sur le moment.

presque entièrement vrai

Dans mon appartement de Chautauqua Falls je trouvai mon exemplaire dédicacé des *Chansons que m'a apprises mon père : les histoires presque entièrement vraies de Jimmy Friday.* Sur la couverture, une photo en gros plan d'un vieux gentleman au sourire espiègle, aux cheveux fournis et très blancs, qui tenait et grattait une guitare de façon suggestive. Le vieux Jimmy Friday portait la tenue country, chapeau de paille à large bord, cravate lacet, ceinture à gros ceinturon d'argent marqué *J.F.* Il était remarquablement séduisant, en dépit de sa peau fripée et tannée. Il faisait un clin d'œil à l'appareil et s'humectait les lèvres du bout de la langue.

Je rapportai le livre à la maison pour le montrer à Strabane.

À la belle Nicole, de la part de Jimmy Friday « l'unique » !

Strabane lut la dédicace à haute voix d'un ton que je ne parvins pas à cerner. Plus tard, je saurais que c'était un ton prudent, méfiant. Un ton où il fallait entendre cette question sensée *De quel genre de connerie s'agit-il ?*

Strabane feuilleta les mémoires de son grand-père en secouant la tête. Il avait lu le livre, divers textes publiés sous forme d'interviews, puis refondus par une série de nègres qui en avaient fait un récit cancanier, la biographie de quelqu'un qui aurait pu être « Jimmy Friday » si « Jimmy Friday » avait jamais existé. « Quand il y a quelqu'un de "connu" dans votre famille, les gens vous demandent tout le temps si vous êtes fier de lui, dit Strabane. Vous ne pouvez pas répondre sincèrement.

– Pourquoi ?

– Parce que vous ne rencontrez jamais la personne dont vous êtes censé être "fier". Elle n'existe que pour les gens qui ne la connaissent pas.

– Mais la musique de votre grand-père existe, elle. Je l'ai écoutée, ma mère et certaines de ses amies l'adoraient, et beaucoup de gens que je connais. » Je me sentais émue, tout à coup. J'avais envie de protéger ce vieil homme flirteur qui n'était pas là pour se défendre.

« Si la musique bluegrass ne vous rend pas fou, dit Strabane, elle peut être assez impressionnante. C'est vrai. » Il regarda de nouveau la dédicace tarabiscotée sur la page de titre. « Grand-père a raison sur un point, "la belle Nicole". Là au moins il ne s'est pas trompé. »

Je prévoyais qu'un jour Strabane et moi semblerions nous être rencontrés grâce à Jimmy Friday, et non à cause d'un meurtrier drogué à la méthadone nommé Ward Lynch.

Windward

« Oh oui ! Je me souviens de tous mes jeunes mariés. »

Mai était un mois si pluvieux et si lugubre dans l'ouest de l'État de New York que, sur un coup de tête, nous décidâmes de faire mille cinq cents kilomètres de voiture pour nous rendre à Key West, en Floride, où le Windward Inn existait toujours ! Et là, Carmen, la vieille mère du propriétaire, examina les photos de mes parents, étalées devant elle sur le comptoir de la réception. « Bien sûr que je me rappelle vos parents, ma chérie, assura-t-elle. Pas leur nom bien sûr, mais leur visage. Ils étaient si heureux ensemble, ils se tenaient toujours par la main. Cette photo-ci, avec le perroquet Oscar – qui malheureusement nous a quittés –, a été prise dans la cour, où on pourra vous servir votre petit-déjeuner demain. Oh ! votre mère était ravissante. Elle a tout de suite sympathisé avec Oscar. Il avait la manie de donner de petits coups de bec à certaines personnes, mais pas à votre mère. Vous lui ressemblez, ma chérie. Tu ne trouves pas, Eduardo ? »

Son fils Eduardo, propriétaire et gérant du Windward, observait la scène avec un vague sourire contraint. C'était la morte saison à Key West, et le fils comme la mère cherchaient à faire plaisir aux clients qui venaient d'arriver dans leur hôtel. Je remarquerais que, avec tact, Carmen s'abstenait de demander si Gwen et Jonathan Eaton étaient toujours en vie.

Le petit hôtel « historique » et désuet dont maman se souvenait était en fait le plus décrépi de South Street, si recouvert de bougainvilliers rouges que, au premier coup d'œil, on avait l'impression qu'il n'y avait aucune structure au-dessous, rien que ces fleurs flamboyantes d'où dépassaient comme par magie des fenêtres aux volets blancs, et des balcons en fer forgé si petits qu'ils ne pouvaient être qu'ornementaux. Lorsque nous nous arrêtâmes devant l'hôtel, Strabane se pencha pour l'examiner d'un air sceptique à travers le pare-brise éclaboussé d'insectes.

« C'est ça ? Le "Windward" ?

– Je crois que oui.

– Bon. Ce qui est sûr, c'est que nous pouvons nous l'offrir. »

Nous. Comme si *nous* avions fait l'expérience de milliers de choses abordables et inabordables, depuis le peu de temps où nous avions des expériences communes.

Le Windward Inn se trouvait à la mauvaise extrémité de South Street et du mauvais côté de la rue mais, à condition de savoir apprécier les endroits amusants et originaux, il avait son charme. Le hall était décoré de palmes et d'énormes coquillages, d'orangers en pot aux feuilles poussiéreuses, et il y flottait une puissante odeur d'insecticide et de désodorisant au gardénia. Oscar avait été remplacé par un double empaillé au plumage éclatant, installé dans une cage en bambou. Malgré la modicité attrayante des prix, réduits à la basse saison, l'hôtel semblait quasiment désert. Strabane et moi avions signé le registre de deux noms distincts, mais Carmen insista néanmoins pour nous installer dans la chambre « nuptiale », qui donnait sur une cour au romantisme miteux.

Carmen, qui devait avoir dans les soixante-quinze ans, avait des cheveux teints en noir, ramassés en un chignon brillant où était plantée une rose rouge. Elle portait des rouges et des oranges flamenco, des escarpins à talons aiguilles. Lorsqu'elle bougeait, des cerceaux se balançaient à ses oreilles et une dizaine de bracelets scintillants tintaient à ses bras. Chaque fois qu'elle me voyait, elle s'écriait gaiement : « Quelle jolie fille ! Le portrait de votre mère. Et celui de votre père aussi… un vrai gentleman. Oh oui ! je me souviens de tous mes jeunes mariés. »

Je demandai à Strabane s'il la croyait.

« Mmmm. »

Je ris et l'embrassai. J'aimais que mon amant fût un homme qui ne croyait presque personne, presque rien, presque jamais. Ma mère aurait fait semblant d'être choquée par un tel scepticisme mais, au fond d'elle-même, elle aurait été d'accord. Elle m'aurait murmuré à l'oreille *C'est le bon, Nikki.*

À Mount Ephraim, l'approche de la fête des Mères m'ôtait le sommeil. J'étais terrifiée par les pensées qui m'assaillaient et par des odeurs fantômes : celles de la boucherie de Mohigan Street. Le printemps, froid et humide, me déprimait, mais quand par hasard le soleil se montrait, que l'air se réchauffait et que les lilas commençaient à bourgeonner, j'étais prise d'angoisse. Une nuit, Strabane vint me rejoindre dans la cuisine. J'étais pelotonnée comme une enfant dans le coin-déjeuner, mes pieds nus ramassés sous moi. Il se glissa à mon côté, me prit maladroitement dans ses bras. Il garda le silence un moment, puis dit : « Nous ferions peut-être bien de partir quelque part. J'aurai bientôt une semaine de congé. »

Ce n'était pas un homme impulsif. Mais, pour moi, il pouvait se comporter comme s'il l'était.

« Mais je veux t'aider à conduire. J'adore conduire.

– Dans ma voiture, je conduis. La place du passager ne me convient pas. »

Ce fut un voyage de rêve. Un voyage dans l'avenir : une pluie froide et un ciel pareil à un ventre de poisson, qui, peu à peu, laissèrent la place au soleil, à des cieux bleu céramique et à un air étonnamment chaud. De temps à autre, Strabane me laissait conduire et somnolait à côté de moi. Je souriais quand, lorsque je lui demandais s'il avait dormi, il répondait : « Pas vraiment. J'ai juste fermé les yeux. »

Nous écoutions des CD : Eric Clapton, Joni Mitchell. Nous écoutions *The Best of Jimmy Friday's Bluegrass*. Entre les CD, nous parlions. En traversant la Pennsylvanie, le Maryland, le district de Columbia, la Virginie, les Carolines du Nord et du Sud. En traversant toute la Floride jusqu'à sa pointe, au sud de Miami, puis enfin la Route 1, étroite, fascinante, la succession des Keys, flottant dans le bleu pur du golfe du Mexique, et jusqu'à la plus méridionale, Key West, nous parlâmes.

Des conversations qui semblaient souvent décousues. Nous savions, en abordant un sujet, que nous pouvions l'abandonner parce que nous le reprendrions plus tard.

Le matin de notre deuxième jour de route, Strabane mentionna comme en passant qu'on lui avait proposé un poste à Buffalo. Une promotion. Il ne me le dit pas, mais je supposai que cette promotion avait un rapport avec l'excellent travail qu'il avait fait dans l'affaire Eaton.

L'*affaire Eaton*. Finalement, elle avait bien tourné pour les professionnels. Très bien tourné. Je comprenais que le lieutenant Strabane ne pouvait s'empêcher de se sentir fier de son travail, de sa conclusion médiatisée. Je comprenais que la mort de ma mère et même la brutalité de cette mort avaient ajouté à la douceur de ce succès, pour certains.

Je comprenais et je n'étais pas amère, je pense. Même dans les replis les plus secrets de mon cœur, là où Strabane ne pénétrerait jamais, je ne lui en voulais pas de sa réussite mais j'étais heureuse pour lui. Je pense.

J'attendais qu'il me demande si je voudrais venir avec lui.

J'attendais et je me demandais ce que je répondrais.

À l'hôtel Windward nous nous couchions tard et nous levions tard. Dans la journée, nous accrochions souvent le panonceau NE PAS DÉRANGER à notre porte. Nous mangions à la terrasse des restaurants, de la cuisine cubaine et cajun. Strabane buvait de la bière mexicaine, et moi de l'eau pétillante. Un jour, sur un caprice, je commandai un Singapour Sling mais, dès la première gorgée, je le repoussai. « Ce n'est pas bon ? » demanda Strabane, et je répondis : « Trop bon. »

Le jour de la fête des Mères, il plut le matin, puis le soleil sortit, éclatant comme un jaune d'œuf. Nous prîmes un petit-déjeuner tardif dans la cour miteuse. À mes yeux, elle était belle ! Je me moquais du stuc décrépi, des dalles fendillées où poussaient de mauvaises herbes. Je me moquais que les tables et les chaises en fer forgé aient besoin d'un coup de peinture, que le splendide bougainvillier soit couvert de minuscules insectes lorsqu'on le regardait de près. Strabane lisait le journal de Miami. En fermant à demi les yeux, je voyais dans un coin de la cour ma jeune mère, pas encore mère, un gros oiseau au plumage gai perché sur l'épaule. J'entendais son rire, teinté d'inquiétude, parce que les pattes du perroquet devaient lui faire mal – les perroquets sont des oiseaux imposants. Je voyais mon jeune père, pas encore père, qui la regardait avec attention, prêt à intervenir si le perroquet devenait agressif.

Une cérémonie commémorative était prévue en l'honneur de ma mère à la mi-juin. D'ici là, je pensais avoir quitté le 43, Deer Creek Drive. La maison aurait été confiée à une agence immobilière. Clare et moi aurions choisi ce que nous voulions conserver, mettre au garde-meuble ou jeter.

Pendant notre séjour, Strabane passa de nombreux coups de téléphone. Certains professionnels, d'autres apparemment personnels. Je ne téléphonai qu'une fois, à Clare.

« Nikki ! Où diable es-tu ?

– À Key West. À l'hôtel Windward.

– L'hôtel Windward ? Celui de papa et maman ?

– Il est très beau, Clare. Différent de ce dont se souvenait maman, mais très joli, romantique…

– Je pensais bien que tu avais fait quelque chose de ce genre. Nous le pensions tous les deux, Rob et moi. Je suis furieuse que tu ne m'aies rien dit, mais je comprends que tu aies eu envie de partir. Je ne t'en veux pas du tout, chérie. » Clare s'interrompit. On avait l'impression qu'elle était dans un bowling. « Quel temps ! Tu entends ce tonnerre ?

– Ici, il fait 26. Le ciel est limpide. L'air sent le bougainvillier et l'oranger.

– Tu es avec cet homme ?

– Quel homme… qui ça ?

– L'enquêteur. Tu sais parfaitement de qui je parle.

– Il n'est pas marié, Clare.

– Ah non ? Ça change. »

Je ne pouvais déterminer si elle était en colère contre moi ou heureuse pour moi. Je me rappelai sa véhémence quand, capitaine de l'équipe de basket du lycée, elle éprouvait le besoin de réprimander les joueuses qui avaient commis des erreurs sur le terrain, même quand l'équipe avait gagné.

Un besoin de gronder mais aussi de se réjouir.

J'aime l'eau, elle vous soutient.

Oui, peut-être. Quand on sait nager.

Sur la route, nous nous étions arrêtés dans des motels et, le matin, nous avions nagé une bonne demi-heure dans leur piscine. Strabane nageait vite, n'importe comment. Il me faisait penser à une otarie, énorme et sans grâce. Je le regardais du coin de l'œil. Je le dévisageais ouvertement lorsqu'il ne s'en doutait pas. Car nous étions dans cette phase où la vue de l'autre a encore le pouvoir de choquer.

Couvert d'une toison de poils rudes. Le torse, les avant-bras, l'abdomen, les jambes et même les orteils. Un tourbillon de poils hérissés dissimulés sous son maillot de bain. Le contraste entre son visage, ses avant-bras brun olive, et la pâleur du reste de son corps était curieux. Dans un motel de Georgie, il sortit d'une piscine, ruisselant, soufflant par le nez et s'essuyant les yeux, un homme que je n'avais encore jamais vu, excitant et effrayant à la fois.

À la sortie de Daytona Beach, alors que nous quittions un restaurant et regagnions notre voiture, nous avions entendu des éclats de voix, vu plusieurs types assez patibulaires serrer de près deux filles. Strabane écouta, puis alla vers eux et leur dit quelque chose. Aussitôt les types reculèrent, montèrent dans leur voiture et s'en allèrent. Lorsque je demandai à Strabane ce qu'il avait dit, il répondit : « Ce que je dis toujours. “Un problème ?” »

L'hôtel Windward ! Qu'il existe encore, que je puisse monter les marches grinçantes que mes parents avaient montées, me tenir dans la cour à l'endroit exact où ils s'étaient tenus trente-cinq ans plus tôt, me semblait merveilleux. J'aurais tellement aimé le raconter à ma mère.

Je lui aurais dit que Carmen se souvenait d'elle et de papa. Même si ce n'était pas vrai, elle aurait souhaité me croire.

Strabane acheta un appareil jetable. Nous demandâmes à des inconnus de nous prendre en photo, y compris dans la cour du Windward. Je ne pus m'empêcher de me demander ce que seraient devenues ces photos trente-cinq ans plus tard.

Se poser de telles questions revient à regarder en face le soleil incandescent. Vous savez qu'il est là mais vous ne voyez rien.

C'était le lendemain de la fête des Mères.

Dans les bras de cet homme je ne pensais à aucun autre homme. Je ne pensais à aucun autre endroit. Je ne pensais pas au mois de mai à Mount Ephraim : l'odeur douceâtre du lilas qui avait le pouvoir de me rendre physiquement malade. Je ne pensais pas à la fillette de onze ans ouvrant la porte de la chambre de sa mère, à ce dernier moment fugitif avant qu'elle découvre ce qui s'y trouvait. Je ne pensais pas à moi ouvrant la porte du garage, à ce dernier moment fugitif avant que je découvre ce qui s'y trouvait. Avec ardeur j'embrassais l'homme qui m'embrassait, l'homme dans mes bras, je le serrais de toutes mes forces comme une femme qui se noie. Je pensais *Nous sommes maintenant, je suis ici. Nous sommes maintenant.*

Le lendemain je dormis d'un sommeil lourd, comme si mes os s'étaient mués en plomb et que mes paupières fussent collées. J'étais nue dans un lit inconnu et, à côté de moi, était couché un homme dont, l'espace d'un instant, je fus incapable de me rappeler le nom. Je sentis le matelas se creuser, puis se soulever lorsqu'il se glissa hors du lit. Je compris qu'il se montrait attentionné ou prudent. J'entendis le plancher craquer sous ses pieds nus. J'entendis la porte de la chambre s'ouvrir et se refermer sans bruit et, lorsqu'il revint un peu plus tard, j'étais toujours couchée et n'avais sans doute pas bougé. À travers mes paupières closes, je le vis hésiter au pied du lit de cuivre, le regard posé sur moi.

« Nikki ? »

Il attendit. J'étais au fond d'une piscine, je me propulsais vers la surface. Mes poumons me faisaient mal, j'avais retenu ma respiration trop longtemps.

« Nikki. Hé ! »

Je finis par remonter à la surface.

Nous marchions sur la plage. Le sable croulait sous nos pas, mes pieds s'enfonçaient et j'avais du mal à avancer. Au-dessus d'une jetée tournoyaient des oiseaux aux allures préhistoriques : des pélicans. Le ciel était d'un bleu pur, très beau. J'étais très heureuse et pourtant je fus soudain submergée par une sensation de faiblesse, une terrible sensation de nausée, de vide. Je dis à l'homme avec qui j'étais que je devais rentrer à l'hôtel. Je m'excusai, il fallait que je le quitte. Trébuchante, vacillante, je regagnai l'hôtel Windward. Je regagnai notre chambre et me couchai. C'était un lit au matelas un peu creusé et au cadre de cuivre bringuebalant. Un lit qu'on aurait pu qualifier de pittoresque.

J'étais très faible, même si être étendue dans ce lit me réconfortait. À travers les lamelles du store déglingué un soleil déclinant brillait. Je tenais beaucoup à être seule mais l'homme me suivit et vint s'asseoir sur le lit à côté de moi. Quel poids ! Il était si lourd, il était si chaud, il respirait si bruyamment que, un instant, je lui en voulus presque de faire intrusion ainsi dans mon chagrin, comme s'il cherchait à me le voler.

Il me prit la main. Mes doigts étaient glacés et inertes. Je pensais *Tu ne peux pas me réchauffer, je suis de glace*. Je me rappelais ce moment où je m'étais élancée hors du garage en laissant maman couchée sur le sol, ce moment où je m'étais retournée pour la regarder et où j'avais vu qu'elle était vivante, qu'elle était vivante et qu'elle respirait, que ses paupières frémissaient et s'ouvraient. Elle me regardait… elle me voyait ! Elle essayait de prononcer mon nom. Avoir perdu autant de sang l'avait affaiblie mais elle avait assez de force pour m'appeler. Et lorsque j'étais revenue près d'elle et que j'avais essayé de la soulever, elle était morte, il était trop tard. Je lui avais fait défaut, en fin de compte. Puis je l'avais abandonnée à des inconnus. Je pensais *Je passe en jugement et cela n'aura jamais de fin.*

« Tu apprendras à vivre avec, Nikki. Je t'aiderai. »

J'attendais que Strabane en dise davantage. Je le reconnaissais à présent : mon amant.

J'attendais qu'il me raisonne, qu'il argumente. J'attendais qu'il me dise les mots que l'on dit dans ces moments-là. Mais il garda le silence. Il avait glissé ses doigts entre les miens et serrait ma main avec force. Je compris que c'était cela son raisonnement, cela ses arguments.

Ainsi s'acheva la première année où ma mère me manqua.

Table

Cet ouvrage a été achevé d'imprimer
en août 2007 dans les ateliers de
Normandie Roto Impression s.a.s.
61250 Lonrai

N d'imprimeur : 072242
Dépôt légal : octobre 2007
ISBN : 978-2-84876-095-7
Imprimé en France